mtb

*Zum Buch:*

Angelique hat keine Ahnung, was als Nächstes passieren wird. Gerade erst hat sie ihren lukrativen Job in einer großen Marketingfirma verloren und daraufhin beschlossen, zumindest vorübergehend eine Pause einzulegen. Als ihre beste Freundin Laura versucht, ihr die Stelle als Empfangsdame bei der Holzhausfirma von Patrick Sternbach schmackhaft zu machen, lehnt Angelique erst einmal rigoros ab. Für diesen nervigen und hinterwäldlerischen Kerl soll sie arbeiten? Auf keinen Fall würde das funktionieren. Doch als Angelique das Chaos sieht, das bei Patrick herrscht, ist ihr Ehrgeiz geweckt – das ist eine Herausforderung nach ihrem Geschmack. Außerdem reizen sie die kleinen Streitereien mit ihrem neuen Chef, denn sie spürt: Das Knistern zwischen ihnen hat vielleicht doch noch einen anderen Grund als nur unterschiedliche Wellenlängen …

*Zur Autorin:*

Seit Petra Schier 2003 ihr Fernstudium in Geschichte und Literatur abschloss, arbeitet sie als freie Autorin. Neben ihren zauberhaften Weihnachtsromanen schreibt sie auch historische Romane. Sie lebt heute mit ihrem Mann und einem Deutschen Schäferhund in einem kleinen Ort in der Eifel.

*Petra Schier*

# Stille Nacht, flauschige Nacht

Roman

mtb

MIRA® TASCHENBUCH

FSC
MIX
Papier
FSC® C014496

1. Auflage: September 2019
Originalausgabe


Umschlaggestaltung: zero-media.net, München
Umschlagabbildung: Dora Zett / Adobe Stock, FinePic®, München
Lektorat: Susann Harring
Satz: GGP Media GmbH, Pößneck
Printed in Germany
Dieses Buch wurde auf FSC®-zertifiziertem Papier gedruckt.
ISBN 978-3-7457-0038-1

www.mira-taschenbuch.de

# 1. Kapitel

»Santa, bist du hier drin? Wo bleibst du denn? Wir wollten doch einen Ausflug mit den Rentieren machen.«

»Hm … was?« Santa Claus, auch als Weihnachtsmann bekannt, hob irritiert den Blick von dem Brief, den er soeben aus dem Stapel Wunschzettel gezogen hatte, die Elfe-Sieben am Morgen in das Ablagefach auf seinem Schreibtisch gelegt hatte.

Santas Frau trat lächelnd durch die Tür in sein Büro. »Hab ich's mir doch gedacht. Kaum ist es Oktober, schon lenken dich die ersten Wunschzettel so sehr ab, dass du alles um dich herum vergisst.«

»Entschuldige bitte, mein Schatz, aber dieser Brief hier …« Santa Claus zupfte sich am weißen Rauschebart.

»Was ist denn damit?« Neugierig trat seine Frau näher.

Nachdenklich betrachtete Santa Claus erneut das auf Vorder- und Rückseite dicht beschriebene Blatt Papier, dann reichte er es ihr. »Lies selbst.«

Seine Frau nahm den Brief entgegen und studierte ihn aufmerksam. Dabei wurden ihre Augen immer größer.

*Lieber Weihnachtsmann,*
*es ist zwar schon fast ein Jahr her, aber danke, dass Du mir meinen Wunsch vom letzten Weihnachten erfüllt hast. Dabei hatte ich Dir gar keinen Wunschzettel geschrieben, weil Mama so schlimm krank war und dann ja auch gestorben ist. Wir, also meine Schwester Jessica und ich, waren deswegen schrecklich traurig, auch wenn Jessica das nicht gerne zugibt, weil sie immer so tut, als*

*wäre sie total tough und so. Wahrscheinlich würde sie auch sagen, dass ich bescheuert bin, weil ich einen Brief an den Weihnachtsmann schreibe, weil man mit zehn schon zu alt ist, um an Dich zu glauben. Das ist mir aber egal, weil ich weiß, dass Jessica immer nur so tut, als wäre sie obercool, und weil mein Wunsch vom letzten Jahr auch in Erfüllung gegangen ist. Und da dachte ich, vielleicht klappt das jetzt auch wieder. Deshalb schreibe ich Dir dieses Jahr einen richtigen Wunschzettel – und auch schon ganz früh, damit Du genug Zeit hast, um alle Wünsche zu erfüllen. Dieses Jahr habe ich nämlich nicht nur einen, wie letztes Jahr, als ich mir gewünscht habe, meinen Papa kennenzulernen. Und jetzt leben wir sogar bei ihm! Am Anfang war das total komisch, weil wir hier niemanden gekannt haben, und Jessica war sogar richtig wütend, obwohl sie auch aus dem blöden Internat wegwollte, in das uns Großmama und Großpapa geschickt haben, als Mama immer kränker geworden ist.*

*Jetzt wohnen wir aber schon fast ein ganzes Jahr bei Papa, den wir am Anfang noch Patrick genannt haben, aber inzwischen sagen wir immer nur noch »Papa«. Er ist nämlich echt lieb zu uns, auch wenn er anders ist, als ich mir einen Vater immer vorgestellt habe. Ich kannte ja bloß Großpapa, und der ist wirklich total anders als Papa, und die Väter von unseren Klassenkameraden sind auch nicht so wie er. Ich weiß auch nicht, wie ich das beschreiben soll. Laura, das ist die Frau von Papas älterem Bruder Justus, hat mal gesagt, dass unser Papa sich erst daran gewöhnen muss, ein Vater zu sein, weil er ja überhaupt nicht wusste, dass es uns gab, bis Mama so schlimm krank wurde und dann gestorben ist. Großmama und Großpapa wollten übrigens nicht, dass wir zu ihm ziehen, und sie sind immer noch böse auf ihn, weil er das durchgedrückt hat. Sie haben uns erzählt, dass er böse ist und ein schlechter Mensch, weil er aus ganz schlechtem Hause kommt. Damit meinen sie, dass er als Kind mit seiner Zwillingsschwester Ricarda auf der Straße gelebt hat. Ja, genau, Du liest richtig. Papa hat auch eine Zwillingsschwester, genauso wie ich eine habe. Sie wurden erst adoptiert, als sie zwölf waren. Aber er war, glaube ich, ein bisschen so wie Jessica, nur krasser. Also immer auf Krawall gebürstet, so hat Oma Margit das mal genannt. Er hat viele schlimme Sachen angestellt und wurde sogar schon mal verhaftet. Und deshalb wollen Großpapa und Großmama nicht, dass er für uns sorgt. Dabei habe ich noch nie gemerkt, dass er böse ist oder so was. Überhaupt nicht. Er hat sein Haus extra für uns umgebaut, damit wir jeder ein eigenes Zimmer haben, und er macht echt viel für uns. Na ja, aber er arbeitet auch total viel, weil er nämlich eine eigene Firma hat und Holzhäuser baut, und das scheint echt anstrengend zu sein. Und weil er so viel zu tun hat, sehen wir ihn manchmal nur ganz kurz morgens und abends, und zu Hause ist es meistens total chaotisch, und so richtige Regeln wie zum Beispiel bei Großmama und Großpapa gibt es bei ihm auch nicht. Da ist es bei Oma Margit und Opa Hans, das sind Papas Eltern, die ihn damals adoptiert haben, schon ein bisschen anders. Ich mag sie total gerne, aber Oma Margit kann schon mal richtig streng werden, wenn ihr etwas nicht passt. Sie sagt, das muss so sein, weil sie nämlich vier Kinder großgezogen hat, und wenn sie da nicht streng gewesen wäre, hätten die vier sie ins Irrenhaus gebracht. Ich muss immer lachen, wenn sie das sagt, weil ich mir gar nicht vorstellen kann, dass Oma Margit mal wegen irgendwas verrückt wird.*

*Jessica und ich sind oft bei Oma und Opa, wenn Papa viel arbeiten muss, aber die beiden haben auch immer viel zu tun, weil sie nämlich zwei Hotels haben.*

*Jetzt habe ich total viel erzählt, aber eigentlich wollte ich Dir ja nur meinen Wunschzettel aufschreiben. Also, hier kommt er:*

*1. Ich wünsche mir einen Hund. Egal was für einen. Jessica will auch einen, das weiß ich, aber sie schreibt ja keine Wunschzettel.*

*2. Ich möchte, dass Papa ein bisschen mehr Zeit für uns hat und nicht immer so schlimm gestresst ist. Ich meine, ich weiß, dass er das alles auch für uns tut, aber er geht echt auf dem Zahnfleisch, das hat unsere Tante Viola neulich gesagt. Vielleicht, wenn er eine Frau kennenlernen würde, in die er sich verliebt und die er dann irgendwann heiraten könnte, dann hätten wir auch eine neue Mutter, und die ganze Arbeit und der Stress würden nicht mehr nur an ihm hängen bleiben. Ich weiß nicht, ob Du solche Wünsche auch erfüllen kannst, weil verlieben kann man sich ja nicht einfach so. Da muss ja erst mal die richtige Frau da sein, und im Moment fällt mir überhaupt keine ein, die zu Papa passen würde. Absolut keine.*

*3. Ich möchte, dass Großpapa und Großmama aufhören, gemein zu Papa zu sein. Echt, sie sind richtig eklig zu ihm und versuchen, uns wieder von ihm wegzuholen. Aber ich will hier nicht mehr weg – und Jessica auch nicht. Wir haben hier jetzt eine richtige Familie und auch neue Freunde und müssen nicht mehr ins Internat, wo es total blöd war und wo wir immer Heimweh hatten.*

*4. Ich hätte gerne einen Schlitten. So einen richtigen Lenkbob in Orange, weil das eine von meinen Lieblingsfarben ist und weil es nicht weit von hier so einen tollen Schlittenhügel gibt. Opa Hans hat uns letzten Winter den alten Schlitten von Papa und Justus gegeben, aber mit einem Bob geht es bestimmt mit der Abfahrt noch tausendmal besser.*

*5. Ein paar neue Spiele für unsere Playstation wären auch toll.*

*6. Für Jessica, weil sie sich ja doch nichts selbst von Dir wünscht, ein paar von diesen schnulzigen Weihnachtsfilmen auf DVD oder Blu-Ray. Die findet sie total toll, aber ich weiß nicht, wie die ganzen Filme heißen. Bestimmt weißt Du, welche ich meine.*

*7. Langlaufskier für mich und vielleicht auch für Jessica, obwohl ich nicht weiß, ob sie auch welche haben möchte. Es gibt hier nämlich ein paar Loipen, die hat Opa Hans uns letztes Jahr auch schon gezeigt, und ich würde gerne Skifahren lernen.*

*So, eigentlich hätte ich noch mehr Wünsche, aber ich traue mich nicht, die alle aufzuschreiben, sonst wird der Wunschzettel viel zu lang, und am Ende vergisst Du noch die Hälfte, oder es ist einfach zu viel. Am wichtigsten ist auf jeden Fall der Hund und das mit Großpapa und Großmama – und dass Papa nicht mehr so gestresst ist und wieder mehr lächelt und vielleicht sogar richtig glücklich wird. Also, ich weiß, dass er uns mag und gernhat und so, aber so richtig rund läuft es trotzdem noch nicht. Aber ich fände das einfach so schön, wenn wir eine richtige Familie wären mit Mutter und Vater, und vielleicht bekommen wir noch mehr Geschwister. Unsere richtige Mama kriegen wir ja nie wieder, und ich vermisse sie und alles, aber jetzt sind wir bei Papa, und der soll einfach auch glücklich sein. Er hat Mama ja auch nur unseretwegen geheiratet. So eine Familie wie Papas, als er von Oma Margit und Opa Hans adoptiert worden ist, wäre toll.*

*Mit freundlichen Grüßen*
*Joel Sternbach*

Santas Frau ließ den Brief langsam wieder sinken. »Du meine Güte, das ist aber ein langer Brief. Und noch dazu ein sehr berührender. Dieser Joel scheint ja ein äußerst sensibler Junge zu sein.«

»Den Eindruck hatte ich bereits, als ich ihn vergangenes Jahr zum ersten Mal gesehen habe.« Wieder zupfte der Weihnachtsmann an seinem Bart herum. »Und was er da schreibt, kann ich sehr gut nachvollziehen.«

»Hast du schon einen Videofeed eingerichtet, um Näheres zu erfahren?«

Santa Claus schüttelte den Kopf. »Nein, wann denn? Ich habe den Brief doch gerade erst erhalten.«

»Dann lass mal sehen.« Santas Frau ging zu der Wand mit den unzähligen Videobildschirmen und schaltete einen in der Mitte ein, dann suchte sie nach der richtigen Frequenz. Kurz darauf erschien ein Livefeed aus dem großen modernen Blockhaus, in dem Patrick Sternbach mit seinen beiden Kindern wohnte. »Oje, da sieht es ja wirklich chaotisch aus.« Sie schlug sich eine Hand vor den Mund, konnte ihr Lachen damit jedoch nicht unterdrücken, als sie die Geschirrtürme in der Küche und die überquellenden Wäschekörbe sah. Auch Jessicas Zimmer sah reichlich durcheinander aus, während das von Joel zumindest betretbar war, ohne dass man über Kleidungsstücke oder Spielzeug stolperte. Im Augenblick waren jedoch weder die Kinder noch ihr Vater zu Hause.

»Bestimmt sind die Zwillinge noch in der Schule.« Santa Claus war neben seine Frau getreten und sah sich die Bilder ebenfalls an. Er betätigte den Frequenzregler, und im nächsten Moment erschien ein Klassenzimmer auf dem Bildschirm. »Siehst du?«

»Und Patrick Sternbach?« Diesmal stellte Santas Frau die Frequenz neu ein und pfiff gleich darauf überrascht durch die Zähne. »Also, wenn das mal kein Anblick ist!«

»Schatz!« Überrascht starrte Santa Claus seine Frau an. »Was soll ich denn davon jetzt halten?«

Sie kicherte. »Na, du musst doch wohl zugeben, dass man solch ein Exemplar von Mann nicht so oft zu sehen bekommt.« Sie deutete auf den Bildschirm, auf dem Patrick Sternbach gerade eine schwere Holzbohle anhob und einem anderen Arbeiter anreichte, der auf einem Gerüst stand. Patrick trug derbe Arbeitshosen und trotz des eher kühlen Wetters nur ein graues T-Shirt, das sich über seinen breiten Schultern und den muskulösen Armen spannte. Unter den Armen und am Rücken zeichneten sich Schweißflecken ab, die davon zeugten, dass die Arbeit, die er verrichtete, hochanstrengend war.

»Ich wusste ja noch gar nicht, dass du«, der Weihnachtsmann räusperte sich, »auf so etwas stehst.«

Seine Frau riss sich von dem Anblick los und prustete im nächsten Moment laut. »Also bitte, mein Lieber, bist du jetzt etwa eifersüchtig?«

Ihr herzliches Lachen brachte den Weihnachtsmann zum Schmunzeln. »Er ist immerhin ein junger, gut aussehender Kerl.«

»Allerdings.« Grinsend richtete sie ihren Blick wieder auf den Bildschirm, wurde dann aber gleich wieder ernst und stellte die Frequenz neu ein, sodass das Geschäftsgebäude von Patricks Bauunternehmen in Sicht kam und kurz darauf auch der Empfangsbereich und sein Büro. »Schau mal, da herrscht ja genauso ein Chaos wie bei ihm zu Hause. Und warum hat er denn niemanden am Empfang oder eine Sekretärin?«

»Vielleicht kann er sich nicht so viel Personal leisten, oder die Sekretärin ist gerade im Urlaub?« Interessiert sah sich der Weihnachtsmann alles genau an. »Kein Wunder, dass Joel darüber klagt, dass sein Vater immer nur arbeitet. Wenn ich mir das so anschaue, dann scheint er insgesamt zu wenige Mitarbeiter zu haben.«

»Aber er hat doch so eine große Familie. Warum hilft denn von denen niemand aus, wenigstens zeitweise?« Ratlos stellte

Santas Frau die Frequenz mehrmals neu ein, um auch Blicke auf die anderen Mitglieder der Sternbach-Familie zu werfen. »Wie seltsam. Ob sie vielleicht gar nicht wissen, in welchen Schwierigkeiten er steckt?«

Der Weihnachtsmann verschränkte die Arme und runzelte nachdenklich die Stirn. »Das sieht mir fast so aus, denn die Sternbachs halten normalerweise fest zusammen. Du erinnerst dich doch bestimmt noch an Lauras Geschichte vom vergangenen Jahr, nicht wahr? Da waren sie immer füreinander da. Ich glaube, das hier wird mein erstes Wunscherfüllungsprojekt des Jahres.«

»Selbstverständlich wird es das.« Seine Frau nickte mit Nachdruck. »Joels Wunschzettel kannst du ja auch gar nicht ignorieren. Nur ...«

»Was?« Santa Claus lockerte seine Arme wieder und sah seine Frau fragend an.

»Ich frage mich gerade, wie du all diese Wünsche erfüllen willst. Die kleineren sind wohl kaum ein Problem, aber wie willst du Patrick aus diesem Chaos heraushelfen und Joel dazu noch zu einer vollständigen Familie verhelfen? Dazu müsste Patrick doch erst einmal eine Frau finden – und für mich sieht es nicht so aus, als ob er dazu die Zeit oder auch nur den Nerv hätte. Und ein Hund ... Sosehr ich Joel verstehen kann, aber ein Haustier macht jede Menge Arbeit und würde das Chaos doch nur noch verschlimmern.«

»Mhm, ganz unrecht hast du damit nicht.« Mit gekräuselten Lippen ging Santa Claus zurück zu seinem Schreibtisch und setzte sich. »Ich will Patricks Leben nicht noch anstrengender machen, als es jetzt schon ist. Andererseits ...« Seine Miene begann sich ganz langsam aufzuhellen. »Mir kommt da gerade eine Idee.«

»Oh, oh.« Alarmiert musterte seine Frau ihn. »Diesen Gesichtsausdruck kenne ich, der ist gefährlich. Was ist das für eine Idee?«

»Ach, lass mich nur machen.« Betont lässig winkte der Weihnachtsmann ab, konnte sich ein Grinsen jedoch nicht verkneifen. »Ich muss erst ein paar Erkundigungen einziehen, aber ich glaube, ich habe bereits einen Weg gefunden, zumindest einen Teil von Joels Wünschen zu erfüllen. Ich werde jetzt gleich mal …«

»Santa? Hallo?« In der Tür erschien Elfe-Sieben, die kleine Assistentin des Weihnachtsmanns. »Ach, hier seid ihr beide! Wir warten schon so lange auf euch. Blitz und Donner scharren mit den Hufen, und Rudolph ist so aufgeregt, dass seine Nase ganz rot leuchtet. Wir wollten doch alle zusammen einen Ausflug machen.«

»Huch, stimmt ja.« Santas Frau schlug sich lachend gegen die Stirn. »Jetzt hätte ich das auch fast vergessen, weil mich dieser Wunschzettel so in seinen Bann gezogen hat.«

»Was denn für ein Wunschzettel?« Sofort hellhörig, trat die kleine Elfe näher.

»Ach, weißt du was, vergiss es einfach für den Moment.« Die Frau des Weihnachtsmannes legte Joels Brief rasch zurück in die Ablage und ergriff stattdessen die Hand ihres Mannes. »Das hat auch noch Zeit bis morgen. Komm, mein Lieber, die Elfen und die Rentiere warten auf uns.«

»Aber meine Idee …«, protestierte Santa Claus, als sie ihn von seinem Stuhl hochzog.

»Ich rate dir, erst eine Nacht darüber zu schlafen.« Seine Frau zog ihn rigoros mit sich zur Tür hinaus. »Wie ich deine Blitzideen nämlich kenne, richten sie doch nur wieder ein riesiges Durcheinander an. Lass dir lieber erst mal alles genau durch den Kopf gehen, bevor du irgendetwas in die Wege leitest.«

»Wenn du meinst …« Nicht vollkommen überzeugt warf Santa Claus einen letzten Blick über die Schulter in sein Büro. Doch als ihn wenig später vor dem Haus seine Elfenbrigade und die aufgeregten Rentiere begrüßten, vergaß er seine neuen Pläne für eine Weile.

# 2. Kapitel

»Heilige Scheiße, was ist denn hier explodiert?« Entsetzt starrte Patrick auf den Wust an Papieren, die über alle Oberflächen und den Fußboden seines Büros verteilt lagen, dicht bedeckt mit zu Konfetti verarbeitetem Toilettenpapier.

Inmitten des Durcheinanders saß der wuschelige hellbeigefarbene Mischlingshund, den er vor drei Wochen mit seinen Kindern aus dem Tierheim geholt hatte, und blickte mit Unschuldsmiene zu ihm auf.

*Hübsch, nicht wahr? So gefällt mir die Bude gleich viel besser. Und es ist überall schön weich gepolstert. Ich find's klasse. Du etwa nicht?*

Stöhnend griff Patrick sich mit beiden Händen an den Kopf. »Du verdammter …« Er unterbrach sich und atmete mehrmals tief durch, bevor sein Temperament mit ihm durchgehen konnte. Der Hund konnte nichts dafür, dass er nicht erzogen war, und auch nicht dafür, dass Patrick bisher keine Zeit gehabt hatte, mit ihm in eine Hundeschule zu gehen. »Was hast du denn jetzt schon wieder angestellt, Oskar?« Mit einigermaßen ruhiger Stimme sprach er das Tier an, während er das Büro betrat und die Tür hinter sich schloss, damit der Hund nicht auch noch ausbüxte. »Das Klopapier hatte ich für zu Hause eingekauft, nicht damit du es hier zu Schnipselschnee verarbeitest.«

*Ach so? Woher sollte ich das wissen? Mir war langweilig, und hier drinnen gibt es ja sonst nichts zum Spielen. Dauernd nur schlafen kann ich auch nicht, also blieb mir doch gar nichts anderes übrig, als ein bisschen umzudekorieren. Aber wenn es dir nicht passt, darfst du auch gerne mal die Tür aufmachen und mich rauslassen. Dann kann ich endlich das Weite suchen, so wie ich es eigentlich vorhatte, als ihr mich aus dem Tierheim rausgeholt habt. Ich bin nämlich ein waschechter Streuner, jawohl. Und das, seit ich vor zwei Jahren auf die Welt gekommen bin. Dass die vom Tierheim mich eingefangen haben, war bloß ein Missgeschick und deine beiden Kinder für mich die einfachste Option, da wieder herauszukommen. Ein bisschen lieb gucken und Hände abschlecken – und schon war ich aus dem Gefängnis wieder raus. Blöd nur, dass ihr mich so gut bewacht und immer alle Türen zumacht. Wie man die aufkriegt, habe ich leider noch nicht ganz heraus. Aber vielleicht vergesst ihr ja mal, sie zuzumachen, wenn ich euch mit meinen Streichen ablenke.*

Kopfschüttelnd musterte Patrick den lammfromm dreinblickenden Hund mit den hübschen dunkelbraunen Augen, der den Kopf schräg gelegt hatte und jetzt sogar ein wenig hechelte, sodass es aussah, als lächle er ihn an. »Als hätte ich nicht schon genug zu tun … Jetzt kann ich auch noch hier aufräumen. Dabei müsste ich dringend die Zeichnungen für die drei neuen großen Blockhäuser im Ferienpark durchgehen, ganz zu schweigen von der Abschlussabnahme von Justus' Haus. Immerhin will er im November einziehen. Ich war schon seit zwei Wochen nicht mehr auf der Baustelle und habe keine Ahnung, ob wir noch im Zeitplan liegen.« Er seufzte leise. »Aber was rede ich ausgerechnet mit dir? Du hast keine Ahnung von meinen Problemen, und ich nehme an, dass sie dich auch nicht die Bohne interessieren.«

*Stimmt auffallend. Ich habe keinerlei Interesse an was auch immer ihr Menschen so treibt. Gut, deine Kinder sind eigentlich ganz lieb und nett, aber wie gesagt, ich bin ein Streuner und muss mich allmählich wieder aus dem Staub machen. So gehört sich das nämlich für Vagabunden.*

Vor sich hin brummelnd bückte Patrick sich, um die Toilettenpapierfetzen aufzuraffen, als irgendwo ein Telefon klingelte. Er zuckte zusammen und blickte sich suchend um, bis er das Telefon unter einer Schicht Papiere entdeckte. »Sternbach?«, meldete er sich, ohne vorher auf die Anzeige auf dem Display zu blicken. Mit der freien Hand sammelte er weiter das Toilettenpapier auf und stopfte es in den Papierkorb.

»Patrick, hier ist Ursula.«

»Ah, gut, dass du anrufst.« Er atmete auf, als er die Stimme seiner Empfangsdame erkannte. »Geht es dir besser? Kannst du am Montag wieder arbeiten? Ich brauche dich hier ganz dringend, weil ...«

»Äh, nein.«

Er stockte. »Nein?«

»Nein.« Ursula räusperte sich, und er sah die Dreißigjährige sofort vor sich: ein wenig mollig, rot gefärbter Kurzhaarschnitt und immer lange bunte Schals, ganz gleich, welches Outfit sie trug. Er hatte sie vor einem halben Jahr eingestellt, nachdem seine vorherige Empfangsdame, die zugleich seine Sekretärin gewesen war, sich wegen Überlastung einen anderen Job gesucht hatte. Ursula war nicht eben seine allererste Wahl gewesen und hatte ihn mit ihrer laschen Arbeitsmoral und fehlenden Ordnungsliebe oft geärgert, aber ohne sie versank er erst recht in einem heillosen Durcheinander und hatte überhaupt keinen Überblick mehr über seine Aufträge und Termine. Jetzt seufzte sie leise. »Patrick, ich kündige. Ich habe dir schon was Schriftliches per Post geschickt, das du am Montag auf dem Schreibtisch haben wirst. Ich habe jemanden kennengelernt, weißt du, und er wohnt in Bochum, und ich kann zu ihm ziehen und habe dort auch schon eine neue Stelle gefunden und ... Kurz und gut, ich komme nicht mehr zur Arbeit. Immerhin habe ich noch ein paar Urlaubstage, und laut meinem Arbeitsvertrag ist die Kündigungsfrist ja sehr kurz, also reicht es, wenn ich dir jetzt Bescheid gebe. Daher – tut mir leid, aber mach's gut, ja? Du findest schon jemand anderen für den Posten.«

»Aber …« Vollkommen perplex starrte Patrick auf das Telefon in seiner Hand. Ursula hatte einfach aufgelegt. Kraftlos ließ er sich auf die Kante seines Schreibtischs sinken und legte den Kopf in den Nacken. »Verdammt noch mal!«

Ohne eine tüchtige Schreibkraft – und tüchtig war Ursula nicht mal gewesen – und jemanden, der sich des ganzen organisatorischen Krams annahm, war er aufgeschmissen. Und das gerade jetzt, wo ihm die Arbeit geradezu über den Kopf wuchs. Erst vergangenen Monat hatte er einen Mitarbeiter verloren, der ebenfalls in eine andere Stadt gezogen war, und immer noch keinen Ersatz für ihn gefunden. Gute Schreiner wuchsen nun mal nicht auf Bäumen.

Die Panik, die sich in ihm ausbreiten wollte, versuchte er sofort zu unterdrücken. Er würde nicht den Kopf verlieren. Er würde eine Lösung finden, wenn er im Moment auch noch nicht wusste, wo er sie suchen sollte. Erst einmal musste er hier für Ordnung sorgen und sich die Zeichnungen der neuen Häuser heraussuchen. Am besten nahm er sie mit nach Hause und legte eine weitere Nachtschicht ein, um sie zu kontrollieren und, wenn nötig, zu überarbeiten. In einer knappen Stunde musste er Jessica und Joel von seinen Eltern abholen und ihnen ein halbwegs nahrhaftes Abendessen auftischen. Und eigentlich hätte er gerne noch etwas mit ihnen unternommen oder sich zumindest zu Hause mit ihnen beschäftigt. Fast kam es ihm so vor, als würden die beiden sich emotional ganz allmählich wieder von ihm entfernen. Dabei hatte er sich in den ersten Monaten, die sie hier verbracht hatten, wirklich Mühe gegeben, eine Beziehung zu ihnen aufzubauen. Doch wie zum Teufel sollte er das alles schaffen, wenn er nicht mehr wusste, wo ihm der Kopf stand?

Er hatte schon überlegt, ob er seine Eltern um mehr Hilfe bitten sollte, doch den Gedanken hatte er schnell wieder verworfen. Die beiden und auch seine Geschwister hatten bereits so unglaublich viel für ihn und die Zwillinge getan und taten es immer noch. Er konnte sie unmöglich noch weiter belasten. Außerdem ging es ihm mächtig gegen den Strich, dass er nicht in der Lage sein sollte, sein Leben in den Griff zu bekommen. Vor ein paar Jahren hatte alles so gut begonnen, als er sein Bauunternehmen aus dem Boden gestampft hatte. Er war es langsam und überlegt angegangen und hatte bald erste Erfolge verzeichnen können. Wie hätte er auch ahnen sollen, dass ihn die Nachricht, dass er zwei Kinder hatte und dass deren Mutter im Sterben lag, derart aus der Bahn werfen würde?

Klarissa war vor nicht ganz elf Jahren als Siebzehnjährige im Hotel seiner Eltern aufgetaucht und hatte einen Sommerjob gesucht. An ihrem achtzehnten Geburtstag, den sie hier mit Patricks Familie und den Angestellten des Hotels gefeiert hatte, waren sie einander nähergekommen und für ein Weilchen mehr oder weniger ein Paar gewesen. Dann hatte sich herausgestellt, dass Klarissa aus reichem Elternhaus stammte und weggelaufen war. Ihre Eltern hatten sie aufgespürt und wieder mit nach Hause genommen. Danach hatte er nie wieder etwas von ihr gehört. Bis sie ihn vor einem knappen Jahr aus einem Hospiz angerufen hatte. Sie litt an einer unheilbaren Lungenkrankheit, und es ging ihr sehr schlecht. Klarissa hatte ihm von den Zwillingen erzählt und ihn angefleht, sich der beiden anzunehmen, weil sie sie nicht in der Obhut ihrer kontrollsüchtigen Eltern wissen wollte.

Sogar Klarissas Anwältin hatte ihm nahegelegt, das Sorgerecht für die Kinder zu beantragen, weil ihrer Meinung nach Klarissas Eltern nicht die geeignete Familie für die beiden Kinder seien. Nachdem er die Meiningers kennengelernt hatte, musste er sich dieser Ansicht anschließen. Nicht nur hatten die beiden erfolgreich verhindert, dass er früher von seinen Kindern erfahren hatte, sie wollten auch nicht, dass er die Zwillinge auch nur kennenlernte, und hatten sogar versucht, die Rechte ihrer eigenen Tochter zu beschneiden, um der Kinder habhaft zu werden. Und das alles, weil er in seiner

Jugend zugegebenermaßen ein paar Fehler begangen hatte und mit dem Gesetz aneinandergeraten war. Was er inzwischen aus sich gemacht hatte, war ihnen vollkommen egal. Sie waren reich und hochnäsig und hielten sich für den Nabel der Welt.

Nach kurzem Hin und Her hatte er, um seine Rechte zu stärken, Klarissa auf dem Totenbett geheiratet und eine gemeinsame Sorgerechtserklärung eingereicht. Kurz darauf war Klarissa verstorben, und die Kinder waren bei ihm – oder vielmehr zunächst bei seinen Eltern – eingezogen.

Er hatte sein Haus umgebaut, zwei Kinderzimmer und ein zusätzliches Bad eingerichtet und war jetzt ein alleinerziehender Vater, der im Grunde keinen Schimmer hatte, was er hier eigentlich tat.

Innerlich seufzend fuhr er fort, im Büro so etwas Ähnliches wie Ordnung herzustellen, und wäre dabei mehrmals fast über Oskar gestolpert, der sich demonstrativ mitten im Raum ausgestreckt hatte und ihm gelangweilt zusah. »Hund müsste man sein, was?«, murmelte er vor sich hin.

*Na klar. Also ich wollte noch nie was anderes sein. Ihr Menschen seid immer so kontrollsüchtig und tut Dinge, die ich nicht verstehe und die ein Hund niemals tun würde. Also stimme ich dir ausnahmsweise mal zu. Wuff.*

Verblüfft hielt Patrick inne, als er das leise Bellen vernahm. »Hast du mir etwa zugestimmt?«

*Jepp.*

Kopfschüttelnd stapelte Patrick die Ordner mit den Zeichnungen aufeinander und schnappte sich dann die Hundeleine, die er beim Aufräumen unter dem Schreibtisch entdeckt hatte. »Na, komm mal her, damit ich dir das Geschirr anlegen kann. Wir müssen los.«

*Wenn es sein muss.* Oskar gähnte genervt und erhob sich.

Patrick hatte ihm gerade das Geschirr umgelegt und die Leine eingehakt, als hinter ihm die Tür aufging.

»Patrick, bist du hier? Oh, gut.« Seine Schwägerin Laura

trat ein und schob, während sie sich mit großen Augen umsah, die Tür hinter sich ins Schloss. Als ihr Blick auf den überquellenden Papierkorb fiel, gluckste sie. »Was ist das denn? Hat Oskar etwa ein Missgeschick hinterlassen?«

»Nicht so, wie du jetzt vielleicht denkst.« Patrick erhob sich wieder und brachte ein schiefes Grinsen zustande. »Er hat nur seine Freude an Klopapier-Konfetti entdeckt.«

»Oje.« Laura bemühte sich sichtlich um einen mitfühlenden Gesichtsausdruck, das Lachen konnte sie dennoch nicht unterdrücken.

»Was führt dich hierher?« Er musterte sie etwas genauer. Sie trug ein knielanges dunkelblaues Wollkleid, das ihre kurvige Figur ausgezeichnet zur Geltung brachte, eine lange Kette mit Sternanhänger um den Hals, und ihre langen roten Locken hatte sie zu einem raffinierten Knoten hochgesteckt, sodass die zur Kette passenden Ohrstecker gut sichtbar waren. »Du siehst aus, als hättest du vor, meinen Bruder heute Abend ein bisschen zu verführen.«

Auf ihren Wangen erschien ein rosiger Schimmer. »Ich bin auf dem Weg ins Stadthotel, um ihn dort zum Abendessen zu treffen. Danach wollen wir ins Kino.«

»Aha.« Er schmunzelte. »Knutschen in der letzten Reihe?«

»Wer weiß?« Sie kicherte, wurde aber gleich wieder ernst. »Ich hatte ihm versprochen, dich zu fragen, ob das mit der Abschlussabnahme alles so klappt wie geplant, deshalb habe ich den kleinen Umweg hierher gemacht. Wir haben dich schon eine Weile nicht mehr zu Gesicht bekommen, sondern nur Toni und Karl, die den Innenausbau machen. Du scheinst ja gerade ganz schön mit Arbeit eingedeckt zu sein, da wollten wir nur sichergehen …«

»Keine Sorge, das haut schon hin.« Er schloss verärgert die Augen, als er merkte, dass sein Tonfall viel zu scharf und aggressiv geworden war. »Entschuldige, ich bin etwas im Stress, aber wir werden den Termin einhalten.«

Lauras Miene wurde ernst, und sie trat sichtlich besorgt auf ihn zu. »Wenn es sich um ein, zwei Wochen verschiebt, ist es auch kein Beinbruch.«

»Es verschiebt sich gar nichts.« Verflixt, wieder zu harsch. Er rieb sich über die Stirn.

»Was ist los, Patrick?«

Er blickte auf seinen Arm, auf den sie eine Hand gelegt hatte. »Gar nichts. Wie gesagt, ich bin nur ein bisschen im Stress, sonst nichts.«

Sie drückte seinen Arm. »Wenn du Hilfe benötigst …«

»Nein.«

»… dann kannst du immer zu uns kommen, das weißt du doch?«

»Ja.« Er fluchte innerlich. »Ich brauche keine Hilfe. Ihr tut schon genug für mich und die Zwillinge.«

»Trotzdem kannst du immer um Hilfe bitten. Es ist nicht einfach als alleinerziehender Vater.« Sie schwieg kurz, blickte sich noch einmal um. »Ist Ursula immer noch krank?«

Seufzend ergab er sich. Laura hatte in dem Jahr, das er sie nun kannte, bereits die inquisitorischen Fähigkeiten seiner Familie übernommen und würde wahrscheinlich keine Ruhe geben, ehe er ihr nicht zumindest etwas erzählte. »Nein, sie ist nicht mehr krank. Sie hat gekündigt.«

»Was?« Verblüfft hob Laura den Kopf.

»Sie hat einen Mann kennengelernt und geht mit ihm nach Bochum.«

»Das gibt es doch nicht. Erst Ronny, jetzt Ursula? Das ist aber wirklich Pech. Dabei war sie doch noch gar nicht lange hier.«

»Ein gutes halbes Jahr.« Er zuckte mit den Achseln. »Morgen muss ich eine Stellenausschreibung in die Zeitung setzen.«

»Ja, unbedingt. Ohne jemanden, der das Büro organisiert, bist du doch aufgeschmissen.« Erneut drückte sie seinen Arm.

»Nicht, dass du nicht fähig wärst, den Kram selbst zu machen, aber du musst dich um so viele Dinge kümmern. Eine gute Bürokraft brauchst du dringend. Soll ich mich mal umhören, ob jemand, den wir kennen, einen Job sucht oder jemanden kennt, der jemanden kennt …?«

»Klar, von mir aus.« Er schielte auf seine Armbanduhr. »Ich muss jetzt los, die Kinder abholen.«

»Natürlich.« Endlich ließ sie seinen Arm los, lächelte ihm aber aufmunternd zu. »Du schaffst das schon.«

Er nickte nur. »Ich rufe euch wegen des genauen Abnahmetermins noch mal an.«

»Okay.« Zögernd drehte sie sich um und öffnete die Tür. »Du solltest mit Oskar mal in die Hundeschule gehen. Er scheint nicht von Natur aus gehorsam zu sein, so wie unsere Lizzy.«

*Was, Hundeschule? Nee, nee, kommt ja gar nicht infrage. So einen Blödsinn fangen wir gar nicht erst an.* Oskar stieß ein ungehaltenes Grummeln aus.

Überrascht blickten Patrick und Laura auf den Hund hinab. Patrick grinste erneut schief. »Ich weiß. Sobald der Tag achtundvierzig Stunden hat, gehe ich die Sache an.«

Laura lachte. »Es war so toll von dir, den Kindern diese Freude zu bereiten. Aber ein Hund macht selbst im besten Fall eine Menge Arbeit. Vielleicht hättest du noch ein Weilchen warten sollen, bis du etwas mehr Zeit hast.«

*Nein, also da muss ich dringend widersprechen.* Oskar schüttelte sich. *Der Moment war perfekt. Viel länger hätte ich es in dem blöden Tierheim nämlich nicht ausgehalten. Nicht, dass die Leute da nicht nett gewesen wären, und die anderen Hunde – na ja, die waren auch in Ordnung –, aber ich bin nun mal ein Vagabund. Ein Streuner. Ich muss raus in die große weite Welt.*

»Wenn ich darauf warte, bin ich in Rente, und die Kinder sind aus dem Haus.« Er winkte ab. »Nein, sie haben so schon nicht viel von mir, da sollen sie wenigstens einen vierbeinigen Spielkameraden haben. Irgendwie funktioniert es ja.«

»Na gut, hergeben könnte ich den süßen Oskar an eurer Stelle jetzt auch nicht mehr.« Sie beugte sich über den Hund und wuschelte ihm durchs Fell. »Nicht wahr, du bist ein ganz Süßer und Lieber – und so flauschig.«

*Oh, danke sehr. Das Kompliment nehme ich natürlich gerne an.* Mit einem leisen Schnauben schüttelte Oskar sich erneut und leckte ihr kurz über die Hand.

Laura kicherte wieder. »Kleiner Charmeur.« Sie richtete sich wieder auf und nickte Patrick zu. »Also, bis dann – und wenn etwas sein sollte …«

»Jaja.« Er winkte noch mal lässig ab und bemühte sich um eine heitere Miene. »Ich komme schon zurecht. Fahr du jetzt mal lieber zu deinem Göttergatten, und verdreh ihm ein bisschen den Kopf.«

Sie lächelte, stellte sich auf die Zehenspitzen und küsste ihn auf die Wange. »Grüß Jessica und Joel von uns.«

»Mach ich.« Er folgte ihr nach draußen, schaltete vorher alle Lichter aus und die Alarmanlage an und schloss hinter sich das Bürogebäude ab. Dann sah er Laura dabei zu, wie sie zu ihrem Auto ging und davonfuhr. Er lief mit Oskar ein paar Schritte in den angrenzenden Wald, damit der Hund sein Geschäft verrichten konnte, und verfrachtete ihn danach in die Hundebox im Kofferraum des gebrauchten SUV, den er zusätzlich zu seinem Pick-up angeschafft hatte, als ihm klar geworden war, dass er ein familientaugliches Auto benötigte.

Sein Blick fiel auf eine der beiden Werkshallen, in der noch Licht brannte. Seine beiden Angestellten Heiko und Mark wären noch mindestens zwei Stunden dort beschäftigt, und Heiko würde später die Halle abschließen. Dass die zweite Halle seit Ronnys Weggang gänzlich leer stand, ärgerte Patrick nicht nur, es bereitete ihm auch Sorgen, immerhin hatte er einen nicht unbeträchtlichen Kredit aufgenommen, um das

Werkstattgebäude zu bauen. Dort wurden hauptsächlich Möbel und sonstige Teile der Inneneinrichtung gefertigt, soweit dies von den Kunden gewünscht wurde. Ronny war Schreinermeister gewesen und hatte zusammen mit Karl und Toni gute Arbeit geleistet. Jetzt arbeiteten die beiden Gesellen erst einmal nur noch die vorhandenen Aufträge ab, nicht selten mit Patricks tatkräftiger Hilfe. Doch eigentlich musste Patrick noch mindestens einen neuen Meister und einen Gesellen einstellen, vielleicht sogar einen Auszubildenden im kommenden Jahr. Wenn er denn fähige Leute fände, doch das hatte sich zuletzt als nicht so einfach herausgestellt.

Kopfschüttelnd, weil er die Situation heute ohnehin nicht mehr ändern konnte, klemmte er sich hinters Steuer, atmete tief durch und nahm sich vor, sich seinen Eltern und den Kindern gegenüber nichts von seinen Sorgen anmerken zu lassen. Es reichte, wenn er sich später, wenn er allein war, den Kopf zerbrach.

***

»Hier, bitte, für Ihre Mühen.« Mit einem strahlenden Lächeln reichte Angelique den beiden Umzugshelfern, die ihre Möbel und Habseligkeiten aus ihrer Kölner Luxuswohnung in die wesentlich kleinere, aber dennoch hübsche Wohnung im Haus ihrer Tante transportiert hatten, ein großzügiges Trinkgeld. »Ohne Sie beide wäre ich aufgeschmissen gewesen.«

Die beiden Männer bedankten sich artig und verabschiedeten sich. Kaum waren sie verschwunden, als Angelique die Wohnungstür ins Schloss warf und sich auf den nächstbesten Umzugskarton in ihrem zukünftigen Wohnzimmer sinken ließ. Die Ellenbogen auf die Knie und das Kinn in die Hände gestützt, blickte sie auf die Unordnung zwischen Couch, Kisten, Sideboard und aufgerollten Teppichen und stieß ganz langsam die Luft aus.

Ihr Leben hatte sich gerade so grundlegend verändert, dass sie selbst noch nicht so ganz wusste, was sie davon halten sollte. Deshalb hatte sie auch noch niemandem außer ihrer Tante Inge davon erzählt. Selbst ihre beste Freundin Laura wusste nur wenige Details. Erst einmal musste Angelique Ordnung in das Chaos bringen, das sich vor ihr ausbreitete, sowohl im wörtlichen als auch im übertragenen Sinne, denn Chaos gehörte nicht in ihr Leben. Es lag in ihrer Natur, chaotische Zustände in geordnete zu verwandeln, und das Talent, dabei mehrere Dinge gleichzeitig zu erledigen, ohne auch nur ein Detail oder das große Ganze aus den Augen zu verlieren, war ihr in die Wiege gelegt worden. Also würde sie auch mit dieser Situation spielend fertigwerden – sobald sie sich darüber klar geworden war, in welche Richtung sie von hier aus gehen wollte.

Zeit zum Überlegen hatte sie momentan genug, nachdem sie gerade Knall auf Fall ihren Job verloren hatte. Einen gut bezahlten Job in der angesehenen Kölner Marketingfirma Callas noch dazu. Fast ein Jahr lang hatte sie sich als Assistentin der stellvertretenden Geschäftsführerin krummgelegt, ihrer Chefin Claudia praktisch jeden Wunsch von den Augen abgelesen, drei von vier Wochenenden gearbeitet. Jetzt war Claudia in eine noch größere Firma nach Hamburg übergewechselt, und Carlo Callas, der Sohn des Firmeninhabers, hatte Angelique kurzerhand gefeuert. Sie sei zu teuer, hatte er behauptet und Claudias Stelle mit seiner frischgebackenen Ehefrau besetzt, die auch direkt eine fähige Assistentin mitbrachte.

Angelique hatte vor Wut gekocht. Natürlich hatte sie ein hohes Gehalt bekommen, aber dafür hatte sie auch überdurchschnittliche Arbeit geleistet. Vor Claudia war Laura ihre Chefin gewesen, bis sie hier in diese nette kleine Stadt gezogen war, um nach einer desaströsen Affäre mit Carlo Callas ihr Leben neu zu ordnen und als Marketingchefin der beiden Sternbach-Hotels neu anzufangen.

Der Neubeginn war Laura besser geglückt, als Angelique erwartet hatte, denn mittlerweile war sie mit dem ältesten Sohn des Hotelchefs glücklich verheiratet. Vielleicht war es ein ganz klein wenig diese Erfolgsgeschichte, die Angelique dazu veranlasst hatte, sich eine Auszeit zu gönnen und genau in dieses nette Städtchen zu ziehen. Hier fand sie hoffentlich ein wenig Ruhe und wurde sich darüber klar, was genau sie sich eigentlich von ihrer Zukunft erwartete. Ihre Tante hatte glücklicherweise gerade eine Wohnung in ihrem geerbten Mehrfamilienhaus frei gehabt und sie mit offenen Armen empfangen.

Inge war Angelique die Liebste ihrer Verwandten, abgesehen von ihrem ältesten Bruder Lukas, der immer so etwas wie ihr bester Freund gewesen war. Zu ihren Eltern pflegte sie eine eher oberflächliche Beziehung, denn die Ansichten der beiden über ihre Rolle in der Welt im Allgemeinen und der altehrwürdigen Fabrikantenfamilie Sahrmüller im Speziellen unterschieden sich einfach zu sehr von ihren eigenen. Mit ihrem zweitältesten Bruder Ralf und seinem Ehemann kam Angelique recht gut aus – solange sie allein mit ihnen war. Ihre jüngere Schwester Nina, die mit einem Adeligen verheiratet und mit vierundzwanzig Jahren bereits zweifache Mutter war, ähnelte ihren Eltern zu sehr, als dass die Bindung zu ihr besonders eng oder innig hätte werden können.

Inge war die Schwester von Angeliques Vater, doch die beiden hätten nicht unterschiedlicher sein können. Angelique liebte Inges fröhliche, unkomplizierte Art und die Tatsache, dass ihrer Tante jeglicher Standesdünkel fehlte. Sie hatte vor einigen Jahren zusammen mit dem Mietshaus ein kleines Vermögen geerbt, arbeitete aber weiterhin mit großer Freude und Leidenschaft als Sprechstundenhilfe bei einer Tierärztin. Sobald ihre Arbeitszeit um war, würde sie ganz sicher hier auftauchen und Angelique ihre Hilfe anbieten.

Auch Laura hätte ihr mit Sicherheit angeboten zu helfen,

doch ihr hatte Angelique noch gar nichts von ihrem Umzug erzählt. Lediglich den Zorn über ihre Kündigung hatte sie umgehend telefonisch bei der Freundin abgeladen, die, wie nicht anders zu erwarten, ebenso empört und sofort zu jeglichem Freundschaftsdienst bereit gewesen war.

Doch Angelique hatte das Angebot dankend abgelehnt. Aus einem ersten Impuls heraus war sie in Kampfstellung gegangen und hatte sich sofort darangemacht, Bewerbungsmappen zusammenzustellen. Mit ihren Fähigkeiten und Referenzen war es sicherlich nicht allzu schwierig, schnell wieder eine Stellung zu finden. Damit hatte sie auch Laura beruhigt und ihr versprochen, sie sofort zu informieren, wenn sie einen neuen Arbeitsvertrag unterschreiben wollte. Das war vor ungefähr zwei Wochen gewesen. Angelique hatte noch so viele Urlaubstage und Überstunden gehabt, dass sie praktisch am Tag ihrer Kündigung ihren Arbeitsplatz bei Callas hatte räumen können. Das, so hatte sie gedacht, war perfekt, um sofort zum Angriff überzugehen. Doch je mehr Mappen sie mit der ihr angeborenen Sorgfalt erstellt hatte, desto mehr Zweifel waren in ihr gewachsen. Wollte sie wirklich wieder das Mädchen für alles eines ehrgeizigen und womöglich überkandidelten Erfolgsmenschen sein oder nicht doch lieber ihr eigenes Ding machen? Nur welches Ding das sein könnte, das wusste sie absolut nicht. Sie war zu lange in ein und derselben Tretmühle gewesen und hatte ihre Wünsche und Träume so sehr vernachlässigt, dass sie Mühe hatte, sie wieder an die Oberfläche zu holen.

Nicht dass ihr die Arbeit bei Callas keinen Spaß gemacht hätte, aber nach Monaten oder sogar Jahren des beinahe Rund-um-die-Uhr-Arbeitens musste sie sich eingestehen, dass sie auf der Stelle trat – und dass sie etwas Neues wollte.

Ihrer Freundin hatte der abrupte und rigorose Wechsel von der hektischen Großstadt und dem international agierenden Unternehmen in die Kleinstadt und zu einem familiengeführten Hotelbetrieb mehr als gutgetan. Sie war aufgeblüht, hatte sogar viel Ballast aus ihrer Vergangenheit abwerfen oder zumindest endlich verarbeiten können.

So schwerwiegende emotionale Päckchen trug Angelique zwar nicht mit sich herum, und sie war sich auch nicht sicher, ob diese kleine Stadt ihr überhaupt irgendwelche beruflichen Perspektiven zu bieten hatte, doch für eine Auszeit taugte sie allemal. Ein paar Wochen, vielleicht sogar bis zum Jahresende, würde sie sich Zeit nehmen, um ihr Leben neu zu justieren, um dann im neuen Jahr wieder voll durchzustarten.

Nachdem sie sich diesen Plan wieder vor Augen geführt hatte, erhob Angelique sich mit frischem Schwung, reckte sich ein wenig, schüttelte ihr langes schwarzes Haar und wollte es gerade mit einem einfachen Haargummi zu einem Zopf zusammenbinden, damit es ihr bei der Arbeit nicht im Weg war, als es an der Wohnungstür Sturm klingelte.

Rasch streifte Angelique den dunkelroten Haargummi über ihr rechtes Handgelenk, ging mit großen Schritten auf die Tür zu und riss sie auf. »Jaja, ich bin doch schon da. Wer ist denn …? Laura!« Verblüfft starrte sie ihre Freundin an. »Was machst du denn hier?«

Laura trat einen Schritt vor und zog sie heftig an sich. »Das Gleiche könnte ich dich fragen. Warum hast du mir denn nicht erzählt, dass du vorhast hierherzuziehen? So was verschweigt man doch der besten Freundin nicht.«

Obwohl sie mit diesem Besuch absolut nicht gerechnet hatte, spürte Angelique Freude und auch Erleichterung in sich aufsteigen und erwiderte die Umarmung.

Die kleine Westhighland-White-Terrierdame, die Laura an der Leine mit sich führte, bellte indes hell und hüpfte freudig auf und ab, bis Angelique sich bückte und sie begrüßte.

»Hallo, Lizzy, du Hübsche. Du bist ja immer noch so ein Energiebündel. Hältst du dein Frauchen schön in Atem und bei Laune?«

Wieder bellte die Hündin fröhlich, und Laura lachte. »Das tut sie, darauf kannst du dich verlassen.«

»Ach, Laura.« Angelique richtete sich wieder auf und küsste die Freundin auf beide Wangen. »Kommt rein. Ich wollte mich erst einrichten, weißt du, bevor ich mich bei dir melde.«

»Aber wir hätten dir doch beim Umzug geholfen.« Ebenso streng wie liebevoll musterte Laura sie, während sie zusammen ins Wohnzimmer gingen. »Ich schulde dir sowieso noch einen Umzug, weil du mir letztes Jahr so wunderbar mit den Sachen meiner Eltern geholfen hast.«

»So ein Quatsch, du schuldest mir überhaupt nichts.« Mit beiden Händen winkte Angelique ab. »Setz dich.« Sie deutete auf die Couch, die zwar noch nicht an ihrem zukünftigen Platz stand, jedoch neben den Kartons die einzige verfügbare Sitzgelegenheit im Raum war. »Ich kann dir leider nicht viel mehr als Mineralwasser und Cola light anbieten ... aus der Flasche. Ich habe noch nicht ausgepackt, wie du siehst. Genau genommen bin ich erst vor ein paar Minuten angekommen. Du hast die Möbelpacker haarscharf verpasst.« Sie hielt kurz inne. »Woher weißt du überhaupt, dass ich hier bin?«

Laura machte es sich auf der Couch bequem, und prompt hüpfte Lizzy auf ihren Schoß. »Deine Tante Inge hat sich verplappert. Ich war vorhin mit Lizzy bei Fiona zum Impfen und um Wurmkur zu kaufen, und da hat Inge erzählt, dass du heute hier einziehst. Du kannst dir sicher vorstellen, dass ich aus allen Wolken gefallen bin. Was ist denn mit deiner schönen Wohnung in Köln? Und hast du doch noch keinen neuen Job gefunden? Ich dachte, du hättest schon einen Schlachtplan und inzwischen mindestens zehn Firmen, die sich um dich reißen.«

»Ich habe meine Pläne geändert.« Auch Angelique setzte sich auf die Couch und kraulte Lizzy hinter den Ohren. »Tut mir leid, dass ich dir nichts erzählt habe, aber irgendwie musste ich das erst mit mir selbst ausmachen. Hierherzuziehen war eine ziemlich spontane Idee und auch nur möglich, weil Tante Inge zufällig die Wohnung frei hatte. Ich habe den Mietvertrag in Köln zum ersten Dezember gekündigt, weil ich mir die Miete wohl nicht mehr werde leisten können. Meinen Treuhandfonds taste ich dafür nämlich nicht an.«

»Aber du findest doch bestimmt wieder einen Job.« Laura stockte. »Oder willst du in eine andere Stadt ziehen? Weiter weg? In München und Berlin gibt es viele gute Firmen, die dich mit Kusshand nehmen würden.«

»Nein, ich bleibe erst einmal hier, bis ich weiß, was werden soll. So weit weg möchte ich auch nicht, wenn ich ehrlich sein soll.« Angelique hob die Schultern. »Am Ende bekomme ich noch Heimweh.«

»Aber ausgerechnet hier? Du bist doch ein Großstadtkind.« Zweifelnd musterte Laura sie.

»Eigentlich nicht wirklich.« Angelique lachte leise. »Die Stadt, in der ich aufgewachsen bin, war ja nicht viel größer als diese hier. Ich bin nur von dort geflohen, weil mir die Decke auf den Kopf gefallen ist und meine Eltern mir auf den Wecker gingen. Versteh mich nicht falsch, ich mag Köln sehr, aber ich komme auch in einer Kleinstadt klar. Außerdem kann ich in weniger als einer Dreiviertelstunde Großstadtluft schnuppern, wenn ich meine, es nötig zu haben.«

»Aber was willst du denn jetzt machen? Hier gibt es keine Marketingfirmen oder etwas Ähnliches, bei denen du dich bewerben könntest.«

»Ich weiß. Ich bin mir auch gar nicht sicher, ob ich diese Art Job überhaupt noch einmal machen möchte oder nicht vielleicht etwas ganz anderes. Ich nehme mir ein paar Wochen Auszeit.«

»Aha.« Die Zweifel standen Laura deutlich ins Gesicht geschrieben. »Wer sind Sie, und was haben Sie mir meiner Freundin Angelique gemacht?«

Angelique lachte. »Glaubst du, das kann ich nicht?«

»Justus hat dich mal die Tausendprozentige genannt …«

»Soll ich jetzt geschmeichelt oder beleidigt sein?«

»Es war als Kompliment gemeint.«

Kopfschüttelnd lehnte Angelique sich auf der Couch zurück und legte für einen Moment den Kopf in den Nacken. »Auch Tausendprozentige müssen ab und zu mal ihre Akkus aufladen. Ich meine es ernst, Laura. Etwas muss sich ändern. Bei Callas habe ich zuletzt so gut wie alles gemacht, und Claudia hat die Lorbeeren eingeheimst. Der fette Gehaltsscheck am Ende des Monats war zwar nett, aber vielleicht sollte ich mich allmählich nach etwas umsehen, wobei ich nicht immer nur im Schatten anderer stehe. Ich bin jetzt siebenundzwanzig. Spätestens mit dreißig will ich irgendwas Eigenes haben. Was genau, weiß ich zwar noch nicht, aber vielleicht etwas, was mehr Sinn ergibt, als meiner Chefin nachts um zwei noch von irgendwoher chinesischen Tee zu besorgen, weil sie sonst angeblich nicht denken kann.«

Laura dachte über ihre Worte nach. »Das kann ich verstehen.« Sie hielt kurz inne. »Du hast also alle Brücken hinter dir abgebrochen, so wie ich vergangenes Jahr?«

»So ähnlich.« Angelique rutschte ein wenig auf der Couch hin und her, bis ihr Kopf auf der Rückenlehne lag, und streckte die langen Beine in den schwarzen Jeans weit von sich. »Es fühlt sich zwar etwas seltsam an zu wissen, dass ich morgen früh nicht aufstehen und zur Arbeit gehen werde, aber wahrscheinlich tut mir etwas Urlaub und Abstand mal gut. Zeit zu haben … Ich weiß schon gar nicht mehr, wie das ist.«

»So ging es mir damals auch, ich wusste es bloß nicht.« Laura lächelte versonnen. »Ich war so tief in meinem Schneckenhaus verbarrikadiert, dass ich den Weg hinaus fast nicht mehr gefunden hätte. Aber Justus und seine Familie haben sich viel Mühe mit mir gegeben und mich schließlich doch hervorgelockt.«

»Deine Familie meinst du.« Angelique blinzelte ihr aus ihrer halb liegenden Position vergnügt zu.

»Jetzt ist es auch meine Familie, ja. Sie haben so viel für mich getan und …« Abrupt stockte sie, runzelte die Stirn, dann schüttelte sie den Kopf.

»Was und?« Angelique wandte ihr das Gesicht zu.

»Nichts.« Mit gekräuselten Lippen blickte Laura auf Lizzy hinab. »Ich dachte nur gerade … Nein.«

»Was dachtest du?« Angelique kniff die Augen zusammen. »Komm schon, das ist gemein, einfach deine Sätze nicht zu vervollständigen. So was macht mich verrückt, das weißt du genau.«

Laura schmunzelte. »Weißt du, mir ist nur gerade ein Gedanke gekommen … Eine Idee, um genau zu sein. Aber ich bin mir nicht ganz sicher …«

»Was für eine Idee?« Angelique bewegte träge ihre Füße hin und her, die in grauen Stiefeletten steckten.

»Erinnerst du dich an Justus' Bruder Patrick?«

Sie hörte mit den Fußbewegungen auf. »Das bescheuertste WLAN-Passwort, das die Welt je gesehen hat. Ja! Natürlich erinnere ich mich an ihn. Abgesehen davon hast du mir ja oft genug von der Sache mit ihm und dieser Klarissa und den Zwillingen erzählt. Ganz schön mutig von ihm, die Kinder zu sich zu nehmen. Aber auch bewundernswert. Was ist mit ihm? Braucht er ein Passwort-Update?«

Laura gluckste, wurde aber gleich wieder ernst. »Nein. Er braucht …« Sie stockte wieder, schluckte, nickte dann vor sich hin. »Er braucht dich.«

»Was?« Ruckartig richtete Angelique sich auf und starrte ihre Freundin entgeistert an.

»Jemanden wie dich, meine ich.« Wieder nickte Laura, so als wolle sie sich selbst überzeugen. »Dass ich nicht gleich darauf gekommen bin! Du weißt, dass er Holzhäuser baut und nebenher ein eigenes kleines Sägewerk betreibt, nicht wahr?«

Ehe Angelique etwas erwidern konnte, fuhr sie fort: »Ihm sind in den letzten Wochen zwei Mitarbeiter abgesprungen. Erst ein guter Schreinermeister und vor einer Woche dann auch noch seine Bürokraft. Er sucht händeringend nach Ersatz, aber es ist wie verhext. Es bewerben sich nur Leute, die für die Jobs nicht qualifiziert genug sind.«

»Na und? Ich bin weder Schreinermeisterin noch Sekretärin.« Erneut bewegte Angelique ihre Füße hin und her.

»Natürlich nicht, aber du bist ein Multitasking-Genie.« Laura erwiderte ihren Blick eindringlich. »Du könntest ihm helfen, das Unternehmen wieder auf Vordermann zu bringen. Er hat derzeit sehr viele Aufträge, arbeitet fast rund um die Uhr und muss sich auch noch um die Kinder kümmern. Das schafft er einfach nicht allein. Wir versuchen schon alle, ihm zu helfen und ihn zu entlasten. Margit und Hans nehmen nachmittags die Kinder, wann immer es ihnen möglich ist, Justus arbeitet manchmal an den Blockhäusern mit, wenn er Zeit findet. Außerdem hat Ricarda sich jetzt erbarmt, die Steuer und Lohnabrechnungen für ihn zu machen, bis er jemanden gefunden hat, den er dafür einstellen kann. Er rotiert, und wir machen uns alle Sorgen um ihn. Er lässt sich nämlich nicht anmerken, wie schlecht es ihm geht, und behauptet immer, er habe alles im Griff. Aber neulich war ich zufällig bei ihm im Büro, und da hat mich fast der Schlag getroffen. Na ja, es war vielleicht auch ein dummer Moment, weil Oskar gerade ein Paket Toilettenpapier zerfetzt hatte, aber …«

»Wer ist Oskar?«

»Sein Hund.« Um Lauras Mundwinkel zuckte es. »Eigentlich hat er ihn für die Kinder aus dem Tierheim geholt, aber tagsüber ist Oskar meistens bei ihm. Leider ist er nicht besonders gut erzogen.«

»Patrick oder der Hund?« Abwehrend hob Angelique beide Hände. »Wie der Herr, so der Hund, würde ich mal vermuten. Ich glaube nicht, dass deine Idee so gut ist. Soweit ich mich erinnere, ist er ein unhöflicher Klotz. Auf so was kann ich verzichten.«

»Ach was, ihr seid euch nur auf dem falschen Fuß begegnet. Ich bin sicher, dass er froh wäre, wenn er jemanden wie dich einstellen könnte.«

»Im Leben nicht.« Kopfschüttelnd erhob Angelique sich. »Er hat sehr deutlich gemacht, was er von mir hält.«

»Du umgekehrt aber auch.« Laura schmunzelte bei der Erinnerung an das Zusammentreffen der beiden vor einem Jahr. Sie stand ebenfalls auf, sodass Lizzy hastig zu Boden sprang und sich schüttelte. Ihr Blick wurde wieder eindringlich. »Bitte, Angelique. Er braucht wirklich jemanden, der den ganzen Bürokram erledigt, damit er sich mehr auf seine Arbeit konzentrieren kann – und wieder etwas mehr Zeit für die Zwillinge hat. Viola hat schon vor eine Weile gesagt, er würde auf dem Zahnfleisch gehen. Ich habe das erst nicht so ernst genommen, aber nachdem ich kürzlich bei ihm war, glaube ich inzwischen auch, dass er sein Unternehmen riskiert, wenn er so weitermacht. Er kann einfach nicht alles allein machen.« Ihr Blick wurde noch eine Spur bittender. »Es wäre auch nur für eine Weile, bis er sich wieder gefangen und jemand anderen für den Posten gefunden hat. Du weißt selbst, wie schwierig es ist, wirklich gute Mitarbeiter zu finden.«

»Ich habe keinen Schimmer von Holzhäusern.« Angelique verschränkte die Arme vor der Brust. Im Grunde hätte sie ihrer Freundin – oder vielmehr deren Schwager – gerne geholfen, wenn … Ja, wenn es nicht ausgerechnet dieser Schwager gewesen wäre. Sie erinnerte sich noch gut – viel zu gut! – an das erste und einzige Zusammentreffen mit ihm an jenem Tag vor ungefähr einem Jahr, als sie hergekommen war, um Laura mit den Möbeln ihrer Eltern zu helfen, die von einem Lagerhaus in Berlin hierher gebracht worden waren. Laura hatte sich davor gefürchtet, die Sachen ganz allein in Empfang zu nehmen und sich mit ihrer Vergangenheit auseinanderzusetzen. Die Sternbachs hatten ihr einen Lagerraum und ihre Unterstützung angeboten, und Angelique war ohne Wenn und Aber ebenfalls herbeigeeilt, um ihrer Freundin beizustehen. An dem Tag war sie Patrick Sternbach begegnet, und es war vom ersten Moment an klar gewesen, dass sie einander nicht ausstehen konnten. Seine raue, herablassende Art hatte sie geärgert, aber fast noch mehr aufgeregt hatte sie sich über dieses elendige WLAN-Passwort und seine laschen IT-Sicherheitsvorkehrungen. Allerdings musste sie zugeben, dass ihr schon damals eine gewisse Unordnung in seinem Büro aufgefallen war. Sie hatte es nur kurz genutzt, um ihrer Chefin Claudia ein paar Daten zu bearbeiten und zu übermitteln, und es hatte ihr sofort in den Fingern gekribbelt, für Ordnung zu sorgen. Deshalb hatte sie auch dieses unsägliche Passwort geändert – und bei der Gelegenheit auch gleich seine Antivirensoftware auf den neuesten Stand gebracht. Erfreut war er darüber nicht gewesen, im Gegenteil. Wenn nicht seine gesamte Familie anwesend gewesen wäre, hätte er ihr vermutlich den Kopf abgerissen. Trotzdem – oder gerade deswegen? – flammte in ihr jetzt doch so etwas wie widerwilliges Interesse auf.

»Das lernst du doch im Handumdrehen.« In Lauras Augen glomm Hoffnung. »Wirklich, Angelique, du wärst perfekt für den Job. Weißt du was? Komm doch übermorgen Abend zu unserem Familienessen bei meinen Schwiegereltern, da können wir das in gemütlicher Runde besprechen.«

»Bei einem Familienessen am Samstagabend?« Skeptisch verzog Angelique die Lippen. »Etwa mit dem gesamten Sternbach-Clan?«

»Na klar, uns gibt es nur im Rudel.« Lachend umarmte Laura sie. »Das wird lustig, und ich bin mir sicher, dass sich alle freuen werden, dich wiederzusehen.«

Was Patrick betraf, war Angelique sich da nicht ganz so sicher, aber was hatte sie schon zu verlieren? Wenn er ihr den Job nicht geben wollte, würde sie bei ihrem bisherigen Plan bleiben. Glücklicherweise war sie nicht darauf angewiesen, sich unmittelbar eine neue Arbeitsstelle zu suchen. Sie war froh über den Luxus, sich einen Job aussuchen zu können. Dass sie einen finden würde, der ihr entsprach, daran zweifelte sie nicht. Zwar hatte sie ihre schöne Wohnung in Köln aufgegeben, weil die Miete ohne die Stelle bei Callas dann doch zu hoch für sie werden würde, aber letztlich kam es ihr nicht darauf an, wo sie wohnte, solange sie sich wohlfühlte. »Also gut, wann soll ich dort sein?«

»Gegen neunzehn Uhr? Die Adresse schicke ich dir nachher als Textnachricht.« Laura drückte sie noch einmal kurz an sich. »Ich freue mich schon. Und danke, dass du bereit bist, einzuspringen. Patrick kann gar nichts Besseres passieren. Ich bin mir sicher, dass du sein Büro im Handumdrehen im Griff haben wirst.«

»Noch hat er mich nicht eingestellt.«

»Das wird er.« Laura schnalzte leise, um Lizzy auf sich aufmerksam zu machen, und wandte sich in Richtung Tür. »Er wird dankbar sein, dass er endlich eine fähige Bürokraft bekommt. Die letzte war nicht so toll, glaube ich, und sie hat ihn ja dann auch Knall auf Fall im Stich gelassen.«

»Hoffentlich hat sie nicht vor seinem lieblichen Wesen Reißaus genommen.«

Überrascht drehte Laura sich noch einmal in der Tür um. »Nein, warum sollte sie? Sie hat einen Kerl kennengelernt und ist mit ihm nach Bochum gezogen. Das hatte doch nichts mit Patrick zu tun. Er ist ein guter Chef. Ich habe ihn schon oft mit seinen Mitarbeitern erlebt und hatte nie den Eindruck, dass es da Probleme gibt. Im Gegenteil, er ist zwar manchmal ein bisschen flapsig, aber man kann sehr gut mit ihm auskommen. Ich mag ihn sehr.«

»Er ist ja auch dein Schwager.«

»Nein, so meinte ich das nicht.« Laura lächelte. »Er ist ein guter Mann. Sogar ziemlich charmant, wenn er will. Und extrem klug und fähig, sonst hätte er nicht mit Anfang dreißig schon sein eigenes Bauunternehmen. Er hat sich alles fast ohne Hilfe aufgebaut. Und dann solltest du ihn mal mit den Zwillingen erleben. Ich meine, am Anfang war er ja noch ziemlich unsicher und wusste nicht, wie ihm geschah, aber inzwischen kommen die drei so wunderbar miteinander aus! Er tut alles für die beiden.«

»Schon gut, schon gut.« Angelique grinste. »Du musst mir kein Loblied auf ihn singen und ihn mir auch nicht anpreisen. Ich will ihn schließlich nicht kaufen, sondern bestenfalls für ihn arbeiten.«

»Also ist das abgemacht?«

Angelique zuckte die Achseln. »Ich würde mich wahrscheinlich sowieso bald langweilen, wenn ich hier nichts anderes zu tun hätte, als die Zeit totzuschlagen. Ich hoffe, er zahlt gut.«

»Bestimmt.« Laura strahlte sie an. »Bis Samstagabend?«

»Klar, bis dann. Grüß Justus von mir.«

Nachdem sich die Tür hinter Laura und Lizzy geschlossen hatte, ließ Angelique sich zurück auf die Umzugskiste sinken, auf der sie zuvor schon gesessen hatte. Auf ihrem Gesicht breitete sich ein mutwilliges Lächeln aus. Patrick Sternbach brauchte also eine neue Mitarbeiterin, die seinen Laden auf Vordermann brachte. Der Gedanke gefiel ihr immer besser. Sie liebte solche Herausforderungen. Zwar hatte sie mit so etwas nicht gerechnet, aber unverhofft kam eben oft – und zu verlieren hatte sie tatsächlich nichts.

***

»Das ist jetzt aber nicht dein Ernst, oder?« Mit einem entsetzten Gesichtsausdruck blickte die Ehefrau des Weihnachtsmannes auf den einzigen eingeschalteten Bildschirm an der Videowand. Sie hatte eine kleine handliche Bohrmaschine in der Hand, weil sie gerade auf dem Weg ins Wohnzimmer war, wo ein neues Regal darauf wartete, an der Wand befestigt zu werden. »Das ist dein Plan?«

»Ja, gut, nicht wahr?« Sichtlich stolz reckte Santa Claus das Kinn. »Das mit dem Hund hatte sich ja schon erledigt, bevor ich in Aktion treten konnte, also hatte ich mehr Zeit, mich auf Joels andere Wünsche zu konzentrieren.«

»Und das ist dabei herausgekommen?« Mit schmerzlich verzogenen Lippen wandte Santas Frau sich ihm zu. »Bist du verrückt geworden?«

Die selbstzufriedene Miene des Weihnachtsmannes schwand. Zurück blieb Verunsicherung. »Was meinst du damit? Das ist doch ein Geniestreich. Mir ist eingefallen, dass Laura diese gute Freundin hat, die ihr letztes Jahr so wunderbar beigestanden hat, und du musst doch zugeben, dass diese Angelique geradezu prädestiniert dafür ist, Patrick aus seinem Schlamassel herauszuhelfen.«

»Ich würde eher sagen, die ganze Sache ist jetzt schon zum Scheitern verurteilt.« Streng musterte seine Frau ihn. »Weißt du nicht mehr, was damals los war, als die beiden aufeinandergetroffen sind? Das kann nur im Desaster enden. Bitte mach das wieder rückgängig.«

»Das geht nicht, fürchte ich. Ich habe schon zu viele Strippen gezogen.« Santa hob die Schultern. »Glaubst du wirklich, dass das schiefgehen wird? Ich finde meine Idee nach wie vor genial.«

Santas Frau blickte erneut auf den Bildschirm, dann auf das wild blinkende Gefühlsradar im hinteren Bereich des Büros, seufzte und legte die Bohrmaschine auf dem Schreibtisch ab. »Ich fürchte, mit Genialität hat deine Idee nicht viel gemein.« Sie ging um den Schreibtisch herum und setzte sich auf die Kante. »Siehst du nicht, dass das Gefühlsradar jetzt schon wie wild ausschlägt? Und die beiden sind sich noch nicht mal begegnet.«

»Was, wirklich?« Verblüfft drehte Santa Claus sich mit seinem Bürostuhl und stieß gleich darauf einen ungläubigen Laut aus. »Na, so was! Das habe ich wirklich nicht bemerkt.«

»Ja, weil du wieder mal vergessen hast, den Ton einzuschalten.« Seine Frau drehte den Bildschirm des Computers ein wenig herum und zog die Tastatur zu sich heran. »Lass mal sehen, was du sonst noch angestellt hast.«

»Ich habe nichts angestellt – nur in die Wege geleitet«, protestierte er schwach. Dann lächelte er wieder etwas zuversichtlicher. »Weißt du was? Wenn das Gefühlsradar so stark ausschlägt, könnte es doch sein, dass wir sogar zwei Fliegen mit einer Klappe schlagen können – wenn ich Fliegen erschlagen würde, was ich selbstverständlich nie täte.«

»Zwei Fliegen …?« Seine Frau runzelte die Stirn, dann weiteten sich die Augen. »Das hast du also vor? Oh nein, das kann nicht gut gehen. Du hattest ja schon einige verrückte Ideen, aber diese hier …«

»Warum denn nicht?« Enttäuscht ließ er die Schultern hängen. »Vielleicht, wenn wir ein bisschen mit Sternenstaub nachhelfen …«

»Oh nein, das kommt nicht infrage. Wenn du dich da einmischst, gibt es nur ein riesiges Chaos. So viel Sternenstaub kannst du gar nicht sammeln, dass das gut gehen könnte.« Santas Frau blickte angestrengt auf den Bildschirm, tippte etwas auf der Tastatur ein und seufzte dann. »Die Sache ist schon ins Rollen geraten. Ich fürchte, diesmal muss ich mich da mal einmischen, damit nicht alles aus dem Ruder läuft.«

»Du?« Überrascht starrte Santa Claus seine Frau an.

Grimmig lächelte sie. »Ja, immerhin habe ich dir schon oft genug zugesehen. Sternenstaub, dass ich nicht lache! Wenn ich da nicht ein Auge draufhalte, geht dein schöner Plan nach hinten los, das versichere ich dir.«

# 3. Kapitel

Es war purer Zufall, dass Angelique am Samstagnachmittag einen ausgedehnten Spaziergang machte, der sie an den Stadtrand führte, wo sich Patrick Sternbachs Unternehmen befand. Sie hatte den gesamten Freitag und auch den Samstagvormittag damit verbracht, ihre Wohnung einzurichten, und brauchte nun dringend frische Luft und Abwechslung.

Na gut, neugierig war sie auch. Immerhin war es ein Jahr her, dass sie hier gewesen war, und tatsächlich staunte sie nicht schlecht, als sie an dem großen offenen Schiebetor stehen blieb, durch das man auf die Zufahrt zum Firmengelände gelangte. Ein neues weißes Firmenschild mit dunkelgrauer Schrift stand rechts neben dem Tor.

Wohnen in Holz
Dipl.-Ing. Patrick Sternbach
Holz- und Blockhäuser nach Maß

Über die Grafik eines Baumes, aus dem durch ein Astloch ein Holzwurm mit Bauhelm dem Betrachter frech entgegengrinste, lächelte sie und nickte gleichzeitig anerkennend. »Nicht schlecht, Herr Sternbach. Wenigstens scheinen Sie sowohl Geschmack als auch Humor zu besitzen.«

Da das Tor so einladend offen stand, ging sie einfach hindurch und sah sich ein wenig genauer um. Rechter Hand entdeckte sie das kleine ehemalige Werkstattgebäude, in dessen hinterem Lagerraum sie damals Lauras Möbel untergebracht hatten. Ein Stück weiter auf der linken Seite lagen das Bürogebäude und gleich dahinter zwei große Werkstatthallen, die einen weitläufigen Platz flankierten, auf dem, wie sie beim Näherkommen erkannte, Teile eines Blockhauses standen und lagen. Angelique hatte bereits recherchiert und wusste inzwischen, dass sie als Bausatz dienten, der später an Ort und Stelle zusammengefügt werden würde. Runde und eckige Holzbohlen in diversen Größen und weitere Arbeitsmaterialien waren in geordnetem Chaos ringsum verteilt. Weiter hinten gab es noch eine weitere Freifläche, die von Bauholz und mehreren Containern belegt wurde, und daran schloss sich das Sägewerk an.

Obgleich das Tor offen gewesen war und vor dem Bürogebäude Patricks dunkelroter Pick-up und zwei weitere PKW parkten, kam es Angelique zunächst so vor, als läge die Firma verlassen da. Erst als sie den Platz zwischen den Hallen fast erreicht hatte, vernahm sie das klingende Geräusch von Metall auf Metall – jemand hämmerte auf der Rückseite des Blockhauses in einem langsamen, monotonen Rhythmus. Als im nächsten Moment eine Kreissäge loskreischte, zuckte Angelique zusammen und blieb stehen.

Hinter ihr wurde ein Poltern und Quietschen laut.

»Achtung, weg da, gehen Sie aus dem Weg!« Die dunkle rauchige Männerstimme klang verärgert. »Was? Nein, Sie doch nicht. Tut mir leid. Hier steht nur irgend so eine Frau mitten im Weg.«

Angelique fuhr herum und sprang gleich darauf zur Seite, als sie einen großen Gabelstapler auf sich zufahren sah, der weitere Bauholzpakete zum Blockhaus brachte. Patrick Sternbach ging neben dem Gefährt her, ein Handy am Ohr, und dirigierte den Fahrer des Staplers zu einer bestimmten Stelle. Als er Angelique erkannte, runzelte er die Stirn, und ein ungehaltener Ausdruck trat in seine grauen Augen.

»Was machen Sie denn hier?« Als sie nicht gleich reagierte, schob er sie mit seinen großen Händen, die in grauen Arbeitshandschuhen steckten, unsanft beiseite. »Nun gehen Sie schon aus dem Weg, Herrgott noch mal. Sehen Sie nicht, dass hier gearbeitet wird?« Er hüstelte und sprach wieder in sein Handy. »Ja, Entschuldigung nochmals. Also, was genau hatten Sie sich denn für die Veranda vorgestellt?« Er musterte Angelique noch einmal fragend und wenig freundlich, während er der Antwort am anderen Ende der Leitung lauschte. »Aha. Mhm.« Die Furchen auf seiner Stirn vertieften sich. »Natürlich können wir auch einen Schaukelstuhl und eine Bank in derselben Optik liefern. Aber das sind Details, die wir vielleicht erst ...« Er schloss kurz die Augen. »Mhm, ja, natürlich ist das wichtig. Haben Sie sich denn mit Ihrem Mann schon auf die Holzart geeinigt? Wie ich neulich bereits sagte, ist Kiefer natürlich immer in Mode, aber wenn Sie sich ein wenig mit dem Prospekt befasst haben, werden Sie sicherlich auch die anderen Hölzer ... Ach so, dazu sind Sie noch nicht gekommen. Dann sollten Sie vielleicht erst überlegen, aus welchem Material ...« Er zog seine Handschuhe mithilfe seiner Zähne aus und fuhr sich gleich darauf durch sein dichtes dunkelbraunes Haar, das ihm in widerspenstigen Locken bis zum Kragen ging. »Klar, kein Problem. Ich nehme Bank und Schaukelstuhl ins Angebot mit auf. Ist schon notiert. Ja, gerne. Bis nächste Woche dann, Frau Jungmöller. Ja, ich freue mich schon. Bis dann.« Eine Grimasse ziehend, schaltete er das Handy aus und wandte sich Angelique zu. »Haben Sie sich verlaufen?«

Sein gereizter, leicht herablassender Tonfall reizte Angelique sofort zum Widerstand. Sie setzte ihr strahlendstes Lächeln auf und warf ihr langes schwarzes Haar schwungvoll über die Schulter zurück. »Im Gegenteil. Ich habe den Weg hierher mit voller Absicht eingeschlagen. Die Gelegenheit war günstig, fand ich.«

Patricks Miene drückte vollkommene Verständnislosigkeit aus. »Was für eine Gelegenheit?« Als der Staplerfahrer kurz hupte, deutete er auf eine Stelle neben dem Blockhaus und lotste das Gefährt dann mit Winken und Rufen an den Ort, wo die Bauholzbündel abgelegt werden sollten.

Angelique war ihm automatisch gefolgt, hielt sich aber in sicherem Abstand von dem rollenden Ungetüm. »Na, die Gelegenheit, mir meinen zukünftigen Arbeitsplatz mal aus der Nähe anzusehen.«

Patrick erstarrte und fuhr zu ihr herum. »Ihren was?«

Angelique grinste. »Laura hat Sie noch nicht vorgewarnt?« Seine entgeisterte Miene erheiterte sie, denn genau damit hatte sie gerechnet.

»Wovor gewarnt?« Argwöhnisch musterte er sie.

»Sie ist der Ansicht, dass Sie eine fähige Assistentin brauchen, weil die letzte Sie im Stich gelassen hat.«

»Ursula war nicht meine Assistentin, sondern meine Empfangsdame und Sekretärin.«

»Das war vielleicht das Problem.«

Die Furchen auf seiner Stirn vertieften sich wieder.

Angelique lächelte erneut. »Wenn Sie mich einstellen, kriegen Sie keine Sekretärin, sondern eine Assistentin der Geschäftsführung.«

Patrick hustete. »Drunter machen Sie es wohl nicht?«

»Ich kenne meinen Wert und verkaufe mich niemals auch nur einen Cent darunter.«

»Vergessen Sie es.« Er wandte sich ab und ging zu dem Bauholzstapel. Der Gabelstaplerfahrer war mit dem lauten Gefährt mittlerweile wieder von dannen gezogen. Mit einem gefährlich aussehenden Cutter schnitt Patrick die Kunststoffbänder durch, die die Hölzer zusammenhielten.

Angelique folgte ihm erneut und sah ihm interessiert zu.

Er warf ihr einen verärgerten Blick zu. »Sind Sie taub? Ich sagte …«

»Ich habe gehört, was Sie gesagt haben. Aber Laura hat mich gebeten, bei Ihnen einzuspringen, zumindest für den Übergang, und ich habe zugesagt.«

»Haben Sie nicht einen Job in Köln? In dieser Marketingfirma – Callas irgendwas?« Er zog eine der Holzlatten aus dem Stapel hervor und betrachtete sie prüfend. »Ich hätte Sie fast nicht erkannt ohne das an ihrem Ohr festgeklebte Handy.«

Angelique erinnerte sich noch gut daran, dass damals, als sie hier gewesen war, um mit den Möbeln von Lauras Eltern zu helfen, Claudia alle fünf Minuten angerufen und ihr Aufträge erteilt oder Fragen gestellt hatte. »Mein Handy hat Sendepause. Ich wurde … freigesetzt.«

»Was?« Patricks irritierter Blick traf sie.

»So nennt Callas das, wenn er jemanden rauswirft.«

»Aha.« Die Holzlatte wanderte zurück auf den Stapel. »Und warum hat er Sie … freigesetzt?«

»Ich war ihm zu teuer.«

»Ach.«

»Und seine Frau, die jetzt den Posten meiner ehemaligen Chefin besetzt, hat ihre eigene Assistentin.«

»Wenn Sie *ihm* schon zu teuer sind, werde ich gar nicht erst fragen, was Sie verdient haben. Ich brauche keine – wie haben Sie das eben genannt?«

»Assistentin der Geschäftsführung.«

»Ich komme auch so zurecht.«

»Laura scheint da anderer Ansicht zu sein.« Sie behielt ihr strahlendes Lächeln bei, weil sie spürte, dass sie ihm damit auf den Geist ging. »Darf ich mich mal in Ihrem Büro umsehen?«

»Nein.« Wieder wandte er sich ab und ließ sie einfach stehen – und wieder folgte sie ihm, diesmal um die Rückwand des im Bau befindlichen Blockhauses herum.

»Ich habe es Laura aber versprochen.«

»Das ist nicht mein Problem.«

»Wow!« Auf dieser Seite der Baustelle arbeiteten zwei Männer um die vierzig an einer der Außenwände. Daher auch das monotone Klopfen und das Schrillen der Kreissäge. Was sie jedoch zu dem bewundernden Ausruf veranlasst hatte, war das riesige Whiteboard, an dem neben mehreren Grundrisszeichnungen auch eine Grafik des fertigen Hauses angeheftet war. Neugierig trat sie näher an die Tafel heran. »Das wird ja ein Traumhaus. Da wird sich Frau Jungmöller aber freuen.«

»Das hier ist nicht ihr Haus.« Patrick trat etwas widerwillig neben sie. »Das wird das Empfangsgebäude im Ferienpark meiner Eltern. Mit Bistro, Kiosk und Mini-Supermarkt.«

Anerkennend nickte Angelique ihm zu. »Ich bin beeindruckt.«

»Tatsächlich?«

»Warum sollte ich das behaupten, wenn es nicht so wäre?« Sie sah sich eingehend auf der Baustelle um. »Wie viele Angestellte haben Sie?

»Sechs und zwei Aushilfen.« Er verschränkte die Arme vor der Brust. »Ich stelle Sie nicht ein, ganz gleich, was Laura gesagt hat.«

»Dann haben Sie also bereits jemand anderen für den Posten gefunden?«

Er schwieg, doch ehe sie noch etwas sagen konnte, klingelte sein Handy. Als er einen Blick aufs Display warf, entstand eine steile Falte zwischen seinen Augen. »Nicht schon wieder! Die Frau raubt mir den letzten Nerv!«

»Wer? Die Kundin von eben?«

»Ja. Sie ist eine Landplage.«

»Darf ich mal?« Angelique nahm ihm das Mobiltelefon aus der Hand, ehe er reagieren konnte, und nahm den Anruf an. »Wohnen in Holz«, flötete sie. »Angelique am Apparat. Einen wunderschönen guten Tag. Was kann ich für Sie tun?«

Patrick starrte sie verblüfft an und wollte nach dem Telefon greifen, doch sie trat rasch einen Schritt zurück und grinste heiter, als sie die irritierte weibliche Stimme am anderen Ende der Leitung vernahm.

»Was? Wer ist am Apparat?«

»Angelique ist mein Name. Sie sprechen mit der Assistentin der Geschäftsführung.«

Patrick stieß einen fauchenden Laut aus und starrte sie ungehalten an.

»Oh, äh … Ich wusste nicht, dass Herr Sternbach eine Assistentin hat.«

»Ich bin ganz neu zum Team gestoßen. Was kann ich denn für Sie tun, Frau Jungmöller?«

»Woher wissen Sie denn, wer ich bin, wenn Sie noch neu sind?«

»Das ist doch schließlich mein Job.« Angelique gab ihrer Stimme den beschwingten Ton, den sie sich für Kundengespräche aller Art angewöhnt hatte. »Herr Sternbach ist leider im Augenblick sehr beschäftigt.« Sie wedelte mit der Hand, um ihm zu signalisieren, dass er sich weiter um seine Holzstapel kümmern konnte oder was auch immer er hier sonst zu tun hatte.

Er schüttelte den Kopf und wollte erneut nach dem Handy greifen, doch wieder wich sie ihm geschickt aus.

»Ach so, das ist ja schade. Also, ich habe eben noch mit ihm gesprochen und ganz vergessen zu fragen, ob er uns einen Katalog mit Schaukelstühlen und Sitzbänken für die Veranda schicken kann. Mein Mann würde sich gerne verschiedene Modelle ansehen, bevor wir uns entscheiden. Aber wenn dieser Posten noch ins Angebot soll, müssten wir uns ja ein bisschen beeilen, nicht wahr?«

Offenbar hatte Patrick gehört, was die Kundin gesagt hatte, denn er hob abwehrend beide Hände und schüttelte vehement den Kopf.

Angelique reagierte nicht darauf. »Selbstverständlich können wir Ihnen den Katalog zusenden.«

Patrick zischte erneut wütend und schüttelte noch heftiger den Kopf.

»Ich werde den Versand gleich kommende Woche veranlassen, Frau Jungmöller. Kann ich sonst noch etwas für Sie tun?«

»Vielen Dank, das ist nett von Ihnen. Nein, das war es schon. Wie gut, dass Ihre Firma auch samstags erreichbar ist. Das findet man ja nicht allzu oft. Aber es ist doch überaus praktisch.«

»Wir arbeiten sehr service- und kundenorientiert«, flötete Angelique erneut in heiterem Ton. »Allerdings enden unsere Bürozeiten heute um …« Sie warf einen kurzen Blick auf ihre Armbanduhr. »Huch!« Sie lachte ein wenig übertrieben. »Sie haben gerade eben geendet. Da hatten Sie aber Glück, dass Sie nicht schon unseren Anrufbeantworter erwischt haben. Wenn sonst alles in Ordnung ist, wünsche ich Ihnen ein angenehmes Wochenende, Frau Jungmöller. Falls noch Fragen auftauchen sollten, erreichen Sie uns am Montag wieder zu den gewohnten Geschäftszeiten. Auf Wiederhören!«

»Ja, äh, danke noch mal. Auf Wiederhören.«

Angelique wartete gerade lange genug, um sicher zu sein, dass der Kundin nicht doch noch etwas einfiel, dann unterbrach sie die Verbindung und schaltete das Handy aus. Dann reichte sie es Patrick mit einem breiten Grinsen. »Sie hätten sich ruhig um Ihren Kram hier kümmern können.«

»Meinen Kram?« Er verzog wütend die Lippen. »Was sollte das denn?«

»Ich habe Ihnen Ruhe vor Frau Jungmöller verschafft.«

»Warum haben Sie das Handy ganz ausgeschaltet?« Er betrachtete es missmutig und schaltete es wieder ein. »Das ist mein Privathandy, das brauche ich ständig.«

»Ein grober Fehler.« Sie schüttelte tadelnd den Kopf. »Legen Sie sich ein Firmenhandy zu – und vernünftige Geschäftszeiten. Und richten Sie die Mailbox ein. Dann nerven die Kunden Sie auch nicht zu den unmöglichsten Zeiten.«

»Ich kann es mir nicht leisten, meine Kunden vor den Kopf zu stoßen.« Er trat einen Schritt auf sie zu. Seine attraktiven

Gesichtszüge mit dem markanten Kinn, auf dem ein Bartschatten davon zeugte, dass er sich längst nicht jeden Tag rasierte, wirkten jetzt nicht nur verärgert, sondern waren zornig angespannt. »Es existiert kein Katalog für Schaukelstühle und Sitzbänke.«

Obgleich seine Aura plötzlich bedrohlich wirkte und ein flaues Gefühl in ihr auslöste, wich Angelique nicht zurück. »Warum nicht?«

»Weil …« Abrupt wandte er sich ab und entfernte sich ein paar Schritte von ihr. Dann drehte er sich wieder um. »Ich habe keinen Möbelschreiner mehr im Team, und solange dieser Zustand anhält, hat ein Katalog keinen Sinn. Außerdem habe ich keine Zeit für die Gestaltung.«

»Aha.«

»Versprechen Sie also meinen Kunden nichts, was Sie nicht halten können.« Er funkelte sie wütend an. »Ich habe jetzt zu arbeiten, also schlage ich vor, Sie verziehen sich wieder dorthin, wo Sie hergekommen sind.«

Angelique hob die Schultern. »Tut mir leid.«

»So sehen Sie aus.«

Sie lachte. »Ich kümmere mich um den Katalog.«

Patrick brummelte unwillig. »Ich sagte doch, es gibt keinen …«

»Ich schicke ihr einfach einen von meinem Bruder.«

Er hielt verblüfft inne. »Ihrem Bruder?«

»Er baut Ihnen alles aus Holz, was Sie wollen.«

»Er ist Möbelschreiner?« Mit widerwilligem Interesse kam er nun doch wieder näher.

»Man könnte es einen glücklichen Zufall nennen.« Sie zuckte mit den Achseln. »Oder Schicksal. Ich rufe Lukas nachher an und bitte ihn, uns ein paar seiner Kataloge zu schicken.« Sie legte den Kopf ein wenig schräg. »Darf ich mir jetzt Ihr Büro ansehen?«

»Nein, ich habe zu tun.«

»Ich kann auch allein hineingehen und mich umsehen.«

»Vergessen Sie es.« Abwehrend hob er die Hände. »Das letzte Mal, als Sie allein in meinem Büro waren, haben Sie eigenmächtig mein WLAN-Passwort geändert und sich an meinem Computer zu schaffen gemacht.«

Sie schnaubte. »Hat es Ihnen etwa geschadet? Ihr ursprüngliches Passwort war ein Witz, und wenn Sie schon Ihre Antivirensoftware bezahlen, sollten Sie sie auch korrekt installieren. Ich hoffe, Sie haben inzwischen meine Passwortvorschläge für ihre übrigen Zugänge umgesetzt.«

Er schwieg sichtlich genervt.

Kopfschüttelnd trat nun sie einen Schritt auf ihn zu. »Etwa nicht? Warum hängen Sie sich dann nicht gleich ein Schild um den Hals, auf dem steht *Bitte raubt mir meine Daten*?«

»Fangen Sie nicht wieder mit diesem Mist an. Ich habe anderes zu tun, als alle naselang meine Internetpasswörter zu ändern.«

»Hätten Sie eine fähige Assistentin, müssten Sie sich darüber keine Gedanken machen.«

Er presste kurz die Lippen zusammen. »Ich stelle Sie nicht ein.«

»Das werden wir ja sehen.«

»Sie gehen mir auf die Nerven.«

»Ich könnte dafür sorgen, dass Sie sich auf Ihr Kerngeschäft konzentrieren können. Zumindest für eine Weile, bis Sie eine andere fähige Bürokraft gefunden haben.«

»Mein Kerngeschäft?«

»Sie bauen Holzhäuser, ich sorge dafür, dass Ihnen keine nervigen Kunden oder Organisatorisches die Zeit rauben.« Sie konnte sehen, dass in seinen Augen etwas aufblitzte, doch er behielt seine abweisende Haltung bei. Also lächelte sie noch einmal überaus freundlich. »Wissen Sie was? Denken Sie eine Weile darüber nach. Wir können uns heute Abend weiter darüber unterhalten.«

Er zuckte zusammen. »Heute Abend?«

Angelique nickte ihm liebenswürdig zu. »Laura hat mich zu Ihrem Familienabendessen eingeladen. Ich freue mich schon darauf, Ihre Eltern und Geschwister wiederzusehen.« Als sie seine Miene sah, grinste sie. »Kommen Sie jetzt nicht auf die Idee, sich vor dem Essen zu drücken. Sie sind doch kein Feigling, oder?« Damit wandte sie sich ab und ging, zufrieden mit sich, um das halb fertige Holzhaus herum und beeilte sich, das Firmengelände zu verlassen.

Erst als sie das Tor ein gutes Stück hinter sich gelassen hatte, registrierte sie ihren erhöhten Puls und ein unheilvolles Zwicken in der Magengrube. Hoffentlich hatte sie sich nicht gerade in Schwierigkeiten gebracht.

***

»Nein, nein, nein.« Prustend hielt Patrick sein Gesicht in den heißen Wasserstrahl. »Verdammter Mist.« Er war spät dran, deshalb fiel die Dusche kurz aus. Dabei hätte er das heiße Wasser gerne noch ein paar Minuten länger über seine schmerzenden Muskeln prasseln lassen. Er musste sich unbedingt mal wieder Zeit für eine ausgiebige Massage bei Viola nehmen. Seine kleine Schwester war zwar eher zierlich, doch sie besaß ungeahnte Kräfte und konnte mit ihren Händen wahre Wunder wirken.

Zeit war allerdings sein Hauptproblem oder vielmehr etwas, was er seit einem Jahr nicht mehr zu besitzen schien. Vorher war sein Leben schon sehr von Arbeit bestimmt gewesen, doch seit Joel und Jessica bei ihm lebten, stand sein gesamtes Dasein Kopf. Dass Ronny und Ursula gekündigt hatten, war vermutlich einfach nur Pech, das jedoch, wie Pech das gerne tat, ihn zum ungünstigsten Zeitpunkt ereilt hatte. Daraus jedoch zu schließen, dass er verzweifelt war – verzweifelt genug, um diese Frau einzustellen –, war grundfalsch. Er war nicht verzweifelt.

Aber nah dran.

Nein! Nicht dieses unverfrorene Frauenzimmer. Sie war ihm damals, bei ihrer ersten Begegnung, schon entsetzlich gegen den Strich gegangen mit ihrer quirligen, dauerhaft gut gelaunten Art und ihrer offenbar unerschöpflichen Energie. Himmel, sie hatte beim Abladen des Umzugswagens geholfen, dabei dauernd irgendwelche Anweisungen erteilt und gleichzeitig fast nonstop mit ihrer Chefin telefoniert, gesimst und gemailt und währenddessen auch noch mehrere Aufgaben zugleich erledigt. Und sie hatte sein WLAN-Passwort beleidigt.

Na gut, *Ja* war vermutlich wirklich kein allzu sinnvolles Passwort gewesen, aber kreativ. Immerhin würde doch niemand darauf kommen, dass ein Passwort so einfach und kurz wäre. Sie hatte es eigenmächtig durch eine ewig lange Kette von Zahlen, Buchstaben und Sonderzeichen ersetzt und ihm darüber hinaus noch eine ganze Liste mit weiteren Passwörtern für seine Online-Accounts erstellt. Und das alles während sie irgendetwas für ihre Chefin erledigt hatte.

Ein Multitasking-Genie hatte Laura sie genannt. Im Grunde genau das, was er brauchte.

Zähneknirschend trocknete Patrick sich ab, zog sich frische Jeans und ein bequemes dunkelgraues Freizeithemd an. Dabei fiel ihm auf, dass schon wieder fast alle seine Klamotten in der Wäsche waren. Genau wie die der Kinder. Es schien, als hätte sich die Anzahl der wöchentlichen Waschladungen im vergangenen Jahr mindestens verfünffacht. Eigentlich müsste er auch noch Staub saugen und Bäder und Küche putzen, doch wenn er auch nur eine dieser nötigen Arbeiten anfing, würde er das gemeinsame Familienessen verpassen. Er sah seine Eltern und Geschwister zwar recht häufig, weil er wegen der Blockhäuser für den Ferienpark regelmäßig ins Stadthotel oder ins Wellness-Resort fuhr, um Pläne zu besprechen oder Ideen auszutauschen – und natürlich, weil seine Mutter sich fast täglich mehrere Stunden um die Zwillinge kümmerte, aber einen gemütlichen Familienabend hatte er schon längere Zeit nicht mehr miterlebt. Immer war etwas dazwischengekommen. Heute wollte er darauf nicht verzichten – auch wenn diese Frau ebenfalls dort sein würde.

Angelique. Der Name sprach, wie er fand, Bände. Allerdings war sie auch, soweit er sich erinnern konnte, die schönste Frau, der er je begegnet war. Ein weiterer Grund, sich möglichst außerhalb ihrer Reichweite aufzuhalten. Er konnte sich die Komplikationen nicht leisten, die die natürliche Anziehung, die sie auf ihn ausübte, hervorrufen würde. Hochgewachsen, schlank mit Beinen bis zum Hals und zarten Rundungen an genau den richtigen Stellen. Ihr ovales, ebenmäßiges Gesicht mit dem leicht getönten Teint, die wallenden schwarzen Haare … all das entsprach viel zu sehr seinem Idealbild einer Frau. Und ein Blick in ihre dunkelsilbergrauen Augen hatte damals schon genügt, um sämtliche Alarmglocken in seinem Kopf zum Läuten zu bringen. Diese Augen, die je nach Lichteinfall violett schimmerten.

Die Frau bedeutete Ärger – in jeder nur erdenklichen Hinsicht. Sein Leben war aber jüngst derart aus den Fugen geraten, dass er noch mehr Probleme um jeden Preis verhindern wollte. Also würde er heute Abend zunächst einmal seiner lieben Schwägerin ordentlich den Kopf waschen. Wie kam sie überhaupt dazu, sich in seine Angelegenheiten einzumischen?

Seufzend schloss er die Haustür hinter sich ab und klemmte sich hinters Steuer des SUV. Laura meinte es nur gut, und sie war das Beste, was seinem Bruder Justus hatte passieren können – ebenso wie umgekehrt. In dem Jahr, das er sie nun kannte, hatte er sie als offene, herzensgute und liebevolle Person erlebt, die in seiner Familie endlich den Platz gefunden hatte, nach dem sie sich immer gesehnt zu haben schien. Wahrscheinlich wollte sie ihm aus Dankbarkeit einfach etwas zurückgeben.

Trotzdem würde er das gut gemeinte Angebot ablehnen. Auch wenn er zugeben musste, dass jemand mit Angeliques Fähigkeiten vermutlich so etwas wie ein Sechser im Lotto war. Unbezahlbar. Im wörtlichen wie im übertragenen Sinne. Wahrscheinlich würde er sich ihr Gehalt gar nicht leisten können. Ganz zu schweigen davon, dass er sich voraussichtlich von sämtlichen Angewohnheiten und eingefahrenen Abläufen würde verabschieden dürfen, wenn er dieser Frau freie Hand ließ. Und Letzteres würde er müssen, wenn sie für ihn arbeitete.

Nein. Dreimal nein. Er würde schon noch eine andere Bürokraft finden. Eine Bürokraft! Empfangsdame und Sekretärin. Keine verdammte Assistentin der Geschäftsführung. *Unverfroren* war gar kein Ausdruck für die Art und Weise, wie sie voller Selbstbewusstsein ihre Stärken angepriesen hatte. Unter Wert verkaufte sie sich ganz sicher nicht, das stimmte wohl.

»Nein.« Er sprach das Wort diesmal laut aus, als er seinen Wagen an der Straße vor dem Haus seiner Eltern abstellte – direkt hinter dem Auto von Justus. Auch Violas kleiner Flitzer und Ricardas Golf parkten bereits hier, jedoch kein anderer Wagen. Also war sie noch nicht hier. Gut. Das gab ihm Gelegenheit, mit Laura ein ernstes Wörtchen zu reden, bevor Angelique dazwischenfunken konnte.

Das Fenster zur Küche ging nach vorn raus und war gekippt, sodass er schon auf dem Weg zur Haustür leise Musik und Gelächter vernahm. Er blieb kurz stehen und sah den drei Frauen – seiner Mutter, seiner Großmutter und Viola – dabei zu, wie sie sich mitten in der Küche gestenreich unterhielten, während sein Vater am Herd stand und in einem großen Topf rührte. Offenbar gab es heute seine berühmten Spaghetti bolognese nach einem uralten Rezept, das Patricks Großvater einst in den Sechzigerjahren von einem italienischen Gastarbeiter erhalten hatte, der es wiederum, der Legende nach, von seinem Vater oder Großvater übernommen hatte. Wie auch immer – Hans Sternbach kochte nicht oft – und wenn, dann meistens nach diesem Rezept.

Patrick schnupperte und grinste. Ja, eindeutig Soße bolognese. Auf dem Tisch konnte er außerdem eine riesige Schüssel erkennen, in der sich Salatblätter, Paprikastreifen, Mais, Radieschen und noch allerlei anderes Gemüse stapelten. Gut, dass er so spät dran war, das hatte ihn zumindest vor dem Gemüseschnippeln bewahrt. Nicht, dass er das nicht gerne tat, aber seit die Kinder bei ihm wohnten, war das allabendliche Kochen zu einer hastig verrichteten Pflicht geworden, sodass er froh war, wenn er sich mal an den gedeckten Tisch setzen konnte. Auch wenn das bedeutete, dass er hinterher zum Abräumen und Spülen abkommandiert wurde.

Während er noch durch das Fenster blickte, drehte seine Mutter sich wie zufällig um. Vielleicht hatte sie auch Augen im Hinterkopf, den Verdacht hegte er schon lange. Ihre Blicke trafen sich, sie begann zu strahlen und winkte ihm fröhlich zu. Also schloss er rasch die Haustür auf und betrat das Haus.

Sofort schoss Lizzy auf ihn zu und begrüßte ihn bellend, und nur Augenblicke später kam auch Oskar aus dem Wohnzimmer und umkreiste ihn schwanzwedelnd.

*Da bist du ja endlich. Ich habe dich zwar jetzt nicht gerade vermisst, das kann man nicht behaupten, aber es ist doch nett, dich zu sehen. Ich meine, ich habe nichts dagegen, mich eine Weile mit den Kindern abzugeben. Wirklich nicht. Die zwei sind nett. Aber auch anstrengend. Vielleicht könntest du mal dafür sorgen, dass sie sich mit dir befassen und nicht mit mir, damit ich ein Nickerchen machen und mich von all der Toberei erholen kann. Wuff.*

»Na, Oskar, war das ein Begrüßungsbellen?« Amüsiert blickte Patrick auf seinen neuen Hausgenossen hinab und wuschelte ihm kurz durchs Fell. »Das ist ja was ganz Neues.«

»Er hat dich vermisst.« In der Küchentür war seine Mutter aufgetaucht.

»Was du nicht sagst.«

*Nein, habe ich nicht. Ich vermisse überhaupt keine Menschen, weil ich mich nicht an sie binde.*

»Er erkennt den Motor deines Autos immer sofort.«

*Das ist ja nun auch keine große Kunst.*

»Und dann wird er ganz aufgeregt und hibbelig.« Seine Mutter ging mit einem liebevollen Lächeln auf Patrick zu. Sie war eine mittelgroße, schlanke Frau mit einer Vorliebe für schicke, aber dezente Designerkleider. Das heutige war dunkelblau. Ihr dunkelblondes Haar fiel ihr in sorgfältig frisierten Wellen bis auf die Schultern.

»Hibbelig?« Patrick schmunzelte.

»Oh ja. Er kann es immer gar nicht abwarten, dass du endlich hereinkommst.«

*Das ist schlichtweg Verleumdung! Ich hibbele niemandem entgegen, auch Patrick nicht. Mag sein, dass ich froh bin, mal ein anderes Gesicht zu sehen, aber du übertreibst jetzt doch ziemlich. Ich bin schließlich ein Streuner, und die freunden sich niemals enger als unbedingt nötig mit den Menschen an, bei denen sie mal eine Zeit lang Unterschlupf suchen.*

»Hörst du ihn brummeln?« Patrick lachte. »Ich glaube, er ist nicht ganz deiner Meinung.«

»Unsinn, er ist eben männlich, und ihr Kerle habt oft so eine ärgerliche Art an euch, eure wahren Gefühle zu verleugnen.« Margit lachte ebenfalls und trat dicht an ihn heran. »Kriege ich nun endlich eine Umarmung und einen Kuss von meinem Sohn oder was?«

Patrick zog sie in seine Arme und küsste sie auf die Wange. »Guten Abend, Mama.«

»Guten Abend, mein Schatz.« Sie stellte sich auf die Zehenspitzen und küsste ihn ebenfalls auf die Wange. »Du bist spät. Ich hatte schon befürchtet, du würdest es doch nicht schaffen.«

»Es ist in der Firma etwas später geworden als gedacht.« Schuldbewusst hob er die Schultern. »Ich habe gerade viel zu tun.«

»Wie immer.« Sie berührte ihn kurz mit der Hand an der Wange. »Geh doch schon mal zu den anderen ins Wohnzimmer. Dein Vater legt noch letzte Hand an seine Bolognese an, und die Nudeln brauchen auch noch ein paar Minuten. Sag deinem Bruder Bescheid, dass er mit Tischdecken an der Reihe ist.«

»Wird gemacht.«

»Aber nicht, bevor du nicht deine alte, klapprige Oma begrüßt hast!« Patricks Großmutter war ein wenig kleiner als ihre Schwiegertochter Margit und etwas rundlich und besaß entzückende Apfelbäckchen, die bei seinem Anblick noch rosiger wurden. Sie strahlte über das ganze Gesicht und drückte ihn mit für ihre dreiundachtzig Jahre erstaunlicher Kraft an sich. »Wie schön, dass du da bist, Junge.«

Patrick erwiderte die Umarmung lachend. »Also, von ›klapprig‹ kann bei dir nicht die Rede sein. Du hast Kräfte wie eine Dreißigjährige.«

»Ha, was für ein Charmebolzen du bist.« Iris Sternbach kicherte. »Aber trotzdem danke für das Kompliment. Ich mache jetzt Yoga im Seniorenzentrum. Das soll gut gegen den Knochenverschleiß wirken.« Sie zwinkerte ihm fröhlich zu, hakte sich bei ihm unter und zog ihn mit in das große Wohn- und Esszimmer. »Und außerdem ist der Sex besser, wenn man gelenkig bleibt.«

»Oma!« Entsetzt starrte er seine Großmutter an, die herzlich lachte.

»Frau!«, erklang vom Esstisch her die brummige Stimme seines Großvaters. Theo Sternbach hatte eine aufgeschlagene Tageszeitung vor sich und klopfte mit einem Kugelschreiber auf die Tischplatte. »Was redest du denn da für Sachen? Hier sind Kinder mit im Raum.«

Iris schmunzelte. »Entschuldige bitte.« Sie drückte Patricks Arm und wandte sich in Richtung der Verbindungstür zur Küche. »Aber was wahr ist, bleibt wahr und darf ausgesprochen werden.«

»Himmelherrgott noch mal!« Theo verdrehte die Augen. »Diese Frau wird von Tag zu Tag unmöglicher.«

»Na, na, mein Lieber, pass auf, was du sagst.« Iris drehte sich in der Tür noch einmal um und drohte ihrem Mann spielerisch mit erhobenem Zeigefinger. »Und fluch gefälligst nicht vor den Kindern.«

»Ist doch wahr. Früher hat man über solche Dinge nicht vor den Enkeln – und Urenkeln! – geredet.«

»Jaja.« Sie lachte wieder. »Früher war alles anders. Aber nicht unbedingt immer besser. Außerdem sind unsere Enkel bereits erwachsen, und die Urenkel dürften bereits im Bilde über die Bienchen und Blümchen sein.«

»Wann gibt es denn endlich etwas zu essen?« Bedeutungsvoll rieb Theo sich über seinen deutlich erkennbaren Bauchansatz und wechselte damit sichtlich verzweifelt das Thema.

»Du wirst wohl noch etwas warten müssen.« Mit einem amüsierten Schmunzeln verschwand Iris in der Küche.

Patrick schmunzelte und wandte sich dem Wohnbereich zu. Dort saßen Justus, Laura, Viola und Ricarda um den Couchtisch herum auf dem Sofa und in den Sesseln und spielten mit Jessica und Joel ein Brettspiel. Als Patrick näher heranging und erkannte, um welches Spiel es sich handelte, grinste er breit. »Na, hat Laura euch schon alle ordentlich abgezockt?« Er konnte sich noch gut daran erinnern, wie genau das vor einem Jahr geschehen war, als Laura zum ersten Mal mit ihnen Monopoly gespielt hatte. Und auch jetzt sah es stark danach aus, dass sie bereits ein Imperium an Hotels in den teuersten Straßen aufgebaut hatte, während alle anderen am Existenzminimum herumkrebsten.

»Wir haben Teams gebildet.« Joel, der zu Lauras Füßen auf dem Boden kniete, blickte mit leuchtenden Augen zu ihm hoch. »Ich bin in Lauras Team. Wir gewinnen.«

»Was sonst?« Patrick spürte dieses immer noch ungewohnte heftige Ziehen in der Herzgegend, als er seine beiden Kinder musterte. Rasch trat er neben Laura und wuschelte seinem Sohn durch das wellige dunkelbraune Haar. »Team Laura ist bei Monopoly immer vorzuziehen.«

Laura gluckste. »Was kann ich dafür, wenn ihr alle nicht fix genug seid? Investieren, investieren, investieren! Früh und viel, das zahlt sich aus.«

»Also ich glaube ja, dass sie schummelt«, befand Viola und schob sich ein Strähnchen ihres zu einem pfiffigen Pixie geschnittenen hellbraunen Haars hinters Ohr. »So viel Glück kann man gar nicht haben. Und was zum Teufel hast du investiert? Du hattest doch nicht mehr Startkapital als wir anderen.«

»Da muss ich als Buchhalterin allerdings zustimmen«, mischte sich nun auch Ricarda ein. Beiläufig nahm sie ihre dezent silbern gerahmte Brille von der Nase, hielt sie gegen das Licht und setzte sie wieder auf. Sie war die stillste der Sternbach-Geschwister und tat gern so, als sei sie unnahbar und abgeklärt, doch in Wahrheit war sie vermutlich sogar die Empfindsamste von allen, auch wenn sie diesen Wesenszug meist hinter ihren geliebten Zahlen und einer rauen Schale versteckte. »Rein rechnerisch ist es gar nicht möglich, dass du in so kurzer Zeit so viel Geld ausgeben konntest. Du hattest doch kaum Einnahmen.«

»Ich hatte die Schlossallee und die Parkstraße.« Laura grinste. »Und Joel war mein Investor, das wisst ihr doch.«

»Ja, genau. Ich hab in ihre Hotels investiert«, bestätigte Joel mit altklugem Blick. »Und jetzt kriege ich Zinsen von

Laura, und wir zocken euch alle ab, bis ihr im Armenhaus sitzt.«

»Heiliger Bimbam«, kam es vom Esstisch her. Theo lachte rau. »Da wird die nächste Generation von rücksichtslosen Kapitalisten herangezüchtet.«

»Das nächste Mal will ich in Lauras Team«, maulte Jessica, deren braune Locken aussahen, als hätte sie sich diese schon mehrfach gerauft. Sie kniete ebenfalls auf dem Boden, jedoch vor Viola und Ricarda, mit denen sie offenbar ein Team gebildet hatte. »Verlieren ist doof.«

»Aber es bildet den Charakter«, erklärte Theo lächelnd.

»Ist trotzdem blöd.« Jessica verschränkte die Arme vor der Brust und sah so aus, als wolle sie sich beleidigt in ihr Schneckenhaus zurückziehen. Patrick berührte sie an der Schulter. »Nach dem Essen spielen wir eine Runde Skat, und du kommst in mein Team. Dann nehmen wir die Bande zusammen aus.«

»Im Skat gibt es doch gar keine Teams.« Sichtlich unsicher, ob sie weiter eingeschnappt sein sollte, hob Jessica den Kopf.

»Im Monopoly normalerweise auch nicht.« Er zwinkerte ihr zu.

Ihre Miene hellte sich etwas auf. »Stimmt. Das war Lauras Idee mit den Teams.«

»Das nächste Mal spielt wieder jeder gegen jeden«, beschloss Justus, der entspannt zurückgelehnt neben seiner Frau saß und dem Spiel offenbar nur amüsiert folgte, ohne selbst daran teilzunehmen.

Laura drehte sich zu ihm um. »Glaubst du, das würde mich vom Gewinnen abhalten?«

»Immerhin hast du dann keinen Investor und demnach auch keinen unlauteren Wettbewerbsvorteil.«

»Hey, die anderen hätten sich auch gegenseitig unterstützen können. Das ist der Sinn von Teamwork.«

»Ich bin trotzdem der Meinung, dass du irgendwie heimlich schummelst.« Viola würfelte und verzog gleich darauf schmerzlich das Gesicht, als sie ihre Spielfigur um fünf Felder weitersetzte. »Toll.«

»Viola muss ins Gefängnis, Viola muss ins Gefängnis«, rief Joel in einem schadenfreudigen Singsang.

Patrick lachte. »Gehen Sie nicht über Los. Ziehen Sie nicht zweitausend …«

»Jaja, schon gut.« Viola funkelte ihn halb verärgert, halb amüsiert an. »Ist sowieso egal. Ich bin eh pleite.«

»Warum? Du hast doch ein paar Häuser.« Ricarda deutete auf eine kleine Ansammlung von Häusern auf einer der grünen Straßen. »Und einen Bahnhof.«

»Was nützt mir das, wenn nie jemand da hinkommt?«

»Du kannst uns deine Häuser vermieten oder verkaufen, wenn du willst«, schlug Laura vor.

»Klar, damit ich euer Imperium noch weiter unterstütze.«

»Sagt mal, zankt ihr etwa schon wieder?« Margit streckte den Kopf zur Tür herein.

»Nein, wir spielen nur.« Joel lächelte ihr strahlend zu. »Laura und ich gewinnen.«

»Wenn du weiter so keck damit angibst, setzt es was«, drohte Viola gespielt wütend und tat, als wolle sie sich den Jungen greifen.

Joel quiekte und wich ihr kichernd aus. Dabei fegte er beinahe einige Hotels und Spielfiguren vom Brett.

»Pass doch auf!«, schimpfte Jessica. »Hey, meine Figur stand aber nicht da.« Sie funkelte Laura an, die daraufhin grinste.

»Entschuldige, das war ein Versehen.«

»Ich sag doch, sie schummelt!« Triumphierend deutete Viola auf ihre Schwägerin. »Du bist ein hinterhältiges Luder, Laura.«

»Na, na, keine Beleidigungen bitte.« Justus hüstelte, musste aber sichtlich ein Lachen unterdrücken. »Du redest hier mit meiner geliebten Angetrauten.«

»Na und? Selbst schuld, dass du eine gemeine Falschspielerin geehelicht hast.«

»Kinder!« Margit lachte laut. »Immer mit der Ruhe. Und überhaupt, warum steht noch kein Geschirr auf dem Tisch?«

»Oh, ja, stimmt.« Patrick räusperte sich. »Das hätte ich fast vergessen. Justus, du bist heute mit Sklavendienst dran. Auf zum Tischdecken.«

»Na dann …« Justus erhob sich und streichelte dabei über Lauras Oberarm. »Kommst du ohne mich gegen die Meute zurecht?«

Sie gab ihm einen spielerischen Klaps auf die Hand. »Hau schon ab.«

Die beiden warfen einander einen innigen Blick zu, der Ricarda hüsteln ließ. »Hey, Nachtisch gibt's erst später. Hört auf, euch gegenseitig mit Blicken aufzufressen.«

Patrick wollte sich gerade auf Justus' frei gewordenen Platz setzen, als es an der Haustür klingelte.

»Das muss Angelique sein.« Laura richtete sich auf. »Machst du ihr bitte auf, Patrick? Ich kann hier nicht weg, wie du siehst.«

»Mhm.« Er warf ihr einen beredten Blick zu. »Kannst du schon. Du willst nur nicht.«

Sie hob den Kopf und lächelte ihm vieldeutig zu.

Patrick runzelte die Stirn. »Wir sprechen uns noch.«

»Was hat er denn?«, hörte er auf dem Weg in den Flur Viola raunen. Die Antwort darauf bekam er schon nicht mehr mit, weil er, umringt von den beiden neugierig schwänzelnden Hunden, bereits an der Tür angekommen war.

Das unnatürliche Zwicken in seiner Magengrube ignorierte er geflissentlich, als er Angelique öffnete.

»Hallo.« Heiter lächelte sie ihm zu. »Ich hoffe, ich bin pünktlich.«

»Auf die Sekunde.« Er lächelte schmal. »Kommen Sie herein. Und Vorsicht vor den Bestien.« Er wich den beiden Hunden aus, die fröhlich um sie herumwuselten.

»Ich habe keine Angst vor Hunden.«

Er grinste schief. »Die Hunde hatte ich auch nicht gemeint.«

Sie lachte und drückte ihm einen Blumenstrauß in die Arme. »Halten Sie bitte mal?« Dann ging sie in die Hocke und wuschelte lachend Lizzy durchs Fell. »Na, du Süße, freust du dich, mich zu sehen?«

Lizzy stieß ein helles Bellen aus, das eindeutig wie ein »Ja« klang.

*Hallo, hallo, ich bin auch noch da! Wer bist du denn? Dich kenne ich noch gar nicht. Du riechst – interessant.* Oskar schwänzelte ebenfalls näher und schnupperte an ihr, dann schnaubte er heftig. *Puh, bisschen arg, diese Duftmarke.*

»Oh, entschuldige, magst du mein Parfüm nicht?« Vorsichtig hielt Angelique dem Mischling ihre Hand hin, damit er sie weiter beschnüffeln konnte. »Tut mir leid, ich wusste nicht, dass hier noch ein weiterer hübscher Hund wohnt. Sonst hätte ich weniger Parfüm aufgelegt. Lizzy ist daran gewöhnt, aber du scheinst nicht so begeistert davon zu sein, was?« Sie hob den Kopf und lächelte Patrick erneut an, diesmal jedoch traf dieses Lächeln ihn hart in die Magengrube. »Ist das Ihrer, oder gehört er Ihren Eltern?«

»Oskar gehört mir – oder vielmehr meinen Kindern.« Klang seine Stimme belegt? Er räusperte sich unterdrückt. »Sie mögen also Hunde?«

»Sehr.« Rasch erhob sie sich wieder und nahm ihm den Blumenstrauß ab. »Dachten Sie, ich wäre ein Zimperlieschen?«

Fast hätte er gelacht. »Das ist nicht gerade das Wort, das mir in den Sinn kommen würde, wenn ich Sie beschreiben müsste.«

Ein abschätzender Blick traf ihn. »Welches denn dann?«

Er erkannte eine Falle, wenn sie ihm so offensichtlich gestellt wurde. »Das behalte ich lieber für mich, um unser künftiges Arbeitsverhältnis nicht schon im Vorfeld zu vergiften.«

»Oha.« Sie zog die Augenbrauen in die Höhe. »Sie stellen mich ein?« Inzwischen hatten sie das Wohnzimmer erreicht, sodass seine Familie Angeliques Worte deutlich mitbekam. Sogleich hoben sämtliche Anwesenden die Köpfe und wandten sich ihnen zu.

Laura, die eben noch behauptet hatte, nicht abkömmlich zu sein, sprang auf und ging mit großen Schritten auf Angelique zu. »Da bist du ja! Hallo.« Sie küsste ihre Freundin auf beide Wangen, dann wandte sie sich an Patrick. »Du stellst Angelique ein?«

»Sag bloß!«, erklang gleich darauf vom Esstisch her Justus' amüsierte Stimme, während gleichzeitig Geschirr klapperte und Besteck klirrte. »Du gibst der Tausendprozentigen einen Job? Hab ich was verpasst?«

Laura gluckste. »Nenn sie doch nicht immer so!«

»Warum nicht?« Angelique lächelte fröhlich in die Runde. »Ich finde es irgendwie schmeichelhaft. Guten Abend zusammen. Wo finde ich denn die Gastgeberin?«

»In der Küche.« Theo deutete mit seinem Kugelschreiber in die entsprechende Richtung.

Anstatt dorthin zu gehen, trat Angelique auf den alten Herrn zu und streckte ihm die Hand hin. »Guten Abend. Sie müssen Lauras Schwiegergroßvater sein. Freut mich sehr.«

Theos Augen leuchteten gleichermaßen erfreut wie amüsiert auf, als er ihre Hand ergriff. »Eine wohlerzogene junge Dame. Patrick, meinen Segen hast du.«

Laura kicherte, und auch von seinen Schwestern vernahm Patrick verräterisches Glucksen. Er räusperte sich vernehmlich. »Für meine Angestellten benötige ich den doch wohl nicht, oder?«

»Schaden kann er aber wohl auch nicht.« Angelique lächelte seinem Großvater noch einmal strahlend zu und verschwand in der Küche.

»Du stellst sie also wirklich ein?« Laura tauchte neben Patrick auf und hakte sich bei ihm unter. »Das finde ich wunderbar.«

»Na klar, das war ja auch deine Idee.« Er bedachte sie mit einem missmutigen Blick.

»Du brauchst dringend eine fähige Bürokraft, und Angelique ist gerade frei. Das passt einfach perfekt. Ich bin mir sicher, dass du es nicht bereuen wirst.«

»Ich werd nicht mehr.« Justus lachte. »Das Schauspiel muss ich mir persönlich anschauen kommen.«

»Ich auch.« Ricarda grinste schadenfroh. »Hat sie dein WLAN-Passwort schon upgedatet?«

Entnervt verdrehte Patrick die Augen und warf seiner Schwägerin einen beredten Blick zu. »Ich fürchte, ich bereue die Entscheidung jetzt schon.«

»Was für eine Entscheidung?« Margit betrat den Raum, eine große Schüssel mit dampfenden Nudeln vor sich hertragend.

»Patrick stellt Angelique ein.« Rasch eilte Laura auf ihre Schwiegermutter zu und nahm ihr die Schüssel ab. »Eine bessere Bürokraft wird er nirgendwo finden.«

»Assistentin der Geschäftsführung, bitte.« Angelique kam ebenfalls mit einer Schüssel voller Nudeln aus der Küche.

Laura lachte. »Das klingt natürlich viel wichtiger.«

»Und wird besser bezahlt.« Angelique stellte die Schüssel auf den Tisch und wandte sich an Patrick. »Anpassungen bei Ihrem IT-Equipment kosten allerdings extra.«

Patrick runzelte die Stirn. »Lassen Sie die Finger von meinen Passwörtern.«

»Ach, komm schon.« Laura stieß ihn kameradschaftlich an. »Du musst zugeben, dass die Sache damals ziemlich lustig war.«

»Für euch vielleicht.«

»Seine Passwörter sind nicht lustig, sondern fahrlässig.« In Angeliques Augen funkelte es herausfordernd, doch zu Patricks Glück erschien nun auch sein Vater mit einer riesigen Schüssel voller Bolognesesoße im Raum.

»Holt mal jemand den Käse und den Wein?« Hans Sternbach hievte die Schüssel vorsichtig mitten auf den Tisch. »Und Apfelsaft für die Kinder. Oskar, nimm deine Nase vom Tisch!«

*Was denn? Ich wollte doch nur mal schnüffeln. Das riecht geradezu verboten gut. Ich hoffe, da fällt für mich auch etwas ab.* Oskar wedelte nur ganz leicht mit der Rute und setzte einen absoluten Unschuldsblick auf.

Patrick beeilte sich, der Aufforderung seines Vaters nachzukommen. Das gab ihm Gelegenheit, in der Küche kurz durchzuatmen und sich zu fragen, was zum Teufel ihn geritten hatte, Angelique eben einfach so zuzusagen. Das hatte er ganz sicher nicht vorgehabt, als er hergekommen war.

Aus dem Esszimmer vernahm er leise Stimmen und fröhliches Gelächter. Angelique schien sich perfekt in seine Familie einzufügen, so als sei sie immer schon ein Teil davon gewesen. Doch das war nicht der Grund für seinen plötzlichen Entschluss gewesen, ebenso wenig die heftige Anziehung, die er in ihrer Gegenwart verspürte. Letztere war sogar eher ein deutliches Argument gegen eine Zusammenarbeit. Schließlich hatte er bereits beschlossen, dass solche Komplikationen das Allerletzte waren, was er derzeit – oder überhaupt – gebrauchen konnte.

Nein, vermutlich war es viel eher der freudige Ausdruck gewesen, der sich auf dem Gesicht seiner Tochter abgezeichnet hatte, als er ihr das gemeinsame Kartenspiel vorgeschlagen hatte. Auch wenn sie es nicht so deutlich zeigte wie ihr Bruder, wollte sie doch gerne Zeit mit ihrem Vater verbringen. Da Zeit nur leider im Moment das Letzte war, was er erübrigen konnte, hatte sein Unterbewusstsein für ihn entschieden, dass Angelique, sosehr sie ihm auch gegen den Strich ging, im Moment die vernünftigste Wahl war, wenn er seiner Vaterrolle gerecht werden wollte.

»Versteckst du dich hier drin?« Justus war Patrick in die Küche gefolgt und griff nach dem Brett mit dem Hartkäse und der Käsereibe sowie der Schüssel mit bereits fertig gehobeltem Mozzarella.

»Sei nicht albern.« Mit einem Seufzer schnappte Patrick sich die bereits entkorkte Weinflasche sowie eine Flasche Apfelsaft und klemmte sich eine Mineralwasserflasche unter den Arm. »Das würde ja implizieren, dass ich vor der Frau Angst habe.«

»Die ›Frau‹, wie du sie nennst, kann ja auch einigermaßen einschüchternd wirken.« Sein Bruder lächelte. »Warum willst du sie einstellen, wenn du sie doch so offensichtlich nicht ausstehen kannst?«

»Mit ausstehen hat das weniger zu tun. Sie geht mir nur auf die Nerven.« Patrick zuckte mit den Achseln, wodurch ihm beinahe die Wasserflasche entglitten wäre. »Habe ich denn eine andere Wahl?«

»Man hat immer eine Wahl.« Justus grinste, wurde aber gleich wieder ernst, als Patrick schmerzlich die Lippen verzog. »Wie schlimm steht es wirklich?«

Diesmal stellte Patrick die Flaschen sicherheitshalber wieder ab. »Mir fehlen zwei Leute. Vier sogar, wenn man die Auftragslage betrachtet.«

»Und wenn du noch ein paar Aushilfen einstellst?«

»Aushilfen sind nicht die Lösung. Ich brauche Fachkräfte. Mindestens einen Möbelschreinermeister und einen Gesellen.«

»Und jemanden fürs Büro.« Justus kräuselte die Lippen. »Assistentin der Geschäftsführung?«

»Sie verkauft sich nicht unter Wert, sagt sie.«

»Laura schwört auf sie.«

»Das ist auch der einzige Grund, weshalb ich diese Frau überhaupt in Betracht ziehe.«

»Angelique. Sie heißt Angelique.« Mit hochgezogenen Brauen musterte Justus ihn. »Bist du dir sicher, dass das gut geht?«

»Ganz ehrlich?« Patrick griff erneut nach den Flaschen. »Nein, kein bisschen.« Damit stieß er mit der Schulter die Tür auf und trug Wein, Wasser und Saft ins Esszimmer.

Die Familie hatte sich bereits vom Monopoly-Spiel losgerissen und um den Esstisch versammelt. Patrick war sich nicht ganz im Klaren darüber, ob er es gut finden sollte, dass seine Mutter Angelique statt neben ihm, wie er befürchtet hatte, einen Platz ihm gegenüber zugewiesen hatte. Auf diese Weise musste er sie jedes Mal, wenn er den Blick von seinem Teller hob, ansehen.

Leider, so musste er insgeheim zugeben, gefiel sie ihm heute genauso gut wie bei ihrer allerersten Begegnung. Nicht nur rein äußerlich war sie eine Augenweide; vielmehr strahlte sie einen unerschütterlichen Optimismus aus, gepaart mit dieser fast schon ärgerlichen Energie und Lebhaftigkeit, die die Blicke und Aufmerksamkeit ganz automatisch und natürlich auf sich zogen. Dabei spielte sie sich nicht einmal besonders in den Vordergrund, sondern saß oft einfach nur da und lauschte den Gesprächen, lächelte, lachte, gab hier und da einen kurzen Kommentar ab. Dennoch schien es ihm, als stünde sie ständig im Zentrum des allgemeinen Interesses. Oder war es nur sein eigenes Interesse?

Patrick vermied es tunlichst, sie zu oft oder zu lange anzusehen, um nicht einen falschen Eindruck zu erwecken.

Nachdem das Essen beendet war, half er seiner Mutter und Großmutter unaufgefordert beim Abräumen des Tisches und bei dem Auftragen des Desserts. Kaum hatte er sich wieder gesetzt, als Angelique sich an Joel und Jessica wandte. »Sagt mal, ist euer Papa immer so hilfsbereit, wenn es ums Tisch-Abräumen geht?«

Jessica runzelte verwundert die Stirn. »Warum wollen Sie das wissen?«

Joel grinste. »Ja, ist er. Muss er auch, weil Oma Margit ihm sonst die Ohren lang zieht.«

»Da hast du allerdings recht, Joel.« Margit lachte. »In unserer Familie werden alle gleichermaßen zum Sklavendienst eingesetzt. Wenn Sie öfter hier essen, wird es Ihnen auch nicht anders ergehen.«

»Dagegen ist nichts einzuwenden.« Mit leuchtenden Augen zog Angelique die hohe Glasschale mit ihrem Dessert näher zu sich heran. »Mhm, Götterspeise mit Sahne. Das habe ich ewig nicht mehr gegessen.« Sie tauchte ihren Löffel in die mehrfarbige Süßspeise. »Ich finde es gut, wenn Eltern ihre Kinder gleichberechtigt erziehen.«

»Nicht nur gleichberechtigt, sondern auch mit gleichen Pflichten«, bestätigte Hans.

»Früher machte man das noch nicht so«, fügte Iris hinzu. »Da gab es fest umrissene Rollen für die Geschlechter. Ich finde es schön, dass das heute anders gehandhabt wird.«

»Wenn das nur überall so wäre!« Theo rührte die Sahne eifrig unter seine Götterspeise. »Wir haben uns damals noch dem Zeitgeist angepasst, zumindest in der ersten Zeit. Doch als wir anfingen, unsere halbwüchsigen Kinder gleichberechtigter zu erziehen, wurden wir oft schief angeschaut.«

»Ja, stimmt.« Iris lachte. »Man hat uns den Untergang des Abendlandes prophezeit, wenn wir so weitermachen.«

»Leider halten sich viele festgefahrene Ansichten auch heute noch hartnäckig.« Hans hob die Weinflasche an. »Möchten Sie noch etwas, Angelique?«

»Nein danke. Ich muss noch fahren.« Lächelnd wehrte Angelique ab. »Wie gesagt, ich finde es toll, wenn Eltern ihre Kinder nicht in vorgefertigte Bahnen lenken wollen. Ob nun geschlechterspezifisch oder was ihre Berufswahl oder ihr gesamtes Leben angeht.«

»Das hört sich so an, als hätten Sie es mit ihren Eltern in dieser Hinsicht nicht leicht gehabt.« Mit Interesse sah Margit Angelique an.

»Meine Eltern sind Snobs.« Achselzuckend nahm Angelique sich die Wasserflasche und goss etwas Wasser in ihr Glas. Dann füllte sie mit Apfelsaft auf. »Unserer Familie gehören schon seit mehreren Generationen diverse Fabriken, die so ziemlich alle Gegenstände des täglichen Lebens herstellen. Diesem Lebensstil entsprechend wurden meine Geschwister und ich erzogen. Bei uns geht es nicht darum, individuelles Glück zu finden, sondern dem Familienzweck zu dienen.«

»Ich nehme an, Sie dienen diesem Zweck augenblicklich nicht?« Theos wacher Blick ruhte offen und unverhohlen auf Angelique, die sich davon jedoch nicht, wie manch anderer, einschüchtern ließ.

»Das habe ich noch nie getan.« Sie hob ihr Glas an die Lippen, nippte daran. »Mein ältester Bruder Lukas und ich – wir sind die sogenannten schwarzen Schafe der Familie. Oder zumindest ist unser Fell ziemlich dunkelgrau. Mein Bruder hat Betriebswirtschaft studiert, aber anstatt ins elterliche Nest zurückzukehren und seine Pflicht als Erstgeborener zu erfüllen, hat er nach dem Studium eine Schreinerlehre gemacht und sich eine eigene Werkstatt aufgebaut. Meine Eltern fanden das skandalös und unter seiner wie auch ihrer Würde. Zumindest, bis er mit seinen Schaukelstühlen, Esszimmermöbeln, Betten und allem anderen so erfolgreich wurde, dass sie sich gezwungen sahen, mit ihm anzugeben.« Sie lachte trocken. »Ich hingegen …« Sie warf Patrick einen kurzen Blick zu. »Die Wahl meiner Ausbildung war wohl richtig, bloß habe ich den Fehler begangen, anschließend auch in meinem Beruf arbeiten zu wollen. Eine Sahrmüllersche Tochter hat das weder nötig noch tut es dem Ruf der Familie gut, wenn sie sich zu so etwas herablässt. Außer natürlich, ich würde meine Arbeitskraft einzig und allein dem Familienunternehmen stiften. Das wäre dann wieder annehmbar, zumindest solange ich noch nicht meine zweieinhalb bis drei Kinder pflichtgemäß im Abstand von je zwei bis drei Jahren in die Welt gesetzt habe und mich dann ausschließlich um deren Wohl und Wehe kümmere. Meine kleine Schwester Nina hat es in dieser Hinsicht richtig gemacht. Sie hat mit zwanzig einen zwölf Jahre älteren Baron geheiratet und inzwischen ihr zweites Kind zur Welt gebracht. Das dritte wird ganz sicher pünktlich in etwa anderthalb Jahren das Licht der Welt erblicken. Gearbeitet hat sie noch nie, sieht man mal von ihrer Ausbildung auf der Hauswirtschaftsschule ab, die aber auch eher ein samtig seidenes Pflichtprogramm war. Dafür ist sie Meisterin im Organisieren von Dinnerpartys.« Für einen Moment hielt Angelique inne, dann hüstelte sie. »Ich schätze, so genau wollten Sie es gar nicht wissen.«

»Doch, doch, wollten wir.« Margit lachte leise. »Machen Sie sich keine Gedanken. Bei uns ist es ganz normal, sich den Ballast von der Seele zu reden.«

»Das hatte ich nicht vor.« Angelique stocherte mit ihrem langstieligen Löffel in der Götterspeise. »Es ist kein Ballast, sondern bloß eine Situation, mit der ich seit meiner Geburt versuche zurechtzukommen. Meistens glückt es mir ganz gut, schon weil ich in Lukas einen Gleichgesinnten und Verbündeten habe.«

»Dein Bruder ist also Möbelschreiner?« Justus warf Patrick einen beredten Blick zu. »Was für ein ausgesprochen interessanter Zufall. Wusstest du davon, Laura?« Seiner Stimme war anzuhören, dass er die Antwort schon kannte.

Laura nickte. »Natürlich wusste ich das. Angelique spricht oft von ihrem Bruder.«

»Vielleicht kann er ja Papa mal helfen kommen.« Joel kratzte bereits die letzten Fitzelchen Götterspeise aus seinem

Glas. »Bei Papa hat nämlich ein Schreiner gekündigt, und jetzt hat er keinen mehr, der die Möbel für die Blockhäuser baut, wenn einer welche haben will. Das ist schlecht, weil er jetzt alles selbst machen muss und überhaupt keine Zeit mehr für uns hat.«

»Davon habe ich bereits gehört.« Angelique nickte dem Jungen zu. »Vielleicht kann Lukas tatsächlich ein bisschen aushelfen. Wegen der Kundin heute Vormittag habe ich ihn bereits angerufen.« Nun wandte sie sich wieder Patrick zu. »Er wird uns ein paar Kataloge zuschicken.«

»Uns?« Patrick runzelte die Stirn.

»Ihnen.« Sie grinste. »Aber so wie ich das sehe, wird der Umschlag erst mal auf meinem Schreibtisch landen.« Sie neigte den Kopf ein wenig zur Seite. »Ich habe doch wohl einen eigenen Schreibtisch?«

»Was dachten Sie denn?«

»Sie haben noch immer nicht gesagt, warum Sie das mit Papa und dem Tisch-Abräumen wissen wollten«, mischte Jessica sich unvermittelt ein.

Angeliques Miene drückte milde Heiterkeit aus. »Da hast du recht. Entschuldige bitte, Jessica. Es ist unhöflich, eine Frage nicht zu beantworten.« In ihre Augen trat ein unheilvolles Funkeln. »Ich habe danach gefragt, weil ich wissen wollte, ob dein Papa generell sehr aufmerksam ist oder ob er sich nur heute so gibt, um sich vor mir in Sicherheit bringen zu können.«

Patrick hustete und hätte beinahe die Götterspeise, die er sich gerade zwischen die Lippen geschoben hatte, quer über den Tisch gespuckt. Ringsum wurde gehüstelt und unterdrückt gelacht.

Die Miene seiner Tochter drückte Verblüffung und Neugier aus. »Hat er denn Angst vor Ihnen?«

»Ich weiß es nicht.« Mit unschuldigem Augenaufschlag blickte sie Patrick an. »Haben Sie Angst vor mir?«

Entgeistert starrte er sie an. Ihm fiel partout nicht ein, was er darauf antworten sollte.

Erneut wandte Angelique sich an seine Tochter. »Vor mir wohl eher nicht, aber davor, dass ich sein Leben auf den Kopf stellen könnte.«

»Mein Unternehmen.« Endlich hatte er seine Stimme wiedergefunden. »In meinem Leben haben Sie nichts verloren.«

»Na, so was, und ich dachte, ein sehr großer Teil Ihres Lebens besteht aus Ihrer Firma.« Sie bedachte ihn mit einem vielsagenden Blick.

Wenn er sie dazu nicht hätte anfassen müssen, hätte er sie in diesem Moment gerne erwürgt. »Halten Sie sich einfach aus meinen Privatangelegenheiten raus. Dann werden wir hoffentlich vernünftig miteinander arbeiten können. Falls Sie wirklich so ein Organisations-Wunderkind sind, wie Laura behauptet.« Er warf ihr einen giftigen Blick zu.

»Wie Sie meinen.« Sie hob nur lässig die Schultern. »Meiner Erfahrung nach – und glauben Sie mir, mit exzentrischen Chefs habe ich eine Menge Erfahrung – erstreckt sich das Chaos, wenn es einmal Ihr Leben ergriffen hat, nicht bloß auf einen Aspekt desselben, also nicht bloß auf Ihre Arbeit.« Ihr Blick wurde lauernd. »Wie sieht es bei euch zu Hause aus, Joel?« Sie blickte seinen Sohn mit einem steinerweichend offenen und liebenswürdigen Blick an. »Alles einigermaßen aufgeräumt und sauber?«

»Nee, nicht so richtig.« Joel grinste breit. »Immer ist alles irgendwie durcheinander. Und in meinem Schrank liegen keine sauberen Sachen mehr, weil die in der Wäsche sind oder im Trockner. Und Jessicas Zimmer sieht immer aus wie Sau.«

»Halt die Klappe.« Wütend funkelte Jessica ihren Zwillingsbruder an. »Das ist mein Zimmer, und da kann ich machen, was ich will.«

»Da hast du allerdings recht«, pflichtete Angelique ihr überraschend bei. »Solange du es in deinem Zimmer so richtig gemütlich hast und dich wohlfühlst, ist es richtig so, wie es ist.«

Jessica schwieg mit verkniffenen Lippen und verschränkte die Arme vor der Brust.

Patrick konnte nicht umhin, Angelique zu bewundern. Sie legte ihren Finger mit ärgerlicher Zielsicherheit immer exakt in die Wunde. Leider in diesem Fall mit unerwünschten Auswirkungen.

»Wenn du Hilfe im Haushalt benötigst, musst du doch nur etwas sagen.« Seine Mutter beugte sich zu ihm herüber. »Du weißt doch, dass ich immer gerne ...«

»Ich brauche keine Hilfe im Haushalt, Mama.« Er bemühte sich, nicht aufzubrausen. »Du tust so schon genug für uns.«

»Ich könnte dir stundenweise eins unserer Zimmermädchen ...«

»Nein.« Er zählte innerlich leise bis fünf. »Danke, aber das ist wirklich nicht nötig. Wir kommen zurecht.« Die Blicke, die seine Eltern einander zuwarfen, ärgerten ihn noch mehr. Hätte Joel bloß nichts gesagt. Aber er konnte seinen zehnjährigen Sohn nicht verantwortlich machen. Angelique hatte mit ihrer Frage einfach ins Schwarze getroffen, und er wurde das Gefühl nicht los, dass er sich daran schon mal gewöhnen durfte.

»Sagt mal, warum ist heute eigentlich Tante Elke nicht hier?« Justus hatte die Frage mit der eindeutigen Absicht, das Thema zu wechseln, an Margit gerichtet, und Patrick warf ihm einen dankbaren Blick zu. Justus nickte ihm verständnisvoll zu, doch auch in seinem Blick lag ein besorgter Ausdruck, der Patrick innerlich aufrieb.

»Hatte ich das noch nicht erzählt?« Margit ließ sich sichtlich gerne ablenken. Vielleicht wollte auch sie ihrem jüngeren Sohn ein wenig Luft zum Atmen verschaffen. »Otto hat sie zu einer Städtereise nach München eingeladen. Sie sind heute Vormittag losgefahren und kehren am Montagabend wieder zurück.«

»Otto und Elke?« Theo hob sichtlich überrascht den Kopf. »Wie kann man das verstehen? Sind die beiden etwa neuerdings miteinander verbandelt?«

»Das hätte Otto vermutlich gerne.« Margit lächelte ihrem Schwiegervater zu. »Aber falls es dich beruhigt: Nein, sie haben nichts miteinander. Elke … Nun ja. Sie ist wohl noch nicht so weit.«

»Papperlapapp.« Iris winkte rigoros ab. »Natürlich ist sie so weit. Sie gesteht es sich nur noch nicht ein.«

»Was gesteht sie sich nicht ein?« Theo runzelte die Stirn, woraufhin seine Frau ihn streng ansah.

»Also bitte, Theo! Dass sie in Otto verliebt ist.« Sie wandte sich kurz an Angelique. »Otto ist der Oberkellner im Stadthotel, wissen Sie, und schon seit einer Ewigkeit mit unserer Tochter befreundet. Rein platonisch natürlich.«

»Er war auch mit Bertram befreundet!«, protestierte Theo.

»Natürlich war er das.« Iris legte ihrem Mann beschwichtigend eine Hand auf den Arm. »Aber Bertram ist jetzt schon so lange tot. Soll Elke denn für den Rest ihres Lebens allein bleiben? Dazu ist sie doch mit einundfünfzig noch viel zu jung.«

»Das habe ich ja gar nicht verlangt. Aber … Otto?« Theo kratzte sich am Kopf. »Das kommt ein bisschen überraschend.«

»Ich bitte dich.« Lachend schüttelte Iris den Kopf. »Wo kommt das denn überraschend? Die beiden gehen doch schon seit über einem Jahr miteinander aus.«

»Als Freunde!« Theo hüstelte. »Dachte ich zumindest.«

»Das sind sie ja auch – noch.«

Patrick atmete auf. Anscheinend war er endgültig aus der Schusslinie.

»Sie sind ziemlich leicht zu durchschauen.« Er zuckte zusammen, als Angelique ihn amüsiert anlächelte.

»Bin ich das?«

Ihr Lächeln vertiefte sich und weckte, gepaart mit einem eindringlichen Blick aus ihren eigentümlich silbervioletten Augen, erneut dieses unwillkommene Zwicken tief in seiner Magengrube. »Als wären Sie aus Glas. Aber Sie sind noch nicht vom Haken.«

»Von was für einem Haken?« Misstrauisch beäugte er sie.

Sie ging nicht darauf ein. »Ihre Kinder sind toll.«

»Ach ja?«

Ihr Blick wurde eine Spur ernster. »Sagen Sie bloß, das ist Ihnen noch nicht aufgefallen.«

Ärger wallte in ihm auf. »Lassen Sie Jessica und Joel aus dem Spiel«, zischte er so leise, dass nur sie es hören konnte. »Die beiden haben schon genug durchgemacht.«

Zum ersten Mal sah er echte Betroffenheit in ihren Augen. »Tut mir leid.« Die drei Worte kamen ernst und aufrichtig über ihre Lippen und nahmen ihm seltsamerweise sämtlichen Wind aus den Segeln.

Er nickte ihr knapp zu, und zum ersten Mal schienen sie einander wortlos zu verstehen.

# 4. Kapitel

»Morgen, Chef. Da draußen schleicht diese langbeinige Schwarzhaarige herum, die vergangenen Samstag schon mal hier war.«

Angelique blieb, als sie die Stimme eines von Patricks Mitarbeitern vernahm, vor der angelehnten Bürotür stehen.

»Guten Morgen, Toni.« Patricks Stimme klang ruhig und aufgeräumt. »Das ist Angelique Sahrmüller, unsere neue ... Bürokraft.«

»Ach, echt?« Toni klang milde überrascht. »Na ja, wollt ich nur gesagt haben, dass sie da draußen herumlungert. Aber wie eine Tippse sieht die nicht gerade aus.«

Angelique hörte, wie Patrick hüstelte. »Nenn sie um Himmels willen nicht so. Sie ist auch keine Tippse, sondern ...«

»Sondern?« Nun klang das Interesse aus Tonis Stimme deutlicher heraus.

Angelique straffte die Schultern und setzte ihr professionelles Lächeln auf. Dann klopfte sie kurz an und trat mit energischen Schritten ein. »Guten Morgen, Patrick.« Sie nickte ihrem zukünftigen Arbeitgeber freundlich, aber nicht zu freundlich zu. »Und Sie müssen Toni sein.« Leutselig streckte sie dem Mittvierziger mit dem kurz geschorenen blonden Haar, das sich bereits zu einer Halbglatze zurückgezogen hatte, die Hand hin. »Freut mich. Sagen Sie bitte Angelique zu mir. Ich bin die neue Assistentin der Geschäftsführung.«

»Ähm ...« Verblüfft ergriff Toni ihre Hand, und sie schüttelte die seine gerade energisch genug, um ihm damit eine deutliche Botschaft zu senden. Er starrte sie einen Moment verunsichert an. »Hallo. Sie sind ... Äh, was macht denn eine Assistentin der Geschäftsführung?« Fragend blickte er zu Patrick, der jedoch nur mit den Achseln zuckte.

»Ich sorge dafür, dass der Laden läuft.«

Toni rieb sich übers Kinn. »Tut er das nicht schon die ganze Zeit?«

»Sie werden sich wundern.« Angelique strahlte ihn an und wandte sich dann mit einem etwas gedimmten Lächeln an Patrick. »Wenn Sie mir meinen Arbeitsplatz zeigen, kann ich meinetwegen gleich loslegen.«

»Ja, also, ich wollte eigentlich nur die Zeichnungen haben für den vorderen Giebel draußen am Empfangshaus, dann können wir damit heute gleich anfangen.«

Patrick sah sich kurz um und fluchte dann. »Ich bringe sie euch später raus. Macht erst mal mit dem Zwischenboden weiter. Das meiste ergibt sich sowieso aus der Hauptzeichnung.«

»Ja, aber beim vorderen Giebel müssen wir die Schmuckteile vorab mit einrechnen, sonst passen die Querstreben am Ende nicht richtig.«

»Ich weiß.« Patrick runzelte ungehalten die Stirn. »Die Zeichnung liegt noch bei mir zu Hause. Ich hole sie später. Vor heute Nachmittag braucht ihr sie nicht, wenn ihr euch erst mit dem Zwischenboden beschäftigt.«

»Na gut, wie du meinst.« Toni nickte friedfertig. »Die Kids halten dich ganz schön auf Trab, was?«

Patricks Miene verfinsterte sich noch eine Spur mehr. »Sie haben ein Recht darauf, mal einen Sonntag ungestört mit mir zu verbringen.«

»Auf jeden Fall. Nix für ungut.« Toni nickte auf dem Weg hinaus Angelique noch einmal zu. »Willkommen im Tollhaus. Haben Sie überhaupt Ahnung vom Blockhausbau? Aussehen tun Sie nämlich nicht so.«

Angelique verzog keine Miene. »Es gibt nichts, was man nicht lernen kann.«

»Aha.« Tonis beredter Blick traf Patrick. »Das kann ja heiter werden.«

Patrick fasste sich an die Stirn, als die Tür sich hinter seinem Mitarbeiter schloss. »Ihr Arbeitsplatz ist vorn am Empfang. Da ist, wie Sie sicher schon gesehen haben, ein Schreibtisch mit Computer, Scanner, Drucker und was man sonst noch so braucht. Links neben meinem Büro führt eine Tür in einen kleinen Vorratsraum, und daneben liegt die Kaffeeküche. Ihr Arbeitsvertrag liegt auf Ihrem Schreibtisch. Wollen Sie ihn nicht zuerst lesen und unterschreiben?«

»Später.« Angelique hatte sich in dem Büroraum umgesehen und sich bereits mentale Notizen über die unordentlichen Stapel von geöffneten Briefen und ausgedruckten Zeichnungen gemacht. »Wenn Sie mir sagen, wo Sie wohnen, und mir Ihren Hausschlüssel geben, kann ich die Papiere holen, die Sie noch zu Hause liegen haben.«

»Sie?« Perplex starrte er sie an.

Angelique lächelte nur schmal. »Was glauben Sie, was eine Assistentin tut?«

»Keine Ahnung. Ich hatte bisher nur normale Bürokräfte.«

»Tja, diese Zeiten sind nun vorbei, zumindest vorerst.« Sie wandte sich zur Tür. »Adresse?«

»Sind Sie sich sicher …?«

»Adresse!« Sie kräuselte die Lippen.

Seine Miene verriet, dass ihm die Idee ganz und gar nicht behagte. »Pappelweg 17. Ganz am Ende der Straße links.« Er zögerte kurz. »Die Papiere liegen auf meinem Nachttisch, Obergeschoss, letzte Türe rechts.«

»Gut. Legen Sie mir die Schlüssel einfach auf den Schreibtisch.« Sie verließ sein Büro und sah sich eingehend im Foyer um. Der Empfangstresen war, wie nicht anders zu erwarten, aus rustikalen Holzelementen zusammengesetzt, die alle samtig glatt abgeschliffen worden waren und je nach Lichteinfall sogar ein wenig glänzten. Dahinter stand ein erfreulich großer Schreibtisch mit mehreren Schubladen und einem Sideboard, auf dem ein Multifunktionsgerät darauf wartete, als Drucker, Scanner oder Faxgerät eingesetzt zu werden. Das Faxgerät strich Angelique allerdings sogleich gedanklich aus dem Repertoire. Sie verschickte lieber E-Mails und nahm an, dass es den meisten von Patricks Geschäftspartnern und Kunden ähnlich ging. Hinter dem Schreibtisch an der Wand stand ein großer abschließbarer Aktenschrank. So weit, so gut. Sie hatte nicht damit gerechnet, tatsächlich am Empfang zu sitzen, auch wenn sie nichts dagegen hatte, diese Funktion ebenfalls zu übernehmen. Wie viel Laufkundschaft konnte es hier schon geben? Während ihrer Ausbildung hatte sie am Empfang eines Hotels sowie bei einer großen Anwaltsfirma gearbeitet. Gemessen an den trubeligen Zuständen dort würde sie hier wohl eine ziemlich ruhige Kugel schieben.

Allerdings lagen auch hier auf dem Schreibtisch und auf dem Tresen diverse Papierstapel, Aktenordner und Schnellhefter ohne ersichtliche Struktur herum. Angelique verdrehte die Augen und wollte sich gerade daransetzen, das Durcheinander zu sichten, als sie von irgendwoher ein Scharren und dann ein leises Winseln vernahm.

»Was war das denn?« Sie hängte ihre Umhängetasche über die Rückenlehne des Bürostuhls und drehte sich einmal im Kreis. Dabei lauschte sie angestrengt, bis sie erneut ein ungeduldiges Winseln hörte. »Du liebe Zeit!« Sie ging zu der Tür, hinter der sich laut Patricks Aussage die Kaffeeküche befinden sollte, und öffnete sie. »Oskar! Was machst du denn ganz allein hier drin? Hat dein Herrchen dich etwa eingesperrt?«

*Ja, hat er anscheinend mal wieder. Gut, dass du mir die Tür aufgemacht hast. Ich hasse es, wenn ich nicht mitbekomme, wer hier aus und ein geht. Sonst bin ich ja meistens in dem großen Büro, aber morgens ist es in der Küche interessanter, weil da manchmal ein Hefehörnchen oder ein Brötchen für mich abfällt. Bloß dass Patrick immer alle Türen zumacht.*

*Würde er das nicht tun, hätte ich hier wenigstens etwas Unterhaltung und würde mich nicht so langweilen. Und vielleicht könnte ich dann auch irgendwann mal durch den Haupteingang entkommen und mich wieder auf Wanderschaft begeben.*

Angelique ging in die Hocke und streichelte den eifrig mit der Rute wedelnden Mischling ausgiebig. »Also so was, das geht aber gar nicht. Einfach den Hund in der Küche einsperren.«

»Was machen Sie denn da? Ich hatte Oskar mit Absicht in der Küche gelassen.« Patrick hatte sie offenbar gehört und war aus dem Büro gekommen. »Er richtet nur Chaos an, wenn man ihn nicht in einer reizarmen Umgebung unterbringt, solange man sich nicht mit ihm beschäftigen kann.«

»Reizarme Umgebung?« Angelique richtete sich wieder auf und trat erbost auf ihn zu. »Bei Ihnen piept's wohl! Sie können doch Ihren Hund nicht einfach irgendwo einsperren.«

»Ich habe ihn nicht irgendwo eingesperrt. Er schläft sowieso den ganzen Morgen.« Patrick wich einen Schritt vor ihr zurück, und ihm war anzusehen, dass ihm die Lösung ebenfalls nicht gefiel.

Angelique stemmte die Hände in die Hüften. »Damit ist ab sofort Schluss.«

*Oh, schön zu hören! Wuff.*

Kurz warf sie dem Hund einen Blick zu, fasste dann aber wieder ihren neuen Arbeitgeber ins Auge. »Warum halten Sie sich einen Hund, wenn er Ihnen nur im Weg ist?«

»Er ist mir nicht nur im Weg.« Patrick seufzte unterdrückt. »Ich weiß selbst, dass das keine Lösung auf Dauer ist. Eigentlich wollte ich ihm ein Gehege für die Sommermonate bauen und einen Unterstand oder so was, wohin er sich bei schlechtem Wetter zurückziehen kann, aber ich bin einfach noch nicht dazu gekommen.«

»Dann vergessen Sie das auch gleich wieder.« Angelique hockte sich erneut vor Oskar und kraulte ihn hinter dem Ohr. »Dieser Süße hier gehört doch nicht in einen Zwinger oder ein Gehege.«

*Stimmt auffallend. Ich gehe zwar ganz gerne spazieren, aber tagein, tagaus in so einem Verschlag ... Am Ende noch irgendwo, wo ich gar nichts mehr mitbekomme? Nein, da mache ich nicht mit.* Oskar wedelte erfreut mit der Rute und blickte voller Sympathie zu Angelique auf.

»Warum lassen Sie ihn nicht einfach hier im Gebäude frei herumlaufen? Er tut doch niemandem etwas. Und falls mal jemand hereinkommen sollte, der vor Hunden Angst hat, kann man Oskar immer noch kurz ins Büro oder die Küche bringen.«

*Ja! Genau. Moment mal, wer hat denn Angst vor mir? Ich tue doch niemandem etwas. Warum auch?* Oskar ließ sich auf sein Hinterteil sinken und blickte fragend zwischen Patrick und Angelique hin und her.

»Weil er überall für Chaos sorgt. Sie können sich nicht vorstellen, was er schon alles angestellt hat. Ich kann nicht ständig hinter ihm herräumen.« Patrick hob beinahe hilflos die Schultern. »Außerdem könnte er versuchen wegzulaufen.«

»Ach was!« Kopfschüttelnd strich Angelique dem Hund erneut über die Ohren. »Er ist so ein Lieber. Warum sollte er denn abhauen? Er hat es doch gut bei Ihnen. Wenn er nicht gerade eingesperrt wird, wohlgemerkt.«

*Na, weil ich ein Streuner bin! Abhauen liegt in meiner Natur.*

»Ich will das Risiko einfach nicht eingehen. Wenn der Hund weg wäre, könnte ich das Joel und Jessica nur schwer beibringen.«

*Oh, daran habe ich noch gar nicht gedacht. Wären die beiden dann sehr traurig?*

»Und Sie würden ihn wohl auch vermissen.« Angelique richtete sich wieder auf.

Patrick antwortete nicht darauf. »Wir haben ihn erst seit ein paar Wochen. In der kurzen Zeit konnten wir noch keine wirklich feste Bindung aufbauen.«

*Das war ja eigentlich auch nicht meine Absicht.*

»Na, dann wird es Zeit, dass sich das ändert.« Entschlossen trat Angelique auf Patrick zu. »Überlassen Sie Oskar mir. Zumindest, solange er tagsüber hier ist. Er wird schon nicht ausbüxen, aber einsperren will ich ihn nicht mehr. Wie würden Sie sich fühlen, wenn Sie den ganzen Tag in einem abgeschlossenen Raum hocken müssten? Bestimmt würden Sie dann auch irgendwelchen Unsinn anstellen, nur um Aufmerksamkeit zu bekommen und die Langeweile zu vertreiben.«

»Wenn Sie meinen.« Patrick wand sich sichtlich, schien aber im Großen und Ganzen ihrer Ansicht zu sein, deshalb nickte sie ihm mit etwas mehr Strenge zu, als vielleicht angebracht war, um den Entschluss zu bekräftigen.

»Ich meine das.« Sie streckte die Hand aus. »Und jetzt Ihre Hausschlüssel.«

Er zuckte ein wenig zusammen, griff dann aber in seine Hosentasche und legte den Schlüsselbund in ihre Handfläche. »Eigentlich dachte ich, Sie kümmern sich erst mal hier um alles.«

»Keine Sorge, das werde ich. Haben Sie so etwas wie einen Terminkalender, damit ich mir einen Überblick verschaffen kann, woran Sie gerade arbeiten, wer Ihre Kunden sind, was in nächster Zeit so ansteht?«

»Auf meinem Schreibtisch.« Er deutete vage hinter sich. »Soll ich Ihnen noch irgendwas zeigen?«

»Sie sehen so aus, als hätten Sie es eilig.«

Er nickte. »Ich muss die Bauarbeiten im Ferienpark überwachen und treffe mich später noch mit Hannah Marbach. Das ist die Architektin, mit der ich häufig zusammenarbeite.«

»Dann machen Sie mal einen Abflug.« Sie wedelte lässig mit den Händen. »Ich komme hier schon zurecht.«

»Ohne Einweisung?« Skeptisch sah er sich um.

Sie lachte auf. »Worin wollen Sie mich denn hier einweisen? In die Kunst des Durcheinanders? Ich wundere mich, dass Sie überhaupt noch etwas finden, wenn Sie es suchen. Werden Sie hier nicht verrückt?«

»Ich weiß selbst, dass hier nicht alles optimal läuft.« Der defensive Tonfall, den er anschlug, amüsierte sie, doch sie ließ es sich nicht anmerken, um ihn nicht gegen sich aufzubringen. Zwar hatte sie im Allgemeinen nichts gegen eine kleine Auseinandersetzung, vor allem dann nicht, wenn sie wusste, dass sie sie gewinnen würde, doch davon sah sie heute lieber ab. An ihrem ersten Arbeitstag wollte sie es nicht gleich übertreiben. Sie hatte sich am gestrigen Sonntag sehr lange und ausführlich mit Laura unterhalten und noch einmal sämtliche wissenswerten Details über Patrick Sternbach aus ihrer Freundin herausgelockt. Zwar war sie immer noch der Ansicht, dass er etwas Irritierendes an sich hatte und darüber hinaus sein Unternehmen mit einer Mischung aus Sorglosigkeit und Fahrlässigkeit führte, aber dumm konnte er ganz gewiss nicht sein, und ihr Respekt vor dem, was er aus seinem Leben gemacht und wie er um das Sorgerecht für seine Kinder gekämpft hatte – und es laut Laura immer noch tat –, war deutlich gewachsen. Trotzdem reizte es sie, ihn auf die Palme zu bringen. Was das anging, war er einfach ein zu leichtes Opfer.

»Von optimal sind wir hier so weit entfernt wie vom Mond.« Sie bedachte ihn mit einem zugegebenermaßen herablassenden Blick. »Vom Mars. Saturn. Pluto …«

»Sie brauchen mir nicht das ganze Sonnensystem aufzuzählen. Habe ich Sie nicht genau deswegen eingestellt? Um hier Ordnung zu schaffen?« Seine Miene hatte sich verfinstert, und der Blick, der sie aus seinen grauen Augen traf, hätte jemand anderen vermutlich in die Flucht geschlagen. Angelique wich ihm jedoch nicht aus, schon aus Prinzip. Allerdings hatte sie das Gefühl, zwischen ihnen würde sich die Luft aufladen und erhitzen. Fast meinte sie, ein statisches Knistern zu vernehmen.

Sicherheitshalber gab sie endgültig nach. »Das haben Sie. Und wenn ich erst mal losgelegt habe, werden Sie Ihre Firma nicht wiedererkennen. Im positiven Sinne. Also verschwinden Sie schon an Ihre Arbeit, und überlassen Sie den Rest mir.« Sie warf seinen Schlüsselbund spielerisch in die Luft und fing ihn wieder auf. Dann wandte sie sich an Oskar, der immer noch still neben ihr saß und sie neugierig und erwartungsvoll anblickte. »Und du, mein Süßer, wirst mir Gesellschaft leisten, nicht wahr?«

*Tja, ich schätze, das werde ich. Wenn du mich hier frei herumlaufen lässt. Was für eine merkwürdig angenehme Vorstellung. Könnte direkt mal interessant werden.* Mit einem leisen Schnauben schüttelte Oskar sich und machte sich auf den Weg zu einem Rundgang durch das Foyer.

Patrick musterte sie noch immer sichtlich skeptisch, sodass sie schließlich noch näher an ihn herantrat, obwohl das ein leichtes Flirren in ihr auslöste. »Na los, ab mit Ihnen. Vertrauen Sie mir.«

Seine Augen verengten sich kurz, und seine Pupillen schienen sich ein wenig zu erweitern. »Ungern.« Abrupt wandte er sich ab und kehrte in sein Büro zurück, jedoch nur, um einen Augenblick später wieder mit einer Aktentasche in der Hand und einer Lederjacke über dem Arm zu erscheinen. »Im Keller meines Hauses ist mein Büro – dort liegt auch noch eine rote Mappe mit Zeichnungen und Verträgen.«

»Bringe ich ebenfalls mit. Bis später«, flötete sie absichtlich überfröhlich und freute sich, als er erneut zusammenzuckte und den Kopf einzog, bevor er das Gebäude verließ.

Zufrieden, wenn auch leicht aus dem Gleichgewicht gebracht, sah Angelique sich an ihrer neuen Wirkungsstätte um. »Dann legen wir mal los, was, Oskar?«

*Wie? Was?* Oskar hielt in seiner Patrouille inne und kehrte zu ihr zurück. *Was meinst du denn?*

Sie wuschelte ihm lächelnd durchs Fell. »Wir beide werden gute Freunde, ja? Dann habe ich hier wenigstens einen Verbündeten.«

***

»Aber nein, Frau Jungmöller, das ist überhaupt kein Problem. Sie können jederzeit anrufen und uns Ihre Ideen unterbreiten.« Angelique stieg aus ihrem Auto und schob ihr Handy in die Jackentasche, während sie weiter über das Bluetooth-Headset mit der Kundin telefonierte. Allmählich konnte sie verstehen, weshalb Patrick am Samstag so genervt auf die Frau reagiert hatte. »Allerdings ist Herr Sternbach im Augenblick nicht abkömmlich, also werde ich ihm gerne alle Ihre Anregungen weiterleiten.«

»Ja, aber schreiben Sie sich die auch wirklich alle auf? Nicht dass Sie etwas vergessen.«

»Selbstverständlich notiere ich mir alles ganz genau.« Angelique öffnete den Kofferraum und löste den Haken der Hundeleine von einer Öse an der Rückseite der Rückbank. Dann ließ sie Oskar aus ihrem Auto springen und ging mit ihm Seite an Seite auf Patricks Haus zu. »Wenn Sie möchten, können wir auch gerne noch einmal einen Gesprächstermin ausmachen.« Gedanklich ging sie alle Termine durch, die Patrick in seinem Kalender notiert hatte. »Wie wäre es mit kommendem Donnerstag um fünfzehn Uhr dreißig?«

»Also, ja, warum nicht? Das wäre ganz bestimmt sinnvoll. Ich muss aber erst meinen Mann fragen, ob er sich dann freinehmen kann.«

»Selbstverständlich. Geben Sie mir einfach telefonisch oder

per E-Mail Bescheid, ob es Ihnen beiden am Donnerstag passt. Bis dahin halte ich den Termin mit Bleistift im Kalender fest.«

»Danke sehr, das ist nett. Ich melde mich.« Schon hatte Frau Jungmöller aufgelegt.

»Na, klar wirst du das.« Spöttisch schüttelte Angelique den Kopf und blieb dicht vor dem Haus stehen. Es schien sich auf den ersten Blick um ein klassisches Blockhaus zu handeln, war aber deutlich größer als die Exemplare, die sie bisher gesehen hatte. Es verfügte über zwei Stockwerke und besaß eine überdachte Veranda, die offenbar das gesamte Gebäude umgab. Anders als bei klassischen Holzhäusern dieser Art, die sie kannte, gab es auch mehrere sehr große Fensterflächen, und das Gebäude wirkte auch nicht so klobig, sondern eher leicht und ... »Beschwingt«, murmelte sie vor sich hin. Vor dem Haus gab es eine kleine Rasenfläche, die von Blumenbeeten eingerahmt wurde, die um diese Jahreszeit schon sehr kahl wirkten, sah man einmal vom sprießenden Unkraut ab. Das gesamte Grundstück war von einer Wildrosenhecke umgeben. Rechter Hand gab es eine großzügige Doppelgarage im selben Baustil wie das Haus, auf der linken Seite führte ein Kiesweg nach hinten in den Garten. Angelique war versucht, ihn sich anzusehen, beschloss dann aber, dass sie sich auf ihre Aufgabe konzentrieren sollte. Patrick war schon nicht begeistert gewesen, sie allein hierherfahren zu lassen. Er hatte sehr deutlich zum Ausdruck gebracht, dass sie in seinem Privatleben nichts zu suchen hatte. Daran änderte auch nichts, dass sein Blick vorhin ihr beinahe weiche Knie beschert hatte. Außerdem würde sie den Garten durch eines der großen Fenster vermutlich auch von drinnen gut sehen können.

»Na komm, Oskar, vielleicht finde ich ja auch etwas zu fressen für dich. Der Beutel mit Hundefutter drüben in der Firma ist ja leider fast leer.«

*Das wäre zu begrüßen. Mir knurrt nämlich schon der Magen. Ich fürchte aber, wir werden hier nicht fündig, denn Patrick hat mir heute früh schon nichts in den Napf getan, weil nichts mehr da war.*

Angelique schloss die Haustür auf und befand sich beim Eintreten gleich in einer geräumigen Diele, die ohne Übergang in einen hellen, weitläufigen Wohn- und Essbereich überging. Voller Bewunderung blieb sie stehen. »Donnerwetter! Das ist ja wie aus einem Werbefilm von *Schöner Wohnen*.« Wenn nicht überall Unordnung geherrscht hätte. Normalerweise fand Angelique etwas geordnetes Chaos vollkommen in Ordnung, weil es der Gemütlichkeit zuträglich war, doch hier waren Spielsachen, Zeitschriften, Papiere und Kleidungsstücke auf den hellen Ledermöbeln wild verteilt, Sofakissen lagen auf dem Boden, die DVDs stapelten sich in schiefen Türmen auf dem niedrigen Sideboard unter dem riesigen Flachbildfernseher. Die ebenfalls hellen Holzdielen wiesen schlammige Stiefelabdrücke auf – der Größe nach zu urteilen, die der Kinder – und mischten sich mit zertretenen Krümeln, die nach Kuchen aussahen.

Rechts ging es durch einen breiten Durchgang in die cremeweiß möblierte Wohnküche mit Kochinsel und Frühstückstresen. Ein Traum, wenn nicht auch hier das Chaos ausgebrochen wäre. Angelique seufzte. »Als wären die Hottentotten in wilder Schlacht durch die Küche geritten. Genau wie ich es mir gedacht hatte.« Mutig öffnete sie eine Schranktür nach der anderen auf der Suche nach Hundefutter. Im Vorratsraum neben der Küche wurde sie schließlich fündig. Zumindest entdeckte sie einen leeren Futtersack. »Na klasse. Oskar, ich fürchte, du musst noch ein bisschen auf dein Essen warten.« Sie studierte das Label auf dem Sack und warf ihn danach in den erstaunlicherweise leeren Abfallbehälter.

*Sag ich doch. Oder hätte ich dir gesagt, wenn ich reden könnte. Heute Morgen war schon nichts mehr für mich da.*

*Patrick meinte, wir hätten noch was in der Firma, aber das war ja wohl ein Irrtum. Und was fresse ich jetzt bloß? Wuff?*

Auf Oskars leises Bellen hin wandte Angelique sich ihm zu. »Keine Sorge, du verhungerst schon nicht. Wir müssen bloß auf dem Rückweg einen Abstecher zum Zoofachhandel machen.«

Entschlossen riss sie sich vom Anblick der Küche los und kehrte in die Diele zurück, wo neben der Tür zu einem geräumigen Gästebad und der Kellertreppe ein breiter geschwungener Aufgang ins Obergeschoss führte. Oben gab es vier große Zimmer und zwei Bäder, wie sie durch die weit offen stehenden Türen schnell feststellen konnte. Überall das gleiche Bild der Unordnung, wobei sie sich in Joels Zimmer noch einigermaßen in Grenzen hielt, während Jessica anscheinend all ihre Besitztümer auf dem Fußboden aufbewahrte anstatt in den dafür vorgesehenen Schränken und Regalen.

Patricks Schlafzimmer war allerdings eine Überraschung. Bis auf ein Paar Socken auf dem Boden und ein T-Shirt, das auf links gedreht auf dem massiven Doppelbett aus schwarz lackiertem Kirschholz lag, war hier alles aufgeräumt. Sogar das Bett war ordentlich gemacht. Allerdings stand eine Schiebetür des verspiegelten Kleiderschranks offen und verriet ihr, dass er entweder keine Kleidung besaß oder sich selbige wohl irgendwo zwischen hier und der Waschküche befinden musste.

Amüsiert schmunzelnd sammelte sie die Papiere ein, die tatsächlich auf dem Nachttisch lagen. Erst als sie wieder an der Tür war und sich noch einmal kurz umdrehte, um den Raum zu mustern, wurde ihr bewusst, dass sie hier in seinen ureigenen, privatesten Bereich eingedrungen war. Kein Wunder, dass er verschnupft auf ihren Vorschlag reagiert hatte, die Zeichnungen zu holen. Aber wer hob auch schon seine Arbeitspapiere im Schlafzimmer auf, wenn er doch, wie er sagte, ein Büro im Haus hatte?

Ein Mann, der offenbar rund um die Uhr arbeitete, gab sie sich schließlich selbst die Antwort. Und der damit und mit seinen beiden Kindern offensichtlich heillos überfordert war. Laura hatte ihr zwar einiges erzählt, aber Patricks Zuhause nun selbst und vor allem allein zu sehen, gab der Sache einen vollkommen neuen, intensiveren Anstrich. Außerdem roch der Raum nach ihm. Unterschwellig, fast nicht wahrnehmbar, und doch hatte Angelique plötzlich das Bedürfnis, sich möglichst rasch und weit von Patricks Schlafzimmer zu entfernen.

Sobald sie die Treppe hinter sich gelassen hatte, schwand das merkwürdige Gefühl und machte der Professionalität Platz. Sie warf Oskar einen kurzen Blick zu, der es sich auf einem der hellen Ledersofas zwischen Kinderjacken und einer dunkelblauen Wolldecke gemütlich gemacht hatte. »Ich hoffe, du darfst auf den Möbeln liegen.«

*Nö, eigentlich nicht. Oder nur, wenn Patrick es mir ausdrücklich erlaubt.* Der Hund sah sie mit Unschuldsmiene an.

Ihr Blick wanderte zu einem ebenfalls dunkelblauen Hundekissen vor dem Bücherregal. Ihr Interesse war geweckt. Der Mann las!

Sicherheitshalber klatschte sie einmal laut in die Hände. »Oskar, runter da. Solange ich nicht das Okay von deinem Herrchen habe, dass du auf die Couch darfst, legst du dich auf dein Kissen. Ab mit dir!«

Oskars leicht geknickte Ohren hoben sich, dann legte er sie an. *Schon gut, du musst ja nicht gleich laut werden. Lege ich mich halt auf mein Kissen.* Gehorsam wechselte er seinen Liegeplatz.

»Fein.« Angelique trat lächelnd an das Regal heran. »Braver Hund.«

*Gern geschehen. Auf der Couch ist eh kaum Platz vor lauter Sachen. Mein Kissen habe ich wenigstens ganz für mich allein, und hier kann ich mich auch besser ausstrecken.*

Interessiert studierte Angelique die Buchrücken. Teils handelte es sich um Hardcover, aber Patrick besaß auch viele Taschenbücher. Krimis, Thriller und Abenteuerromane hauptsächlich, aber auch eine recht große Menge an Sachbüchern zu den unterschiedlichsten Themen von Gartengestaltung über Selbstmotivation – er schien wie sie ein Fan der Autorin Annalena Kilian zu sein, die, soweit sie wusste, sogar mit ihrer Familie hier in der Stadt lebte – bis hin zu Kindererziehung und Elternschaft. Sie schmunzelte: Vogelkunde – durch die Terrassentür konnte sie ein großes, selbst gezimmertes Vogelhaus erkennen – und Hundeerziehung. Sehr vorbildlich. Auch einige Ratgeber zum Thema »Sorgerecht« fand sie in einem der unteren Regalfächer. Laura hatte angedeutet, dass die Großeltern der Zwillinge mütterlicherseits einen Rechtsstreit angezettelt hatten, weil sie Patrick das Sorgerecht wieder entziehen wollten. Unerhört, wie Angelique fand, denn auch wenn Patrick erst von seiner Vaterschaft erfahren hatte, als die Kinder bereits neun Jahre alt gewesen waren, tat er doch, sofern sie das beurteilen konnte, alles nur Mögliche für die beiden. Was auch immer er in seiner Jugend angestellt haben mochte, es schien sich nicht negativ auf ihn als Vater auszuwirken, eher im Gegenteil. Sie verstand nicht, wie engstirnig und stur manche Menschen sein konnten.

Da sie noch jede Menge zu tun hatte und sich nicht nachsagen lassen wollte, dass sie am ersten Arbeitstag gleich herumtrödelte, stieg sie rasch die Kellertreppe hinab und fand unten neben einer geräumigen Waschküche und einem kleinen Fitnessraum auch noch den Heizungsraum und Patricks Arbeitszimmer vor. Es war deutlich aufgeräumter als in seinem Büro in der Firma, dennoch konnte Angelique erkennen, dass Patrick auch hier mit einer sinnvollen Organisation zu kämpfen schien. Die rote Mappe fand sie unter der überdimensionalen Zeichnung eines Holzhauses, das in einem ähnlichen Stil gehalten war wie Patricks Haus, nur mit dem Unterschied, dass es zwei Erker besaß und die Veranda nur auf drei Seiten verlief. Am Kennzeichen am unteren Rand der Zeichnung konnte sie ablesen, dass es sich um Justus' und Lauras neues Heim handelte. Zwar war sie vor einigen Monaten einmal mit Laura am Bauplatz gewesen, doch damals war gerade erst der Keller fertiggestellt gewesen. Ein gelber Post-it klebte mitten auf der Zeichnung, auf der das Datum für die Endabnahme vermerkt war. Rasch zog sie ihr Handy hervor und fotografierte den Notizzettel. Sie hatte Patricks Terminkalender noch nicht zu hundert Prozent im Kopf und auch noch keine Zeit gehabt, die Terminplanung in ihren Organizer auf dem Smartphone zu übertragen, aber etwas sagte ihr, dass an dem Tag der Endabnahme bereits ein anderes Vorhaben anstand. Möglicherweise musste sie hier die Zeitplanung neu organisieren.

Auf dem Weg hinaus fiel ihr Blick auf die mit vollen Wäschekörben zugestellte Waschküche. Sie blieb stehen, seufzte innerlich, als sie sah, dass sowohl die Waschmaschine als auch der Trockner voll waren und die Anzeigen blinkten, und legte entschlossen Mappe und Zeichnungen auf der großen Gefriertruhe neben der Tür ab.

Es war nicht das erste Mal, dass sie für einen Chef oder eine Chefin auch private Besorgungen erledigte. Das stand zwar nicht in ihrer Jobbeschreibung, bisher hatte es ihr aber immer einen ordentlichen Bonus eingebracht – und sie fand, dass eine Assistentin, wenn sie sich denn wirklich mit Stolz so nennen wollte, bestenfalls alle Bereiche des Lebens, oder zumindest fast alle, der ihr anvertrauten Person im Griff hatte, damit diese sich voll und ganz auf das konzentrieren konnte, was wichtig war. In Patricks Fall nicht nur seinen Job, sondern zusätzlich auch seine beiden Kinder. Also schaltete sie zunächst den Trockner aus, öffnete ihn und entnahm ihm die zum Glück noch warmen Wäschestücke. Je eher man sie herausnahm, desto knitterfreier waren sie.

Glücklicherweise handelte es sich ausschließlich um Oberbekleidung der Kinder und nicht etwa um Patricks Unterwäsche. Mit wenigen Griffen hatte sie alle Shirts und Pullis zusammengelegt und in den Wäschekorb gestapelt. Danach holte sie noch die Sachen aus der Waschmaschine – wieder hatte sie Glück, denn diesmal waren es Jeans und Arbeitshosen – und packte sie in den Trockner, sah auf ihre Armbanduhr und stellte die Zeitvorwahl so ein, dass der Trockenvorgang in etwa dann fertig sein würde, wenn Patrick nach Hause käme. Zumindest, wenn er keine Überstunden machte, aber das verbot sich wohl wegen der Kinder.

Sie fand einen weiteren Korb mit bereits gewaschenen und getrockneten Handtüchern, legte auch diese zusammen und trug beide Körbe hinauf ins Erdgeschoss, wo sie sie mitten auf die Treppe ins Obergeschoss stellte. So konnten Patrick oder die Kinder sie später mit nach oben nehmen und die Sachen an ihre vorgesehenen Plätze räumen.

Sicherheitshalber machte sie auch noch einen Rundgang durch die Küche, warf einen Blick in die bereits übervolle Spülmaschine und schaltete diese rasch ebenfalls ein. Dann zückte sie ihr Handy, öffnete eine Notizen-App und ging von Schrank zu Schrank, um sich zu notieren, welche Lebensmittel zur Neige gingen oder, wie im Fall des Hundefutters, bereits aufgebraucht waren. Diese Liste exportierte sie und schickte sie ihm per Textnachricht.

Es dauerte nur Sekunden, bis die Antwort kam: *Woher haben Sie meine Handynummer?*

Einen Moment später folgte die nächste Nachricht: *Und was haben Sie an meinem Kühlschrank zu suchen?*

Angelique grinste und schrieb zurück: *Das Hundefutter besorge ich, sonst muss Oskar heute hungern.*

Diesmal dauerte es fünf Minuten, sodass sie Oskar bereits wieder ins Auto verfrachtet und Patricks Mappe und die Zeichnungen auf den Beifahrersitz gelegt hatte, bis seine nächste Nachricht kam: *Danke.*

Zufrieden nickte sie, während sie den Wagen quer durch die kleine Stadt zum Gewerbegebiet lenkte, wo sich, wie sie nach einer kurzen Internetsuche herausgefunden hatte, auch ein Geschäft für Haustierbedarf befand. Sie konnte Patricks widerwillige Miene geradezu vor sich sehen. Eins zu null für sie.

***

»Wie hast du das geschafft, Santa, dass Patrick Angelique so schnell eingestellt hat?« Elfe-Sieben, die kleine Assistentin des Weihnachtsmannes, saß auf dem Rand seines Schreibtischs und ließ die Beine fröhlich baumeln, während sie die Vorgänge auf dem Videobildschirm beobachtete. »Ich hätte gedacht, dass er sich viel länger sträubt.«

»Ich ehrlich gesagt auch«, pflichtete Santa Claus ihr bei. »Die Menschen sind einfach unberechenbar. Ich hatte mir schon Plan B und C zurechtgelegt, falls er sich gar nicht erweichen lassen würde. Und nun das. Damit wird mir meine Arbeit natürlich ungeheuer erleichtert.«

Santas Frau, die es sich im Besuchersessel bequem gemacht hatte, tippte sich nachdenklich mit dem Zeigefinger an die Lippen. »Eigentlich stammen die B- und C-Pläne von mir. Du hast da ein derart gewagtes Spiel angefangen, dass ich wirklich ein Auge darauf haben muss, damit die Sache nicht nach hinten losgeht. Bei Patrick bin ich allerdings jetzt auch sehr überrascht. Ich glaube aber, er hat Angelique nur eingestellt, weil er für seine Kinder alles tun würde. Dass sie, wenn alles gut geht, auch ihm guttun könnte, sieht er ganz sicher noch nicht.«

»Wie auch?« Elfe-Sieben grinste schelmisch. »Er hasst sie ja regelrecht. Ihre guten Seiten nimmt er doch gar nicht wahr.«

Lachend erhob Santas Ehefrau sich. »Also, ›hassen‹ würde ich jetzt nicht gerade sagen. Eine gewisse Abneigung, ja, aber die fußt einfach darauf, dass die beiden so verschieden sind und Angelique nichts lieber zu tun scheint, als ihn herauszufordern. Das liegt wohl in ihrer Natur. Sie weiß, was sie kann, und hält damit nicht hinterm Berg.« Nach einem Moment des Nachdenkens fuhr sie fort: »Wenn ich es recht bedenke, ist Abneigung auch nicht das richtige Wort. Angelique ist ihm in vielen Bereichen, gerade was Multitasking und Organisation angeht, weit überlegen, und wahrscheinlich hatte er es bisher noch nie oder sehr selten mit solchen Frauen zu tun. Immerhin ist er selbst ja sehr intelligent, und vermutlich konnte bisher er den Frauen gegenüber Ton und Richtung angeben. Bei Angelique funktioniert das aber nicht, weil sie zu selbstbewusst ist. Wenn die beiden an einem Strang ziehen würden, wären sie mit Sicherheit ein tolles Team, aber solange sie auf entgegengesetzten Seiten an dem Strick herumzerren, kann es nur ungemütlich werden. Wenn ich mich recht entsinne, hatte Patrick in jungen Jahren einige Probleme, nicht wahr?«

Santa Claus rief ein paar Dateien an seinem Computer auf und winkte seine Frau näher. Er tippte auf einen ganz bestimmten Absatz der Textdatei. »Hieraus geht hervor, dass er mit Temperamentsausbrüchen zu kämpfen hatte. Ein kleiner Rowdy schon als Junge – und später hat ihn seine kurze Zündschnur mehrmals in Schwierigkeiten gebracht. Inzwischen hat er sich wohl gut unter Kontrolle, aber eine Frau wie Angelique, die einer Konfrontation nicht aus dem Weg geht oder sie sogar gerne heraufbeschwört, dürfte ihm ziemlich zusetzen. Hoffentlich geht das wirklich gut. Ich hatte nicht bedacht, dass ich die beiden praktisch auf ein Pulverfass setze, wenn ich sie zusammenbringe. Und mit ›zusammen‹ meine ich jetzt mal nur ein und denselben Ort. Alles andere will ich zunächst außen vor lassen.« Er räusperte sich verlegen. »Meine Liebe, ich fürchte, diesmal habe ich viel zu voreilig gehandelt, weil alles so einfach aussah. Aber wenn ich es nun näher betrachte, habe ich Patrick womöglich einen Bärendienst erwiesen, als ich die Strippen so gezogen habe, dass Angelique und er sich erneut über den Weg laufen und er ihr einen Job anbieten musste. Hoffentlich schadet das jetzt nicht auch noch seinem Kampf um das Sorgerecht. Wenn Angelique ihn zu sehr ärgert und er womöglich in alte Muster verfällt … Ich mag es mir gar nicht vorstellen.« Vollkommen außer sich rupfte der Weihnachtsmann an seinem weißen Bart herum. »Was mache ich denn bloß?«

»Nun mal ganz mit der Ruhe, mein Guter!« Seine Frau legte ihm beschwichtigend eine Hand auf die Schulter. »Da wir nichts mehr rückgängig machen können, sollten wir uns ganz darauf konzentrieren, die Sache im Auge zu behalten, und vielleicht musst du deine Elfen öfter mal losschicken, damit sie die beiden in die richtige Richtung lenken. Möglicherweise kann uns sogar Oskar helfen.«

»Der Hund?« Interessiert hob der Weihnachtsmann den Kopf. »Glaubst du, das würde er tun? Er wirkt auf mich auch nicht so wirklich glücklich, sondern ein wenig fehl am Platz.«

»Ach, das sieht, glaube ich, nur so aus«, mischte Elfe-Sieben sich ein. »Ich vermute, er mag seine neue Familie mehr, als er zugibt.«

»Das nützt uns aber erst mal nichts, wenn es um Angelique und Patrick geht.« Sorgenvoll runzelte der Weihnachtsmann die Stirn.

Seine Frau lachte auf. »Na, na, mein Lieber, nun steigere dich nicht gleich so in die Sache hinein. Ganz so schlimm wird es hoffentlich nicht kommen. Jedenfalls nicht, wenn wir hier alle auf Zack bleiben und die zwei genau beobachten und bei Bedarf sofort eingreifen.«

»Eingreifen?« Santa Claus seufzte. »Wie denn?«

»Da fällt uns schon etwas ein.« Seine Frau tippte sich erneut gegen die Lippen. »Außerdem habe ich da so ein Gefühl …«

Verblüfft starrte Santa Claus seine Frau an. »Du hast so ein Gefühl? Immer wenn ich so etwas sage, schimpfst du mit mir.«

»Nur, wenn du mal wieder übers Ziel hinausschießt.« Sie lächelte ihm liebevoll zu. »Das bist du aber in diesem Fall nicht. Zumindest hoffe ich das. Vielleicht erleben wir ja noch die eine oder andere Überraschung mit diesen beiden Menschen.«

»Na hoffentlich.« Elfe-Sieben sprang von der Tischkante herunter und ging in die Zimmerecke hinter dem Schreibtisch des Weihnachtmanns. »Im Moment schlägt das Gefühlsradar aber ganz schön heftig aus. Immer abwechselnd in die positive und negative Richtung. Was das wohl zu bedeuten hat?«

»Tatsächlich?« – »Lass sehen!« Santa Claus und seine Frau hatten gleichzeitig gesprochen und sich umgedreht. Sie sahen einander kurz verblüfft an und lächelten dann.

Der Weihnachtsmann rückte näher an das Gefühlsradar heran und justierte es neu. »Du hast recht, die Ausschläge gehen immer abwechselnd in die eine und die andere Richtung. Elfe-Sieben, ruf bitte Elf-Zwei und Elfe-Acht her. Sie sollen sich das ansehen und sich dann so rasch wie möglich auf einen Kundschaftergang begeben. Wir benötigen deutlich mehr Informationen, als uns das Radar und die Videoüberwachung liefern.«

»Bin schon unterwegs!« Die kleine Elfe flitzte so schnell zur Tür hinaus, dass sie beinahe ihre Mütze verloren hätte.

Die Frau des Weihnachtsmannes ging ebenfalls zur Bürotür. »Ich muss mich allmählich ans Lebkuchenbacken machen und nach den Rentieren sehen. Sag mir bitte unbedingt sofort Bescheid, falls sich auf der Erde etwas Bemerkenswertes tut.«

»Selbstverständlich, mein Schatz.« Der Weihnachtsmann nickte ihr zu. »Backst du auch wieder deinen leckeren Honigkuchen?«

»Der steht ganz oben auf meiner Liste.« Sie zwinkerte ihm zu. Bevor sie den Raum verließ, warf sie noch einen Blick auf den Bildschirm mit dem Livestream. »Oha, schau an!«

»Was meinst du?« Sofort sprang Santa Claus auf und trat an die Videowand. Als er sah, was auf der Erde vor sich ging, runzelte er erst die Stirn, dann seufzte er halb besorgt, halb amüsiert. »Na, jetzt wissen wir zumindest, worauf uns das Gefühlsradar aufmerksam machen wollte.«

Seine Frau schmunzelte. »Ich sag's ja, die Menschen sind immer für Überraschungen gut. Wer weiß, vielleicht läuft bei den beiden doch alles glatter als gedacht!«

»Ich hoffe es«, murmelte der Weihnachtsmann, nachdem seine Frau den Raum verlassen hatte. »Ich hoffe es sehr!«

# 5. Kapitel

Das Erste, was Patrick wahrnahm, als er am frühen Nachmittag das Bürogebäude seiner Firma betrat, war Kaffeeduft. Er wollte schon mit einem erfreuten Seufzen den gewohnten Weg in Richtung der Kaffeeküche einschlagen, doch dieser war mit mehreren großen Grünpflanzen versperrt, in die er beinahe hineingerannt wäre.

»Was zum …?« Gerade noch konnte er einem mannshohen Ficus benjamini ausweichen und trat dabei versehentlich fast Oskar auf die Füße, der neugierig auf ihn zugelaufen kam. »Verflucht!« In dem Versuch, sich zu fangen, schleuderte er seine Aktentasche herum und traf sich selbst damit am Knie. »Shsh…it!« Verärgert rieb er sich die schmerzende Stelle.

Oskar bellte empört. *Was soll das denn? Ich wollte dich doch nur begrüßen.*

»Entschuldige.« Patrick tätschelte den Kopf des Hundes und sah sich gleichzeitig entsetzt im Foyer um. Außer den ihm unbekannten Grünpflanzen standen auch noch zwei Rollcontainer mitten im Raum, die vorher im Vorratsraum untergebracht gewesen waren. Am Empfangstresen lehnten mehrere gerahmte Bilder, von denen er nur die Rückseiten sehen konnte, und hinter Angelique an der Wand über dem Aktenschrank hing jetzt ein großer Flachbildfernseher, auf dem tonlos irgendein Film über Wald und Holz lief.

»Was ist denn hier passiert?« Seine Frage richtete sich an Angelique, die hinter dem Empfangstresen an ihrem Schreibtisch saß. Da sie gerade telefonierte, hob sie in einer gebieterisch wirkenden Geste die Hand, lächelte dabei jedoch hinreißend, und ihre Stimme klang so zuckersüß, dass er eine Gänsehaut bekam.

»Aber ja, selbstverständlich, Herr Jungmöller, da stimme ich Ihnen vollkommen zu … Natürlich … Sie haben absolut recht. Nur, wissen Sie, um diese Zeit ist Herr Sternbach nicht mehr im Haus.«

Patrick runzelte die Stirn und trat an den Empfangstresen heran. Als er jedoch mit aufforderndem Blick die Hand nach dem Telefon ausstreckte, rollte Angelique mit ihrem Bürostuhl rückwärts, bis sie sich außerhalb seiner Reichweite befand.

»Das mag sein, Herr Jungmöller, aber die Dinge ändern sich nun mal. Sie möchten doch auch nicht nach zwanzig Uhr von jemandem aus Ihrer Arbeitsstelle gestört werden, nicht wahr? Sehen Sie, Herr Sternbach ist sehr beschäftigt und freut sich wirklich, wenn er sich mit Ihnen treffen kann. Aber das geht leider nur innerhalb unserer Geschäftszeiten oder, wenn Ihnen das nicht zusagt, bis spätestens neunzehn Uhr dreißig dienstags und donnerstags nach vorheriger Vereinbarung. Ich könnte Ihnen also statt des vorgeschlagenen Termins am Donnerstag noch den um achtzehn Uhr dreißig am kommenden Dienstag anbieten. Dann hat Herr Sternbach ausreichend Zeit, sich Ihrem Anliegen intensiv zu widmen.« Sie schüttelte den Kopf, als Patrick auffordernd mit den Fingern wackelte, weil er immer noch das Telefon haben wollte. »Ach, das ist schade, dass Sie da auch keine Zeit haben.«

Er unterdrückte einen Fluch, stellte seine Aktentasche ab und stemmte erbost beide Hände auf dem Tresen ab. Wollte diese Frau ihm etwa das Recht vorenthalten, mit seinen Kunden zu sprechen?

»Ich verstehe gut, dass es für Sie etwas mehr Aufwand bedeutet, sich extra freizunehmen. Ich bin mir aber ganz sicher, dass Ihr Arbeitgeber Ihnen ausnahmsweise eine Stunde früher Feierabend gewähren wird. Falls es am Donnerstag nicht klappen sollte, können wir gerne einen neuen Termin in der kommenden Woche ausmachen … Freitag? Nein, da ist Herr Sternbach leider schon ganz ausgebucht, da ist nichts zu machen. Tut mir sehr leid.«

Seit wann war er am Freitag terminlich ausgebucht? Patrick versuchte einen Blick auf den Terminplan auf Angeliques Tisch zu werfen, konnte aber mit ihren Kürzeln nichts anfangen. Lediglich eins fiel ihm auf: Am Freitag war noch nichts eingetragen. Eine neue Welle von Ärger stieg in ihm hoch.

»Ja, das kann ich sehr gut nachvollziehen. Ich danke Ihnen trotzdem sehr, dass Sie den Termin am Donnerstagnachmittag möglich machen. Ich bin mir ganz sicher, das Treffen wird alle Ihre Fragen klären. Herr Sternbach ist auch gerne bereit, Ihre neuen Ideen zu berücksichtigen, soweit dies bautechnisch machbar ist … Ja, genau. Bringen Sie Ihre Notizen und Zeichnungen bitte alle mit, dann kann er sie sich in Ruhe ansehen … Wunderbar!« Angeliques Stimme wurde noch eine Spur süßer. »Wir freuen uns schon sehr auf Ihren Besuch bei uns. Grüßen Sie bitte Ihre Frau ganz herzlich. Bis Donnerstag dann.« Sie schaltete das Telefon aus und grinste verschlagen. »Na bitte, geht doch.«

»Was haben Sie getan?« Patrick beherrschte sich mit Mühe. »Wie können Sie es wagen, mir das Telefon vorzuenthalten?«

Angelique sah ihn mit einer Unschuldsmiene an, die ihn sehr an die von Oskar erinnerte, wenn dieser etwas ausgefressen hatte. »Ich tue hier nur meinen Job. Die Jungmöllers haben jetzt einen Termin am Donnerstag um fünfzehn Uhr dreißig. Oder wäre Ihnen Donnerstagabend um zwanzig Uhr fünfzehn lieber gewesen?«

»Was? So spät kann ich nicht. Da bin ich mit den Kindern zu Hause. Ich müsste extra jemanden bitten, sich um die beiden zu kümmern, wenn ich so spät noch mal wegmuss.«

»Sehen Sie, deshalb habe ich Herrn Jungmöller davon überzeugt, dass es einfacher ist, wenn er sich eine Stunde früher freinimmt.« Ihre Augen funkelten vergnügt. »Wenn Sie ans Telefon gegangen wären, hätte er Sie mit Sicherheit so lange vollgejammert, bis Sie wegen des späten Termins nachgegeben hätten.«

»Das hätte ich nicht.«

»Hätten Sie wohl.«

Wütend starrte er sie an. Sie hatte wahrscheinlich sogar recht. »Warum behaupten Sie denn, ich wäre am Freitag ausgebucht? In Ihrem Kalender da steht für den Tag noch gar nichts. Und ich kann mich auch nicht erinnern, irgendwelche Termine ausgemacht zu haben.«

»Keine außer Haus oder mit Kunden.« Sie winkte ihm, um den Tresen herumzukommen, und deutete auf ihren Computerbildschirm.

Dort war eine neue Terminplaner-App installiert, die sehr übersichtlich alle seine Termine über die Woche verteilt anzeigte. Offenbar konnte man auch zur Tages-, Monats- oder Jahresansicht wechseln, jeweils mit mehr oder weniger Details zu den jeweiligen Terminen. Hier stand sehr wohl etwas für Freitag eingetragen. *Bürozeit/Zeichnungen,* war für Freitagvormittag angegeben, *Wochenabschlussbesprechung* für den Nachmittag.

Irritiert hob er den Kopf. »Was soll das?«

Angelique lächelte wieder so zuckersüß, dass es ihm fast den Atem verschlug. »Ich habe mir erlaubt, mit Ihren Mitarbeitern zu sprechen, um etwas mehr über Ihre gewohnten Abläufe und Arbeitsweisen zu erfahren. Aufgrund dieser Informationen habe ich Ihnen drei Vormittage in der Woche für Arbeiten in Ihrem Büro freigehalten. In dieser Zeit können Sie sich mit Ihren Zeichnungen befassen oder auch mit allem, was sonst noch an Büroarbeit anfällt, das ich nicht übernehmen kann. Montags ist zusätzlich noch ein Zeitfenster für die

Lieferantenkoordination eingeplant. Da können Sie Ihre Bestellungen und Lieferungen in Ruhe durchgehen. Wenn Sie möchten, kann ich Ihnen innerhalb dieser Zeitfenster alle lästigen Anrufe oder Besuche vom Hals halten.«

»Aha.« Das klang zu verlockend, um wahr zu sein. Abgesehen davon, dass er nicht glaubte, jemand würde sich daran halten. Dazu kannte er seine Kunden, Geschäftspartner und Zulieferer zu gut.

»Die Wochenabschlussbesprechung betrifft Sie, mich und Ihr gesamtes Team. Eine halbe Stunde, in der wir uns alle zusammensetzen und bereden, wie die Woche gelaufen ist, ob Sie mit den anstehenden Arbeiten in der Zeit liegen, ob sich etwas optimieren lässt und so weiter. Haben Sie das bisher nie gemacht?«

»Nicht zu festgelegten Zeiten.«

»Und wahrscheinlich auch nie mit der vollständigen Belegschaft«, fügte sie hinzu. »Ich habe schon eine Chatgruppe eingerichtet, in der alle Mitarbeiter mit ihren Handys angemeldet sind. Darüber kann ich anfangs, bis sich diese Besprechungen eingebürgert haben, Erinnerungen versenden. Außerdem kann ich darüber auch andere Nachrichten einfacher verbreiten, wenn sie alle Mitarbeiter angehen.«

»Ach.« Er ärgerte sich, dass ihm die Worte fehlten. Dann erinnerte er sich an das Grünzeug in seinem Rücken. »Und was ist mit dem botanischen Garten, den Sie hier aufgemacht haben?«

»Sind Sie allergisch?«

Er starrte sie an. »Nein.«

»Dann ist doch alles in Ordnung. Ich habe mir Ihren Pickup ausgeliehen, um die Pflanzen aus dem Gartencenter zu holen, und bin nur noch nicht dazu gekommen, sie an ihre Bestimmungsorte zu stellen, weil das Telefon dauernd ging und ich den Hund füttern, die neue App installieren und nebenher noch ein wenig Ordnung in den Aktenschrank bringen musste. Grün ist eine sehr beruhigende Farbe, und außerdem verbessern Pflanzen die Atemluft und Atmosphäre. Sie werden sehen, das Foyer und Ihr Büro werden viel wohnlicher, sobald alles seinen Platz hat.«

»Mein Büro?« Mit wenigen Schritten war er an der Tür und riss sie auf. »Heiliger Sch…« Auch hier stand ein großer Ficus schräg hinter seinem Schreibtisch, und auf den Fensterbänken tummelten sich verschiedenfarbige Orchideen. »Die gehen doch ein, verdammt noch mal.«

»Nicht, wenn Sie sie regelmäßig gießen.« Angelique tippte etwas auf der Computertastatur. »So, den Termin mit den Jungmöllers habe ich jetzt fest eingetragen. Die App ist übrigens auch auf Ihrem Computer installiert, und ich werde sie auch auf Ihrem Laptop und Ihrem Handy einrichten. Sie synchronisiert sich automatisch oder wahlweise per Mausklick, sodass Sie immer auf dem neuesten Stand sind. Gießzeiten für die Pflanzen habe ich Ihnen ebenfalls hinterlegt.«

»Haben Sie das?« Er hatte nicht übel Lust, sie durchzuschütteln. Nicht, weil er etwas gegen die App hatte, sondern weil sie so selbstgefällig lächelte und weil er mit ihrem Tempo nicht ganz mitkam. Sein Blick fiel erneut auf den Bildschirm hinter ihr an der Wand. Offenbar hatte sie das Gerät im Vorratsraum gefunden. Es war exakt für die ihm jetzt zugedachte Funktion angeschafft worden, doch er war noch nicht dazu gekommen, es zu installieren. Wie hatte sie das so schnell geschafft?

»Natürlich habe ich das.« Sie grinste. »Aber machen Sie sich um die Orchideen keine Sorgen, die sind sehr pflegeleicht und brauchen auch gar nicht viel Wasser. Der Ficus schon eher, wenn Sie nicht wollen, dass er seine Blätter abwirft. Und ehe Sie weitermotzen: Die Rollcontainer bleiben selbstverständlich nicht mitten im Foyer stehen.«

Er verschränkte die Arme vor der Brust. »Ich motze?«

»Sie sehen zumindest so aus, als wollten Sie gleich loslegen.« Angelique hob nur lässig die Schultern. »Die Umorganisation der Arbeitsabläufe und Ihrer doch sehr eigenwilligen Ablage wird ein Weilchen dauern.«

»Finde ich danach noch irgendetwas wieder?«

»Wenn Sie lesen können.« Sie deutete auf einen Stapel mit aufklebbaren Labeln, mit denen sie offenbar vorhatte, die Ablagefächer und Schubladen zu kennzeichnen.

»Sie haben mir noch immer nicht gesagt, warum Sie gegenüber Jungmöller behauptet haben, ich sei am Freitag ausgebucht.« Er suchte fast schon verzweifelt nach einem Grund, die Wut in seinem Bauch an ihr auszulassen, auch wenn er genau wusste, dass es kindisch war. »Selbst mit Ihren neuen Bürozeiten-Dingsda-Zeitfenstern bliebe noch genügend Zeit für ein Treffen.«

»Weil er so penetrant versucht hat, seinen Willen mit dem Zwanzig-Uhr-fünfzehn-Termin durchzusetzen.«

Verblüfft hielt er inne. »Sind Sie verrückt? So geht man doch nicht mit Kunden um. Der Kunde ist König, das sollten Sie doch wohl wissen.«

»Auch Könige sollten Manieren besitzen.« Angeliques weiterhin ungetrübtes Lächeln ließ seinen Blutdruck in die Höhe schnellen. »Jungmöller gehört zu der Sorte Mensch, die man ab und zu mal in ihre Schranken weisen muss, damit sie genießbar bleibt.«

»Haben Sie das in dieser Marketingfirma auch so gemacht?«

»Andauernd.«

»Kann es vielleicht sein, dass Sie deswegen Ihren Job verloren haben?«

»Wohl kaum.« Ihr Lächeln kühlte sich um wenige Grad ab. »Callas hat mir ein außergewöhnlich gutes Arbeitszeugnis ausgestellt.«

»Weil Sie seine Kunden beleidigt haben?«

»Ich habe niemanden beleidigt, im Gegenteil. Garantiert

hat Herr Jungmöller noch niemals eine so freundliche Terminabsage erhalten. Und wenn Sie mich machen lassen, wird er am Ende glauben, der Nachmittagstermin sei seine eigene Idee gewesen.«

»Sie sind ganz schön von sich überzeugt, Angelique.«

Sehr langsam erhob sie sich aus ihrem Bürostuhl und trat auf ihn zu. »Warum sollte ich das nicht sein? Ich weiß, was ich kann, und mein Erfolg spricht für mich.« Da sie zu ihren Jeans Stiefel mit himmelhohen Absätzen trug – viel zu sexy für seinen Blutdruck –, standen sie einander beinahe auf Augenhöhe gegenüber. »Sie haben mich eingestellt, weil ich hier für Ordnung sorgen soll. Nun beschweren Sie sich bitte nicht, wenn ich genau das tue.«

Patrick schluckte, als der herausfordernde Blick aus ihren silbrig grauen Augen ihn traf. Heute war wieder ein Hauch Violett in der Iris zu sehen, das stärker hervorzutreten schien, wenn sie lächelte oder, wie jetzt, zum Angriff überging. »Natürlich sollen Sie Ihre Arbeit tun. Ich dachte nur, dass ich trotz allem weiterhin der Chef in meiner eigenen Firma wäre. So wie Sie auftreten, könnte man meinen, Sie hätten hier alles übernommen.«

»Habe ich ja auch, jedenfalls den organisatorischen Teil. Somit können Sie sich voll und ganz auf Ihre … Chef-Sachen konzentrieren.«

»Meine was?«

»Tun Sie, was für Ihre Firma wichtig ist, und überlassen Sie den Kleinkram mir.« Als in diesem Moment das Telefon klingelte, wollte er ganz automatisch danach greifen, doch sie schnappte es ihm blitzschnell vor der Nase weg, warf einen Blick aufs Display und machte eine wedelnde Handbewegung, als wolle sie ihn verscheuchen. »Meine Spielwiese. Nun gehen Sie schon. Tun Sie, was immer Sie tun müssen. Aber tun Sie es in Ihrem Büro oder draußen oder wo auch immer Sie jetzt sein sollten.« Sie nahm den Anruf an. »Wohnen in

Holz, einen wunderschönen guten Tag. Angelique am Apparat. Was kann ich für Sie tun?«

Für einen Moment stand Patrick nur perplex da, dann floh er in sein Büro. Kaum hatte er dort allerdings die Tür hinter sich zugezogen, als sein Blick auf seinen Schreibtisch fiel. Eben hatte er es noch nicht bemerkt, doch jetzt fiel es ihm auf. Er konnte seine Schreibtischplatte sehen. Hektisch sah er sich nach allen Seiten um. »Wo …?« Er fasste sich an den Kopf. Hatte er nicht auf Angeliques Schreibtisch einen Stapel Papiere gesehen? Er drehte sich auf dem Absatz um und kehrte ins Foyer zurück. »Wo sind meine Sachen? Meine Papiere? Meine …?«

»Entschuldigen Sie bitte einen Moment, Herr Breisnig.« Angelique runzelte zum ersten Mal unwirsch die Stirn und schaltete gleichzeitig das Telefon stumm. »Brüllen Sie hier nicht so herum. Was macht das denn für einen Eindruck auf Ihre Kunden und Lieferanten?«

Beinahe hätte er Feuer gespuckt. »Wo sind meine Zeichnungen? Als ich vorhin weggefahren bin, lagen Sie noch auf meinem Schreibtisch.« Sein Blick wanderte über den Aktenstapel auf Angeliques Schreibtisch. »Spinnen Sie? Die Sachen brauche ich …«

»Heute ganz sicher nicht mehr.« Sie erhob sich erneut, wohl um ihm wieder geradewegs in die Augen zu blicken. »Sie sind mit dem halb fertigen Haus draußen beschäftigt. Die Zeichnungen dafür liegen im Ablagekorb neben dem Computer. Alles andere sortiere ich erst mal und lege es so ab, dass man nicht mit einem Griff das totale Chaos hervorruft. Und nun hauen Sie endlich ab. Ich habe zu tun.« Sie setzte sich wieder, schaltete den Ton am Telefon wieder ein und flötete für Patricks Ohren fast unerträglich freundlich: »Verzeihen Sie bitte, Herr Breisnig, ein kleines Missgeschick mit dem Hund.« Sie lachte herzlich. »Ja, genau, dann kennen Sie das ja. Er ist noch nicht lange bei uns; ein Hund aus dem Tierheim. Da weiß man nie, was für verrückte Angewohnheiten ...« Wieder lachte sie und tätschelte dabei Oskar den Kopf, der dicht bei ihr saß und sich dort offenbar sehr wohlfühlte. »Ja, so ist es. Nun aber zurück zu der Holzlieferung. Am kommenden Mittwoch geht es also nicht? Soweit ich aus der Bestellung entnehmen kann, war der Termin von Ihnen garantiert ... Aha.« Sie hob den Kopf und funkelte Patrick auffordernd an, doch er rührte sich nicht vom Fleck. »Ja, das kann mal passieren, aber wir hatten die Lieferung fest eingeplant.«

Patrick seufzte. Breisnig war bekannt dafür, dass er seine Lieferzeiten um eine bis zwei Wochen überschritt, daran würde auch Angelique nichts ändern. Deshalb plante Patrick schon immer großzügig, damit er die Verzögerung problemlos kompensieren konnte. Er versuchte, Angelique durch Räuspern auf sich aufmerksam zu machen, doch sie drehte ihm einfach den Rücken zu!

»Nun, wie gesagt, wir haben die Lieferung fest eingeplant. Ich möchte Ihnen ungern die Daumenschrauben anlegen, weil Sie schon so oft hinter Ihren garantierten Lieferzeiten hergehinkt sind. Wir pflegen die Beziehungen zu unseren Zulieferern immer mit ganz besonderer Sorgfalt und möchten wirklich nicht auf jemand anderen ausweichen müssen. Das wäre doch sehr schade.«

Entgeistert sog Patrick die Luft ein und wollte schon laut protestieren, sie mitsamt ihrem Stuhl wieder zu sich umdrehen, sie erwürgen. Da hielt sie plötzlich, während sie weiter mit Breisnig verhandelte – ohne sich umzudrehen –, einen Zettel hoch, auf den sie mit schwungvoller Handschrift drei Wörter geschrieben hatte: *Hauen Sie ab!*

***

Pünktlich zur Mittagszeit am übernächsten Tag stellte Angelique ihren Kugelschreiber in den Stifthalter und streckte sich ausgiebig. Ihr Magen knurrte schon seit einer halben Stunde, also war es wohl an der Zeit, sich dem Thunfischsalat zu widmen, den sie am Morgen aus der Kühltheke des Supermarkts mitgebracht hatte. Rasch ging sie hinüber in die Küche und nahm einen der beiden Plastikbehälter aus dem Kühlschrank, schnappte sich eine Gabel und legte beides auf ihrem Schreibtisch ab. Im Hintergrund dudelte das Radio vor sich hin, das einzige Geräusch am heutigen Vormittag, denn nicht einmal das Telefon hatte bisher geklingelt. Ein bisschen fühlte sie sich fast einsam, denn auch Oskar war heute nicht hier. Patrick hatte am Morgen zwei Auswärtstermine gehabt und den Hund mitgenommen. Allmählich müssten die beiden allerdings wieder zurück sein, denn um vierzehn Uhr stand ein Kundengespräch an.

Inzwischen hatte Angelique praktisch das gesamte Bürogebäude nach ihren Vorstellungen umorganisiert. Die Rollcontainer, die sie übergangsweise im Foyer abgestellt hatte, waren jetzt in Patricks Büro untergebracht und mit Heftern und Ordnern voller Zeichnungen befüllt. Seine Regale und Aktenschränke hatte sie teilweise umsortiert und alphabetisch geordnet, ebenso das zwar kleine, aber nun umso übersichtlichere Archiv, zu dem es nur von Patricks Büro aus einen Zugang gab. Der Vorratsraum war nun ebenfalls ein Musterbeispiel für Ordnung, überdies hatte sie eine Bestellung diverser Büroartikel aufgegeben, die heute Nachmittag noch geliefert werden sollten. Selbst die Kaffeeküche hatte sie auf- und umgeräumt, was am Vortag zu einem weiteren Disput geführt hatte, weil Patrick behauptet hatte, sie habe seinen Lieblingskaffeebecher verschlampt. Dass dieser sich nun lediglich im Hängeschrank direkt über der Kaffeemaschine befand anstatt auf der gegenüberliegenden Seite, hatte ihn nur wenig besänftigt. Vielleicht lag es daran, dass sie gerade dabei gewesen war, die Kaffeemaschine zu entkalken, sodass er das Gerät nicht hatte benutzen können.

Wenn er nicht ständig so unfreundlich gewesen wäre, hätte sie über seine teilweise fast verzweifelten Proteste gelacht. Er tat, als wollte sie ihm das Leben schwer machen, dabei war doch genau das Gegenteil der Fall. Sie hatte gedacht, er würde sich nach einer Weile beruhigen und erkennen, wie sinnvoll eine perfekte Organisation war, doch anscheinend war er entschlossen, allem, was sie tat, grundsätzlich erst einmal ablehnend gegenüberzustehen. Dabei hätte man meinen sollen, dass er dankbar für ihre Hilfe wäre. Immerhin konnte er sich jetzt viel besser auf seine Kernaufgaben konzentrieren, was sicherlich mittelfristig zu deutlich weniger Stress führen würde.

Nachdenklich spielte Angelique mit ihrer Gabel herum. Exzentrische Chefs war sie gewohnt, damit konnte sie umgehen, doch diese waren bei allen Allüren zumindest immer über die Hilfe, die sie ihnen bot, froh gewesen und hatten ihr eine gewisse Anerkennung gezollt. Wenn Patrick sich nicht bald ein wenig manierlicher ihr gegenüber verhielt, würde sie sich doch wieder etwas anderes suchen. Sie war auf diese Stelle nicht angewiesen, sondern hatte sie teils aus Freundschaft zu Laura, teils aus Neugier auf die Herausforderung angenommen. Ständig anraunzen lassen würde sie sich jedoch nicht, das hatte sie nicht nötig.

Als die Terminplaner-App auf ihrem Computer ein leises Signal von sich gab, griff sie nach ihrem Smartphone und schrieb eine kurze Nachricht in die Chat-Gruppe der Belegschaft: *Macht Mittagspause. Jetzt, nicht irgendwann.*

Sie hatte beobachtet und auch aus Gesprächen mit den Mitarbeitern erfahren, dass diese es mit den Pausenzeiten nicht so genau nahmen. Angelique war jedoch der Ansicht, dass nur diejenigen gute Arbeit verrichteten, die auch ihre Pausenzeiten einhielten. Ganz zu schweigen davon, dass selbige nicht nur vorgeschrieben waren, sondern auch in den Stundenabrechnungen berücksichtigt werden mussten. Also gab sie fürs Erste regelmäßig das Pausensignal übers Handy.

Neugierig, ob ihre kleine Ansprache vom Vortag zu dem Thema gefruchtet hatte, trat sie an eine der vorderen Fensterflächen, von denen aus sie einen guten Blick auf die beiden Werkshallen und den dazwischen befindlichen offenen Platz mit dem Blockhaus hatte. Lediglich das Sägewerk war von hier aus nicht zu sehen. Dennoch zeichnete sich ein Lächeln auf ihren Lippen ab, als in diesem Moment das entfernte, aber dennoch gut vernehmbare Kreischen der großen Säge, mit der ganze Stämme zerteilt werden konnten, verstummte.

Der Himmel zeigte sich heute novembertypisch grau in grau, und es hatte bereits mehrmals heftig geregnet, sodass die Männer, die am Blockhaus arbeiteten, sich überwiegend in dessen Innerem aufhielten. Im Moment hatte es jedoch für ein Weilchen aufgeklart, und sie konnte beobachten, wie Mark und Heiko von der noch etwas abenteuerlich wirkenden Dachkonstruktion herunterkletterten, während Toni dabei war, eine Palette mit Holzteilen zur von hier aus nicht sichtbaren Vorderseite des Hauses zu ziehen. Er hielt inne und blieb stehen, als Patricks Wagen auf den Mitarbeiterparkplatz einbog. Patrick stieg aus und ließ den Hund aus der Box im Kofferraum. Oskar schüttelte sich und hüpfte dann frech um sein Herrchen herum.

Angelique schmunzelte, als Patrick sich in der Leine verhedderte. Ihr neuer Chef war zwar beileibe nicht tollpatschig, doch manchmal forderte er das Missgeschick geradezu heraus. Statt jedoch, wie sie erwartet hatte, mit dem Hund zu schimpfen, lachte er und tat spielerisch, als wolle er Oskar einfangen. Oskar bellte vergnügt und wich ihm immer wieder aus, hüpfte näher und dann wieder rückwärts, bevor Patrick ihn zu fassen bekam. Ein Spiel, das die beiden offensichtlich schon häufig gespielt hatten – so natürlich, wie es aussah.

Eine Weile sah Angelique den beiden zu und verspürte dabei ein angenehmes Flirren und Flattern tief in ihrer Magengrube. Wenig später beendete Patrick das Spiel jedoch und ging auf Toni zu, der ihm ebenfalls zugesehen hatte. Die beiden unterhielten sich kurz und sichtlich erheitert. Patrick, so fiel Angelique jetzt auf, sah aus, als wäre er kürzlich in einen heftigen Regenguss geraten. Sein grauer Parka war fast vollständig durchnässt, ebenso wie seine Hosenbeine. Auch sein dunkles Haar ringelte sich feucht bis in seinen Nacken. Als er erneut lachte und mit Toni scherzte, wurde aus dem Flattern in ihrem Inneren ein unmissverständliches Ziehen, das Angelique nicht gerade willkommen war, denn es war durchaus möglich, dass sie sich in ihren Überlegungen, ob sie für längere Zeit hier beschäftigt bleiben wollte, davon beeinflussen lassen könnte. Und das wäre unvernünftig.

Als Patrick sich von Toni abwandte und auf das Bürogebäude zustrebte, floh sie von ihrem Beobachtungsposten zurück an ihren Schreibtisch und hob rasch den Deckel von der Thunfischsalat-Box. Sie hatte gerade die erste Portion auf ihre Gabel gespießt, als Patrick hereinkam und sich, ähnlich wie der Hund, erst einmal schüttelte. Nur mit dem Unterschied, dass der Hund nicht so nass war wie sein Herrchen. »Sauwetter!«, brummelte er, immer noch lächelnd.

»Guten Tag, Patrick.« Sie hob möglichst unbeteiligt den Kopf. »Sie scheinen ja einen üblen Regenguss mitbekommen zu haben.«

Seine Miene wurde sofort ernst, fast missbilligend. »Haben Sie nichts Besseres zu tun?«

Angelique runzelte die Stirn. »Als was?«

Er trat an den Tresen heran und streifte sich dabei den Parka ab. Dabei kam sein ebenfalls durchnässtes schwarzes Shirt zum Vorschein, das wie eine zweite Haut an seinem muskulösen Oberkörper klebte. »Ich habe genau gesehen, dass Sie eben am Fenster herumgelungert haben.«

Angestrengt bemühte Angelique sich, ihn nicht anzustarren. »Ich lungere niemals irgendwo herum, sondern habe lediglich nachgesehen, ob Ihre Mitarbeiter sich an die Pausenzeiten halten.«

»Die Sie ihnen jetzt mittels Kurznachrichten um die Ohren hauen. Was haben Sie ihnen gestern eigentlich gesagt? Ich habe fast den Eindruck, die Jungs haben Angst vor Ihnen.«

»Angst?« Sie lachte auf. »Wohl kaum, aber den nötigen Respekt, um auf die Stimme der Vernunft zu hören.« Als sie bemerkte, dass er nach einem Ort suchte, wo er seinen nassen Parka ablegen konnte, sprang sie auf. »Geben Sie schon her.« Sie trug die Jacke in die Küche und hängte sie mit einem Kleiderbügel aus dem kleinen Garderobenschrank hinter der Tür zum Trocknen auf.

Patrick war ihr gefolgt und lehnte nun mit der Schulter lässig am Türstock. »Sie haben vorgestern nicht nur meine Küchenschränke durchwühlt, sondern auch meine Wäsche zusammengelegt und die Waschmaschine neu befüllt.«

Da er ihr den Rückweg versperrte, blieb sie vor ihm stehen. »Das fällt Ihnen erst heute auf? Wie oft sind Sie denn seit vorgestern über die Wäschekörbe hinweggestiegen, die ich auf Ihrer Treppe hinterlassen habe?«

»Es ist mir sehr wohl vorgestern Abend schon aufgefallen, aber ich hatte erwartet, dass Sie sich irgendwann dazu äußern würden.«

»Warum sollte ich?«

»Weil es ungewöhnlich ist, dass meine Bürokraft – oder von mir aus auch Assistentin – sich an meiner Wäsche vergreift.«

Sie wollte schon in Abwehrhaltung die Arme verschränken, besann sich jedoch anders und hob nur die Schultern. »Gewöhnen Sie sich nicht daran, ich bin nicht Ihre Haushaltshilfe.«

»Sie haben mir eine Menge Bügelarbeit erspart.«

»Ich weiß. Das war Sinn der Sache. Darf ich jetzt zu meinem Mittagessen zurück?«

Er trat einen Schritt zur Seite, sodass sie sich an ihm vorbeiquetschen konnte. Dabei stieg ihr eine Mischung aus nassem Mann und Deodorant in die Nase, die sich verheerend auf ihren Hormonstatus auswirkte. Rasch verschanzte sie sich wieder hinter dem Schreibtisch und bewaffnete sich mit der Gabel. »War Ihr Vormittag erfolgreich?«

»Ich habe die Ergebnisse der Gespräche und Verhandlungen auf mein Handy gesprochen. Können Sie das in eine schriftliche Datei übertragen?«

»Meine leichteste Übung.« Sie streckte die Hand aus. »Her mit dem Handy. Ich übertrage die Sprachdateien gleich nach der Mittagspause via Bluetooth auf meins und verarbeite sie dann weiter.«

Schweigend reichte er ihr sein Mobiltelefon und begab sich in sein Büro, während Oskar, der sich erst einmal auf einen Rundgang durchs Foyer gemacht hatte, sich nun erwartungsvoll neben Angelique setzte.

Etwas ratlos blickte sie auf den wuscheligen beigefarbenen Hund mit den hübschen braunen Augen hinab. »Was habe ich eigentlich verbrochen?«

*Du? Gar nichts. Ich wüsste jedenfalls nicht, was. Ich weiß nicht mal, was genau du meinst.* Oskar legte den Kopf schräg und erwiderte aufmerksam ihren Blick.

»Zu allen anderen ist er nett und freundlich, und mich behandelt er wie ein notwendiges Übel.«

*Wer, Patrick?* Nun drehte Oskar den Kopf zur anderen Seite und blickte danach über die Schulter auf die Bürotür. *Eigentlich ist er ganz erträglich. Eben haben wir mal wieder ein bisschen gespielt, das haben wir schon lange nicht mehr gemacht. Anfangs, als ich bei ihm und den Kindern eingezogen bin, hat er das häufiger gemacht, dann aber irgendwann nicht mehr. Ich glaube, er war nicht in der Stimmung. Was an sich nicht schlimm ist, weil die Zwillinge abends und an den Wochenenden immer da sind und mit mir spielen. Aber spaßig war das eben schon. Hätte ruhig noch etwas länger dauern können. Warum er dich nicht mag, weiß ich nicht. Ich finde dich nett. Du fütterst mich immerhin täglich und gehst sogar mit mir raus, wenn Patrick nicht da ist. Und seit du hier bist, muss ich nicht ständig im Büro hocken und mich langweilen. Das beschert dir enorme Pluspunkte von meiner Seite.*

Seufzend stocherte sie in ihrem Salat, bis ihr einfiel, dass sie für Patrick ebenfalls einen mitgebracht hatte. Also stand sie noch einmal auf, klopfte kurz an die Tür zu seinem Büro und trat ein. »Was ich Sie fragen wollte …« Überrascht brach sie ab; ihr Magen samt Herz machte einen unwillkürlichen heftigen Satz, als sie Patrick mit nacktem Oberkörper mitten im Raum stehen sah.

Mit gerunzelter Stirn blickte er sie an und ließ von den Knöpfen seiner frischen Jeans ab, die er offenbar gerade übergestreift hatte. »Was denn? Kann ich mich nicht mal in Ruhe umziehen?«

»Entschuldigung.« Sie schluckte. Der Mann war nicht nur angezogen eine Augenweide. Feine dunkelbraune Härchen zeichneten sich auf wohldefinierten Muskeln ab und – Herrgott noch mal, der Mann hatte einen waschechten Sixpack. So etwas bekam man nicht allzu oft außerhalb von Fitnessstudios zu sehen. Und wenn sie es recht bedachte, nicht einmal dort so oft, wie man annehmen mochte. »Ich wollte Sie nur fragen, ob Sie Hunger haben. Im Kühlschrank steht frischer Thunfischsalat von heute Morgen.«

Ohne darauf zu achten, dass die obersten beiden Knöpfe an seiner Jeans immer noch offen waren, trat er zwei Schritte auf sie zu. »Jetzt sagen Sie bloß, Sie sind auch noch eine Meisterköchin.«

»Ich?« Sie vermied es standhaft, ihren Blick von seinem Gesicht abzuwenden, um dem Hormoncocktail, der sich gerade in ihrem Blut ausbreitete, nicht noch weitere Nahrung zu geben. »Nein. Ich kann so gut wie gar nicht kochen. Der Salat stammt aus der Kühltheke im Supermarkt. Er wird dort morgens ganz frisch zubereitet. Schmeckt ziemlich gut.«

»Sie können nicht kochen?« Um seine Mundwinkel zuckte es, und es schien, als entspanne er sich zum ersten Mal in ihrer Gegenwart.

»Nicht die Spur.« Sie zuckte mit den Achseln. »Na ja, bis auf Spiegelei oder Rührei oder so etwas. Das kriege ich gerade noch hin, wenn es sein muss.« Sie zog die Stirn kraus, als sie ihn plötzlich grinsen sah. »Finden Sie das witzig?«

»Nein, beruhigend. Also sind auch Sie nicht perfekt.«

»Ich habe nie behauptet, perfekt zu sein. Nur sehr gut in meinem Job.« Da er viel zu nah vor ihr stand und ihr erneut diese Duftmischung aus nassem Mann und seinem herben Deo in die Nase stieg, beschloss sie, den Rückzug anzutreten. »Also … haben Sie Hunger?«

»Ja.« Sein Blick wanderte in irritierender Weise über ihr Gesicht und zuckte kurz über ihren gesamten Körper. Prompt erwärmten sich ihre Wangen. Fast unmerklich nickte er ihr zu. »Danke für die Sache mit der Wäsche.«

Vor Verblüffung wusste sie für einen Moment nicht, was sie erwidern sollte. »Wie gesagt: Gewöhnen Sie sich lieber nicht daran.«

»Hatte ich nicht vor.« Obwohl er sich nicht bewegt hatte, schien der Abstand zwischen ihnen zu schrumpfen. Sie hatte den Eindruck, als wüsste er ebenso wenig wie sie, wie er sich der merkwürdigen Situation entziehen sollte.

»Ach, hier drinnen seid ihr!« Die fröhliche Stimme von Margit Sternbach ließ sie beide zusammenzucken. Patricks Mutter streckte den Kopf zur Tür herein und blickte sichtlich neugierig von einem zum anderen. In ihren Augen glitzerte es amüsiert. »Störe ich?«

»Nein.«

»Ganz und gar nicht.«

Sie hatten gleichzeitig gesprochen und hüstelten auch zeitgleich. Patrick schnappte sich das saubere dunkelgraue T-Shirt, das er auf seinem Schreibtisch abgelegt hatte, und zog es sich eiligst über den Kopf. »Ich bin vorhin zweimal in den Regen geraten.« Seine Erklärung kam etwas zusammenhanglos, während er die nassen Klamotten zusammenraffte und sich dann suchend umsah, so als wisse er nicht, was er nun damit anfangen sollte.

»Geben Sie her.« Angelique nahm ihm Hose und Shirt ab. »Ich hänge die Sachen zum Trocknen auf.« Sie wandte sich mit einem, wie sie hoffte, neutralen Lächeln an Margit. »Guten Tag, Frau Sternbach. Kann ich etwas für Sie tun?«

Margit lächelte ihr wohlwollend zu. »Machen Sie mal lieber Ihre Mittagspause. Die haben Sie doch offenbar gerade unterbrochen, wenn ich den Salat auf Ihrem Schreibtisch richtig interpretiere.« Aufmerksam sah sie sich um. »Hier hat sich ja einiges verändert.« Ihr Blick traf erneut den von Angelique. »Ich nehme an, das geht auf Ihr Konto.« Sie wandte sich an ihren Sohn. »Macht sie ihre Sache gut?«

Angelique funkelte ihn herausfordernd an. »Ja, mache ich meine Sache gut?«

Patrick schoss einen unfreundlichen Blick auf sie ab. »Nach so kurzer Zeit erlaube ich mir noch kein Urteil.«

»Aber zumindest solltest du deine Assistentin nicht von ihrer verdienten Mittagspause abhalten.« Margit nickte Angelique zu. »Gehen Sie schon. Ich habe nur eine Kleinigkeit mit Patrick zu besprechen.«

»Gut.« Angelique wandte sich zum Gehen. »Wenn Sie etwas brauchen sollten …«

»Dann melde ich mich bei Ihnen.« Margit hielt ihr die Tür auf, schloss sie jedoch nicht wieder hinter ihr.

»Ich habe sie nicht von ihrer Mittagspause abgehalten«, hörte Angelique Patrick brummeln. »Sie ist von ganz allein hier hereingeschneit.«

»Einfach so? Während du dich umziehst?« Margit klang nach wie vor amüsiert. »Weswegen denn?«

»Thunfischsalat.« Patrick klang gereizt, und als seine Mutter leise lachte, seufzte er vernehmlich. »Vergiss es. Weshalb bist du denn hergekommen? Ist etwas mit den Kindern?«

»Nein. Oder doch, ja.« Margits Stimme wurde etwas ernster. »Dein Vater muss morgen Nachmittag zu einer außerplanmäßigen Stadtratssitzung, und ich habe auch eine wichtige Verabredung, die sich leider ganz kurzfristig ergeben hat. Elke hat ihren alljährlichen Gesundheits-Check. Deshalb können die Kinder morgen nach der Schule leider nicht bei uns bleiben. Dummerweise haben sie ausgerechnet morgen zusätzlich noch einen Termin beim Kinderarzt für eine Schluckimpfung. Justus und Laura sind dummerweise nicht abkömmlich, Ricarda hat diese Fortbildung, und Viola muss im Resort die Stellung halten. Wäre es möglich, dass du die Zwillinge abholst? Ich weiß, das ist nicht optimal, aber diese Stadtratssitzung ist ziemlich wichtig, und dein Vater will sie möglichst nicht verpassen. Mein Termin ist, wie gesagt, auch sehr wichtig. Das Gesundheitsamt macht mal wieder Stichproben und will sich nicht vertrösten lassen, obwohl sie wissen, dass bei uns nichts zu beanstanden sein wird. Elke kann ihren Arzttermin auch nicht einfach so verschieben, oder sie müsste mindestens zwei oder drei Monate auf den nächsten freien Termin warten.«

Angelique ging langsam, Schritt für Schritt, zu ihrem Schreibtisch.

Patrick schwieg einen Moment. »Ich habe morgen Nachmittag einen wichtigen Kundentermin. Verdammt.«

Margit seufzte. »Nein, weißt du was, das war keine gute Idee. Ich hole die beiden ab. Das mit dem Gesundheitsamt regele ich schon irgendwie. Du hast so schon viel zu viel um die Ohren …«

»Nein, Mama, das geht schon …«

Entschlossen machte Angelique kehrt und betrat erneut Patricks Büro. »Ich hole die beiden ab, bringe sie zum Kinderarzt und danach hierher.«

Erstaunt blickten Margit und Patrick sie an.

Sie nickte nachdrücklich. »Das ist gar kein Problem. Die zwei können für ein paar Stunden hier bei mir bleiben. Ich finde schon etwas, um sie zu beschäftigen.«

»Haben Sie überhaupt Ahnung von Kindern?« Patrick musterte sie abschätzend.

»Nicht viel, aber ich war selbst mal eins.« Angelique setzte ihr zuversichtlichstes Gesicht auf und lächelte sicherheitshalber noch zusätzlich. »Das dürfte der Sache dienlich sein.«

Margit lächelte erleichtert. »Würden Sie das wirklich tun? Ich meine, das steht ja so nun bestimmt nicht in Ihrer Jobbeschreibung.«

»Ach.« Lässig winkte Angelique ab. »Je nachdem, wie man meine Jobbeschreibung auslegt, deckt sie so gut wie alle Arten von Dienstleistungen ab.«

Patrick hustete.

Sie funkelte ihn an. »Keine Dienstleistungen dieser Art.«

Margit kicherte, wurde aber gleich wieder ernst. »Es würde Ihnen also wirklich nichts ausmachen? Die beiden können manchmal ganz schön anstrengend sein.«

»Keine Sorge, das schaffe ich schon.«

»Wissen Sie, wo die Gesamtschule ist? Sie müssten die beiden um sechzehn Uhr dort abholen. Der Kinderarzt hat seine Praxis in der Gerbergasse. Dr. Weiler.«

»Das finde ich schon alles.« Angelique konnte sich, als sie Patricks wenig begeisterte Miene sah, einen Seitenhieb nicht verkneifen. »Wirklich, das ist überhaupt kein Problem. Oder haben Sie Angst, ich könnte Ihre Kinder auch umorganisieren?«

Zwischen seinen Augen entstand eine steile Falte. »Da gibt es nichts umzuorganisieren.«

»Umso besser. Obwohl ich an Ihrer Stelle mit Jessica mal ein Wörtchen oder zwei über Ordnung in ihrem Zimmer reden würde.«

»Das ist nicht Ihre Sache.«

»Stimmt auffallend.« Sie wandte sich ab. »Der Thunfischsalat steht im Kühlschrank, falls Sie noch immer Hunger haben sollten.« Damit verließ sie das Büro, schloss aber die Tür nicht hinter sich, weil sie dazu Margit hätte auffordern müssen, ihr Platz zu machen. Entschlossen widmete sie sich nun endlich ihrem Salat, konnte aber genau hören, was Margit als Nächstes sagte.

»Wo sie recht hat, hat sie recht, weißt du. Jessica geht mit ihren Sachen wirklich nicht allzu pfleglich um.«

»Das weiß ich.« Diesmal klang Patrick weniger gereizt denn ratlos. »Sie hat in letzter Zeit häufig ihre bockigen Phasen und will sich nichts sagen lassen.«

Es entstand eine winzige Pause, ehe Margits Stimme wieder zu vernehmen war, diesmal sehr sanft. »In dieser Hinsicht ähnelt sie dir sehr.«

Angelique hob unwillkürlich den Kopf.

Patrick seufzte hörbar. »Ich weiß.«

»Wann will euch dieser Anwalt zusammen mit dem Menschen vom Jugendamt noch mal besuchen?«

»Irgendwann kommende Woche.«

Angelique bewegte ihre Computermaus, um den Bildschirmschoner zu deaktivieren, und warf einen Blick auf den Terminplan für die nächste Woche. Wie sie bereits wusste, stand dort nirgendwo etwas von einem Termin mit dem Jugendamt. Stirnrunzelnd machte sie sich eine mentale Notiz, Patrick bei Gelegenheit darauf anzusprechen.

»Es wird zwar nicht an einem unaufgeräumten Zimmer hängen, aber vielleicht solltest du dich bis dahin noch ein wenig mit Jessica beschäftigen, mit ihr reden.« Margit klang nun leicht besorgt.

»Ich weiß. Ich hatte bisher einfach noch keine Zeit dafür.«

»Das wird nun hoffentlich anders.« Margit kam aus dem Büro, dicht gefolgt von ihrem Sohn. Sie blickte Angelique eindringlich an. »Halten Sie ihm den Rücken frei, ja?«

Angelique neigte den Kopf ein wenig. »Das ist mein Job.«

# 6. Kapitel

Es war genau eine Minute nach sechzehn Uhr, als Angelique auf den Lehrer- und Elternparkplatz der Gesamtschule einbog und Patricks SUV in eine Parklücke manövrierte. Sie warf einen kurzen Blick in den Rückspiegel, schüttelte ihr Haar und stieg aus dem Wagen. Prompt bellte Oskar hinten im Kofferraum.

*Was denn, willst du mich etwa hierlassen?*

»Schon gut, schon gut, ich komme ja schon.« Lachend öffnete sie den Kofferraum und die Hundebox und befestigte die Leine an Oskars Geschirr. »Du bist ja ganz schön ungeduldig.«

*Nur weil ich genau weiß, wo wir hier sind. Das ist die Schule, in die Joel und Jessica gehen, und wenn wir hier sind, bedeutet das, wir holen die beiden ab, und das kann ich immer kaum erwarten. Aber nur, weil es recht lustig wird, wenn die beiden mit mir spielen. Nicht dass du glaubst, ich würde die beiden groß vermissen oder eine Bindung zu ihnen aufbauen.*

Oskars beredtes Brummeln veranlasste Angelique zum Lachen. »Wenn du nur sprechen könntest! Ich wette, du würdest uns so einiges erzählen.«

*Davon kannst du ausgehen. Mir würde da schon was einfallen.*

»Na los, lass uns mal schauen, ob wir Jessica und Joel in dem Trubel entdecken.«

*Klar, auf geht's! Hey, warum bleibst du denn stehen? Ich dachte, wir rasen los? Oh, gut, du gehst weiter. Also nix wie los. Hallo? Warum bleibst du schon wieder stehen? Das machst du irgendwie dauernd, wenn ich es eilig habe. Total ärgerlich.*

Angelique lächelte, als Oskar sie ungehalten über die Schulter anblickte. »Hör auf zu ziehen, und schon geht es weiter.« Sie hatte sich, nachdem ihr aufgefallen war, dass Oskar nicht gut an der Leine lief, ein Buch zum Thema »Hundeerziehung« gekauft und dort das Kapitel über Leinenführigkeit ganz besonders genau studiert.

*Echt jetzt? Ich soll nicht ziehen? Warum denn nicht? Ich bin doch viel schneller als du.* Als Oskar sich erneut in die Leine stemmte, diesmal bereits auf halbem Weg zum großen Eingangsportal der Schule, blieb Angelique erneut abrupt stehen. Oskar schnaubte empört. *Das ist jetzt echt nicht witzig! Da vorn sind Joel und Jessica, ich sehe sie doch schon. Nun lass mich schon zu ihnen!*

»Vergiss es, Kumpel. Ich lasse mich doch nicht wie ein Fähnchen im Wind hinter dir herziehen.« Angelique bewegte sich keinen Schritt weiter, winkte den Zwillingen aber zu, als diese in ihre Richtung blickten.

Oskar gebärdete sich indes wie wild an der Leine, jedoch ohne Erfolg.

»Nun lassen Sie das arme Tier doch nicht so kämpfen!« Die empörte Stimme einer blonden Frau von etwa Mitte zwanzig ließ Angelique den Kopf heben. »Der Hund bringt sich ja fast um. Lassen Sie ihm doch seinen Willen. Er will doch bloß zu den Kindern.«

»Nein, nein, sie macht das schon richtig«, mischte sich eine weitere junge Frau mit brünettem Kurzhaarschnitt ein, die einen etwa siebenjährigen Jungen an der Hand hielt. »Der Hund muss lernen, nicht an der Leine zu ziehen.«

»Ganz genau«, bestätigte Angelique. »Er muss erkennen, dass er nicht das Sagen hat.«

»Aber er jault ja regelrecht. Das ist ja Tierquälerei!« Die Blondine schüttelte empört den Kopf.

Angelique winkte ab. »So ein Unsinn.« Leider war die Brünette bereits weitergegangen und konnte ihr deshalb nicht mehr beipflichten. Ringsum tummelten sich ganze Heerscharen von Kindern, dazwischen vereinzelte Eltern. Zwei Schulbusse standen an der Haltestelle direkt vor dem Portal, ein dritter bog gerade um die Ecke. Sofort kam Bewegung in die Menge, und Angelique fasste die Leine kürzer.

Die Zwillinge hatten sich gerade von ein paar Freunden verabschiedet und strebten nun eilig auf sie zu.

»Hallo, Angelique.« Joel winkte grinsend. Bei ihr angekommen, pfefferte er seine Schultasche auf den Boden, ging in die Knie und umarmte den Hund. »Hallo, Oskar. Bin ich froh, dass die Schule aus ist! Heute war es sooo langweilig!«

*Hallo, hallo, hallo! Schön, euch zu sehen, und gut, dass ihr zu mir gekommen seid. Angelique wollte mich ja komischerweise nicht zu euch rennen lassen.*

Jessica war etwas langsamer näher gekommen und streichelte den Hund nun ebenfalls.

»Hallo, ihr beiden. Alles klar?«

Joel nickte eifrig, Jessica zuckte mit den Achseln. »Geht so. Ist Papa in der Firma?«

»Ja, aber er hat noch einen wichtigen Termin. Ihr müsst erst mal mit mir vorliebnehmen.«

»Ich wusste doch, dass ich den Hund kenne!« Die Blondine schob sich erneut näher. Inzwischen hatte auch sie eine Sieben- oder Achtjährige an der Hand. »Sind Sie …?« Sie zögerte, doch Neugier funkelte in ihren Augen. »Sind Sie Patricks neue Freundin?«

»Ja, ist sie«, antwortete Jessica, bevor Angelique auch nur Luft holen konnte. Das Mädchen lächelte breit. »Und wir mögen sie total gern. Ist doch so, Joel?«

Joel hob sichtlich verblüfft den Kopf. »Äh …« Dann besann er sich und grinste ebenfalls wieder. »Ja, klar, und wie.«

Irritiert blickte Angelique zwischen den beiden hin und her, dann wandte sie sich an die blonde Frau. »Also, genau genommen bin ich …«

»Sogar mit Papa verlobt«, fiel Jessica ihr erneut ins Wort. »Aber das ist eigentlich noch geheim.« Das Mädchen setzte eine bedeutungsvolle Miene auf, als es die Blondine mit verschwörerischer Miene anblickte. »Bitte nicht weitersagen.«

»Ähm, also ... natürlich nicht.« Die Blondine runzelte die Stirn und musterte Angelique ungnädig. »Sieh mal einer an. Wo hat er Sie denn bis jetzt versteckt?«

»Das hat er nicht.« Angelique dämmerte, was die Zwillinge, speziell Jessica, vorhatten, war sich aber nicht sicher, ob sie das gutheißen konnte. Dennoch spielte sie das Spiel mit. »Wir wollten die Sache nur nicht an die große Glocke hängen, weil ich auch für ihn arbeite. Sie wissen schon, so etwas führt schnell zu Gerede.«

»Sie arbeiten für ihn?« Die Blondine zog die Nase kraus.

»Seit Kurzem. Aber wir kennen einander schon seit einem Jahr.« Das war zumindest nicht gelogen.

»Na, dann wünsche ich Ihnen beiden viel Glück.« Die Stimme der Blondine war deutlich abgekühlt. »Komm, Ivy-Blue, wir müssen los.« Sie zog das kleine Mädchen, dem Aussehen nach ihre Tochter, mit sich in Richtung Parkplatz.

Angelique räusperte sich vernehmlich. »Was sollte das denn?« Sie sah die Zwillinge mit strenger Miene an, was ihr gar nicht so leichtfiel, weil die Situation sie zum Lachen reizte.

Joel hob nur die Schultern. »Die Tussi mögen wir nicht.«

Jessica nickte nachdrücklich. »Das ist Carola. Sie ist mit Viola in eine Schulklasse gegangen und total in Papa verknallt.«

»Sie ist nämlich geschieden«, erklärte Joel. »Und jetzt sucht sie sich einen neuen Mann.«

»Aha.« Angelique blickte noch einmal kurz über die Schulter, doch Carola und ihre Tochter waren verschwunden. »Ivy-Blue?«

»Ja, Carola steht total auf solche ausländischen Namen.

Wie im Film oder bei den Hollywood-Schauspielern.« Jessica war anzumerken, dass sie diese Vorliebe albern fand. »Aber Ivy ist so eigentlich ganz nett. Sie geht in die Grundschule drüben.« Vage deutete sie auf das Gebäude der städtischen Grundschule, das sich gleich neben der Gesamtschule befand. »Wir kennen sie, weil wir letztens in der Projektwoche mit der Grundschule zusammen ein Theaterstück einstudiert haben. Aber Carola ist total nervig.«

»Na, na!« Angelique hob die Augenbrauen.

»Doch, ist sie«, beharrte das Mädchen. »Immer wenn Papa mal hier ist, um uns abzuholen, oder bei der Theateraufführung oder wenn wir sie in der Stadt sehen, hängt sie sich total an ihn und tut wer weiß wie verliebt.«

»Ja, ist schon blöd.« Joel hatte sich inzwischen wieder aufgerichtet und griff nach seiner Schultasche. »Papa ist auch leider total nett zu ihr.«

»Vielleicht mag er sie ja.« Angelique deutete in Richtung Parkplatz. »Kommt, ich habe dort hinten geparkt.«

»Nee, er mag sie nicht.« Jessica schüttelte heftig den Kopf. »Er ist bloß höflich.« Sie zögerte. »Ist er doch, oder?«

Joel zuckte mit den Achseln. »Ja. Ich glaub auch nicht, dass er in sie verliebt ist.«

»Aber ihr könnt doch nicht einfach behaupten, dass er mit mir zusammen und sogar verlobt ist!« So ernst sie nur konnte, blickte Angelique die Zwillinge an, während sie langsam zum Parkplatz gingen, immer wieder unterbrochen von kleinen Pausen, wenn Oskar an der Leine zog.

»Warum nicht?« Jessica grinste verschlagen. »Sie haben doch mitgemacht.«

*Touchée.* Angelique seufzte unterdrückt. »Euer Vater wird nicht gerade begeistert sein, wenn er davon erfährt.«

»Dann sagen wir es ihm halt nicht.« Joel grinste über beide Wangen.

Seiner kindlichen Logik konnte Angelique nicht widerstehen. Lachend wuschelte sie ihm durch die braunen Locken. »Ihr zwei seid ganz schöne Schlawiner.«

»Das sagt Papa auch immer.« Joel blieb beim Kofferraum des SUV stehen. »Kann ich Oskar die Box aufmachen?«

Angelique schmunzelte. »Ob du das kannst, weiß ich nicht, aber du darfst es gerne tun.«

Der Junge runzelte etwas verwirrt die Stirn.

Jessica schnaubte. »Hast du nicht kapiert, oder? Man sagt nicht *Kann ich*, wenn man *Darf ich* meint.«

»Exakt.« Angelique schloss den Kofferraum auf.

»Ich lese viel, deshalb weiß ich so was – und du nicht.« Jessica zog eine triumphierende Grimasse in Richtung ihres Bruders.

»Ich lese auch viel!« Joel wartete, bis Oskar in die Box gesprungen war, dann nahm er ihm die Leine ab.

»Ja, Comics und Fußballbücher. Da lernt man aber keine gute Sprache.« Nun klang Jessica sehr selbstgefällig.

Angelique sah sich genötigt, einzuschreiten, weil sie nicht gleich einen geschwisterlichen Streit heraufbeschwören wollte. »Immerhin liest er; ist doch egal, was.« Sie zwinkerte Jessica zu. »Ich wette, du bist ein Ass in Deutsch.«

»Und in Englisch«, bestätigte das Mädchen.

»Dafür kann ich gut Sport und Erdkunde und Sozialkunde, und in Deutsch bin ich auch nicht so schlecht. Und Englisch macht Spaß.« Nachdem die Kofferraumklappe wieder verschlossen war, schob sich Joel als Erster auf die Rücksitzbank.

»Sport kannst du überhaupt nicht. Du watschelst nämlich wie eine Ente, und Weitsprung kannst du auch nicht und auch kein Völkerball. Da wirst du immer als Erstes rausgeworfen, weil du so lahm bist.«

»Na und? Ich mag keinen Sport. Nur Schwimmen und Reiten.« Jessica stellte ihre Schultasche zwischen ihren Füßen ab und verschränkte die Arme vor der Brust. »Also, ich würde jedenfalls gerne reiten lernen.«

»Ich hatte fünf Jahre lang Reitunterricht.« Angelique klemmte sich hinters Steuer. »Gibt es hier eine gute Reitschule?«

»Ja, am Stadtrand, das Gut Weidenbach.« Jessica lockerte ihre Arme wieder und beugte sich etwas vor.

»Bitte anschnallen«, ermahnte Angelique, ehe sie sich an das Mädchen wandte. »Warst du schon mal dort?«

»Ja, mit meiner Freundin Isa. Ihrer Tante gehört der Reitstall.«

»Und wann fängst du mit den Reitstunden an?«

Jessicas Miene verschloss sich. »Gar nicht.«

Verwundert musterte Angelique das Mädchen. »Warum denn nicht?«

»Weil sie Papa noch gar nicht gefragt hat, ob sie reiten gehen darf.« Joel warf seiner Schwester einen beredten Blick zu. »Sie ist halt manchmal total blöd.«

»Deine Schwester ist nicht blöd.« Interessiert drehte Angelique sich noch etwas weiter auf ihrem Sitz um, damit sie die beiden Zehnjährigen besser ansehen konnte. »Sie hat bestimmt einen guten Grund, ihn nicht zu fragen.« Nun wandte sie sich wieder direkt an Jessica. »Hast du Angst, dass die Reitstunden zu teuer sind?«

»Nein.« Jessica zögerte, schob die Unterlippe ein wenig vor, dann stieß sie heftig die Luft aus. »Papa ist doch immer viel zu beschäftigt und hat keine Zeit und interessiert sich bestimmt gar nicht dafür.«

»Total blöd, sag ich doch. Ich durfte doch auch in den Fußballverein.« Joel stieß Jessica mit dem Ellenbogen an. »Du bist einfach nur stur, anstatt ihn einfach zu fragen.«

»Mir egal, dann bin ich halt stur.« Jessicas Stimme zitterte leicht. »Wenn ich reiten gehe, bin ich ein- oder zweimal in der Woche nachmittags weg, und dann sehe ich Papa noch weniger als jetzt schon.«

Angeliques Herz zog sich zusammen. Fieberhaft suchte sie

nach den richtigen Worten. »Er könnte dir ja hin und wieder zusehen. Außerdem hättest du etwas, wovon du ihm erzählen könntest, wenn ihr zusammen etwas unternehmt oder beim Abendessen. Außerdem bin ich ja jetzt da.«

»Na und?« Verständnislos hob Jessica den Kopf.

Angelique lächelte ihr zu. »Dein Papa hat mich eingestellt, damit ich all die Dinge erledige, die ihn immer so viel von der Zeit kosten, die er lieber mit euch verbringen würde.«

»Er arbeitet aber immer noch genauso viel wie sonst, obwohl Sie jetzt in der Firma sind.« Ein abschätzender Blick aus Jessicas grauen Augen traf Angelique.

Sie nickte langsam. »Da hast du recht, aber das soll ja nicht immer so bleiben. Wir müssen uns nur erst ... aneinander gewöhnen. Manche Neuerungen, die ich in der Firma eingeführt habe, brauchen etwas Zeit, um effektiv zu greifen.«

»Papa meckert manchmal, dass Sie alles umgestellt und woanders abgelegt haben und dass er jetzt nichts mehr wiederfindet.« Joel drehte sich auf seinem Sitz, während er sprach, und kraulte Oskar durch das Gitter der Box hinter den Ohren.

»Ach, das gibt sich mit der Zeit.« Hoffte sie zumindest. Spontan fasste sie einen Entschluss. »Wisst ihr was? Warum fahren wir nicht gleich nach eurem Impftermin bei dem Reitstall vorbei und fragen, ob sie dort Prospekte oder so etwas haben? Dann nehmen wir die mit, und du zeigst sie deinem Vater heute Abend, Jessica. Ich bin mir sicher, dass er keine Einwände gegen Reitstunden haben wird. Vielleicht gibt es ja so etwas wie eine Probestunde oder so, an der du teilnehmen kannst.«

Jessicas Miene hellte sich fast unmerklich auf. »Ja, so was machen sie immer für neue Reitschüler.«

»Siehst du. Dein Papa könnte dich dorthin begleiten.« Angelique warf Joel einen kurzen Blick zu. »Und du auch. Wer weiß, vielleicht kommst du ja auch auf den Geschmack!«

»Ich?« Abwehrend hob Joel beide Hände. »Nee, Reiten ist doch bloß was für Mädchen.«

»Wie kommst du denn darauf?« Lachend drehte Angelique sich wieder nach vorn und ließ den Motor an. »Was glaubst du, wie viele berühmte Spring- und Dressurreiter Männer sind? Und Jockeys bei Pferderennen. Und Cowboys heißen auch Cowboys, weil sie Jungs sind – oder Männer.«

»Sonst würden sie nämlich Cowgirls heißen.« Jessica warf ihrem Bruder einen altklugen Blick zu.

»Stimmt genau.« Umsichtig lenkte Angelique den Wagen auf die Straße. »Ihr müsst mir allerdings nachher sagen, wie ich fahren muss, weil ich keine Ahnung habe, wie man zu diesem Gut Weidenbach kommt.«

***

»Endlich!« war das Einzige, was Patrick herausbrachte, nachdem das Ehepaar Jungmöller das Gebäude verlassen hatte. Solche anstrengenden Kunden hatte er lange nicht gehabt. Mit ihren neuen und zum Teil abstrusen Ideen hatten sie seinen bisherigen Plan für das Haus praktisch nutzlos gemacht. Dabei hatte er das Schlimmste schon abwenden können, indem er ihnen vor Augen geführt hatte, dass sich manche ihrer Vorstellungen technisch nicht umsetzen ließen – oder exorbitant teuer würden. Jetzt brummte ihm der Schädel, und er hätte am liebsten Feierabend gemacht. Allerdings war es besser, wenn er die Notizen, die er sich während des Gesprächs gemacht hatte, heute noch ins Reine schreiben und erste Skizzen anfertigen würde.

Schon während des Kundengesprächs hatte er mehrfach unauffällig auf die Uhr geschielt, und inzwischen war er rechtschaffen nervös. Es war bereits kurz vor halb sechs, aber Angelique und die Kinder hatten sich immer noch nicht hier eingefunden. Auf Angeliques Schreibtisch hatte er einen Zettel mit einer Nachricht vorgefunden.

*Lassen Sie die Finger von meinem Telefon und meinem Computer. Ich habe die Rufumleitung aktiviert und kümmere mich um alle telefonischen Anfragen.*

Auf die Idee, dass sie auch von unterwegs aus ihren Job erledigen könnte, wäre er im Traum nicht gekommen, und das, obwohl er dies ja schon live und in Farbe miterlebt hatte, damals, als sie mit Lauras Möbeln geholfen hatte. Wenn er es sich recht überlegte, war sie es gewesen, die damals den kompletten Überblick gehabt und alle Aufgaben sinnvoll delegiert hatte.

Doch wo um alles in der Welt steckte sie jetzt? Mit seinen Kindern und dem Hund? Ihre scherzhafte Frage, ob er Angst habe, sie könnte die Kinder umorganisieren, kam ihm in den Sinn. Das war natürlich Quatsch, aber allmählich machte er sich doch Sorgen. Während des Kundengesprächs hatte er keine Möglichkeit gehabt, sie anzurufen, doch nun griff er nach seinem Mobiltelefon und klickte sich im Telefonbuch zu ihrer Nummer durch. Gerade als er sie gefunden hatte, hörte er Stimmen im Foyer.

»… ist voll super«, rief Joel gerade. »Vielleicht mache ich das auch. Ist ja nicht an dem Tag, wo ich Fußballtraining habe. Aber dann will ich das schwarze Pferd.«

»Das ist ein Rappe«, belehrte Jessica ihn in ihrem üblichen altklugen Tonfall. »Vor dem hätte ich, glaube ich, zu viel Angst. Die Fuchsstute war lieb. Katama. Den Namen finde ich so schön.«

Verblüfft erhob Patrick sich und ging bis zur halb geöffneten Bürotür. So aufgeräumt klang seine Tochter selten. Jetzt musste er nur noch herausfinden, was es mit den Pferden auf sich hatte, von denen die Zwillinge gerade zu schwärmen schienen.

»Black Star ist aber auch schön«, erwiderte Joel gerade. »Und sie haben ein Pferd, das Oskar heißt, genau wie unser Oskar.«

*Ja, verblüffend. So ein großes Pferd soll wie ich heißen? Nein, also, ob ich das gut finden soll, weiß ich wirklich nicht. Wuff.*

»Ich glaube, Oskar findet es blöd, dass das Pferd genauso heißt wie er.« Jessica lachte. Sie lachte!

Patricks Herz weitete sich ein wenig. Rasch trat er ins Foyer. »Da seid ihr ja endlich wieder. Ich dachte schon, Angelique hätte euch entführt und auf ein Sklavenschiff verkauft.«

»Hallo, Papa.« Joel grinste sein typisches breites Jungengrinsen. »Wir waren auf Gut Weidenbach.«

»Das ist ein Reitstall«, fügte Angelique hinzu, die sich bereits an ihren Schreibtisch gesetzt hatte und irgendetwas von ihrem Handy auf den Computer übertrug.

»Man riecht es.« Patrick schnupperte an den Haaren seiner Tochter. »Viola roch jahrelang so, als sie dort Reitunterricht genommen hat.«

»Viola kann reiten?« Mit großen Augen blickte Jessica zu ihm auf. »Davon hat sie noch nie was gesagt.«

»Du hast sie vermutlich nicht gefragt.« Ahnungsvoll wandte er sich an Angelique. »Da ich nicht annehme, dass Sie meinen Kindern zwischen Schule und Kinderarzt mal eben ein paar Reitpferde gekauft haben, gehe ich davon aus, dass ich demnächst Reitstunden auf Gut Weidenbach bezahlen darf?«

Angelique hob kurz den Zeigefinger, um ihm zu signalisieren, dass sie noch einen Moment brauchte, um, was auch immer sie da gerade tat, zu beenden, dann wandte sie sich ihm lächelnd zu. »Da haben Sie richtig geraten.« Sie reichte ihm ein dickes Hochglanzprospekt des Reitstalls. »Hier steht alles drin, was Sie wissen müssen, allerdings wäre das vielleicht gar nicht nötig gewesen, da Sie über Ihre Schwester ja schon mit der Reitschule vertraut sind.«

»Mit der Reitschule an sich schon, aber nicht mit deren Preisliste.« Er blätterte flüchtig durch die Broschüre und blieb auf der Seite mit den Kurspreisen hängen. »Du meine Güte, die nehmen es aber von den Lebendigen.« Er hob den Kopf ein wenig und blickte über den Rand des Prospekts seine Tochter an, die plötzlich still und leicht verunsichert wirkte. »Du möchtest also reiten lernen?«

»Ich auch.« Joel kniete neben Oskar, der sich genüsslich von ihm hinter den Ohren kraulen ließ.

*Ziemlich angenehm, dieses Wellness-Programm. So was kriegt man auf der Straße nicht, das muss ich zugeben. Daran könnte ich mich gewöhnen, aber das geht doch eigentlich nicht. Ach was, nur heute, ausnahmsweise. Ja, bitte da, genau der Punkt hinter meinem rechten Ohr!*

»Joel hat gemeint, Reiten wäre nur was für Mädchen.« Jessica bedachte ihren Bruder mit einem spöttischen Blick.

»In der Schule gehen ja auch nur Mädchen reiten.« Achselzuckend umarmte Joel den Hund. »Dachte ich jedenfalls. Aber aus unserer Parallelklasse sind zwei Jungs da im Anfängerkurs und noch ein paar andere, die ich nicht kenne, und einer aus dem Sportverein.«

»Also zweimal ein kleines Vermögen für Reitstunden.« Patrick warf das Prospekt auf Angeliques Schreibtisch. »War das Ihre Idee?«

Sie legte den Kopf ein wenig schräg. »Nein. Ich habe nur den Vorschlag gemacht, bei der Reitschule vorbeizufahren und sie uns anzusehen, nachdem Jessica mir davon erzählt hat.«

»Sie hat …« Er runzelte die Stirn und wandte sich seiner Tochter zu, die inzwischen ebenfalls am Boden kniete und Oskar streichelte. »Du hast Angelique erzählt, dass du gerne Reitunterricht nehmen möchtest?«

»Ja.« Jessica sah ihn nicht an, sondern drückte ihr Gesicht in das Fell des Hundes.

»Und mir nicht?«

Er konnte nur sehen, dass sie mit den Achseln zuckte.

»Wisst ihr was, Oskar hatte noch gar nicht seine richtige Nachmittagsrunde«, sprach Angelique die Zwillinge an. »Es wird bald dunkel, also wäre es gut, wenn ihr ihn euch schnappt und noch ein bisschen mit ihm spazieren geht. Aber nicht zu weit weg. Bleibt in der Nähe und auf den Wegen, die ihr kennt und auf denen es eine Straßenbeleuchtung gibt.«

»Okay.« Die Zwillinge erhoben sich gleichzeitig und schnappten sich Oskars Leine, die sie noch gar nicht von seinem Geschirr abgekoppelt hatten.

»Komm, Oskar, wir gehen raus!«, Joel übernahm die Führung, seine Schwester folgte ihm auf dem Fuß.

*Au ja, spazieren ist immer gut. Da bin ich dabei!* Freudig bellend hüpfte Oskar hinter den beiden her. *Und falls ihr mich mal von der Leine losmachen würdet, könnte ich endlich abhauen und mich wieder auf Wanderschaft begeben.*

Sobald sich die Tür hinter den dreien geschlossen hatte, blickte Angelique lächelnd zu Patrick auf, doch diesmal wirkten ihre Augen ernst. »Machen Sie Ihrer Tochter bitte keine Vorwürfe. Sie dachte, Sie hätten keine Zeit, sich um ihre Wünsche zu kümmern. Und ich glaube, sie hat Probleme damit, Vertrauen aufzubauen und Zuneigung zu zeigen. Ich habe den Eindruck, als fürchte sie ständig, dass Sie sie und Joel wegschicken könnten, wenn sie zu viele Ansprüche stellt.«

Ihre Worte versetzten ihm einen Stich. »Das haben Sie nach nur einem Nachmittag mit den beiden bemerkt?«

»Laura hat mir ja auch schon ein bisschen was über die zwei erzählt.« Sie tippte rasch etwas auf ihrer Tastatur. »Ich muss noch ein paar Dinge fertig machen und Termine koordinieren, die ich unterwegs telefonisch ausgemacht habe.«

»Ich bin Jessica nicht böse.« Er zögerte. »Zu Ihnen scheint sie ja rasch einen Draht gefunden zu haben.«

»Nur weil ich als Mädchen auch reiten gelernt habe.« Sie blickte kurz zu ihm hoch. »Das war einfach ein passender Zufall. Ich hoffe, Sie haben nichts gegen die Reitstunden.«

»Sehe ich so aus?« Er blickte auf den Bildschirm. »Sie haben Breisnigs Liefertermin noch nicht verschoben. Ich dachte, er kann am Mittwoch nicht.«

»Doch, jetzt schon. Die Lieferung kommt wie vereinbart am Mittwochnachmittag. Mit Kusshand.«

Er starrte sie verblüfft an. »Wie haben Sie das denn geschafft?«

Auf ihren Lippen erschien dieses siegesgewisse Lächeln, das ihn verrückt machen konnte. »Berufsgeheimnis.«

»Breisnig hat noch nie pünktlich geliefert.«

»Ab jetzt schon, andernfalls ist er uns als Kunden los.« Sie klimperte mit den Wimpern. »Sie sind zu weich.«

»Was bin ich?« Seine Augen weiteten sich vor Empörung. »Ich habe diese Firma aufgebaut. Das habe ich wohl kaum geschafft, ohne ein wenig Verhandlungsgeschick zu besitzen.«

»Das habe ich auch nicht behauptet. Aber Breisnig muss man die Zähne zeigen, damit er spurt. Das scheinen Sie vernachlässigt zu haben.«

»Sie haben ihn also erpresst.«

»Ich nenne es die geladene Pistole auf die Brust setzen.«

»Da gibt es nur ein Problem.« Er funkelte sie verärgert an.

»Und das wäre?« Ungerührt erhob sie sich und stellte einen Aktenordner in den Schrank hinter sich.

»Ich habe keine Alternative zu Breisnig. Er ist der einzige Lieferant weit und breit, der die Hölzer, die wir benötigen, in ausreichender Zahl und zu einem akzeptablen Preis vorrätig hat oder besorgen kann. Fertig zugeschnitten wohlgemerkt und so gut wie immer fehlerfrei.«

Langsam drehte sie sich zu ihm um. »Das weiß er aber nicht.«

»Doch. Er kennt seine Konkurrenz.«

»Und dennoch konnte ich ihn davon überzeugen, dass er einen Kunden weniger hat, wenn er sich nicht am Riemen reißt. Wie seltsam.« Wieder flatterten ihre Wimpern, diesmal herausfordernd.

Patrick schluckte hart. Wenn sie ihn so ansah, würde er am liebsten … Nein! Verdammt noch mal, warum musste diese Frau auch so unverschämt sexy sein? Nicht nur ihr Aussehen, obwohl das schon vollkommen ausgereicht hätte, um ihm schlaflose Nächte zu bereiten. Nein, auch die Art, wie sie forsch und ohne zu zögern die Dinge anging, zielsicher, siegesgewiss. Oder war er jetzt schon am Rand des Wahnsinns, dass er sich zu einer Frau hingezogen fühlte, die im kleinen Finger mehr Power und im Kopf zehnmal mehr Grips hatte als sämtliche Bürokräfte, die er bisher beschäftigt hatte – oder jemals beschäftigen würde? »Wie machen Sie das?«

»Was?« Sie hatte den Schrank geschlossen und beugte sich nun über den Schreibtisch, um nach einem Hefter zu greifen, den Toni oder Mark auf dem Tresen abgelegt hatte. Dabei präsentierte sie ihm ihre mehr als ansehnliche Kehrseite, sodass er schluckte und instinktiv einen Schritt rückwärts machte, um nicht in Versuchung zu geraten.

»Diese Sache mit den eintausend Prozent. Sie tun ständig zehn Dinge gleichzeitig, wo andere höchstens zwei oder drei schaffen, und kommen dabei nicht mal ein bisschen außer Atem.«

Sie hielt inne und drehte sich samt Hefter wieder zu ihm um. »Keine Ahnung. Ich tue es einfach. Das ist wohl angeboren, schätze ich. Meine Großmutter konnte das auch, und mein Vater ist ebenfalls nicht schlecht darin, obwohl er der Meinung ist, dass man lieber alles delegieren sollte. Er hält es für unter seiner Würde, irgendwo selbst Hand anzulegen, auch wenn er es könnte. Multitasking ist also wohl eine Familienkrankheit. Vielleicht vererbe ich sie mal an meine Kinder, gesetzt den Fall, ich kriege welche.«

Fast hätte er geschmunzelt. »Noch mehr Tausendprozentige? Der Mann, der das aushalten muss, tut mir jetzt schon leid.«

»Glauben Sie, ich finde keinen, der es mit mir aushält?« Ihre Augen verengten sich eine Winzigkeit, doch dann lachte sie unvermittelt auf. »Das muss ich vielleicht gar nicht. Dafür könnte Jessica gesorgt haben.«

Irritiert sah er sie an. »Was meinen Sie damit?«

Aus ihrem Lachen wurde ein vergnügtes Glucksen. »Ach, nichts. Oder doch, falls jemand Sie darauf ansprechen sollte: Wir sind verlobt.«

Er verschluckte sich fast. »Wer ist verlobt?«

»Wir. Sie und ich.« Ihre Augen glitzerten vergnügt.

»Um Himmels willen.« Entgeistert starrte er sie an. »Wer behauptet denn so was?«

»Jessica hat uns verkuppelt.«

»Wie bitte?« Er konnte ihr nicht folgen, weil allein die Vorstellung so … wahnsinnig war.

»Zur Ehrenrettung Ihrer Tochter muss ich hinzufügen, dass sie die Verlobung nur erfunden hat, um eine lästige Blondine loszuwerden.«

»Eine was? Wovon sprechen Sie überhaupt?«

Anstatt sich wieder auf ihren Bürostuhl zu setzen, ließ sie sich auf der Tischkante nieder und legte den Hefter neben sich ab. »Sagt Ihnen der Name Carola etwas?«

»Carola Fischer?« Irritiert fuhr er sich durchs Haar. »Was hat sie damit zu tun?«

»Ihre Kinder sind der Ansicht, die Dame sei in Sie verknallt. Jessicas Worte, nicht meine. Obwohl ich annehme, dass sie nicht ganz falschliegt. Jedenfalls nicht nach der Reaktion auf die angekündigte Verlobung.«

Patrick schluckte nervös. »Wir sind nicht verlobt. Auf gar keinen Fall. Was soll der Blödsinn?«

»Selbstverständlich sind wir das nicht.« Nun sah sie ihn fast mitleidig an. »Sie hatten keine Ahnung, dass diese Carola hinter Ihnen her ist, oder?«

»Sie … Ich …« Noch einmal fuhr er sich durchs Haar. Natürlich kannte er Carola und wusste auch, dass sie ein Auge auf ihn geworfen hatte. Vielleicht sogar zwei. Sie war frisch geschieden, und selbst bis zu ihm war durchgedrungen, dass sie sich auf der Jagd nach einem neuen Ehemann befand. »Wir sind vor Jahren mal ein Weilchen miteinander gegangen.«

»Ach.« Auf Angeliques Lippen erschien ein schmales Lächeln. »Hätte ich mir ja denken können, dass eine wie sie genau Ihre Kragenweite ist. Blond, viel Oberweite und ein bisschen unterbelichtet.«

Er konnte sich nicht erklären, warum ihre Worte ihn dermaßen ärgerten. Im Grunde hatte sie nämlich recht. Die längste Zeit seines erwachsenen Lebens hatte er mit Frauen verbracht, die in etwa dieser Beschreibung entsprachen. Nur die Haarfarbe variierte – und was die Oberweite anging, war er auch flexibel. Was war denn auch falsch daran, sich nur auf Frauen einzulassen, die ihm nicht wichtig genug für eine tiefere Beziehung waren? Eine solche gedachte er nämlich gar nicht einzugehen. Grundsätzlich nicht.

»Sie gehen ganz schön harsch mit Ihren Geschlechtsgenossinnen ins Gericht.«

Sie winkte lässig ab. »Nur mit denen, die es verdient haben.«

»Warum haben Sie die Sache nicht sofort richtiggestellt?«

Sie schwieg einen Moment, bevor sie antwortete. »Weil es mein Job ist, Ihnen den Rücken freizuhalten. Auch vor nervigen Ex-Freundinnen und Männer-Jägerinnen, wenn es sein muss.« Wieder hielt sie kurz inne. »Ihre Kinder mögen Carola nicht.«

Er musterte sie eingehend, und ein merkwürdiges Gefühl machte sich in ihm breit. »Aber Sie offenbar schon. Nicht nur, dass Jessica sich Ihnen eher anvertraut als mir, sie verlobt uns auch gleich miteinander.«

»Ich glaube, das war reiner Zufall und nur der Tatsache geschuldet, dass ich gerade zur Stelle war. Es passte gerade. In beiden Fällen.«

»Dennoch hätten Sie das richtigstellen müssen. Ist Ihnen überhaupt klar, wie schnell sich in dieser Stadt Gerüchte verbreiten? Carola hat die Neuigkeit garantiert schon mindestens zehn Freundinnen erzählt.«

»Ich komme selbst aus einer Kleinstadt und weiß, wie so etwas läuft. Nehmen Sie es mit Humor. Ab sofort sind Sie alle nervigen Aspirantinnen auf Ihren Adoniskörper bis auf Weiteres los.«

»Meinen was?« Er hob verblüfft den Kopf und stutzte. Angelique lächelte zwar lässig, aber er bildete sich ein, ein Flackern in ihrem Blick und einen rosigen Hauch auf ihren Wangen wahrzunehmen. Oder spielte die künstliche Beleuchtung im Foyer ihm einen Streich? Warum er glaubte, das näher eruieren zu müssen, war ihm schleierhaft, doch er trat zwei Schritte auf sie zu, sodass sich ihre Körper beinahe berührten.

Tatsächlich flackerte ihr Blick erneut, obgleich sie ansonsten ganz ruhig blieb. Sie hob sogar die Hand und kniff ihn spielerisch in den Bizeps. »Glauben Sie, Frauen vom Kaliber dieser Carola interessieren sich für mehr als das, was Sie an Muskeln unter Ihren Klamotten verbergen? Nun ja, mal abgesehen vom Geld vielleicht noch. Er: gut aussehender und erfolgreicher Jungunternehmer, sie: geld- und aufmerksamkeitshungrige Sexbombe. Zählen Sie eins und eins zusammen.«

»Sie halten mich also für gut aussehend?« Sein Blick wanderte über ihr ebenmäßiges Gesicht mit der leicht getönten Haut, den seltsam silbervioletten Augen – und blieb für einen Moment an ihren fein geschwungenen Lippen hängen.

»Ja.« Ihre offene Antwort überraschte ihn für einen Moment, aber dann doch wieder nicht. »Ich finde Sie ebenso attraktiv wie Sie mich.«

Er erschrak ein wenig, sowohl über ihre Worte als auch über seine Reaktion darauf. Und noch mehr beunruhigte ihn das deutlich sichtbare Pochen an ihrer Halsschlagader. Rasch trat er einen Schritt zurück, doch das Knistern, das zwischen ihnen unvermittelt entstanden war, ließ dadurch nicht nach. »Wie auch immer.« Er räusperte sich unterdrückt, weil seine Stimme belegt klang. »Wenn wir das nicht klarstellen, haben wir bald ein Problem.«

Als Angelique sich von der Tischkante erhob, standen sie einander erneut sehr dicht gegenüber. »Haben Sie Sorge, dass eine der enttäuschten Frauen Ihre Herzdame sein könnte und Sie dadurch Ihr Lebensglück vertun?«

Ihr Blick wirkte plötzlich weit mehr violett als sonst, und die Mischung aus Schalkhaftigkeit und Herausforderung darin brachte ihn vollständig aus dem Gleichgewicht. »Mein Lebensglück? Machen Sie sich nicht lächerlich. Ich habe nicht das geringste Interesse an einer dieser Frauen.«

»Dann ist doch alles in Butter.« Ihr Blick hielt seinen gefangen. »Belassen Sie es einfach dabei. Dass es keine Verlobung oder irgendwie geartete Beziehung zwischen uns gibt, kommt früher oder später sowieso ans Licht. Aber in der Zwischenzeit haben Sie Ihre Ruhe.«

»Wohl kaum.« Er schluckte, weil die Luft zwischen ihnen sich mehr und mehr mit Spannung auflud. »Seit Sie in meinem Leben aufgetaucht sind, ist es mit meiner Ruhe vorbei.«

»Ach, und ich dachte, ich bin hier, um genau für diese Ruhe zu sorgen.«

Sekundenlang sahen sie einander schweigend an.

Als ihm endlich eine passende Antwort einfiel, ging die Eingangstür, und seine Tante Elke, die jüngere Schwester seines Vaters, kam hereingerauscht. Ihre schulterlange hellbraune Dauerwelle wippte bei jedem Schritt, ihr knallroter Parka war offen und flatterte hinter ihr her. Darunter trug sie eine ihrer geliebten bunten Longblusen zu blütenbestickten Jeans. Alles an ihr war in Bewegung und wirkte fröhlich – und aufgeregt. »Na, so was, na, so was! Patrick, was muss ich da hören? Und wenn ich mir euch so ansehe, scheint wirklich alles wahr zu sein. Und ich dachte damals schon, dein Bruder sei von der schnellen Truppe. Aber du hast ihn ja wohl um Längen geschlagen. Oder stimmt es am Ende, dass ihr schon ein Jahr heimlich zusammen seid?« Am Tresen blieb sie stehen und beäugte erst ihren Neffen, dann Angelique aufmerksam und fragend.

Patrick war zwar erneut einen Schritt zurückgewichen, konnte sich jedoch denken, dass er und Angelique einen mehr als verfänglichen Eindruck erweckt haben mussten. »Elke, guten Abend. Was führt dich hierher?« Natürlich wusste er es längst. Ihre Worte hatten sie bereits verraten.

»Da fragst du noch, Junge? Ich war eben auf dem Rückweg vom Arzt in der Drogerie.« Sie hielt ihm wie zum Beweis eine Tüte mit Haarshampoo und Gesichtscreme vor die Nase. »Und was erzählt mir Nicole an der Kasse? Ich bin fast unter das Kassenband gefallen.«

»Na bitte.« Er seufzte und warf Angelique einen bedeutsamen Blick zu. »Nicole ist Carolas Busenfreundin.«

»Busen…?« Angelique gluckste.

Er hüstelte. »Im doppelten Sinne, ja. Gleiche Körbchengröße.«

»Und das wissen Sie so genau, weil …«

»Weil ich Augen im Kopf habe.«

»Kinder, vor mir müsst ihr euch doch jetzt nicht mehr siezen! Die Katze ist aus dem Sack!« Elke schüttelte tadelnd den Kopf.

»In dem Sack war nie eine Katze drin«, knurrte Patrick.

»Was soll das heißen?« Elkes Augen verengten sich eine Spur. »Nicole hat mir brühwarm erzählt, Carola sei bei ihr gewesen und hätte ihr berichtet, dass du und Angelique verlobt seid. Sie sagte, Angelique hätte es höchstpersönlich bestätigt.« Sie wandte sich an Angelique. »Das hättet ihr aber wirklich erst mal der Familie erzählen können. Dass ich es jetzt so über drei Ecken erfahren musste ... Ich wollte gleich Margit anrufen, aber dann dachte ich, ich schaue erst mal hier bei euch vorbei und ziehe euch die Ohren lang.«

»Das kannst du dir sparen.« Patrick trat entschlossen noch einen Schritt von Angelique weg, auch wenn sie ihm daraufhin einen spöttischen Blick zuwarf. »Das Ganze ist ein Missverständnis.«

»Nein, ist es nicht.« Angelique lächelte ihr zuckersüßes Lächeln, das auf Elke offenbar die erwünschte Wirkung zeigte, denn diese entspannte sich sichtlich. »Es ist mehr ein strategischer Scherz.«

»Ein was?«

»Jessica hat behauptet, ich sei mit Ihrem Neffen verlobt, um diese Carola loszuwerden. Anscheinend mag sie die Frau nicht besonders.«

»Kann ich ihr nicht verübeln.« Elke kräuselte die Lippen. »Jessica war das also?«

»Ja.« Angelique lachte. »Sie hat mich damit überrumpelt, und weil ich als Patricks Assistentin dafür zuständig bin, dass er von möglichst sämtlichem Stress verschont bleibt, habe ich die Scharade spontan mitgespielt.«

Patrick schnaubte verärgert.

Elke schwieg einen Moment, dann schmunzelte sie. »Von sämtlichem Stress? Auch dem mit Frauen wie Carola?«

»Wenn es sein muss.« Angeliques Lächeln wurde noch süßer. Patrick wähnte sich bereits einem Zuckerschock nahe. »Ich sehe es als Allround-Service.« Sie bedachte Patrick mit einem eindringlichen Blick. »Der ganz bestimmt mit einem hübschen Bonus auf mein Gehalt belohnt wird.«

Beinahe hätte er sich verschluckt. »Sie haben mich nicht vom Stress verschont, sondern mir noch mehr davon aufgehalst!«

»Beeindruckend.« Lachend schüttelte Elke den Kopf. »Und ich bin Ihnen voll auf den Leim gegangen! Na, so was.

Aber ich hätte mich auch sehr gewundert, wenn dieser Strolch hier uns so eine wichtige Sache verschwiegen hätte.«

»Strolch?« Angelique schmunzelte.

»Na, aber hallo! Wenn Sie wüssten, was der Junge uns früher an Nerven gekostet hat. Aber er hat sich gut gemacht, finden Sie nicht auch?« Elke wartete nicht auf eine Antwort. »Also gibt es nicht in Kürze eine weitere Hochzeit zu feiern. Ist ja fast schon schade.« Sie tätschelte Patricks Arm. »Dabei würde ich mich so für dich freuen, wenn dir die richtige Frau über den Weg laufen würde.«

»Elke.« Er verdrehte die Augen. »Ich bin nicht auf der Suche nach einer Frau. Weder der richtigen noch einer anderen.«

»Ach, weißt du, die Liebe fragt da nicht nach.« Seine Tante lächelte vieldeutig. »Sie ist unberechenbar und trifft dich, wenn du es am wenigsten erwartest.«

»Sprechen Sie aus Erfahrung?« Angelique hatte die Frage ganz beiläufig gestellt, doch Elke reagierte äußerst verlegen und errötete sogar.

»Oh, mhm, ja, also … Vielleicht. Ein wenig. Gewissermaßen.« Sie hüstelte und wurde wieder ernst. »Aber weshalb ich noch hier bin: Also, ich dachte ja, ich müsse euch zur Rede stellen, doch das ist ja nun hinfällig. Dabei hatte ich noch gehofft, das wäre jetzt etwas, womit wir den Meiningers endlich den Wind aus den Segeln nehmen könnten. Aber das geht ja nun leider doch nicht. Wie schade.«

»Du sprichst in Rätseln, Elke.« Patrick suchte den Blick seiner Tante. »Was ist denn los?«

»Ja, also, du weißt selbst, dass Klarissas Eltern keine Ruhe wegen des Sorgerechts geben.«

»Ich habe nächste Woche einen Termin mit einem ihrer Anwälte und jemandem vom Jugendamt.« Er schloss für einen Moment die Augen. Gerne hätte er diese Sache endgültig beigelegt, aber Klarissas Eltern hielten stur an ihrer Ansicht fest, dass er für die Zwillinge kein geeigneter Vater sei.

Angelique drehte sich zu ihrem Computer um und rief den Terminplaner auf. »Wann genau ist denn dieser Termin?«

»Das ist privat.«

Sie warf ihm einen strengen Blick zu. »Wie soll ich Ihnen den Rücken frei halten, wenn ich nicht weiß, was Sie wann treiben?«

»Montag, achtzehn Uhr.« Er erwiderte ihren Blick eindringlich. »Da haben Sie schon Feierabend. Wie jetzt gerade übrigens auch.«

»Schreiben Sie's aufs Überstundenkonto.« Sie trug den Termin in roter Schrift in den Kalender ein, dann drehte sie sich wieder um und wandte sich an Elke. »Sie klangen eben etwas besorgt?«

»Das bin ich auch. Wir sind ja von den Meiningers schon einiges gewöhnt, aber es wird immer schlimmer mit ihnen. Anscheinend haben sie einen Privatdetektiv beauftragt.«

»Einen Detektiv?« Angelique starrte sie verblüfft an.

Patrick fasste sich an die Stirn. »Schon wieder?«

»Er hat mich vom Arzt aus verfolgt und ist in der Drogerie herumgelungert. Ich bin ganz sicher, dass er ein Detektiv war. Die erkenne ich mittlerweile auf den ersten Blick.« Elke schlug sich mit der flachen Hand gegen die Stirn. »Wenn er mein Gespräch mit Nicole belauscht hat, glaubt er ja jetzt, dass du verlobt bist. Dass es nicht stimmt, ist eigentlich fast schon schade, weil du, wenn du verlobt wärest, ja eine stabile Beziehung führen würdest. Dass das nicht der Fall sei, führen die Meiningers ja immer als einen Kritikpunkt an. Aber nun …«

Angelique nickte nachdenklich. »Jetzt könnte dieser Detektiv ihnen erzählen, dass Patrick heiraten will, und wenn wir das aufklären, wirft es ein nicht ganz günstiges Licht auf Sie. Oder auf mich.« Sie lächelte leicht. »Werden diese Leute mich dann als schlechten Einfluss auf die Kinder anführen?«

Elke seufzte aus tiefstem Herzen. »Den Meiningers ist leider alles zuzutrauen. Wie ärgerlich! Ob man sie gleich anruft, noch bevor der Detektiv ihnen Bericht erstattet?«

»Das wird er längst getan haben.« Patrick warf Angelique einen wütenden Blick zu. »Sie mussten ja unbedingt diesen Quatsch mitmachen.«

»Konnte ich etwa wissen, dass das gleich solche Kreise zieht?« Angelique wurde ernst. »Es tut mir leid. Das konnte ich ja nun wirklich nicht ahnen.«

»Klarissas Eltern verwenden alles gegen mich, was sie nur finden können, selbst wenn es an den Haaren herbeigezogen ist.« Er rieb sich übers Kinn. »Ganz toll. Wirklich ganz toll. Das wird ein Eiertanz, die Sache wieder in Ordnung zu bringen.«

Angelique musterte ihn für einen Moment schweigend, dann lächelte sie. »Warum überlassen Sie das nicht mir, wenn es nötig wird?«

»Ihnen?«

»Ja, mir. Sie wissen doch, das ist mein Job. Sie haben das Konzept des Delegierens an Ihre Assistentin immer noch nicht begriffen, oder?«

Ungehalten verzog er die Lippen. »Ich bin nicht davon ausgegangen, dass Sie auch in meinem Privatleben Unruhe stiften werden.«

»Für Ordnung sorgen, meinen Sie?« Aus ihrem Lächeln wurde ein hinterhältiges Grinsen. »Denken Sie einfach daran, mir einen ordentlichen Bonus auszuzahlen.«

Ihre Worte stießen ihm unangenehm bitter auf. »Sie tun das alles für Geld?«

Ihre Miene verzog sich spöttisch. »Nicht alles, aber alles, was mir in Bezug auf meine Aufgabe als sinnvoll erscheint. Damit scheinen Sie ein Problem zu haben.«

Hatte er das? Er wusste es selbst nicht. »Sie glauben, Sie kriegen das hin, ohne dass es negativ auf mich zurückfällt?«

»Das glaube ich nicht nur, das weiß ich. Ich bin es gewohnt, mit schwierigen Menschen zu verhandeln.«

Ihre Selbstsicherheit nervte ihn. »Wenn Sie das verbocken, sind Sie gefeuert.«

Sie nickte ihm zu, nun wieder ernst. »Abgemacht.«

Er kam um eine weitere Antwort herum, weil in diesem Moment die Kinder mit Oskar hereinplatzten. Joel stürmte auf ihn zu. »Papa, wir haben angefangen, Oskar ein Kunststück beizubringen!«

*Also, ein Kunststück ist das wohl eher nicht. Ich soll über einen Stock springen, den Jessica mir hinhält, und wenn ich das mache, kriege ich ein Leckerchen. Ich hatte gerade Hunger, also hab ich ihnen den Gefallen getan.*

»Schuhe aus!«, rief Angelique und deutete auf die schlammigen Abdrücke, die der Junge auf dem dunkelbraunen, in Holzoptik gehaltenen Fliesenboden hinterlassen hatte. »Du auch, Jessica. Wag es nicht, mit diesen Schmutzlatschen näher zu kommen.«

Jessica hielt mitten in der Bewegung inne und blickte auf ihre Füße. »Oh. Wir sind den äußeren Waldweg langgegangen. Da war ziemlich viel Matsch.« Gehorsam öffnete sie die Schnürsenkel und schlüpfte aus ihren Schuhen.

»Tragt die Schuhe rüber in die Küche, und macht sie sauber.« Angeliques Tonfall ließ keine Widerrede zu. »Aber hinterlasst das Waschbecken so, wie ihr es vorgefunden habt.«

»Wir wollten aber noch …«, setzte Joel an, brach aber ab, als er Angeliques strenge Miene sah. Sichtlich eingeschüchtert zog er den Kopf ein. »Schon gut, wir machen's ja. Komm, Jessica.«

Jessica warf Angelique einen abschätzigen Blick zu, sagte aber nichts, sondern folgte ihrem Bruder in die Kaffeeküche.

»Damit haben Sie sich jetzt nicht unbedingt Freunde gemacht«, befand Elke lachend. »Bravo.«

Angelique lachte. »Richtig hassen werden sie mich erst, wenn sie den Dreck da auf dem Boden wegwischen müssen.«

»Das hab ich gehört!« Jessica streckte den Kopf zur Küchentür heraus. »Ich putze das nicht weg, weil ich nämlich gar nichts schmutzig gemacht habe. Das war Joel.«

»Da hast du recht.« Angelique nickte ihr zu. »Joel wischt seine Schuhabdrücke weg, und du wischst die Pfotentapser, die Oskar hier überall verteilt hat. Aber vorher reibst du ihn ordentlich trocken.«

Jessicas Augen verengten sich eine Spur, doch sie widersprach nicht, sondern zog sich in die Kaffeeküche zurück. Patrick vernahm leises, empörtes Wispern, konnte aber nicht umhin, Angelique zuzustimmen. Sie hatte schneller reagiert als er – und richtig. Außerdem schien sie seine Gedanken gelesen zu haben, denn sie lächelte wieder, diesmal auf diese zuckersüße Weise, die die Härchen in seinem Nacken stets veranlassten, sich aufzurichten.

»Noch Fragen?« Ohne auf seine Reaktion zu warten, wandte sie sich an die Zwillinge. »Hört mal, wegen der Reitstunden. Ich habe mir gedacht, wir könnten für kommenden Dienstag ein Probereiten für euch beide ausmachen. Was meint ihr?«

Jessica erschien in der Küchentür und bedachte sie mit einem wütenden Blick. »Mit Ihnen rede ich nicht. Sie sind gemein.« Damit wandte sie sich ab und verschwand erneut in der Küche. Augenblicke später kam sie mit einem nassen Lappen und einem Handtuch zurück, das aussah, als hätte es schon häufiger zum Abtrocknen des Hundes gedient. Patrick überlegte, seit wann es sich in der Küche befand und warum ihm das noch nicht aufgefallen war.

»Ich bin ganz und gar nicht gemein.« Lachend folgte Angelique Jessica, die ihrem Bruder den Lappen in die Hand gedrückt und sich vor Oskar hingekniet hatte, um ihn trocken zu reiben. Der Hund wich jedoch immer wieder aus und versuchte spielerisch, das Handtuch zu erhaschen.

*Oh, toll, ein neues Spielzeug! Her damit, ich liebe Zerrspiele.*

»Halt, stopp!« Angelique ging ebenfalls in die Hocke und half Jessica, indem sie Oskar festhielt und ihm leise etwas ins Ohr flüsterte, woraufhin er tatsächlich stillhielt.

»Doch, Sie sind gemein. Ich dachte, Sie sind unsere Freundin, aber Sie befehlen genauso wie alle anderen Erwachsenen.«

Angelique hob kurz den Kopf und blickte zu Patrick. »Ich bin ja auch eine Erwachsene.«

»Sie haben uns aber gar nichts zu befehlen, weil Sie hier nur für Papa arbeiten.«

Patrick zuckte zusammen ob der Frechheit, die seine Tochter an den Tag legte.

Angelique ließ sich davon jedoch nicht beeindrucken. »Das stimmt, ich arbeite für deinen Vater. Aber ich kann doch trotzdem eure Freundin sein. Und als erwachsene Freundin sage ich euch ab und zu, was ihr tun sollt und wo es langgeht. Das tun wir Erwachsenen nun mal, wenn wir jemanden gernhaben.« Ein erneuter kurzer Blick traf Patrick, der Seltsames mit seinem Inneren anstellte. »Vor allem, wenn diese Jemande Kinder sind«, fügte sie rasch hinzu.

Jessica runzelte die Stirn. Sie war sichtlich irritiert und dachte einen langen Moment über Angeliques Worte nach. »Ich mag aber keine Befehle kriegen. Von niemandem.«

»Das mögen wir alle nicht.« Angelique berührte sie sachte am Arm. »Es war auch eigentlich kein Befehl, sondern eine Aufforderung. Und wenn du vermeiden willst, sie noch einmal von mir zu hören, denkst du einfach beim nächsten Mal selbst daran, hier nicht alles schmutzig zu machen und den Hund nach einem Spaziergang abzutrocknen, wenn es draußen so nass ist.« Sie drehte sich zu Joel um, der inzwischen auf allen vieren durch das Foyer kroch und seine Fußabdrücke wegwischte. Die Pfotentapser hatte er dabei gleich mit übernommen. »Das gilt auch für dich, Kumpel.«

Joel hob kurz den Kopf, zuckte mit den Achseln und grinste. »Was machst du eigentlich hier, Tante Elke?«

»Oh, ich?« Nachdem sie bisher schweigend dem Geplänkel gelauscht hatte, wirkte Elke nun ein wenig ratlos. »Ich wollte … nur mal hereinschauen und sehen, wie es euch geht. Sagt mal, was höre ich da? Ihr geht reiten?« Fragend blickte sie von den Kindern zu Patrick und schließlich auch zu Angelique.

»Ja, genau.« Jessica nickte mit wichtiger Miene. »Wir waren heute auf dem Gut Weidenbach und haben uns alles angeguckt. Und Papa hat erlaubt, dass wir Reitstunden nehmen.«

»Das ist ja eine tolle Sache! Viola hat auch mal dort Reitunterricht genommen.«

»Wissen wir.« Joels Augen strahlten. »Ich dachte ja erst, das ist nur was für Mädchen, aber da in der Reitschule sind auch ein paar Jungs, die ich kenne.« Er wandte sich an Angelique. »Echt, am Dienstag erst? Warum denn nicht morgen schon?«

Angelique erhob sich und klopfte sich ein paar Hundehaare von den Jeans. »Weil die Schnupperstunden nun mal immer dienstags sind. Außerdem könnte euer Vater euch sonst nicht begleiten. Und das möchtet ihr doch sicher, oder nicht?«

»Doch, schon.« Joel knabberte an seiner Unterlippe. »Kommen Sie dann nicht mit?«

»Irgendjemand muss doch hier in der Firma die Stellung halten.« Sie lächelte ihm zu. »Euer Vater hat mich ja eingestellt, damit ich die ganze Arbeit übernehme, die ihn immer so viel Zeit gekostet hat. Auf die Weise kann er jetzt mehr mit euch unternehmen.«

»Am Dienstagnachmittag?« Irritiert trat Patrick an den Schreibtisch und bewegte die Computermaus, um den Bildschirmschoner zu deaktivieren. »Hatte ich da nicht einen Termin?«

»Zwei sogar.« Angelique trat neben ihn. »Aber die Schnupperreitstunde beginnt erst um sechzehn Uhr dreißig. Bis dahin sollten Sie längst wieder im Büro sein. Sehen Sie?« Sie deutete auf das freie Zeitfenster. »Und Joel und Jessica haben genügend Zeit, nach der Schule erst noch etwas zu essen.«

»Ach ja?« Er hob skeptisch den Kopf. »Mir scheint, das wird ziemlich knapp.«

»Ich hole die beiden von der Schule ab, sie essen rasch ein paar belegte Brötchen, und ich setze sie bei der Reitschule ab. Sie können von Ihrem letzten Termin aus direkt dorthin fahren.« Sie setzte sich auf ihren Stuhl und tippte den Termin in die App. »Ich kann dann rasch noch mal hierherkommen und alles erledigen, was noch zu tun ist. Ihre Notizen zu den Terminen ins Reine schreiben, zum Beispiel. Sie müssen sie mir nur auf dem Reithof geben. Fliegender Wechsel sozusagen.«

Das klang wirklich einfach – und verlockend. Er konnte sich noch immer nicht daran gewöhnen, alle Arbeiten, die ihm lästig waren, an Angelique abzugeben. Machte er sich damit nicht schrecklich abhängig von ihr?

»Sie brauchen dann auch gar nicht mehr herzukommen«, sprach sie einfach weiter, ohne auf eine Reaktion seinerseits zu warten. »Ich kann hier alles abschließen, sobald die anderen Mitarbeiter Feierabend gemacht haben. Dann hätten Sie nicht nur den Nachmittag, sondern auch den gesamten Abend für sich und die Kinder frei.«

»Au ja, kochen wir dann mal wieder was zusammen?« Joel kniete sich neben Oskar und kraulte ihn hinter den Ohren. »Pizza oder so? Oder so einen Nudelauflauf mit Schinken. Der ist lecker. Da hätte ich voll Bock drauf. Du auch, oder, Jessi?«

*Oh, mhmmm, Streicheleinheiten! Wie schön. Endlich beachtet mich mal wieder jemand. Und Nudelauflauf? Könnte ich jetzt auch vertragen.*

Jessica zuckte zwar nur mit den Achseln, doch ihre Miene verriet, dass sie der Idee ebenfalls nicht abgeneigt war.

»Mir scheint, du bist überstimmt, Patrick.« Elke lachte. »Ich finde die Idee wunderbar. Angelique scheint wirklich genau das zu sein, was dir gefehlt hat.«

Was das anging, war er sich zwar ganz und gar nicht sicher, aber er lächelte dennoch. »Ich muss gar nicht überstimmt werden. Ein Pferdenarr bin ich zwar nicht unbedingt, aber wie ihr beiden euch auf einem Pferderücken anstellt, möchte ich mir schon ganz gerne ansehen. Und gegen Nudelauflauf habe ich auch nichts einzuwenden.«

»Dann wäre das also abgemacht.« Angelique erhob sich wieder und ging in den Vorratsraum, in dem sich auch die Mitarbeitergarderobe befand. Augenblicke später kam sie mit ihrem silbern schimmernden Herbstmantel, einem blutroten Schal und einer gleichfarbigen Handtasche zurück. Während sie in den Mantel schlüpfte, sah sie die Kinder mit ihrem zuckersüßen Lächeln an. »Ich schlage vor, ihr saust jetzt in die Kaffeeküche und holt eure Schuhe aus dem Spülbecken. Aber denkt auch daran, alles sauber und trocken zu wischen. Und Joel, vergiss den Putzlappen nicht. Ich mache jetzt Feierabend.« Sie nickte Patrick und Elke kurz zu. »Bis morgen.«

Ehe Patrick antworten konnte, war sie bereits zur Tür hinaus.

Anerkennend beobachtete Elke, wie die Kinder sich leise maulend auf den Weg in die Küche machten. »Eine wirklich tüchtige Person, deine Angelique.«

Patrick hustete empört. »Sie ist nicht *meine* Angelique!«

Ein beredter Blick seiner Tante traf ihn. »Selbst schuld. Aber zumindest bringt sie frischen Wind hier herein.«

# 7. Kapitel

Um kurz vor siebzehn Uhr am folgenden Montag hatte Angelique gerade ihren Arbeitsplatz aufgeräumt, weil sie Feierabend machen wollte, als ihr Handy klingelte. Als sie Patricks Namen auf dem Display sah, runzelte sie ahnungsvoll die Stirn. Rasch nahm sie das Gespräch an. »Wo stecken Sie denn? Oskar wartet schon auf Sie, und eigentlich müssten Sie längst zu Hause sein und sich meditierend auf den Besuch des hohen Gerichts vorbereiten.« Sie blickte hinüber zum Hundekissen, auf dem Oskar den Kopf hob, als er seinen Namen hörte.

»Haha, sehr witzig.« Patricks Stimme klang gleichermaßen genervt und gestresst. »Würden Sie bitte die Kinder von meinen Eltern abholen und nach Hause bringen? Und … würden Sie warten, bis dieser Anwalt und die Frau vom Jugendamt da sind? Ich werde es möglicherweise nicht rechtzeitig schaffen. Als ich vorhin von meinem Termin in Köln losfahren wollte, hat der Anlasser an meinem Wagen schon gesponnen, und jetzt stehe ich hier auf einem Autobahnrastplatz und warte auf den Abschleppdienst. Anscheinend hat sich die Lichtmaschine verabschiedet.«

»Ach herrje.« Angelique setzte sich noch einmal auf ihren Bürostuhl. »Soll ich irgendetwas veranlassen? Brauchen Sie ein Taxi oder so?«

»Nein, darum kümmere ich mich schon selbst. Es wäre nur nett, wenn Sie die Kinder abholen würden. Mein Vater ist montagabends meistens noch lange im Hotel, und meine Mutter hat heute eine Sitzung mit dem Festkomitee des Martinsballs, der am vergangenen Samstag stattgefunden hat. Ich möchte nicht, dass sie das Treffen absagen muss. Sie hat die Kinder so oft …«

»Ich bin schon so gut wie unterwegs.« Insgeheim strich Angelique ihren Plan, sich heute den Fitnessclub anzusehen, den sie nur zwei Querstraßen von ihrer Wohnung entfernt entdeckt hatte. »Schicken Sie mir eine Nachricht, wenn Sie noch etwas brauchen. Ich nehme den Ersatzhausschlüssel mit, den Sie in Ihrer Schreibtischschublade deponiert haben.«

Patrick stieß ein leises Schnauben aus. »Woher wissen Sie, dass das mein Ersatzschlüssel ist?«

»Da Sie keine heimliche Geliebte zu haben scheinen, die Ihnen ihren Wohnungsschlüssel anvertraut hat, bleibt nicht viel Auswahl. Außerdem sieht er genauso aus wie der an Ihrem Schlüsselbund.« Der Computer schien nicht gebraucht zu werden, also erhob sie sich wieder, hängte sich ihre Handtasche über die Schulter und holte sich den Schlüssel. »Ich mache mich jetzt auf den Weg.«

»Moment!« Patrick hüstelte. »Wären Sie wohl so gut, dafür zu sorgen, dass die Kinder etwas zu essen bekommen? Keine Süßigkeiten.«

»Ist notiert.« Sie lächelte vor sich hin. »Sehen Sie zu, dass Ihr Wagen wieder zum Laufen kommt, sonst muss ich Ihnen am Ende noch meinen leihen.«

»Ich habe auch noch den Pick-up.«

»Mit dem können Sie aber keine Kundenbesuche machen.«

»Kann ich nicht?«

»Nein. Bis später.« Sie unterbrach einfach die Verbindung. »Tja, Oskar.« Sie trat auf das Hundekissen zu, von dem aus der Hund sie nach wie vor aufmerksam beobachtete. »Sieht aus, als würden wir beide noch ein bisschen mehr Zeit miteinander verbringen.«

*Wir beide? Warum nicht? Ich kann dich gut leiden, also sollte das kein Problem sein. Was machen wir denn jetzt? Fahren wir zu Joel und Jessica? Normalerweise macht Herrchen das um diese Zeit mit mir, und dann fahren wir nach Hause. Also, zum Zuhause der drei, denn ich habe ja keins. Oder nur vorübergehend.*

»Na, dann komm mal her, damit ich dir deine Leine anlegen kann.« Angelique holte die Hundeleine aus dem Vorratsraum und ging in die Hocke.

Oskar kam gehorsam zu ihr und setzte sich vor sie.

*Das mit der Leine kannst du dir eigentlich sparen. Das wäre eine prima Gelegenheit für mich, endlich abzuhauen. So langsam wird es nämlich Zeit für mich, wieder auf Wanderschaft zu gehen. Ich habe das schon viel zu lange aufgeschoben.*

Angelique legte dem Hund das Geschirr an und wollte die Leine daran befestigen, doch irgendetwas stimmte mit dem Verschlusshaken nicht. Erst ließ er sich nicht öffnen, dann verklemmte er sich und schloss nicht mehr. Nach mehreren vergeblichen Versuchen gab sie seufzend auf. »So ein Mist. Jetzt müssen wir wohl auch noch eine neue Leine besorgen.« Sie warf dem Hund einen abschätzenden Blick zu. »Na komm, die paar Schritte bis zum Auto brauchst du doch wahrscheinlich gar keine Leine. Du bist doch so ein braver Hund.«

*Jaaa! Also nein, ich bin nicht brav. Aber juhu, endlich ist meine Gelegenheit da.* Oskar wedelte heftig mit der Rute und hüpfte fröhlich um Angelique herum.

Lachend begab sie sich zum Ausgang. »Na, dann komm mal mit. Wir müssen uns ein bisschen beeilen. Erst müssen wir die Zwillinge abholen und dann noch etwas zu essen organisieren und dann auch noch rechtzeitig zu Hause sein, bevor dieser Anwalt dort aufschlägt.« Verdrießlich blickte sie auf die Leine. »Hoffentlich hat dein Herrchen eine Ersatzleine zu Hause. Ich glaube nicht, dass wir es heute noch schaffen, eine neue zu kaufen.«

*Ach was, vergiss die Leine. Du brauchst sie jetzt nicht mehr, denn ich bin frei! Frei! Frei! Wau!* Oskar preschte an Angelique vorbei nach draußen, blieb dann aber schlitternd stehen, als eisiger Regen ihn traf. *Waaa…? Bäh, igitt, was ist das denn für ein ekelhaftes Wetter?*

»Auch das noch!« Eilig schloss Angelique das Bürogebäude ab und rannte mit eingezogenem Kopf auf ihr Auto zu. »Komm schnell, Oskar, sonst sind wir beide gleich pitschnass. Hätte dieses blöde Unwetter nicht noch ein klein wenig auf sich warten lassen können? In der Wetter-App stand etwas von Regen ab neunzehn Uhr.«

*Soll ich wirklich …? Also … ja, gut, ich komme mit. Bei dem Mistwetter schickt man echt keinen Hund vor die Tür. Ich glaube, ich verschiebe meine Flucht lieber auf ein andermal. Wuff. Nun mach schon den Kofferraum auf. Der Regen ist ja eisig!*

»Jaja, schon gut, bitte sehr, rein mit dir ins Auto.« Mit fliegenden Fingern hatte sie die Fernbedienung betätigt und den Kofferraum geöffnet. Oskar sprang mit einem Satz hinein und schüttelte sich heftig. »Nicht!« Halb streng, halb lachend blickte sie auf die Wasserspritzer, die sich gleichmäßig überall verteilt hatten. Im selben Moment fuhr eine heftige Windbö sie an und zerrte an ihrem Mantel. »Ach, was soll's!« Achselzuckend befestigte sie den Hundegurt, den sie inzwischen für ihr Auto besorgt hatte, an Oskars Geschirr und sicherte ihn an einer Metallöse. Dann schloss sie den Kofferraumdeckel rasch und klemmte sich hinters Steuer. Eine weitere, noch heftigere Bö erfasste das Auto. Stirnrunzelnd startete Angelique den Motor. »Na, das kann ja noch heiter werden, was?«

Die Fahrt zum Haus von Patricks Eltern dauerte trotz des kleinen Umwegs, den sie machte, um etwas Essbares zu besorgen, nicht lange. Er hatte seiner Mutter Bescheid gegeben, und die Zwillinge warteten schon ungeduldig im Flur, als Angelique eintraf.

»Es ist wirklich sehr nett von Ihnen, Ihren Feierabend zu opfern, nur um die zwei Rabauken zu beaufsichtigen, bis Patrick wieder da ist.« Margit drückte zur Begrüßung Angeliques Hand mit einem warmen Lächeln. »Noch dazu ausgerechnet heute, wo dieser Anwalt herkommen will. Ich habe natürlich angeboten, mich darum zu kümmern, aber das wollte Patrick partout nicht.«

Angelique nickte ihr zu. »Er sagt, Sie hätten heute eine Sitzung.«

»Ja, das Festkomitee. Wir veranstalten jedes Jahr den Martinsball. Schade, dass Sie am Samstag nicht mit dabei sein konnten, aber die Karten waren schon vor Monaten ausverkauft. Wenn Sie möchten, kann ich Ihnen für kommendes Jahr welche reservieren.«

Lachend wehrte Angelique ab. »Jetzt schon für nächstes Jahr November planen? Ich weiß ja gar nicht, ob ich so lange hierbleiben werde.«

»Wollen Sie denn wieder weg?« Jessica, die sich wie ihr Bruder gerade ihre Jacke anzog, sah sie neugierig an. »Ich dachte, Sie arbeiten jetzt hier.«

»Ja, sicher.« Angelique half dem Mädchen, den Jackenkragen zu richten. »Aber ich weiß nicht, wie lange euer Vater mich beschäftigen will und ob der Job überhaupt langfristig etwas für mich ist.«

»Fühlen Sie sich denn nicht wohl in Patricks Firma?« Besorgt hob Margit den Kopf. »Ich meine, ich weiß ja, dass er manchmal nicht ganz einfach zu nehmen ist. Er will einfach immer zu viel selbst tun und keine Hilfe annehmen. Aber ich hoffe trotzdem, dass Sie und er gut miteinander auskommen.«

»Nun ja.« Ein amüsiertes Lächeln stahl sich auf Angeliques Lippen. »›Gut‹ ist vielleicht ein bisschen übertrieben.«

»Sie sind eine sehr energische junge Frau und wissen genau, was Sie können und wollen.« Margit lächelte ebenfalls wieder, diesmal beinahe verschwörerisch. »Wenn Sie mich fragen, ist jemand mit Ihren Fähigkeiten das Beste, was meinem Sohn und seiner Firma passieren konnte. Lauras Idee, Sie für den Job vorzuschlagen, war goldrichtig. Das wird Patrick sicherlich auch noch einsehen.«

»Er scheint nicht allzu begeistert von der Möglichkeit zu sein, Aufgaben zu delegieren.«

Margit seufzte leise. »Er vertraut nur wenigen Menschen und hat deshalb Probleme damit, Dinge aus der Hand zu geben. Und sei es auch nur sein Terminkalender.« Ihre Miene wurde weich. »Sie schaffen das schon. Er braucht Sie, und das weiß er auch. Wahrscheinlich ist das das Hauptproblem. Er ist nicht gerne von jemandem abhängig, weiß aber selbst, dass er es allein nicht schafft. Und er ist so verdammt rücksichtsvoll und will seine Familie nicht mit seinen Problemen belasten. Dabei sind wir jederzeit für ihn da, das weiß er genau. Seien Sie also bitte geduldig mit ihm.«

Angelique hätte gerne noch etwas darauf erwidert, doch ein Blick auf die Uhr an der Wand im Flur machte ihr deutlich, dass sie keine Zeit zu verlieren hatten. Deshalb wandte sie sich rasch an die Kinder. »Habt ihr alles? Dann mal los, wir müssen uns ein bisschen beeilen. Und haltet eure Kapuzen gut fest. Es regnet und stürmt wie verrückt.«

»Ja, voll unheimlich.« Joel kicherte, als er die Nase zur Haustür hinausstreckte. »Voll das Monsterwetter. Guck mal, Jessi, es blitzt sogar!«

Tatsächlich grollte im nächsten Moment ein dumpfer Donner über das Haus hinweg. Angelique schauderte. Sie mochte Gewitter nicht sonderlich.

»Fahren Sie bitte vorsichtig.« Sorgenvoll war Margit an die Haustür getreten und warf einen Blick in die Dunkelheit. »Das ist ja wirklich alles andere als angenehm. Hoffentlich wird es nicht auch noch glatt. Dass Patrick ausgerechnet heute eine Panne mit dem Auto haben muss!« Unvermittelt drehte sie sich zu Angelique um. »Da fällt mir ein: Ich wollte Ihnen ja noch etwas zu essen mitgeben. Warten Sie, bin gleich wieder zurück.« Ehe Angelique protestieren konnte, war Margit bereits in der Küche verschwunden. Es dauerte nur wenige Augenblicke, bis sie mit einem Picknickkorb zurückkam. »Mein Mann ist unter die Brotbäcker gegangen und versorgt uns neuerdings mit Selbstgebackenem. Ich habe Ihnen Zwiebelbrot, Kartoffelsalat von gestern und ein paar kalte Schnitzel eingepackt. Die sind auch noch von gestern übrig. Mein Mann hatte ein paar Bekannte zu Besuch, und ich habe mal wieder zu viel gekocht.« Sie gluckste amüsiert. »Ich bin immer noch daran gewöhnt, für eine halbe Armee zu kochen, obwohl die Kinder längst alle aus dem Haus sind.« Sie drückte Angelique den Korb in die Arme. »Hier, bitte sehr.«

»Äh, ja, danke.« Etwas unschlüssig blickte Angelique auf die Lebensmittel, beschloss dann aber, gute Miene zu machen und nicht zu erwähnen, dass sie bereits Pizza besorgt hatte. »Das ist wirklich nett von Ihnen.«

»Keine Ursache. Nun beeilen Sie sich lieber, sonst steht dieser Anwalt mit der Frau vom Jugendamt am Ende noch vor verschlossener Tür.«

»Sie haben recht.« Angelique gab den Zwillingen ein Zeichen. »Ab die Post.«

»Boah, ist das Pizza von Luigi?«, rief Joel sofort, als er die hintere Beifahrertür geöffnet hatte. »Riecht die lecker. Ist die für uns?«

»Was dachtet ihr denn?« Lachend stellte Angelique den Korb in den Fußraum vor dem Beifahrersitz. »Schnallt euch mal ganz schnell an. Jessica, Tür zu, es regnet herein!«

»Jetzt können wir aber essen, bis wir umfallen.« Mit leuchtenden Augen beugte Joel sich vor und schob seine Nase über die Rückenlehne des Beifahrersitzes. »Darf ich mal gucken, welche Sorten Pizza das sind?«

»Finger weg!« Angelique hielt ihn gerade noch auf. »Nicht dass du die Schachteln noch versehentlich von Sitz schubst.

Es ist eine Hawaii mit zusätzlich Mais und gekochten Eiern, eine Spezial mit Extraschinken und Käse und eine Margherita, ebenfalls mit extra viel Soße und Käse.«

»Das ist meine Lieblingssorte!« Nun beugte auch Jessica sich neugierig vor.

»Und meine Hawaii mit Eiern und Mais. Woher wissen Sie das denn?« Im Rückspiegel konnte Angelique trotz der Dunkelheit erkennen, dass Joel sie verblüfft anstarrte.

»Ich habe meine Quellen.«

»Papa hat es Ihnen gesagt.« Jessica klang wenig beeindruckt.

»Nein, hat er nicht.« Lachend lenkte Angelique den Wagen auf die Straße. Dass sie einfach Luigi gefragt hatte, welche Sorten Pizza Patrick für sich und seine Kinder normalerweise bestellte, behielt sie lieber für sich. »Ich kann hellsehen.«

»Können Sie nicht.« Jessica ließ sich in den Sitz zurücksinken. »Das kann niemand.«

»Bist du dir da sicher?« Angelique hätte gerne noch einmal in den Rückspiegel geschaut, doch der Regen prasselte vom Sturm getrieben beinahe waagerecht über die Straße, sodass sie ihre gesamte Aufmerksamkeit aufs Fahren richten musste.

»Ja. Papa sagt, es gibt keine Hellseher.«

»Glaube ich auch nicht.« Joel hatte sich auf dem Sitz umgedreht und kraulte mal wieder Oskar, dessen Gurt ihm gerade so erlaubte, den Kopf über die Rückbank zu strecken. »Die meisten Hellseher sind nämlich Betrüger.« Er hielt kurz inne. »Aber Sie sind keiner, oder?«

»Nein, bin ich nicht.« Angelique schmunzelte und wechselte rasch das Thema. »Freut ihr euch schon auf eure Reitstunde morgen?«

»Ja, voll!« Sofort drehte Joel sich wieder um. »Ich bin schon total gespannt, mit welchem Pferd ich reiten darf.«

»Bestimmt nicht mit dem Rappen.« Jessica grinste ihn an.

»Black Star ist nämlich viel zu groß, und Isa hat gesagt, dass er nur von Fortgeschrittenen geritten werden darf, weil er so wild ist.«

»Na und?« Joel stieß seine Schwester mit dem Ellenbogen an. »Aber besuchen und streicheln darf ich ihn bestimmt trotzdem. Du hast ja bloß Angst vor ihm.«

»Nein, hab ich gar nicht.«

»Hast du wohl. Hast du selbst gesagt.«

»Aber nur ein bisschen, weil er so riesig ist.«

»Trotzdem Angsthase.«

»Bin ich nicht!«

»Doch. Bist du. Du hast ja auch Angst vor Gewitter.«

Plötzlich wurde Jessica ganz still. »Du bist gemein«, hörte Angelique sie nach einem langen Moment murmeln.

Auch wenn sie das Mädchen nicht sehen konnte, spürte sie doch, dass Joel mit seiner Bemerkung anscheinend eine Grenze überschritten hatte. Deshalb versuchte sie erneut, das Thema auf den morgigen Tag zu lenken. »Hast du dir denn schon ein Pferd ausgesucht, auf dem du morgen gerne reiten würdest, Jessica?«

»Weiß nicht.« Jessica klang abweisend und hatte die Arme vor dem Bauch verschränkt.

Angelique versuchte es erneut. »Die hübsche Fuchsstute vielleicht? Wie hieß sie noch gleich?«

»Katama«, antwortete Joel anstelle seiner Schwester. »Sie brauchen Jessi jetzt gar nichts mehr zu fragen. Sie redet sowieso nicht mehr, weil sie beleidigt ist.«

»Ich bin nicht beleidigt. Du bist ein Arschloch.« Nun klang Jessica richtig wütend.

»Na, na.« Angelique warf nun doch einen raschen Blick in den Rückspiegel. »Was sind das denn für Ausdrücke?«

»Lassen Sie mich in Ruhe«, fauchte das Mädchen sie erbost an. »Und du auch, Joel. Du bist echt so was von das Letzte!«

»Bloß weil ich gesagt habe, dass du vor Gewitter Angst hast? Das ist doch so, oder etwa nicht? Stell dich doch nicht so an.«

»Ich stelle mich nicht an.«

Angelique hörte an der Stimme des Mädchens, dass sie Tränen unterdrückte. Sie seufzte innerlich. Ausgerechnet jetzt mussten die beiden sich in die Wolle kriegen. Da sie inzwischen auf Patricks Haus zufuhr, konnte sie sehen, dass dort ein dunkler Mercedes parkte. Anscheinend war der Anwalt bereits angekommen. »Hört bitte auf zu streiten, ihr zwei. Euer Besuch ist da. Wir wollen ihn doch nicht gleich mit so einer schlechten Stimmung begrüßen.«

»Der blöde Anwalt ist mir scheißegal.« In Jessicas zitternde Stimme mischte sich Aggression. »Lasst mich alle in Ruhe!« Kaum hatte Angelique ihren Wagen vor dem Haus abgestellt, als das Mädchen bereits die Tür aufstieß, nach draußen kletterte und losrannte.

»Jessica!« Auch Angelique stieg rasch aus, doch da war die Kleine schon um das Haus herum im Garten verschwunden.

»Lassen Sie sie. Die kriegt sich schon wieder ein.« Joel ging zum Kofferraum und öffnete ihn, um Oskar herauszulassen. »Wo ist denn die Leine?«

»Wohin ist sie denn jetzt gerannt? Es regnet wie verrückt.«

»Hinten im Garten ist eine Laube, da versteckt sie sich manchmal.« Joel drehte sich zu Angelique um. »Haben Sie die Leine nicht mitgebracht?«

»Sie ist kaputtgegangen. Aber Oskar ist doch so brav, dass er für den kurzen Weg bis zum Haus keine Leine braucht.«

»Glauben Sie nicht, dass er abhaut?« Skeptisch beäugte der Junge den Hund.

*Würde ich glatt tun, aber nicht bei diesem Regen und Sturm. Da bleibe ich doch lieber noch so lange bei euch, bis das Wetter wieder besser ist.* Oskar wedelte freundlich mit der Rute.

Angelique lächelte leicht. »Mach ihn mal von dem Gurt los, und du wirst sehen, dass er nicht abhaut.« Kurz blickte sie noch einmal in die Richtung, in die Jessica gelaufen war, und stutzte. »Was …?«

Joel war ihrem Blick gefolgt und stieß einen erschrockenen Laut aus. »Der Mann hat Jessi!«

*Was? Wie? Wer hat Jessica? Das geht nicht. Hey, du da, weg von meiner Freundin, sonst werde ich ungemütlich!* Bellend und knurrend schoss Oskar auf den fremden Mann zu.

»Lassen Sie mich los!« Jessica versuchte den etwas untersetzt wirkenden kahlköpfigen Mann zu treten, der sie am Handgelenk festhielt.

*Oh ja, lass sie los, sonst beiße ich zu!*

Angelique war mit wenigen Schritten bei dem Fremden und fiel ihm in den Arm. »Lassen Sie sofort das Mädchen los, sonst lernen Sie mich kennen!«

*Genau! Knurr.* Oskar fletschte die Zähne.

»He, he, immer mit der Ruhe!« Der Mann ließ nun tatsächlich von Jessica ab und musterte erst Angelique ungehalten, dann den Hund. »Rufen Sie den Köter zurück! Das Kind wollte offensichtlich weglaufen. Ich habe nur dafür gesorgt, dass es das nicht tut, denn offenbar haben Sie es ja nicht unter Kontrolle.«

*Wie, du nennst mich Köter? Na warte.* Oskar knurrte noch lauter und ging mit angelegten Ohren auf den Mann zu.

Angelique griff beherzt nach seinem Geschirr. »Ruhig, Oskar.«

*Wirklich? Bist du dir sicher? Der Kerl wollte sich an Jessi vergreifen und hat mich beleidigt. Das kann ich überhaupt nicht vertragen.*

»Ganz ruhig«, wiederholte Angelique. »Es ist nichts passiert.« Sie fixierte den Mann. »Aber wenn Sie so etwas noch einmal versuchen, lasse ich den Hund mit Freuden auf Sie los.«

*Das klingt schon besser.* Oskar entspannte sich, ließ den Mann jedoch nicht eine Sekunde aus den Augen.

»Wollen Sie mir vielleicht drohen?« Der Mann musterte Angelique eingehend. »Wer sind Sie überhaupt?«

»Das könnte ich Sie genauso fragen. Was haben Sie auf Herrn Sternbachs Grundstück zu suchen?«

»Das ist ja Herr Wollert.« Joel war näher gekommen und starrte den Fremden mit großen Augen an. »Den kennen wir, der arbeitet für Großpapa.«

»Herr Dr. Wollert, wenn ich bitten darf.« Der Mann rieb sich über den kahlen Kopf. »Können wir bitte ins Haus gehen. Dieser Regen ist nicht gerade angenehm.«

»Nein, können wir nicht, bevor Sie sich nicht ausgewiesen haben.« Angelique schüttelte vehement den Kopf.

Etwas konsterniert seufzte der Mann und zog seine Brieftasche und daraus seinen Ausweis hervor. »Dr. Achim Wollert. Ich vertrete das Ehepaar Meininger in der Sorgerechtssache gegen Herrn Sternbach. Wir sind heute hier verabredet.«

Angelique studierte den Ausweis mit Absicht etwas länger als nötig, weil sie sich erst ein wenig beruhigen musste. Schließlich gab sie ihn Wollert zurück. »Herr Sternbach verspätet sich leider ein wenig, weil er eine Autopanne hatte.«

»Das wird ja immer schöner.« Wollert verzog ungnädig die Lippen. »Erst muss ich ewig warten, dann spielt die Kleine hier verrückt, und jetzt ist Herr Sternbach nicht einmal da?«

»Warum mussten Sie warten?« Angelique blickte auf ihre Armbanduhr. »Wir sind ganz pünktlich. Sie waren zu früh hier und hatten nichts Besseres zu tun, als auf dem Grundstück herumzuschnüffeln. Das könnte man Ihnen als Hausfriedensbruch auslegen.«

»Machen Sie sich nicht lächerlich.« Spöttisch musterte Wollert sie. »Ich musste mich doch vergewissern, ob jemand zu Hause ist.«

»Dann ist es Ihre eigene Schuld, dass Sie jetzt pitschnass sind. Hätten Sie mal besser in Ihrem Auto gewartet.« Angelique hob die Schultern. »Kommt, Kinder, wir gehen ins Haus.« Sie warf dem Anwalt einen scheelen Blick zu. »Sie dürfen uns gerne begleiten. Wo haben Sie denn die Frau vom Jugendamt gelassen?«

»Frau Adenbach müsste jeden Moment hier eintreffen.« Während sie die Haustür aufschloss, blickte Wollert sie argwöhnisch an. »Sie haben mir noch immer nicht gesagt, wer Sie sind.«

Angelique stieß die Tür auf und schaltete das Licht ein. »Mein Name ist Angelique Sahrmüller. Ich bin Herrn Sternbachs Assistentin.«

»Er hat eine Assistentin?« Skeptisch verzog er das Gesicht.

»Seit Kurzem, ja. Ist daran etwas auszusetzen?« Sie wandte sich an die Kinder. »Holt bitte das Essen aus dem Auto, ja? Und zieht danach eure Schuhe aus, und hängt die Jacken zum Trocknen auf.«

»Oskar hat schon wieder Pfotentapser gemacht.« Joel deutete auf den Fliesenboden.

Angelique nickte ihm zu. »Dann weißt du ja, was zu tun ist.«

»Menno.« Er verzog die Lippen zu einem schiefen Grinsen, fasste aber nach Jessicas Handgelenk. »Komm, ich hab Hunger.«

»Lass mich.« Mit einem Ruck entzog Jessica sich ihm wieder und verschränkte mit wütender Miene die Arme vor der Brust.

»Dann eben nicht, Motztante.« Achselzuckend machte Joel sich auf den Weg nach draußen.

Innerlich seufzend ging Angelique zu dem Mädchen. »Na, komm schon, sei so nett und hilf deinem Bruder.«

»Ich hab aber keine Lust. Er ist ein Arschloch.«

Der Anwalt hüstelte empört. »Also wirklich …«

»Halten Sie sich bitte da heraus.« Angelique warf ihm einen warnenden Blick zu, wandte sich aber gleich wieder an Jessica. »Mag sein, dass du jetzt gerade sauer auf deinen Bruder bist, aber das hat nichts mit meiner Bitte an dich zu tun. Du musst ja nicht mit ihm reden, wenn du nicht willst.«

»Ich will aber nicht. Ihr seid alle blöd – und Joel am meisten.«

»Hast du denn keinen Hunger?«

Jessica presste nur die Lippen zusammen.

»Wollen Sie sich solche Frechheiten etwa gefallen lassen?« Wollert schüttelte sichtlich ungehalten den Kopf.

»Was denn für Frechheiten?« Angelique sah ihn verständnislos an. »Sind Sie ein Einzelkind?«

Irritiert hob er den Kopf. »Nein, ich habe zwei Brüder.«

»Und mit denen haben Sie immer bloß gekuschelt?« Sie schnaubte. »Lassen Sie die Kinder in Ruhe, die machen das schon unter sich aus.« Sanft berührte sie Jessica am Arm. »Nun lauf schon. Guck mal, Joel hat schon die Pizza mitgebracht.« Sie wies in Richtung Esszimmer. »Leg die Kartons bitte auf dem Esstisch ab.«

Jessica hatte die Arme noch immer bockig verschränkt, setzte sich aber schließlich in Bewegung und verließ das Haus in Richtung Auto.

Erst jetzt kam Angelique dazu, sich im Haus umzusehen. Fast hätte sie einen überraschten Pfiff ausgestoßen. Es war aufgeräumt! Zumindest lag nicht mehr alles kreuz und quer auf dem Boden und auf den Sitzmöbeln verteilt.

Joel, der die Pizzakartons bereits auf dem Tisch abgestellt hatte und auf dem Rückweg seine Jacke auszog, schien ihren überraschten Gesichtsausdruck bemerkt und richtig gedeutet zu haben, denn er lächelte stolz. »Cool, was? Wir haben gestern aufgeräumt. Papa hat gesagt, wenn wir dem Saustall nicht zu Leibe rücken, flippt er aus, weil man so keine Gäste empfangen kann.«

Angelique lachte. »Da hat er nicht ganz unrecht. Obwohl ich wette, dass es keine drei Tage braucht, bis es hier wieder aussieht, als wären die Hottentotten durchgeritten.« Sie nickte Wollert zu. »Möchten Sie sich nicht setzen?« Sie wies auf die Couch. »Ich hoffe, es macht Ihnen nichts aus, dass wir schon mal den Tisch decken. Die Kinder haben Hunger.«

Der Anwalt zögerte kurz, dann setzte er sich auf einen Stuhl am Esstisch und sah sich prüfend um. »Herr Sternbach hat das Haus für die Kinder umbauen lassen?«

»Soweit ich weiß, ja.«

»Aus Ihren Worten von eben entnehme ich, dass es hier aber sonst nicht so ordentlich ist.«

Angelique zögerte, dann setzte sie ihr zuckersüßes Lächeln auf, mit dem sie Leuten, die sie nicht mochte, am liebsten die Zähne zeigte. »Mit zwei Kindern wird es schnell mal chaotisch. Herr Sternbach ist alleinerziehend und in Vollzeit berufstätig in einer von ihm selbst gegründeten und sehr erfolgreichen Firma mit mehreren Angestellten. Dass da nicht immer viel Zeit zum Aufräumen bleibt, können Sie sich wohl vorstellen.«

»Genau das ist einer der Gründe, den meine Mandanten anführen«, griff der Anwalt den Faden sofort auf. »Herr Sternbach wurde mit dieser Vaterschaft praktisch überfahren. Er ist noch sehr jung und hat keinerlei Erfahrungen mit Kindern. Ganz zu schweigen davon, dass er sich auf seine Firma konzentrieren sollte. Es wäre also wesentlich sinnvoller, wenn die Meiningers sich um die Zwillinge kümmern würden, die, wie man merkt, auch schon Anzeichen von Verwilderung zeigen.«

»Anzeichen von was?« Angelique starrte ihn ungläubig an, dann besann sie sich wieder auf ihr Lächeln. »Ich glaube, Sie sehen das falsch. Sicher, Herr Sternbach musste sich erst mit der neuen Situation arrangieren, aber er tut sein Bestes, und die Kinder sind hier gut aufgehoben. Ein bisschen Unordnung ist doch kein Indiz dafür, ob es den Kindern hier gut geht oder nicht. Damit er zukünftig noch mehr Zeit mit ihnen verbringen kann, hat er mich eingestellt.«

»Als seine Assistentin.« Wollert runzelte die Stirn.

»Ganz genau. Ich habe einen Großteil der organisatorischen Aufgaben in seiner Firma übernommen, damit er mehr Zeit für die Kernaufgaben hat. Und etwas mehr Freizeit.«

»Sie sind also noch nicht lange bei ihm angestellt und auch nur für Firmentätigkeiten.« Sein Blick wanderte langsam an ihr hinab und wieder herauf. »Und obwohl Sie eine so gut wie Fremde sind, lässt er die Kinder in Ihrer Obhut.«

Angelique kannte Typen wie ihn und wusste, worauf er hinauswollte. Deshalb strahlte sie ihn nur noch süßer an. »Oh, wissen Sie, wir kennen uns schon ein ganzes Jahr. Dass ich erst jetzt bei ihm angefangen habe, liegt einzig daran, dass ich mich zuvor noch in einem anderen Angestelltenverhältnis befunden habe. Als Fremde kann man uns also ganz sicher nicht bezeichnen. Nicht wahr, Joel?« Sie warf dem Jungen einen eindringlichen Blick zu, woraufhin dieser grinsend nickte. »Angelique ist lieb. Und sie hat Papas Firma total umgestellt. Jetzt ärgert er sich dauernd, weil alles woanders ist, aber er muss abends nicht mehr so viel zu Hause arbeiten.«

»Aha.« Diese Antwort schien dem Anwalt nicht zu gefallen.

»Angelique?« Joel hatte sich mit Oskar auf das Hundekissen gesetzt und ihn gekrault, erhob sich jetzt aber wieder. »Jessi ist immer noch nicht wieder reingekommen. Soll ich mal gucken, wo sie ist?«

Erschrocken blickte Angelique zur Haustür, die halb offen stand. »Nein, warte bitte hier. Ich schaue selbst nach.« Sie ärgerte sich, dass Wollert hinter der besorgten Miene, die er aufgesetzt hatte, offenbar alles genau beobachtete und sich seinen Reim auf die Situation machte. »Entschuldigen Sie mich bitte einen Moment. Ich bin gleich wieder zurück.«

»Soll ich Ihnen beim Suchen helfen?«, bot er mit öliger Stimme an.

»Nein, vielen Dank. Das schaffe ich schon allein.« So hoffte sie zumindest. Was, wenn Jessica wirklich weggelaufen war? Just in dem Moment, als sie die Tür erreichte, fegte eine heftige Windbö herein und hätte die Tür weit aufgedrückt, wenn sie sie nicht gerade noch zu fassen bekommen hätte. Schneeregen peitschte in den Flur, sodass sie die Tür rasch hinter sich ins Schloss zog.

Suchend blickte Angelique sich um und atmete auf, als sie Jessica auf dem Beifahrersitz ihres Autos entdeckte. Rasch ging sie auf den Wagen zu und setzte sich hinters Steuer. »Na, wolltest du den Kartoffelsalat deiner Oma für dich allein haben?«

Ihr Scherz verhallte und rief keinerlei Reaktion bei dem Mädchen hervor, das mit verschränkten Armen dasaß und stur geradeaus blickte. Nachdenklich musterte Angelique Jessica von der Seite. »Weißt du, ich mag Gewitter auch nicht sonderlich.« Als wolle das Wetter ihre Worte unterstreichen, zuckte in der Ferne ein Wetterleuchten auf. Als sie sah, dass Jessica schauderte, redete sie rasch weiter: »Hattest du schon immer Angst davor?«

»Ist doch egal.« Das Mädchen klang immer noch wütend, aber auch verlegen.

»Nein, das ist ganz und gar nicht egal.« Mutig legte Angelique Jessica eine Hand auf den Arm und spürte sofort, wie die Kleine sich anspannte. Sie ließ sich davon jedoch nicht abschrecken. »Viele Menschen haben Angst vor Gewitter – oder vor irgendetwas anderem. Joel hat kein Recht, sich darüber lustig zu machen.«

»Nein, hat er nicht.« Trotzig starrte Jessica auf ihre Beine.

Angelique fiel auf, dass das rechte Hosenbein ganz nass war. Jessica hatte die Tür nicht geschlossen, sodass der Schneeregen teilweise hereinwehte.

Normalerweise hätte Angelique sie aufgefordert, die Tür zu schließen, doch im Moment war ihr etwas anderes wichtiger. »Wahrscheinlich hat er es aber gar nicht so böse gemeint, wie du es aufgefasst hast. Du kennst doch deinen Bruder. Er zankt sich gerne ein bisschen, aber er wollte bestimmt nicht, dass du so böse auf ihn wirst.«

»Dann hätte er nicht so gemein sein sollen. Er weiß genau, dass ich Angst vor Gewittern habe. Das war schon immer so.« Unbehaglich blickte Jessica auf, als erneut ein Wetterleuchten den Himmel erhellte. Nach einem Moment des Schweigens murmelte sie so leise, dass Angelique Mühe hatte, sie zu verstehen: »Ich wollte eigentlich nicht so laut und wütend werden. Aber ich … weiß auch nicht.«

»Es bricht einfach manchmal so aus dir heraus?«

Jessica zögerte, nickte dann aber, ohne sie dabei anzusehen. »Ich werde manchmal so schnell total wütend.«

»Das ist doch gut.«

Ruckartig hob das Mädchen den Kopf. »Gut?«

Angelique lächelte. »Nicht das Wütendwerden, sondern dass du das selbst schon so genau weißt.«

»Was ist denn daran gut? In der Schule kriege ich deswegen dauernd Ärger.« Jessica schluckte, und plötzlich zitterte ihr Kinn. »Und wenn ich Ärger kriege, sagen die Lehrer das bestimmt denen vom Jugendamt und so, und dann glauben die, Papa würde mich nicht richtig erziehen, und dann bin ich schuld, wenn wir hier wieder wegmüssen. Und … und …« Sie schluckte hörbar. »Und wenn ich daran denke, werde ich auch wieder wütend auf die vom Jugendamt und die Lehrer und auf mich, weil ich so blöd bin und immer wütend werde.«

»Ach je.« Vorsichtig beugte Angelique sich zu Jessica hinüber und legte ihr einen Arm um die Schultern. »Das sind ganz dumme Gedanken, die du nicht denken solltest. Du bist doch nicht schuld daran, dass du wütend wirst.«

»Aber Papa war früher auch so, das hat er selbst erzählt,

und Oma Margit und Opa Hans sagen das auch, und Großmama und Großpapa wollen nicht, dass wir so sind wie er, weil sie sagen, dass das schlecht ist und uns schadet – und wenn wir länger hier sind, wird das böse enden. Ich will aber nicht weg, und ich will auch nicht immer dauernd wütend werden.« Nun rann ihr tatsächlich eine Träne über die Wange, die sie aber mit einer ungehaltenen Bewegung wegwischte. »Sie glauben bestimmt auch, dass ich nicht richtig im Kopf bin, oder?«

»So ein Unsinn!« Sehr vorsichtig zog Angelique das Mädchen zu sich heran. »Ich halte dich überhaupt nicht für verrückt und auch nicht für blöd. Im Gegenteil! Ich kann dich sogar richtig gut leiden, weißt du?«

»Echt?« Mit großen Augen blickte Jessica sie nun zum ersten Mal direkt an.

»Ja. Und deinen Bruder ebenfalls, auch wenn du ihn im Moment nicht ausstehen kannst. Ich mag euch beide gern.«

Wieder zitterte Jessicas Kinn, dann schluckte sie und blickte wieder geradeaus. »Wissen Sie was?« Ihre Stimme klang ein wenig gepresst.

»Ja? Was denn?« Erwartungsvoll sah Angelique das Mädchen von der Seite an.

»Ich hab Hunger. Total!«

Angelique lachte erleichtert auf. »Soll ich dir etwas verraten? Ich auch. Mein Magen knurrt schon. Sollen wir den Korb mit ins Haus nehmen?«

Jessica nickte und griff nach dem Henkel des Korbes, zögerte dann aber. »Drinnen ist aber dieser Anwalt.«

»Ich weiß.«

»Und Papa ist noch nicht da.«

Angelique zwinkerte ihr zu. »Glaubst du, wir werden nicht auch allein mit ihm fertig?«

»Weiß nicht.« Unsicher blickte Jessica zum Haus hinüber. »Da steht eine Frau an der Tür.«

»Was?« Angelique folgte ihrem Blick. »Oh, das muss Frau Adenbach sein. Die Frau vom Jugendamt.«

»Die will uns auch bloß hier wegholen.«

»Das kann sie nur, wenn sie berechtigte Gründe hat.« Angelique drückte noch einmal Jessicas Schulter. »Aber soweit ich das beurteilen kann, wird sie unverrichteter Dinge wieder gehen.«

»Glauben Sie?«

»Und wie ich das glaube! Na komm.« Angelique öffnete die Fahrertür. »Gehen wir ins Haus. Aber mach bitte die Autotür richtig zu. Nicht dass es noch mehr hereinregnet. Und zieh dir drinnen eine trockene Hose an.«

»Ähm …« Jessica blickte an sich hinab. »Ja, igitt, ist das nass! Hab ich irgendwie gar nicht so gemerkt. Ihr Auto ist auch hier drinnen ziemlich nass geworden.«

»Schon gut, das trocknet wieder.«

Gemeinsam eilten sie auf die Haustür zu, vor der eine kleine stämmige Frau mit grauem Kurzhaarschnitt auf sie zu warten schien. Ihre Miene wirkte ernst, fast streng, als sie Angelique zunickte. »Guten Abend. Mein Name ist Heidelinde Adenbach, ich komme vom Jugendamt. Herr Sternbach erwartet mich bereits.«

»Herr Sternbach ist leider noch nicht hier.« Angelique ließ Jessica den Vortritt, die den Korb mit dem Essen im Flur abstellte und die Treppe nach oben sprintete. »Kommen Sie doch bitte herein. Ich bin Angelique Sahrmüller, Herrn Sternbachs Assistentin.«

»Ach.« Heidelinde Adenbach musterte sie erstaunt. »Sie arbeiten für ihn? Ich dachte …« Sie hüstelte. »Nun ja, verzeihen Sie, ich bin schon ein Weilchen hier und habe bei meiner Ankunft zufällig beobachtet, wie Jessica aus dem Haus kam und sich in das Auto gesetzt hat. Als sie schließlich dazukamen … Ich weiß, es war nicht gerade höflich zu lauschen, aber nach allem, was ich mit angehört habe, dachte ich, Sie wären vielleicht Herrn Sternbachs Freundin oder Lebensgefährtin.«

»Oh.« Angelique wusste nicht recht, ob sie sich über die Frau ärgern oder sich über deren Schlussfolgerung amüsieren sollte. »Nein, wir sind nicht … Ich arbeite seit Kurzem in seiner Firma. Er hatte heute eine Panne mit seinem Wagen und bat mich deshalb, die Kinder von seinen Eltern abzuholen und Sie und Herrn Dr. Wollert zu empfangen.« Und hinzuhalten, bis Patrick endlich hier war.

»So, nun ja, es ist ja wirklich nett von Ihnen, dass Sie so hilfsbereit sind. Das findet man heutzutage nicht mehr oft.«

»Möchten Sie nicht Ihre Jacke ablegen und sich setzen?« Angelique nahm der Frau den Mantel ab und hängte ihn in den großen Garderobenschrank. »Herrn Wollert kennen Sie?«

»Wir hatten vor einiger Zeit schon einmal das Vergnügen, ja.« Heidelinde Adenbach trat auf den Anwalt zu, der sich sogleich erhob und ihre Hand schüttelte. »Freut mich.«

*Nanu, wer ist das denn nun schon wieder? Hier ist ja heute was los. Hallo, wer bist du, und warum bist du hier?* Oskar hatte sich neugierig von seinem Kissen erhoben und näherte sich dem Esstisch.

»Huch! Oh, mein Gott, ein Hund.« Frau Adenbach wurde ganz blass und wich erschrocken zurück. »Können … können Sie ihn bitte wegsperren? Ich habe große Angst vor Hunden.«

*Was, du hast Angst vor mir? Warum das denn? Ich tu dir doch gar nichts.* Die etwas schrille Stimme ließ Oskar noch neugieriger werden.

»Oskar ist ganz lieb. Der beißt nicht.« Joel, der in der Zwischenzeit auf der Couch herumgelümmelt hatte, erhob sich und kam ebenfalls näher.

»Bitte, ich fürchte mich wirklich vor Hunden, seit mich mal einer angefallen hat.« Der Blick der Frau irrte hektisch im Zimmer hin und her.

Angelique seufzte innerlich. »Keine Sorge, ich bringe ihn nach oben.« Sie griff nach Oskars Halsband. »Komm, mein Freund, du musst leider ein Weilchen nach oben gehen.«

*Echt jetzt? Aber hier riecht es nach Pizza! Und, oh, was ist da in dem Korb?* Oskar sträubte sich ein wenig und wollte zu dem Picknickkorb streben.

»Nein, nichts da.« Energisch zog Angelique ihn mit sich. »Tut mir wirklich leid, Oskar, aber wenn Frau Adenbach Angst vor dir hat, kann ich dich nicht einfach hier herumlaufen lassen. Du kriegst ein Schnitzel ganz für dich allein, sobald du wieder rausdarfst. Versprochen.«

*Ein Schnitzel? Klingt gut. Aber das könntest du mir auch jetzt schon geben.*

Erleichtert merkte Angelique, wie die Gegenwehr des Hundes nachließ und er freiwillig die Treppe hinaufstieg. Rasch brachte sie ihn in Patricks Schlafzimmer, weil sie annahm, dass er dort am wenigsten Chaos anrichten konnte. »Tut mir wirklich leid, Kumpel. Es wird hoffentlich nicht allzu lange dauern.« Rasch schloss sie die Tür.

*Hey, wau, was soll das denn? Du sperrst mich hier ein? Echt jetzt? Das finde ich aber überhaupt nicht gut.*

»Warum sperren Sie Oskar denn ein?« Hinter ihr war Jessica aufgetaucht, die inzwischen eine pinkfarbene Jogginghose und ein graues Sweatshirt trug.

»Frau Adenbach hat Angst vor ihm.« Angelique hob die Schultern. »Sie wird ja nicht allzu lange bleiben, nehme ich an, also wird es wohl so gehen.«

»Oskar mag es nicht, eingesperrt zu werden. Das letzte Mal, als Papa das gemacht hat, war hinterher ein Stück Tapete von der Wand runtergerissen.«

»Was?« Überrascht blickte Angelique zwischen dem Mädchen und Patricks Schlafzimmertür hin und her. Dann fiel ihr Blick auf einen angenagten Kauknochen, der neben Joels Zimmertür auf dem Boden lag. Rasch hob sie ihn auf und brachte ihn in Patricks Zimmer. »Hier, Oskar, schau mal, dein Kauknochen. Damit kannst du dich ein wenig beschäftigen.«

*Mein Kauknochen? Danke sehr. Den lege ich mir mal zur Seite, für alle Fälle. Kann ich jetzt wieder raus?* Oskar bellte empört, als Angelique die Tür gleich wieder hinter sich schloss. *Hey, das ist nicht witzig! Ich hasse es, eingesperrt zu sein.*

Jessica verzog zweifelnd das Gesicht. »Ob das gut geht?«

»Hoffen wir es.« Zuversichtlich nickte Angelique dem Mädchen zu. »Komm, lassen wir den Besuch nicht zu lange allein.«

Gemeinsam stiegen sie die Treppe wieder hinab und setzten sich zu den anderen an den Esstisch. Auch Joel hatte sich dort auf seinen Platz gesetzt, weil Heidelinde Adenbach ihn offenbar in ein Gespräch über die Schule verwickelt hatte.

»Darf ich Ihnen etwas zu trinken anbieten?«, wandte Angelique sich an die Besucher. »Oder haben Sie vielleicht auch Hunger?«

»Nein, für mich nichts.« Wollert schüttelte den Kopf.

»Ich möchte auch nichts, vielen Dank.« Heidelinde Adenbach lächelte so schmal, dass es fast unfreundlich wirkte. »Aber essen Sie nur, das stört mich nicht.«

Angelique setzte wieder ihr Berufslächeln auf. »Jessica, bist du so lieb und holst eine Flasche Apfelsaft aus dem Kühlschrank?«

»Ich mag lieber nur Sprudel.«

»Dann bring bitte auch eine Flasche Wasser mit.«

Das Mädchen zögerte einen Moment, stand dann aber auf und holte die Getränke.

»Könnten Sie wohl in Erfahrung bringen, wann Herr Sternbach hier eintrifft?« Sichtlich ungehalten blickte Wollert auf seine Armbanduhr. »Ich möchte die Angelegenheit, derentwegen ich heute hier bin, gerne möglichst rasch über die Bühne bringen.«

»Um was für eine Angelegenheit handelt es sich denn überhaupt?« Interessiert blickte Angelique auf den Schnellhefter, den der Anwalt unter seinem Mantel verborgen haben musste und den er inzwischen auf dem Tisch abgelegt hatte.

»Das geht Sie, mit Verlaub, nichts an, Frau Sahrmüller.« Der Anwalt maß sie mit abschätzigen Blicken. »Sie sind lediglich eine Angestellte von Herrn Sternbach.«

»Ich bin seine persönliche Assistentin«, korrigierte sie ihn ungerührt. »Und als solche habe ich Einblick in so gut wie alle seine Angelegenheiten. Wie sollte ich wohl sonst effektiv für ihn arbeiten?« Ehe er protestieren konnte, zog sie den Hefter zu sich heran und klappte ihn auf. Ihre Augen weiteten sich, als sie die Formulare erkannte. »Das ist nicht Ihr Ernst, oder? Sie glauben doch wohl nicht, dass Patrick das einfach so unterschreiben wird.«

»Patrick?« Wollerts Augenbrauen wölbten sich leicht. »Ich dachte, er ist Ihr Chef, und da duzen Sie ihn?«

»Wir sprechen einander mit Vornamen an. Das ist, soweit ich weiß, nicht verboten.« Ihr ehemals freundliches Lächeln wurde eisig. »Ich wüsste allerdings nicht, was Sie das angeht.«

»Es sagt eine Menge über Herrn Sternbachs Charakter aus.«

»Ach ja?«

Wollert nickte, diesmal mit deutlicher Herablassung. »Wissen Sie überhaupt, dass er schon einmal, oder sagen wir besser: mehrmals straffällig geworden ist?«

Ihr Lächeln näherte sich dem Gefrierpunkt. »Als Jugendlicher. Ja, das ist mir bekannt. Was tut das zur Sache?«

»So einiges. Meine Mandanten sind der Ansicht, dass er einen negativen Einfluss auf die Kinder ausübt.«

»Tut er gar nicht.« Joel, der sich bereits ein Stück Pizza genommen hatte, fuhr empört auf.

Rasch suchte Angelique den Blick des Jungen und fasste gleichzeitig nach Jessicas Hand, weil sie bemerkte, dass auch das Mädchen patzig werden wollte. »Lasst mich bitte mit

Herrn Wollert reden, ja?« Sie wandte sich an den Anwalt. »Wie genau soll denn dieser negative Einfluss aussehen?«

»Na, das ist doch offensichtlich.« Die Herablassung troff nun regelrecht aus seinen Worten. »Haben Sie nicht vorhin selbst miterlebt, wie ungezogen das Mädchen sich benommen hat? Sie wollte sogar weglaufen.«

»Ich wollte bloß meine Ruhe.«

Rasch drückte Angelique Jessicas Hand. »Das Mädchen hat einen Namen«, antwortete sie ruhig. »Sie heißt Jessica, und ich wäre Ihnen sehr verbunden, wenn Sie sie auch so nennen würden. Abgesehen davon hatte diese Sache doch überhaupt nichts mit Patrick ... Herrn Sternbach ... zu tun.«

»Das sehe ich anders.« Wollert beugte sich ein wenig vor. »Herr Sternbach hat in seiner Jugend deutlich aggressive Tendenzen gezeigt, und solche lassen sich nun auch bei dem Mäd... bei Jessica beobachten. Meine Mandanten und auch ich sind der Ansicht, dass dies dem negativen Einfluss ihres Vaters zu verdanken ist.«

Angelique starrte ihn einen Moment lang verblüfft an. »Es kann schon sein«, gab sie schließlich zu, »dass Jessica ein ähnliches Temperament besitzt wie ihr Vater. Aber wenn dem so sein sollte, dann ist es geerbt, und daran lässt sich nichts ändern. Oder war Jessica früher nie so aufbrausend?«, wandte sie sich an Joel.

Der Junge nickte und schüttelte fast gleichzeitig den Kopf. »Jessi war schon immer so.«

»Ja, aber hier in dieser Umgebung, unter dem Einfluss ihres Vaters, wird dieses negative Verhalten nur verstärkt«, argumentierte Wollert.

Angelique schüttelte den Kopf. »So ein Unsinn. Herr Sternbach ist, im Gegenteil, ein wunderbares Vorbild für die Kinder.«

»Ach ja?« Beinahe höhnisch hob Wollert erneut die Augenbrauen.

»Ja.« Nun beugte auch Angelique sich ein wenig vor. »Weil er nämlich gelernt hat, sein Temperament zu zügeln, und seine Kinder können sich von ihm abschauen, wie das geht.«

»Glauben Sie.«

»Nein, da bin ich mir sogar sicher.«

Wollert lächelte schmal. »Auf dieses Experiment lassen sich meine Mandanten lieber nicht ein.«

»Das hat nichts mit einem Experiment zu tun.«

»Doch, das hat es.« Wollert zog den Hefter wieder zu sich heran. »Ganz abgesehen davon sind die Meiningers auch deshalb nicht damit einverstanden, dass Herr Sternbach sich um die Kinder kümmert, weil nicht auszuschließen ist, dass er in seine früheren Verhaltensweisen zurückfällt. Und die wären nicht nur schädlich für die Kinder, sondern sogar gefährlich. Gerade Sie als Frau müssten dies doch wohl erkennen und begreifen.«

»Ich als Frau?« Irritiert runzelte Angelique die Stirn. »Worauf wollen Sie hinaus?«

»Nun.« Der Anwalt wirkte, als habe er nur darauf gewartet, sein bestes Argument vorzubringen. »Herr Sternbach hatte schon einmal eine, nun, sagen wir, eine Beziehung mit einer Minderjährigen.«

»Wie bitte?« Entgeistert starrte sie ihn an.

Heidelinde Adenbach hüstelte, offenbar ebenfalls erstaunt.

Wollert bedachte sie mit einem triumphierenden Blick. »Die Mutter der Kinder war minderjährig, als er sie … nun ja, darauf gehe ich in Anwesenheit der Kinder lieber nicht so genau ein. Die Meiningers sorgen sich, dass er diese, nennen wir es, Tendenzen auch heute noch zeigen könnte. Sie möchten verhindern, dass ihre Enkeltochter Schaden nimmt.«

»Wie bitte?«, wiederholte Angelique ihre Frage. Sie wollte nicht glauben, was sie da hörte.

»Was meint er denn damit?« Jessica starrte sie erschrocken an.

»Das ist Verleumdung.« Angelique erhob sich so abrupt, dass der Tisch wackelte. Zornig starrte sie den Anwalt an. »Verlassen Sie auf der Stelle dieses Haus.«

Ungerührt blickte der Anwalt zu ihr auf. »Ich bin mit Herrn Sternbach verabredet.«

»Jetzt nicht mehr.« Angelique machte einen Schritt auf ihn zu. »Raus hier – oder ich werfe Sie höchstpersönlich mit dem Kopf voran auf die Straße.«

Joel stieß einen halb verblüfften, halb begeisterten Laut aus.

»Werden Sie ja nicht handgreiflich, Frau Sahrmüller.« Wollert maß sie mit spöttischen Blicken. »Sie wissen wohl nicht, mit wem Sie es zu tun haben.«

»Oh doch, ich erkenne sehr genau, wessen Geistes Kind Sie sind.« Angelique zückte ihr Handy. »Aber wenn Sie möchten, kann ich auch gerne die Polizei rufen.«

»Die Polizei?« Verblüfft erhob er sich.

»Verschwinden Sie auf der Stelle aus diesem Haus, und richten Sie Ihren Mandanten aus, dass sie die grässlichsten Menschen sind, von denen ich je gehört habe.« Mit ausgestrecktem Arm wies Angelique auf die Haustür und tippte gleichzeitig für Wollert gut sichtbar die Nummer der Polizei ein.

Er maß sie weiterhin mit spöttischen, ja, fast mitleidigen Blicken. »Von jemandem wie Ihnen hätte ich mehr erwartet. Sie nehmen diesen Mann auch noch in Schutz, anstatt sich für das Wohl zweier unschuldiger Kinder einzusetzen.«

»Raus hier.« Sie funkelte ihn zornig an.

Schließlich gab er nach und ging zur Tür. »Sie können mich gerne des Hauses verweisen, Frau Sahrmüller, aber das ändert nichts an der Sachlage. Die Meiningers werden alles daransetzen, ihre Enkelkinder aus dem Einflussbereich dieses Mannes zu entfernen.«

»Also, im Einflussbereich solcher Großeltern möchte ich die Kinder auch nicht wissen.« Noch einmal deutete Angelique starr zu Tür. »Und nun gehen Sie, bevor ich es mir doch noch anders überlege und handgreiflich werde.«

Ein letzter mitleidiger Blick traf sie, bevor Wollert achselzuckend das Haus verließ. Kurz darauf brummte der Motor des Mercedes auf und entfernte sich.

Tief atmete Angelique durch, dann drehte sie sich mit wütendem Blick der Dame vom Jugendamt zu. »Und Sie?«

»Ich?« Heidelinde Adenbach blickte sie sichtlich entsetzt an. »Ich habe nichts gesagt oder getan.«

»Exakt. Was sitzen Sie hier herum und hören sich diese Ungeheuerlichkeit an, ohne auch nur mit der Wimper zu zucken?«

»Ich bin ausschließlich hier, um zu beobachten. Es ist nicht meine Aufgabe, mich in die Streitigkeiten einzumischen, die Herr Sternbach mit seinen Schwiegereltern ausficht. Mein Auftrag ist es, durch Beobachtung und Gespräche herauszufinden, ob die Zwillinge bei ihrem Vater gut aufgehoben sind.«

»Dann hätten Sie erst recht eingreifen müssen.« Erbost verschränkte Angelique die Arme vor der Brust. »Oder glauben Sie etwa auch nur ein Wort von dem, was dieser Rechtsverdreher eben von sich gegeben hat?«

»Es ist nicht meine Aufgabe, jemandem irgendetwas zu glauben ...«

Angelique verdrehte die Augen. »Ich würde vorschlagen, dass auch Sie jetzt gehen. Ich kann einfach nicht glauben, dass Sie hier tatenlos mit ansehen, wie Herrn Sternbachs Ruf in den Schmutz gezogen wird.«

»Nun ja.« Frau Adenbach erhob sich. »Die Argumente, die Herr Dr. Wollert angeführt hat, muss ich selbstverständlich überprüfen und in meinen Bericht aufnehmen. Das werden Sie doch begreifen.«

»Gehen Sie jetzt.« Angelique war noch nie so wütend gewesen. Sie hatte Mühe, sich zu beherrschen, und atmete auf, als die Frau sich tatsächlich zur Tür begab. Rasch drückte sie ihr die Jacke in die Arme.

Gerade als Frau Adenbach in Richtung des Gartentors ging, fuhr ein Taxi vor, und Patrick stieg aus.

Überrascht eilte er auf das Haus zu. »Guten Abend. Entschuldigen Sie bitte, dass ich so spät bin, aber …«

»Nein, nein, nein.« Mit großen Schritten ging Angelique dazwischen und schob Heidelinde Adenbach etwas unsanft durch das Gartentor. »Frau Adenbach wollte gerade gehen und hat es sehr eilig.« Sie warf Patrick einen beredten Blick zu. »Und glauben Sie mir, Sie wollen heute Abend auch gar nicht mehr mit ihr reden.« Sie sah die Dame vom Jugendamt bitterböse an. »Machen Sie einen neuen Termin, wenn es sein muss, aber schicken Sie jemand anderen.«

»Was …?« Vollkommen perplex blickte Patrick von Angelique zu Heidelinde Adenbach, die jedoch nur die Schultern hob und ihm einigermaßen freundlich zunickte.

»Unser Büro wird sich mit Ihnen in Verbindung setzen.« Sie warf Angelique einen letzten eingehenden Blick zu. »Eine interessante Assistentin beschäftigen Sie da, Herr Sternbach.« Damit wandte sie sich ab und ging durch den immer noch heftig fallenden Schneeregen zu einem weißen Golf, der in einiger Entfernung geparkt war. Augenblicke später fuhr sie davon.

»Was hatte das denn zu bedeuten?« Argwöhnisch musterte Patrick sie.

»Ich habe die Tussi vom Jugendamt rausgeworfen, das war doch wohl nicht zu übersehen. Und den sauberen Herrn Anwalt Ihrer Schwiegereltern ebenfalls.«

»Sie haben was?« Entgeistert starrte er sie an. »Wie können Sie es wagen …?«

»Wie ich es wagen kann?« Sie starrte zornig zurück. »Fragen Sie lieber mal, wie Ihre Schwiegereltern darauf kommen, dass Sie Unzucht mit Minderjährigen getrieben haben.«

Patrick wurde blass. »Was habe ich?«

»So wie es dieser Dr. Wollert hinzustellen versucht hat, haben Sie die minderjährige Mutter der Zwillinge praktisch vergewaltigt. Zumindest glaube ich, dass er auf so etwas hinauswollte.«

»Das ist nicht wahr.«

»Davon gehe ich aus.« Sie warf einen Blick über die Schulter und sah, dass die Kinder ebenfalls an die Tür gekommen waren.

»Papa, da bist du ja endlich.« Auf Jessicas Gesicht zeichnete sich Erleichterung, aber auch Angst ab.

»Sind sie weg?« Joel drängte sich an seiner Schwester vorbei.

Patrick schluckte. »Haben die beiden ...?«

»Alles mitbekommen.« Angelique nickte. »Wahrscheinlich war das so von diesem Wollert geplant.«

»Scheiße.«

»Pst.« Sie warf ihm einen vielsagenden Blick zu und wandte sich dann an die Kinder. »Ja, die beiden sind weg. Was haltet ihr davon, wenn ihr jetzt endlich in Ruhe esst?«

»Ich hab Hunger.« Joel nickte.

Jessica kehrte wortlos ins Haus zurück. Als Angelique sich erneut neben sie an den Esstisch setzte, blickte das Mädchen sie mit großen Augen an. »Denen haben Sie es aber gegeben.«

Angelique lächelte. »Das musste ich doch.«

»Ja.« Jessica knabberte an ihrer Unterlippe. »Papa hat doch mit Mama nichts Schlechtes gemacht, oder?«

»Natürlich nicht.« Angelique sah Patrick an, dass ihm diese Verdächtigung sehr zusetzte. Er war noch immer aschfahl. »Hätte eure Mama sonst gewollt, dass ihr bei ihm lebt?«

Das Mädchen nickte ernst. »Stimmt. Mama wollte das so. Warum hat der Anwalt so schlimme Sachen gesagt?«

Angelique fragte sich das auch. »Weil er kein netter Mensch ist.«

»Angelique hat gesagt, sie wirft ihn mit dem Kopf voran auf die Straße und dass sie die Polizei holt.« Joel war sichtlich beeindruckt.

»Hat sie das?« Mit einer Mischung aus Skepsis und Verwunderung blickte Patrick Angelique in die Augen. Sie sah ihm an, dass er nicht nur entsetzt war. Er war auch verletzt und wütend. Sein Blick wirkte hart, verschlossen, so als habe er eine unsichtbare Schutzmauer um sich herum hochgezogen. Doch seinen Kindern gegenüber blieb er vollkommen ruhig.

»Ja, hat sie.« Joel nickte heftig. »Und dann ist er abgehauen.«

»Und die Frau vom Jugendamt auch«, fügte Jessica hinzu. »Die war vielleicht ätzend.«

»Wisst ihr was?« Angelique erhob sich, einer Eingebung folgend. »Was haltet ihr davon, wenn ihr die Pizza rüber auf die Couch mitnehmt und euch einen schönen Film anseht?«

»Einen Film?« Überrascht hob Patrick den Kopf.

»Ja, ich finde, das haben die zwei sich nach so einem unschönen Besuch verdient.« Angelique ging einfach zu dem Sideboard, über dem der Fernseher hing, und griff nach dem Stapel DVDs, legte ihn aber nach einem näheren Blick darauf gleich wieder zurück.

»Das sind alles Papas Actionfilme«, rief Joel und trug bereits eine der Pizzaschachteln hinüber zum Couchtisch. »Die dürfen wir fast alle noch nicht gucken.«

»Das ist auch besser so.« Sie schmunzelte, denn sie hatte eine ganze Sammlung von Quentin-Tarantino-Filmen erkannt. »Wir wollen schließlich nicht, dass ihr Albträume kriegt. Habt ihr irgendwas Kindertaugliches da?« Sie überlegte kurz. »Es ist zwar noch ein bisschen hin bis Weihnachten, aber ich würde *Der kleine Lord* vorschlagen.«

»Der ist schön!« Jessica sprang nun auch auf und trug ihren Pizzakarton zum Couchtisch. »Den haben wir aber nicht auf DVD.«

»Vielleicht läuft er auf einem Streaming-Portal«, schlug Patrick vor und brachte die dritte Pizzaschachtel mit. Die Kinder trugen indes Flaschen, Gläser und auch den Picknickkorb zum Couchtisch.

Angelique schnappte sich die Fernbedienung und klickte sich durch das Menü des Smart-TVs. »Sie haben ja eine ordentliche Auswahl.«

Er zuckte mit den Achseln. »Bis vor einem Jahr hatte ich noch deutlich mehr Zeit, mir Serien und Filme anzusehen, deshalb habe ich mehrere Abos abgeschlossen. Inzwischen komme ich kaum noch dazu, aber die meisten Portale haben auch ganz gute Kinderfilme im Angebot.«

Angelique war bereits fündig geworden. »Hier ist er schon. *Der kleine Lord.*« Sie schaltete den Film ein und blickte dann etwas unsicher auf Patrick und die Zwillinge. »Am besten lasse ich euch jetzt allein. Es ist ja schon recht spät und …«

»Spiegelglatt.« Patrick blickte zu ihr hoch. »Deshalb hat es so lange gedauert, bis ich hier war. Der Taxifahrer konnte nur im Schritttempo fahren. Und es soll noch schlimmer werden.« Er deutete neben sich auf die Couch. »Setzen Sie sich, und essen Sie Ihre Pizza.«

Zögernd ließ sie sich neben ihm nieder. »Eigentlich ist das Ihre Pizza.«

»Dann teilen wir sie.« Er lächelte nicht, doch seine Stimme klang ruhig und fast freundlich. »Ich schätze, das haben Sie sich redlich verdient. Außerdem schaffen Joel und Jessica ihre Pizza sowieso nie ganz. Es ist genug für alle da.«

»Und Oma Margits Kartoffelsalat ist auch noch da.« Joel deutete auf den Korb.

»Genau.« Überraschend rückte Jessica näher an Angelique heran. Dann erstarrte sie plötzlich. »Oh, oh.«

»Was denn?« Verwundert sah Angelique das Mädchen an, das im nächsten Moment hastig aufsprang.

»Oskar! Der Arme ist immer noch oben eingesperrt.«

»Ach du liebe Zeit, stimmt ja.« Angelique schlug die Hand vor die Stirn und erhob sich ebenfalls.

»Warum ist Oskar eingesperrt?« Auch Patrick erhob sich und folgte Angelique und Jessica nach oben.

»Weil diese Adenbach Angst vor ihm hatte.« Joel flitzte an ihnen vorbei. »Wo haben Sie ihn denn eingesperrt?«

»In Papas Zimmer.« Jessica rannte ebenfalls los und war zeitgleich mit ihrem Bruder an Patricks Schlafzimmertür. Als sie sie öffneten, stieß Jessica einen kleinen Schrei aus. Joel starrte nur in den Raum.

Ahnungsvoll eilte Angelique ebenfalls zur Tür, blieb aber wie angewurzelt hinter den Kindern stehen. »Oh Mann.«

»Was ist?« Patrick prallte leicht gegen sie und hielt sie reflexartig an den Schultern fest, weil sie fast gestrauchelt wäre. Die Berührung sandte ein merkwürdiges Kribbeln durch ihren Körper, das sich mit dem Herzklopfen vermischte, das durch den Schreck ausgelöst worden war.

Patricks Griff um ihre Schultern verstärkte sich unwillkürlich, als er die Bescherung entdeckte. »Heiliger Bimbam. Oskar!«

*Hm? Ja? Was denn?* Mit einem vollkommenen Unschuldsblick hob Oskar den Kopf. Er lag mitten auf dem breiten Doppelbett, halb unter der zerwühlten Tagesdecke verborgen. Irgendwie hatte er es geschafft, die Reißverschlüsse an Decken- und Kissenbezügen zu öffnen und deren Inhalt quer im ganzen Zimmer zu verteilen. Auch die Box mit der Schmutzwäsche hatte er umgeworfen und ausgeleert und einige Autozeitschriften zu winzigen Schnipselchen verarbeitet.

»Verdammt noch mal, die hatte ich noch nicht gelesen.« Konsterniert deutete Patrick auf sein Bett. »Runter da, du Untier!« Seine Stimme klang nicht wirklich verärgert, sondern eher resigniert. Deutlich unfreundlicher wandte er sich an Angelique. »Sie wissen doch, dass er Unsinn anstellt, wenn man ihn einsperrt.«

*Was denn? Ich habe bloß ein bisschen umdekoriert. So wie neulich. Ich finde den Raum so viel gemütlicher.* Arglos wedelte Oskar mit der Rute und hechelte, sodass es aussah, als lächle er sie an.

»Nein, das wusste ich nicht.« Sie drehte den Kopf so, dass sie ihm ins Gesicht blicken konnte. »Sie haben gesagt, in einer reizarmen Umgebung ist er am besten aufgehoben.«

Er verdrehte die Augen. »Mein Schlafzimmer ist offensichtlich alles andere als reizarm.«

Sie wusste nicht, warum, aber die Situation brachte sie zum Lachen. »Wenn Sie wollen, helfe ich Ihnen beim Aufräumen.«

Erst jetzt schien ihm aufzufallen, dass er sie noch immer an den Schultern festhielt. Als habe er sich verbrannt, ließ er sie abrupt los. »Nicht nötig.« Rasch betrat er sein Schlafzimmer. »Das erledige ich schon selbst.«

»Jetzt?« Jessica hatte sich neben Oskar gehockt, der sich inzwischen bequemt hatte, das Bett zu verlassen. »Ich dachte, wir gucken den Film.«

»Ja, lassen Sie das doch bis später liegen.« Angelique lächelte ihm zu. »Die Unordnung läuft Ihnen nicht weg.«

Verwundert drehte er sich zu ihr um. »Das von der Frau, die das Auf- und Umräumen in meiner Firma zum Volkssport erklärt hat?«

Achselzuckend zwinkerte sie ihm zu. »Kommen Sie, man muss Prioritäten setzen.«

# 8. Kapitel

»Jetzt sollte ich mich aber wirklich auf den Heimweg machen.« Demonstrativ blickte Angelique auf ihre Armbanduhr. Es war bereits kurz vor zehn; die Kinder waren auf der Couch eingeschlafen. »Danke für Pizza und Film.«

Patrick erhob sich und ging mit ihr bis zur Haustür. »Nichts zu danken. Die Pizza haben Sie gekauft.«

»Aber Sie geben mir das Geld noch zurück.«

»Ach?«

»Ich hatte ursprünglich gar nicht geplant, mit Ihnen und den Kindern zu essen.«

»Und wohl auch nicht, meinen Besuch achtkantig hinauszuwerfen.« Patricks Stimme klang ernst, aber nicht mehr wütend.

»Nein, ganz sicher nicht. Wenn Sie möchten, entschuldige ich mich noch einmal dafür.«

»Nein.« Er zuckte mit den Achseln. »Sie haben nur getan, was nötig war.« Als er die Haustür öffnete und einen Blick nach draußen warf, lachte er trocken auf. »Mir scheint, jetzt muss ich zum Ausgleich tun, was nötig ist.«

»Und das wäre?« Neugierig warf auch Angelique einen Blick nach draußen. »Oh, oh.«

Der Schneeregen hatte Straße und Gehwege in spiegelglatte Flächen verwandelt. Inzwischen regnete es wieder ohne Beimischung von Schneeflocken, doch die Temperatur war empfindlich gesunken.

»Ich zwinge Sie, in meinem Gästezimmer zu übernachten.«

»Sie zwingen mich?«

Er bedachte sie mit einem spöttischen Blick. »Wollten Sie nicht gerade sagen, dass Sie trotz des Wetters lieber nach Hause wollen? Ich möchte nur verhindern, dass Sie sich alle Knochen brechen.«

Sie erwiderte seinen Blick mit einem lakonischen Lächeln. »Eigentlich wollte ich mich gerade für das Angebot bedanken.«

»Tatsächlich.« Ungläubig sah er sie an.

»Ja.« Ihr Lächeln verbreiterte sich ein wenig. »Sie haben *Django Unchained* auf Blu-Ray.«

Um Patricks Mundwinkel zuckte es. »Sie mögen Quentin Tarantino?«

»Was heißt hier mögen? Ich liebe ihn!« Sie verdrehte begeistert die Augen. »Django ist allerdings mein absoluter Favorit.«

»Der Film dauert zweieinhalb Stunden«, gab er grinsend zu bedenken.

»Dann sollten wir keine Zeit verlieren.« Entschlossen kehrte sie ins Wohnzimmer zurück und blickte auf die schlafenden Zwillinge. »Tragen oder wecken?«

»Beides.« Patrick hob Joel vorsichtig hoch. »Wecken Sie Jessica auf. Wenn ich sie hochhebe, ist sie sowieso sofort wach. Joel hingegen schläft wie ein Stein.« Ohne weiter auf sie zu achten, trug er seinen Sohn die Treppe hinauf.

Angelique ging neben Jessica in die Hocke und legte ihr eine Hand auf die Schulter. Sogleich schlug das Mädchen die Augen auf. »Was ist denn?« Sie blickte zum Fernseher. »Ich hab das Ende verpasst.«

»Ist doch nicht schlimm, das kannst du dir morgen noch einmal ansehen.« Angelique deutete mit dem Kinn vage in Richtung Tür. »Es wird Zeit, ins Bett zu gehen. Morgen ist ein Schultag.«

»Ja.« Umständlich rappelte Jessica sich auf. Dann musterte sie Angelique mit schräg gelegtem Kopf. »Fahren Sie jetzt auch nach Hause?«

»Das wollte ich eigentlich«, gab Angelique zu. »Aber draußen ist es immer noch spiegelglatt, sogar noch schlimmer als vorhin. Also werde ich wohl in eurem Gästezimmer übernachten müssen.«

Jessica dachte einen Moment nach, dann nickte sie unvermittelt. »Gut.« Ihre Miene hellte sich auf. »Dann sind Sie ja morgen früh zum Frühstück auch noch da.«

Angelique lachte. »Das lässt sich wohl nicht vermeiden.«

Jessica lächelte fast unmerklich. »Gut«, wiederholte sie und stand auf. »Gute Nacht.«

»Soll ich dich noch nach oben begleiten und dich zudecken?«

Sichtlich verblüfft blieb Jessica an der Treppe stehen und drehte sich zu Angelique um. »Sie?«

»Warum nicht ich? Natürlich nur, wenn du möchtest.«

Jessica nickte. »Ja, möchte ich.«

Ein seltsam warmes Gefühl durchrieselte Angelique. Jessica hatte sich einfach wieder umgedreht und stieg die Treppe ins Obergeschoss hinauf, also nahm Angelique die Verfolgung auf.

*Hey, Moment mal, wo wollt ihr denn jetzt alle hin? Nach oben? Was ist denn da so interessant?* Oskar sprang auf, schüttelte sich und sauste hinter Angelique her. Auf der Treppe überholte er sie sogar und war als Erster an Jessicas Zimmertür.

»Ich muss erst noch die Zähne putzen.« Jessica betrat ihr Zimmer, kam aber gleich mit ihrem Schlafanzug wieder zurück und ging ins Bad. Während Oskar sich abwartend in die Tür setzte, blickte Angelique sich aufmerksam in dem Mädchenzimmer um. Die Möbel waren aus schlichtem Kiefernholz gearbeitet und ohne viel Schnörkel, Bettwäsche und Vorhänge in einem kräftigen Violett – anscheinend Jessicas Lieblingsfarbe, denn auch ihre Schultasche wies diesen Farbton auf, ebenso wie die kleine Magnetwand neben der Tür, an der Notizen, ein paar Postkarten und Fotos von Jessica, Joel und ein paar anderen Kindern befestigt waren.

Patrick schien tatsächlich ein Machtwort gesprochen zu haben, denn bis auf ein paar Blätter Papier lag heute nichts auf dem Boden. Als Angelique die Papiere näher betrachtete, stutzte sie und hob sie auf. Es handelte sich um Bleistiftzeichnungen von Oskar und von den Pferden, die sie auf dem Reiterhof gesehen hatten. Angelique staunte über die Menge an Details, die Jessica eingefangen hatte – das Mädchen besaß eindeutig Talent. Rasch legte Angelique die Zeichnungen auf dem Schreibtisch ab und sah sich weiter um. Im Regal über der Schreibtischplatte stapelten sich noch weitere Zeichnungen kunterbunt übereinander. Daneben lag eine Schachtel mit Malkreiden. Ganz in der Ecke, halb hinter einem kleinen Plüschäffchen versteckt, stand eine Fotografie, die wahrscheinlich Klarissa, die Mutter der Zwillinge, zeigte. Eine hübsche, noch sehr junge Frau mit blondem Haar und blauen Augen, deren Gesichtszüge und Miene sanft, aber doch ein wenig eigenwillig wirkten. Das Foto musste aufgenommen worden sein, als die Lungenkrankheit noch nicht ausgebrochen gewesen war. Als Angelique etwas näher an den Schreibtisch und das Regal darüber herantrat, bemerkte sie einen weiteren Bilderrahmen, der mit der Bildseite nach unten halb unter den Zeichnungen verborgen war. Neugierig zog sie ihn hervor und stellte ihn auf. Es handelte sich um ein weiteres Bild, das Klarissa zusammen mit den Zwillingen zeigte, als die beiden vielleicht fünf oder sechs Jahre alt gewesen waren. Die Mutter hatte ihren beiden Kindern jeweils einen Arm um die Schultern gelegt, und alle drei lächelten fröhlich in die Kamera. Den dicken Winterjacken und der verschneiten Landschaft nach schienen sie sich damals im Winterurlaub irgendwo im Gebirge aufgehalten zu haben. Eine durchaus glückliche kleine Familie, bei der nur der Vater fehlte. Auch hier sah man Klarissa die schwere Erbkrankheit noch nicht an, die sie glücklicherweise nicht an ihre Kinder weitergegeben hatte.

»Was machen Sie da?« Unbemerkt war Jessica wieder ins Zimmer gekommen und trat neben Angelique. »Das ist meine Mama.« Sie nahm den Bilderrahmen und legte ihn wieder so ins Regal, dass man das Foto nicht sehen konnte.

»Möchtest du es nicht aufstellen, damit du es immer ansehen kannst?« Fragend blickte Angelique das Mädchen an.

Jessica zögerte und zog den Kopf ein wenig ein. »Schon, aber das ist vielleicht nicht so gut.«

»Warum das denn?« Erstaunt ließ Angelique sich auf der Schreibtischkante nieder. »Es ist doch ein sehr schönes Foto von euch.«

»Ja, da waren wir sechs und mit Mama und Großmama und Großpapa über Weihnachten in Südtirol.« Wieder zögerte Jessica, bevor sie weitersprach. »Glauben Sie …?«

»Was denn?« Gespannt beugte Angelique sich ein wenig vor.

»Wenn ich das Bild aufstelle, glauben Sie, Papa denkt, ich würde Mama noch zu arg vermissen – und dass er deshalb keine neue Frau kennenlernen will?«

Verdutzt runzelte Angelique die Stirn. »Nein, das glaube ich ganz und gar nicht. Möchtest du denn, dass dein Vater eine Frau – oder Freundin – findet?«

Jessica zuckte nur mit den Achseln. »Würden …? Also wenn Sie jetzt zum Beispiel seine Freundin wären und hier reinkämen und die Fotos sehen würden, wären Sie dann irgendwie böse oder so?«

»Wie kommst du denn auf so etwas?« Rasch stellte Angelique den Bilderrahmen wieder auf. »Hast du Angst, eine andere Frau könnte eifersüchtig reagieren, weil du dich gerne an deine Mutter erinnerst?«

»So was, ja.«

»Weißt du was?« Sanft berührte Angelique das Mädchen

an der Schulter. »Wenn das wirklich der Fall wäre, würde dein Vater mit so einer Frau bestimmt nicht lange zusammen sein. So etwas wäre nämlich sehr seltsam und egoistisch von der Frau. Ich kann mir nicht vorstellen, dass dein Vater das gut fände.«

»Aber vielleicht traut er sich gar nicht, eine Frau kennenzulernen, weil wir jetzt da sind.« Jessicas Miene zeigte deutlich, dass sie sich nicht zum ersten Mal Gedanken über dieses Thema gemacht hatte.

Angelique lächelte ihr aufmunternd zu. »Ich glaube nicht, dass das etwas mit den Fotos eurer Mutter zu tun hat – oder damit, dass ihr sie vermisst.«

»Womit denn dann?«

Diesmal zögerte Angelique mit ihrer Antwort und erschrak ein wenig, als sie bemerkte, dass Patrick an die Zimmertür herangetreten war, ohne dass Jessica es bemerkt hatte. Um das Mädchen nicht in Verlegenheit zu bringen, tat sie, als sei er nicht da. »Weißt du, dafür kann es viele Gründe geben. Zum Beispiel, dass er so viel arbeitet und gar keine Zeit hat, jemanden näher kennenzulernen. Außerdem ist es gar nicht so einfach, jemanden zu finden, den man wirklich gern hat.«

»Und in den man sich verliebt?«

Unerklärlicherweise wurde es Angelique plötzlich zu warm, und ihr Herzschlag geriet ein wenig aus dem Tritt. »Genau.«

»Sind Sie in jemanden verliebt?«

»Ich habe im Moment keinen Freund, wenn du das meinst«, wich sie aus. Leider weckte sie damit erst recht Jessicas Neugier.

»Aber verliebt kann man auch so sein, oder? Sind Sie verliebt?«

Obwohl sie sich dagegen wehrte, wanderte ihr Blick wie magnetisch angezogen wieder zu Patrick, der schweigend und ohne sichtbare Reaktion dem Gespräch lauschte. Verzweifelt suchte sie nach einer sinnvollen Antwort. »Also, weißt du, im Moment weiß ich nicht so genau, was ich bin.«

Erstaunt hob Jessica den Kopf. »Wie kann man das denn nicht wissen?«

»Wahrscheinlich tut Angelique wie immer so viele Dinge gleichzeitig, dass sie nicht auch noch Zeit hat, sich in jemanden zu verlieben.« Mit spöttischer Miene trat Patrick ins Zimmer.

Erschrocken fuhr seine Tochter zu ihm herum. »Papa! Hast du mich erschreckt.«

»Entschuldige.« Er lächelte ihr kurz zu. »Es ist längst Schlafenszeit.«

»Ich weiß.« Jessica zupfte an ihrem lila Schlafanzug herum und kroch rasch unter ihre Decke, wandte sich aber noch einmal an Angelique. »Stimmt das, was Papa gesagt hat? Machen Sie immer so viel, dass Sie keine Zeit zum Verlieben haben?«

Angelique warf Patrick einen verärgerten Blick zu, konnte aber nicht verhindern, dass ihr Herzschlag sich dabei erneut beschleunigte. »Um sich zu verlieben, sollte man sich eigentlich die Zeit nehmen, aber nur, wenn man auch bereit dazu ist und dem richtigen Menschen begegnet.«

»Und haben Sie denn so jemanden getroffen oder nicht?«, hakte Jessica erstaunlich hartnäckig nach.

Angelique schluckte und zwang sich zu einem ungezwungenen Lächeln. »Wie ich schon sagte: Ich weiß es noch nicht so genau. Aber jetzt solltest du wirklich schlafen, sonst bist du morgen in der Schule ganz müde.«

»Schon gut.« Jessica zog die Bettdecke bis zur Nasenspitze hoch. »Aber morgen früh beim Frühstück sind Sie noch da?«

»Ganz sicher sogar.«

Zufrieden lächelte das Mädchen. »Gute Nacht, Angelique. Gute Nacht, Papa.«

»Gute Nacht, kleine Vorwitznase.« Patrick trat neben das Bett und strich seiner Tochter sachte übers Haar.

Aus Jessicas Lächeln wurde ein breites Grinsen, das dem ihres Bruders enorm ähnelte. Gleich darauf schloss sie jedoch die Augen und drehte sich mit dem Gesicht zur Wand.

Mit Handzeichen bedeutete Patrick Angelique, das Zimmer zu verlassen. Er schloss die Tür hinter sich und ging die wenigen Schritte bis zu dem kleinen Gästezimmer. Dort drehte er sich in der Tür zu ihr um. »Jessica kann mit ihrer Fragerei manchmal ziemlich anstrengend sein. Sie hätten sich keine ausweichenden Antworten überlegen müssen, sondern ihr einfach sagen können, dass sie mit ihrer Neugier zu weit geht.«

Angelique trat auf ihn zu, schob sich rasch an ihm vorbei in das ebenfalls mit modernen Kiefernmöbeln ausgestattete Zimmer und sah sich eingehender um als vielleicht nötig. Dann wandte sie sich ihm mit frisch gefasstem Mut erneut zu. »Warum glauben Sie, ich hätte mir meine Antworten nur ausgedacht?«

***

Patricks Augen verengten sich für einen Moment überrascht, dann weiteten sie sich. Unwillkürlich machte er einen Schritt auf Angelique zu, hielt sich dann jedoch rechtzeitig auf, um nicht in Versuchung zu geraten, einen riesigen Fehler zu begehen. Er wusste schon den gesamten Abend über nicht so recht, wie er auf die Situation – und Angelique – reagieren sollte.

Dass sie jetzt auch noch über Nacht Gast in seinem Haus sein würde, passte ihm aus vielerlei Gründen nicht. Ganz besonders deshalb nicht, weil sie ihn viel zu sehr faszinierte und zu unbedachten Reaktionen veranlasste. Dabei wusste er nie so genau, ob sie das mit Absicht tat oder ob sie einfach nur von Natur aus ein so einnehmendes Wesen hatte, das ihm den Kopf zu verdrehen drohte. So hilfreich vieles, was sie in der

Firma für ihn tat, auch war, die Komplikationen, die ihm drohten, wenn er sie womöglich auch in sein Privatleben ließ, musste er unbedingt vermeiden. Nicht nur, weil es unprofessionell war, sich mit einer Angestellten einzulassen, sondern auch und ganz besonders, weil es zu nichts führen würde – und durfte. Er war aus guten Gründen Single, auch wenn er sich in ihrer Gegenwart gerade nicht mehr an die Details dieser Gründe erinnern konnte. Wichtig war, dass es so bleiben musste und er einen kühlen Kopf behielt.

»Wie Sie sehen«, wechselte er rasch das Thema, »habe ich Ihnen das Bett frisch bezogen. Sie können gerne mein Bad mitbenutzen oder das der Kinder, ganz wie Sie wollen. Frische Handtücher sind jeweils im Schrank neben der Dusche. Ich habe Ihnen auch eine Zahnbürste hingelegt.« Er deutete auf den Nachttisch.

»Danke, das ist sehr freundlich von Ihnen.« Gerade als er erleichtert aufatmen wollte, weil sie offenbar verstanden hatte, dass er das Gespräch von zuvor nicht weiterführen wollte, trat sie erneut auf ihn zu und schob sich an ihm vorbei durch die Tür. Dabei streifte sie ihn mit der Hüfte, tat aber so, als hätte sie es nicht bemerkt, und bückte sich, um Oskar zu streicheln, der ungewöhnlich brav im Flur saß und auf sie beide zu warten schien. Kurz hob sie den Kopf und suchte seinen Blick. »Kann es sein, dass Ihre Tochter uns beide verkuppeln will?«

Er schluckte erschrocken. »Malen Sie nicht den Teufel an die Wand!«

»Tun Sie nicht so, als wäre Ihnen der Gedanke nicht auch schon mal durch den Kopf geschossen.«

Er atmete tief ein. »Dass Jessica uns verkuppeln will?«

Sie bedachte ihn mit einem beredten Blick. »Dass da etwas zwischen uns ist.« Ihre Stimme klang zwar ruhig und ein klein wenig spöttisch, doch an der Art, wie sie offenbar durch das Streicheln des Hundes ihre Hände beschäftigte, erkannte er, dass sie nicht so abgeklärt war, wie sie sich zu geben versuchte. Abrupt richtete sie sich wieder auf und ließ ihn einfach stehen.

Als er ihr nach einem langen Moment nach unten folgte, war sie bereits dabei, die leeren Pizzaschachteln in die Küche zu tragen. Er ging zum Kühlschrank, um sich eine Flasche Bier herauszuholen. »Möchten Sie auch eine?«

»Warum nicht? Immerhin muss ich jetzt ja nicht mehr fahren.« Sie sah ihn zwar nicht an, während sie sprach, wirkte nun aber wieder vollkommen gefasst und so, als hätte es ihre Bemerkungen von vorhin nicht gegeben.

Innerlich aufgewühlt, weil er genau wusste, dass sie sich auf dünnem Eis bewegten, entnahm er dem Kühlschrank eine zweite Bierflasche. »Klarissa war nicht mehr minderjährig, als wir ... zusammen waren. Sie hatte gerade ihren achtzehnten Geburtstag gefeiert. Ich war ein paar Jahre älter, aber es war nicht ...«

»Ich weiß.« Nun sah sie ihn doch wieder an. »Laura hat mir einiges darüber erzählt. Aber Ihre Schwiegereltern scheinen zu glauben, dass sie Ihnen etwas anhängen können.« Sie hielt kurz inne, holte tief Luft. »Sie scheinen sogar darauf hinauszuwollen, dass Jessica bei Ihnen nicht sicher ist.«

»Was?« Er glaubte, sich verhört zu haben.

»Vielleicht hat auch bloß der Anwalt es so gedreht, aber es klang so, als wollte er andeuten, dass Sie ... nun ja.«

»Verdammt noch mal!« Von einer Welle des Zorns gepackt, ballte er die Hände um die kalten Bierflaschen, bis sich seine Fingerknöchel hart und weiß unter der Haut abzeichneten. »Das darf doch wohl nicht wahr sein!« Mühsam kämpfte er gegen den Drang an, seine Faust gegen irgendetwas Hartes zu rammen. »Gut, dass Sie ihn hinausgeworfen haben.« Er knirschte mit den Zähnen. »Andernfalls hätte ich es getan. In dem Fall hätte er aber nicht mehr selbst Auto fahren können.«

Ruhig kam Angelique auf ihn zu und entwand ihm die beiden Flaschen. »Vielleicht hatte er es genau darauf abgesehen. Bloß dass ich seinen Plan vereitelt habe.«

Entgeistert starrte er sie an. »Sie glauben …?«

»Dass er Sie nur provozieren wollte, um die Behauptungen Ihrer Schwiegereltern, Sie seien gefährlich und unberechenbar, mit Beweisen zu untermauern? Ich halte es zumindest nicht für ausgeschlossen. Für die beiden scheinen Sie der Staatsfeind Nummer eins zu sein. Ich rate Ihnen, sich auch zukünftig niemals ohne weiteren Beistand mit diesem Anwalt zu treffen – oder dieser Tussi vom Jugendamt oder weiß der Himmel, wen sie sonst noch zu Ihnen schicken.«

»Laura hat Ihnen offenbar noch mehr über mich erzählt.« Mit Mühe dämpfte er die Wut in seinem Bauch bis auf ein vertretbares Maß.

»Ich würde sagen, dass Sie sicherlich nicht ohne triftigen Grund mehrmals vor Gericht gestanden haben, als Sie noch jünger waren, und auch die eine oder andere Strafe aufgebrummt bekommen haben.« Sie musterte ihn aufmerksam. »Aber ich glaube nicht, dass heute noch jemand Angst vor Ihnen zu haben braucht. Zumindest nicht, solange man Sie nicht bis zur Weißglut reizt.« Nun lächelte sie sogar wieder – auf diese zuckersüße Art, die seinen Blutdruck zuverlässig in die Höhe schnellen und ihn unbedachte Dinge tun ließ. Wie zum Beispiel, so nah an sie heranzutreten, dass ihre Körper sich beinahe berührten.

»Ach wirklich?« Er wusste, es war ein Fehler, ihr jetzt auch noch in die Augen zu blicken, die sich überrascht weiteten. »Sie halten mich also für harmlos?«

Bedachtsam stellte sie die Bierflaschen auf der Anrichte neben dem Kühlschrank ab, gegen den er sie praktisch gedrängt hatte. An ihrer Halsschlagader sah er, dass ihr Puls stark beschleunigt war. »Das habe ich nicht gesagt.«

»Sie haben keine Angst vor mir?«

»Das hätten Sie wohl gerne.« Ihre Stimme klang ein wenig heiser. »Verwechseln Sie Angst nicht mit etwas ganz anderem.«

»So? Womit denn?« Ihre unmittelbare Nähe raubte ihm den Atem. Sein Blick wanderte von ihren silbervioletten Augen hinab zu ihren Lippen und langsam wieder zurück. Sein Pulsschlag steigerte sich rapide.

Sie schluckte und benetzte mit der Zungenspitze ihre Lippen. »Tun Sie es – und finden Sie es heraus.«

»Nein.« Langsam schüttelte er den Kopf. »Das ist mir zu gefährlich.«

Auf ihren Lippen erschien ein amüsiertes Lächeln. »Sagen Sie bloß.«

»Was?«

»Jetzt haben Sie Angst.«

»Ich bin nur vernünftig.« Er fluchte innerlich, als sie leise lachte.

»Feigling.« Flink trat sie zur Seite und wollte erneut nach den Bierflaschen greifen.

Einen wütenden Laut ausstoßend, fasste er sie am Arm und zog sie mit einem Ruck herum, sodass sie gegen ihn prallte. »Du nennst mich einen Feigling?«

In ihren Augen glitzerte es, teils überrascht, teils herausfordernd. »Überzeuge mich vom Gegenteil.«

Ihre Blicke verhakten sich ineinander. Sie reckte sich ihm ein klein wenig entgegen, und in seiner Magengrube bildete sich ein brennender Knoten, der in dem Moment explodierte, als er seine Lippen auf ihre senkte.

Für einen Moment stand er wie unter Strom. Er wusste nicht, was er erwartet hatte – vermutlich gar nichts, weil sein Verstand mit diesem impulsiven Irrsinn nicht mitgekommen war. Der fast schon triumphierende Laut, den sie ausstieß, befeuerte die Alarmglocken, die in seinem Kopf schrillten, zusätzlich. Sie hatte ihn provoziert, und er war ihr auf den Leim gegangen. Warum nur konnte sie ihn so einfach manipulieren? Und warum in drei Teufels Namen fühlte sich das so gut an?

Angeliques Lippen waren warm, weich und viel zu entgegenkommend. Sie hatte ihre rechte Hand auf seinen Oberarm gelegt, die linke auf seine Brust, und dort verkrallte sie sich in seinem Hemd. Der Kuss war nicht wild, aber dennoch hungrig. Patricks Blut erhitzte sich langsam, während er seinen Mund fordernd auf ihren presste, ihre Unterlippe einsaugte, daran knabberte, bis Angelique erneut einen leisen, diesmal deutlich erregten Laut ausstieß und sich fester an ihn schmiegte. Im nächsten Moment trafen ihre Zungenspitzen aufeinander, und wieder schien Patrick kurz unter Strom zu stehen. Sein Körper reagierte geradezu brutal auf sie, doch anstatt das zum Anlass zu nehmen, zurückzuschrecken, schlang sie nun ihre Arme um seinen Hals und drängte sich noch fester an ihn, sodass sie ganz sicher unmissverständlich spüren konnte, wie erregt er war.

Mit einiger Anstrengung lockerte er seinen Griff ein wenig, mit dem er ihre Oberarme umfasst hielt, und unterbrach den Kuss. Einigermaßen entsetzt starrte er sie an und versuchte zu Atem zu kommen. »Und was jetzt?«

Ihre Pupillen waren erweitert und ließen ihren Blick dunkler wirken. »Ich hätte nicht gedacht, dass du das noch fragen musst.« Ihre Hand wanderte in mehr als eindeutiger Weise hinab zu der harten Wölbung unter seiner Jeans.

Für einen Moment verharrten sie so, dann fanden ihre Lippen sich erneut, wild, gierig diesmal. Patrick stöhnte unterdrückt, als Angeliques Hand sich an seinem Gürtel zu schaffen machte. Am Rande nahm er wahr, dass Oskar sich in Richtung Treppe trollte.

Als Angelique den Gürtel geöffnet hatte, zerrte sie ungeduldig an seinem Hemd und dem T-Shirt, das er darunter trug. Auch er machte sich mit fliegenden Fingern über die Knöpfe an ihrer Bluse her und streifte ihr das Kleidungsstück kurz darauf von den Schultern. Sie trug ein enges schwarzes Top darunter, das ihre schlanke Gestalt und die sanfte Rundung ihrer Brüste betonte. In einer fließenden Bewegung zog sie es sich zusammen mit dem elastischen Bustier, das darunter verborgen gewesen war über den Kopf und ließ es zu Boden fallen.

Auch Patrick entledigte sich hastig seiner Oberbekleidung und zog Angelique sofort wieder fest an sich, keuchte auf, als ihre weiche warme Haut sich an seinen harten Muskeln rieb.

Wieder machte sie sich an seiner Hose zu schaffen, öffnete die Knöpfe so flink, dass er erschrocken aufstöhnte, als ihre Finger sich unter den Stoff stahlen und ihn behutsam und energisch zugleich umfassten.

Für einen Moment sah er tausend Sternchen, und alles Blut, das bisher noch heiß durch seine Adern gerauscht war, sackte in seinen Unterleib. Er war lange, verdammt lange – vielleicht zu lange – nicht mehr mit einer Frau zusammen gewesen. Von blinder Gier erfasst, zerrte er an ihrer Jeans, öffnete Knopf und Reißverschluss und schob ihr den engen Stoff samt ihrem Slip über die Hüften. Sie half ihm, indem sie sich ihrer Stiefeletten entledigte – und dadurch sofort um etliche Zentimeter kleiner wurde. Wenn er nicht so irrsinnig erregt gewesen wäre, hätte ihn diese Tatsache wahrscheinlich zum Lachen gebracht, doch im Augenblick konnte er nicht mehr klar denken, oder zumindest fast nicht. Kaum stand sie nackt vor ihm, als er sie auch schon erneut fest an sich zog, ihre Lippen zurückeroberte, mit der Zunge die ihre suchte. Als sie leise keuchte, umschloss er mit den Händen ihre kleinen festen Brüste, spürte, wie sich unter seinen rauen Händen ihre Brustwarzen zusammenzogen und aufrichteten. Ihre Hand stahl sich erneut in seine Hose, umschloss sein hartes Glied. Ein wilder Schwindel erfasste ihn, ließ ihn den Kuss noch mehr vertiefen. Ungestüm drängte er sie gegen den Kühlschrank und seinen Unterleib gegen ihren. Er wollte sie. Jetzt. Sofort. Doch ein Gedanke drängte sich durch den wilden

Taumel an die Oberfläche, sodass er den leidenschaftlichen Kuss kurz unterbrach. »Kondom?«

Angelique atmete schnell und schwer und brauchte offensichtlich einen Moment, um seine Frage zu begreifen. »Handtasche.« Sie sah sich hastig um. »Stuhl.« Ehe er auch nur reagieren konnte, hatte sie sich von ihm gelöst und war mit schnellen Schritten zum Esstisch geeilt, wo sie ihre Handtasche an eine Stuhllehne gehängt hatte. Mit fliegenden Fingern öffnete sie sie und leerte ihren Inhalt einfach auf dem Stuhl aus, wühlte darin, bis sie das Gesuchte gefunden hatte. »Hier.« Sie hielt ein verschweißtes Kondom hoch.

Patrick, der ihr gefolgt war, riss es ihr aus der Hand, öffnete die Folie und streifte sich das Kondom rasch über. Dann zog er Angelique dicht zu sich heran, immer noch von diesem wilden Rausch erfasst, der sich einfach nicht zügeln ließ. Erneut küssten sie sich – heiß, tief. Seine Hand schloss sich fest um eine ihrer Brüste, er ließ seinen Mund, seine Zunge über ihr Kinn hinab, ihren Hals entlang bis zu ihrem Schlüsselbein gleiten. Sie schmeckte warm, süß und herb zugleich nach Frau, nach Angelique. Sie vernebelte ihm die Sinne.

Erregt stöhnte sie, als er mit Lippen und Zunge über ihre Brustwarze strich, und schlang ihr rechtes Bein um sein linkes, winkelte es ein wenig an, forderte ihn damit eindeutig zum Handeln auf.

Mit einem schnellen harten Griff hob er sie hoch und setzte sie auf dem massiven Esstisch ab, schob sich zwischen ihre Schenkel, drängte ihren Oberkörper zurück, bis sie lag und er über ihr war. Dann drang er schnell und tief in sie ein.

Sie empfing ihn mit fast unerträglicher feuchter Hitze, umschloss ihn, drängte sich ihm entgegen. Ihr lustvolles Keuchen, ebenso wie sein eigenes, dämpfte er, indem er ihre Lippen erneut mit seinen verschloss. Ehe er auch nur wusste, was er tat, trieb er sie bereits mit schnellen, kraftvollen Stößen an, ließ sich von dem lustvollen Strudel mitreißen, den er normalerweise mied, weil er darin nur zu leicht die Kontrolle verlieren konnte.

Doch als Angelique ihre langen schlanken Beine fest um ihn schlang, ihm bei jedem Stoß begierig entgegenkam, sich mit ihren Fingernägeln tief in die Haut auf seinem Rücken krallte, konnte er sich nicht länger beherrschen. Einem wilden Tier gleich fiel er über sie her, griff zu, saugte sich in ihrer Halsbeuge fest, stieß zu, wieder und wieder, hart, gierig, rücksichtslos.

Er spürte, wie Angelique sich anspannte, immer schneller und flacher atmete, seinem Rhythmus gezwungenermaßen folgte, weil sie gar keine andere Wahl hatte. Sie vergrub beide Hände fest in seinem Haar, zog sein Gesicht zu ihrem heran, presste ihren Mund auf seinen. Ihre Zungen rangen miteinander – und Angeliques Anspannung steigerte sich noch, fast so, als wehre sie sich gegen das Unvermeidliche.

Patrick hingegen war nicht mehr fähig sich zu zügeln, als er bei jedem weiteren Stoß auf ihren inneren Widerstand, diese seltsamen erregenden Muskeln traf, die sich immer wieder fest um ihn schlossen. Sie hatte die Augen geschlossen, was ihn ein wenig erstaunte. Also zog er erneut eine Spur heißer Küsse ihren Hals entlang bis dicht an ihr Ohr. Dann raunte er ihren Namen.

Überrascht riss Angelique die Augen auf – und sein Verstand schaltete sich vollends ab. Ihr Blick war dunkel, verhangen, fast erschrocken, doch er spiegelte seine eigene Lust wider.

Er hielt ihn gefangen, trieb sie aufs Neue an, wilder und unbarmherziger noch als zuvor, bis sie sich aufbäumte und einen unterdrückten Schrei ausstieß. Die Lustwellen, die sie erfassten, übertrugen sich ungebremst auf ihn, sodass er ihr nach nur wenigen weiteren Stößen in einen fast schmerzhaften Orgasmus folgte.

***

Überwältigt und vollkommen unfähig, sich gegen die wilden Empfindungen zu wehren, die sie durchtosten, lag Angelique unter Patrick, ihre Beine noch immer fest um seine Hüften geschlungen, und versuchte, wieder zu Atem zu kommen. So etwas hatte sie noch nie zuvor erlebt. Weder diese geradezu animalische Gier noch diese ungebremsten, herrlichen, erschreckenden Lustwellen, in denen sie sich gerade verlor. Sie hatte mit vielem gerechnet – aber nicht damit, dass er der Mann sein könnte, mit dem sie …

Nun, sie hatte bisher durchaus Spaß beim Sex gehabt, falls sie sich mal Zeit dafür genommen hatte, was selten genug vorkam. Doch sie hatte sich immer für viel zu kontrolliert gehalten, um jemals … Ihre Gedanken endeten unzusammenhängend. Sie hatte sich noch niemals vollends gehen lassen, hatte gedacht, sie sei einfach nicht fähig dazu, und es akzeptiert. Sex konnte auch ohne Orgasmus schön sein … hatte sie gedacht. Bis jetzt.

Patrick schien sich ebenfalls nur mit Mühe fassen zu können, richtete sich jedoch ein wenig auf, um ihr ins Gesicht sehen zu können. Sein Blick war verhangen, sein Herz pochte schnell und hart ganz nah an ihrem. Er räusperte sich. »Ich wiederhole: Und was jetzt?«

Diesmal dachte sie etwas eingehender über seine Frage nach, kam aber zu keinem Ergebnis, weil der Hormoncocktail in ihren Adern ihren Verstand noch immer lahmlegte. Als ihr jedoch bewusst wurde, wo sie sich befanden, gewann ihr Humor die Oberhand. Da sie dieser Sache außerdem vorsichtshalber nicht zu viel Bedeutung beimessen wollte, löste sie ihre Schenkel von seinen Hüften und ließ sich von ihm helfen, sich aufzurichten. »Ich würde sagen, jetzt können wir *Django Unchained* deutlich entspannter anschauen.«

Er hüstelte. »Du meinst, weil wir jetzt selbst *unchained* sind?«

»Oder es vielmehr waren.« Sie nickte mit einem einigermaßen heiteren Lächeln, das, wie sie hoffte, nichts von dem Gefühlswirrwarr verriet, in dem sie sich befand. »So in etwa.« Vorsichtig rutschte sie vom Esstisch herunter. »Allerdings sollten wir uns wohl vorher wieder anziehen.« Rasch huschte sie in die Küche, sammelte ihre Sachen ein und zog sich eiligst wieder an.

Patrick entsorgte in der Zwischenzeit das Kondom und streifte sich sein T-Shirt über. Dass er nicht einmal Zeit gefunden hatte, seine Hose loszuwerden, sprach eine ziemlich deutliche Sprache, und diese Tatsache schien ihn nun verlegen zu machen. Als sie neben dem Küchenstuhl in die Hocke ging, um die verstreuten Sachen wieder in ihre Handtasche einzuräumen, trat er neben sie. »Alles okay?«

Der besorgte Unterton in seiner Stimme ließ sie aufhorchen und den Kopf heben. »Ja, sicher. Warum denn nicht?«

»Weil …« Seine Augen verengten sich, als sein Blick auf ihre Halsbeuge fiel. »Scheiße.« Deutlich sanfter als zuvor schob er ihr langes schwarzes Haar zur Seite und fuhr vorsichtig mit den Fingerspitzen über ihre Halsbeuge.

Sie schmunzelte. »Ein Knutschfleck?«

»Nein.« Er runzelte die Stirn. »Ja.« Dann streifte er ihr die Bluse, die sie noch nicht wieder zugeknöpft hatte, von den Schultern und fluchte. »Ich habe dir wehgetan, sieh dich nur an.«

Sie folgte seinem Blick erstaunt und sah nun auch die roten Male, wo seine Hände zugepackt hatten. Da sie allmählich ihr Körpergefühl zurückerlangte, spürte sie auch noch andere Stellen, an denen sie vermutlich morgen blaue Flecke finden würde. Sie hob lächelnd die Schultern. »Und?«

Zu ihrer grenzenlosen Überraschung schloss er die Augen und ballte die Hände kurz zu Fäusten. »Das hätte nicht passieren dürfen. Es tut mir leid.«

»Was tut dir leid?« Verständnislos suchte sie seinen Blick, nachdem er die Augen wieder geöffnet hatte. »Du hast mir nicht wehgetan.« Als seine Miene sich verfinsterte, hob sie die Schultern. »Jedenfalls nicht so, dass du dir Sorgen machen müsstest. Eher im Gegenteil. Ich habe noch nie …« Nun selbst verlegen, brach sie ab. »Es ist alles in Ordnung, wirklich. Du hast nichts getan, was ich nicht wollte.« Bedächtig zog sie ihre Bluse wieder über die Schultern und schloss sie bis auf die obersten beiden Knöpfe. Dann fuhr sie sich ordnend mit den Fingern durch die Haare. »Was ist denn nun, sollten wir nicht allmählich mal die DVD einschalten?«

»Du willst dir jetzt wirklich noch den Film ansehen?« Sichtlich perplex folgte Patrick ihr zur Couch.

Sie schob die DVD in den Player und nahm mitten auf dem Sofa Platz. »Na klar.« Ihn so vollkommen außer sich zu sehen, rührte etwas in ihrem Inneren, ihr Herzschlag holperte, und die Erinnerung an das, was eben passiert war, trieb ihr die Wärme in die Wangen. Dennoch gab sie sich weiterhin so gelassen wie möglich, denn ihr Gefühl sagte ihr, dass er das jetzt brauchte. Irgendetwas an dem, was sie eben getan hatten, verstörte ihn, machte ihn glauben, er hätte sie verletzt. Sie wollte nicht, dass das von nun an zwischen ihnen stand, dazu war das Erlebnis zu berauschend gewesen, zu unglaublich, zu … schön.

»Nun setz dich schon zu mir.« Einladend klopfte sie neben sich auf die lederne Sitzfläche. »Ich beiße dich schon nicht.« Als er die Stirn runzelte, grinste sie. »Wahrscheinlich.«

Mit einem umständlichen Räuspern ließ er sich neben ihr nieder. »Hör zu, Angelique, wir sollten vielleicht lieber darüber reden«, er stockte kurz, »was jetzt … wird.«

»Was soll werden?« Obwohl ihr Herzschlag sich beschleunigte, blieb sie immer noch ganz ruhig. »Wir sind zwei Erwachsene, die für einen kurzen Moment den Kopf verloren haben.«

»Ich bin über dich hergefallen.«

Sie zuckte mit den Achseln. »Ich aber auch über dich. So etwas kommt vor. Manchmal sind eben … die Hormone stärker als wir. Das ist doch kein Drama.«

Sein Blick wirkte skeptisch, als er sie von der Seite ansah. »Du willst es einfach vergessen?«

Das wäre ihr gar nicht möglich gewesen, und wenn sie sich so ansah, wie er gerade reagierte, war er ebenfalls nicht der Typ Mann, der einfach über so etwas hinwegging. Irgendwie erleichterte sie das, brachte ihre Gefühle zugleich aber in noch größere Unordnung. »Nein«, antwortete sie schließlich und erwiderte mutig seinen Blick. »Aber wenn wir uns jetzt deswegen verrückt machen, bringt uns das nicht weiter, oder? Was ist denn schon passiert? Wir hatten Sex. Ziemlich heißen Sex.«

»Angelique.« Er legte den Kopf in den Nacken. »Ich habe dir blaue Flecke zugefügt.«

Allmählich begriff sie, dass ihn dieser Punkt ganz besonders quälte. Also umfasste sie seine Hand und drückte sie sanft. »Noch einmal: Du hast nichts getan, was ich nicht wollte. Ich habe acht Jahre lang regelmäßig Judo gemacht, sogar auf Wettkampfebene. Glaub mir, ich kann mich, falls nötig, ganz gut zur Wehr setzen. Das war aber zu keinem Zeitpunkt nötig, also hör auf, dir deswegen Gedanken zu machen.« Sie ließ seine Hand wieder los und griff stattdessen nach der Fernbedienung und schaltete den Film ein. »Wie wäre es, wenn du uns das Bier aus der Küche holst?«

# 9. Kapitel

»Ja, selbstverständlich können Sie uns den Teilbetrag bis Freitag überweisen, Frau Brunswick.« Angelique tippte, während sie mit der Kundin telefonierte, einige Notizen ab, die Patrick am Vormittag von einem Treffen mit einem neuen Holzlieferanten mitgebracht hatte. »Wenn Sie möchten, kann ich Ihnen den Eingang des Geldes dann noch einmal extra bestätigen. Wenn Sie eine E-Mail-Adresse haben …« Sie griff nach einem Kugelschreiber und notierte die Adresse, die die Frau diktierte, auf dem Notizblock neben der Tastatur. »Ja, vielen Dank, das mache ich natürlich.«

Sie lauschte dem Wortschwall, den die redselige Kundin über ihr ausgoss, und lächelte dabei Peter zu, der mit einem Stapel Lieferscheine das Foyer betrat und auf sie zuging.

»Mhm, ach ja, das ist ja ein Ding.« Sie interessierte sich nicht im Mindesten für die Abenteuer der Brunswickschen Katze, doch offenbar kam sie nicht darum herum, ihnen zu lauschen. Patrick hatte sie schon vor Tagen in einer Notiz darauf hingewiesen, dass die Dame nicht nur unerhört reich, sondern auch ziemlich schwatzhaft war. Doch sie hatte immerhin gleich drei kleine Holzhäuser als vermietbare Feriendomizile gekauft, die Patrick bis Mitte des kommenden Jahres ins Bergische liefern sollte. Derartig lukrative Aufträge erforderten eben auch mal ein wenig mehr Geduld. »Und die Feuerwehr hat sie dann gerettet? Das war aber nett.«

Als Peter grinsend vor ihr stand, zuckte sie mit den Achseln und streckte die Hand aus, um die Lieferscheine entgegenzunehmen. Er reichte sie ihr und raunte: »Breisnigs Lieferung ist eben eingetroffen. Heiko kümmert sich. Wollen Sie kurz rauskommen?«

»Ganz meine Meinung, Frau Brunswick, das hätte ich genauso gemacht. Die Feuerwehr hat sich ganz sicher über die Spende gefreut. Da waren Sie wirklich großzügig.« Sie nickte Peter zu und erhob sich, schob ihr Handy in die Gesäßtasche ihrer Jeans, legte sich einen Schnellhefter aus der Ablage zurecht und klemmte sich das Telefon zwischen Ohr und Schulter. Peter bedeutete sie, dass er schon mal vorgehen sollte, dann schnappte sie sich die Hundeleine samt Geschirr und ging zu Oskar, der sich auf seinem Schlafkissen zusammengerollt hatte. Als sie sich vor ihn hinhockte, setzte er sich erwartungsvoll auf.

*Nanu, gehen wir etwa raus? Bei dem ekelhaften Wetter? Muss das sein? Na ja, ich müsste zwar schon mal, aber Lust habe ich trotzdem nicht.*

»Möbel?« Während sie weiterhin der Kundin zuhörte, legte sie Oskar das Geschirr an, obwohl dieser nur lustlos die Pfoten hob. »Selbstverständlich können Sie die auch über uns beziehen. Wir haben heute gerade neue Kataloge eines unserer Partnerunternehmen hereinbekommen ... Wie bitte?« Sie hakte die Leine am Geschirr fest. »Ja, natürlich fertigt die Firma dann auch auf Kundenwunsch. Aber Sie können sich im Katalog ein paar Anregungen ...« Als sie sich umdrehte und erhob, erblickte sie Patrick in der Tür seines Büros, der sie fragend und mit einigermaßen finsterer Miene musterte. »Gerne. Nein, online haben wir den Katalog noch nicht, dazu ist er zu neu.« Rasch ging sie zum Schreibtisch und machte sich eine Notiz, die Kataloge, die ihr Bruder geschickt hatte, online verfügbar zu machen. Am besten mittels Verlinkung zu Lukas' Internetseite. »Es wird noch ein paar Tage dauern, bis ... Selbstverständlich schicke ich Ihnen alles auch gerne per Post zu. Ist schon so gut wie erledigt.« Sie griff nach dem Schnellhefter und ging zur Tür, dicht gefolgt von Oskar, der alles andere als begeistert wirkte, als ihm plötzlich kalter Wind und eisiger Regen entgegenschlugen.

*Pfui Teufel, genau wie ich es befürchtet hatte. Müssen wir da wirklich raus?*

»Ja. Ja, natürlich.«

*Bäh. Aber meckere nicht, wenn ich nachher wieder überall nasse Tapser hinterlasse. Oh, du redest ja gar nicht mit mir, sondern mit diesem kleinen schwarzen Ding namens Telefon.*

»Das tun wir doch gerne, Frau Brunswick. Wir melden uns. Auf Wiederhören!« Angelique verdrehte die Augen, als sie die Verbindung endlich unterbrechen konnte. »Na, Oskar, du scheinst ja nicht gerade erpicht auf einen Gang durch den Regen zu sein.« Sie war unter dem Vordach des Bürogebäudes stehen geblieben und schauderte ein wenig. Das Wetter war seit Montag kaum besser geworden, und heute war schon Mittwoch. Regen wechselte sich mit Schnee und Eisregen ab. Heute war es ein wenig milder geworden, dafür wehte wieder ein kräftiger Wind, der laut Wetterbericht gegen Abend erneut Sturmstärke erreichen würde.

Irgendwie passte das miese Wetter zu ihrer Gemütslage. Sie ließ sich zwar nach außen hin nichts anmerken, aber die seltsame Stimmung, die seit Montagabend zwischen ihr und Patrick herrschte, schlug ihr gehörig auf den Magen. Sie hatten sich den Film noch bis zum Ende angesehen und sogar hin und wieder eine scherzhafte Bemerkung gemacht. Doch nähergekommen waren sie einander nicht noch einmal. Patrick hatte so etwas wie eine innere Schutzmauer hochgezogen, die ihr in abgeschwächter Form schon zuvor aufgefallen war. Sobald ihre Blicke sich getroffen hatten, hatte er abgeblockt. Nicht so sehr körperlich; die sexuelle Spannung zwischen ihnen bestand nach wie vor, war vielleicht jetzt sogar noch intensiver spürbar. Doch Patrick vermied es tunlichst, ihr noch einmal näher als bis auf Armeslänge zu kommen. Sie begriff, dass er einen erneuten Zwischenfall erotischer Art vermeiden wollte, war sich aber nicht ganz sicher, ob sie damit einverstanden war.

Nüchtern betrachtet war der spontane und noch dazu ziemlich wilde Sex natürlich ein großer Fehler gewesen. Ob es nun aber richtig war, sich mit aller Gewalt voneinander fernzuhalten, davon war sie ganz und gar nicht überzeugt. Schon allein deswegen, weil die gegenseitige Anziehung nach wie vor bestand. Wäre sie nach dem Abenteuer erloschen, hätte Angelique das akzeptiert. So etwas kam vor. Doch nicht bei ihr und Patrick. Je mehr er auf Abstand ging, desto intensiver spürte sie das Knistern in der Luft, sobald sie sich im selben Raum befanden. Das konnte auf Dauer nicht gut gehen. Ihr fiel jedoch keine Lösung für das Problem ein.

Um sich irgendwie abzulenken, konzentrierte sie sich noch mehr auf ihre Arbeit, so wie jetzt, als das Telefon erneut klingelte. Sie schnalzte kurz, um Oskar das Signal zu geben, ihr zu folgen, duckte sich und eilte in den kalten Regen hinaus, während sie gleichzeitig, den Schnellhefter unter den Arm geklemmt, den Anruf annahm. »Wohnen in Holz, einen wunderschönen guten Tag. Angelique am Apparat; was kann ich für Sie tun?«

»Guten Tag, Frau Sahrmüller, hier spricht Heidelinde Adenbach. Ich möchte gerne mit Herrn Sternbach sprechen.«

»Ach, Frau Adenbach, guten Tag.« Angeliques Laune näherte sich noch etwas mehr dem Tiefpunkt. »Tut mir leid, aber im Augenblick ist Herr Sternbach gerade …« Sie erschrak, als Patrick neben ihr auftauchte und sie am Arm festhielt. Mit düsterer Miene bedeutete er ihr, ihm das Telefon zu übergeben. Sie schluckte, weil ihr Herz einen unvermittelten Satz gemacht hatte. »Ach, er ist gerade hereingekommen. Einen Moment bitte, Frau Adenbach.« Mit einem eisigen Lächeln überreichte Angelique Patrick das Mobilteil. Sollte er sich selbst mit der Frau herumschlagen. Kaum hatte er jedoch den Hörer in der Hand, als sie den Kugelschreiber, den sie am

Schnellhefter befestigt hatte, in die Hand nahm und auf die Rückseite eines der abgehefteten Blätter schrieb: *Verlangen Sie nach einem anderen Sachbearbeiter. Diese Adenbach geht gar nicht.*

Sie hielt Patrick das Blatt so hin, dass er es lesen konnte, doch er sprach bereits mit Frau Adenbach und entfernte sich ein paar Schritte.

Achselzuckend rannte Angelique mit Oskar zusammen die wenigen Schritte bis zur ersten Werkshalle, vor der gerade ein riesiger Tieflader mit der bestellten Holzlieferung rangierte.

***

»Herr Sternbach, gut, dass ich Sie heute erwische.« Heidelinde Adenbach klang freundlich, aber kühl.

Patrick wusste nicht recht, wie er sich ihr gegenüber verhalten sollte, denn nach allem, was er über ihren Besuch am Montag wusste, war sie nicht gerade die sympathischste Person. Zumindest hatte Angelique sie nicht gemocht. Er fragte sich, ob er ihrem Urteil trauen konnte, fand aber keinen Grund, der dagegensprach. Bisher hatte sie, soweit er es beurteilen konnte, eine ziemlich gute Menschenkenntnis bewiesen, und sie besaß die Fähigkeit, auf die Menschen so einzugehen, wie es sinnvoll oder notwendig war. Sie konnte sie sogar mit einem Lächeln – und zwar mit wirklich nur einem – um den Finger wickeln. Ihn eingeschlossen. Wahrscheinlich misstraute er weniger ihr als sich selbst in ihrer Gegenwart.

»Leider konnten wir uns ja am Montag nicht mehr unterhalten, also würde ich vorschlagen, dass wir einen neuen Termin ausmachen.« Frau Adenbach hielt kurz inne. »Diesmal würde ich es begrüßen, wenn Frau Sahrmüller nicht anwesend wäre.«

Patricks Nackenhärchen stellten sich unangenehm auf. »Warum? Was haben Sie gegen Frau Sahrmüller?«

»Ich habe nicht das Geringste gegen sie.« Heidelinde Adenbachs Stimme blieb gleichbleibend kühl, geschäftsmäßig. »Aber sie scheint mir doch sehr impulsiv zu sein, und ich würde mich gerne einmal ausschließlich mit Ihnen unterhalten, ohne emotionale Ausbrüche.«

»Emotionale Ausbrüche?« Er runzelte die Stirn. Das passte so gar nicht zu der Angelique, die er kannte.

»Nun, es mag ja sein, dass sie es nur gut meint, aber dafür, dass sie nur Ihre Angestellte ist, tritt sie doch erstaunlich engagiert für die Interessen der Kinder ein – oder glaubt zumindest, es zu tun.« Wieder entstand eine winzige Pause. »Sie ist doch nur Ihre Angestellte, nicht wahr?«

Er schluckte hart. War Angelique das wirklich noch? Nur seine Angestellte? Oder war sie mehr? *Zu* viel mehr? Seit Montagabend wusste er nicht mehr, wo ihm der Kopf stand. Von seiner aufgescheuchten Libido ganz zu schweigen. Er hatte einen immensen Fehler begangen. Ganz gleich, wie heiß der Sex gewesen war und wie gut er sich angefühlt hatte – wie gut Angelique sich angefühlt hatte, korrigierte ihn eine lästige innere Stimme –, es war ein Fehler gewesen. Er hatte für einen Moment den Kopf verloren und, was noch schlimmer war, die Kontrolle. Er war sich sicher, dass sie auch heute noch blaue Flecke auf den Armen, Hüften und vermutlich sogar ihren Brüsten hatte. Den Knutschfleck hatte sie irgendwie mit Make-up überdeckt und zusätzlich mit einem bunten Seidenschal kaschiert, der die Farbe ihrer Augen besonders zum Leuchten brachte.

Diese verdammten silbervioletten Augen! Sie raubten ihm den Schlaf, denn ihr Blick, dieser intensive Blick, den sie ausgetauscht hatten, während sie … Er verfolgte ihn bis in seine Träume, weckte Sehnsüchte, die nicht sein durften.

Er hatte sich kurzfristig gehen lassen, und dabei schien leider sein Verstand auf der Strecke geblieben zu sein. Wie sonst war zu erklären, dass er sich nach diesem unvernünftigen

Ausrutscher nur noch mehr zu ihr hingezogen fühlte? Dass er, wenn er in seinem Büro saß und eigentlich arbeiten müsste, auf jedes Geräusch lauschte, das aus dem Foyer kam? Auch wenn er es nicht gerne zugab, er bewunderte, mit welcher Leichtigkeit Angelique den Laden schmiss, immer mehrere Dinge gleichzeitig tat, dabei nie die gute Laune verlor – oder ihren Optimismus.

In der kurzen Zeit, die sie für ihn arbeitete, hatte sie nicht nur seine Firma auf den Kopf gestellt – es sah so aus, als würde sich noch weit mehr in seinem Leben ändern, wenn er nicht irgendwie verhinderte, dass sie die Kontrolle über ihn erlangte.

»Herr Sternbach?« Erneut drang die Stimme von Frau Adenbach an sein Ohr. »Sind Sie noch da?«

Wieder schluckte er. »Ja. Ja, ich bin noch da.«

»Ah, gut, ich hatte schon befürchtet, wir wären getrennt worden. Würde Ihnen Freitagabend passen? So gegen achtzehn Uhr?«

Mit Gewalt riss er sich von seinen abschweifenden Gedanken los. »Sind Sie mit dem Anwalt meiner Schwiegereltern in Kontakt?«

»Herrn Dr. Wollert, meinen Sie?« Die Stimme der Frau wurde noch eine Spur kühler. »Nein. Warum? Sollte ich?«

»Nein. Ich halte es nur für keine gute Idee, auch ihn zu diesem Treffen einzuladen.«

»Da bin ich ganz Ihrer Meinung«, antwortete sie zu seiner Überraschung. »Kann ich den Termin also eintragen? Sind die Kinder dann auch da?«

»Wo sollten sie sonst an einem Freitagabend sein als zu Hause?«

»Sehr gut, dann bis Freitag. Auf bald, Herr Sternbach.« Es piepte kurz, als sie die Verbindung unterbrach.

Nachdenklich blickte er das Telefon an. Wahrscheinlich hatte Angelique recht, und er hätte nach einem neuen Sachbearbeiter fragen müssen. Doch was würde das bringen? Im vergangenen Jahr hatte er bereits mit zwei anderen Mitarbeitern des Jugendamts zu tun gehabt – und mit Noah Silberberg von der städtischen Sozialstation. Er war von allen bei Weitem der angenehmste Zeitgenosse. Ein sehr engagierter Sozialarbeiter, der mit der jüngsten Tochter der besten Freundin von Patricks Mutter verheiratet war. Leider war er nicht für Patrick oder vielmehr die Zwillinge zuständig, sonst wäre die Angelegenheit vermutlich um einiges einfacher. Noah betreute allerdings eine noch recht neue Sport-AG der Gesamtschule, in der mehr als die Hälfte der Teilnehmer aus sozial benachteiligten Familien stammte. Joel hatte sich mit einem seiner Freunde ebenfalls für diese AG gemeldet, weil da auch oft Fußball und Handball gespielt wurde, die beiden Sportarten, die Joel am meisten liebte. Vielleicht, so hoffte Patrick, würde über diese Verbindung Noah zumindest ein gutes Wort für die Zwillinge einlegen können, falls dies notwendig werden würde.

Dabei konnte Patrick sich überhaupt nicht vorstellen, wie die Meiningers es geschafft hatten, das Jugendamt auf ihn anzusetzen. Sicher, er war als Jugendlicher mehrmals auffällig – und straffällig – geworden, aber er hatte sein Leben in den Griff bekommen, und wenn das allein schon nicht zählte, dann doch sicherlich die Tatsache, dass er in einer absolut intakten und liebevollen Familie aufgewachsen war. Auch wenn er und seine Zwillingsschwester Ricarda adoptiert waren – an der Tatsache, dass die Sternbachs eine glückliche Familie waren, konnte niemand rütteln. Auch nicht das Jugendamt.

»Du hast ihr zugesagt.«

Patrick zuckte zusammen, als Angelique neben ihm auftauchte. Schweigend reichte er ihr das Telefon und trat einen Schritt beiseite, um ein wenig Abstand zwischen sie und sich zu bringen. Dennoch stieg ihm ihr blumiges Parfüm in die Nase, vermischt mit dem Geruch des Regens, der gerade einmal ein wenig nachgelassen hatte.

Sie tippte eine Nummer ins Telefon ein und hielt es sich ans Ohr. »Wann?«

»Freitagabend, achtzehn Uhr.« Fragend blickte er vom Telefon zu dem Hefter. Auf dem Deckblatt hatte sie in ihren unleserlichen Kürzeln etwas notiert.

»Gut, ich werde da sein.« Sie kräuselte die Lippen. »Warteschleife.«

»Die Adenbach will nicht, dass du bei dem Treffen dabei bist.«

»Ach ja?« Sie wippte leicht mit dem linken Fuß. »Warum nicht?«

Er hob die Schultern. »Du warst ihr wohl zu aufdringlich um die Kinder bemüht.«

»Pfff.« In ihre Augen trat ein unheilvolles Funkeln. »Ein Grund mehr, dich nicht mit dieser Frau allein zu lassen. Oder euch.« Ehe er etwas antworten konnte, hellte sich ihre Miene auf. »Ja, guten Tag, hier ist Angelique Sahrmüller von der Firma Wohnen in Holz. Würden Sie mich bitte mit Herrn Breisnig verbinden?« Ihr Zuckerlächeln verhieß nichts Gutes. »Ach so? Das ist aber schade. Dann richten Sie ihm doch bitte aus, dass er in Kürze von unserem Anwalt hören wird.«

Patrick riss entgeistert die Augen auf. »Was?«

Angelique hatte die Verbindung bereits unterbrochen. »Peter sagt, die gelieferten Hölzer seien minderwertig, und Breisnig hat nicht nur eigenmächtig die Preise geändert, sondern auch noch einen Mindermengen- sowie einen unverschämten Express-Zuschlag auf die Rechnung gesetzt.« Ihr Lächeln war wie eingefroren, als sie auf das Telefon blickte. »Drei, zwei, eins ...«

Der Klingelton ertönte.

»Wohnen in Holz. Einen wunderschönen guten Tag, Angelique am ...« Sie grinste zufrieden und hielt kurz das Mikrofon zu. »Geh rein – und überzeug dich selbst, wenn du mir nicht glaubst. Ich kümmere mich darum.« Sie nahm die

Hand wieder herunter. »Herr Breisnig, wie schön, dass Sie extra Ihr wichtiges Meeting unterbrochen haben, um mich zurückzurufen. Noch dazu aus Stockholm.« Sie verdrehte die Augen, was Patrick signalisierte, dass Breisnig von Stockholm so weit entfernt war wie vom Mond. »Ja, wissen Sie, da scheint es ein kleines Missverständnis gegeben zu haben. Leider müssen wir die Holzlieferung komplett reklamieren.«

Inzwischen war Peter ebenfalls herausgekommen und hatte sich zu ihnen gesellt. Er gestikulierte wild. »Nicht die gesamte Lieferung. Nur die gedrechselten Querstreben.«

Angelique nickte ihm zu. »Ja, genau, die gesamte Lieferung ist fehlerhaft, Herr Breisnig ... Was bitte? ... Ja, ich war auch ganz schockiert. Da ist bestimmt ein ganz dummer Fehler passiert. Vielleicht eine Falschlieferung? So etwas kann ja mal passieren.« Zu ihrem zuckrigen Eislächeln nahm ihre Stimme jetzt auch noch einen schmeichelnden und irgendwie gänsehauterregenden Ton an. »Wissen Sie, das hängt bestimmt mit der Rechnung zusammen, die uns fälschlicherweise mitgeliefert wurde. Darin haben Sie versehentlich, anstatt die vereinbarten zwanzig Prozent Rabatt abzuziehen, fünfzehn Prozent aufgeschlagen. Ein ganz dummer Flüchtigkeitsfehler.« Sie lauschte kurz und hob gleichzeitig warnend die freie Hand, um Patrick und Peter daran zu hindern, sich einzumischen. »Doch, doch, die zwanzig Prozent Rabatt hatten wir ausgemacht, weil Sie sich doch für die Lieferschwierigkeiten der vergangenen Monate entschuldigen wollten. Und was die Lieferzuschläge angeht, kann es sich auch nur um einen Irrtum handeln. Sie hatten mir ab fünftausend Euro komplett freien Versand zugesichert ... Doch, doch. Und wissen Sie was? Es ist unglaublich freundlich von Ihnen, dass Sie uns wegen der nun erneut entstandenen Unannehmlichkeiten noch einmal weitere fünf Prozent auf den kompletten Rechnungsbetrag erlassen ... Oh doch, ganz bestimmt werden Sie das, Herr Breisnig. Unser Firmenanwalt, Herr Dr. Gabriel, sitzt bereits hier neben mir. Nicht wahr, Herr Dr. Gabriel, wir prüfen derzeit, inwieweit wir Herrn Breisnigs Firma in Regress ... Oh, gut, das ist natürlich etwas anderes, Herr Breisnig. Dann können wir, wie ich annehme, Anfang kommender Woche mit der Ersatzlieferung rechnen? ... Nein, Montag passt nicht so gut, Dienstag wäre uns deutlich lieber. Wir möchten schließlich vermeiden, dass Sie wegen des Termindrucks noch einmal fehlerhafte Hölzer produzieren.« Langsam ließ sie die Hand wieder sinken. »Vielen Dank, Herr Breisnig. Auf Wiederhören.«

»Wer ist Dr. Gabriel?« Patrick starrte sie vollkommen perplex an. »Und wie kommst du dazu, Breisnig mit ihm zu drohen?«

»Herr Dr. Albert Gabriel ist einer der unzähligen Firmenanwälte meiner Eltern.« Sie zuckte mit den Achseln. »Er ist längst im Ruhestand, aber in seiner Freizeit beschäftigt er sich gerne ab und zu noch mit Unternehmensrecht. Breisnig testet seine Grenzen aus. Ich habe sie ihm jetzt deutlich gesetzt. Noch einmal wird er solchen Unfug ganz sicher nicht mit uns treiben.«

Peter hüstelte. »Es waren wirklich nur die Querstreben zu reklamieren. Alles andere ist in Ordnung. Na ja, bis auf die zu hohe Rechnung wohl.«

Angelique winkte ab. »Was Breisnig kann, kann ich schon lange. Die Doppellieferung werdet ihr doch sicherlich anderweitig verarbeiten können, oder?«

»Klar.« Peter nickte. »Aber das ist Holz im Wert von mehreren Tausend Euro.«

Angelique lachte grimmig. »Und wenn ich es irgendwie als Spende verbuchen muss – Breisnig kriegt das Holz nicht zurück, und wir werden es auch nicht bezahlen.«

»Und wenn er uns zukünftig nicht mehr beliefert?« Patrick war kurz davor, aus der Haut zu fahren. »Wie stehe ich dann da?«

»Ich mach mich mal wieder an die Arbeit.« Peter verdrückte sich eiligst zurück in die Halle.

Angelique ging mit Oskar an der Leine ein Stück um die Halle herum, blieb dann aber stehen, als Heiko mit dem Gabelstapler an ihnen vorbeifuhr und kurz grüßte, bevor er um die nächste Gebäudeecke verschwand. »Er wird uns weiterhin beliefern.« Sie drehte sich zu Patrick um, der ihr automatisch gefolgt war. »Ich weiß, was ich tue. Mit solchen Typen hatte ich schon mehr als einmal zu tun. Es ist egal, ob sie Stoffe, Holz, Parfüm oder Werbeplätze im Fernsehen verkaufen. Wenn sie es zu bunt treiben, muss man ihnen die Daumenschrauben anlegen. Vertrau mir einfach.«

Drei Wörter, die ihm eine Gänsehaut verursachten und die Kehle zuschnürten. »Das ist einfacher gesagt als getan.« Seine Stimme krächzte ein klein wenig.

Angeliques Miene wechselte von zuversichtlich zu wütend, und das so schnell, dass es ihm einen regelrechten Stich versetzte. »Dann frage ich mich, was ich hier zu suchen habe.« Sie starrte ihn ungehalten an und wandte sich dann ab. »Wenn du bis jetzt noch nicht erkannt hast, dass ich ausschließlich im Interesse deiner Firma agiere, dann solltest du dir jemand anderen suchen, der das tut und dem du eher vertraust.« Schon machte sie ein paar Schritte von ihm fort. Oskar trabte mit einem überraschten Bellen hinter ihr her.

*Was ist denn plötzlich los? Hallo? Angelique? Warum bist du so böse? Wau? Wohin willst du denn jetzt?*

Patrick stieß einen Fluch aus. »Angelique! Warte doch mal.« Er eilte hinter ihr her und hielt sie am Arm fest, was jedoch nur dazu führte, dass sie fuchsteufelswild zu ihm herumwirbelte.

»Worauf soll ich warten? Mir reicht es allmählich. Du tust gerade so, als wolle ich dir einen Schaden zufügen. Wie hättest du die Sache mit Breisnig gelöst? Hm?« Ihre Augen funkelten erbost. »Du hast mich eingestellt, damit ich mich um solche Angelegenheiten kümmere. Also lass mich das gefälligst auch tun.« Sie atmete tief ein. »Ich habe seit meinem neunzehnten Lebensjahr gelernt, wie man Verhandlungen führt, mit sperrigen Geschäftspartnern umgeht, Kundengespräche lenkt. Wenn dir die Art und Weise, wie ich das tue, nicht gefällt, dann wirf mich entweder raus, oder hör einfach nicht hin.« Mit einem ungeduldigen Laut kehrte sie unter das überstehende Dach der Halle zurück, weil es in diesem Moment wieder stärker zu regnen begann.

Wieder folgte Patrick ihr mit einem heißen Wutball im Bauch. »Ich werfe dich nicht raus, so ein Quatsch. Aber ich kann auch nicht einfach weghören, wenn du in diesem Ton mit meinen Lieferanten sprichst. Ich bin auf sie angewiesen. Wenn nur einer von ihnen, besonders Breisnig, mir die Zusammenarbeit aufkündigt, bin ich aufgeschmissen.«

»Also lässt du dich lieber verarschen und übervorteilen?«

»Nein, verdammt noch mal, aber besonders diplomatisch gehst du auch nicht gerade vor.«

Sie warf ihm einen beredten Blick zu. »Die Diplomatie habe ich, was Breisnig angeht, schon vor einiger Zeit aufgegeben. Wie gesagt, ich kenne solche Typen. Die kann man nur mit ihren eigenen Waffen schlagen.«

Ob er wollte oder nicht, er war von ihrem Selbstbewusstsein beeindruckt. Und er begehrte sie, verdammt noch mal. Keine gute Mischung.

Überraschend trat sie einen halben Schritt auf ihn zu. »Du hast ein Problem damit, Menschen zu vertrauen. Deine Mutter hat mich schon gewarnt.«

Er runzelte verwirrt die Stirn. »Meine Mutter?«

Angelique seufzte unterdrückt. »Okay, das war jetzt nicht so klug, sie zu erwähnen. Aber sei's drum. Ohne Vertrauen wird unsere Zusammenarbeit auf Dauer nicht funktionieren. Die Leute, für die ich bisher gearbeitet habe, hatten damit keinerlei Probleme, weil sie es gewohnt sind, alle lästigen Aufgaben an Assistenten und Sekretärinnen oder andere Untergebene zu delegieren. Sie können vermutlich gar nicht anders funktionieren. Du glaubst, alles selbst machen zu müssen, weil du sonst die Kontrolle verlierst.«

Er schluckte hart an dem Kloß, der sich in seiner Kehle festgesetzt hatte. »Dafür gibt es gute Gründe.«

»Lass mich raten: Sie liegen in deiner Jugend.«

»Kindheit.« Frustriert fuhr er sich durch sein mittlerweile feuchtes Haar. »Bis ich fast zwölf war, habe ich überwiegend auf der Straße gelebt – mit meiner Schwester zusammen. Unsere Eltern waren …« Er stieß heftig die Luft aus. »Die Behörden haben uns ihnen weggenommen, als wir noch sehr klein waren. Alkohol, Drogen, Gewalt, das volle Programm. In den Pflegefamilien, die uns aufgenommen haben, war es auch nicht viel besser. Also sind wir immer wieder abgehauen und haben schließlich angefangen, für ein paar Typen zu stehlen, um unser Essen bezahlen zu können.«

Angelique sah ihn schweigend an, sodass er nun seinerseits einen Schritt auf sie zu machte und ihr mit einer gut voraussehbaren Geste den Hefter entwand. Sie versuchte, ihn abzuwehren, und kräuselte gleichzeitig die Lippen. »Was soll das jetzt?«

Mit einem bedeutungsvollen Blick hielt er ihr mit der anderen Hand die silberne Armbanduhr vor die Nase, die sie stets am Handgelenk trug.

Ihre Augen weiteten sich. Mit einem raschen Griff wollte sie ihm die Uhr wieder abnehmen. Er hielt sie jedoch kurz fest, sodass sie einige Sekunden um die Uhr rangen. Als er sie losließ, schob Angelique triumphierend das Kinn vor, stutzte jedoch, da er jetzt ihr Handy in der Hand hielt. »Wie hast du das gemacht?«

Er reichte ihr das Smartphone. »Ablenkung und volle Kontrolle. Ricarda kann das sogar noch besser als ich. Das Leben auf der Straße ist eine harte Schule. Die Beherrschung der

Situation ist unerlässlich, nicht nur bei Taschendiebstählen, sondern grundsätzlich. Die Kontrolle über das zu verlieren, was vor sich geht, kann gefährlich werden. Ob es ums Essen, ums Schlafen oder darum geht, nicht von irgendwelchen Perversen in eine dunkle Ecke geschleppt und missbraucht zu werden.«

Angelique wurde blass. »Du meinst …?«

»Meine Schwester und ich konnten uns zum Glück immer rechtzeitig gegenseitig herausboxen, wenn es eng wurde. Aber wir haben gelernt, niemandem außer uns zu vertrauen. Als unsere Eltern – die Sternbachs – uns adoptierten, war es für sie alles andere als einfach mit uns. Ricarda konnte sich vergleichsweise schnell einfügen und neues Vertrauen fassen. Bei mir hat es länger gedauert.« Er hob die Schultern. »Sehr lange. Also ja, du hast recht, ich gebe nicht gerne etwas aus der Hand, was ich selbst tun könnte.«

»Kannst du aber nicht.«

Er starrte sie irritiert an. »Was kann ich nicht?«

»Alles allein schaffen. Deshalb hat Laura mich praktisch rekrutiert. Und deshalb hast du zugestimmt, mich einzustellen.«

Er schnaubte. »Ihr habt mir ja kaum eine andere Wahl gelassen.«

»Man hat immer eine Wahl. Du hast dich entschieden, deinen Kindern zuliebe etwas zu ändern. Mag sein, dass ich jetzt etwas besser verstehe, warum dir das so schwerfällt, aber wenn du das durchziehen und für Joel und Jessica da sein willst, dann musst du wohl oder übel über deinen Schatten springen. Sonst kannst du auch gleich bei den Meiningers anrufen und ihnen sagen, dass sie die Zwillinge morgen abholen können.«

So hart ihre Worte klangen – sie hatte natürlich recht, das wusste er selbst nur zu gut. »Klarissa wollte nicht, dass ihre Eltern die Zwillinge erziehen. Und jetzt, da ich die Meiningers kennengelernt habe, will ich das auch nicht.«

»Du meinst, jetzt, da du deine Kinder lieben gelernt hast.«
Er nickte. »Das auch.«

»Dann stell deine Ohren und Augen zukünftig auf Durchzug, wenn ich in der Nähe bin.«

»Das kann ich nicht.« Nicht wenn er sich von ihr angezogen fühlte wie die sprichwörtliche Motte vom Licht. Nicht wenn er sie so sehr begehrte, dass es beinahe schmerzte.

»Warum nicht?«

»Weil ...« Verdammt, er ging ihr schon wieder auf den Leim. Mit einem Schritt stand er so dicht vor ihr, dass sich ihre Körper leicht berührten. Mit einem weiteren Schritt hatte er sie gegen die raue Außenwand der Werkshalle gedrängt. Ihre Augen weiteten sich überrascht, doch sie kam ihm entgegen, als er seine Lippen auf ihre presste. Ein Stich durchfuhr ihn vom Magen bis hinauf in gefährliche Nähe zu seinem Herzen.

Begehren, redete er sich ein. Dies war nur reines wildes Begehren, das sein Blut erhitzte und seinen Pulsschlag auf das Dreifache beschleunigte.

Als er seine Hände in ihrem Haar vergrub, diesem seidig glatten, weichen, tiefen Schwarz, schlossen sich ihre Lider und öffneten sich gleichzeitig ihre Lippen ein wenig und ließen seine Zunge ein. Schockwellen gleich steigerte sich das Begehren zu purer Lust, die seinen Verstand lahmlegte. Schon blitzten Bilder vor seinem inneren Auge auf, die nur allzu deutlich davon sprachen, was er liebend gerne mit ihr anstellen würde.

*Äh, wuff? Also, hallo? Ihr beide? Ich störe ja nur ungern, aber was macht ihr da? Dieses Mund-auf-Mund ist ja äußerst merkwürdig. Eben habt ihr doch noch gestritten, oder? Na ja, zumindest waren eure Stimmen ziemlich unfreundlich. Und jetzt? Fresst ihr euch gegenseitig auf? Muss ich da eingreifen? Lieber nicht. Aber ein bisschen komisch ist das alles schon.* Oskar wedelte unsicher mit der Rute, setzte sich, stand wieder auf, wedelte wieder und setzte sich erneut hin.

Es war Angelique, die mit einem unterdrückten Glucksen den Kuss unterbrach. »Ich fürchte, wir verwirren Oskar.«

*Und wie ihr das tut! Gut, dass du das bemerkt hast, Angelique. Würde mich vielleicht mal jemand aufklären, was hier los ist und was ich jetzt tun soll?*

Einigermaßen atemlos starrte Patrick Angelique an und versuchte, ihren Worten einen Sinn zu entnehmen. Dann fiel auch ihm Oskars fragender Blick und das unsichere Wedeln seiner Rute auf. Er atmete tief durch. »Entschuldige, Kumpel, das …« Er warf Angelique einen ratlosen Blick zu. »Das wird nicht wieder vorkommen.«

»Bist du dir da sicher?« Sie schien nicht halb so aufgewühlt zu sein wie er. Oder täuschte er sich? Ihre Halsschlagader pochte wild, und ihre Augen wirkten intensiver violett als eben noch.

»Nein.« Er musste sich räuspern, weil seine Stimme viel zu heiser klang. »Aber es sollte nicht wieder vorkommen.«

Das Lächeln auf ihren Lippen war nur vage zu erahnen und erreichte ihre Augen diesmal nicht. »Manche Dinge geschehen aus einem bestimmten Grund, meinst du nicht auch? Sollten wir nicht vielleicht herausfinden, was dieser Grund ist?«

»Nein.« Entschlossen löste er sich von ihr und fuhr sich erneut durch sein feuchtes Haar. »Nein, das wäre nicht besser.« Er machte noch einen Schritt von ihr fort.

»Du hast Angst.«

Und was für welche! Vor ihr, vor sich selbst. Vor dem, wonach er sich sehnte und was nicht sein durfte, wenn er sich treu bleiben wollte. »Halt dich zukünftig von mir fern, Angelique. Das ist besser so – für dich und für mich.« Abrupt wandte er sich ab und ging in Richtung Sägewerk davon.

»Patrick!« Ihre Stimme klang gefasst und leicht verärgert. »Ich war es nicht, die damit angefangen hat.«

Als ob er das nicht ganz genau wüsste. Er ballte die Hände zu Fäusten und beschleunigte seinen Schritt, bis er sich sicher war, genügend Entfernung zwischen Angelique und sich gebracht zu haben. Er blieb stehen, legte den Kopf in den Nacken und versuchte krampfhaft, seinen Atem und seinen Herzschlag unter Kontrolle zu bringen.

***

Es war erst kurz vor halb fünf am Freitagnachmittag, als Angelique ihren Wagen auf einem der Stellplätze vor dem hellrot verklinkerten Mehrfamilienhaus parkte, in dem sich ihre Wohnung befand. Sie hatte etwas früher Feierabend gemacht, um die Zwillinge von der Schule abzuholen und zu ihrer ersten offiziellen Reitstunde zu bringen. Patrick würde die beiden später von dort abholen und dann die Frau vom Jugendamt treffen.

Es passte Angelique ganz und gar nicht, dass er dieses Treffen allein durchstehen sollte. Er hatte ihr zwar nicht rundheraus verboten, sich dazuzugesellen, auch wenn Frau Adenbach dies offenbar verlangt hatte. Aber so, wie die Dinge im Moment lagen, war es selbst für Angelique nicht ganz einfach einzuschätzen, wie er reagieren würde, wenn sie um achtzehn Uhr bei ihm zu Hause aufschlug.

Seit dem Kuss am Mittwoch war die Spannung zwischen ihnen beinahe unerträglich geworden. Er ging ihr aus dem Weg, sie redeten nur das Allernötigste miteinander, doch sobald sich ihre Blicke auch nur zufällig trafen, spielte Angeliques Herz verrückt, und in ihrem Bauch flatterten hundert Vögelchen. Auch wenn sie noch nie ernsthaft verliebt gewesen war, sah man einmal von ein paar heftigen Schwärmereien während ihrer Schulzeit ab, so erkannte sie die Anzeichen doch und machte sich Sorgen.

Wie hatte das passieren können? Sie war doch nie an jemandem wie Patrick Sternbach interessiert gewesen. Oder machte sie sich nur etwas vor? Hatte sie nicht schon damals, vor einem Jahr, eine gewisse Anziehung verspürt? Damals hatte sie sie mit einem spöttischen Lachen abgetan. Ja, er war unverschämt attraktiv. Und wahrscheinlich konnte er sogar richtig nett und charmant sein. Außer zu ihr natürlich, was sie sich vermutlich selbst zuzuschreiben hatte. Sie war von der ersten Sekunde an auf Konfrontationskurs gegangen, damals wie heute. Teils, weil das einfach ihrem Naturell entsprach, teils aber auch, weil sie absolut nicht damit gerechnet hatte, für diesen Mann Gefühle zu entwickeln – oder etwa gerade, weil sie bereits bei der ersten Begegnung gespürt hatte, dass da mehr schlummerte?

Anfangs hatte sie noch so getan, als hielte sie ihn für einen Hinterwäldler. Dass er diese Bezeichnung alles andere als verdiente, war allerdings schnell klar gewesen. Spätestens seit sie mit ihm zusammenarbeitete und sah, wie klug er war, was für wunderschöne Häuser er baute und wie viel Mühe er sich gab, seiner Vaterrolle gerecht zu werden, hatte sie ihre Meinung gründlich revidiert. Dass er darüber hinaus zwar kein Tollpatsch, aber eindeutig mit der Vielzahl an Aufgaben, die er zu bewältigen hatte, überfordert war und das manchmal kuriose und auch amüsante Auswirkungen hatte, machte ihn in ihren Augen nur noch anziehender.

All diese Facetten seiner Persönlichkeit dann auch noch mit dem zusammenzubringen, was er ihr über seine Kindheit erzählt hatte, war nicht einfach, tat aber ebenfalls der Faszination, die er auf sie ausübte, keinen Abbruch. Im Gegenteil. Sie konnte sich zwar kaum vorstellen, wie sein Leben als Kind gewesen sein mochte, und sie wusste ja auch, dass er selbst lange Zeit mit den Folgen gekämpft hatte, aber was er aus sich gemacht hatte, war beeindruckend.

Wie gerne wäre sie all diesen Details seines Charakters weiter auf den Grund gegangen, doch er ließ es nicht einmal zu, dass sie sich erneut körperlich näherkamen, geschweige denn auf emotionaler Ebene.

Seufzend nahm sie ihre Handtasche vom Beifahrersitz und begab sich hinauf in den zweiten Stock zu ihrer Wohnung. Sie hatte gerade ihren Schlüssel ins Schloss gesteckt, als hinter ihr Schritte auf der Treppe laut wurden.

»Angelique? Da bist du ja. Endlich kann ich dich mal abpassen.« Ihre Tante Inge, eine etwas mollige Frau von zweiundfünfzig Jahren mit schickem blondem Kurzhaarschnitt, kam auf sie zu und küsste sie herzlich auf beide Wangen. Dabei umwehte sie ein Hauch von Desinfektionsmittel. Als Angelique unwillkürlich die Nase rümpfte, lachte Inge. »Entschuldige bitte, ich bin noch nicht dazu gekommen, mir den Mief herunterzuwaschen. Ich bin auch nur früher zu Hause, weil Fiona mit ihrem Mann morgen ganz früh für eine Woche nach New York fliegt und deshalb die Tierarztpraxis früher geschlossen hat. Das machen sie jedes Jahr in dieser Jahreszeit. Eigentlich immer Anfang Dezember, aber diesmal wollen sie wohl noch eine Bekannte seiner Eltern besuchen, die einen runden Geburtstag feiert, deshalb haben sie etwas früher gebucht. Aber egal.« Sie drückte Angelique noch einmal kurz an sich und musterte sie dann eingehend. »Lass dich mal ansehen. Seit du hier wohnst, kriege ich dich ja kaum zu Gesicht. Arbeitest du nicht ein bisschen zu viel?«

»Viel, das kann sein.« Angelique lächelte ihr etwas angestrengt zu. »Aber nicht zu viel. Zumindest werde ich gut bezahlt.« Das hoffte sie jedenfalls. Sie hatte sich alle Überstunden und Extraleistungen sorgfältig notiert und würde auf einem gepfefferten Bonus bestehen.

»Ach herrje, das klingt aber nicht so, als wärst du auf deiner neuen Stelle besonders glücklich. Ich kenne zwar Herrn Sternbach nicht weiter, nur von seinem kurzen Besuch, nachdem er Oskar aus dem Tierheim geholt und bei Fiona vorgestellt hat, aber er wirkte sehr sympathisch. Hat der erste Eindruck womöglich getäuscht?«

»Nein, wahrscheinlich nicht.« Angelique stieß die Wohnungstür auf. »Komm doch herein.«

»Wahrscheinlich?« Inge war die Neugier anzusehen, als sie ihr in die Küche folgte. »Was soll das denn heißen? Entweder er ist sympathisch, oder er ist es nicht. Das müsstest du doch inzwischen wissen.«

Seufzend trat Angelique an die Anrichte und setzte Kaffee auf. »Er ist sympathisch, Tante Inge, nur … Es ist ein bisschen kompliziert mit uns.«

»Trägt er dir immer noch nach, dass du ihm damals am Computer herumgefummelt hast?«

»Ja, also nein, nicht direkt. Das Problem liegt woanders.« Angelique stellte fest, dass es wirklich kompliziert war und dass sie schon viel zu viel verraten hatte.

Ihre Tante spitzte prompt noch mehr die Ohren. »Das Problem?« Sie rahmte das Wort mit in die Luft gemalten Anführungszeichen ein und legte Angelique eine Hand auf die Schulter. »Nachtigall, ick hör dir trapsen. Herr Sternbach ist ziemlich attraktiv.«

»Ist er.« Fahrig stellte Angelique die Kaffeedose zurück in den Schrank.

»Läuft da etwas zwischen euch?«

»Nein.« Das war zu schnell.

»Also ja.« Inge drückte ihre Schulter sanft. »Was ist denn los mit dir? Du bist doch sonst nicht so einsilbig. Und wenn es zwischen dir und deinem Chef gefunkt haben sollte – ich würde sagen, dass es Schlimmeres gibt.«

»Nein.«

Inge schmunzelte. »Nein, es gibt nichts Schlimmeres, oder nein, es hat nicht gefunkt?«

Angelique fasste sich kurz an die Stirn. »Beides. Nein, also … Mist.«

»Aha. Soso.« Ihre Tante nahm zwei Kaffeetassen aus dem Hängeschrank über der Spülmaschine und stellte sie auf den kleinen Küchentisch. Dann ging sie zum Kühlschrank und entnahm ihm ein Plastikkännchen Kondensmilch. »Er ist dir aber nicht zu nahe getreten oder so etwas? Ich meine, was man so hört, war er ja als Jugendlicher nicht ganz, wie soll ich sagen …?«

»Nein, ist er nicht.« In Angelique regte sich sofort Widerstand. »Und was damals war … Er hat nie eine Frau bedrängt oder so etwas – und was seine Probleme mit dem Gesetz angeht: Er hat sein Leben jetzt im Griff. Und er ist ein guter Vater.«

»Stimmt, die Zwillinge. Deshalb hat er dich ja wohl eingestellt, um mehr Zeit für die Kinder zu haben.« Inge setzte sich auf einen der beiden Stühle am Tisch. »Das ist ja wirklich ein Ding, was da vergangenes Jahr los war. Ich meine, so ganz genau weiß ich zwar nicht Bescheid, aber was man so an Gerüchten hört … Die Großeltern der Kinder scheinen ja sehr eigenwillige Leute zu sein.«

»Eigenwillig? Ich würde sie boshaft und hinterhältig nennen.«

»Bestimmt meinen sie es nur gut.«

Angelique schnaubte. »Indem sie versuchen, Patrick alles Mögliche anzuhängen, was er nie tun würde?«

»Patrick? Ihr duzt euch also zumindest schon mal?«

Angelique hüstelte. »Ja.«

»Ah.« Inge nickte. Als Angelique den Kaffee an den Tisch brachte und sich ebenfalls setzte, legte ihre Tante ihr eine Hand auf den Arm. »Was ist los? Ich sehe dir doch an, dass etwas nicht stimmt. Und wenn du schon sagst, es sei kompliziert …«

Unter dem liebevollen Blick ihrer Tante entspannte Angelique sich ein wenig und versuchte zu lächeln, wenn auch etwas kläglich. »Es ist etwas zwischen uns … passiert. Aber nur … na ja, nur körperlich. Nichts weiter.«

»Nichts weiter?«, echote Inge. »Mein Liebes, wenn es

nichts weiter wäre, dann würdest du hier nicht sitzen wie ein Häuflein Elend.«

»Ich bin kein Häuflein Elend. Was ist das überhaupt für ein Ausdruck?« Empört schüttelte Angelique den Kopf.

Inge tätschelte ihren Arm erneut. »Na gut, dann kein Häuflein Elend, aber doch zumindest kurz davor. Nun sag schon, was hat der große, gut aussehende Mann getan, dass du ihn nicht mehr aus dem Kopf bekommst?« Sie lachte leise. »Ich meine, mal abgesehen vom ... Körperlichen.«

Fast hätte Angelique gelacht, doch ihr war heute – gänzlich ungewöhnlich – nicht nach Lachen zumute. »Er will niemanden an sich heranlassen.«

»Du meinst, er will dich nicht an sich heranlassen.«

»Nein.« Um ihre Hände zu beschäftigen, goss sie ihrer Tante und sich selbst Kaffee ein. »Niemanden. Er hatte eine sehr schwere Kindheit. Das klingt abgedroschen, aber bei ihm stimmt es wirklich. Er und seine Schwester haben auf der Straße gelebt.« Sie fasste kurz zusammen, was Patrick ihr erzählt hatte. »Und deshalb ...« Sie zuckte mit den Achseln. »Was ich auch tue, er misstraut mir. Meinem Urteil. Meinen Fähigkeiten. Er will mir nicht vertrauen, obwohl ich wirklich alles im Griff habe und niemals anders als im Sinne seiner Firma – oder vielmehr in seinem Sinne – handeln würde.«

»Du hast alles im Griff?« Interessiert musterte Inge sie. »Dabei hast du doch überhaupt keine Erfahrung im Baugewerbe.«

»Das ist nicht so schwierig, wie du denkst. Viele Abläufe im Büro sind sehr ähnlich zu denen in der Marketingagentur oder den Firmen, bei denen ich vorher angestellt war. Die speziellen Details kann ich nach und nach lernen. Wichtig war es, seine Arbeitsumgebung neu zu strukturieren und auch die der anderen Mitarbeiter, damit alles runderläuft, sozusagen.« Sie lächelte wieder gequält. »Ich habe wirklich alles unter Kontrolle. Aber er ...«

»... will selbst die Kontrolle behalten«, ergänzte Inge und lachte unvermittelt auf. »Ihr seid beide Kontrollfreaks, jeder auf seine Weise.«

»Ich bin doch kein ...« Angelique hustete in ihre Tasse. »Okay, vielleicht bin ich ein Kontrollfreak. Aber er ...«

»Er auch. Nur auf andere Weise und aus anderen Gründen. Dir liegt das Ordnen, Strukturieren, Multitasking. Das war schon immer so. Dein Patrick scheint hingegen mehr der emotionale Kontrollfreak zu sein, der früh lernen musste, alles selbst zu erledigen und niemandem zu trauen.«

»Er ist nicht mein Patrick.« Angelique stellte die Tasse zurück auf den Tisch und stützte stattdessen den Kopf in die Hände. »Warum muss mir das ausgerechnet jetzt passieren?«

»Dass du dich verliebt hast?« Inge lachte erneut, als Angelique ruckartig den Kopf hob. »Man sagt, dass Gegensätze sich anziehen, aber auch, dass sich Gleich und Gleich gern gesellt. Bei euch scheint irgendwie beides gleichzeitig zuzutreffen. Die Frage, die du dir viel eher stellen solltest, ist, wie sehr du verliebt bist und ob es genug ist, um zu versuchen, ihn hinter seiner Festungsmauer hervorzulocken.«

# 10. Kapitel

Entschlossen straffte Angelique die Schultern, als sie um Viertel vor sechs aus ihrem Wagen stieg und auf den Eingang von Patricks Haus zuging. Das Gespräch mit ihrer Tante hatte ihr neue Kraft gegeben, wenn sie auch nach wie vor keine Ahnung hatte, wie genau sie sich Patrick gegenüber verhalten sollte.

Diese Unsicherheit war neu für sie, hatte sie doch tatsächlich sonst immer alles – auch sich selbst – im Griff. Doch sie würde den Teufel tun und sich davon unterkriegen lassen.

Schon in dem Moment, als sie ihren Finger auf den Klingelknopf legte, vernahm sie von drinnen lautes Kindergelächter und ein Poltern, dann Gebell. Durch die Milchglasscheibe konnte sie erkennen, wie eines der Kinder durch das große Wohnzimmer rannte. Oskar bellte erneut und raste die Treppe ins Obergeschoss hinauf.

Als niemand öffnete, klingelte sie noch einmal. Daraufhin vernahm sie weiteres Gebell, dann Patricks Fluchen, und schließlich tauchte er selbst an der Haustür auf und öffnete sie. »Angelique.« Er warf einen genervten Blick über die Schulter. »Was willst du denn hier?«

»Na, was wohl? Ich habe doch gesagt, dass du nicht allein …« Sie brach ab und starrte auf das, was sich im Wohnzimmer abspielte. »Was in aller Welt ist denn hier passiert?« Ohne auf seine Antwort zu warten, drängte sie sich an ihm vorbei ins Haus. Zwei vormals offenbar hoch volle Wäschekörbe lagen am Fußende der Treppe, ihr Inhalt war quer durchs Erdgeschoss verstreut. Dazwischen lagen Teile einer Carrera-Bahn und etliche Zeitschriften sowie mehrere Bücher verstreut. Neben dem Esstisch stand ein Bügelbrett und auf dem Tisch ein weiterer, hoch voller Wäschekorb. Aus der Küche drang der Geruch von etwas Gebratenem.

Angelique drehte sich zu Patrick um. »Fischstäbchen?«

Er stöhnte. »Es sollte heute ausnahmsweise mal schnell gehen. Joel und Jessica hatten den Auftrag, hier aufzuräumen.«

»Wie konnte es denn überhaupt schon wieder so schnell unordentlich werden?« Sie winkte ab. »Schon gut, ist nicht wichtig. Aber warum sind deine Wäschekörbe explodiert?«

Ehe er antworten konnte, kam Oskar die Treppe wieder herabgerannt, in der Schnauze eine violette Socke. Die Zwillinge rannten lachend und kreischend hinter ihm her.

Als Joel an Angelique vorbeikam, schnappte sie sich flink seinen Arm und hielt ihn fest. »Stopp, junger Mann! Was haben Sie zu Ihrer Verteidigung zu sagen?«

Joel kicherte. »Hallo, Angelique. Wir jagen Oskar. Er hat die Körbe die Treppe runtergeschubst und sich Papas gutes Hemd geklaut. Und ein T-Shirt.«

»Und jetzt hat er meine Socke«, rief Jessica und versuchte, Oskar einzufangen, der jedoch nur fröhlich bellte und ihr geschickt auswich.

*Fang mich doch, fang mich doch! Hach, ist das ein lustiges Spiel. Endlich ist mal was los in der Bude!*

»Ich krieg dich, ich krieg dich!« Kreischend rannte Jessica los und wollte an Angelique vorbei.

»Halt, stehen geblieben!« Mit einem mutigen Schritt stellte Angelique sich dem Mädchen in den Weg, das prompt mit voller Wucht in sie hineinlief. Angelique machte einen Ausfallschritt und federte den Zusammenprall gekonnt ab. Dabei musste sie sich ein Lachen verkneifen und bemühte sich, ein strenges Gesicht aufzusetzen. »Ihr solltet Oskar nicht hinterherrennen, wenn er etwas geklaut hat. Das animiert ihn nur zu noch mehr Unfug. Er hält die Verfolgungsjagd für ein tolles Spiel.«

*Ist es ja auch. Das beste Spiel seit Langem! Wau.* Eifrig wedelte Oskar mit der Rute, hielt sich aber gerade außerhalb von Angeliques Reichweite auf.

»Seht ihr?« Mit vielsagendem Blick von Oskar zu den Kindern ließ Angelique Jessica wieder los und blickte auf ihre Armbanduhr. »Frau Adenbach wird in zehn Minuten hier sein, und hier sieht es aus, als sei eine Horde Wilder durchs Haus getobt. Was macht das denn für einen Eindruck?«

»Was ist denn hier passiert?«, erklang in diesem Moment die Stimme der erwarteten Besucherin.

»Frau Adenbach.« Patrick räusperte sich. »Guten Abend. Sie sind ein bisschen früh.«

»Ich komme gerne zu einem Termin, wenn man mich noch nicht erwartet.« Die Mitarbeiterin des Jugendamtes sah sich mit großen Augen um. »Ist hier ein Tornado durchgefegt?«

»Ja, einer mit dem Namen Oskar.« Angelique setzte ihr professionelles Lächeln auf, mit dem sie so gerne ihren Widersachern die Zähne zeigte. Dieser Frau im Besonderen. »Und er hatte zwei Orkantiefs im Schlepptau, mit den Namen Jessica und Joel.« Sie wandte sich an die Zwillinge. »Ihr räumt jetzt erst mal hier auf. Joel, hol einen Kauknochen aus dem Vorratsschrank, und gib ihn Oskar im Tausch gegen Jessicas Socke. Jessica, hilf mir mal eben, das Bügelbrett zusammenzuklappen. Danach sammelt ihr die Wäsche auf und legt sie in die Körbe zurück. Die sieht doch frisch gewaschen aus. Zusammenlegen und bügeln können wir sie nach dem Essen und wenn Frau Adenbach wieder weg ist.«

»Wir?« Patrick sah sie verblüfft an.

Angelique ging nicht darauf ein. »Du solltest nach den Fischstäbchen sehen, sonst sind es Kohlestäbchen. Das weiß sogar ich, obwohl ich nicht kochen kann.«

Er fluchte leise und eilte hinüber in die Küche. Angelique bückte sich und sammelte einige Zeitschriften auf. »Joel, bitte räum auch die Carrera-Bahn wenigstens zur Seite. Was ist überhaupt damit passiert? Sie sieht aus, als wäre sie einem Bombenangriff zum Opfer gefallen.«

»Ich bin draufgeknallt, als ich vorhin Oskar einfangen wollte«, erklärte der Junge, der gerade mit einem riesigen Kauknochen aus der Küche zurückgekehrt war und ihn Oskar im Austausch gegen die Socke anbot.

*Oh, ein Kauknochen? Der riecht gut. Darf ich den haben? Echt jetzt? So ein Riesending? Mjam.*

»Gib mir die Socke, Oskar.« Joel griff nach dem angesabberten Stück Stoff.

*Wie jetzt? Die Socke hab ich doch gefangen. Warum kann ich sie nicht behalten und den Knochen auch?* Spielerisch tänzelte Oskar hin und her.

Joel kicherte wieder los. »Er gibt sie nicht her.«

Angelique legte die Zeitschriften auf den Couchtisch. »Oskar!«

*Wau? Äh, ja?* Der Hund hob ob ihres strengen Tons den Kopf.

Sie nahm Joel den Knochen ab und ging damit ruhig auf Oskar zu. »Aus.«

*Echt? Sollen wir wirklich tauschen?* Freundlich wedelnd ließ Oskar die Socke fallen.

»Braver Hund.« Lächelnd gab sie ihm den Kauknochen und schnappte sich die Socke. »Igitt, die muss noch mal gewaschen werden. Joel, bring sie bitte in den Keller.«

»Das ist aber Jessicas Socke. Warum muss ich das machen?«

»Weil Jessica in der Zwischenzeit schon ganz allein das Bügelbrett weggeräumt und einen halben Korb Wäsche eingesammelt hat. Also ab mit dir.« Sie gab dem Jungen einen spielerischen Klaps mit der Socke und drückte sie ihm dann in die Hand.

»Sie sind also schon wieder hier.« Heidelinde Adenbach war auf Angelique zugetreten und musterte sie eingehend und ernst. »Obwohl ich Herrn Sternbach zu verstehen gegeben hatte, dass es mir lieber wäre, Sie würden sich aus der Angelegenheit heraushalten.«

In der Küche ging ein Handmixer an. Angelique blickte kurz in diese Richtung und zuckte mit den Achseln. »Ich halte es für besser, wenn Patrick sich nicht allein mit … dieser Angelegenheit auseinandersetzen muss.«

»Mit mir, meinen Sie.«

»Ja.« Entschlossen hielt Angelique dem bohrenden Blick der älteren Frau stand.

»Interessant.«

Angelique bückte sich, hob zwei Bücher auf und stellte sie ins Regal zurück. »Was ist daran interessant, wenn Freunde einander beistehen?«

»Sie sind also befreundet? Ich dachte, Sie seien nur beruflich miteinander bekannt.«

Angelique funkelte Frau Adenbach ungehalten an. »Wir pflegen ein freundschaftliches Arbeitsverhältnis.« Dass sie davon in Wahrheit meilenweit entfernt waren, hinterließ ein Gefühl des Unwohlseins, das Angelique sich aber nicht anmerken ließ.

»Verhältnis, aha.«

»Was genau wollen Sie hier eigentlich in Erfahrung bringen?« Zwei weitere Bücher fanden den Weg zurück ins Regal, während die Kinder eifrig Kleidungsstücke aufklaubten und dabei taten, als würden sie nicht lauschen.

Heidelinde Adenbach ging zum Esstisch und setzte sich unaufgefordert auf einen Stuhl. »Ich bin hier, um mir ein Bild von den Lebensumständen der beiden Kinder zu machen. Von ihren schulischen Leistungen, ihren Bezugspersonen und so weiter. Normalerweise wäre das unter den gegebenen Umständen reine Routine, aber aufgrund der schweren Anschuldigungen, die das Ehepaar Meininger gegen Herrn Sternbach erhoben hat, sind wir von Amts wegen leider gezwungen, uns deutlich intensiver mit dem Fall zu befassen.«

»Schwere Anschuldigungen?« Auch Angelique ließ sich auf einem Stuhl nieder.

»Sie sehen in Herrn Sternbach einen schlechten Einfluss auf die Entwicklung und Gesundheit der Kinder. Vielleicht sogar eine Gefahr. Herr Dr. Wollert hat es ja auch schon angesprochen.«

»Und das glauben Sie auch noch?« Empört starrte Angelique die Frau an, die jedoch keine Miene verzog.

»Wie ich schon neulich erklärt habe: Ich bin nicht hier, um etwas zu glauben, sondern um Fakten festzustellen. Wir können die Argumente, die die Meiningers uns gegenüber im Hinblick auf den Sorgerechtsstreit ins Feld geführt haben, nicht einfach ignorieren.«

Da Patrick in diesem Moment mit einer großen Schüssel voll Kartoffelpüree an den Tisch trat, sprang Angelique schweigend auf und ging in die Küche, um Geschirr und Besteck zu holen. Sie schickte die Kinder, die inzwischen die gesamte Wäsche eingesammelt hatten, zum Händewaschen und deckte rasch den Tisch, während Patrick eine große Platte voller Fischstäbchen und eine Schüssel mit gemischtem Salat auftrug.

Ohne auf ihren milden Protest zu hören, deckte Angelique auch für die Besucherin und ging dann noch einmal in die Küche, um Gläser zu holen. Dort traf sie auf Patrick, der eine Flasche Apfelsaft und eine mit Mineralwasser aus dem Kühlschrank entnommen hatte.

Er warf ihr einen finsteren, zugleich aber doch dankbaren Blick zu. »Der Gehaltsbonus ist dir jetzt wohl sicher. Ich stehe in deiner Schuld.«

Angelique grinste unfroh. »Brich dir bloß keinen Zacken aus deinem Krönchen.« Hocherhobenen Hauptes kehrte sie ins Esszimmer zurück.

***

Ratlos blickte Patrick Angelique nach und fragte sich, was zum Teufel er nur mit ihr anfangen sollte. Er war nicht sauer auf sie, auch wenn sie das offenbar glaubte. Vielmehr war er wütend auf sich selbst, weil er insgeheim gehofft hatte, dass sie tatsächlich herkommen und ihn mit dieser Adenbach nicht allein lassen würde. Dass sie dann auch noch in ihrer typischen ruhigen, tatkräftigen Art das Last-minute-Chaos, das natürlich hatte ausbrechen müssen, wieder in Ordnung gebracht hatte, war fast schon zu viel des Guten.

Etwas in ihm wehrte sich vehement, sie als das anzusehen, was sie objektiv betrachtet war: die perfekte Assistentin. Vielleicht sogar die perfekte Frau. Für ihn. Je mehr sie sein Leben ordnete, desto abhängiger würde er von ihr werden. Abhängigkeit war jedoch etwas, was er um jeden Preis vermeiden musste, wenn er seine Lebensphilosophie nicht mit Füßen treten wollte. Ganz zu schweigen davon, dass es nur eine Frage der Zeit war, bis Angelique der Arbeit bei ihm überdrüssig werden würde. Sie kam aus einer ganz anderen Welt, hatte für weit größere, wichtigere Firmen wesentlich bedeutsamere Aufgaben erfüllt. Wie lange würde es wohl dauern, bis sie weiterzog, weil ihr die Herausforderungen hier bei ihm nicht genügten? Ein paar Monate allerhöchstens. Und was dann?

Diese Tatsache allein war schon Grund genug, sich nicht zu sehr auf sie zu fixieren, weder was seine Firma anging noch in privater Hinsicht. Letzteres war sowieso sein größter Fehler gewesen. Eine Sekunde, mehr hatte es nicht bedurft, den Kopf zu verlieren. Jetzt kämpfte er verzweifelt gegen die magnetische Anziehung an, die diese Frau auf ihn ausübte. Bislang völlig ohne Erfolg. Wenn er nicht achtgab und einen Mindestabstand zu ihr hielt, konnte er für nichts garantieren. So etwas war ihm in seinem gesamten Leben noch nicht passiert. Früher, als er sich noch nicht so unter Kontrolle gehabt hatte, war es ihm hin und wieder schwergefallen, sanft und zurückhaltend mit einer Frau umzugehen, doch irgendwie war es ihm am Ende immer geglückt.

Bei Angelique schienen sämtliche seiner Schutzmechanismen wie auf Knopfdruck vollkommen lahmgelegt zu sein. Wenn er ihr nahe kam, war es mit seiner Selbstbeherrschung vorbei, und das schockierte ihn ebenso wie der Umstand, dass sie sich vor dem Tier, das unter seiner mühsam errichteten Schutzmauer lauerte, nicht im Mindesten fürchtete. Im Gegenteil, sie hatte sogar behauptet, es habe ihr gefallen, dass er sie …

Nein, verdammt, er musste damit aufhören! Ausgerechnet jetzt an so etwas zu denken, brachte ihn noch mehr aus dem Konzept und war wenig hilfreich. Also schob er gewaltsam alle Gedanken an das, was zwischen ihnen geschehen war, beiseite und konzentrierte sich voll und ganz darauf, einen guten Eindruck auf die Besucherin zu machen. Nach einem tiefen Atemzug kehrte er an den Esstisch zurück.

»Falls Sie noch nichts gegessen haben, bedienen Sie sich bitte.« Er deutete auf Salat, Kartoffeln und Fischstäbchen. »Möchten Sie etwas trinken?«

»Ein Wasser wäre nett.« Frau Adenbach nickte ihm verbindlich zu. »Aber mitessen muss ich nun wirklich nicht. Trotzdem danke.« Sie lächelte schmal, als er ihr Mineralwasser ins Glas goss. »Sie sind erstaunlich gastfreundlich, wenn man bedenkt, dass Sie mich als den Feind betrachten.«

Er stellte die Wasserflasche auf den Tisch zurück. »Ich komme aus einer Hoteliersfamilie. Gastfreundschaft war und ist für uns Sternbachs selbstverständlich.«

»So. Nun gut. Ich …«

»Warum wollen Sie uns hier wegholen?« Während Joel dabei war, sich einen ganzen Berg Fischstäbchen auf seinen Teller zu laden, sah er die Besucherin fragend an.

»Ich habe nie gesagt, dass ich das tun will, mein Junge.«

»Aber Großmama und Großpapa wollen das und haben

Sie deshalb hergeschickt.« Jessicas Blick war noch feindseliger als der ihres Bruders. Sie schaufelte sich von dem Salat auf ihren Teller, bis etwas davon auf die Tischdecke rutschte.

»Sachte, Jessica.« Angelique lächelte ihr beschwichtigend zu. »Lass uns anderen auch noch etwas übrig.«

»Mhm.« Das Mädchen schob die Salatschüssel zur Seite und zog die mit dem Kartoffelpüree zu sich heran. »Wir wollen hier nicht weg.«

»Das werde ich selbstverständlich in meiner Einschätzung berücksichtigen.« Heidelinde Adenbach nippte an ihrem Wasser. »Ihr habt euch also hier schon gut eingelebt. Darf ich mir später mal eure Zimmer ansehen?«

»Klar.« Joel zuckte mit den Achseln.

»Nein.« Jessica schüttelte vehement den Kopf.

Ihr Bruder schnaubte spöttisch. »Du hast ja bloß wieder nicht aufgeräumt. Ich hab dir gesagt, dass die, äh, Frau, äh, Adenbach noch mal herkommt.«

Es war deutlich zu erkennen, dass er etwas anderes hatte sagen wollen. Frau Adenbach hob kurz die Augenbrauen, äußerte sich jedoch nicht dazu. »In der Schule kommt ihr gut mit, wie ich bereits von euren Lehrern erfahren habe.«

»Sie haben die Lehrer meiner Kinder hinter meinem Rücken befragt?« Patrick richtete sich auf und verzog verärgert die Lippen.

»Das gehört zu meinem Job, Herr Sternbach.« Sie wandte sich wieder an die Kinder. »Was macht ihr denn sonst noch so? Habt ihr schon Freunde gefunden?«

Wieder war Joel redseliger. »In meiner Klasse sind Samuel und Ari, mit denen spiele ich auch Fußball und Handball in der Sport-AG und im Sportverein, und manchmal machen wir auch am Wochenende was zusammen. Samuels großer Bruder Nathanael hat mehrere Spielekonsolen, und damit dürfen wir manchmal spielen. Das ist cool, weil Aris Eltern nicht so viel Geld haben und er sonst so was nie machen könnte. Die ganze Familie wohnt nämlich in so einem Flüchtlingshaus, und da haben sie für fünf Personen nur zwei Zimmer, und in dem einen ist auch noch die Küche, und seine Mutter findet keine Arbeit, weil sie noch nicht so gut Deutsch kann wie sein Vater, und der ist eigentlich Lehrer, aber er arbeitet jetzt auf dem Bau, sagt Ari, weil er auch nichts anderes kriegt. Und Jessi ist fast immer mit Isa zusammen, und weil Isas Tante einen Reiterhof hat, gehen wir da jetzt auch reiten. Also angefangen haben wir damit heute. Macht total Spaß.«

»Ihr nehmt beide Reitstunden?«, wandte Frau Adenbach sich an Jessica. »Macht dir das auch Spaß?«

»Klar.« Jessica stocherte in ihrem Salat und schob sich dann so viel davon in den Mund, dass sie erst einmal nicht weiter antworten konnte.

»Und wie verbringt ihr denn so die Vorweihnachtszeit? Macht ihr da etwas Besonderes? Plätzchen backen zum Beispiel oder Weihnachtsschmuck basteln?«

»Weiß nicht.« Joels Miene wurde traurig. »Letztes Jahr vor Weihnachten ist Mama gestorben. Da haben wir fast gar nichts gemacht.« Sein Kinn zitterte leicht. »Nur als wir hier waren, also, als wir bei Opa Hans und Oma Margit eingezogen sind, da haben wir mit allen den Baum geschmückt und Geschenke gekriegt und so, obwohl wir gar niemanden kannten – und Papa und alle uns auch noch nicht. Und dann hat Onkel Justus sich verlobt, genau an Weihnachten. Das war irgendwie cool.«

»Nee, romantisch.« Inzwischen hatte Jessica ihren Salat hinuntergeschluckt. »Fast so wie im Film.«

»Magst du romantische Filme?«, hakte Frau Adenbach sogleich nach.

»Schon, ja. Solche, wo sie sich am Ende küssen und heiraten und alles gut wird.« Vorsichtig schielte das Mädchen zu Patrick. »Ich hab noch nie selbst Plätzchen gebacken. Großmama kauft die immer beim Konditor, und dann gibt es die auch nur an Weihnachten, nicht vorher.«

»Am ersten Advent veranstaltet meine Mutter immer ein großes Familien-Plätzchenbacken.« Patrick schielte zu Angelique, die sich schweigend ihrem Essen widmete. Die Fragen der Jugendamts-Beauftragten klangen vollkommen harmlos und passten nicht recht zu der Tatsache, dass man ihm praktisch Kindesmissbrauch vorwarf, und er fragte sich, worauf diese Frau wohl hinauswollte. »Drei Viertel der Plätzchen sind bis Heiligabend meistens schon weg. Manchmal sogar alle, wenn meine Mutter sie nicht vor uns versteckt.«

»Das klingt nach einer schönen Familientradition.« Wieder trank Frau Adenbach einen kleinen Schluck Wasser. »Werden Sie da auch mit von der Partie sein, Frau Sahrmüller?«

»Ich?« Verblüfft hob Angelique den Kopf. »Also … ich glaube nicht. Ich bin schließlich kein Familienmitglied.«

»Ja, bitte, machen Sie mit!«, rief Joel überraschend. »Ich hab auch noch nie Plätzchen gebacken, und das wird bestimmt lustig. Können Sie backen?«

»Nein.« Angelique schüttelte den Kopf. »Genauso wenig wie kochen. Ich wäre also keine große Bereicherung für so einen Backnachmittag.«

»Ist doch egal.« Joel grinste übers ganze Gesicht. »Dann können wir alle drei nicht backen, und Papa muss es uns beibringen. Oder Oma Margit, die backt total leckere Sachen. Oder Uroma Iris, die kann auch viele Kuchen und so von ganz früher. Bestimmt auch Plätzchen.«

»Also, ich weiß nicht.« Fragend blickte Angelique zu Patrick.

»Doch, bitte, bitte.« Jessica nahm sich ein Fischstäbchen von der Platte. »Sonst bin ich das einzige Mädchen da, das nicht backen kann. Das ist peinlich.«

Angelique lachte. »Das ist doch Quatsch. Nicht alle Mädchen müssen backen und kochen können.«

Patrick runzelte die Stirn. Seine Kinder schienen ja sehr erpicht darauf zu sein, Angelique mit ins Boot zu holen.

»Ihr mögt Frau Sahrmüller offenbar sehr«, stellte Frau Adenbach prompt fest.

»Ja, total.« – »Klar, und wie!« Beide Kinder hatten gleichzeitig gesprochen und grinsten wieder. Wie einig sie sich plötzlich waren!

Joel griff nach der Flasche mit dem Apfelsaft und schraubte sie auf. »Angelique ist nett, aber manchmal auch total streng, fast so wie Oma Margit. Wir müssen immer mit allem helfen und uns benehmen und so, und manchmal schimpft sie mit Papa genauso wie mit uns. Weil sie nämlich für ihn in der Firma aufräumt und alles macht, und wenn er dann was durcheinanderbringt, wird sie sauer.«

Angelique hustete verblüfft. »Ich werde doch nicht sauer!«

»Doch, werden Sie.« Jessica nickte mit Nachdruck. »Man sieht es nur nicht so, weil Sie immer so nett lächeln. Je netter, desto fieser sind Sie drauf.«

»Ja, genau, wie ein Haifisch können Sie lächeln.« Joel kicherte. »Da kriegen die Leute dann Angst vor Ihnen und machen alles, was Sie sagen. Sogar Papa, und der macht sonst nie, was andere wollen.«

Patrick konnte nur mit Mühe ein entgeistertes Husten unterdrücken. Sein Sohn brachte die Dinge erschreckend genau auf den Punkt.

»Aber seit Angelique da ist, hat Papa mehr Zeit für uns und ist nicht mehr immer so gestresst.« Jessica wischte mit dem Fischstäbchen den letzten Rest von Püree und Salatsoße von ihrem Teller und schob sich alles in den Mund.

»Deshalb wurden Sie ja wohl auch von Herrn Sternbach eingestellt, nicht wahr?« Heidelinde Adenbach sah aus, als würde sie sich mental unzählige Notizen machen. Patrick hoffte, dass sie allesamt zu seinen Gunsten ausfielen. Aber warum auch nicht? Schließlich konnte man doch genau erkennen, dass es seinen Kindern hier gut ging. Auch wenn hin und wieder das Chaos ausbrach und er trotz Angeliques Hilfe manchmal nicht wusste, wo ihm der Kopf stand, lebten Sie doch in geordneten Verhältnissen. Das konnte das Jugendamt unmöglich anzweifeln, ganz gleich, welche Lügen Klarissas Eltern über ihn in die Welt setzten.

Den Rest des gemeinsamen Abendessens schwieg die Besucherin und beobachtete nur das Tischgespräch, das hauptsächlich die Kinder bestritten, die noch einmal durchkauten, was sich in der Reitstunde und in der Schule alles ereignet hatte.

Später ließ Frau Adenbach sich die Kinderzimmer zeigen und verabschiedete sich dann schon wieder, ohne mit Patrick ein Gespräch unter vier Augen geführt zu haben. Als sie das Haus verlassen hatte, schaute er ihr durchs Küchenfenster irritiert zu, wie sie in ihren weißen Golf stieg und dort gleich etwas in einen kleinen Laptop tippte.

»Das war ausgesprochen seltsam«, stellte Angelique fest. »Ich hatte gedacht, sie würde sich wie eine Hyäne auf dich stürzen. Oder dich doch zumindest ein bisschen ausquetschen.«

»Das dachte ich auch.« Ratlos fuhr er sich übers Kinn und dann über den Nacken.

»Sie ist entsetzlich unsympathisch.« Umstandslos griff Angelique zur Pfanne und zu dem Kochtopf auf dem Herd und trug beides zur Spüle. »Aber vielleicht bist du sie ja mit etwas Glück schneller los als gedacht. Was soll sie hier auch Negatives über dich herausfinden?«

»Was tust du da?« Irritiert sah er zu, wie sie heißes Wasser in die Pfanne laufen ließ.

»Ich spüle ab, was sonst? Das waren die ersten Fischstäbchen seit meinem fünfzehnten Lebensjahr oder so.« Sie griff nach der Flasche mit dem Spülmittel. »Da kann ich doch ruhig helfen, das Schlachtfeld zu beseitigen.«

»Lass.« Er hielt sie am Handgelenk fest, ließ sie jedoch sofort wieder los, weil die Berührung ihn alarmierte. »Das musst du nicht tun.«

»Ich weiß, aber das ist doch keine große Sache …«

»Auch wenn du es nicht glaubst, ganz unfähig bin ich im Haushalt nicht.« Er wusste selbst nicht, warum er schon wieder die Krallen ausfuhr, aber ihre Nähe brachte ihn zuverlässig aus dem Konzept.

»Das habe ich auch nie behauptet.« Sie blieb erstaunlich friedfertig. »Aber geteilte Arbeit erledigt sich viel schneller.« Sie warf einen weiteren Blick aus dem Fenster und wurde ernst. »Sie beobachtet uns.«

»Was?« Als er ebenfalls nach draußen blickte, sprang der Motor des Golfs an, und die Adenbach fuhr zügig davon.

»Die Frau ist mir irgendwie unheimlich.« Angelique schüttelte sich, begann aber seelenruhig, die fettige Pfanne zu reinigen.

»Du musst das wirklich nicht tun.« Am liebsten hätte er ihr die Spülbürste weggenommen, doch das würde ganz sicher zu einem Gerangel führen – und das wiederum … Nein, er stellte es sich lieber gar nicht erst vor.

»Zu spät.« Lächelnd spülte sie die Pfanne unter klarem Wasser ab und reichte sie ihm. »Hier. Du darfst sie abtrocknen.«

»Papa?« Etwas atemlos kam Joel in die Küche gerannt. Er trug noch die Gummistiefel und den Anorak, die er angezogen hatte, um noch einmal kurz mit Oskar hinauszugehen. »Da parkt einer vorn an der Straße und macht Fotos vom Haus und von euch. Ich hab's genau gesehen, weil man euch durchs Fenster gut von draußen sehen kann.«

»Wie bitte?« Patricks Kopf fuhr ruckartig in die Höhe. Ehe er jedoch dichter an die Spüle treten konnte, um noch einmal durchs Fenster in die Dunkelheit zu blicken, hielt Angelique ihn mit festem Griff am Arm zurück.

»Lass dir nichts anmerken!« Sie wandte sich an Joel. »Bist du dir sicher?«

Der Junge nickte heftig. »Ja, Jessi hat ihn zuerst bemerkt. Sie hat gesagt, ich soll euch Bescheid sagen. Sie ist noch draußen, weil Oskar noch nicht mit seinem Geschäft fertig war.«

Kaum hatte er die Worte ausgesprochen, als seine Schwester zusammen mit dem Hund durch die Terrassentür hereinkam. »Hast du Papa Bescheid gesagt?« Ihre Wangen waren vor Aufregung gerötet. »Habt ihr den gesehen? So ein Mann mit Schnurrbart und Brille. Der beobachtet und macht Fotos. Ist der von der Polizei?«

»Ich tippe eher auf den Detektiv.« Angelique lehnte sich mit der Hüfte an die Spüle. »Vergiss es, Patrick.«

»Was soll ich vergessen?« Er hatte die Hände zu Fäusten geballt und gerade nach draußen stürmen wollen, um diesem Typen die Meinung zu geigen.

»Bleib hier drin, und tu so, als hätten wir ihn nicht bemerkt.«

Er starrte sie verärgert an. »Der Kerl schnüffelt in meinem Privatleben herum. In deinem auch. Stört dich das nicht?«

»Doch, schon.« Sie hob die Schultern. »Aber er ist mit Sicherheit hier, um irgendwelches belastendes Material gegen dich zu sammeln. Warum sorgen wir nicht dafür, dass er genau das Gegenteil vorfindet?«

»Hier gibt es kein belastendes Material.« Er verschränkte die Arme vor der Brust, lockerte sie aber auf ihren bezeichnenden Blick hin sofort wieder.

»Wenn du jetzt rausstürmst und ihm eine Szene machst, kann er behaupten, du hättest ihn bedroht oder so was. Aber wenn wir alle hier drin zusammenbleiben und uns einen schönen Abend machen, kann er deinen Schwiegereltern nur berichten, dass sie auf dem Holzweg sind.«

Er hasste es, dass sie schon wieder recht hatte. Mit einiger

Mühe entspannte er sich. »Und wie soll dieser schöne Abend aussehen, wenn ich fragen darf?«

»Gucken wir noch mal einen Film?«, schlug Jessica vor. »*Der Polarexpress* ist schön.«

»Eine gute Idee.« Zustimmend nickte Angelique. »Ihr beide guckt den Film, und euer Vater bügelt, während ich die übrige Wäsche zusammenlege. Was hältst du davon, Patrick?«

Er verzog unwillig die Lippen, als die Kinder jubelnd ins Wohnzimmer stürmten und den Film aus dem DVD-Regal heraussuchten. »Für diese Extraarbeit bezahle ich dich nicht.«

Um ihre Mundwinkel zuckte es leicht. »Ich nehme auch Naturalien.«

Ihm wurde unnatürlich warm. »Nein.«

»Dann sieh es als Freundschaftsdienst.« Unbeirrt begann sie, nun auch noch den Kartoffeltopf zu spülen.

# 11. Kapitel

»Santa Claus, bist du hier drin?« Elfe-Sieben trug einen Korb mit neuer Weihnachtspost ins Büro und stellte ihn auf dem Schreibtisch des Weihnachtsmannes ab. »Oh, gut. Elf-Vier und Elf-Fünf suchen nach dir. Sie möchten gerne deine Meinung zu dem neuen Anbau an den Rentierstall hören. Hättest du kurz Zeit für die beiden?«

Santa Claus, der gerade mit auf dem Rücken verschränkten Händen vor der Videowand auf und ab gegangen war, blieb stirnrunzelnd stehen. »Der Anbau? Ach ja … später. Ich bin gerade beschäftigt.«

»Wirklich?« Neugierig sah die kleine Elfe ihm zu, als er sich wieder in Bewegung setzte. »Womit denn?«

»Ich denke nach.«

»Worüber?« Mit neugierigem Blick kletterte Elfe-Sieben auf den Schreibtisch und ließ die Beine baumeln.

»Über die Menschen im Allgemeinen und Angelique und Patrick im Besonderen.« Auf seiner Stirn entstand eine tiefe Falte. »Die beiden rauben mir den Schlaf.«

»Hat sich noch immer nichts bei den beiden getan?« Nun machte auch die Elfe ein besorgtes Gesicht. »Dabei dachten wir doch, nach den Ereignissen neulich würde sich alles bald so entwickeln, wie wir gehofft hatten.«

»›Neulich‹ ist gut.« Der Weihnachtsmann seufzte. »Das ist jetzt schon zwei Wochen her. Am Sonntag ist der erste Advent – und … nichts! Rein gar nichts. Es ist einfach zum Haareraufen.«

»Also, das kann ja wohl nicht sein, oder?« Die Elfe sprang vom Tisch herunter und trat an die Videowand. Nach ein paar kleinen Justierungen beobachtete sie eine Weile, was sich bei Patrick und Angelique tat – oder vielmehr nicht tat. »Kann es sein, dass er ihr aus dem Weg geht?«

Der Weihnachtsmann nickte mit dumpfer Miene. »Soweit das möglich ist. Sobald sie dann doch mal aufeinandertreffen … nun ja, sieh es dir selbst an. Das kann so nicht weitergehen. Ich hätte gedacht, dass sich da mehr tun würde, dass sie sich ihre Gefühle eingestehen, aber Patrick blockt alles ab. Mir will partout nicht einfallen, was man dagegen unternehmen könnte.«

»Können wir nicht mal versuchen, Oskar mit ins Boot zu holen? Vielleicht kann er irgendwie helfen, zwischen den beiden zu vermitteln.«

»Oskar?« Die Miene des Weihnachtsmannes hellte sich kurz auf, wich dann aber einem skeptischen Ausdruck. »Was Elf-Zwei und Elfe-Acht so von ihren Kundschafterausflügen berichten, scheint er ebenfalls ein schwieriger Fall zu sein. Sie sagen, dass er oft auf der Lauer liegt, um auszubüxen.«

»Aber er hat es noch nicht getan«, gab Elfe-Sieben zu bedenken.

»Noch nicht, aber vielleicht wartet er nur auf den rechten Zeitpunkt.«

»Vielleicht sollten wir ihn fragen, was er vorhat.« Die kleine Elfe dachte kurz nach. »Soll ich Elf-Siebzehn mal auf die Erde schicken? Er kann die Tiersprachen am besten verstehen und sich mit Oskar unterhalten.«

Zögernd nickte Santa Claus. »Ja, meinetwegen. Mir fällt gerade kein besserer Plan ein, und die Zeit drängt.« Als in diesem Moment etwas in der Küche laut schepperte, zuckte er heftig zusammen. »Was war das denn?«

»Ich weiß auch nicht.« Elfe-Sieben war zur Tür geeilt.

»Ihr frechen Rentiere, ihr!«, vernahmen sie die Stimme von Santas Frau. »Die Plätzchen sind doch nicht für euch gedacht. Das ist ein neues Rezept, das ich für den bunten Weihnachtsteller ausprobiert habe. Und jetzt seht sie euch an. Alle zerbrochen und überall Krümel!«

»Die schmecken aber so lecker«, antwortete Rudolph, das Rentier mit der leuchtend roten Nase. »Da konnte ich einfach nicht widerstehen.«

»Ich auch nicht«, gab Blitz zu, und Donner brummelte etwas Ähnliches. Irgendwo im Hintergrund war das Schmatzen und Getrappel der übrigen Rentiere zu hören. Was hatten sie denn alle im Haus zu suchen? Hatten sie sich hereingeschlichen? Für einen Moment vergaß der Weihnachtsmann seine Probleme mit den Menschen und eilte hinüber in die Küche, um seiner Frau in dem Durcheinander beizustehen, das die Rentiere offenbar angerichtet hatten. Elfe-Sieben folgte ihm eilig, und so sah keiner von ihnen, dass das Gefühlsradar in der Zimmerecke heftig zu blinken begann.

***

»Hier, bitte, Oskar, frisches Wasser und eine Kaurolle.« Angelique stellte den vollen Wassernapf an seinen Platz in der Kaffeeküche und legte den Leckerbissen daneben. Dann beobachtete sie, wie der Hund beides beschnüffelte, sich dann aber nur hinsetzte und aus seinen hübschen braunen Augen zu ihr aufsah. »Na, was ist denn los?« Überrascht hockte sie sich neben ihn. »Ich dachte, du magst diese Kaurollen. Hast du keinen Appetit?«

*Nicht so richtig, nein. Das Wetter ist heute so schön sonnig. Kalt, aber trotzdem angenehm. Der Boden war heute früh gefroren, aber ich habe ja ein dickes Fell, da stört mich das nicht so. Und, na ja, das Wetter erinnert mich daran, dass ich wegmuss. Ich meine, ich bin doch ein Vagabund und schon viel zu lange hier. Bei dem schlechten Wetter neulich wollte ich nicht raus, aber jetzt … Außerdem war neulich ein Weihnachtself bei mir. Elf-Siebzehn hieß er und hat gesagt, er hat so eine*

*Nummer, weil niemand außer den Elfen selbst die Elfennamen verstehen und aussprechen kann. Ich weiß zwar nicht, woher er kam und was Elfen überhaupt sind, aber er hat gesagt, er wäre vom Weihnachtsmann geschickt worden, und der hätte eine Bitte an mich. Den Weihnachtsmann kenne ich zwar auch nicht, aber es klang, als sei er eine ziemlich wichtige Person, vor allem für euch Menschen. Also, dieser Weihnachtsmann, so hat Elf-Siebzehn gesagt, möchte, dass ich mithelfe, dass Patrick und du euch besser vertragt und dass Patrick nicht immer so tut, als wolle er nicht mit dir zusammen sein. Kann ich auch nicht verstehen, weshalb er das macht, weil du doch wirklich in Ordnung bist. Ich mag dich jedenfalls, und ich mag nicht viele Leute, weil ich mich ja nicht an Menschen binden möchte.*

*Das ist jetzt auch mein großes Problem, und deshalb wollte ich auch nicht so richtig bei Elf-Siebzehns Idee mitmachen. Ich muss ja schließlich baldmöglichst hier weg, und wenn ich fort bin, kann ich dem Weihnachtsmann nicht helfen. Aber wenn ich ihm nicht helfe und dann bald nicht mehr hier bin, bist du wahrscheinlich traurig, und Patrick ist es auch, und wenn ihr beiden euch dann auch nicht richtig mögt, habt ihr ja irgendwie niemanden mehr zum Liebhaben. Außer den Kindern, meine ich. Okay, die wären vermutlich auch ziemlich unglücklich, wenn ich weg bin, und da wäre es wahrscheinlich gut, wenn wenigstens du zur Familie gehören würdest. Du bist zwar nicht so wuschelig und flauschig wie ich, aber du hast einen guten Draht zu den Zwillingen und könntest sie bestimmt gut trösten und ablenken, wenn ich wieder auf Wanderschaft bin.*

*Jetzt bin ich in einer blöden Zwickmühle, denn wenn ich jetzt abhaue, kann ich nicht mithelfen, dass du zur Familie gehörst, damit alle glücklich bleiben, aber wenn ich helfen will, muss ich bleiben, und das war nicht der Plan. Ich würde euch das alles gerne erzählen, aber das geht ja nicht, weil ich eure*

*Sprache nicht spreche und ihr die meine nur ziemlich rudimentär versteht.*

»Manchmal wünschte ich, du könntest sprechen.« Nachdenklich betrachtete Angelique den wuscheligen Hund und strich ihm sanft über die flauschig-weiche Stelle hinter seinen Ohren. »Du siehst gerade so aus, als wolltest du mir etwas Wichtiges erzählen.«

*Ist ja auch so. Geht aber leider nicht, und somit bin ich mit meiner Gewissensfrage ganz allein.*

»Na gut, wenn du jetzt nichts fressen willst, kannst du dir die Kaurolle ja für später aufheben.« Angelique erhob sich wieder. »Ich muss jetzt langsam die Kisten mit dem Weihnachtsschmuck zu den Ferienhäusern der Sternbachs bringen, damit wir die Kunden, die nächste Woche zur Besichtigung kommen, gleich in die richtige Stimmung bringen. Und dann muss ich noch Fotos für Laura machen, weil sie ganz bestimmt auch auf der Homepage des Hotels damit werben möchte.« Sie machte sich eine mentale Notiz, Patrick vorzuschlagen, eines oder vielleicht später auch zwei oder drei Musterhäuser hier in der Nähe rein zu Werbe- und Verkaufszwecken aufzubauen. Momentan nutzten sie die Ferienhäuser im nahe gelegenen Wald als Musterhäuser, doch bald würde das nicht mehr möglich sein, denn wenn der Ferienpark erst eingeweiht war, würden die Waldhäuser ständig mit Urlaubsgästen belegt sein. Dafür würde Laura in ihrer Funktion als Marketingchefin der Sternbach-Hotels schon sorgen.

Die Investition in eigene Musterhäuser wäre natürlich enorm, aber auf lange Sicht würde sie sich ganz bestimmt rechnen. Vielleicht sollte sie Patrick irgendwann kommende Woche einmal darauf ansprechen. Innerhalb der vergangenen beiden Wochen hatte sich zwischen ihnen eine einigermaßen professionell-freundliche Stimmung durchgesetzt. Er vermied es, ihr auf privater Ebene in irgendeiner Form zu nahe zu kommen, hatte sich aber seit dem Besuch von Frau Adenbach offenbar dazu entschlossen, Angelique ein wenig mehr Freiraum zu gewähren und sich nicht allzu sehr in ihre Arbeit einzumischen. Das führte allerdings auch dazu, dass sie nicht mehr viel miteinander sprachen, und wenn, dann tauschten sie nur höfliche Floskeln aus. Immer wenn sie versuchte, das Gespräch auf eine persönlichere Ebene zu heben, wich er ihr geschickt aus oder ergriff die Flucht. Es frustrierte sie zunehmend. Angelique spürte, dass er sich mit voller Absicht hinter seiner Schutzmauer verkrochen hatte. Wenn ihre Blicke sich doch einmal unverhofft trafen, fühlte sie sofort wieder dieses Prickeln und Knistern, und sie war sich vollkommen sicher, dass es nicht nur ihr so ging. Am liebsten hätte sie ihn kräftig durchgeschüttelt und ihm ins Gesicht gesagt, wie kindisch und sinnlos sie seine Versuche fand, sich vor ihr zu verschließen, und wenn sich nicht bald etwas änderte, würde sie vermutlich gezwungen sein, genau das zu tun. Nur die Sorge, damit alles noch schlimmer zu machen, hatte sie bisher davon abgehalten.

Sie trat gerade wieder ins Foyer, als sich die Eingangstür öffnete und zu ihrer Überraschung Hans Sternbach hereinkam, einen Zettel in der Hand und einen nicht gerade kleinen Karton unter dem Arm. Als er sie sah, eilte er mit einem breiten Lächeln auf sie zu. »Guten Tag, Angelique. Hier, schauen Sie mal, ich habe Ihnen etwas mitgebracht.« Er stellte den Karton auf dem Empfangstresen ab.

»Hallo, Herr Sternbach. Was ist es denn?« Neugierig beäugte sie den Karton.

»Meine Frau ist mit Viola diese Woche einkaufen gewesen, um einige unserer alten Weihnachtsdekorationen durch neue zu ersetzen, und sie sind – wie hat meine Tochter das ausgedrückt? – ein bisschen eskaliert. Jetzt haben wir viel zu viel von dem Zeug, selbst nachdem wir die alten Sachen teilweise aussortiert haben. Deshalb dachte ich, ich bringe ein bisschen was davon hierher. Vielleicht möchten Sie hier auch ein wenig Weihnachtsstimmung verbreiten oder die Sachen für die Waldhäuser benutzen. Jessica hat erzählt, dass Sie vorhaben, dort heute auch zu schmücken.«

Oskar kam nun ebenfalls aus der Küche und schwänzelte freudig um den Besucher herum. *Hallo, hallo, das ist ja Hans! Wie schön, dich zu sehen.*

Hans bückte sich und tätschelte Oskars Kopf. »Na, du kleiner Gauner? Passt du hier gut auf alles auf?«

*Ich? Ach, na ja, sicher, sonst hätte ich ja den lieben langen Tag nichts zu tun.*

Indes klappte Angelique den Karton auf und schmunzelte. Lichterketten, Holzfiguren, künstliche Tannengirlanden. »Das ist ja unglaublich nett von Ihnen. Ich wollte gerade unsere Sachen aus dem Vorratsraum holen. Viele sind es ja nicht, aber mit diesen hier sieht die Sache schon ganz anders aus.«

»Das hier ist nur eine von vier Kisten.« Hans Sternbach lachte. »Der Rest ist noch in meinem Auto. Und waren wir nicht schon mal beim Vornamen angekommen? Bitte sagen Sie Hans zu mir, da lässt es sich doch viel besser reden. Warten Sie, ich hole die restlichen Kisten rasch noch herein.« Er legte den Zettel auf den Tresen und wandte sich zum Gehen.

»Moment, da helfe ich Ihnen.« Angelique eilte hinter ihm her, schloss aber die Tür hinter sich, bevor Oskar ihr nach draußen folgen konnte.

*Hey, lasst mich doch mitkommen! Hach, das wäre die Gelegenheit gewesen. Obwohl, so ganz klar ist mir immer noch nicht, was ich jetzt tun soll. Bleiben und dem Weihnachtsmann helfen oder doch gleich abhauen? Das fühlt sich irgendwie nicht richtig an. Man hat ja auch als Hund eine gewisse Verantwortung für die Menschen, bei denen man Unterschlupf sucht. Aber egal, mit rausgegangen wäre ich auf jeden Fall gerne, um zu sehen, was ihr da macht.*

An Hans' Wagen angekommen, machte sie große Augen. »Du lieber Himmel, ist das Ihr Ernst? Das ist doch viel zu viel, das können wir nicht einfach so annehmen.«

»Doch, doch, ich bitte darum. Nein, ich flehe Sie an. Wir wissen gar nicht, wohin mit all den Sachen.« Er lachte leise. »Meine gesamte Familie ist ziemlich weihnachtsverrückt, und gerade Margit und Viola können sich nie beherrschen, wenn sie mal in eine Weihnachtsdeko-Abteilung geraten. Hier.« Er reichte ihr einen der Kartons und nahm selbst einen weiteren auf den Arm. »Falls Sachen übrig bleiben, nachdem Sie hier und in den Ferienhäusern alles geschmückt haben, nehmen Sie den Rest mit nach Hause. Oder bringen Sie es zu Patrick, und lassen Sie die Kinder dort schmücken. Die beiden sind auch schon ganz begeistert dabei, wenn es darum geht, unser Haus zu dekorieren.«

»Das ist wirklich großzügig, Hans.« Angelique hielt inne. »Wissen Sie was, bringen wir die Kartons am besten gleich zu meinem Auto, dann nehme ich sie erst mal mit zu den Waldhäusern. Was ich dort nicht brauchen kann, bringe ich dann wieder hierher.« Sie zog ihren Autoschlüssel aus der Hosentasche.

»Wie Sie möchten.« Hans machte kehrt und trug den Karton die wenigen Schritte zu ihrem Wagen, dann holte er rasch auch noch die beiden anderen. »Ist mein Sohn übrigens gerade hier oder unterwegs?«

»Er ist in seinem Büro.« Angelique verstaute zwei Kartons im Kofferraum und zwei weitere auf der Rückbank. »Er ist gerade sehr beschäftigt mit seinen Zeichnungen und Arbeitsplänen.« Sie schloss die Autotüren wieder. »Möchten Sie noch einmal kurz mit hereinkommen?«

»Ja, ich habe noch etwas mit Patrick zu besprechen.« Hans folgte ihr wieder nach drinnen. »Aber stören möchte ich ihn auch nicht, wenn er gerade viel zu tun hat.«

»Er hat gerade seine feste Bürozeit.« Angelique stellte

rasch den Karton vom Tresen neben die Tür, um ihn später mit hinauszunehmen. »Da unterbreche ich ihn normalerweise nicht, außer es handelt sich um einen Notfall.«

*Da seid ihr ja wieder. Was ist denn da in der Kiste drin? Darf ich mal schnüffeln?* Oskar steckte seine Nase neugierig in den Karton. *Oh, Spielzeug!* Schon wollte er sich eine der Holzfiguren schnappen, doch Angelique kam ihm zuvor.

»Nichts da, aus! Das ist kein Hundespielzeug. Ab auf dein Kissen, Oskar!« Ihre Worte wurden von einer eindeutigen Handbewegung begleitet.

*Och. Na gut, dann eben nicht. Schade. Aber diese Holzfigur sieht fast so aus wie mein Kauspielzeug zu Hause. Nur dass das nicht so bunt angemalt ist.* Brav trollte Oskar sich auf seinen Liegeplatz. *Das Ding da in der Kiste sieht übrigens Elf-Siebzehn ein bisschen ähnlich. Der trägt auch so eine lustige Mütze.*

»Dass Sie Patrick abschirmen, wenn er in seine Arbeit vertieft ist, verstehe ich natürlich.« Anerkennend nickte Hans ihr zu. »Sie machen Ihre Arbeit gut. Soweit ich es beurteilen kann, ist mein Sohn schon weit weniger gestresst als noch vor wenigen Wochen und arbeitet wesentlich konzentrierter. Das haben Sie wirklich gut hinbekommen. Auch wenn das bedeutet, dass sogar seine Familie nicht mehr einfach so hereinplatzen darf.« Er lachte wieder. »Gut, dass Sie so konsequent sind. Das hilft Patrick ganz enorm.«

»Was hilft mir enorm?« Überraschend war Patrick in der Tür zu seinem Büro erschienen. Er wirkte ein wenig irritiert, und sein Haar war verstrubbelt, so als hätte er es sich während der Arbeit mehrfach gerauft. Angelique hatte das schon öfter bei ihm beobachtet, hauptsächlich dann, wenn er an Projekten für besonders anspruchsvolle oder schwierige Kunden saß. Jetzt musterte er erst seinen Vater, dann Angelique ungehalten. »Warum sagst du mir nicht Bescheid, dass mein Vater hier ist?«

»Ich bin gerade erst eingetroffen und wollte dich auch gar nicht stören. Angelique hat gesagt, dass du sehr beschäftigt bist.«

»Na und?« Er runzelte die Stirn. »Hältst du jetzt auch schon meine Familie von mir fern?«

Sie seufzte innerlich. »Ich halte sämtliche Ablenkungen von dir fern, wenn du deine Bürozeit hast, ob nun familiär oder beruflich. So war es abgesprochen.«

»War es das?« Er schüttelte den Kopf. »Das passt mir aber nicht.«

»Ach was, ist doch gut, dass deine Assistentin so konsequent ist.« Hans lächelte seinem Sohn beschwichtigend zu. »Das war es auch, was ich eben zu ihr gesagt habe. Sie hilft dir damit ungemein, und das gefällt und imponiert mir.«

»Mhm.« Unwillig verzog Patrick die Lippen, entspannte sich dann aber wieder etwas. »Weshalb bist du denn hergekommen?« Sein Blick fiel auf den Karton neben der Tür. »Was ist das?«

»Weihnachtsschmuck.« Hans lachte. »Deine Mutter und Viola waren shoppen.«

»Ach du sch…öne grüne Wiese.« Nun zuckte es auch um Patricks Mundwinkel. »Lass mich raten: Sie haben es ein bisschen übertrieben.«

»Fünf Kisten voll übertrieben, um genau zu sein. Und das sind nur die Sachen, die ich hierher gebracht habe. Laura hat sich schon ein paar Sachen für private Zwecke gemopst. Wir dachten, dass du vielleicht einige hier und in den Waldhäusern brauchen könntest oder bei dir zu Hause.«

»Danke.« Patrick stützte sich mit der Schulter gegen den Türrahmen. »Jetzt muss ich nur noch Zeit finden, das Zeug auch anzubringen.«

»Musst du nicht.« Angelique grinste. »Du arbeitest an deinen Projekten weiter, ich schmücke die Häuser und das Foyer.«

»Vergiss es!« Zu ihrer Überraschung grinste nun auch Patrick. »Ich bin vielleicht kein leidenschaftlicher Deko-Einkäufer, dafür aber ein Meister-Dekorateur. Also schmücke ich lieber selbst.«

»Er hat recht, Angelique.« Hans griff wieder nach dem Blatt Papier, das er auf dem Tresen abgelegt hatte. »Patrick hat in dieser Hinsicht ein gutes Händchen. Im Gegensatz zu Ricarda, die lässt lieber schmücken oder beschränkt sich auf Anweisungen.«

»Die dann niemand befolgt.« Lachend stieß Patrick sich vom Türrahmen ab und trat näher. »Was hast du denn da noch mitgebracht, Papa? Sieht ja aus wie eine von Mamas Einkaufslisten.«

»Das sieht nicht nur so aus.« Hans reichte seinem Sohn das Blatt. »Das sind die Sachen, die ihr bitte morgen zum Familienbacktag mitbringen sollt.«

»Sie hat die Liste aufgeteilt?« Stirnrunzelnd faltete Patrick das Blatt in der Mitte, fuhr mit Daumen und Zeigefinger scharf an dem Falz entlang und riss das Blatt dann gekonnt in zwei Hälften. »Hier, bitte sehr.« Eine Hälfte reichte er Angelique, die verblüfft daraufstarrte.

»Was? Ich soll auch etwas mitbringen? Ich bin gar nicht eingeladen.«

»Doch, sind Sie.« Hans lachte. »Jessica und Joel haben schon vor zwei Wochen erzählt, dass Sie kommen werden.«

»Oh.« Damit hatte Angelique nicht gerechnet. »Aber das ist doch eine Familiensache.«

»Freunde der Familie sind dazu auch zugelassen.« Patrick studierte bereits seine Hälfte der Einkaufsliste. »Dazu muss ich ja in den Baumarkt!«

Bei Patricks Worten hatte ihr Herz einen unerwarteten Satz gemacht. »Bin ich das denn? Eine Freundin der Familie?«

»Aber ja doch, warum denn nicht? Wir mögen Sie alle sehr.« Hans lächelte ihr zu.

Patrick hob den Blick von der Liste. »Wärst du es nicht, hätten Joel und Jessica dich wohl kaum eingeladen. Warum muss ich eine Spanplatte aus dem Baumarkt mitbringen?«

»Weil Viola den Vorschlag gemacht hat, mit den Kindern ein Lebkuchenhäuser-Wunderland oder so was zu basteln.« Amüsiert schmunzelte Hans bei der Vorstellung. »Dazu benötigen Sie einen stabilen Untergrund.« Er wandte sich an Angelique. »Dass Sie praktisch mit zur Familie gehören, erkennen Sie daran, dass Sie mit einkaufen dürfen. Margit verteilt die Sklavendienste immer schön gleichmäßig auf alle Familienmitglieder.«

»Das ist ja eine ganze Menge an Backzutaten.« In Angelique machte sich ein warmes, erwartungsvolles Flattern breit, von der Magengrube bis in die Fingerspitzen. Die Sternbachs waren eine wundervolle Familie. Sie konnte gut verstehen, dass Laura sich im vergangenen Jahr so schnell und unwiderruflich in sie verliebt hatte – und natürlich ganz besonders in Justus, den ältesten Sohn. »Sind Sie sich sicher, dass es fünfzehn Kilogramm Mehl sein sollen?«

»Wenn es auf der Liste steht, ist es korrekt.« Hans nickte ihr wohlwollend zu. »Wenn Sie morgen gegen elf Uhr da sein könnten, wäre das perfekt, dann können wir die Zutaten noch sortieren und alles in der Küche vorbereiten, bevor die wilde Horde einfällt. Patrick, sei du bitte auch etwas früher da. Ich muss mir noch überlegen, wo und wie wir dieses geplante Lebkuchenwunderwerk überhaupt aufbauen können.«

»Aye, aye, Sir.« Spielerisch salutierte Patrick, faltete seine Liste und schob sie in seine Gesäßtasche. »Darf ich mal sehen?« Er nahm Angelique einfach ihre Hälfte der Liste aus der Hand und überflog sie. »Aha, das ist die Plünderliste für den Supermarkt. Kriegst du das alles in dein Auto?«

Angelique zögerte kurz. Natürlich würden die Einkäufe in ihr Auto passen. »Wir könnten nachher auch zusammen fahren und alles auf deinen Pick-up laden. Wenn du sowieso mit zum Schmücken kommen willst, könnten wir das in einem Aufwasch erledigen.«

»Gute Idee. Ich hole schon mal unsere Mäntel.« Schon war Patrick an ihr vorbei in der Küche verschwunden.

Verblüfft sah sie ihm nach, dann fiel ihr noch etwas ein. »Bring bitte auch Oskars Leine ... mit.« Er war bereits mit den Mänteln über den Arm und der Leine samt Geschirr in der Hand zurückgekehrt.

»Sehr gut, dann wäre das ja schon mal geklärt.« Hans nickte ihnen wohlwollend zu. »Dann mache ich mich mal wieder auf den Weg. Bis morgen, ihr beiden.« Schon war er wieder zur Tür hinaus.

»Hier.« Patrick reichte Angelique ihren Mantel. »Wir machen uns besser gleich auf den Weg. Oskar, komm her, ich muss dir dein Geschirr anziehen.«

*Was? Ihr nehmt mich irgendwohin mit? Das ist aber mal eine schöne Überraschung. Da bin ich sofort dabei.*

Während Patrick mit dem Hund beschäftigt war, holte Angelique die beiden großen Kisten mit Weihnachtsschmuck aus dem Vorratsraum und stellte sie neben dem Karton an der Tür ab. »Am besten besorgen wir im Baumarkt auch gleich vernünftige Kisten für die anderen Sachen. In den Kartons werden sie nicht besser, wenn sie darin übers Jahr gelagert werden.« Sie drehte sich zu Patrick um und erschrak ein wenig, weil er dicht hinter ihr stand, den Hund an der Leine neben sich. Sie schluckte gegen ihren erhöhten Pulsschlag an. »Und du willst wirklich beim Schmücken helfen, anstatt dich auf deine Arbeit zu konzentrieren?«

»Ich helfe nicht, ich übernehme den Vorsitz über das Deko-Komitee.«

Sie lachte. »Traust du mir etwa nicht zu, die Häuser hübsch herzurichten?«

»Keine Ahnung, wie weit her es mit deinem Talent in dieser Hinsicht ist. In deinem Küchenfenster zur Straße raus steht bloß eine Weihnachtspyramide. Mehr Schmuck kann man von außen nicht sehen.«

»Woher weißt du …? Wann hast du denn in mein Fenster geguckt?« Verblüfft starrte sie ihn an.

Er zuckte mit den Achseln. »Auf dem Weg ins Fitnessstudio komme ich bei dir vorbei.«

»Und schaust in meine Wohnung?«

»Reiner Zufall.«

Angelique wurde es aus unerklärlichen Gründen sehr warm. »Du trainierst auch bei *Sports-Fit* in der Limonengasse?«

»Schon seit Jahren.« Er legte den Kopf ein wenig schräg. »Wir sind uns dort noch nicht begegnet.«

»Offensichtlich nicht.« Sie schnappte sich den Karton. »Die anderen Kisten musst du in deinen Wagen packen. Meiner ist schon randvoll, wenn ich diesen Karton noch auf den Beifahrersitz stelle. Und Oskar muss auch noch irgendwohin.«

»Kein Problem, in meinem Pick-up ist Platz genug. Wir treffen uns bei Haus eins.«

Angelique trug den Karton zum Auto und sah dann kurz dabei zu, wie Patrick Oskar im Pick-up anschnallte. So aufgeräumt und gut gelaunt hatte sie ihn selten erlebt, gerade auch ihr gegenüber. Was wohl der Grund für seinen Kurswechsel war?

***

Nachdenklich blickte Patrick Angelique nach, als sie mit ihrem Wagen davonfuhr, dann klemmte er sich hinters Steuer des Pick-ups. Jessica und Joel hatten in den letzten Tagen von kaum etwas anderem gesprochen als vom Familienbacktag, deshalb wusste er auch so genau, dass die beiden fest mit Angeliques Anwesenheit rechneten. Wenn sie abgesagt hätte, wäre das eine Enttäuschung für die beiden gewesen, also hätte er, falls es nötig gewesen wäre, Angelique zu überreden versucht. Sie schien aber von der Idee, einen ganzen Nachmittag mit seiner chaotischen Familie zuzubringen, durchaus angetan zu sein. Und das, obwohl sie schon öfter angedeutet hatte, dass sie mit ihrer eigenen Familie nicht so wirklich auf einer Wellenlänge lag.

Er hatte die vergangene Nacht damit zugebracht, darüber nachzudenken, welche Auswirkungen ihre Anwesenheit in der Firma auf ihn und seine Kinder hatte. Sie kümmerte sich tatsächlich um fast alles, was ihm lästig werden oder unnötig Zeit rauben könnte, und darüber hinaus half sie ab und zu aus, wenn die Zwillinge abgeholt oder betreut werden mussten. Das war beileibe nicht selbstverständlich.

Dass sie ihm vor einigen Tagen stillschweigend eine Liste mit ihren Zusatzdiensten auf dem Schreibtisch hinterlassen hatte, sah er vollkommen ein, auch wenn es ihre Arbeit irgendwie als unpersönliche Dienstleistung erscheinen ließ. Das störte ihn seltsamerweise. Allerdings hatte er bemerkt, dass sie viele private Aktivitäten gar nicht mit aufgezählt hatte, und das nahm ihn wiederum für sie ein.

Was Angelique betraf, ging er ständig durch ein Wechselbad der Gefühle, obwohl er sich nun schon seit gut zwei Wochen höchst professionell von ihr fernhielt. Darüber, wie sehr ihn diese künstliche Distanz frustrierte, dachte er lieber nicht nach. Sie war notwendig. Hatte er gedacht. Doch nun funkten ihm seine Kinder dazwischen, denn sie wollten unbedingt mehr mit Angelique unternehmen, sie weiter in ihr Leben einbeziehen.

Er war sich nicht sicher, ob das sinnvoll war, denn wer wusste schon, wie lange Angelique für ihn arbeiten würde und ob sie nicht irgendwann Knall auf Fall in ihr altes Leben zurückkehren wollte? Andererseits konnte er den Zwillingen gegenüber natürlich nicht gut mit dieser Sorge argumentieren, also würde er wohl versuchen müssen, sie seinen Kindern zuliebe etwas mehr in sein Leben zu lassen. Sofern sie das überhaupt wollte. Zumindest hinsichtlich des Backtages schien sie sich ehrlich zu freuen.

Einziges Problem an dieser Planänderung war, dass er nicht wusste, wie er selbst damit klarkommen würde, wenn Angelique zukünftig auch in seinem Privatleben mehr Platz einnahm. Objektiv betrachtet musste es doch wohl möglich sein, rein freundschaftlich mit ihr umzugehen. Seinen Kindern zuliebe. Und weil es kindisch und irrational war, so zu tun, als würde er sie nicht mögen. Das tat er nämlich, auch wenn er es nicht gerne zugab. Selbst ihre Wortgefechte begann er zunehmend zu genießen. Angelique war eine Frau, die sich nichts gefallen ließ und nicht auf den Mund gefallen war, und damit stellte sie eine Herausforderung dar. Und für Herausforderungen hatte er schon immer viel übriggehabt.

Nach einem kurzen Blick auf Oskar startete Patrick den Motor. »Na, Kumpel, nehmen wir die Verfolgung auf?«

*Wen sollen wir denn verfolgen? Angelique? Klar, warum nicht?* Oskar hechelte ein wenig.

Als Patrick vor dem Ferienhaus mit der Nummer eins mitten im Wald anhielt, war Angelique bereits dabei, in den Kartons zu stöbern, die sie alle aus ihrem Wagen ausgeladen und in einer Reihe vor dem Eingang aufgestellt hatte. Ein paar Dekoartikel hatte sie bereits vor der Tür abgestellt, und gerade zog sie die Verpackung einer Eiszapfen-Lichterkette aus einer der Kisten. »Eskalieren deine Schwester und deine Mutter wirklich so oft beim Einkaufen von Dekoartikeln?« Sie legte die Lichterkette zu den anderen Sachen vor die Tür. »Ich meine, fünf Kisten zu viel Zeug ist doch schon ein bisschen übertrieben, oder?«

»Nicht bei den Sternbachs.« Patrick ließ Oskar aus dem Pick-up und trat näher. »Du hast doch vergangenes Jahr sicherlich das Stadthotel in voller Weihnachtspracht gesehen, als du dort gewohnt hast, oder nicht? Was glaubst du, wie viel Zeug, wie du es nennst, man für solch eine Pracht benötigt? Und wir haben gleich zwei Hotels auszustatten. Ältere Dekosachen verschenken wir meistens an soziale Einrichtungen, wenn wieder mal eine Runderneuerung ansteht.«

»So wie dieses Jahr.«

»Genau.« Er schüttelte den Kopf, als sie einen beleuchteten und auf Knopfdruck singenden Schneemann aus der nächsten Kiste zog. »Bei aller Liebe, den nicht.«

»Der könnte in unser Foyer passen.«

»Und alle nasenlang *Frosty the Snowman* dudeln, wenn jemand vorbeikommt?«

»Er kann auch *White Christmas* und *Let it Snow*.« Sie grinste ihn an. »Komm schon, das ist witzig.«

»Kitschig ohne Ende.«

»Geht es darum nicht an Weihnachten?«

Er grinste zurück. »Nur bis zur Schmerzgrenze.«

»Und wer legt die fest?«

»Der Firmenchef.«

Seufzend stellte sie den Schneemann zurück in den Karton. »Darüber ist das letzte Wort noch nicht gesprochen.«

»Doch, ist es.« Er öffnete den letzten Karton in der Reihe und warf einen Blick hinein. »Hier, davon können wir in der Firma ein paar gebrauchen.« Vorsichtig zog er eine künstliche Tannengirlande hervor. »Gibt es auch irgendwo Christbaumkugeln?«

»In unseren Kisten.« Sie deutete mit dem Kinn hinter ihn. »In deinem Auto.«

»Ah, okay.« Etwas unschlüssig blickte er erst auf den Wagen, dann auf die Hundeleine in seiner Hand.

»Gib sie mir.« Sie streckte die Hand nach der Leine aus, und ihre Finger berührten sich kurz, als er sie ihr übergab.

Ein nicht unangenehmes Kribbeln erfasste ihn, das ihm jedoch höchst unwillkommen war. Für einen Moment hielt er inne. »Deinen Bonus habe ich dir heute mit deinem Gehalt überwiesen.« Innerlich fluchend fragte er sich, weshalb er ausgerechnet jetzt damit anfing.

»Danke.« Unverwandt blickte sie ihm in die Augen. »Dann kann ich ja kommende Woche anfangen, Weihnachtsgeschenke einzukaufen.«

Er räusperte sich und eilte zu seinem Wagen zurück, um die Kisten auszuladen. »Ich dachte, das hättest du längst erledigt. Jemand, der so durchorganisiert ist wie du, müsste doch eigentlich schon im September alle Geschenke beisammen haben.«

»Damit würde ich mich doch des schönsten Spaßes berauben, den es gibt.« Lachend begann sie erneut in den Kartons zu wühlen.

Patrick stellte die beiden Kisten aus seinem Auto neben den anderen auf dem Boden ab. »Du nennst den vorweihnachtlichen Geschenkestress spaßig?«

»Und wie!« Erheitert hielt sie eine Holzfigur hoch. »Sind lachende Rentiere auch zu viel Kitsch?«

»Das da geht gerade noch.« Er klappte eine seiner Kisten auf und entnahm ihr eine Box mit kleinen silbernen und goldenen Christbaumkugeln für den Außenbereich.

»Außerdem«, fuhr sie fort und wechselte zum nächsten Karton, »habe ich im September ja noch gar nicht gewusst, dass ich auch noch für dich und deine Familie Geschenke besorgen muss.«

Überrascht hob er den Kopf. »Das musst du nicht.«

»Na gut, dann möchte ich es eben gerne.« Sie entnahm dem Karton eine Packung Lametta. »Für drinnen«, erklärte sie auf seinen skeptischen Blick hin. »Stellt dein Vater in den Häusern eigentlich im Advent auch schon Weihnachtsbäume auf?«

»Nicht automatisch. Die Gäste sollen selbst entscheiden, ob sie einen Baum wünschen oder nicht. Wenn die Belegung vor Weihnachten noch mal wechselt, muss nachgefragt werden, ob ein vorhandener Baum bleiben oder abgebaut werden soll. So ist es zumindest geplant.«

Angelique nickte und wartete, bis er die Tür aufgeschlossen hatte, um die Dekoartikel hineinzutragen. »Aber hier in den beiden Musterhäuschen könnte man doch gut jetzt schon einen Baum aufstellen und vielleicht ein paar Geschenkeattrappen darunterlegen. In unserem Foyer übrigens auch. Und ich habe bereits eine Playlist mit Weihnachtsmusik zusammengestellt, die wir zeitweise anstelle des Radios laufen lassen können.« Sie schwieg einen Moment und sah sich in dem gemütlichen Blockhaus um. Die Einrichtung war ein wenig rustikal, aber trotzdem gediegen. Das Erdgeschoss bestand aus einem großen offenen Raum, der sowohl Wohn- und Esszimmer als auch die Küche beherbergte. Einen offenen Kamin gab es wegen der zu erwartenden Schmutzentwicklung nicht, aber einen modernen Kachelofen, der von einem kleinen Nebenraum befeuert werden konnte und als Zentralheizung diente. Die Wohnzimmermöbel waren aus geöltem Kiefernholz gefertigt, die Sitzecke aus angerautem dunkelbraunem Leder. Farbenfrohe handgewebte Teppiche lockerten das Gesamtbild auf und verbreiteten einen Hauch guter Laune.

In der hinteren linken Ecke führte eine geschwungene Treppe ins Obergeschoss, in dem es ein Badezimmer mit Wanne und Dusche und zwei geräumige Schlafzimmer für bis zu vier Personen gab.

»Dann legen wir mal los.« Mit prüfendem Blick drehte Angelique sich einmal im Kreis. »Das lachende Rentier würde sich da neben dem Kachelofen gut machen.«

»Kann sein, aber dahin kommt es nicht.« Patrick ging wieder nach draußen und holte ein paar Lichterketten aus seinen beiden Kisten. »Erst einmal wird die Tür von außen geschmückt, das übernehme ich.« Er drückte ihr die Lichterketten in die Arme. »Du schmückst die Fenster von innen. Danach kommen erst die Details an die Reihe.«

»Okay.« Sie musterte ihn ein wenig skeptisch. »Und diese Reihenfolge ist so wichtig, weil …?«

»Vertrau einfach auf meine langjährige Weihnachtsdeko-Erfahrung.« Er erwiderte ihren Blick grinsend. »Oder hast du ein Problem damit, dass ich ausnahmsweise mal den Ton angebe?«

Sie zuckte mit den Achseln. »Du bist der Chef.«

»Ah ja.« Mit einem amüsierten Schnauben machte er sich daran, eine der Tannengirlanden mit speziellen Haken außen am Rahmen der Haustür zu befestigen.

Sie trat einen Schritt auf ihn zu. »Was denn sonst?«

»Oh, nichts.« Er schmunzelte. »Du bist nur ausgesprochen gut darin, Leuten zu sagen, was sie wann und wie zu tun haben.«

»Willst du etwa behaupten, ich würde euch herumkommandieren?«

»Aber nein, Frau Feldwebel.«

Ihre Augen verengten sich misstrauisch. »Wenn dich das stört …«

Er schüttelte, noch immer amüsiert, den Kopf. »Wenn es mich stören würde, hättest du deinen Job längst nicht mehr.«

»Das sind ja vollkommen neue Töne.«

»Nicht wirklich.« Er wurde wieder etwas ernster. »Du hattest recht, ich gebe nicht gerne etwas aus der Hand. Aber du hast mich mit den Änderungen, die du in der Firma vorgenommen hast, sehr entlastet. Ich bin wohl eher der kreative Typ und nicht so gut organisiert wie du. Ich versuche gerade, mich damit abzufinden, dass unsere Zusammenarbeit besser funktioniert, als ich anfangs gedacht hätte.«

Sie kräuselte die Lippen. »Was wird das? Ein Waffenstillstand?«

»Nein.« Er ließ von der Girlande ab und trat seinerseits einen Schritt auf sie zu. »Ein Friedensangebot.«

Verblüffung flackerte in ihren Augen auf, dann lächelte sie. »Okay. Angebot angenommen.« Ehe er noch etwas hinzufügen konnte, war sie im Haus verschwunden. Kurz darauf sah er sie an einem der Wohnzimmerfenster eine Lichterkette anbringen.

***

Zweieinhalb Stunden später stemmte Angelique die Hände in die Hüften und betrachtete zufrieden das Foyer, in dem sie und Patrick zuletzt gewirkt hatten, um es vorweihnachtlich herzurichten. »Ich muss schon sagen, an dir ist ein Innendekorateur verloren gegangen.« Eingehend sah sie sich den künstlichen Weihnachtsbaum, den sie aus dem Resort geholt hatten, von allen Seiten an. Patrick hatte ihr genaue Anweisungen erteilt, wie die mattsilbernen, blauen und dunkelroten Kugeln, das echte Lametta und die Lichterkette daran verteilt werden sollten. Das Ergebnis konnte sich sehen lassen, ebenso wie die mit Lichterketten dekorierten Fenster und die Tannengirlande am Empfangstresen, an dem Minikugeln in den gleichen Farben wie am Baum angebracht waren und im Licht der winzigen LEDs glitzerten, die in die Girlande eingearbeitet waren. »Sehr stimmungsvoll. Fehlen nur noch ein Adventskranz auf dem Tresen und ein paar Geschenkeattrappen unter dem Baum.« Mit einem breiten Grinsen trat sie an ihren Schreibtisch und hob einen Karton hoch, den sie bei ihrer Ankunft heimlich hinter ihrem Bürostuhl deponiert hatte. »Und der hier.«

Patrick, der gerade dabei war, letzte Hand an die Girlande zu legen, hob den Kopf und runzelte die Stirn, dann erhob er sich rasch. »Oh nein, kommt gar nicht infrage!«

»Komm schon, der ist so lustig!« Grinsend packte sie den

etwa dreißig Zentimeter hohen lachenden Schneemann aus und stellte ihn auf die rechte Tresenecke.

»Der ist eine Beleidigung für den guten Geschmack.«

»Gerade deshalb ist er schon wieder genial.« Sie hob die Kunststofffigur hoch und setzte die mitgelieferten Batterien ein. Dann betätigte sie den Schalter für den Bewegungsmelder. »Los, komm mal auf mich zu.«

»Den Teufel werde ich tun.« Abwehrend hob Patrick die Hände, doch das reichte schon, um den Mechanismus in Gang zu setzen. Mit fröhlicher Stimme begann der Schneemann auf Englisch von Frosty, dem Schneemann, zu singen und sich gleichzeitig zu bewegen, als tanze er. »Oh nein.« Mit gespieltem Entsetzen hielt Patrick sich die Ohren zu.

*Äääh, was ist das denn? Hört sich ja grausig an.* Oskar, der einen seiner Rundgänge durchs Foyer machte und die neuen Dekorationen eifrig beschnüffelte, blieb stehen und stieß einen ungehaltenen Laut aus. *Macht das wieder aus!*

»Hey, Frosty ist ein Klassiker!« Kichernd rückte sie die Figur ein wenig hin und her.

»Aber nur, wenn Nat King Cole über ihn singt oder meinetwegen Ella Fitzgerald.« Patrick griff nach dem Schneemann, und da sie ihre Hände nicht wegzog, berührten sich ihre Finger. Er hielt inne, zog sich jedoch auch nicht zurück und bescherte ihr damit ein angenehmes Kribbeln und einen beschleunigten Puls. »Schalt diesen Bewegungsmelder wieder aus!«

»Nur wenn ich ihn behalten darf.«

»Den Bewegungsmelder?«

Sie lächelte. »Nein, den Schneemann. Ich mag ihn.«

Er blickte von ihrem fröhlichen Gesicht auf die kitschige Figur und wieder zurück. »Aber nur ohne diese unsägliche Musik.«

»Du hast doch noch gar nicht *Let it Snow* gehört. Und ich habe gerade gesehen, dass er auch *Jingle Bells* singen kann.«

*Nee, wuff, bitte nicht noch mal einschalten. Das Gequäke ist ja furchtbar. Tut mir das bitte nicht an!* Oskar schüttelte sich und stieß ein leises Bellen aus.

»Siehst du, sogar Oskar stimmt mir zu. Mit dieser Katzenmusik verjagen wir Frau Holle eher, als dass wir sie anlocken.« Obwohl er empört tat, zuckte es deutlich sichtbar um Patricks Mundwinkel. »Entweder die Musik bleibt aus, oder ich bringe das Ding umgehend auf den Schneemann-Friedhof.« Jetzt erst löste er seine Hände wieder von der Figur und unterbrach damit auch die Verbindung zwischen ihnen.

*Der Meinung bin ich ebenfalls. Wau.*

»Also gut.« Sie tat beleidigt. »Wenn es sein muss. Du weißt gar nicht, was Kunst ist.«

»Doch, genau deshalb würde ich das Ding ja so gerne wieder loswerden.« Er hielt kurz inne. »Warum nimmst du ihn nicht einfach mit nach Hause?«

»Weil ich dort zu selten bin, um ihn richtig zu genießen.« Sie grinste verschmitzt. »Außerdem kann ich dich nur hier damit ärgern.«

»Ärgern willst du mich?« Seine Miene verzog sich neugierig. »Warum das?«

»Weil du ein so leichtes Opfer bist.« Glucksend wich sie ihm aus, als er erneut einen Schritt auf sie zu machte.

*Hey, was macht ihr denn da? Wollt ihr Fangen spielen? Da mache ich mit!* Oskar drängte sich zwischen sie und hüpfte ein bisschen auf und ab.

Patrick räusperte sich und machte einen Rückzieher. »Ich schätze, wir sollten Oskar noch mal rauslassen und dann Feierabend machen. Immerhin müssen wir noch eine Menge Sachen besorgen, und ich will damit fertig sein, wenn die Reitstunde der Kinder vorbei ist. Ich habe versprochen, die beiden abzuholen.«

»In Ordnung. Komm, Oskar, wir drehen noch eine kleine

Runde.« Angelique schlüpfte in ihren Mantel, der über dem Bürostuhl hing, und schnappte sich Leine und Geschirr.

Als sie wenig später in einem kleinen Bogen um das Sägewerk herumging, atmete sie tief die frostige Luft ein und fragte sich, was plötzlich mit Patrick geschehen war. Gut, er wollte Frieden schließen, aber so fröhlich und offen hatte sie ihn überhaupt noch nicht erlebt. Eigentlich hätte sie sich darüber freuen sollen, aber sie wusste einfach nicht, wie sie jetzt damit umgehen sollte, dass er seine Abwehrhaltung aufgegeben hatte. Das Problem war nämlich, dass er ihr damit jetzt noch mehr Grund gab, ihn anziehend zu finden. Der gemeinsame Nachmittag war amüsant gewesen. Die zweieinhalb Stunden waren wie im Flug vergangen und hatten ihr Spaß gemacht. So wie es unter Freunden sein sollte. Nur dass sie sich nicht sicher war, ob sie das wirklich sein konnten – Freunde. Dazu knisterte es zu sehr zwischen ihnen, auch wenn sie um des angebotenen Friedens willen so getan hatten, als bemerkten sie es nicht.

Vielleicht machte sie sich auch einfach zu viele Gedanken. Sicher war es besser, die Dinge einfach auf sich zukommen zu lassen. Oftmals renkten sie sich dann von ganz allein wieder ein.

Oder auch nicht, raunte ein leises Stimmchen in ihrem Ohr, doch sie versuchte, es zu ignorieren.

# 12. Kapitel

Unschlüssig blickte Angelique in den Spiegel an ihrer Kleiderschranktür. Die weißen Jeans hatte sie inzwischen gegen schwarze getauscht und dann noch einmal gegen blaue. Dann hatte sie mehrere Pullover ausprobiert, jedoch überlegt, dass eine Bluse, deren Ärmel sich hochkrempeln ließen, wahrscheinlich sinnvoller war, wenn sie mit Plätzchenteig hantierte. Also hatte sie erst eine blaue, dann eine schwarze und zuletzt eine dunkelrote Bluse anprobiert. Nun war noch die Frage, ob sie sie locker über den Jeans tragen oder doch lieber in den Bund stecken sollte.

Sie benahm sich albern. Immerhin war dies weder ein Date noch ein Staatsbesuch, sondern lediglich ein familiäres Zusammentreffen, bei dem Weihnachtskekse gebacken werden sollten. Ein Teil davon würde dem Sportverein gespendet, hatte Patrick ihr erzählt. Schon im vergangenen Jahr hatten die Sternbachs für das Kinderweihnachtsfest des Vereins fleißig gebacken und diesmal auch wieder zugesagt, als die Anfrage von Joels Fußballtrainer eingetrudelt war. Also kein Grund für Angelique, sich über ihr Outfit Gedanken zu machen. Und auch nicht darüber, dass sie mit dem französischen Zopf, den sie sich geflochten hatte, viel jünger aussah. So trug sie ihr Haar nicht oft, aber beim Backen war es vielleicht sinnvoll. Sie hatte noch nie gebacken, sah man mal von Aufbackbrötchen und Tiefkühlpizza ab.

Angelique war gespannt darauf und freute sich schon, die gesamte Familie wiederzusehen. Und natürlich Laura, mit der sie zuletzt kaum Zeit verbracht hatte, weil sie beide so beschäftigt gewesen waren – Laura hauptsächlich mit den vorweihnachtlichen Marketingkampagnen für die beiden Hotels und ihrem Umzug in das neue Haus, bei dem Angelique zwar mit den Sternbachs tatkräftig geholfen hatte, doch für private Gespräche war da keine Gelegenheit gewesen. Angelique war derweil schwer mit ihrem neuen Job beschäftigt gewesen und der Tatsache, dass sie sich in ihren Chef verliebt hatte.

Ihre Situation war Lauras nicht ganz unähnlich, obgleich ihrer beider Vorgeschichten denkbar verschieden waren, ebenso wie die beiden Männer, um die es ging. Während Justus weltmännisch und charmant auftrat, meistens in maßgeschneiderte Anzüge gekleidet war und eine stoische Gelassenheit an den Tag legte, war Patrick eher der Feld-, Wald- und Wiesenmensch. In einem Anzug hatte sie ihn überhaupt noch nie gesehen, sondern meist in Jeans oder derben Arbeitshosen und Flanell- oder wattierten Fleecehemden, Lederjacke und festem Schuhwerk, das weniger ins Büro, sondern mehr in die Werkshalle oder die freie Natur passte. Bisher hatte sie immer geglaubt, ihr Typ wäre mehr so wie Justus, aber offenbar hatte sie sich getäuscht.

Nach einigem Hin und Her entschied sie sich noch für einfache silberne Blütenohrstecker und hatte sie gerade angelegt, als es an der Wohnungstür klingelte. »Komme schon, Inge!«, rief sie auf dem Weg in den Flur, weil sie annahm, dass ihre Tante sie besuchen wollte. Als sie die Tür öffnete, stutzte sie jedoch, dann stieß sie einen kleinen Schrei aus und sprang dem hochgewachsenen Mann mit den kurzen schwarzen Haaren geradezu in die Arme und schlang ihre Beine um seine Hüften.

»Lukas!« Sie küsste ihren Bruder auf die Wange, der lachte und unter der Wucht ihres Angriffs ein wenig schwankte. »Was machst du denn hier?«

»Dich überraschen, was sonst?« Er verschränkte seine Hände unter ihrem Hinterteil, wie er es schon getan hatte, als sie noch jünger gewesen waren. »Ich dachte mir, ich muss unbedingt mal nach meiner kleinen Schwester schauen, die mir erst eine Anfrage wegen meiner neuesten Möbelkataloge schickt und sich dann wochenlang nicht mehr meldet. Also entweder ist dein neuer Chef ein noch schlimmerer Sklaventreiber als diese Claudia bei Callas, oder du hast einen neuen Freund. Raus mit der Sprache.«

»Ähm …« Sie strampelte ein wenig, sodass er sie wieder herunterließ. »Keins von beidem.«

»Ähm?« Aufmerksam musterte Lukas sie. »Seit wann stotterst du denn?«

»Ich war bloß sehr beschäftigt mit dem neuen Job und den Zwillingen und so.«

»Welche Zwillinge?«

»Patricks Kinder. Sie sind zehn und …«

»Wer ist Patrick? Moment, dein Chef ist doch Patrick Sternbach.« Er verzog feixend den Mund. »Also doch. Hast du was mit deinem Boss am Laufen? Schäm dich!«

»Nein, habe ich nicht.« Hastig wandte sie sich ab. »Komm doch erst mal herein.«

»Und wie ich das tue!« Er schnappte sich die Reisetasche, die er im Hausflur abgestellt hatte, und betrat die Wohnung. »Nett hast du es hier.« Die Tasche knallte er unter der Garderobe auf den Boden, und er schob mit dem Fuß die Tür ins Schloss. »Und nun gestehe: Was ist das mit dir und diesem Patrick?«

»Da ist gar nichts. Fast nichts. Also nur einmal …« Sie seufzte. Ihr Bruder hatte eine direkte Art, ihrer nicht ganz unähnlich, mit der er ihr schon immer sämtliche Geheimnisse mit Leichtigkeit entlockt hatte.

»Nur einmal was?« Er verschränkte demonstrativ die Arme und fixierte sie streng.

»Nur einmal … du weißt schon. Es war mehr oder weniger ein Unfall.«

»Ein Unfall?«, echote er. »Du bist ein Kontrollfreak. Bei

dir gibt es keine Unfälle oder Spontansex.« Er runzelte die Stirn. »Oder falls doch, muss dieser Kerl irgendwie außergewöhnlich sein. Ich will ihn kennenlernen.«

»Pfff. Damit du ihn über mein Intimleben ausquetschen kannst?«

Er schnaubte, lächelte dann aber. »Nein, weil ich wissen will, was für ein Mann es schafft, meine Schwester zum Stottern zu bringen, und dazu, ihre goldenen Grundsätze über Bord zu werfen.«

Angelique ging ins Wohnzimmer und ließ sich auf die Couch fallen. »Ich habe nichts über Bord geworfen. Es war ... Warum rede ich überhaupt mit dir darüber? Bist du meine beste Freundin?«

»Nein, besser. Ich bin der große Bruder, der aufpasst, dass kein Mann dich benutzt und dann einfach fallen lässt.«

»Das hat Patrick ja nicht getan. Es war ... gegenseitige Anziehung, das ist alles.«

»War oder ist?«

»War.« Sie lächelte etwas gequält. »Okay, ist es immer noch. Aber wir kommen damit zurecht.«

»Ganz sicher?«

»Ja.« Sie schielte auf die Wanduhr. »Ich bin heute bei den Sternbachs zum Familienbacktag eingeladen und muss gleich los.«

»Familien... was?« Verblüfft starrte Lukas sie an und setzte sich auf die Lehne des Sessels.

»Backtag. Weihnachtsplätzchen und so. Das machen sie jedes Jahr, und weil Joel und Jessica, das sind Patricks Kinder, unbedingt möchten, dass ich mit dabei bin, haben seine Eltern mich eingeladen.«

»Du bist also auch schon dicke mit den Kindern?«

»Wir verstehen uns gut. Die beiden sind toll, aber sie hatten es auch schwer, weil ihre Mutter letztes Jahr gestorben ist. Ich habe dir doch davon erzählt.«

»Hast du.« Er nickte. »Und jetzt bist du auch noch Aushilfs-Nanny, oder wie muss ich mir das vorstellen?«

»Nicht direkt, aber wenn es sich ergibt, hole ich die beiden von der Schule ab, wenn sie noch einen Termin oder Sport haben, oder sie fahren mit dem Bus zur Firma und bleiben bei mir, bis Patrick sie mit nach Hause nehmen kann. Keine große Sache.«

»Bezahlt er dich dafür?«

»Wenn ich die Stunden aufschreibe, dann ja.«

»Und das tust du gewissenhaft?«

Sie zuckte mit den Achseln. »Teilweise.«

»Aha.«

»Es kommt mir nicht richtig vor, jeden kleinen Freundschaftsdienst in bare Münze umwandeln zu wollen.«

»Also seid ihr jetzt befreundet.«

Sie zögerte. »Ja, so was in der Art.«

Er sah sie lange schweigend an, dann nickte er. »Ich komme mit.«

»Wohin?« Überrascht hob sie den Kopf.

»Zu diesem Familienback…irgendwas natürlich, was dachtest du denn?«

»Du kannst dich doch nicht einfach selbst einladen.« Ihr Widerstand war nur halbherzig, denn vermutlich würden die Sternbachs ihren Bruder mit offenen Armen willkommen heißen.

»Und wie ich das kann! Außerdem würde ich deinen Patrick sowieso gerne mal kennenlernen, nachdem ich mir seine Internetseite angesehen habe. Ich war auch schon kurz in diesem neuen Ferienpark und habe ein paar seiner Häuser besichtigt, zumindest von außen. Das können wir also als Ausrede anführen. Ich interessiere mich für eine Zusammenarbeit mit ihm.«

»Er ist nicht *mein* Patrick!«

»Wie auch immer.« Lukas maß sie mit beredten Blicken.

»Ich fahre mit, keine Widerrede. Wenn sie mich rauswerfen, komme ich ein andermal wieder.«

»Sie werden dich nicht rauswerfen.« Vielleicht war es sogar ganz gut, wenn sie Lukas mitbrachte, dann würde sie nicht so im Mittelpunkt der Aufmerksamkeit stehen. Sie musterte ihren Bruder etwas genauer. »Diesen Kaschmirpullover tauschst du aber besser gegen etwas weniger Empfindliches.«

»Warum?« Überrascht blickte er an sich hinab und zupfte kurz an dem weichen dunkelgrauen Pullover herum.

»Weil das ein Backtag werden soll. Mehl, Butter, klebriges Zeug«, zählte sie auf.

»Ich habe nicht vor, da mitzumachen.«

Angelique lachte auf. »Das, mein lieber Bruder, wirst du leider nicht verhindern können.«

»Ich habe noch nie etwas gebacken. Warum sollte ich jetzt damit anfangen?« Verständnislos schüttelte er den Kopf.

»Das wirst du schon sehen.« Grinsend erhob Angelique sich. »Du kennst die Sternbachs noch nicht.« Rasch ging sie in die Küche und holte ihre Handtasche. »Also los, zieh dich um, wir müssen los. Und wir nehmen mein Auto.«

»Warum nicht meins?«

Sie lachte. »Weil meins voll mit Backzutaten ist, die ich besorgt habe.«

»Warum musst du als Gast Sachen kaufen und mitbringen?«

Angelique lachte wieder herzlich. »Warte es ab, Lukas, warte es ab!«

***

»Halt mal das Wachspapier hier fest.« Hans Sternbach deutete auf einen Punkt an der Spanplatte, die Patrick vor einer guten Stunde nach seinem Eintreffen auf dem Esstisch seiner Eltern abgelegt hatte. Nun war er dabei, seinem Vater zu helfen, die Platte mit dem dunkelgrünen Wachspapier zu bespannen. »Am besten tackern wir es auf der Unterseite fest.«

»Auf dem Wachspapier wird aber nichts so richtig haften. Wie sollen die Lebkuchenhäuser denn da halten?« Skeptisch betrachtete Patrick die etwa ein mal ein Meter große Platte.

»Das ist ganz einfach.« Jessica hatte den Kopf durch die Küchentür gestreckt und sah ihnen zu. »Das haben wir in der Schule so gemacht, dass jedes Häuschen auf eine Pappunterlage kommt, und die setzen wir dann auf die Platte. Das muss ja nicht festgeklebt werden, weil man dann die Teile einfach einzeln hochnehmen und bewegen kann.«

Patrick lächelte seiner Tochter zu. »Das hat eure Lehrerin gut durchdacht. Und jetzt weiß ich auch, wozu ihr die ganzen dunkelgrünen Kartonbogen braucht.«

»Ich will ein richtiges kleines Lebkuchendorf bauen«, verkündete Joel in diesem Moment und trug die erwähnten Pappkartonbogen aus der Küche ins Esszimmer. Um seine Füße wuselte Oskar herum, der neugierig die geschäftigen Aktivitäten der Familie beobachtete.

*Ich weiß zwar nicht, was vorgeht, aber heute finde ich es hier sehr spannend und lustig. In der Küche sind die Kinder mit Margit, Laura, Justus, Viola und Ricarda mit irgendwas beschäftigt, was Spaß zu machen scheint. Dauernd lachen sie, und aus diesem Kasten in der Ecke kommt Musik. Da hat irgendwer vorhin von Santa Claus gesungen. So nannte Elf-Siebzehn den Weihnachtsmann auch einmal, also geht es da offenbar um ihn. Er muss ja echt wichtig sein, wenn es sogar Lieder über ihn gibt. Na ja, die Frauen und Justus hantieren jetzt mit irgendwelchen Blechen und Geräten und allerhand Sachen, die ich noch nie gesehen habe. Lizzy, das Westi-Mädchen, das bei Justus und Laura lebt, ist auch da. Sie meinte zu mir, dass sie lieber in der Küche bleibt, weil es nachher be-*

*stimmt ganz viele besondere Leckerchen gibt. Plätzchen zum Beispiel, und die will sie auf keinen Fall verpassen. Gegen Kekse habe ich natürlich auch nichts, also werde ich später ihrem Beispiel folgen, aber erst mal bin ich doch neugierig, was Patrick und Hans hier im Esszimmer machen. Scheint aber nichts für Hunde zu sein. Nur so eine komische Platte auf dem Tisch. Aber wuff! Da hat es an der Haustür geklingelt. Gleich mal gucken, wer da noch kommt.*

»Ich gehe schon!« Patricks Tante Elke kam die Treppe aus dem Obergeschoss herabgeeilt und öffnete die Tür. »Ach, da sind Sie ja, meine Liebe. Kommen Sie herein, Angelique. Und Mama, Papa, ihr seid auch schon da. Wie schön, dann sind wir ja vollzählig. Ach, hallo und guten Tag. Sie sind spontan mit Angelique mitgekommen, das ist ja nett. Herein, immer herein in die gute Stube!«

*Hallo, Angelique und Theo und Iris. Aber wer bist du denn? Dich kenne ich noch nicht.*

»Danke, das ist sehr freundlich von Ihnen. Oh, na, wer bist du denn? Du bist aber ein hübscher Hund.«

*Wuff. Ich meine, danke! Dich mag ich schon mal.*

Als Patrick die dunkle Männerstimme vernahm, die sich freundlich bei Elke bedankte, hob er ruckartig den Kopf und ließ von der Spanplatte ab.

»Pass doch auf, Patrick. Ich war noch nicht ganz mit Tackern fertig.« Hans hob ebenfalls Blick und Hände von der Spanplatte, dann lächelte er. »Na sieh mal einer an. Wen haben wir denn da?«

»Seht mal, wen der kalte Winterwind hereingetrieben hat.« Elke führte die Neuankömmlinge ins Esszimmer.

Patricks Großeltern kamen sofort auf ihn zu und begrüßten ihn herzlich, ebenso wie seinen Vater. Hinter ihnen betraten Angelique und ein hochgewachsener, breitschultriger Mann mit pechschwarzem Haar den Raum. Der Stich, den sein Anblick Patrick versetzte, verflüchtigte sich in dem Moment, als der Mann näher kam und Patrick die Hand hinstreckte. »Guten Tag. Sie müssen Patrick Sternbach sein. Mein Name ist Lukas Sahrmüller. Ich bin …«

»Angeliques Bruder.« Patrick schüttelte ihm die Hand und fluchte innerlich über den Anflug von Eifersucht, der sich zwar gleich wieder verzogen hatte, ihn jedoch trotzdem alarmierte. »Man kann die Familienähnlichkeit deutlich sehen. Sie haben beide die gleiche Augenform und -farbe.« Bei einem Mann wirkte dieser silberne Farbton mit dem violetten Schimmer allerdings noch ungewöhnlicher. »Freut mich, Sie kennenzulernen.«

»Und mich erst.« Lukas nickte ihm jovial zu. »Ich habe meine Schwester heute ganz spontan besucht, und da sie schon auf dem Sprung hierher war, habe ich mich ihr einfach angeschlossen. Ich habe mir vorhin Ihre Häuser im Ferienpark angesehen und würde mich gerne bei Gelegenheit einmal mit Ihnen über eine mögliche Zusammenarbeit unterhalten.«

Die Direktheit dieses Mannes gefiel Patrick. Offenbar lag nicht nur die Augenfarbe in der Familie. »Da wird sich ganz bestimmt eine Gelegenheit bieten. Wenn auch nicht jetzt gleich, denn …«

Er unterbrach sich, weil in diesem Moment Viola aus der Küche ins Esszimmer trat. »Hallo, Oma, Opa, Angelique. Gut, dass ihr da seid. Mama will unbedingt gleich loslegen. Angelique, haben Sie alles eingekauft, was meine Mutter Ihnen aufgeschrieben hat?«

»Selbstverständlich.« Angelique nickte lächelnd. »Die Sachen sind aber alle noch im Auto. Lukas kann mir gleich helfen, sie hereinzutragen.« Sie drehte sich halb zu Patrick um. »Oder du. Je mehr Hände, desto schneller geht es.«

»Ach, Sie haben ja noch jemanden mitgebracht.« Viola kam zwei Schritte näher und musterte Lukas neugierig, jedoch mit deutlicher Zurückhaltung.

»Ja, das ist mein Bruder Lukas.« Angelique hielt mitten in der Bewegung inne. »Lukas, sag artig Guten Tag zu Viola. Sie ist Patricks jüngste Schwester.«

»Ich bin immer artig. Oder fast immer.« Lukas grinste schief und reichte auch Viola die Hand. »Freut mich sehr.«

»Ja.« Viola räusperte sich und ergriff seine Hand. »Ja, mich auch. Sind Sie auf Besuch bei Angelique?«

»Ja, ganz spontan. Sie hat mich mit ihren Andeutungen über Ihre Familie so neugierig gemacht, dass ich beschlossen habe, mich einfach selbst einzuladen. Ich hoffe, das macht Ihnen nichts aus.« Er blickte Viola kurz in die Augen, ließ ihre Hand dann wieder los und wandte sich mit fragender Miene an Hans. »Entschuldigen Sie bitte, Sie sind bestimmt der Hausherr.«

»Der bin ich, aber zu entschuldigen gibt es da nichts. Bei uns geht es selten förmlich zu, dazu ist die Bande zu chaotisch.« Hans nickte ihm freundlich zu. »Fühlen Sie sich wie zu Hause, junger Mann, und das meine ich wörtlich. Wenn die Sippschaft in der Küche erfährt, dass Angelique ihren Bruder mitgebracht hat, sind Sie sowieso schon so gut wie adoptiert. Ich hoffe, Sie können backen.«

»Nicht wirklich.«

»Kochen?«

Lukas hob die Schultern. »Ein bisschen.«

»Na gut, dann werden Sie der Spül- und Botengänge-Fraktion zugeordnet und können mir später bei der Zubereitung des Abendessens helfen.«

»Es ist doch erst später Vormittag.«

Wieder lachte Hans. »Wenn wir hier fertig sind, wird es nicht nur dunkel draußen sein, sondern Ihr Bett wird laut und eindringlich nach Ihnen brüllen. Patrick, nun hilf mir noch mal hier mit der letzten Ecke der Platte. Entschuldigen Sie bitte, Angelique, aber ich brauche meinen Sohn noch für ein Weilchen selbst.« Er zwinkerte ihr zu.

Angelique lachte. »Kein Problem, ich habe ja meinen Bruder. Los, Lukas, Tüten und Kartons hereintragen.«

»Wenn es sein muss.« Offenbar war Lukas Sahrmüller an den Befehlston seiner Schwester gewöhnt, denn er folgte ihr – ohne zu murren – wieder nach draußen.

*Wartet auf mich, ich will mitkommen! Was gibt es denn da draußen?*

»Halt, Oskar, bleib hier!« Patrick wollte seinen Hund zurückhalten, war jedoch nicht schnell genug. Oskar entwischte an Angelique und Lukas vorbei durch die Haustür nach draußen.

Angelique drehte sich zu Patrick um. »Keine Sorge, er haut schon nicht ab.«

*Nee, hatte ich nicht vor. Nicht, wenn es hier gerade so unverhofft interessant geworden ist. Außerdem muss ich diesen Lukas unbedingt näher beschnüffeln und kennenlernen. Aber erst will ich wissen, was da in den Tüten ist, die ihr aus dem Auto holt.*

»Hey, nimm deine Nase aus den Einkaufstüten!« Angelique lachte. »Die sind nur aus Papier und so voll, dass sie leicht zerreißen könnten.«

*Oh, toll, dann würde ich gleich viel besser sehen, was drin ist. Wuff.*

»Ein ganz schöner Frechdachs.« Geschickt wich Lukas der neugierigen Hundenase aus und trug einen der Kartons, in denen Angelique das Mehl und den Zucker verstaut hatte, ins Haus.

»Huch, Entschuldigung.« Viola trat hastig beiseite, um nicht mit ihm zusammenzustoßen, und wandte sich dann rasch an Angelique. »Kann ich helfen?«

»Aber ja, Kofferraum und Rücksitz sind bis oben hin voll mit Einkäufen.« Mit dem Kinn wies Angelique hinter sich.

»Na, dann schnappen wir uns mal ein paar Tüten.« Auch Elke trat ins Freie und strebte dem Auto zu.

»Patrick, wo bleibst du denn? Die Platte muss fertig getackert werden!«, erklang Hans' ungeduldige Stimme aus dem Esszimmer.

Patrick zuckte zusammen. Ihm war gar nicht bewusst gewesen, dass er bei der Haustür stehen geblieben war und Angelique und seinem Hund zugesehen hatte. Rasch machte er auf dem Absatz kehrt, bevor jemand bemerkte, dass er sich lächerlich machte.

# 13. Kapitel

»Ist das jetzt dünn genug?« Skeptisch betrachtete Angelique den hellgelben Teig, den sie mithilfe eines Nudelholzes und Mehl auf der großen Arbeitsinsel zu einer akkuraten Fläche ausgerollt hatte.

»Cool, so gleichmäßig kriege ich das nicht hin. Guck mal, Oma Margit. Angelique kann das total perfekt.« Joel streckte seinen Kopf über Angeliques Arm und beäugte den Plätzchenteig.

Im selben Moment trat Patrick hinter Angelique und warf einen Blick über ihre Schulter. »Das nenne ich mal eine Leistung. So perfekt hätte es gar nicht werden müssen.«

Unwillkürlich erschauerte Angelique, als sie seine Stimme so nah an ihrem Ohr vernahm und seinen Körper hinter sich spürte. Der Moment war aber gleich wieder vorbei, denn er ging schon wieder weiter, in der Hand eine Schüssel mit geschmolzener Schokolade, mit der er eine Ladung fertig gebackener Plätzchen verzieren wollte.

Auch Margit kam nun um die Insel herum und betrachtete das Ergebnis von Angeliques Mühen. »Ausgezeichnet. Das gibt die elegantesten Butterplätzchen, die wir je hatten.«

Angelique hüstelte, weil ihr die Erheiterung in Margits Stimme natürlich aufgefallen war. »Ich kann nichts dafür. Ich bin Perfektionistin.«

»So jemand hat uns in unserer Sammlung gerade noch gefehlt.« Justus stellte grinsend einen kleinen Kasten mit Ausstechförmchen auf die Kücheninsel. »Hier, bitte sehr. Bitte zwei Bleche Plätzchen vor dem Backen mit verquirltem Eigelb bepinseln.«

»Das mache ich!« Jessica hielt bereits einen Gebäckpinsel in der Hand.

»Der Rest wird später mit Zuckerguss und buntem Zuckerzeug verziert.«

»Das übernehme ich.« Laura tauchte neben Justus auf und beäugte Angeliques Ausroll-Meisterwerk. »Du kannst mir natürlich gerne dabei helfen.«

»Laura hat eine Vorliebe fürs Plätzchenverzieren entwickelt.« Mit einem liebevollen Lächeln legte Justus seiner Frau einen Arm um die Hüfte. »Da sind auch Wichtelformen mit dabei.« Er deutete auf das Kästchen. »Die passen perfekt zu deiner Schürze.«

»Hey, die habt ihr mir letztes Jahr aufs Auge gedrückt.« Lachend strich Laura über ihre hellgelbe Schürze, die über und über mit bunten grinsenden Weihnachtswichteln bedruckt war. »Jetzt gebe ich sie nicht mehr her.«

»Was mich darauf bringt, dass wir noch gar keine Fotos gemacht haben.« Noch während Ricarda sprach, war sie bereits zwischen Angelique und Laura getreten und hielt ihr Handy so vor sich, dass sie alle drei auf dem Display zu sehen waren. »Bitte recht freundlich!« Schon klickte es mehrmals.

»Ich hatte die Augen zu!«, protestierte Laura.

»Nein, hier auf dem nicht.« Ricarda zeigte ihr eines der Bilder. »Aber dein Mann ist nur mit der Schulter drauf. »Los, Justus, näher zusammenrücken.«

»Ich will auch mit drauf!« Viola drängte sich an Angeliques Seite.

Unter Kichern und humorvollen Protesten wurden noch einige weitere Fotos gemacht, bis Iris sich vernehmlich räusperte. »Mädchen, nun hört doch mal auf. Wir werden nie fertig, wenn ihr nur herumalbert.«

»Nur, wenn du auch als Model herhältst.« Ricarda richtete ihre Handykamera auf ihre Großmutter, die gerade ein Blech Vanillekipferl aus dem Ofen gezogen hatte. »Perfekt! Damit können wir Werbung in den besten Kochzeitschriften machen.«

»Quatschkopf!« Schmunzelnd legte Iris das Blech auf einem rechteckigen Kuchenrost ab. »Lukas, Sie könnten gleich mal die gebrauchten Bleche spülen.« Nach einem kurzen Moment schüttelte sie den Kopf. »Ach was, wie umständlich, diese Siezerei. Angelique, Lukas, was haltet ihr davon, wenn wir ab sofort alle Du zueinander sagen? Immerhin verrichtet ihr hier sehr familiäre Sklavendienste, also gehört ihr irgendwie mit dazu. Was meinst du, Margit?«

»Dafür bin ich schon lange.« Zustimmend nickte Margit und trat neben Patrick, der mit der Schokoladenglasur inzwischen fertig war. »Sehr hübsch, diese Schokohalbmonde. Holst du dann bitte gleich die ersten Keksdosen aus dem Keller?«

»Klar.« Patrick stellte die Schüssel mit den Überresten der Schokoladenglasur in die Spüle. »Noch was für den Spülsklaven.« Er grinste in Lukas' Richtung. »Tut mir leid, dass du gleich den undankbarsten Job abgestaubt hast. Sonst musste ich den immer erledigen. Aber jetzt bin ich wohl in der Nahrungskette eine Stufe aufgestiegen.«

»Ja, aber du hast dich vor den Fotos gedrückt.« Ricarda nahm ihren Zwillingsbruder am Hemdkragen und zog ihn unbarmherzig mit sich bis zur Kücheninsel. »Stell dich mal hierhin. Halt, Angelique, du bleibst auch hier. Und … Joel, Jessica, Mama, Viola … Ach, kommt einfach mal alle her. Gruppenselfie.«

»Das klappt doch nie mit so vielen Leuten!«

»Doch, wird es. Papa, Opa, kommt mal kurz rein!« Ricarda drängte Patrick gegen Angelique und zog zugleich Lukas näher zu sich heran, dann Viola halb vor ihn.

»Was ist denn hier los? Ach herrje, die alljährliche Foto-Sitzung?« Theo war noch vor Hans in die Küche gekommen. »Das klappt nicht, Mädchen. Wir sind zu viele.«

»Sind wir nicht!« Ricarda winkte ihrem Vater, sich neben Elke zu stellen. »Mama, du musst halb in die Hocke gehen, Oma, stell dich mal schräg hinter Mama. Nein, auf die andere Seite. Und Opa hierher. Patrick, du musst halb hinter Angelique. Ihr seid beide ziemlich groß. Halt deinen Kopf ganz dicht an ihren, und Viola stellt sich ein bisschen seitlich. Du musst dich gegen Lukas lehnen, sonst wird das wirklich nichts.«

»Keine Angst, ich beiße nicht«, raunte Lukas Viola zu, als diese verlegen den Anweisungen ihrer Schwester Folge leistete.

»Das würde ich dir auch nicht raten.« Ricarda grinste ihm zu. »Viola sieht vielleicht mit ihrem zarten Figürchen nicht so aus, aber sie hat Bärenkräfte. Da wäre ich an deiner Stelle vorsichtig.«

Laura kicherte, als Justus sie fest in seine Arme zog und dann die Kinder noch etwas mehr in die Mitte dirigierte. »Entschuldigt bitte, Angelique und Lukas. Die Sternbachs haben nicht einen Funken Anstand oder Feingefühl im Leib. Lasst es einfach über euch ergehen. Mir ging es letztes Jahr auch nicht anders.«

»Hey, ich verfüge über jede Menge Feingefühl.« Ricarda verrenkte sich fast den Arm, um alle Gesichter mit aufs Foto zu bekommen. »Aber das hat bei einer Selfie-Session nichts zu suchen. Da geht es um die richtige Komposition. Und jetzt alle mal lächeln und *Keeekse*!«

Kichernd und lachend wiederholten alle das Wort, während Ricarda mehrere Fotos hintereinander schoss.

Angelique wurde es unnatürlich warm, nicht nur, weil sie alle so gedrängt beieinanderstanden, sondern weil Patrick sich gezwungenermaßen dicht an sie pressen musste und sein Gesicht wieder ganz nah bei ihrem war. Ganz kurz wandte sie sich ihm zu, und prompt trafen sich ihre Blicke und verhakten sich für einen Moment ineinander.

»Okay, das war's. Da sind auf jeden Fall brauchbare Aufnahmen mit dabei.« Ricarda steckte ihr Handy wieder in ihre Gesäßtasche. »Zurück an die Arbeit!«

»Entschuldige, ich glaube, ich habe Schokoglasur auf deine Schürze geschmiert.« Patrick ließ Angeliques Hüfte los, auf der er seine Hand wegen Platzmangels abgelegt hatte, und deutete mit einem halb verlegenen, halb erheiterten Blick auf die Fingerabdrücke, die er auf dem hellrosa Stoff hinterlassen hatte.

»Macht doch nichts.« Die unnatürliche Wärme wich einfach nicht, ebenso wenig wie ihr Pulsschlag sich beruhigen wollte. Etwas fahrig strich sie über den Fleck. »Lässt sich doch alles waschen.« Sie unterdrückte den Drang, sich zu räuspern, weil sie ihm nicht zeigen wollte, wie nervös sie plötzlich geworden war. »Äh, solltest du nicht Keksdosen holen?«

»Stimmt, sollte ich.« Da hinter ihnen gerade Iris mit einer vollen Teigschüssel vorbeiging, drängte Patrick sich umständlich vor Angelique an der Insel vorbei. Dabei trafen sich ihre Blicke unweigerlich erneut. »Hatte ich dich ausreichend vor meiner Familie gewarnt?«

Sie schluckte hart. »Ich glaube schon.« Dann gelang ihr endlich ein einigermaßen unbefangenes Lächeln. »Ich finde sie toll.«

Inzwischen hatte er die Küchentür erreicht. »Du hast uns noch nicht streiten gehört.« Damit verschwand er im Flur.

»So ein Unsinn.« Iris lachte. Offenbar hatte sie seinen letzten Satz mitbekommen. »Wir Sternbachs streiten nicht.«

»Wir diskutieren!«, kam es im Chor von Ricarda und Viola und Justus.

Ringsum wurde gelacht.

»Los, komm, wir stechen jetzt endlich die Plätzchen aus.« Joel nahm Angelique an der Hand und deutete auf den ausgerollten Teig. »Kann ich mit den Sternförmchen anfangen?«

»Ich will Herzen ausstechen«, verkündete Jessica, die bereits in dem Kasten mit den Ausstechförmchen wühlte. »Und hier, guck mal, Tannenbäume und Teddys und Tierförmchen.«

»Lasst mal sehen.« Der Einfachheit halber leerte Angelique das Kästchen auf der Insel aus und sortierte die Förmchen nach Motiven und Größe.

Einen Handmixer in der Hand, trat Laura hinter sie und brachte ihren Mund ganz dicht an Angeliques Ohr. »Wenn ihr hier fertig seid, müssen wir uns dringend mal unterhalten«, raunte sie und ging dann weiter zur Anrichte, als sei nichts geschehen.

Leicht irritiert blickte Angelique ihrer Freundin nach, wurde aber gleich wieder abgelenkt, weil die Kinder sich um den besten Platz vor dem ausgerollten Teig zankten.

»Macht doch mal die Musik lauter«, rief Ricarda in diesem Moment. »Das ist Mamas Lieblingsweihnachtslied.«

»Na ja, eines von vielen.« Margit lächelte, als ihre Tochter die Lautstärke an der Ministereoanlage hochdrehte und Frank Sinatras *Christmas Waltz* ertönte. »Viola, weißt du noch, dass wir dazu immer um den Weihnachtsbaum getanzt sind, als du noch klein warst?«

»Klar weiß ich das noch.« Viola wischte ihre Hände an ihrer Schürze sauber. »So habe ich Walzer tanzen gelernt. Da war ich sechs oder sieben.«

»Aufgehört haben wir erst, als es dir zu peinlich wurde.« Margit lachte. »Als du dreizehn geworden bist, glaube ich.«

»Sie haben, äh, ihr habt Walzer um den Weihnachtsbaum getanzt?« Verwundert hob Lukas den Blick von der Spüle, in der er gerade ein Backblech schrubbte.

»Aber ja, und wie! Komm mal her, Viola.« Margit nahm ihre Tochter bei den Händen und zog sie an sich; dann begann sie einfach zu tanzen, sodass Viola gezwungen war, ihren Schritten zu folgen. »So in etwa.«

Viola kicherte und hüstelte dann verlegen, als sie beinahe erst Angelique angerempelt hätten, dann Lukas. »Das ist jetzt aber schon mehr ein Wiener Walzer, Mama!«

Angelique schmunzelte, als sie Lukas' ungläubigen, zugleich aber auch erheiterten Blick wahrnahm. »Ich hatte doch gesagt, dass die Sternbachs anders sind als unsere Familie. Oder vielmehr anders als alle Familien, die ich kenne.«

»Nein, hast du nicht.« Lukas wandte sich ihr zu. »Du hast nur etwas von *Warte es ab!* gefaselt.

»Damit habe ich jedenfalls nicht zu viel versprochen, oder?« Übermütig trat sie von der Insel weg und schnappte sich Ricarda, die gerade in der Nähe stand. »Darf ich bitten?«

»Was? Huch!« Lachend tanzte Ricarda ein paar Schritte mit. »Lass mal, ich bin nicht so die Supertänzerin.«

»Ach was, für den Hausgebrauch reicht es. Aua!« Angelique kicherte, als Ricarda ihr auf den Fuß trat. »Okay, okay, suche ich mir halt jemand anderen.« Sie ließ Ricarda los und nahm stattdessen Joel bei den Händen, der ihnen mit halb offenem Mund zugesehen und dabei ganz vergessen hatte, weiter Plätzchen auszustechen. Inzwischen hatte die Musik zu *Jingle Bell Rock* gewechselt, sodass die Tänzer noch etwas ausgelassener herumwirbelten.

»Was ist denn hier los?« Patrick blieb in der Küchentür stehen, einen Stapel mit bunten Weihnachtsmotiven bedruckter Blechkeksdosen in den Armen. »Kaum bin ich mal ein paar Minuten im Keller, schon bricht hier Sodom und Gomorrha los.«

»Du bist ja bloß neidisch, weil Angelique mit deinem Sohn tanzt und nicht mit dir.« Laura grinste ihn vielsagend an.

Angelique hätte sich beinahe verschluckt, als sie das hörte, tat aber, als hätte sie nichts mitbekommen.

»Pfff, ich kann doch jederzeit abklatschen.« Ohne weitere Umstände stellte Patrick die Dosen auf der Anrichte ab und drängte seinen Sohn beiseite. »Sorry, kleiner Mann, hier muss mal der Startänzer der Familie übernehmen.«

»Startänzer!« Ricarda prustete.

Angelique schnappte nach Luft, als Patrick sie gekonnt herumwirbelte.

»Also wirklich.« Iris, die ebenfalls kurz die Küche verlassen hatte, kam durch die Tür zum Esszimmer wieder herein und stemmte in gespielter Strenge die Hände in die Seiten. »Wie sollen wir denn jemals fertig werden, wenn ihr dauernd so einen Quatsch veranstaltet? Hopp, hopp, an die Arbeit! Wir sind schließlich nicht zum Vergnügen hier.« Sie lachte über ihre eigenen Worte. »Na gut, sind wir doch, aber wollten wir nicht auch noch ein Lebkuchendorf bauen? Soweit ich das sehen kann, haben wir bisher nur den Teig für die Häuschen angesetzt. Der müsste bald fertig sein, damit wir ihn verarbeiten können. Also beeilt euch mal ein bisschen mit den Plätzchen, ihr verrückte Bande!«

Patrick ließ Angelique wieder los und salutierte. »Aye, aye, Ma'am!« Dann raunte er Angelique so laut zu, dass alle es hören konnten: »Diese Familie bringt in jeder Generation mindestens ein rabiates Frauenzimmer hervor. Du müsstest dich also in bester Gesellschaft fühlen.«

»Ich gebe dir gleich ein rabiates Frauenzimmer!« Margit schlug mit einem Küchenhandtuch nach ihm, sodass er lachend auswich. »Hör nicht auf ihn, Angelique, er weiß nicht, was gut für ihn ist. Wenn in dieser Familie nicht die Frauen das Sagen hätten, würde alles im Chaos versinken.« Sie blickte vielsagend in die Runde. »Und jetzt tut, was meine Schwiegermutter angeordnet hat.«

***

»Hast du eigentlich auch ein Lieblings-Weihnachtslied?«, wollte Jessica fast drei Stunden später von Angelique wissen, während sie konzentriert die Ränder einer Lebkuchenplatte, die einmal eine Hauswand werden sollte, mit dickem weißem Zuckerguss verzierte.

Angelique half ihr, indem sie die Platte langsam drehte, damit das Mädchen die Spritztülle leichter am Rand des Gebäcks entlangführen konnte. »Mir hat immer am allerbesten *Stille Nacht, heilige Nacht* gefallen.«

»Echt? Warum denn?« Jessica ließ die Spritztülle sinken und blickte Angelique neugierig an.

»Ich weiß auch nicht.« Vorsichtig schob Angelique die Lebkuchenplatte zur Seite, damit der Zuckerguss trocknen konnte. »Wahrscheinlich, weil es wirklich ein stilles, besinnliches Lied ist. *Alles schläft, einsam wacht nur das traute hochheilige Paar.* Das fühlt sich für mich irgendwie gemütlich und heimelig an. Schon als Kind habe ich mir das immer ganz bildlich vorgestellt. Maria, Josef und das Christuskind ganz allein mitten in der Nacht in dem Stall. Das fand ich nie ungemütlich, im Gegenteil. Es war für mich immer der Inbegriff von Familie. Vielleicht weil meine eigene Familie sehr streng und auf den äußeren Schein bedacht ist. Da muss immer alles akkurat und perfekt geplant und herausgeputzt sein.«

»Daher also dein Perfektionismus.« Patrick trat neben sie und lehnte sich mit verschränkten Armen gegen die Kücheninsel. »Miss Kontrollfreak.«

Angelique schmunzelte. »Ja, das ist eine Familienkrankheit.«

»Die mich glücklicherweise verschont hat.« Lukas stellte einen Teller mit weiteren Lebkuchenplatten unterschiedlicher Größen auf der Insel ab. »Hier kommen die nächsten Wände und Dächer für euch. Ich habe sie auf der Rückseite eingeritzt, damit ihr wisst, was jede Platte mal werden soll.«

»Danke sehr.« Mit einem unterdrückten Stöhnen reckte Angelique ihren Rücken. »Ich glaube, ich muss allmählich eine Pause machen. Mir war nicht klar, wie anstrengend Backen und Verzieren sein kann.«

»Dafür, dass du neu bei unserem Backmarathon bist, hast du dich bisher aber ziemlich gut geschlagen.« Margit lächelte ihr aufmunternd zu. »Aber mach ruhig eine Pause. Patrick kann deinen Platz übernehmen.«

»Kann ich das?« Patrick grinste. »Na gut, dann lass mal den Spezialisten ran.«

»Pfff.« Angelique schüttelte mit spöttischem Blick den Kopf. »Sag nicht, ich hätte meine Sache als Plattendreherin nicht gut gemacht.«

»Ich will auch eine Pause machen«, verkündete Laura. »Was hältst du davon, wenn wir uns die Hunde schnappen und einen kleinen Rundgang machen? Die beiden müssen sowieso längst mal wieder raus.«

*Habe ich da etwas von Rausgehen gehört? Das wird aber auch langsam Zeit. Wuff.* Oskar sprang von seinem Platz in der Tür zum Flur auf, schüttelte sich und bellte einmal kurz. *Na los, worauf wartet ihr noch?*

»Siehst du, er stimmt mir zu.« Laura war bereits auf dem Weg in den Flur und kam Augenblicke später mit Mänteln und Schals zurück.

*Und wie ich das tue! Marsch, Marsch! Meine Blase drückt.*

Rasch schlüpfte Angelique in ihren Mantel und legte dem freudig wedelnden Oskar das Geschirr an. »Na, dann mal los, würde ich sagen.« Sie drehte sich kurz um. »Wir sind bald wieder zurück.«

»Lasst euch Zeit.« Iris winkte lässig ab. »Wir haben hier alles unter Kontrolle.«

»So, Lizzy hat ihr Geschirr auch an.« Laura hakte sich bei Angelique unter. »Auf geht's in die kalte Winterluft hinaus.« Übermütig zog sie Angelique mit sich nach draußen.

Kalt war es tatsächlich, die Temperaturen lagen knapp unterhalb des Gefrierpunktes, und der Himmel war wolkenlos, was eine sehr frostige Nacht versprach. Noch war es hell, wenn auch die Sonne bereits recht tief stand und es nicht mehr lange dauern würde, bis sie untergehen würde.

Da Laura sich hier besser auskannte, überließ Angelique ihr die Führung, und bald schon befanden sie sich auf einem Feldweg, der am Haus der Sternbachs vorbei zu einer großen Wiese führte, hinter der in einigen Hundert Metern Entfernung der Wald begann.

Kaum hatten sie das Grundstück der Sternbachs passiert, als Laura vernehmlich hüstelte. »Gut, wir sind außer Hörweite. Jetzt sagst du mir sofort, was zwischen dir und Patrick los ist.«

Angelique atmete tief ein. »Was meinst du?«

»Nun komm schon. Tu nicht so, als wäre nichts.« Ihre Freundin warf ihr einen strengen Blick zu. »Die Luft zwischen euch ist dermaßen aufgeladen, dass ich schon Angst hatte, mich an den Funken zu verbrennen.«

»Oh. Mist.« Dabei hatte Angelique gedacht, dass sie sich heute besonders gut unter Kontrolle hatte. »Hat es sonst noch jemand bemerkt?«

Laura zuckte mit den Achseln. »Wahrscheinlich schon. Die Sternbachs haben alle eine ziemlich gute Antenne für so was. Mich wundert eher, dass noch niemand etwas gesagt hat. Normalerweise sind sie nicht so zurückhaltend. Davon kann ich ein Liedchen singen.« Sie lachte leise, wurde aber gleich wieder ernst. »Also, beichte! Was ist das zwischen euch? Für mein Dafürhalten seid ihr kurz davor, übereinander herzufallen.«

»Das haben wir schon hinter uns.« Unterdrückt räusperte Angelique sich. »Kann sein, dass das ein Teil des Problems ist.«

»Was habt ihr bereits hinter euch?« Abrupt blieb Laura stehen, sodass Lizzy einen überraschten Laut ausstieß, weil es an ihrer Leine ruckte.

»Das Übereinanderherfallen.« Angelique ging langsamer, bis Laura wieder zu ihr aufgeschlossen hatte. »Wir hatten Sex.«

Diesmal sog Laura deutlich vernehmbar die Luft ein. »Himmel, und ich habe nichts mitbekommen. Wann?«

»Vor fast drei Wochen schon. An dem Abend, als dieser Anwalt bei Patrick war, er aber die Autopanne hatte und erst später dazugestoßen ist.« Sie räusperte sich erneut. »Das sollte kein Wortspiel werden.«

»Ihr seid schon seit drei Wochen zusammen und habt kein Sterbenswörtchen verraten?« Fassungslos starrte Laura sie an.

Angelique schüttelte den Kopf. »Wir sind nicht zusammen, nicht mal im Entferntesten. Es war ... einfach nur Sex. Ein Mal. Ein Ausrutscher sozusagen und schon wieder so gut wie vergessen.«

»Ja, klar, und ich bin die Kaiserin von China. Mit Krönchen.« Laura starrte sie immer noch ungläubig an. »Ein Ausrutscher?« Sie kräuselte die Lippen. »Okay, das lasse ich ja noch gerade so durchgehen. Aber vergessen ist er definitiv nicht. Weder auf deiner noch auf seiner Seite. Sonst würde es zwischen euch nicht Funken sprühen, sobald ihr euch auf Armeslänge nahe kommt oder auch nur anseht.«

»Okay, du hast vermutlich recht.« Angelique seufzte. »Es hätte nicht passieren dürfen, und jetzt steht es zwischen uns.«

»Warum hätte es nicht passieren dürfen?« Sanft legte Laura Angelique eine Hand auf den Arm. »Ich meine, wenn ihr euch zueinander hingezogen fühlt ...« Sie zögerte. »Okay, ich weiß, es ist nicht sehr professionell. Mir ging es ja vergangenes Jahr nicht anders mit Justus. Und ich war weit weniger ruhig und abgeklärt, als du es zu sein scheinst.«

»Ich bin nicht ruhig und abgeklärt.« Umständlich zupfte Angelique an ihrem Schal herum. »Ich versuche nur, gute Miene zum bösen Spiel zu machen. Oder so etwas in der Art.«

»Warum? Ich meine, wo genau liegt denn das Problem?«

»Wenn ich das wüsste!« Auf Lauras fragenden Blick hin hob sie erneut die Schultern. »Patrick will keine wie auch immer geartete Beziehung. Das hat er ziemlich deutlich gemacht.«

»Warum hat er dann Sex mit dir?« Laura kickte ein Steinchen vor sich her, bis es zur Seite sprang und auf dem Feld landete. »Ich meine, klar kann man auch mal einen One-Night-Stand haben, aber ausgerechnet, wenn man frisch zusammenarbeitet? Als so kopflos hätte ich ihn nicht eingeschätzt. Entschuldige bitte.«

»Nein, schon gut, es war kopflos, da hast du vollkommen recht.«

»Und ich dachte, dass er, nun ja, dich nicht allzu gut leiden kann.«

Angelique lachte. »Ich glaube, da liegst du gar nicht mal allzu weit von der Wahrheit entfernt. Zumindest ganz zu Anfang sind wir ziemlich oft aneinandergeraten.«

»Weil du seine Firma auf den Kopf gestellt hast.«

»Ja. Und weil ich mich letztes Jahr an seinen Passwörtern vergriffen habe.«

»Sag bloß, das trägt er dir immer noch nach.« Laura schlug eine Hand vor den Mund, um ihr Kichern zu dämpfen.

»Lach du nur.« Angelique konnte sich ein Schmunzeln nicht verkneifen. »Inzwischen sind wir, glaube ich, zumindest darüber hinweg. Die letzten sieben oder zehn Tage waren ganz in Ordnung zwischen uns. Wir vertragen uns besser, seit er mir mehr Freiraum gewährt und sich nicht in meine Arbeit einmischt. Und allmählich freunden wir uns, glaube ich, etwas mehr an.«

»Ihr freundet euch an?« Laura kicherte immer noch. »Entschuldige, aber hätte das nicht am Anfang … aller Dinge stehen müssen?«

Angelique blieb stehen und legte den Kopf in den Nacken.

»Ja, das hätte es wohl. Aber es lief eben anders. Ich weiß immer noch nicht, was da genau passiert ist, aber plötzlich lag ich auf dem Esstisch, und er war auf … und in mir.«

»Auf dem Esstisch?« Laura verschluckte sich und hustete. »Oh, mein Gott. Ich werde nie wieder bei Patrick essen können, ohne daran denken zu müssen.«

»Was glaubst du, wie es mir geht?«

»Und die Kinder haben nichts mitbekommen?«

Langsam richtete Angelique ihren Blick wieder geradeaus. »Nein, glücklicherweise nicht. Obwohl ich glaube …« Unschlüssig hielt sie inne.

»Was glaubst du?« Wieder legte Laura ihr sanft eine Hand auf den Arm. »Du weißt, dass du mir alles sagen kannst. Ich kann schweigen wie ein Grab.«

Nachdenklich blickte Angelique Laura ins Gesicht. »Ich habe manchmal das Gefühl, als wollten die Kinder uns … na ja, verkuppeln.«

»Ist ja ein Ding!«

»Vielleicht sind Kinder auch einfach so. Ich hatte nie viel mit Kindern zu tun, seit ich selbst eins war. Aber ständig wollen sie, dass ich etwas mit ihnen unternehme oder dass ich bleibe, wenn ich sie mal zu Hause abliefere. Solche Sachen.«

»Und das stört dich?«

»Nein.« Stirnrunzelnd dachte Angelique über Lauras Frage nach. »Nein, es stört mich nicht. Ich ahne bloß, dass es nichts bringen wird, weil Patrick nicht will.«

»Aha.« Lauras Blick wurde eindringlich. »So ist das also.«

Verlegen strich Angelique sich eine Haarsträhne hinters Ohr. »Patrick ist ein Kontrollfreak. Auf emotionaler Ebene. Er blockt alles ab, was tiefer geht als … Nun ja.«

»Du bist in ihn verliebt.« Der Ausdruck in Lauras Augen wurde weich. »So richtig verliebt.«

»Sprich es nicht aus, das macht es bloß schlimmer.«

Vorsichtig nahm Laura Angeliques Hand und drückte sie.

»Warum blockt Patrick alles ab? Ist es wegen der Kinder und der Sache mit ihren Großeltern?«

»Nein.« Angelique erwiderte den Händedruck und spürte, wie sie sich ein wenig entspannte. Sie hätte schon viel früher mit ihrer Freundin darüber reden sollen. »Ich glaube, es ist wegen seiner eigenen Kindheit.«

»Bevor er von Margit und Hans adoptiert wurde?«

»Er hat mir ein bisschen was darüber erzählt ... Wie er und Ricarda auf der Straße gelebt haben.«

Laura seufzte unterdrückt. »Sie hatten es nicht leicht. Justus hat mir einiges erzählt, und Patrick ist immer nur in Andeutungen darauf eingegangen. Ich dachte, er hätte damit abgeschlossen.«

»Offensichtlich nicht. Er ...« Angelique versuchte, ihre Gedanken zu ordnen. »Ich glaube, es fällt ihm sehr schwer, auch nur das kleinste bisschen Kontrolle zu verlieren. Über seine Firma, aber auch über sein Leben.«

»Und sein Herz.«

»Ja.«

Eine Weile dachte Laura darüber nach. »Und dann kommst du und reißt ihm die Kontrolle praktisch mit Gewalt aus den Händen.«

»Ja.«

Wieder schwieg Laura nachdenklich, dann hob sie den Kopf. »Wie war es? Auf dem Tisch, meine ich.« Sie gluckste unterdrückt. »Mal ehrlich: War es schön?«

Angelique schluckte. »Es war unglaublich. Ich hatte zuvor noch nie einen ... äh ... so etwas erlebt.«

Offenbar hatte Laura sofort verstanden, was sie meinte, denn sie drückte erneut ihre Hand. »Wirklich noch nie?«

»Ich weiß nicht, was über mich gekommen ist.«

»Na, Patrick, würde ich mal sagen.« Diesmal lachte Laura laut. »Du liebe Zeit, das hätte ich wirklich nicht gedacht. Was machen wir denn jetzt?«

»Wir?« Überrascht musterte Angelique ihre Freundin, die daraufhin heftig nickte.

»Na klar wir. Ich bin deine Freundin. Du hast mir vergangenes Jahr auch beigestanden, jetzt bin ich an der Reihe, den Gefallen zu erwidern.«

»Ich glaube nicht, dass du da viel ausrichten kannst. Es ist sicher besser, den Dingen ihren natürlichen Gang zu lassen.«

»Und wie soll der aussehen?«

Angelique zuckte mit den Achseln. »Keine Ahnung. Wie gesagt, wir freunden uns gerade irgendwie an. Wenn sich etwas ergibt, ergibt sich etwas. Wenn nicht, dann nicht.«

»So passiv kenne ich dich ja gar nicht!« Empört schüttelte Laura den Kopf. »Das sieht dir gar nicht ähnlich.«

Langsam gingen sie weiter, während die Hunde brav neben ihnen hertrotteten und nur hier und da kurz am Boden oder an einem Grasbüschel schnüffelten.

»Ich bin nicht passiv, sondern versuche, mit der Situation und meinen Gefühlen klarzukommen. Ich hätte niemals mit so etwas gerechnet. Patrick ist gar nicht mein Typ. Dachte ich zumindest.«

»So kann man sich täuschen.« Aufmunternd lächelte Laura ihr zu. »Wenn es dir irgendwie hilft: Ich glaube, nein, ich bin mir ziemlich sicher, dass Patrick auch etwas für dich empfindet. So wie es zwischen euch knistert, ist in dieser Sache das letzte Wort noch nicht gesprochen. Du solltest also auf keinen Fall vorzeitig die Flinte ins Korn werfen.«

»Das tue ich ja nicht.« Wieder blickte Angelique kurz zum Himmel empor. »Ich bin es nur nicht gewöhnt, ratlos zu sein. Normalerweise gehe ich die Dinge geradlinig an. Selbst die größten Probleme, die ich bisher hatte, haben mich nicht so ... verunsichert wie das hier. Diese Sache entzieht sich meiner Kontrolle. Ich weiß nicht, was ich machen soll. Ich bin eben auch ein Kontrollfreak.« Es tat gut und war beängstigend zugleich, dies zuzugeben. In Angeliques Kehle bildete sich ein Kloß.

»Ach, Liebes.« Diesmal legte Laura ihr einen Arm um die Hüfte und zog sie an sich. »So kenne ich dich wirklich nicht. Vielleicht solltest du versuchen, ein bisschen von dieser Kontrolle zurückzugewinnen.«

»Und wie?«

Stirnrunzelnd blickte nun auch Laura zum Himmel hinauf. »Überleg dir, wie sehr du ihn willst, und wenn es genug ist, um zu kämpfen, dann lass nicht mehr zu, dass er dich abblockt.«

»So was Ähnliches hat Tante Inge auch gesagt.«

Lächelnd drückte Laura sie noch einmal an sich. »Deine Tante ist eine kluge Frau.« Sie warf einen Blick über die Schulter. »Ich glaube, wir sollten umkehren. Nicht dass es am Ende heißt, wir hätten uns vor der Arbeit gedrückt.«

# 14. Kapitel

»Mein Lieber, hast du inzwischen herausgefunden, was mit dem Gefühlsradar los war?« In der Hand einen Teller mit frisch gebackenen Makronen, betrat die Frau des Weihnachtsmannes dessen Büro.

Santa Claus hob den Blick von seinem Computerbildschirm und lächelte erfreut, als er das Gebäck sah. »Sind die für mich?«

»Nur wenn du mir verrätst, wie es bei Angelique und Patrick aussieht.« Trotz ihrer strengen Worte lächelte seine Frau und stellte den Teller neben seiner Tastatur ab. »Sag schon, was ist da los?«

»Wenn ich das so genau wüsste. Soweit ich es sehen kann, hat sich zwischen den beiden nicht viel verändert. Sieht man mal davon ab, dass Patrick nicht mehr ganz so auf Abwehr eingestellt zu sein scheint.«

»Aber das sind doch wunderbare Nachrichten!« Rasch ging Santas Frau zur Videowand und aktualisierte den Livestream, der Patrick und Angelique beim Backen mit der Familie zeigte. Einen langen Moment sah sie schweigend zu, dann wandte sie sich wieder ihrem Mann zu. »Zwischen den beiden geht ganz eindeutig etwas vor. Vielleicht sollten wir ein bisschen nachhelfen.«

Diesmal hob Santa Claus seinen Kopf geradezu ruckartig. »Du willst dich einmischen, Schatz? Sonst bist du doch immer diejenige, die mir strikt von so etwas abrät.«

»Das ist richtig, aber in diesem Fall …« Nachdenklich knabberte sie an ihrer Unterlippe. »Konnte Elf-Siebzehn etwas bei Oskar ausrichten?«

Der Weihnachtsmann schüttelte betrübt den Kopf. »Leider nicht so richtig. Oskar ist ein schwieriger Fall. Er will unbedingt wieder auf Wanderschaft gehen und uns deshalb nicht helfen.«

»Tatsächlich?« Überrascht wandte seine Frau sich wieder dem Videobildschirm zu. »Aber schau doch nur, wie glücklich er im Kreis der Familie zu sein scheint. Und mit Lizzy kommt er auch gut aus. Ich kann mir gar nicht vorstellen, dass er wieder von dort wegwill.«

»Vielleicht bleibt er ja auch, aber im Moment ist er noch entschlossen, abzuhauen.«

»Also ist er in gewissem Sinne genauso stur und blind wie sein Herrchen.« Santas Frau schmunzelte. »Gleich und gleich gesellt sich anscheinend wirklich gern. Dabei sieht man doch genau, wie wohl er sich bei Patrick und den Kindern fühlt.«

»Man kann auch sehen, wie gut Angelique Patrick tut, und trotzdem will er sie nicht«, brummelte der Weihnachtsmann missmutig.

Seine Frau schüttelte den Kopf. »Das sehe ich ein bisschen anders. Ich glaube nicht, dass Patrick Angelique nicht *will*. Vielmehr glaube ich, dass er Angst hat, *weil* er sie will. Er fürchtet, die Kontrolle zu verlieren und etwas falsch zu machen.«

»Und wie willst du ihn vom Gegenteil überzeugen?« Interessiert musterte der Weihnachtsmann seine Frau, die daraufhin sinnierend mit dem Zeigefinger gegen ihre Lippen tippte.

»Ich kann das nicht, das muss schon aus ihm selbst heraus kommen. Aber möglicherweise können wir dafür sorgen, dass er ein bisschen öfter mit Angelique zusammenkommt. Privat, meine ich. Damit die beiden sich noch mehr aufeinander einlassen und einander kennenlernen können. Ein bisschen Romantik kann dabei sicher auch nicht schaden.«

Überrascht legte Santa Claus den Kopf ein wenig schräg. »Das klingt, als hättest du schon einen Plan.«

»Noch nicht so ganz. Aber könntest du Elf-Zwei und Elfe-Acht herrufen? Ich habe da eine Idee, und dazu benötige ich zwei Elfen, die mir zur Hand gehen.«

»Wobei?«

»Sie sollen eine Botschaft überbringen.«

»Eine Botschaft an wen?« Skeptisch runzelte Santa Claus die Stirn. »Oskar?«

»Nein. Sie sollen den Kindern im Schlaf etwas einflüstern.«

»Den Kindern?« Nun war der Weihnachtsmann vollends verblüfft. »Aber was denn nur?«

»Schau mal, was sich da gerade bei Angelique tut.« Sie deutete auf den Bildschirm. »Wenn ich das richtig deute, macht sie Pläne, morgen mit ihrem Bruder auf den Weihnachtsmarkt zu gehen.«

»Und?« Verständnislos blickte der Weihnachtsmann seine Frau an.

Sie lächelte verschmitzt. »Auf den *Weihnachtsmarkt*!«

»Und?« Er begriff noch immer nicht.

Sie lachte. »Wart's einfach ab.«

***

»Vielleicht war das alles doch keine so gute Idee.« Skeptisch sah Angelique sich auf dem dicht bevölkerten Weihnachtsmarkt um. Die Geräuschkulisse aus verschiedenen internationalen Weihnachtsliedern, dem Gospelchor auf der Bühne in der Mitte des Platzes und dem Stimmengewirr und Gelächter ringsum an den Imbissbuden und Verkaufsständen stellte ihren Tatendrang auf eine harte Probe.

Das Gespräch mit Laura hatte sie ähnlich ermutigt wie das mit Tante Inge, vielleicht sogar noch mehr, denn Laura konnte Patrick und die Situation besser einschätzen. Dennoch zweifelte Angelique nun ein wenig an sich. Sie hatte Lukas gebeten, sie am heutigen ersten Advent auf den Weihnachtsmarkt zu begleiten, um Geschenke für die Sternbachs zu finden. Bisher waren sie allerdings noch nicht fündig geworden. Ziellos liefen sie von Stand zu Stand, während sie versuchte, sich darüber klar zu werden, was in aller Welt sie kaufen sollte.

Lukas hatte seine Hände tief in seinen Hosentaschen vergraben. »Kannst du nicht einfach Pralinen für die Frauen und Zigarren für die Männer kaufen? Das wäre so viel einfacher.«

»Typisch Mann.« Angelique verdrehte die Augen. »Nein, das werde ich nicht tun. Ich bin bekannt dafür, dass mir immer das Passende in allen Situationen einfällt. Da werde ich doch nicht an ein paar Weihnachtsgeschenken scheitern.«

»Nur weil du in deinen Chef verknallt bist, musst du aber nicht gleich die ganze Familie mit teuren und sicherlich überflüssigen Geschenken überhäufen.«

»Was?« Erschrocken starrte sie ihren Bruder an.

Er erwiderte ihren Blick spöttisch. »Was, sollte das etwa ein Geheimnis sein? Dann hättet ihr euch nicht gegenseitig so auffällig anschmachten dürfen.«

»Wir haben nicht …« Sie schluckte. »Niemand schmachtet irgendwen an. Und auffällig schon mal gar nicht.«

»Also, mir ist es jedenfalls aufgefallen, und wenn ich deinen plötzlichen Drang nach frischer Luft zusammen mit deiner besten Freundin richtig deute, dann hat sie auch bereits Lunte gerochen.« Er schwieg einen Moment. »Patrick scheint ein guter Mann zu sein. Bisschen schwierig vielleicht um die Kanten herum, aber ich mag ihn. Und die Kinder sind spitze.«

»Ja, sind sie.« Angelique konnte nicht anders, sie musste lächeln.

»Mhm.« Er musterte sie erneut. »So weit ist es also schon?«

»Was meinst du?« Verwundert hob sie den Kopf.

Er zuckte nur mit den Achseln. »Ach, nichts.« Plötzlich grinste er. »Na, das nenne ich mal einen interessanten Zufall.

Ich glaube, ich habe gerade die beste Ausrede aller Zeiten entdeckt, um mich vom Acker zu machen.«

»Wovon sprichst du?« Irritiert folgte sie dem Blick ihres Bruders hinüber zu dem mit Tannengrün, LED-Lichtern und glitzernden Weihnachtskugeln geschmückten Torbogen, durch den man das Areal des Weihnachtsmarktes betrat. »Oh.« Ihr Herz machte einen heftigen Satz, als sie Patrick mit den Zwillingen erblickte, die gerade angekommen zu sein schienen.

»Ja, genau. Oh.« Lukas grinste immer noch. »Also, mach's gut, Schwester. Treibt's nicht zu bunt. Ich lasse mir von Tante Inge den Ersatzschlüssel zu deiner Wohnung geben. Bis später. Oder bis morgen, falls …« Er zwinkerte ihr zu und machte sich mit großen Schritten aus dem Staub.

»Aber …« Hilflos sah Angelique ihm hinterher, wie er auf den Torbogen zustrebte, bei Patrick stehen blieb, ein paar Worte mit ihm wechselte und dann hinter sich deutete, sodass Patrick sie nun auch entdeckte.

Als ihre Blicke sich trafen, spürte sie Hitze in ihre Wangen steigen. Ihr Herzschlag holperte erneut. Rasch setzte sie ihr berufsmäßiges Lächeln auf und hoffte, dass man ihr die Verlegenheit nicht ansah.

»Hi, Angelique, was machst du denn hier?« Joel hatte sie ebenfalls entdeckt und kam winkend auf sie zugerannt, während seine Schwester mit Oskar an der Leine etwas langsamer folgte. Ehe Angelique antworten konnte, redete er bereits weiter. »Wir haben Papa überredet, mit uns herzukommen, weil wir nämlich beide das Gleiche geträumt haben.«

Erstaunt blickte Angelique den Jungen an. »Wer hat das Gleiche geträumt? Du und dein Papa?«

»Nein, Jessi und ich. Total komisch. Ich hab heute Nacht geträumt, dass wir unbedingt auf den Weihnachtsmarkt gehen sollen, und als wir heute Morgen gefrühstückt haben, hat Jessi gesagt, dass sie das auch geträumt hat. Ist doch so, Jessi?« Joel drehte sich zu seiner Schwester um, die daraufhin nickte.

»Ja, voll gruselig. Aber der Weihnachtsmarkt sieht toll aus.«

*Hallo, hallo, das ist ja eine Freude. Schön, dich zu sehen, Angelique.* Oskar stupste Angelique mit seiner feuchten Nase an und wedelte freundlich. *Jetzt kapiere ich auch, warum wir unbedingt herkommen mussten. Dahinten sehe ich Elf-Siebzehn bei diesem bunten Ding, das sich immer im Kreis dreht. Da steckt ganz bestimmt er dahinter.*

»Hallo, Oskar. Geht's dir gut?« Angelique tätschelte den Hund am Kopf, blickte dabei aber zu Patrick auf, der inzwischen vor ihr stand und sie fragend musterte. »Guten Tag, Patrick. Musstest du dich der Mehrheit beugen?«

»Von ›beugen‹ kann nicht die Rede sein. Ich mag unseren Weihnachtsmarkt. Warum hatte es dein Bruder denn plötzlich so eilig?«

Sie hüstelte. »Frag lieber nicht.«

»Warum nicht?«

Sie ging sicherheitshalber nicht darauf ein, sondern wandte sich wieder an die Kinder. »Wollt ihr Weihnachtsgeschenke kaufen? Deshalb bin ich jedenfalls hergekommen. Vielleicht könnt ihr mir ja helfen.«

»Klar.« Joel blickte zu seinem Vater auf. »Können wir doch, oder?« Dann wandte er sich wieder Angelique zu. »Für wen sollen die Geschenke denn sein?«

»Für eure Oma Margit und euren Opa Hans zum Beispiel und für eure Tanten und Onkel Justus und Laura …«

»Für die ganze Familie?« Jessica machte große Augen. »Das sind aber viele.«

»Für uns auch?« Joel klimperte erwartungsvoll mit den Wimpern.

Angelique lachte. »Wart ihr denn brav?«

»Ja, total! Ich jedenfalls schon, aber ich glaube, Jessi auch.« Die Miene des Jungen war jetzt ganz ernst und treuherzig.

»Dann müsst ihr abwarten, ob der Weihnachtsmann das auch so sieht.«

»Ach menno.« Joel grinste. »Das ist gemein. Aber ich habe einen Wunschzettel an den Weihnachtsmann geschrieben.«

»Echt?« Jessica blickte ihren Bruder spöttisch von der Seite an. »Du bist doch kein Baby mehr!«

»Als Baby konnte ich noch gar nicht schreiben.«

»Den Weihnachtsmann gibt es gar nicht. Das ist bloß ein Märchen mit Elfen und Rentieren und allem.«

*Moment mal, wenn ich mich da mal einmischen darf: Den Weihnachtsmann gibt es sehr wohl. Gut, ich habe ihn selbst noch nicht getroffen, aber Elf-Siebzehn schon – und der gehört doch zu den Weihnachtselfen. Und wenn es die Elfen gibt, dann den Weihnachtsmann doch wohl auch. Oder? Wuff?*

»Hast du das gehört? Sogar Oskar sagt, dass das nicht stimmt.« Triumphierend reckte Joel das Kinn. »Du glaubst vielleicht nicht mehr dran, aber ich schon. Und wenn man an etwas glaubt, dann kann es auch wahr sein. Ist doch so?« Fragend blickte er von Patrick zu Angelique.

»Natürlich ist das so.« Angelique nickte ihm zu. »Ich glaube auch ganz fest daran, dass es den Weihnachtsmann gibt. Was hast du dir denn von ihm gewünscht?«

»Sag ich nicht.« Joel schielte erneut zu seinem Vater. »Weil es nämlich nicht in Erfüllung geht, wenn man es vorher verrät.«

Patrick lachte. »Ich dachte, das wäre nur bei Sternschnuppen und Pusteblumen so.«

»Beim Weihnachtsmann auch.« Mit gewichtiger Miene nickte Joel zu seinen Worten.

»Na, dann musst du dein Geheimnis gut für dich behalten.« Angelique lächelte ihm zu und wandte sich dann an Patrick. »Ich will euch nicht aufhalten, wenn du etwas anderes geplant hast. Das mit den Geschenken war nur so eine spontane Idee.«

»Von mir aus können wir zusammen nach Geschenken

suchen.« Patrick musterte sie von Kopf bis Fuß. »Wie lange bist du schon hier?«

»Über eine Stunde.«

Seine Augenbrauen hoben sich leicht. »Und du hast noch nicht zehn Tüten voller Sachen gekauft?«

Sie räusperte sich. »Nicht wirklich.«

»Sag bloß, dir fällt nichts ein.« Ein schalkhafter Ausdruck trat in seine Augen. »Ich dachte, du bist ganz wild auf Weihnachtseinkäufe.«

»Bin ich ja auch.« Sie hob verlegen die Schultern. »Wenn ich die Menschen, die ich beschenken will, etwas besser kenne. Bei Laura und Justus habe ich es auf etwas Hübsches aus Glas eingekreist. Lauras Geschmack kenne ich, und wahrscheinlich ist es am einfachsten, den beiden etwas zusammen zu schenken. Dahinten auf der anderen Seite des Platzes steht das Zelt einer Glaskünstlerin, das sehr vielversprechend aussieht. Aber was deine Eltern und Schwestern und deine Tante angeht … und deine Großeltern … Da bin ich noch ein bisschen ratlos.«

»Du weißt schon, dass du nicht allen etwas schenken musst, oder?« Er legte seinen Kindern jeweils eine Hand auf den Rücken und schob sie sanft vorwärts.

»Ich muss vielleicht nicht, aber ich möchte – das Thema hatten wir doch schon. Der gestrige Tag war einmalig schön.« Sie lächelte bei der Erinnerung. »Unglaublich anstrengend, aber schön … und lustig. Ich habe schon lange nicht mehr so viel gelacht.«

»Und gestritten.« Er grinste und sah damit seinem Sohn frappierend ähnlich.

»Ich dachte, ihr Sternbachs streitet nicht, sondern diskutiert. Ich habe mich lediglich an einigen dieser Diskussionen beteiligt.«

»Vor Ricarda musst du dich in Acht nehmen. Wenn sie in Fahrt gerät, wird es nicht selten laut und hässlich.«

Angelique lachte. »Das kommt ganz darauf an, was man als hässlich empfindet. Sie streitet, äh, diskutiert eben gerne.«

»Ich dachte ein paarmal, ich müsste mich dazwischenwerfen, damit ihr euch nicht sprichwörtlich in die Haare geratet.« Er verdrehte vielsagend die Augen. »Über Software.«

»Die ist für einen reibungsvollen Geschäftsablauf sehr wichtig«, erklärte sie.

»Und Horrorfilme.«

»Was denn? Stephen King ist nichts gegen die alten Hitchcock-Klassiker.« Sie kicherte. »Außerdem ist deine Zwillingsschwester eine verkappte Romantikerin.«

»Was? Ricarda?« Er hustete. »Lass sie das bloß niemals hören.«

»Also weißt du es auch schon.«

»Sie ist meine Zwillingsschwester. Ich weiß alles von ihr.«

»Auch dass sie mal unglücklich verliebt war?«

Verdutzt starrte Patrick sie an. »Wie kommst du denn darauf? Ricarda war noch nie verliebt. Nicht so richtig jedenfalls. Als Teenager vielleicht mal verknallt, aber sonst … Sie ist viel zu abgeklärt.«

»Sie tut so, als wäre sie es.«

»Wie kommst du darauf?«

»Ja, woher weißt du das?« Joel und Jessica blickten ebenfalls neugierig zu ihr auf.

Angelique lächelte. »Intuition. Ihr seid beide Sternzeichen Stier. Sie trägt aber einen Löwe-Anhänger an ihrer Halskette.«

Patrick lachte. »Den hat sie schon ewig. Seit der Schulzeit, um genau zu sein. Aber nicht von einer heimlichen Liebe, sondern von einem unserer besten Kumpel. Frank. Er ist nach dem Abitur ins Ausland gegangen und inzwischen Anwalt und kommt alle paar Jahre zu Besuch. Sie hat ihm die Kette mit dem Anhänger mal im Freibad bei einem ziemlich heftigen Wasserballspiel zerrissen, und er hat ihr den Anhänger daraufhin geschenkt. Da waren wir vierzehn oder so.«

»Ah ja.« Angelique blickte ihn vielsagend an, woraufhin Patrick prustete.

»Vergiss es, das ist lächerlich. Die beiden hatten noch nie was miteinander. Außer Freundschaft. Ricarda ist auch gar nicht der Typ für so was.«

»Sich zu verlieben?«

Er runzelte die Stirn. »Nein, jemandem so lange hinterherzutrauern. Sie würde dir als Erstes erklären, wie irrational das ist.«

»Liebe ist manchmal irrational.« Angeliques Herz holperte schon wieder, als sich ihre Blicke trafen und kurz verhakten. »Und ich habe nicht gesagt, dass sie ihm hinterhertrauert oder noch immer verliebt ist. Aber eine Frau trägt nicht ohne Grund den Anhänger eines Mannes über viele Jahre oder Jahrzehnte an einer Kette.«

»Kann sein, aber das hier ist Blödsinn. Frank und Ricarda? Sie würde sich kaputtlachen, wenn sie das hören würde.«

»Na gut, dann habe ich mich vielleicht getäuscht«, gab sie nach.

»Nicht nur vielleicht, sondern ganz sicher.«

»Also ist Ricarda nicht heimlich verliebt?« Enttäuscht schob Jessica die Unterlippe vor.

»Nein.« Patrick schüttelte den Kopf. »Und falls doch, fresse ich einen Besen samt Putzfrau.«

»Schade.« Das Mädchen hob den Kopf und lächelte wieder. »Und was jetzt? Helfen wir Angelique beim Geschenkekaufen?«

Patrick schmunzelte. »Uns wird wohl nichts anderes übrig bleiben, wenn wir nicht wollen, dass sie lauter Tinnef anschleppt, den niemand brauchen kann.«

»Also … Hallo?« Entrüstet stemmte Angelique die Hände in die Seiten. »Ich habe noch nie Tinnef verschenkt!«

»Gut, dann fängst du mit unserer Hilfe auch dieses Jahr nicht damit an.« Patrick bedeutete ihr mit einer Handbewegung, ihm zu folgen. »Mir nach.«

»Warte mal, da geht es zu den Imbissständen!«

»Exakt.« Er warf ihr über die Schulter einen vielsagenden Blick zu. »Ich habe Hunger. Auf leeren Magen kauft man keine Geschenke. Also gibt es erst mal was zwischen die Kiemen.«

»Au ja, ich will Fritten und Currywurst!«, rief Joel begeistert.

»Und ich Reibekuchen«, fügte Jessica hinzu. »Und eine Bratwurst für Oskar.«

*Oh, was höre ich da? Bratwurst?* Erfreut hob Oskar den Kopf und wedelte eifrig mit der Rute. *Nach dem ganzen Gerede über Geschenke und Verliebte endlich etwas, was mich wirklich interessiert.*

Jessica kicherte, als der Hund mit hocherhobener Nase lostrabte, direkt auf den nächstgelegenen Bratwurststand zu. »Seht ihr, Oskar hat auch Hunger.«

*Auf Bratwurst immer!*

***

»Soll ich dir nicht doch beim Tragen helfen?« Auffordernd streckte Patrick etwa zwei Stunden später seine Hand aus und deutete auf eine der beiden großen Papptaschen, in denen Angelique ihre Beute, wie sie es nannte, verstaut hatte. »Die Leute starren uns schon ganz komisch an, weil du die Einkäufe trägst und nicht ich.«

»So ein Unsinn.« Angelique lachte, reichte ihm aber eine der Tüten. »In welchem Jahrhundert leben wir denn?«

»In einem, in dem es immer noch als höflich angesehen wird, wenn der Mann der Frau die Tür aufhält und sich als Packesel missbrauchen lässt.«

»Tatsächlich?«

»In der Hinsicht wurde ich altmodisch erzogen.« Er grinste schief. »Allerdings nur in dieser Hinsicht.«

»Habe ich ein Glück. Also gut, dann habe ich ja wieder eine Hand frei, um noch mehr einzukaufen.« Sie deutete auf das Zelt der Glaskünstlerin. »Hier finde ich garantiert das Richtige für Laura und Justus. Danke übrigens, dass du mir so viele Tipps gegeben hast, damit ich für deine Eltern und Schwestern das Richtige finden konnte. Es gibt nicht viele Männer, die so detailliert Informationen über ihre Familie aufzählen können, gerade im Hinblick auf mögliche Geschenke.«

»Ich weiß nicht, ob ich jetzt geschmeichelt oder wegen der generellen Verdammung der männlichen Fähigkeiten beleidigt sein soll.« Lachend folgte er ihr ins Zelt, dicht gefolgt von den Zwillingen und Oskar. Als Patrick die vielen filigranen Ausstellungsstücke sah, hielt er die Kinder rasch zurück. »Wisst ihr was? Warum wartet ihr nicht draußen? Nicht dass Oskar noch versehentlich etwas umwirft oder sonst wie kaputt macht.«

Joel nickte erfreut. »Ja, cool, komm, Jessi, wir gehen wieder raus. Hier drinnen ist es doch viel zu langweilig.«

»Können wir rüber zum Karussell gehen?« Vage deutete Jessica hinter sich in die Richtung, in der das altmodische Fahrgeschäft mit den Holzpferden, Kutschen und Gondeln stand. »Da läuft immer die schönste Musik, und vielleicht sind auch welche aus unserer Klasse dort.«

Patrick blickte erst auf seine Armbanduhr, dann einmal über den Platz. Es war inzwischen dunkel geworden, jedoch immer noch sehr voll. Da er selbst als Jugendlicher oft allein auf dem Weihnachtsmarkt gewesen war und sehr viele der Menschen ringsum kannte, machte er sich nicht allzu große Sorgen um die Zwillinge. »Also gut, aber achtet auf eure Handys, bleibt immer zusammen, und geht wirklich nur bis zum Karussell. Nirgendwo sonst hin. Wir brauchen hier bestimmt nicht länger als eine Viertelstunde oder so.«

»Klar. Bis nachher!«

*Wuff. Hier ist es wirklich langweilig. Da draußen macht es mehr Spaß. Und ich passe schon auf die beiden auf. Ehrensache.*

Angelique blickte den Kindern und Oskar schmunzelnd nach. »Ich staune, dass die zwei nicht schon früher die Krise gekriegt haben. So viele Sachen auszusuchen und selbst nichts zu bekommen. Für Kinder ist das bestimmt schrecklich öde. Obwohl Joel mit den Handyhüllen für deine Großeltern wirkliche eine gute Idee hatte. Er ist ein sehr einfühlsamer und kreativer Junge.«

»Das ist er.« Patrick lächelte leicht.

»Wahrscheinlich hat er diese Eigenschaften von seinem Vater geerbt.«

»Du nennst mich einfühlsam?« Er hüstelte verlegen.

»Kreativ auf jeden Fall. Und wenn du dich dazu durchringst, bist du auch kein ungehobelter Klotz.« Angelique sah sich im Zelt um. »Schau mal, die Fensterbilder dort hinten sind wunderschön.« Schon strebte sie in die hintere linke Ecke des Zeltes, sodass er gezwungen war, ihr zu folgen, wenn er sich weiter mit ihr unterhalten wollte.

»Kreativ, okay. Damit kann ich leben.« Er hatte sich selbst nie Gedanken darüber gemacht, ob er sich selbst auch als einfühlsam bezeichnen würde. Sein Sohn war es ganz sicher.

»Was ist so schlimm an einfühlsam?« Eingehend betrachtete Angelique ein Fensterbild nach dem anderen. Alle waren aus verschiedenfarbigen Glasplättchen zusammengesetzt und zeigten weihnachtliche Motive, aber auch ein paar, die man rund ums Jahr aufhängen konnte.

»Daran ist gar nichts schlimm.« Vorsichtig berührte er mit dem Zeigefinger eines der Bilder, das eine Vogelfamilie zeigte. »Ich halte mich nur selbst nicht dafür. Zumindest ist es mir nie aufgefallen.« Er hielt kurz inne. »Ich war früher eher so wie Jessica.«

»Sie ist eine kleine Rebellin, aber mit einem weichen Herzen und einem Hang zur Romantik.« Angelique drehte sich zu ihm um. »Wie viele dieser Eigenschaften stecken in dir?«

»Als Romantiker würde ich mich nicht gerade bezeichnen.«

»Wirklich nicht?« Ihr Blick ruhte so intensiv auf ihm, dass sich in seinem Inneren etwas verknäuelte. »Dafür beobachtest du die Menschen, die dir nahestehen, aber ziemlich gut und weißt vieles über sie, was dich in die Lage versetzt, unauffällige, aber trotzdem romantische Gesten anzubringen. Wie diese hübschen Bilderalben, die ich auf deinen Tipp hin für deine Eltern gekauft habe. Glaubst du, ich wüsste nicht, dass du vorhast, ihnen zu Weihnachten eine kleine Reise oder einen Städtetrip oder so etwas zu schenken? Und dass sie die Fotos, die sie dort machen, in die Alben einkleben können?«

Verblüfft starrte er sie an. »Kannst du jetzt auch noch Gedanken lesen?«

»Nein.« Lachend wandte sie sich wieder den Fensterbildern zu. »Mir ist nur neulich der Browserverlauf deines Computers aufgefallen, als ich die neuen Sicherheitsupdates aufgespielt habe. Da ich nicht glaube, dass du selbst einen Kurztrip planst, war es naheliegend, dass du ein Geschenk für jemanden suchst. Der Tipp mit den Alben hat mich dann auf die richtige Spur geführt, wie du siehst. Alles nur eine Frage der richtigen Kombination. Auch etwas, was eine gute Assistentin perfekt beherrschen sollte.« Sie zwinkerte ihm über die Schulter zu. »Ich finde die Idee zauberhaft. Margit hat mir erzählt, dass sie echte Fotos nach wie vor am liebsten mag und immer noch regelmäßig Alben mit Familienfotos füllt, die ihr für sie ausdrucken müsst.« Sie seufzte verhalten. »Verdammt. Auf die Idee mit den Fotoalben hätte ich demnach selbst kommen müssen.« Sie wandte sich an die junge Künstlerin, die in wenigen Schritten Entfernung wartete. »Würden Sie mir dieses hier bitte einpacken?« Sie warf einen raschen Blick auf das Preisschild, hüstelte und lachte dann. »Laura wird mich lieben.«

Patrick grinste. »Oder verfluchen, wenn das Ding mal runterfällt und kaputtgeht.«

»Dann fluche eher ich.«

»Das Fensterbild hat einen besonders stabilen Haken und eine Kette aus echtem Silber.« Die Künstlerin lächelte ihnen freundlich zu. »Wenn der Haken sicher befestigt wird, kann so leicht nichts mit dem Bild passieren. Werfen sollte man es allerdings besser nicht.«

»Ich glaube, da besteht bei Laura und Justus keine Gefahr.« Angelique schmunzelte in Patricks Richtung. »Oder hat sie schon mal etwas nach deinem Bruder geworfen?«

»Nicht dass ich wüsste.« Er lächelte zurück. »Laura ist auch eher nicht der Typ für solche rabiaten Aktionen. Das würde ich dir schon eher zutrauen.«

»Mir?« Angelique machte große Augen.

»Du hast schon mal ein zerknülltes Blatt Papier nach mir geworfen.«

»Nur weil du deine Ablagen total durcheinandergebracht hattest. Und das ist schon Wochen her. Außerdem war es nur Papier. Kein Mann ist es wert, für ihn so ein Schätzchen zu zerstören.« Mit leuchtenden Augen sah Angelique dabei zu, wie die Künstlerin das Fensterbild in einem gepolsterten Karton verstaute und ihr schließlich in einer weiteren Papiertüte überreichte. »Wenn ich nicht jetzt schon fast meinen kompletten Bonus ausgegeben hätte, würde ich mir glatt auch so ein Fensterbild kaufen.« Sie ging noch einmal zu den Ausstellungsstücken zurück. »Das mit der Vogelfamilie ist herzallerliebst.« Entschlossen schüttelte sie den Kopf. »Nein, ich muss vernünftig sein. Außerdem fehlt mir auch noch ein Geschenk für dich.« Sie grinste. »Aber das kaufe ich ohne deine Hilfe.«

»Also weißt du schon, was du mir schenken willst?« Patrick warf selbst noch einen kurzen Blick auf das Fensterbild und folgte Angelique dann zum Zeltausgang.

»Das ist und bleibt geheim.« In ihren Augen funkelte es so

unwiderstehlich, dass er versucht war, sie an sich zu ziehen und zu küssen. Allein der Gedanke erschreckte ihn, hatte er doch gedacht, sich inzwischen vollständig unter Kontrolle zu haben, sah man mal von seinem Herzschlag ab, der in Angeliques unmittelbarer Nähe stets ein wenig aus dem Tritt geriet. Und noch mehr, wenn sie ihn so ansah wie jetzt gerade. Deshalb konnte er auch nicht widerstehen, auf ihren flirtenden Tonfall einzugehen.

»Da wäre ich mir an deiner Stelle nicht so sicher.« Er trat einen Schritt auf sie zu. »Ich bin ziemlich gut darin, Leute dazu zu bewegen, ihre Geheimnisse auszuplaudern.«

»Ach, wirklich?« Ihr Lächeln wurde eine Spur hinterhältig. »Und wie willst du das anstellen?«

Er setzte sein selbstgefälligstes Grinsen auf. »Ich habe da so meine Methoden.«

Das Funkeln in ihren Augen verwandelte sich in ein herausforderndes Blitzen. »Tatsächlich. Dann bin ich ja vollkommen sicher vor dir.«

Irritiert runzelte er die Stirn. »Warum das?«

»Weil«, diesmal trat sie einen Schritt auf ihn zu, »diese Methoden ganz sicher nur funktionieren, wenn wir irgendwo allein wären. Ohne Publikum.« Vielsagend blickte sie sich auf dem Weihnachtsmarkt um, auf dem es nach wie vor von Menschen aller Altersstufen und Nationalitäten wimmelte. »Und wir wissen beide, dass du eine solche Situation meiden wirst wie der Teufel das Weihwasser. Ergo bin ich vollkommen sicher vor deinen ›Methoden‹.« Das letzte Wort unterstrich sie mit in die Luft gemalten Anführungsstrichen, wozu sie allerdings ihre beiden Tüten mit anheben musste. Glucksend ließ sie sie wieder sinken.

Er wusste genau, dass es gefährlich war, auf diese offensichtliche Provokation einzugehen, doch er konnte nicht anders. Mit einem weiteren Schritt stand er dicht vor ihr und brachte seinen Mund so nah an ihren, dass sie verblüfft die

Augen aufriss. »Sei dir nicht zu sicher. Nicht dass ich dich doch mal erwische, unbeobachtet oder nicht.« Für einen langen Moment verharrten sie so, bis in ihm das Bedürfnis, sie zu küssen, überhandnahm. Rasch trat er wieder einen Schritt zurück und tat, als sei nichts geschehen. »Wir sollten mal nach meinem Nachwuchs sehen. Nicht dass die zwei noch irgendetwas aushecken.«

***

»Guck mal, guck mal, guck mal!« Aufgeregt stieß Jessica ihren Bruder mit dem Ellenbogen an und deutete zum Zelt der Glaskünstlerin.

»Was ist denn?« Joel, der neben ihr auf den Stufen vor dem Karussell saß und gerade mit Oskar geschmust hatte, hob verwundert den Kopf.

»Da!« Jessica deutete erneut in Richtung des Zeltes. »Papa und Angelique!«

»Wo denn?« Neugierig ließ Joel seinen Blick über die Menschen gleiten, dann stutzte er. »Oh. Boah.«

»Die küssen sich gleich.« Die Stimme seiner Schwester quietschte ein wenig.

»Nein, tun sie nicht.« Gebannt starrte Joel auf seinen Vater und Angelique. »Oder doch?«

»Ja, doch, jetzt!« Jessica ergriff vor Aufregung seine Hand, seufzte im nächsten Moment aber enttäuscht. »Och. Mist. Doch nicht. Aber fast!« Mit großen Augen wandte sie sich Joel zu. »Ob die beiden ineinander verliebt sind?«

»Weiß ich doch nicht.« Joel hob die Schultern. »Sah aber irgendwie so aus.«

»Wer ist verliebt? Doch nicht etwa ihr beide, oder?« Der grauhaarige Besitzer des Karussells, auf dessen Namensschild *Klaus* stand, setzte sich neben ihnen auf die Stufen. »Einen hübschen Hund habt ihr da. Wie heißt er denn?«

»Das ist Oskar.« Aufmerksam musterte Joel den Mann, der bestimmt schon so alt war wie sein Opa Hans, also über sechzig. Er wirkte sympathisch.

»Hallo, Oskar.« Klaus hielt dem Hund seine Hand hin, damit er sie beschnüffeln konnte.

*Hallo. Nett, dich kennenzulernen. Du riechst gut und scheinst nett zu sein. Also mag ich dich.* Mit einem freundlichen Schwanzwedeln und einem Hecheln, das wie ein Lächeln aussah, begrüßte Oskar den Mann.

Klaus streichelte ihn kurz und wandte sich wieder den Zwillingen zu. »Und wie heißt ihr beide?«

»Ich bin Joel, und das ist meine Schwester Jessica.«

»Zwillingsschwester«, fügte Jessica hinzu. »Ich bin die Ältere.«

»Aha.« Klaus nickte ihnen lächelnd zu. »Es freut mich, eure Bekanntschaft zu machen. »Seid ihr ganz allein hier?«

»Nein, mit Papa und Angelique.« Joel deutete auf seinen Vater, der zusammen mit Angelique immer noch vor dem Zelt stand, weil dort ein anderes Paar aufgetaucht war, mit dem sie sich unterhielten.

»Wir haben Angelique geholfen, Geschenke auszusuchen«, erklärte Jessica. »Aber dann sind sie und Papa in das Glaszelt rein, und da sind wir nicht mit, weil Oskar sonst vielleicht was kaputt macht.«

»Hier beim Karussell ist es außerdem viel lustiger«, fügte Joel hinzu.

»Das freut mich zu hören.« Klaus blickte kurz zu Patrick und Angelique hinüber und runzelte die Stirn. »Patrick Sternbach ist euer Vater? Na, so was! Dann weiß ich jetzt, wer ihr seid. Euren Vater kenne ich schon ziemlich lange. Schon seit er ungefähr in eurem Alter war. Vielleicht ein bisschen älter. Ich habe gehört, dass ihr jetzt bei ihm lebt.« Er wurde ernst. »Tut mir sehr leid, das mit eurer Mutter.«

»Ja.« Joel ließ für einen kurzen Moment den Kopf hängen,

hob ihn aber gleich wieder. »Aber jetzt hat Papa ja Angelique.«

»Hat er gar nicht.« Jessica schüttelte den Kopf. »Sie haben sich nicht geküsst.«

»Aber fast.«

Klaus warf einen weiteren Blick hinüber zum Zelt. »Ist Angelique die Freundin eures Vaters?«

»Nein, sie arbeitet in seiner Firma. Als Assistentin.« Jessica blickte ebenfalls zu ihrem Vater.

»Und er hat sie eben geküsst?«

»Nee.« Joel schüttelte den Kopf. »Nur fast. Es sah jedenfalls so aus.«

Klaus musterte erst Joel, dann Jessica aufmerksam. »Würdet ihr euch denn darüber freuen, wenn euer Vater diese Angelique küsst?«

»Klar.« Joel grinste breit. »Angelique ist toll.«

»Aber sie streiten sich oft«, gab Jessica zu bedenken.

»Nur wenn Papa nicht macht, was Angelique sagt.« Joel kicherte und erklärte: »Sie hat nämlich alles in Papas Firma umgestellt und schimpft immer mit ihm, wenn er sich nicht an ihre neuen Regeln hält.«

»Aha.« Klaus schmunzelte. »Ihr mögt also Angelique sehr und glaubt, die beiden hätten sich eben fast geküsst.«

»Sah so aus«, bestätigte Joel erneut mit einem Nicken. »Aber dann war doch nichts.«

»Sollen wir vielleicht ein bisschen nachhelfen, um zu sehen, ob sie sich nicht doch noch küssen?« Bedeutungsvoll senkte Klaus seine Stimme, als die Kinder neugierig die Köpfe hoben. »Wie gesagt, ich kenne euren Vater schon ziemlich lange und würde mich freuen, wenn er eine nette Frau findet.«

»Und wie sollen wir das machen, dass sie sich küssen?« Skeptisch legte Jessica den Kopf schräg und zog die Augenbrauen zusammen. »Das geht doch nicht einfach so.«

»Von ›einfach‹ war ja nicht die Rede, junge Dame.« Klaus zwinkerte ihr zu. »Ich habe da eine Idee.« Er blickte auf die altmodische Uhr über seinem Schaltpult. »Und die Zeit ist auch richtig dafür.«

»Wofür denn?« Erwartungsvoll hingen beide Kinder an seinen Lippen.

Er senkte die Stimme noch weiter zu einem verschwörerischen Raunen. »Na, für meinen Plan. Hört mal gut zu …« Mit wenigen Worten erklärte er ihnen, was er vorhatte.

Jessicas Miene blieb weiterhin skeptisch. »Das funktioniert doch nie!«

»Warum denn nicht?« Joel war deutlich zuversichtlicher. »Ich finde die Idee cool.«

»Papa macht da nicht mit.«

Klaus lächelte. »Ihr müsst ihn nur mit den richtigen Worten überreden. Das hat schon bei ganz anderen funktioniert.«

»Echt?« Mit einer Mischung aus Ungläubigkeit und Hoffnung sah Jessica ihn an. »Sie denken sich das nicht aus?«

Klaus lachte. »Schaut mal auf die ganzen Fotos, die rund um mein Schaltpult hängen. Da sind sehr viele von Paaren dabei, bei denen es sehr wohl funktioniert hat. Also, was ist? Macht ihr mit?«

»Ich ja.« Joel sprang unternehmungslustig auf.

*Oh, was ist jetzt? Gehen wir wieder los? Ach, doch nicht?* Auch Oskar hatte sich erhoben und blickte neugierig von einem zum anderen. *Worauf warten wir denn?*

»Na gut.« Jessica stand ebenfalls auf. »Wenn Sie versprechen, dass das klappt.«

»Versprechen kann ich es nicht, aber es ist auf jeden Fall einen Versuch wert.«

»Pssst!« Joel legte den Zeigefinger an die Lippen. »Sie kommen her.«

***

»Ich bin noch ganz geflasht.« Sichtlich beeindruckt warf Angelique einen Blick über die Schulter auf das Paar, das sich in entgegengesetzter Richtung entfernte. »Das ist also die berühmte Elena Gante. Ich habe Klamotten von ihr im Wert von mehreren Monatslöhnen in meinem Schrank hängen.«

»Im wahren Leben heißt sie Elena Kilian.« Patrick lachte leise. »Steffen ist mit Justus in eine Klasse gegangen, und sie sind immer noch ganz gut befreundet. Schade, dass sie ihre Kleine nicht mit dabeihaben. Finja-Marie ist ein richtiges Zuckerstück. Jan und Sabrina, Steffens ältere Kinder, müsstest du schon mal an der Schule oder im Sportverein gesehen haben.«

»Kann sein, aber wenn, dann nicht bewusst. Laura hat mir zwar erzählt, dass sie sich hin und wieder mit Elena trifft, aber es ist doch etwas anderes, so einer Berühmtheit dann Auge in Auge gegenüberzustehen.«

»Berühmtheit?« Erheitert winkte Patrick ab. »Sie würde sich selbst bestimmt nicht so bezeichnen. Nicht mehr jedenfalls. Seit sie mit Steffen verheiratet ist, taucht sie in der Klatschpresse so gut wie gar nicht mehr auf.«

»Wenn man so mit ihr spricht, kann man sich auch kaum vorstellen, dass sie mal eine Skandalnudel gewesen sein soll.« Angelique lächelte. »Dazu wirkt sie viel zu nett und zu bodenständig. Aber beeindruckend ist es schon, dass sie ein eigenes Klamottenlabel besitzt und eine Multimillionen-Euro-Firma.«

»Sie ist eine sehr gute Geschäftsfrau, das steht fest.« Patrick blieb stehen, als die Zwillinge mit Oskar auf sie zugerannt kamen. »Na, ihr beiden, was habt ihr es denn so eilig?«

*Das wüsste ich auch mal gerne. Erst sitzen wir ewig am Karussell herum, und jetzt sausen wir plötzlich zu euch, als sei ein Bösewicht hinter uns her. Dabei lungert dahinten immer noch Elf-Siebzehn herum, und ich hätte ihn gerne gefragt, was er vorhat.*

»Nichts.« – »Gar nichts.« Die Zwillinge hatten gleichzeitig gesprochen und kicherten so verdächtig, dass Patrick Böses schwante.

»Na gut, raus mit der Sprache.« Streng blickte er von Jessica zu Joel. »Was habt ihr angestellt?«

»Echt nichts.« Treuherzig blickte Joel ihn an und hielt ihm dann zwei dunkelrote Kärtchen hin. »Hier. Haben wir geschenkt bekommen.«

»Geschenkt?« Skeptisch nahm Patrick die Karten entgegen und musterte sie eingehend. »Das sind Fahrkarten für das Karussell. Zweimal drei Fahrten. Wie seid ihr denn dazu gekommen? Und seid ihr nicht schon ein bisschen zu alt für das Karussell?«

»Die sind ja auch nicht für uns, sondern für euch.« Jessica deutete hinter sich. »Klaus hat gesagt, er verschenkt abends immer mal welche an Leute, weil er dann so besondere Runden fährt, für Verl… äh, halt so für Erwachsene.«

»Ach ja?« Patrick hatte natürlich schon von dieser neuen Geschäftsidee gehört, die Klaus seit einigen Jahren erfolgreich umsetzte. Und den Versprecher seiner Tochter hatte er ebenfalls ganz genau gehört.

Angelique offenbar ebenfalls, denn sie grinste ihn vielsagend an. »Aus der Falle kommst du so leicht nicht mehr heraus.«

Jessica machte große Augen. »Was denn für eine Falle?«

»Fahrt ihr denn jetzt mit?« Ungeduldig wippte Joel auf den Zehenspitzen auf und ab.

Angelique schnappte sich eine der Karten. »Also ich hätte schon Lust. Ich liebe solche alten Karussells, und das hier sieht aus, als wären die Gondeln richtig gemütlich.«

Patrick verdrehte die Augen. »Das ist ein alberner Werbetrick von Klaus. Er brüstet sich damit, auf dem Karussell schon Ehen gestiftet zu haben.«

»Und nicht zu Unrecht, junger Mann.« Hinter ihnen war

Klaus aufgetaucht und lächelte leutselig in die Runde. »Mein altes Mädchen hat magische Kräfte.« Er warf dem Karussell einen liebevollen Blick zu. »Aber ganz abgesehen davon musst du ja nicht gleich dein Jawort geben, wenn du mal eine Runde mitfährst. Sieh es doch als netten Spaß an. Du warst schon zu alt, um mit dem Karussell zu fahren, als Hans und Margit dich und deine Schwester adoptiert haben, also hattest du nie das Vergnügen, die entsprechenden Kindheitserinnerungen zu erschaffen. Die meisten Leute hier in der Stadt denken gerne an die Zeit zurück, als sie als kleine Stöpsel auf meinem Mädchen ihre Runden gedreht haben. Warum probierst du es also nicht mal als Erwachsener aus? Schau, Elena und Steffen fahren bei der nächsten Runde auch mit.« Er deutete auf das Paar, mit dem Patrick und Angelique vorhin noch geredet hatten. »Und das da drüben sind Hannah und Leon, die kommen schon seit vielen Jahren mindestens einmal im Advent, um mitzufahren. Und da sind auch Annalena und Christian. Annalena müsstest du noch kennen, oder? Wart ihr nicht in einem Jahrgang?«

Patrick verzog das Gesicht. »Du scheinst ja einfach jeden hier zu kennen.«

Klaus lachte. »Du würdest dich wundern! Schau, da sind auch Noah und Lidia. Mit den beiden war das auch so eine ganz romantische Sache damals. Ich erinnere mich noch genau daran, wie sie zum ersten Mal hier mitgefahren sind.«

»Komm schon, sei kein Frosch.« Angelique stieß ihn mit einem schalkhaften Lächeln an. »Ich verspreche auch hoch und heilig, dir keinen Heiratsantrag zu machen.«

»Ja, bitte, Papa.« Jessica zupfte an Patricks Mantel. »Wir fänden das total toll. Sonst fahren doch immer die Kinder, und die Eltern stehen hier und gucken zu. Und jetzt machen wir es umgekehrt. Einfach mal so.«

»Einfach mal so?« Patrick hatte das ungute Gefühl, dass die Sache alles andere als einfach werden würde. Und warum kam es ihm wohl so vor, als hätten sich seine Kinder mit Klaus verbündet?

»Nun mach schon mit.« Ehe er protestieren konnte, hatte Angelique ihre und seine Tüten neben den Kindern auf die Stufen gestellt, nahm ihn an der Hand und zog ihn unbarmherzig mit sich die Stufen hinauf zu den Gondeln.

Hinter sich hörte Patrick seine Kinder jubeln und Oskar freudig bellen. Da er sich nicht lächerlich machen wollte, beschloss er, gute Miene zum bösen Spiel zu machen, und ließ mit ergebener Miene Angelique eine rot und golden lackierte Gondel für zwei Personen aussuchen. Ehe er sich neben sie setzte, sah er nur zwei Gondeln weiter Elena und Steffen, die ihm grinsend zuwinkten. Noch eine Gondel weiter erkannte er Noah Silberberg, den Sozialarbeiter aus der städtischen Sozialstation, der ihn jedoch nicht beachtete, weil er gerade dabei war, seiner Frau einen innigen Kuss zu geben. Patrick hüstelte und nahm endlich Platz. »Dir ist schon klar, dass wir zwei Dreierkarten haben und jede Fahrt vier Minuten dauert?«

Angelique lachte nur. »Das sind zwölf Minuten deines Lebens. Du wirst es verkraften.« Sie rückte ein wenig auf dem Sitz der Gondel hin und her, bis er ungeduldig seufzte und ihr den Arm um die Schultern legte.

»Wennschon – dennschon«, murmelte er auf ihren überraschten Blick hin.

»Hier ist es wirklich ziemlich bequem.« Sie zögerte einen Moment und lehnte sich dann gegen ihn. Als in diesem Moment das Karussell mit einem Ruckeln anlief, wurde sie noch etwas fester gegen ihn gedrückt und lachte. »Wie passend.«

»Was meinst du?«

»Na, hör doch mal. Das ist *Frosty the Snowman*.« Sie kicherte. »Und dabei sind wir nicht mal in der Firma. Hoffentlich ergreifst du jetzt nicht die Flucht.«

»Ich habe nichts gegen das Lied an sich.« Er konnte ein

Schmunzeln nicht unterdrücken. »Nur gegen Plastikschneemänner, die es mit Blechstimme singen und dabei den Ententanz aufführen.«

»Da kann ich ja von Glück sagen, dass diese Version von Patti Page gesungen wird.«

»Du kennst dich ja offenbar gut aus.«

»Ich bin Weihnachtslied-Spezialistin. Hatte ich das noch nicht erwähnt?« Wieder gluckste sie. »Schau mal, wie begeistert deine Kinder sind.« Sie winkte den beiden zu, als das Karussell dicht an ihnen vorbeifuhr. »Sie haben das mit Absicht gemacht. Uns die Karten geschenkt, meine ich.«

»Ich weiß.« Er war nur ratlos, wie er nun damit umgehen sollte.

»Bist du ihnen böse?«

Er wandte ihr das Gesicht zu und erschrak ein wenig, weil sie sich so nah waren, dass er den violetten Schimmer in ihren Augen deutlich erkennen konnte. »Nein, bin ich nicht.«

»Auf mich?«

Er legte den Kopf schräg. »Sollte ich?«

»Keine Ahnung. Vielleicht wirst du es noch.«

»Aus welchem Grund?« Seine Stimme hatte ohne sein Zutun einen heiseren Ton angenommen. Unwillkürlich wanderte sein Blick hinab zu ihren Lippen, aber gleich wieder hinauf zu ihren Augen.

Sie lächelte immer noch leicht. »Genau deshalb.« Als wäre nichts geschehen, blickte sie sich um. »Das ist wirklich ein schöner Weihnachtsmarkt. Viel heimeliger als die Märkte in Köln.«

»Dieser Weihnachtsmarkt ist schon seit Jahrzehnten eine Institution.« Auch Patrick sah sich um und entspannte sich wieder ein wenig. Zumindest soweit es seine Hormone zuließen, die durch Angeliques Nähe in akute Alarmbereitschaft versetzt worden waren. »Die Stadt und der Gewerbeverein machen sich immer große Mühe damit, und sämtliche Vereine und ehrenamtlichen Institutionen beteiligen sich mit Ständen und beim Dekorieren.«

»Der Markt wirkt wie ein Treffpunkt für Jung und Alt.« Verträumt ließ Angelique ihren Blick schweifen. »Und seit ich hier bin, habe ich mindestens sechs verschiedene Sprachen gehört. Es kommt mir fast so vor, als wäre der Platz hier so eine Art Oase oder friedliche Insel, auf der alle Menschen glücklich und harmonisch miteinander feiern können. Die Probleme draußen in der großen weiten Welt sind hier wie weggewischt.«

»Weggewischt vielleicht nicht.« Patrick folgte ihrem Blick und betrachtete die Menschen, die Lichter, die bunten Weihnachtsdekorationen und fröhlichen Gesichter. »Aber sie verlieren hier für eine kurze Zeit an Bedeutung.« Genau wie seine Bedenken, die sich wie durch Zauberhand nach und nach zu verflüchtigen schienen und dem brennenden Wunsch, Angelique zu küssen, Platz machten.

In diesem Moment wechselte die Musik zu Leonard Cohens *Hallelujah*, und Patrick spürte, wie Angelique wohlig erschauerte.

»Ich liebe dieses Lied.« Ihr Kopf sank gegen seine Schulter. »Was meinst du, sollen wir ihnen den Gefallen tun?«

Patrick schluckte. »Was für einen Gefallen?«

Lächelnd drehte sie den Kopf, um zu ihm aufzusehen. »Was glaubst du denn, weshalb deine Kinder uns auf diese Karussellfahrt geschickt haben?« Ihr Gesichtsausdruck wurde ernst. »Wusstest du, dass Jessica Angst davor hat, die Fotos von ihrer Mutter in ihrem Zimmer aufzustellen, weil sie fürchtet, ich könnte mich davon bedroht fühlen?«

»Bedroht?« Vollkommen perplex starrte er sie an.

»Weil ich denken könnte, dass sie, also Jessica, etwas dagegen haben könnte, wenn du mit einer Frau zusammen bist.«

»Wegen Klarissa?« Verständnislos fuhr Patrick sich durchs

Haar. »Ich habe sie geheiratet, aber wir waren nie … Na ja, bis auf damals. Ich habe getan, was sie wollte … was notwendig war. Aber ich hätte nicht gedacht …« Ratlos brach er ab. »Wie kommt Jessica auf so etwas?«

»Sie möchte, dass du glücklich bist. So glücklich, wie sie und Joel es jetzt sind, hier bei dir. Sie hat eine raue Schale, aber darunter verbirgt sich ein sehr empfindsames und verletzliches Mädchen.«

»Das hat sie dir alles anvertraut?«

Angelique nickte, schüttelte aber gleich darauf den Kopf. »Einiges, nicht alles. Vieles schließe ich auch einfach aus ihrem Verhalten. Ich habe ihr gesagt, dass du eine Frau, die sich an den Fotos ihrer Mutter stört, sowieso nicht haben wollen würdest. Das hat sie ein bisschen beruhigt.«

»Aha.« Nachdenklich warf er einen Blick zu der Stelle, an der die Zwillinge standen. Joel hatte sich neben Oskar gehockt und kraulte ihn hinter den Ohren. Jessica tat, als blicke sie nur ganz allgemein auf das Karussell, doch er hatte den Eindruck, als beobachtete sie eine einzige Gondel ganz genau. »Und jetzt will sie …«

»Dass wir uns küssen.« Mit einem leisen Lachen legte Angelique ihren Kopf wieder gegen seine Schulter. »Darüber würden sich beide freuen, schätze ich.« Sie hielt kurz inne. »Ich übrigens auch.«

»Du auch.« Seine Kehle verengte sich. »Angelique … Das klingt alles so einfach …«

»Es ist nur ein Kuss.«

»Nein, ist es nicht.«

»Was denn sonst?« Erneut drehte sie den Kopf, um zu ihm aufzublicken.

»Du weißt genau, dass es mehr wäre.« Alles Schlucken half nicht gegen das Krächzen in seiner Stimme und noch weniger gegen seinen wilden Herzschlag.

»Weiß ich das?« Ihre Augen verengten sich.

»Wir hatten Sex, verdammt noch mal.« Er hatte Mühe, den aufwallenden Ärger im Zaum zu halten. »Wie nennst du das denn?« Er schloss die Augen und schüttelte leicht den Kopf. »Ich kann das nicht.«

»Was? Mich küssen?« Ihre Stimme nahm einen herausfordernden Unterton an. »Ich würde eher vermuten, dass du es nicht willst.«

»Sagte ich das nicht eben?«

Sie verzog die Lippen zu einem fast unmerklichen Lächeln. »Nein, denn zwischen Können und Wollen liegen Welten.« Sie wandte sich ihm voll zu und näherte ihr Gesicht dem seinen. »Dass du es kannst, steht für mich außer Frage.« Als ihre Lippen nur noch wenige Fingerbreit voneinander entfernt waren, lächelte sie etwas deutlicher. »Ob du allerdings wirklich nicht willst, musst ganz allein du entscheiden.«

Er konnte ihren warmen, leicht unsteten Atem auf der Haut spüren und in ihren Augen erkennen, dass sie nicht so gelassen war, wie sie sich gab. Ohne darüber nachzudenken, hob er die rechte Hand und strich mit den Fingerspitzen über die Stelle an ihrem Hals, an der ihre Halsschlagader heftig pulsierte. Der Wunsch, Angelique zu spüren, zu schmecken, wurde übermächtig. Und dennoch wehrte er sich dagegen.

»Angelique, das wäre ein Fehler.«

»Woher willst du das wissen?« Ihre Stimme war nur ein warmer Hauch. Irgendwo im hintersten Winkel seines Bewusstseins nahm er wahr, dass die Musik erneut gewechselt hatte, diesmal zu Mariah Careys *All I Want for Christmas is you.* Anscheinend hatte sich sogar die Musik gegen ihn verschworen.

»Angelique …« Verzweifelt suchte er nach den richtigen Worten. »Ich bin … nicht … der Richtige für dich.«

»Solltest du diese Entscheidung nicht vielleicht mir überlassen?«

»Nein.«

Von seinem rauen Ton ließ sie sich nicht im Mindesten abschrecken. »Willst du mich nun küssen oder nicht?«

Selbstverständlich wollte er. »Du machst es mir nicht gerade leicht.« Langsam ließ er seine Hand in ihren Nacken gleiten und spürte, wie sie erschauerte.

Dann erstarrte sie. »Verdammter Mist!«

Irritiert ließ er von ihr ab und folgte ihrem Blick, den sie jetzt auf eine Stelle in der Nähe des Schaltpultes gerichtet hatte. »Was ist denn los?«

»Dieser … Verdammt noch mal.« Unwirsch zerrte sie an ihrem Schal und wirkte, als wollte sie mitten in der Fahrt aus der Gondel springen.

»Angelique! Was ist passiert?«

»Der Detektiv.« Sie ließ sich wieder in den Sitz zurückfallen. »Schau nicht so auffällig hin. Da vorn an dem Stand mit den Lebkuchenherzen. Und dieser Anwalt ist auch mit dabei.«

»Welcher Anwalt? Wollert?« Alarmiert suchte Patrick die Menschenmenge nach den beiden Gesichtern ab. Als er Wollert erblickte, presste er zornig die Lippen zusammen. Dann ballte er die Fäuste. »Was tut er da?«

»Er will Joel und Jessica ansprechen.« Angelique rutschte nervös auf dem Sitz der Gondel hin und her. »Wie lange fährt dieses Ding hier noch?«

Als hätte Klaus sie gehört, verlangsamte sich die Fahrt, und wenige Augenblicke später kam das Karussell zum Stehen. Patrick beeilte sich aufzustehen und wollte Angelique aus der Gondel helfen, doch da war sie bereits an ihm vorbei und eilte mit großen Schritten auf die Kinder und den Anwalt zu, der die beiden inzwischen tatsächlich angesprochen hatte. So schnell er konnte, folgte Patrick ihr.

# 15. Kapitel

»… ihr denn hier so spät noch ganz allein?«

Angelique kochte vor Wut, als sie die öligen Worte des Anwalts vernahm. Ehe Joel oder Jessica antworten konnten, drängte sie sich dazwischen und funkelte Wollert zornig an. »Wer hat denn behauptet, dass die beiden allein hier sind?«

Wollert machte einen Schritt rückwärts. »Frau Sahrmüller. Guten Abend.«

»Gut wird der Abend erst wieder, wenn Sie sich verzogen haben. Was fällt Ihnen ein, die Kinder einfach so anzusprechen?«

Wollert musterte sie herablassend. »Ich ging davon aus, dass die beiden sich hier ganz allein herumtreiben. In dem Alter ist das wohl schwerlich akzeptabel.«

»Sie sind aber nicht allein hier. Sie haben Oskar dabei.«

»Oskar?«

»Den Hund.« Sie verschränkt die Arme vor der Brust.

*Ja, genau. Wau. Ich passe auf die beiden Kinder auf. Was will dieser Mann denn überhaupt von uns? Der war doch neulich schon mal bei uns zu Besuch. An seinen Geruch erinnere ich mich ganz genau. Damals hat Angelique ihn auch schon nicht leiden können. Also mag ich ihn auch nicht. Knurr!*

»Hat das Biest mich etwa gerade angeknurrt?« Entsetzt starrte Wollert Oskar an.

*Und wie ich das habe! Soll ich noch mal? Kein Problem.*

»Nehmen Sie die Töle weg von mir! Ich warne Sie!«

»Brav, Oskar, sei lieb.« Jessica legte Oskar sanft eine Hand auf den Kopf.

»Passen Sie doch auf. Am Ende beißt er das Kind noch!« Entgeistert deutete Wollert auf Hund und Mädchen.

*Was? Wieso sollte ich denn Jessica beißen? Spinnt der Mann? So was würde ich nie tun.*

»So ein Unsinn!« Angelique löste ihre Arme wieder und legte Jessica eine Hand auf die Schulter. »Oskar tut niemandem etwas. Es sei denn, jemand vergreift sich an den Kindern. Dann kann ich für nichts garantieren.«

*Ich auch nicht. Doppelknurr.*

Wollert war einen weiteren Schritt zurückgewichen, behielt Oskar aber genau im Auge. »Für mich sah es so aus, als würden die Kinder allein auf dem Weihnachtsmarkt herumlungern. Um diese Uhrzeit.« Um seine Aussage zu unterstreichen, hielt er ihr seine Armbanduhr unter die Nase.

»Wir waren die ganze Zeit in der Nähe«, mischte Patrick sich ein.

»Ach ja?« Wollert maß ihn mit einem sarkastischen Blick. »Für mich sah das eher so aus, als hätten Sie sich knutschend mit Ihrer – wie war das noch? Assistentin? – auf diesem Ding da vergnügt.« Er deutete auf das Karussell.

»Aha.« Angelique stach fast mit dem Zeigefinger auf Wollert ein. »Also haben Sie sehr wohl gewusst, dass wir hier sind. Wissen Sie, wie man Leute wie Sie dort, wo ich herkomme, nennt?«

»Angelique.« Patrick griff nach ihrer Hand.

»Ist doch wahr!« Sie warf erst ihm einen erbosten Blick zu, dann erneut Wollert. »Was haben Sie hier zu suchen?« Sie drehte sich zu dem Stand mit den Lebkuchenherzen um und winkte den Privatdetektiv herbei. »Sie da, kommen Sie mal her. Wie lange schleichen Sie uns heute schon wieder nach?«

Der Detektiv war ein dunkelblonder, sehr hagerer Mann mit Schnauzbart und einer modischen Hornbrille. Mit einem fragenden Blick in Wollerts Richtung kam er näher. »Ich weiß nicht, was Sie meinen, gute Frau. Sie müssen mich mit jemandem verwechseln.«

»Also erstens bin ich keine gute Frau, sondern eine wütende.« Angelique musterte den Mann eingehend von Kopf bis Fuß. »Und zweitens brauchen Sie sich gar keine Ausflüchte auszudenken. Wir haben Sie neulich Abend schon vor dem Haus gesehen, und auch andere Mitglieder der Familie haben Sie bereits beim Herumlungern in ihrer Nähe erwischt.«

Patrick maß ihn mit unfreundlichen Blicken. »Sie arbeiten für Herrn Dr. Wollert.«

»Ich, äh, nun ja.«

»Oder direkt für meine Schwiegereltern?«

*Muss ich noch weiter knurren, oder habt ihr den Kerl unter Kontrolle?*

»Pssst, Oskar, sei leise, sonst hören wir doch nichts«, wisperte Joel aufgeregt.

*Oh, na gut, wie du willst. Aber aufpassen werde ich trotzdem ganz genau.* Hoch aufgerichtet setzte sich Oskar genau zwischen die Zwillinge und ließ die beiden fremden Männer nicht aus den Augen.

Der Detektiv räusperte sich verlegen. »Für Herrn Dr. Wollert. Mein Name ist Siebert. Eick Siebert. Ich habe den Auftrag …«

»Schon klar, was Ihr Auftrag ist.« Patrick baute sich neben Angelique auf. »Sie sollen nach schmutziger Wäsche suchen. Meiner schmutzigen Wäsche.« Er verschränkte die Arme. »Und? Sind Sie schon fündig geworden?«

»Es steht mir leider nicht zu, die Ergebnisse meiner Arbeit mit Ihnen zu besprechen.« Etwas hilflos blickte Siebert erneut zu Wollert, dessen Miene säuerlich wirkte.

»Natürlich nicht. Geht ja auch nur um mich.« Patricks Stimme troff vor Sarkasmus. »Aber ich habe eine gute Nachricht für Sie: Sie haben für heute Feierabend.« Er wandte sich an Wollert. »Und Sie richten meinen geschätzten Schwiegereltern aus, dass sie sich endlich aus meinem Leben – unserem Leben! – heraushalten sollen.«

Wollert richtete sich abrupt auf. »Wollen Sie meinen Mandanten etwa den Umgang mit ihren Enkelkindern verbieten?«

»Nein«, antwortete Angelique an Patricks Stelle. »Er verbietet ihnen lediglich, sich in Dinge einzumischen, die sie nichts angehen. Und jetzt sehen Sie zu, dass Sie Land gewinnen.«

»Es gibt keinen Grund, derart pampig zu werden«, beschwerte Wollert sich mit beleidigter Miene, wandte sich jedoch zum Gehen. »Wir sprechen uns noch.«

»Ja, aber nicht mehr heute Abend.« Angeliques Stimme war scharf wie gesplittertes Glas, als sie ihm mit sarkastischer Miene ihre Armbanduhr hinhielt. »Schauen Sie mal auf die Uhr!«

Wollert zog die Schultern hoch und entfernte sich mit kantigen Schritten. Siebert blickte ihm verunsichert hinterher, dann versuchte er ein Lächeln, zuckte mit den Achseln und wandte sich ebenfalls zum Gehen. »Nichts für ungut. Ich mache bloß meinen Job. Auf Wiedersehen.«

»Lieber nicht«, murmelte Patrick und atmete hörbar auf, als beide Männer außer Sicht- und Hörweite waren.

»Boah, denen hast du es aber gegeben.« Sichtlich beeindruckt blickte Joel zu Angelique auf.

»Papa aber auch.« Jessica lächelte Patrick an. »Ihr beide zusammen.« Sie schob die Unterlippe ein wenig vor. »Bloß blöd, dass die ausgerechnet jetzt aufgetaucht sind.«

»Ja, das war ätzend«, stimmte Joel zu. »Jetzt habt ihr gar nicht … ähm, ich meine … ähm.«

»Vielleicht ein andermal.« Zu Angeliques Überraschung ergriff Patrick ihre Hand. »Jetzt sollten wir wohl besser nach Hause gehen. Es ist wirklich schon spät geworden, und wir wollten doch noch eine Pizza essen gehen. Falls ihr überhaupt schon wieder Hunger habt.«

»Und wie!« Joel klatschte in die Hände. »Aber Angelique soll mitkommen.« Er warf ihr einen fragenden Blick zu. »Du willst doch mitkommen, oder?«

Angelique lächelte ihm zu und schnappte sich ihre Tüten. »Wenn euer Vater nichts dagegen hat, bin ich gerne mit dabei.«

Als ihr fragender Blick ihn traf, seufzte Patrick halb verärgert, halb amüsiert. »Ich habe nichts dagegen.«

***

»Du hättest uns nicht zum Essen einladen müssen.« Zuvorkommend half Patrick Angelique in ihren Mantel, nachdem sie sich von ihrem Tisch in der Pizzeria erhoben hatten. Dann schnappte er sich rasch alle ihre Tüten, bevor sie danach greifen konnte. »Das wäre wirklich nicht nötig gewesen.«

»Doch, es war sogar sehr nötig.« Lächelnd rückte Angelique ihren Schal gerade und half dann Jessica, den ihren ebenfalls hübsch zu knoten. »Immerhin habt ihr den ganzen Nachmittag geopfert, um mir beim Kaufen der Geschenke zu helfen. Da ist eine Pizza doch das Mindeste. Die Tüten sollte aber jetzt doch lieber ich nehmen, denn ich muss in eine ganz andere Richtung als ihr.«

»Du willst jetzt noch zu Fuß nach Hause gehen? Mit dem ganzen Kram hier?«

»Warum nicht? So weit ist es von hier bis zu meiner Wohnung nicht.«

»Kommt ja gar nicht infrage.« Patrick schüttelte den Kopf. »Wenn du dich daran erinnerst: Diese altmodische Sache mit der Höflichkeit hat man mir geradezu eingehämmert. Ich fahre dich nach Hause.«

»Na gut, da sage ich nicht Nein.«

»Du könntest auch noch mit zu uns kommen«, schlug Jessica vor.

»Doch jetzt nicht mehr.« Lachend wehrte Angelique ab. »Es ist schon Viertel vor neun, und ihr geht doch sicher sofort ins Bett, wenn ihr zu Hause ankommt.«

»Wir schon.« Joel grinste schief. »Aber ihr nicht, weil ihr erwachsen seid. Ihr könntet ja noch … einen Film gucken oder so.«

Patrick hüstelte. »Also, das ist wirklich nicht …«

»Außerdem muss ich Angelique ganz unbedingt noch was zeigen«, unterbrach seine Tochter ihn hastig. »Ja, genau. Das ist total wichtig.«

»Das kann doch aber bestimmt bis morgen warten.« Innerlich schmunzelte Angelique über den Eifer, mit dem die Zwillinge plötzlich versuchten, sie und Patrick zusammenzubringen.

»Nein, kann es nicht, weil wir uns nämlich, wenn überhaupt, erst morgen Nachmittag sehen, und bis dahin ist es schon ganz … viel zu spät.«

»Was ist dann zu spät?« Besorgt musterte Patrick seine Tochter.

Jessica zog den Kopf zwischen die Schultern. »Das ist geheim.«

Angelique musterte das Mädchen eingehend. »Stimmt etwas nicht?«

»Nein, aber ich muss dir halt unbedingt noch was zeigen.«

»Und das ist ein Geheimnis?«

Nach einer Sekunde des Zögerns nickte Jessica.

Mit einem amüsierten Lächeln sah Angelique Patrick an. »Ich könnte mir später ein Taxi nach Hause nehmen. Oder dein Gästezimmer noch mal mit Beschlag belegen.«

»Au ja!« Joel hampelte ungeduldig herum. »Dann wärst du morgen früh zum Frühstück auch noch da.«

Geräuschvoll stieß Patrick die Luft aus. »Wenn es so wichtig ist …«

»Total.« Eifrig nickte Jessica.

Er suchte Angeliques Blick. »Okay. Deine Entscheidung, wo ich dich gleich absetze.«

Der undeutbare Ausdruck in seinen Augen ließ in Angeliques Magengrube einen heißen kleinen Knoten entstehen. »Nun ja … Wenn es ein so wichtiges Geheimnis ist, das Jessica mit mir teilen will …«

»Dann mal los.« Patrick hielt ihnen die Tür auf. »Oskar, nicht so stürmisch, sonst verheddern wir uns noch alle in deiner Leine.«

*Schon gut, schon gut. Kann ich was dafür, wenn ihr mir immer und dauernd dieses Ding anlegt? Ich gehe auch ohne Leine mit euch mit. Na ja, zumindest vorläufig. Es ist schon wieder so kalt geworden, dass ich mir das mit dem Abhauen noch mal gut überlegen werde. Vielleicht warte ich lieber damit, bis es Frühling wird. Immerhin habe ich bei euch einen warmen Schlafplatz, immer genügend zu essen und meistens auch Spaß und Abwechslung.*

Die wenigen Fahrminuten bis zu Patricks Haus vergingen unter viel Gelächter und dem ununterbrochenen Erzählen und Rekapitulieren der Kinder, was sie heute alles erlebt hatten. Auch während sie sich bettfertig machten, waren die beiden noch aufgedreht und kicherten ununterbrochen.

Patrick war mit den Kindern nach oben gegangen und hatte Angelique gebeten, es sich im Wohnzimmer gemütlich zu machen, doch nach einigen Minuten hielt sie die Untätigkeit nicht mehr aus und folgte ihm ins Obergeschoss. Nach einem kurzen Blick in Jessicas Zimmer stellte sie fest, dass das Mädchen offenbar im Bad war. Also ging sie weiter zu Joels Zimmer und blieb in der halb offenen Tür stehen.

Der Junge saß in seinem dunkelblauen Schlafanzug auf seinem Schreibtischstuhl und wühlte vornübergebeugt in seiner

Schultasche, sodass es aussah, als wolle er kopfüber hineinkriechen. Patrick hatte sich auf den Rand des Schreibtischs gesetzt und blätterte in einem der Schulbücher. »Hier ist er nicht drin, Joel.«

»Er muss aber in meiner Tasche sein. Ich hab ihn nicht verloren.« Joels Stimme klang ein wenig dumpf und angestrengt.

»Warum fällt dir das eigentlich jetzt erst ein? Du hättest mir den Brief deiner Lehrerin schon gleich am Freitag geben müssen.«

»Ja, weiß ich.«

»Und warum hast du es nicht getan?« Patrick hob den Kopf und gleich darauf auch die Augenbrauen, als er Angelique in der Tür stehen sah. »Lass mich raten: Du wolltest dir und mir nicht das Wochenende verderben.«

»Hat doch irgendwie funktioniert, oder?« Nun hörte man Joel deutlich an, dass er sich seiner Schuld bewusst war.

»Dafür werde ich jetzt eine schlaflose Nacht haben, weil ich mir überlegen muss, woher ich auf die Schnelle eine Nachhilfelehrerin für dich finde.«

»Du brauchst Nachhilfe?« Überrascht betrat Angelique das Zimmer. »Ich dachte, du und Jessica wärt so gut in der Schule.«

Der Kopf des Jungen hob sich ruckartig, und er setzte sich mit erschrockener Miene auf. »Bloß in Deutsch und Englisch und Erdkunde und so. Und in Sport. In der letzten Mathearbeit hatte ich eine Vier minus.«

»Und davor eine Fünf«, fügte Patrick sichtlich besorgt hinzu.

»Also bin ich schon besser geworden.« Erneut tauchte Joel in seine Schultasche. »Da ist er!« Triumphierend hielt er einen zerknitterten Brief in die Höhe, den Patrick ihm sogleich aus der Hand nahm. »Frau Schürmann sagt, dass ich vielleicht eine Rechenschwäche habe.«

»Vielleicht bist du auch nur ein bisschen faul?« Patrick öffnete den Umschlag und zog den dicht beschriebenen Brief daraus hervor. »Liebe Güte, ein ganzer Roman.« Stirnrunzelnd überflog er ihn.

Joel druckste ein wenig herum. »Mathe ist so langweilig. Und manchmal bin ich deshalb auch faul«, gab er nach einem Moment zu. »Aber nicht immer. Für die letzte Arbeit habe ich echt gelernt. Aber ich kann immer nur die einfachen Textaufgaben, und wenn in den schweren so blöde Fallen sind, merke ich es nicht. Und die normalen Rechenaufgaben sind noch blöder, weil ich die Zahlen irgendwie immer verdrehe oder vergesse.«

»Ich hatte als Kind auch eine Rechenschwäche.« Angelique trat näher an den Schreibtisch heran.

»Du?« Vater und Sohn hatten gleichzeitig gesprochen und starrten sie mit exakt dem gleichen verblüfften Gesichtsausdruck an.

Sie lächelte amüsiert. »Ja, ich. Glaubt ihr mir das etwa nicht? Ich hatte damals eine richtig gute und wohl auch teure Nachhilfelehrerin, die mir viele Tricks beigebracht hat, sodass man heute fast gar nicht mehr merkt, dass ich es mit Zahlen nicht so habe.«

»Fast gar nicht?«, echote Patrick. »Ich war bis jetzt der Meinung, du seist die Königin der Zahlen.«

Angelique lachte laut auf. »Nein, ganz sicher nicht. Ich habe bloß gelernt, wie man sie bändigt, diese bösen Zahlen.« Sie wandte sich an Joel. »Vielleicht kann ich dir ja helfen.«

»Das kann ich jetzt nicht auch noch von dir verlangen«, protestierte Patrick.

Angelique schüttelte den Kopf. »Quatsch. Ehe du jemanden für die Nachhilfe einstellst, kann ich es doch erst mal versuchen. Wenn es nicht hilft, ist Nachhilfe von außen ja immer noch eine Option.« Sie grinste ihn an. »Und keine Sorge, ich setze es auf die Überstundenliste.«

»Klar, was sonst!« Er grinste zurück und seufzte dann. »Na gut, schaden wird es wohl nicht, wenn ihr es erst mal miteinander versucht. Kennst du dich denn überhaupt noch mit Fünftklässlermathematik aus?«

»Wenn ich mich in Holzhausbau, entsprechenden Werkstoffen und gesetzlichen Vorschriften weiterbilden kann, dann doch wohl auch in aktuellen Lehrmethoden für die fünfte Klasse einer Gesamtschule.« Sie warf ihm einen spöttischen Blick zu. »Was ist wohl schwieriger?«

»Keine Ahnung. Hast du mal in die neuen Schulbücher geschaut? Die haben nicht mehr viel mit denen gemein, die es zu meiner Zeit gab. Und zu deiner vermutlich ebenfalls, denn so weit sind wir altersmäßig ja nicht auseinander.«

»Wie viele Jahre bist du denn eigentlich älter als Angelique?« Neugierig blickte Joel von einem zum anderen. »Papa ist dreißig«, erklärte er an Angelique gewandt. »Und du?«

»Siebenundzwanzig.«

»Also nur drei Jahre!«

Angelique lachte. »Der Kandidat hat hundert Gummipunkte. Das mit dem Kopfrechnen funktioniert ja schon mal, also besteht Hoffnung.«

»Wenn Joel in so niedrigen Zahlenbereichen bereits Probleme hätte, wäre mir das schon längst aufgefallen.« Stirnrunzelnd schob Patrick den Brief zurück in den Umschlag. »Ein Gespräch mit Frau Schürmann bleibt mir trotzdem nicht erspart. Da muss ich wohl gleich morgen anrufen und einen Termin machen.«

»Ich schaufele dir ein Zeitfenster frei.« Mit einem Zwinkern wandte sich Angelique zur Tür, weil sie aus dem Flur ein Türenklappen vernommen hatte. »Entschuldigt mich bitte, ich muss noch herausfinden, was für ein Geheimnis Jessica mir unbedingt zeigen will.« Rasch ging sie ein Zimmer weiter und klopfte kurz an, bevor sie eintrat. »Hallo, Jessica.«

Das Mädchen hatte sich schon unter die Bettdecke gekuschelt und blickte ihr ernst und ein wenig verlegen entgegen. Leise schob Angelique die Tür hinter sich ins Schloss und setzte sich auf die Bettkante. »Na bitte, ich bin hier, so wie du es dir gewünscht hast. Oder ihr beide.« Sie lächelte leicht. »Ich hoffe, du brauchst nicht auch in irgendeinem Schulfach Nachhilfe, so wie dein Bruder.«

»Nee, ich doch nicht.« Jessica schüttelte den Kopf, sodass ihre Haare auf dem Kissen verwuschelt wurden. »Höchstens in Physik und Chemie. Die Fächer mag ich nicht, und da habe ich nur eine Drei minus.«

»Na, das geht ja noch, da braucht es wirklich noch keine Nachhilfe.« Weil das Mädchen immer noch sehr verlegen wirkte, berührte Angelique sie an der Schulter. »Was wolltest du mir denn nun eigentlich so Wichtiges zeigen?«

»Gar nichts.« Jessicas Wangen färbten sich rot. »Also nichts zeigen, sondern sagen.«

»Ein Geheimnis?«

»Mhm ... Weiß nicht, ob es ein Geheimnis ist.« Jessica wich Angeliques Blick aus. »Ich wollte nur ...« Sie biss sich auf die Unterlippe. »Magst du meinen Papa? Ich meine, so richtig gerne?«

Angeliques Herz holperte in ihrer Brust, aber sie beschloss, vollkommen ehrlich zu sein. »Ja. Warum fragst du?«

Das Rot auf Jessicas Wangen vertiefte sich noch eine Spur. »Bist du böse, dass wir euch heute unbedingt mit dem Karussell fahren lassen wollten, damit ihr ... Du weißt schon.«

»Damit wir uns küssen?«

Jessicas Blick flackerte. »Ja. Ist Papa böse deswegen?«

»Ich glaube nicht.« Angelique lächelte. »Er ist bloß ... noch nicht so weit.«

»Sich in dich zu verlieben?«

Der heiße kleine Knoten von vorhin meldete sich wieder. »Ja.«

»Glaube ich nicht.«

Überrascht musterte Angelique das Mädchen. »Was meinst du?«

»Ich glaube, dass er dich auch lieb hat. Er tut aber immer so, als wäre es nicht so. Warum, weiß ich aber nicht. Wegen Mama ist es, glaube ich, nicht, weil er sie ja nicht geliebt hat. Jedenfalls nicht, als sie geheiratet haben. Das war ja nur unseretwegen. Früher vielleicht mal, aber auch nicht so sehr, sonst hätte er sie doch mal besucht oder so, oder nicht?«

Angeliques Pulsschlag hatte sich beschleunigt, aber sie gab sich Mühe, dem Mädchen ganz ruhig und besonnen zu antworten. »Als deine Mutter und dein Vater sich damals kannten und für eine Weile ein Paar waren, da waren sie noch sehr, sehr jung. In dem Alter verliebt man sich schnell mal, aber nicht immer ist das dann auch von Dauer.«

»Du meinst, man entliebt sich dann auch schnell wieder?«

Angelique schmunzelte. »Ja, so in etwa meinte ich das. Nachdem deine Mutter fort war, hat dein Papa irgendwann nicht mehr so oft an sie gedacht und einfach mit seinem Leben weitergemacht. Er konnte ja nicht wissen, dass ihr unterwegs wart. Wenn es ihm jemand gesagt hätte, wäre bestimmt alles anders gekommen. Ich weiß nicht, ob deine Eltern dann geheiratet hätten.« Sie schwieg einen Moment und schüttelte dann den Kopf. »Wahrscheinlich eher nicht. Aber er hätte sich bestimmt bemüht, ein Teil eures Lebens zu werden.«

»Das wollten Großpapa und Großmama aber gar nicht. Sie hätten ihn weggeschickt.«

»Ich glaube nicht, dass er sich hätte wegschicken lassen. Väter haben schließlich auch Rechte, auch wenn sie nicht mit der Mutter ihrer Kinder verheiratet sind.«

»Weiß ich. Aber trotzdem wäre Großpapa böse geworden und hätte alles Mögliche gemacht, damit Papa wegbleibt. Er kann Papa überhaupt nicht leiden und sagt, er wäre ein schlechter Mensch und nicht gut für uns.«

Seufzend streichelte Angelique dem Mädchen erneut über

die Schulter. »Ihr beide, du und dein Bruder, wisst es aber inzwischen besser, nicht wahr?«

»Warum sind sie so? Großmama und Großpapa?« Ein trauriger Ausdruck trat in Jessicas Augen. »So gemein. Früher hatte ich sie mal echt lieb, aber inzwischen kann ich sie irgendwie gar nicht mehr leiden, weil sie so fies sind.«

»Das kann ich gut verstehen. Vielleicht solltest du ihnen das bei nächster Gelegenheit mal sagen. Ihr telefoniert doch bestimmt hin und wieder.«

»Ja, manchmal, aber nicht so oft.«

»Oder schreib ihnen einen Brief.«

»Einen Brief?«

»Oder eine E-Mail.« Angelique schmunzelte. »Wenn dir ein Brief zu altmodisch sein sollte.«

»Nein.« Jessicas Miene hellte sich auf. »Ich glaube, das mit dem Brief mache ich – am besten zu Weihnachten. Großmama wollte immer, dass wir welche aus dem Internat an sie schreiben. So richtig mit der Hand, obwohl Joel so eine Sauklaue hat. Meine Schrift ist auch nicht sehr schön, aber man kann sie besser lesen als seine.«

»Dann ist das ja ein guter Plan.« Angelique lächelte. »Aber jetzt solltest du wirklich allmählich schlafen.«

»Warte!« Jessica hielt sie am Arm fest. »Ich wollte eigentlich …« Verlegen brach sie ab.

»Ja? Was denn?« Gespannt sah Angelique dem Mädchen in die Augen.

»Glaubst du … also … dass du … irgendwann mal meine … unsere neue Mutter wirst?« Jessicas Wangen färbten sich erneut tiefrot. »Weil … das fände ich schön.«

In Angeliques Kehle bildete sich ein Kloß, ihr Herz weitete und überschlug sich gleichzeitig, und ihre Augen begannen zu brennen. »Das … weiß ich wirklich nicht, Jessi.« Zum ersten Mal sprach sie den Spitznamen aus, den bisher nur Joel benutzen zu dürfen schien.

In den Augen des Mädchens glänzte es verräterisch. »Ich dachte nur.«

»Ich weiß.« Sachte strich Angelique mit den Fingerspitzen über Jessicas Wange. »Es ist ein bisschen kompliziert, weißt du?«

»Schon klar.« Eine Träne löste sich und rollte über die Wange des Mädchens. Hastig wischte Jessica sie fort.

»Nein, wirklich, Jessi, das war ernst gemeint. Es ist kompliziert. Dein Vater hatte es als Kind und Jugendlicher nicht leicht. Und so, wie es dir schwerfällt, über deine Gefühle zu sprechen, geht es ihm auch. Nur noch ein bisschen schlimmer. Und er hat erst spät Menschen kennengelernt, denen er vertrauen konnte.«

»Und jetzt kann er das bei dir nicht?«

»Ich schätze, er muss es erst lernen.« Angelique hielt kurz inne. »Wenn er es will.«

»Aber er will nicht?« Eine zweite Träne rann, diesmal unbeachtet, über die Wange des Mädchens.

»Ich weiß es nicht genau. Vielleicht weiß er es selbst nicht. Wir kennen uns ja noch nicht so lange.«

»Bei Onkel Justus und Tante Laura ging es aber auch ganz schnell, dass sie sogar geheiratet haben.«

»Das mag sein.« Lächelnd nahm Angelique die Hand des Mädchens und drückte sie leicht. »Aber die Menschen sind verschieden, weißt du. Man kann nicht zwei miteinander vergleichen. Nicht mal dich und Joel, und ihr seid sogar Zwillinge.«

»Und was jetzt?« Verzagt blickte Jessica zu Angelique auf.

»Jetzt?« Angelique hob die Schultern. »Ich würde sagen, du schläfst jetzt und träumst etwas Schönes.«

»Nein, mit Papa und dir, meinte ich.«

»Das weiß ich.« Schmunzelnd erhob Angelique sich von der Bettkante. »Lass uns ein bisschen Zeit, ja? Manche Angelegenheiten brauchen eine Weile, um sich zu entwickeln und zu klären.«

»Wie lange?«

»Darauf kann ich dir keine Antwort geben, weil ich es nicht weiß. Schlaf jetzt, ja?«

»Mhm.« Jessica wirkte nicht sehr glücklich, schloss aber die Augen. Als Angelique die Tür erreicht hatte, hörte sie das Mädchen tief ein- und wieder ausatmen. »Es ist also nicht wegen uns? Joel und mir?«

In der Tür drehte Angelique sich noch einmal um. »Nein, nicht euretwegen.« Sie suchte noch einmal den Blick des Mädchens. »Ich hab dich lieb, Jessi. Dich und Joel.«

Die Augen des Mädchens weiteten sich vor Erstaunen.

»Gute Nacht. Schlaf gut.« Angelique lächelte noch einmal, löschte das Licht und schloss die Tür hinter sich. Dann lehnte sie sich für einen Moment dagegen, legte den Kopf in den Nacken und versuchte, ihre Atmung wieder unter Kontrolle zu bringen.

»Ach herrje, noch ein Fall für die Nachhilfe? Oder hat sie etwas angestellt?«

Patrick trat aus der Tür des Gästezimmers und musterte Angelique besorgt. »Ich dachte, ein Schreck in der Abendstunde wäre genug.«

»Nein.« Angelique schluckte und versuchte, ihre aufgewühlten Gefühle zu ordnen – ohne Erfolg. »Keine Sorge. Jessi hat weder etwas angestellt, noch hat sie Probleme in der Schule. Sie hat mir nur … ein Geheimnis anvertraut, das ist alles.«

»Was für ein Geheimnis?« Misstrauisch kam Patrick einen Schritt auf sie zu.

»Wenn ich das verraten würde, wäre es ja wohl kein Geheimnis mehr.«

»Muss ich mir Sorgen machen?«

»Nicht wegen Jessi.« Sie riss sich zusammen und ging an

ihm vorbei zur Treppe. »Wollen wir noch einen Film ansehen? Da du offenbar das Gästezimmer schon wieder für mich vorbereitet hast, werde ich auf das Taxi wohl verzichten.«

»Klar, von mir aus.« Patrick klang noch immer skeptisch und ein wenig alarmiert. »Seit wann lässt sie sich von dir Jessi nennen? Das darf nicht mal ich.«

»Hast du es überhaupt schon mal versucht?« Im Wohnzimmer angekommen, drehte sie sich zu Patrick um. »Ich glaube nicht, dass sie etwas dagegen hätte.«

»Mit dir scheint sie besser reden zu können als mit mir.«

Angelique nickte. »Vielleicht weil ihr euch zu ähnlich seid. Zwei Austern kommunizieren eben nicht gut miteinander.«

»Austern?«

»Ihr bekommt beide kaum den Mund auf, wenn es um eure Gefühle geht. Lieber macht ihr dicht. Wie Austern.« Sie griff nach der Fernbedienung und ließ sich auf die Couch fallen. »Also, was für ein Film soll es heute sein?«

»Keine Ahnung.« Patrick blieb unschlüssig neben der Couch stehen. »Was von Stephen King?«, witzelte er schließlich nach einem Moment des Schweigens.

»Auf keinen Fall. Höchstens *Cujo*, aber das will ich Oskar nicht antun.«

*Was ist mit mir? Hab ich was verpasst?* Neugierig kam nun auch Oskar ins Zimmer, der bis eben in der Küche seinen Napf geleert hatte. *Oh, macht ihr es euch gemütlich? Da mache ich gerne mit.* Leise schnaufend ließ er sich zu Angeliques Füßen nieder und rollte sich zusammen.

»Siehst du, Oskar will mitgucken. Also keine Filme über tollwütige Hunde.« Sie grinste Patrick an. »Wie wäre es mit Hitchcocks *Die Vögel*? Läuft der auf irgendeinem Streaming-Portal?«

»Muss er nicht. Den habe ich auf DVD.« Er trat an das DVD-Regal und öffnete eine der Türen. »Ich habe alle Filme von Hitchcock. Die gab es mal irgendwo in einer Sammler-Edition. Ist schon länger her.«

»Du hast alle Filme von Hitchcock hier und sagst es mir erst jetzt?« Angelique richtete sich wieder etwas auf. »Sofort her damit!«

Lächelnd zog er die gewünschte DVD aus dem Regal und legte sie in den Player. »Das perfekte Kontrastprogramm zu der Überdosis Vorweihnachtsstimmung, die wir dieses Wochenende einnehmen durften.«

Als er sich schließlich neben ihr niederließ, stieß sie ihn mit dem Ellenbogen an. »Du hast nicht so gewirkt, als hättest du einen Adventskoller.«

»Habe ich auch nicht. Ich mag Weihnachten – und alles, was dazugehört.«

»Ich auch.« Als der Film anlief, blickte sie ihn fragend von der Seite an.

Er zögerte nur kurz, dann legte er locker den Arm um sie und zog sie an sich.

Erleichtert und mit einem angenehmen Kribbeln im Bauch lehnte sie sich an ihn und legte schließlich ihren Kopf gegen seine Schulter.

Für einige Minuten herrschte Schweigen zwischen ihnen, während der Film startete. Doch irgendwann hörte Angelique Patrick tief ein- und wieder ausatmen. »Danke.« Seine Stimme war tief und ein wenig rau. »Dass du noch mit hergekommen bist. Und … wegen Joel. Hattest du wirklich mal eine Rechenschwäche?«

Sie gluckste unterdrückt. »Die habe ich streng genommen immer noch. Glaubst du, ich hätte mir das bloß ausgedacht? So weit kommt es noch.«

»Wie gesagt, danke.« Er tastete beiläufig nach ihrer Hand. »Auch dass du dich um Jessicas … Geheimnis gekümmert hast, worum auch immer es dabei ging. Kann sein, dass … sie wirklich ein bisschen zu sehr ist wie ich.«

Angeliques Herzschlag beschleunigte sich, als sich ihre Finger wie von selbst miteinander verflochten. »Ich habe ihr gesagt, dass ich sie lieb habe. Sie und Joel.«

Patricks Kopf drehte sich ruckartig in ihre Richtung.

Sie schluckte gegen den noch heftigeren Herzschlag und das leichte Schwindelgefühl an, das sie unvermittelt ergriff. »Das habe ich noch nie zuvor zu jemandem gesagt.«

Patricks Augen weiteten sich. »Noch nie?«

Sein Blick ruhte nun verblüfft und so aufmerksam auf ihrem Gesicht, dass ihr ganz heiß wurde. Sie nickte. »Außer zu Lukas, weil er der beste Bruder ist, den man haben kann. Und Laura natürlich. Aber sonst … In unserer Familie wird nicht offen über Gefühle geredet. Und wenn doch, dann in hohlen Floskeln, die nicht wirklich etwas bedeuten. Oder sie klingen zumindest so. Bei uns geht es anders zu als bei euch. Wir sind auch ein verrückter Haufen, aber nicht auf eine so liebenswürdige Art und Weise wie ihr Sternbachs. Bei uns muss immer erst einmal grundsätzlich alles dem schönen Schein entsprechen. Es wird nicht gestritten, sondern *verhandelt*. Und das klingt jetzt angenehmer, als es ist. Da sind mir eure sogenannten Diskussionen deutlich lieber, ganz egal, wie laut sie werden oder was ihr euch gegenseitig verbal an den Kopf werft. Ihr seid immer ehrlich, spielt euch nichts vor. Aber man merkt, dass ihr eine Familie seid, zusammenhaltet.« Sie schluckte. »Einander liebt.« Nun richtete sie ihren Blick doch lieber auf den Fernsehbildschirm, auf dem sich gerade die ersten Vögel zu sammeln begannen. »Versteh mich nicht falsch. In meiner Familie wird auch geliebt. Nur deutlich dezenter.«

»Und das Dezente liegt dir nicht so?«

Sie lächelte verhalten. »Du wirst bemerkt haben, dass ich nicht gerne um den heißen Brei herumrede. Trotzdem war das vorhin mit Jessi für mich … überraschend. Damit muss ich jetzt erst mal klarkommen. Wenn man nicht daran gewöhnt ist, solche Worte auszusprechen, ist das ein seltsames Erlebnis.«

»Ich weiß.«

Ihr Blick wanderte zu ihren Händen, die nach wie vor miteinander verschränkt waren. Ein warmes, wohliges Gefühl durchströmte sie. »Ich wette, du kannst das deutlich besser als ich. Du redest zwar nicht gerne über deine Gefühle, aber wenn es um so etwas Wichtiges geht, wie deinen Kindern zu sagen, was sie dir bedeuten, hast du dich bestimmt noch nie davor gedrückt, oder?«

Er schwieg eine ganze Weile, bevor er antwortete: »Ich musste erst herausfinden, was die beiden mir bedeuten. Dass sie überhaupt existieren, kam für mich so plötzlich und überraschend, dass ich wochenlang wie unter Schock stand. Eben noch war ich frei, ungebunden, ein ganz normaler Junggeselle mit Plänen für meine Firma und mit dem Vorsatz, das Leben so zu genießen, wie es gerade kommt. Im nächsten Moment saß ich an Klarissas Krankenbett, habe vor einem Standesbeamten in einer Nothochzeit die Ehe mit ihr geschlossen, und zwei Wochen später sind zwei zehnjährige Kinder, von deren Existenz ich zuvor nicht einmal etwas geahnt hatte, bei mir oder vielmehr zunächst bei meinen Eltern eingezogen. Zwei Kinder, die mir äußerlich so ähnlich sehen, dass ich bei unserem ersten Zusammentreffen regelrecht entsetzt war, und die jetzt auf mich angewiesen sind. Noch immer weiß ich die meiste Zeit nicht, was ich hier eigentlich tue.«

»Aber du hast sie in dein Herz geschlossen.«

»Verdammt.« Patrick schluckte hörbar. »Natürlich habe ich das. Auf den ersten Blick. Sie sind meine Kinder. Allein das auszusprechen versetzt mich in Angst und Schrecken. Und Erstaunen. Mein Leben wird nie wieder so sein, wie es mal war. Aber … das ist mir scheißegal.«

Angelique drückte lächelnd seine Hand. »Du wirst sie nicht verlieren.« Als er fragend die Augenbrauen hob, fügte sie hinzu: »An ihre Großeltern, meine ich. Sie werden dir die beiden nicht wegnehmen.«

»Es ist schlimm genug, dass sie es mit aller Macht versuchen.«

»Wahrscheinlich haben sie genauso viel Angst, sie zu verlieren, wie du. Die Zwillinge sind ja immerhin so etwas wie die letzte Verbindung zu ihrer verstorbenen Tochter.«

Patrick verzog unwillig die Lippen. »Ich wäre nie auf die Idee gekommen, die beiden von ihren Enkeln fernzuhalten. Zumindest nicht, bis sie anfingen, mir Anwälte und Detektive auf den Hals zu hetzen.«

»Und das Jugendamt.«

»Ich weiß selbst, dass ich früher ein paar Fehler begangen habe. Aber ... das bin ich nicht mehr. Zumindest ...«

»Meistens.« Sie streichelte sachte mit dem Daumen über seinen Handrücken. »Du hast die Kurve gekriegt, ich finde, das ist das Wichtigste. Niemand ist perfekt.«

In Patricks Augen trat ein gequälter Ausdruck. »Sie versuchen, mir einen Strick daraus zu drehen.«

»Das werden sie nicht schaffen.« Sie nahm all ihren Mut zusammen und legte ihre freie Hand an seine Wange. »Wir lassen es nicht zu.«

»Wir?« Er schluckte, zog sich jedoch nicht vor ihr zurück, sondern hielt ihrem Blick stand. Dabei schienen seinen Augen immer dunkler, der Ausdruck in ihnen schien immer sehnsüchtiger zu werden.

Angeliques Herz pochte rasend schnell und hart gegen ihre Rippen, als sie sich ihm ganz allmählich näherte, immer auf der Hut, ob er nicht doch wieder zurückschrecken würde. Er tat es nicht. Sie hörte ihn erneut schlucken, bevor er schließlich von sich aus den letzten winzigen Abstand zwischen ihnen überbrückte und sie küsste.

Ein heißer Stich durchfuhr sie von ihrer Magengrube bis hinauf in ihr Herz. Die Berührung war zunächst nur ganz behutsam und fast zögernd, so als wüsste Patrick noch nicht recht, ob er das Richtige tat. Sachte, forschend, bewegten sich seine Lippen über ihre, bis sie ihm ein wenig entgegenkam, den Druck verstärkte.

Hörbar atmete Patrick ein, ließ ihre Hand los, jedoch nur, um gleich darauf ihre Wangen mit beiden Händen sanft zu umfassen. Dabei blieb er weiterhin zurückhaltend, so als wolle er diesmal nicht gleich wieder zu schnell zu viel einfordern.

Angelique schloss die Augen und genoss das zarte Tasten und Necken, mit dem seine Lippen mit ihren spielten. Einer Welle gleich stieg das Bedürfnis in ihr auf, diese Zärtlichkeit zu erwidern. Gleichzeitig wünschte sie sich, er möge ein wenig mehr aus sich herausgehen.

Als hätte er ihre Gedanken gelesen, unterbrach er den Kuss und blickte sie mit leichter Verzweiflung und stockendem Atem an. »Das ist gefährlich, Angelique. Ich habe dir gesagt, dass ich das nicht kann.«

»Küssen?« Sie lächelte ein wenig und versuchte dahinter zu verbergen, wie bewegt sie war, um ihn nicht zu erschrecken. Doch vielleicht war genau das das Problem? Machte sie es ihm damit zu leicht? »Meiner Meinung nach machst du das sehr gut.«

Er schnaubte verzweifelt. »Du weißt genau, was ich meine. Es ist … ich weiß nicht, wie ich das erklären soll.«

»Es ist zu viel?« Ihr Herz lief geradezu über vor unerwartet heftigen Emotionen. Sie blickte ihm aufmerksam und lange in die Augen und glaubte bald, darin einen Widerschein der Zärtlichkeit zu erkennen, die sie selbst so aufwühlte.

Er ließ seine Fingerspitzen sachte von ihren Wangen über ihren Hals bis zu ihren Schultern hinabgleiten. »Ja, es ist zu viel.«

»Warum lässt du es nicht einfach mal zu? Versuchsweise?«

Seine Augen weiteten sich.

Sie lächelte. »Wenn du dich jedes Mal dagegen sperrst, wirst du nie erfahren, ob und wie du damit umgehen kannst.«

»Du hast schon einmal erlebt, was passiert, wenn ich … nicht achtgebe.«

»Über das Ergebnis habe ich mich nie beschwert, oder?« Ihr Lächeln vertiefte sich, gleichzeitig beschleunigte sich ihr Puls wieder etwas. »Was kann schlimmstenfalls passieren, Patrick? Ein einziger kleiner Versuch. Ich bin mir ziemlich sicher, dass nichts geschehen wird, was uns nicht beiden gefällt.«

»Ziemlich sicher?«

»Das eine Prozent oder so zählt nicht. Ich habe dir schon einmal gesagt, dass ich in der Lage bin, mich zur Wehr zu setzen, wenn es sein muss. In diesem Fall bin ich mir aber sicher, dass ich das gar nicht brauchen werde.« Sie rückte wieder etwas näher zu ihm heran. »Sei mutig, Patrick. Vertrau mir, so wie ich dir vertraue. Wenn es dich beruhigt, verspreche ich dir hoch und heilig, dass ich dich in dem Moment, in dem es mir zu viel wird, k. o. schlagen werde.«

# 16. Kapitel

Diese Frau war einfach unglaublich. In Patrick stieg ein Lachen auf, als er ihren warmen Blick sah und gleichzeitig ihre scherzhafte Drohung vernahm. Dabei sah sie ihn so offen und aufrichtig an, dass er sich trotz allem sicher war, dass sie es durchaus ernst meinte. Ehe sein Kopf begriff, hatte sein Körper beschlossen, ihre Herausforderung anzunehmen. Als sie ihre Lippen erneut den seinen näherte, kam er ihr entgegen und verschloss ihren Mund mit seinem – diesmal weniger behutsam, aber dennoch sanft. Es fiel ihm schwer, den Balanceakt zwischen Beherrschen und Nachgeben aufzugeben und ihr so weit zu vertrauen, dass er sich gänzlich von seinen Gefühlen leiten ließ. In seiner Vergangenheit hatten ebenjene unkontrollierten Gefühle nicht selten zum Fiasko geführt – wenn auch nicht in romantischen Situationen, sondern immer bei Auseinandersetzungen.

Als er nun jedoch der brennenden Sehnsucht in seinem Herzen schrittweise, nach und nach, mehr Raum gewährte, brach sich ein vollkommen neues Gefühl in ihm Bahn. Eine Welle von Zärtlichkeit stieg in ihm auf, ergriff von ihm Besitz, ließ sein Herz sich auf geradezu schmerzhafte Weise zusammenziehen und dann … öffnen.

Erneut umfasste er Angeliques Gesicht, strich mit den Daumen über ihre hohen Wangenknochen. Dann ließ er seine Hände in ihr seidiges Haar gleiten, zog sie näher zu sich heran, hielt sie fest.

Ein überraschter und zugleich wohliger Laut entrang sich ihrer Kehle und übertrug sich auf ihn, ließ ihn erschauern. Angeliques Lippen öffneten sich einen Spalt, gerade weit genug, dass er vorsichtig mit der Zunge über die Innenseite ihrer Unterlippe streichen konnte.

Ein süßer Stich durchzuckte ihn, steigerte zugleich das Gefühl der Zärtlichkeit noch weiter und heizte sein Blut auf.

Gefährlich! wisperte ein Stimmchen in seinem Kopf. *Gefährlich schön.*

Schon wollte er sich wieder zurückziehen, aus Angst, doch noch die Beherrschung zu verlieren, doch diesmal ließ Angelique es nicht zu. Sie umschlang seinen Hals mit den Armen und kam ihm erneut entgegen. »Nicht aufhören«, murmelte sie gegen seine Lippen. »Sei mutig.«

Mutig. Im Augenblick fühlte er sich alles andere als das. Und zugleich genau das. Panik kämpfte mit Sehnsucht.

Angelique gab ihm keinen Raum zur Flucht. Sie ließ nun ihrerseits ihre Hände in sein Haar wandern, löste damit herrliche erregende Schauer aus, die seinen Verstand zu überschwemmen drohten. Als sich ihre Lippen noch weiter öffneten und ihre Zungenspitze nach seiner suchte, war es um ihn geschehen.

Hungrig machte er sich über ihren Mund her, ließ sich auf den trägen erotischen Tanz ihrer Zungen ein, bis sein Blut geradezu kochte. Zu seiner Überraschung unterbrach Angelique den Kuss, jedoch nur, um sich rittlings auf seinen Schoß zu setzen. Im nächsten Moment küsste sie ihn schon wieder, ebenso leidenschaftlich und ebenso zärtlich wie zuvor.

Hilflos gab er der Erregung nach, die ihn ergriff, umfasste ihre Hüften und zog sie näher zu sich heran, sodass Angelique die Reaktion seines Körpers deutlich zu spüren bekam.

Sie umfasste sein Gesicht, streichelte es, griff erneut in sein Haar. Als er ihre kurz geschnittenen Fingernägel auf seiner Kopfhaut spürte, wurde er von einer Welle der Lust erfasst, die ihn Sternchen sehen ließ.

Sein Griff um ihre Hüften verstärkte sich unwillkürlich, was dazu führte, dass sie sich noch heftiger an ihn drängte. Sie schrak nicht vor ihm zurück, sondern forderte mehr. Das zu begreifen war seinem Verstand kaum möglich, sein Körper hingegen hatte damit weniger Probleme.

Als Angelique begann, die Knöpfe an seinem Hemd zu öffnen, ließ er seine Hände begehrlich unter ihren weichen hellgrauen Pullover und das rote Shirt, das sie darunter trug, gleiten. Seine rauen Handflächen machten Bekanntschaft mit glatter, warmer, weicher Haut. Er hörte sie aufseufzen. Ein sinnlicher Ton, der seine Erregung noch befeuerte und zugleich eine Welle dieser ihm bisher unbekannten, alles erfassenden Zärtlichkeit in ihm freisetzte. Und das Bedürfnis, ihr nah zu sein. Wirklich nah. Nicht nur rein körperlich.

Sie hatte ihn gebeten, ihr zu vertrauen, weil sie ihm vertraute. Sie vertraute darauf, dass alles, was zwischen ihnen geschah, gut und richtig war – und dass er sie nicht verletzten würde. Er hatte noch nie eine Frau verletzt, denn er hatte es nie so weit kommen lassen, dass auch nur ansatzweise die Gefahr bestand. Nur einmal hatte er den Kopf verloren – und die Beherrschung. Angelique hatte es allerdings gar nicht so aufgefasst und tat es ganz offensichtlich auch jetzt nicht. Dennoch stieg ein kleiner Funke Angst in ihm auf, er könnte sie, wenn auch nur versehentlich, zu hart anfassen, wenn er diesen herrlichen Strudel, in dem sie sich befanden, weiter zuließ.

»Du fängst schon wieder an zu denken«, protestierte sie mit sanfter Stimme dicht an seinen Lippen. Ihre Augen öffneten sich, und sie blickte ihn lange, ruhig und … liebevoll an.

Er schluckte hart. »Ich kann nichts dafür.« Vorsichtig strich er ihr ein paar Haarsträhnen aus dem Gesicht. »Du machst mich verrückt.«

Auf ihren Lippen erschien ein Lächeln. »Das ist doch zumindest schon mal ein guter Anfang.« Behände glitt sie wieder von seinem Schoß herunter und kuschelte sich fest an ihn. »Vielleicht sollten wir uns vorerst wieder auf den Film konzentrieren.«

Unsicher, wie er sich verhalten sollte und ob sie jetzt möglicherweise wütend oder enttäuscht war, legte er seine Arme um sie und richtete seinen Blick auf den Fernseher.

Zu seiner Erleichterung hob sie kurz den Kopf und hauchte einen Kuss auf seine Wange. »Nur fürs Protokoll: Im Gästezimmer schlafe ich heute Nacht nicht.«

***

Angelique schmunzelte in sich hinein. Offenbar hatte sie Patrick damit so sehr schockiert, dass ihm die Worte fehlten. Sie wusste selbst nicht genau, woher sie den Mut nahm, ihm gegenüber die Führung zu übernehmen. Sie war zwar nicht auf den Mund gefallen und immer schon geradeheraus gewesen, aber in Liebesdingen konnte sie nicht einmal mit genügend Erfahrungen aufwarten, um das Gefühl der inneren Kraft, das in ihr wuchs, rechtfertigen zu können. Sie war, bis auf ein paar Schwärmereien während der Schulzeit, noch nie richtig tief und ernsthaft verliebt gewesen. Dieses Gefühl war fremd und neu für sie und doch so seltsam vertraut, als sei es immer schon da gewesen, nur irgendwo unter der Oberfläche verborgen. Als hätte es nur darauf gewartet, dass sie Patrick endlich begegnete. Je länger sie ihn kannte, desto stärker wurde das Gefühl, ihn nicht mehr gehen lassen zu wollen, all seinen inneren und äußeren Abwehrmechanismen zum Trotz. Denn das, was schon zwischen ihnen geschehen war, und ganz besonders das, was sie gerade eben erlebt hatte, bewiesen ihr deutlicher als alle Worte, dass er ganz ähnlich empfand.

Doch da war diese Angst, die so tief in seiner Seele festsaß, dass es einiges an Geduld und Ermutigung ihrerseits bedürfen würde, um sie zu besiegen. Das konnte aber nur geschehen, wenn sie ihm zeigte, dass sie nicht weichen und wanken würde. Und ganz abgesehen davon sehnte sie sich danach, einmal eine ganze Nacht in seinen Armen verbringen zu dürfen. Warum also nicht mutig sein? Von ihm hatte sie es ja auch verlangt.

Als das Schweigen zwischen ihnen sich immer weiter ausdehnte, richtete sie sich ein wenig auf und sah ihn von der Seite an. »Du kannst auch ablehnen, wenn dir das … unangenehm ist.«

Es folgte ein geräuschvoller Atemzug – dann wandte er sich ihr mit einem halb erheiterten, halb verzweifelten Gesichtsausdruck zu. »Nein, verdammt noch mal. Ich versuche nur gerade, die Bilder, die dein Angebot in mir aufsteigen lässt, irgendwie unter Kontrolle zu bringen. Andernfalls werde ich vom Rest des Films nichts mehr mitbekommen.«

Überrascht lachte sie auf. »Okay, eins zu null für mich.« Sie drehte sich ein wenig und angelte nach der Fernbedienung. »Wir könnten den Film auch ein andermal zu Ende gucken.« Mit einem Grinsen drückte sie auf die Stopp-Taste, erhob sich und streckte Patrick auffordernd die rechte Hand hin.

Er zögerte mehr aus Verblüffung denn aus Widerwillen, lächelte dann aber und ließ sich von ihr mit einem Ruck hochziehen. »Wenn die Kinder das mitbekommen …«

»Werden sie sich freuen.« Sie ging ihm voraus bis zur Treppe.

Er seufzte unterdrückt. »Kann sein. Aber wenn … das mit uns nicht klappt …«

»Warum sollte es das nicht?« Sie drehte sich zu ihm um und umarmte ihn sanft.

Er hob die Schultern. »Keine Ahnung.«

»Warum machst du dir dann Gedanken darüber? Wir können nicht herausfinden, ob es funktioniert, wenn wir es nicht versuchen.«

Gegen ihre Argumentation kam er offenbar nicht an, denn er ließ sich widerstandslos von ihr an der Hand die Treppe hinaufziehen.

*Hey, wartet mal, das war aber ein kurzer Filmabend.* Auf halbem Weg schoss Oskar an ihnen vorbei nach oben. *Wenn ihr jetzt ins Bett geht, komme ich mit. Allein unten ist es nicht so schön. Ich muss doch immer bei meinem Rudel bleiben. Ups, was denke ich denn da? Rudel? Aber egal, ich bleibe nicht allein unten.*

Lachend sah Angelique ihm nach. »Das könnte jetzt allerdings zum Problem werden.«

Patrick räusperte sich. »Allerdings. Oskar, du schläfst heute bei Joel. Oder Jessica.«

*Was? Warum denn?* Im Gang vor den Kinderzimmern blieb Oskar stehen und blickte sich fragend um. Als Patrick Joels Tür einen Spaltbreit öffnete, wedelte Oskar mit der Rute und schlüpfte hindurch.

*Na gut, meinetwegen. Ein Weilchen werde ich hier schlafen. Aber spätestens in der zweiten Nachthälfte krieche ich in mein Körbchen. Gewisse Gewohnheiten lege ich nicht so einfach ab.*

Als Angelique und Patrick sich schließlich in seinem Schlafzimmer bei geschlossener Tür gegenüberstanden, breitete sich erneut ein seltsames unschlüssiges Schweigen zwischen ihnen aus, sodass sie schließlich seine Hände ergriff.

Patrick blickte auf ihre Finger hinab, die sich automatisch mit den seinen verflochten. »Wenn wir das hier tun, gibt es kein Zurück mehr.«

Sie drückte seine Hände sachte, bis er den Blick zu ihren Augen hob. »Ein Zurück hat es schon beim ersten Mal nicht gegeben. Ich will auch gar nicht zurück. Mein Motto war schon immer, einen einmal eingeschlagenen Weg möglichst bis zum Ende zu gehen. Wenn man es nicht tut, erfährt man doch nie, wo man ankommt.« Sie neigte den Kopf ein wenig zur Seite. »Oder hast du Angst, dass dir nicht gefallen könnte, wohin dieser Weg uns führt?«

»Nein.« Sachte zog er sie näher zu sich heran und legte die

Arme um sie. »Ich fürchte eher, dass es mir zu gut gefallen könnte, dort, wohin du mich entführen willst.«

Verblüfft über seine Ehrlichkeit, hob sie den Kopf, und ihr Herz machte einen heftigen Satz, als sie die Sehnsucht und unterdrückte Leidenschaft in seinen grauen Augen erkannte. Ehe sie etwas erwidern konnte, lagen seine Lippen fest auf ihren, schoben seine Hände Pullover und Shirt hoch und fuhren sanft und begehrlich zugleich über ihre Haut. Eine Gänsehaut breitete sich auf ihrem Körper aus, gefolgt von heißen wohligen Schauern. Bereitwillig half sie ihm, indem sie die beiden Kleidungsstücke zusammen über ihren Kopf zog und neben dem Bett auf den Boden warf. Kurz darauf folgten sein Hemd und das graue T-Shirt, das er darunter getragen hatte.

Beim Anblick seiner breiten muskelbepackten Brust wurde ihr unnatürlich warm, und in ihrer Mitte regte sich ein leises, allmählich stärker werdendes Pulsieren. Federleicht ließ sie ihre Handflächen über seinen Oberkörper gleiten, hörte ihn scharf einatmen. Seine Brustwarzen zogen sich zusammen, als sie mit den Fingerspitzen darüberstrich.

Mit einem Ruck zog er sie an sich und küsste sie, diesmal deutlich hungriger als zuvor. Seine Hände tasteten nach dem Verschluss ihres BHs, kämpften kurz damit und entfernen dieses Kleidungsstück schließlich ungeduldig. Kaum hatte es ebenfalls den Boden berührt, als er ihr langes schwarzes Haar über ihre Schulter zurückstrich und seinen Mund in ihre Halsbeuge presste. Sie spürte seine Zunge auf ihrer Haut, die eine brennend heiße Spur zog, dann ein leichtes Saugen, das sie nach Atem ringen ließ, weil es das Pulsieren in ihrer Körpermitte vervielfachte.

Sie konnte sich nicht erinnern, dass jemals zuvor ein Mann mit so wenig Aufwand auch nur ansatzweise solche Empfindungen in ihr ausgelöst hatte. Er umfasste ihre Brüste, und sogleich richteten sich auch ihre Brustwarzen erwartungsvoll auf.

Patrick neigte den Kopf und neckte erst die eine, dann die andere mit der Zunge, bis brennende Stiche in ihren Schoß hinabfuhren und sie noch heftiger nach Atem rang.

Begierig, mehr von ihm zu sehen und zu spüren, schob sie ihn rücklings aufs Bett und setzte sich auf ihn, dann öffnete sie Knopf und Reißverschluss seiner Jeans, unter der sich seine Erektion bereits deutlich sicht- und spürbar wölbte.

»Angelique, langsam.« Er entzog sich ihr ein wenig, bevor sie ihre Hand unter den rauen Jeansstoff schieben konnte. »Andernfalls …«

»Andernfalls was?« Sie blickte lächelnd auf ihn hinab.

Sein Blick hatte sich gefährlich verdunkelt. »Du weißt, was beim letzten Mal passiert ist.«

Ihr Lächeln vertiefte sich, ebenso wie die Sehnsucht, ihn zu spüren. »Du scheinst immer noch zu glauben, dass ich ein Problem damit habe.«

»Du vielleicht nicht.« Er stöhnte unterdrückt, als sie mit den Fingerspitzen am inneren Rand seiner engen Shorts entlangstrich. »Aber ich weiß, wozu ich fähig bin, wenn ich … die Kontrolle verliere.«

»Hast du das denn schon jemals? Ich meine, bis auf neulich?«

Er hielt inne. »Nein.«

»Woher willst du dann wissen, dass es ungut enden wird? Das hat es beim letzten Mal auch nicht getan.«

»Du hattest blaue Flecke.«

Sie grinste. »Und einen ziemlich auffälligen Knutschfleck, ja. Na und? Ich bin erwachsen. Du auch. Warum sollte es uns verboten sein, miteinander zu tun, was uns Spaß macht?«

»Spaß?« Er keuchte, als sie die Finger weiter in seine Shorts schob und sich gleichzeitig zu ihm hinabbeugte und seinen Mund mit ihrem verschloss. Als sie sich kurz darauf wieder voneinander lösten, war ihre Hand ganz in seinen Shorts verschwunden.

»Willst du jetzt vielleicht behaupten, das hier würde dir gerade keinen Spaß machen?«

Patrick stöhnte, als sie ihn sanft umfasste, und rang sichtlich um Selbstbeherrschung. »Du bist ja verrückt!«

»Nur ein kleines bisschen.« Sie brachte ihren Mund ganz dicht an sein Ohr. »Nach dir«, raunte sie und spürte wieder dieses seltsame schwindelartige Gefühl. Mit den Lippen zog sie eine Spur von seinem Ohr über seine Wange bis zu seinem Mund. »Okay, nicht nur ein bisschen.« Langsam tastete ihr Mund sich weiter von seinem Kinn, den Hals hinab und dann in verschlungenen Linien über seine Brust bis zu den wunderbar definierten Bauchmuskeln.

Patrick atmete immer flacher, seine Bauchdecke flatterte leicht unter ihren zarten Küssen. Als sie kurz den Kopf hob, sah sie, dass er die Augen geschlossen und die Hände zu Fäusten geballt hatte. Er wirkte konzentriert – fast ein wenig gequält. Jedoch nicht in dem Sinne, der ihr vorschwebte. Also schob sie sich langsam wieder an ihm hoch, bis ihr Gesicht über seinem war.

»Patrick.« Ihre Stimme schwankte ein wenig. »Du denkst schon wieder.«

»Was?« Als er die Augen öffnete, schlug ihr aus seinem Blick unverhüllte Lust entgegen. Erst mit Verspätung schien er ihre Worte zu begreifen. »Nein, das kann ich gerade gar nicht.«

»Aber du versuchst, die Kontrolle zu behalten.«

Etwas Ähnliches wie ein Knurren drang tief aus seiner Kehle. »Wenn ich es nicht tue, endet das hier schneller, als dir lieb ist.«

»Was mir lieb ist, musst du schon mir überlassen.« Erneut küsste sie sich einen Weg über seinen Hals, seine Schultern, den Brustkorb und hielt erst am Rand seiner Shorts inne. Als sie diesmal zu ihm hochsah, trafen sich ihre Blicke, und ihr wurde heiß und kalt zugleich. Mit einer eleganten Drehung rollte sie sich von ihm hinunter und zog sich hastig ihre Stiefeletten und Strümpfe aus. »Wir haben eindeutig zu viele Klamotten an«, erklärte sie und knöpfte auch noch ihre hautengen Jeans auf und streifte sie ab.

Aufmerksam beobachtete Patrick jede ihrer Bewegungen und entledigte sich schließlich ebenfalls seiner Schuhe, Socken und Jeans. Bevor sie sich wieder über ihn knien konnte, drückte er sie rücklings auf die Matratze und küsste sie – tief und leidenschaftlich. Seine Hände gingen auf Wanderschaft über ihren Körper, streichelten hier, neckten dort, tasteten, erregten.

Das Pulsieren in Angeliques Körpermitte wuchs zu einem drängenden Pochen an, als er seine Hand unter den dünnen Stoff ihres silbergrauen Spitzenslips schob. Er sog scharf die Luft ein, als seine Fingerspitzen warme einladende Feuchtigkeit ertasteten. Auch Angelique rang nach Atem. Sie staunte selbst, wie heftig ihr Körper auf ihn reagierte und wie wenig Kontrolle sie darüber zu besitzen schien. Rasch streifte er ihren Slip ab und warf ihn zur Seite. Im nächsten Moment bäumte Angelique sich mit einem erschrockenen Keuchen auf, als sie Patricks warmen Atem und die Berührung seiner Zunge spürte, mit der er sie weiter erregte.

Hilflos krallte sie sich in die Tagesdecke und vergaß vollkommen, wo sie sich befand. Bunte Sternchen regneten vor ihren geschlossenen Augenlidern nieder, und kalte und heiße Schauer jagten durch sie hindurch. »Das ist unfair«, keuchte sie und hörte ihn leise und rau lachen.

»Du zwingst mich dazu, unfaire Mittel anzuwenden.« Seine Stimme klang belegt und schwankte vor nur unzulänglich gezügelter Leidenschaft. Als diesmal seine Zunge auf ihre empfindlichste Stelle traf, wurde Angelique fast schwarz vor Augen. Stöhnend wand sie sich unter seinem unbarmherzigen Griff, der sie mit Leichtigkeit an Ort und Stelle hielt. Es war zu viel. Sie geriet an ihre Grenzen, suchte nach einem letzten

Rest Kontrolle, doch er war nicht greifbar. Ihr Herz pochte wild in ihrer Brust, und heiße sehnsüchtige Stiche quälten sie. Sie wollte mehr.

Atemlos schlug sie die Augen auf und begegnete erneut Patricks Blick, der ihre eigene Lust unverhüllt widerspiegelte. Er ließ abrupt von ihr ab, sodass sie einen verblüfften Laut ausstieß, doch im nächsten Moment beobachtete sie, wie er die oberste Schublade an seinem Nachttisch aufriss und ein nagelneues Päckchen Kondome daraus hervorholte. Es dauerte nur Sekunden, bis er eines davon übergestreift hatte. Im nächsten Moment zog er sie nicht sehr sanft zu sich heran. Sie drehte sich, kam auf die Knie, spürte ihn hinter sich und dann …

Den lustvollen Schrei, als Patrick schnell und tief in sie stieß, unterdrückte Angelique, indem sie ihr Gesicht fest in die Tagesdecke presste. Sie spürte seine Hände, die hart ihre Hüften umfasst hielten; wieder und wieder stieß er in sie. Dann war er plötzlich über ihr, beugte sich über sie, bis sein Gesicht neben ihrem, sein Mund an ihrem Ohr war. Sanft biss und stieß er zu.

Weitere Sterne explodierten vor ihrem inneren Auge, Erregung steigerte sich zu ungebremster Lust – und auch der allerletzte Rest ihrer Kontrolle war dahin. Stöhnend kam sie ihm entgegen, nahm ihn tief in sich auf, umschloss ihn begierig, wollte, dass es niemals endete, und wusste doch, dass er sie rasend schnell ins Unvermeidliche trieb.

Mit einer abrupten Bewegung entzog sie sich ihm und fasste zugleich nach seinem Arm. Sie kugelten über das Bett, bis er auf ihr lag. Ihre Lippen und Zungen trafen hart aufeinander, begannen einen leidenschaftlichen Ringkampf.

Patrick umschloss eine ihrer Brüste mit der Hand, gerade so fest, dass es noch ihre Lust steigerte, und drang erneut in sie ein. Angelique schlang ihre Beine um seine Hüften, passte sich seinem Rhythmus an – oder er dem ihren? Sie wusste es nicht. Es war bedeutungslos.

Kurz lösten sich ihre Lippen wieder voneinander, und sie schlug die Augen auf, um herauszufinden, warum er die Verbindung unterbrochen hatte. Ihr Blick traf auf seinen, der lustvoll-verhangen auf ihrem Gesicht ruhte. Ihr rasendes Herz überschlug sich fast, Wogen neuer, zugleich aber nicht unbekannter Emotionen wühlten sie auf und übertrugen sich ungebremst auf ihn. Sie konnte den Moment genau erkennen, in dem er begriff – und spürte –, was in ihr vorging.

Kurz, ganz kurz, flackerte etwas in seinem Blick auf, was sie als Widerhall ihrer eigenen Gefühle erkannte. Dann verschloss er erneut ihren Mund mit seinem, trieb sie weiter, weiter, unbarmherzig und wild.

Der Orgasmus überkam sie so machtvoll und schnell, dass sie glaubte, für einen Moment das Bewusstsein verloren zu haben. Während die tosende Flutwelle ihr den Atem raubte, stieß Patrick noch weiter zu, hart, gierig, bis auch er sich seinem Höhepunkt ergab.

***

Wild, schmerzhaft fast, donnerte sein Herzschlag gegen seine Rippen und mischte sich mit Angeliques, den er, Haut an Haut, ebenfalls überdeutlich wahrnahm. Nicht im Gleichklang und doch seltsam vertraut, so als wäre er schon immer da gewesen.

Er hatte recht behalten, es gab nun kein Zurück mehr. Für einen kurzen Moment hatte er sich verloren … und in Angeliques Augen wiedergefunden. Er hatte geahnt, dass das geschehen könnte, nein, war sich sogar sicher gewesen – und hatte es dennoch zugelassen. Hatte ihr vertraut und endlich begriffen, was ihm schon seit einer Weile sowohl Angst einjagte, als auch sein Herz mit vollkommen neuen Empfindungen flutete. Oder waren diese Gefühle gar nicht so neu? Hatte er sie nur schon seit langer Zeit in seinem Herzen verschlossen, weil sie so irrsinnig waren? Seit sie einander vor einem Jahr zum ersten Mal begegnet waren.

»Ich kann immer sofort erkennen, wenn du anfängst, dir den Kopf zu zerbrechen.« Ihre Stimme klang samtig weich an seinem Ohr. Noch immer hatte sie ihre Beine fest um ihn verschränkt, so als wolle sie nicht zulassen, dass er sich von ihr löste. Allerdings lag er schwer wie ein Felsbrocken auf ihr und drückte ihr ganz sicher die Luft ab. Also versuchte er, sich von ihr herunterzubewegen.

»Wag es ja nicht.« Ihr warmer Atem kitzelte ihn an der Schläfe. »Wenn du dich von mir herunterbewegst, löse ich mich in Luft auf ... oder schwebe einfach davon.«

Obwohl er immer noch kaum atmen konnte, musste er lachen. »Im Gegensatz dazu fühle ich mich, als wäre ich schwer wie Blei. Ich glaube, ich kann mich niemals wieder aufrecht bewegen.«

Angelique gluckste. »Gegensätze ziehen sich definitiv an ... und ergänzen sich.« Zärtlich streichelte sie seinen Nacken und die Schultern. Nach einem Moment des Schweigens fügte sie hinzu: »Das war unglaublich.«

Mit einiger Mühe schaffte er es, den Kopf zu heben und ihr in die Augen zu blicken. »Unglaublich unvernünftig?«

»Nein.« Ihr Lächeln traf ihn bis ins Mark und verstärkte das warme schmerzliche Ziehen in seinem Herzen noch um ein Vielfaches. »Unglaublich schön.«

Ihr Lächeln war so offen und ehrlich, dass er nicht anders konnte, als es zu erwidern. »Und was jetzt?«

Mit einem leisen Lachen zupfte sie an den Haarsträhnen in seinem Nacken. »Willst du mich das jetzt jedes Mal fragen, wenn wir miteinander schlafen – oder geschlafen haben?« In ihren Augen funkelte es so herrlich unbeschwert und amüsiert, dass er sich unwillkürlich fragte, wie er jemals ohne diese Frau an seiner Seite ausgekommen war – und wie er es fertigbringen sollte, sie wieder gehen zu lassen.

»Ich bin immerhin dein Arbeitgeber. Da ist es wohl nur natürlich, wenn ich mir ein paar Gedanken mache.«

»Sag bloß, du hattest noch nie etwas mit einer deiner Angestellten.« An ihrem Tonfall erkannte er, dass sie die Antwort längst kannte und ihn nur aufziehen wollte.

»Normalerweise kann ich mich beherrschen.« Auf ihr spielerisches Flirten einzugehen machte ihm Spaß. »Liegt aber vielleicht auch daran, dass mir nie zuvor ein derart impertinentes und rabiates Frauenzimmer begegnet ist. Solche Nervensägen stelle ich normalerweise nicht ein.«

»Du nennst mich eine Nervensäge?« Halb amüsiert, halb verärgert musterte sie ihn.

»Habe ich dir das nicht schon bei unserem allerersten Zusammentreffen klargemacht?«

In ihre Augen trat ein seltsamer, fast nachdenklicher Ausdruck. »Ja, stimmt, das hast du.«

»Aber du hast dich einfach darüber hinweggesetzt.«

Sie lächelte verschmitzt. »So bin ich nun mal.«

»Und trotzdem habe ich mich überreden lassen, dich einzustellen. Macht mich das jetzt zu einem Idioten oder einem Glückspilz?«

»Kommt darauf an, ob es dich nun irre oder glücklich macht.«

»Beides.« Er grinste und rutschte nun doch ein klein wenig zur Seite, um ihr mehr Raum zum Atmen zu geben. »Damals ... wollte ich dich am liebsten auf der Stelle erwürgen.«

»Danke, gleichfalls.«

Er schluckte und wurde wieder halb ernst. »Hauptsächlich deshalb, weil es mir sicherer erschien – und weniger problematisch –, als dich vor allen Anwesenden besinnungslos zu küssen.«

Angeliques Augen weiteten sich, und für einen langen Moment sagte sie kein Wort.

Er schmunzelte. »Zum ersten Mal habe ich es geschafft, dich sprachlos zu machen.«

Sie schluckte deutlich sichtbar. »Ja, aber nur, weil es mir ganz genauso ging. Vielleicht …« Ein schelmisches Lächeln schlich sich zurück auf ihre Lippen. »Vielleicht habe ich die Stelle bei dir nur angenommen, um dieses Versäumnis nachzuholen.«

»Vielleicht habe ich dich auch nur aus diesem Grund eingestellt.«

Sie lachte leise. »Dann haben wir ja jetzt beide bekommen, was wir wollten.« Sie berührte ihn an der Wange. »Und was jetzt?«

Grinsend zog er ihre Hand an seinen Mund und küsste ihre Handfläche. »Das ist meine Frage.« Sehr sachte kreiste er mit der Zungenspitze über ihre Handfläche, bis sie erschauerte. »Wahrscheinlich wird uns darauf heute Nacht keine sinnvolle Antwort mehr einfallen. Also sollten wir damit bis morgen früh warten, schätze ich.« Zärtlich glitt er mit den Lippen zu ihrem Handgelenk, dann langsam ihren Arm hinauf, über ihre Schulter, ihren Hals, bis zu ihrem Mundwinkel. Dort verharrte er einen Moment. »Allerdings hätte ich ein paar Ideen, wie wir die Zeit bis dahin verbringen könnten.«

»Ich hätte da auch den einen oder anderen Vorschlag.« Mit einem verheißungsvollen Lächeln zog sie seinen Kopf zu sich hinab und verschloss seinen Mund mit ihrem.

***

*Meine Güte, hat das aber gedauert, bis einer von den beiden mal aufgestanden und ins Bad gegangen ist. Wenn mich meine innere Uhr nicht täuscht, sind es nur noch ganz wenige Stunden, bis dieses nervige Wecker-Dingsda zu piepsen beginnt. Gut, dass Angelique auf dem Rückweg aus dem Badezimmer die Tür für mich offen gelassen hat. Ich bin wirklich ein Ge-*

*wohnheitstier geworden – zumindest, was das Schlafarrangement hier im Haus angeht. Das Kissen im Wohnzimmer unten ist für tagsüber ganz okay, aber das hier oben in Herrchens Schlafzimmer ist noch viel kuscheliger, und außerdem mag ich es, nachts in seiner Nähe zu sein. Gibt mir irgendwie ein wohliges Gefühl der Sicherheit.*

*Moment, hab ich gerade »Herrchen« gedacht? Ach, was soll's! Ich bin eben müde. Kein Wunder, wenn ich so lange abwechselnd in Joels Zimmer oder vor Jessicas Tür ausharren musste. Aber jetzt kann ich endlich auf meinem angestammten Platz liegen und den Atemzügen der beiden Menschen im Bett lauschen. Irgendwie ist das sogar noch angenehmer, als wenn Patrick allein mit mir hier schläft. Warum wohl? Kann mir das jemand erklären? Na, wie auch immer, so kann es von mir aus bleiben.*

*Habe ich das jetzt wirklich gedacht? Erst Herrchen – und dann so was? Ist ja … gähn … merkwürdig. Was ein müdes Hundehirn so alles zusammenfantasiert. Oder träume ich etwa schon? Falls ja, dann ist dieser Traum gar nicht so übel …*

# 17. Kapitel

Es war noch viel zu früh zum Aufstehen, doch Jessica konnte, nachdem sie einmal aufgewacht war, einfach nicht mehr einschlafen. Sie drehte sich mehrmals von einer Seite auf die andere, fand nun aber auch keine bequeme Position mehr. Und außerdem musste sie zur Toilette. Also kroch sie unter ihrer warmen Bettdecke hervor und tappte im Dunkeln zum Badezimmer, das sie sich mit ihrem Bruder teilte. Auf dem Rückweg fiel ihr Blick auf die halb offen stehende Tür des Gästezimmers.

Warum war die Tür denn nicht verschlossen? Die ihres Vaters stand meistens einen Spaltbreit offen, weil Oskar nachts ein und aus ging, aber Angelique hatte beim letzten Mal bei geschlossener Tür hier übernachtet. Neugierig schlich Jessica bis zum Gästezimmer und warf einen Blick hinein. Das Bett war leer und sah auch nicht so aus, als wäre es benutzt worden.

Jessicas Herz pochte plötzlich ganz schnell in ihrer Brust. War Angelique gestern Abend doch noch nach Hause gefahren, obwohl sie versprochen hatte zu bleiben? Oder …? Enttäuschung mischte sich mit einem Hoffnungsschimmer. An der Unterlippe knabbernd ging Jessica weiter bis zur Schlafzimmertür ihres Vaters und lugte vorsichtig hinein.

Ihr Herz machte einen heftigen Satz, als sie Angelique im Bett liegen sah. Tränen stiegen in ihre Augen. Ihr Vater hatte die Arme um Angelique gelegt und sie fest an sich gezogen. Ganz fest. Auf dem Boden lagen Klamotten. Jessicas Wangen wurden ganz warm, als ihr klar wurde, was das wahrscheinlich zu bedeuten hatte. Ihre Augen hatten sich inzwischen an die Dunkelheit gewöhnt, und durch das Dachfenster über dem Bett drang Mondlicht, sodass sie erkennen konnte, dass Angelique ein T-Shirt trug, das ihr viel zu groß war.

Hinter dem Mädchen raschelte es, und sie hörte Schritte auf dem Fliesenboden. »Was machst du denn da?«, raunte Joel und streckte im nächsten Moment seinen Kopf über Jessicas Schulter. »Boah, echt?«, staunte er.

»Schsch!« Hastig legte Jessica einen Finger an die Lippen. »Du weckst sie doch auf!«

»Ich bin längst wach.« Angeliques amüsiertes Flüstern schreckte beide Kinder auf. Sie lachte leise. »Na, kommt schon herein, wenn ihr schon so früh morgens im Haus herumschleicht.«

Zögernd trat Jessica näher an das Bett heran. »Ich konnte nicht mehr schlafen.«

»Ich auch nicht.« Joel tauchte erneut neben seiner Schwester auf.

Nun regte auch Patrick sich, murmelte etwas, dann hob er ruckartig den Kopf. »Was ist denn hier los?«

Angelique lachte herzlich. »Deine Kinder haben uns ertappt. Wollt ihr zu uns ins Bett kommen?« Angelique lüpfte die Decke ein wenig.

Jessica starrte sie verblüfft an. »Echt jetzt?«

»Klar!« Joel sprang mit Anlauf auf das Bett. Patrick keuchte, weil der Junge auf ihm gelandet war.

Angelique lachte immer noch und rückte ein wenig zur Seite. »Nun komm schon, Jessi, ich beiße nicht.«

Zögernd kroch Jessica auf das Bett und kuschelte sich zu ihrem Bruder unter die Bettdecke. Zusätzlich breitete Angelique die zweite Decke, die sie noch gar nicht benutzt hatten, über ihnen aus.

Angelique legte einen Arm um sie. »Alles in Ordnung?«

Verlegen und glücklich zugleich wischte Jessica sich mit dem Handrücken über die Augen. »Mhm.« Sie hatte einen Kloß in der Kehle, deshalb konnte sie gar nicht reden.

Joel strampelte ein bisschen und drehte sich hin und her, bis er endlich eine bequeme Lage gefunden hatte – mit dem Rücken an seinen Vater gekuschelt. »Seid ihr denn jetzt so richtig zusammen?«

Patrick hüstelte. Angelique lachte schon wieder, und es klang sehr glücklich. »Ich würde sagen, so kann man es nennen.«

*Hey, sagt mal, was ist denn jetzt hier los? Wird das etwa ein Gruppenkuscheln? Und ich bin nicht dabei? Das geht ja schon mal gar nicht. Ich will, nein, ich* muss *mit dabei sein.* Mit einem Bellen und einem riesigen Satz sprang Oskar auf das Bett und trampelte freudig wedelnd auf den vier Menschen herum, bis die Kinder laut kicherten und Angelique gluckste.

»Platz, Oskar, du zertrampelst uns ja sonst.«

Patrick stöhnte, aber es klang gar nicht böse, sondern so, als tue er nur so. »Der Hund soll eigentlich nicht aufs Bett.«

»Ach was, heute können wir mal eine Ausnahme machen!« Quer über Jessica und Joel hinweg streckte Angelique die Hand nach Patrick aus. »Ist mit dir alles okay?«

Er zögerte kurz, dann ergriff er ihre Hand. »Weiß ich nicht.« Er klang ein wenig gequält, aber auch so, als könne er ein Lachen nicht ganz unterdrücken. »Aber wahrscheinlich schon.«

***

»… und dann müssen wir uns unbedingt noch was für Freitag überlegen, weil dann Nikolaus ist und unser Klassenlehrer Herr Thommes das mit uns nachmittags in der Hausaufgabenbetreuung feiern will, und da soll jeder was mitbringen. Auch die, die gar nicht Advent und Weihnachten und so feiern.« Joel redete ohne Punkt und Komma, während er half, den Tisch fürs Frühstück zu decken. »Wie Samuel zum Beispiel, der ist nämlich halb Jude. Also sein Papa ist Jude, und seine Mama ist evangelisch, und deshalb feiern sie Chanukka und Weihnachten, und er soll was ganz Typisches mitbringen, was die Juden zu Chanukka essen. Und Ari und Aisha und Amir sind Moslems, und die sollen auch was mitbringen, was es bei ihnen zu großen Festen gibt. Und Samias Mama kommt aus Indien, und sie hat gesagt, sie bringt auch was Leckeres mit. Was sollen wir denn machen? Sollen wir Plätzchen backen?«

Jessica legte eine Handvoll Besteck auf den Esstisch. »Vielleicht gibt uns Oma Margit das Rezept für das Schwarz-Weiß-Gebäck. Das ist so lecker. Am liebsten mag ich die Plätzchen mit heißer Milch oder Kakao zusammen. Und die Kokosmakronen gingen einfach, die können wir auch machen.«

»Ich frag Papa nachher mal, ob wir backen dürfen«, beschloss Joel und stellte sich dicht neben Angelique, die gerade Kaffeepulver in die Kaffeemaschine einfüllte. »Machst du dann auch mit?«

Angelique verschloss die Kaffeedose wieder sorgfältig. »Wenn es sich einrichten lässt, dann gerne. Nun setzt euch schon mal an den Tisch, und fangt mit dem Frühstück an.« Da in diesem Moment vier Schreiben Vollkorntoast aus dem Toaster sprangen, legte sie sie rasch in den Brotkorb und drückte ihn dem Jungen in die Hand.

Sie kämpfte seit dem Aufstehen mit einem seltsamen Gefühl in der Magengrube. Es war, als sinke ihr Magen immer wieder um einige Meter ab und schnelle im nächsten Moment wie an einem Gummiband wieder zurück an seinen Platz. Gleichzeitig war ihr Puls ganz leicht beschleunigt, sodass sie sich ein bisschen wie in einem Rausch vorkam. Die vergangene Nacht war mehr und schöner gewesen, als sie sich hätte vorstellen können. Auch wenn sie ahnte, dass damit die Probleme, die Patrick umtrieben, nicht aus der Welt geschafft waren, hatte sie doch den Eindruck, einen großen Schritt vorangekommen zu sein. Denn diesmal war es nicht bloß schneller, wilder Sex gewesen, sondern sie waren sich auch auf emotionaler Ebene nahegekommen. Sehr nahe. So nahe, dass ihr Herz und ihr Magen jetzt verrücktspielten. Im Lauf der Nacht hatte Patrick sich immer weiter hinter seiner Schutzmauer hervorgetraut, hatte … nachgegeben. Sich fallen lassen. Ihr vertraut.

Bei der Erinnerung an das, was sie miteinander geteilt hatten, wurde ihr selbst jetzt noch ganz warm. Und diesmal hatte auch er einen Knutschfleck in der Halsbeuge. Und vermutlich auch die eine oder andere Kratzspur auf dem Rücken. Sie selbst hatte vorhin beim Anziehen ein Kussmal auf ihrer rechten Brust entdeckt und würde später, wenn sie unter der Dusche stand, vermutlich noch anderswo Beweise dafür finden, dass es zwischendurch etwas wild zugegangen war. Das störte sie aber nicht im Geringsten, denn was sie heute Nacht erlebt hatte, war nicht nur rau und wild gewesen, sondern zum größten Teil eine herrliche Reise in die Zärtlichkeit. Nur dass man diese weder seinem noch ihrem Körper im Nachhinein ansehen konnte. Doch sie trug sie von jetzt an tief in ihrem Herzen und würde sie ganz sicher niemals wieder vergessen.

Während hinter ihr die Kinder bereits am Esstisch rumorten und kicherten, nahm sie zwei Kaffeetassen aus dem Hängeschrank und wollte gerade nach der Kaffeesahne in der Kühlschranktür greifen, als es an der Haustür klingelte.

Stirnrunzelnd warf sie einen Blick auf die Küchenuhr. Es war erst zehn vor sieben. Wer kam denn so früh zu Besuch?

*Wuff! Jetzt schon jemand an der Haustür? Das ist aber ungewöhnlich. Da muss ich gleich mal laut protestieren!* Bellend rannte Oskar in den Flur.

Rasch stellte Angelique die Tassen auf die Anrichte und folgte dem Hund. Durch die Milchglastür konnte sie die Umrisse einer stämmigen kleinen Person erkennen. Die Furchen auf ihrer Stirn vertieften sich, als sie die Tür öffnete. »Oskar, zurück und Sitz!«

*Hey, warum denn so streng? Ich will doch nur mal gucken. Ach so, deshalb. Die mag mich ja nicht und hat Angst, ich könnte sie auffressen. Na gut, setze ich mich eben.*

»Guten Morgen, Frau Adenbach.« Erstaunt und misstrauisch musterte Angelique die grauhaarige Frau, die, eine Aktentasche unter dem Arm, geschäftsmäßig schmal lächelte.

»Guten Morgen, Frau Sahrmüller.« Die ebenfalls grauen Augenbrauen wanderten fast bis zum Haaransatz. »Das ist ja eine interessante Überraschung. So früh am Morgen hätte ich Sie jetzt nicht hier erwartet. Bitte nehmen Sie den Hund da weg, damit ich hereinkommen kann. Ich darf doch hereinkommen?«

»Angelique, wer ist denn da?« Patrick kam, nur mit einer Jeans bekleidet, die Treppe aus dem Obergeschoss herab. Er war noch dabei, seine Haare mit einem Handtuch abzutrocknen, deshalb sah er die Besucherin erst, als er fast schon an der Tür war. »Oh. Frau Adenbach.« Verblüfft räusperte er sich und warf Angelique einen fragenden Blick zu. »Was machen Sie denn schon so früh hier? Wir haben Sie nicht erwartet.«

Angelique konstatierte, dass die Augenbrauen der Besucherin sogar noch weiter in die Höhe wanderten. Sie hatte also sofort gehört, was auch Angelique bemerkt hatte und was ihr ein angenehm flaues Gefühl bescherte: Patrick hatte *wir* gesagt. Es war ihm gar nicht aufgefallen, denn er sah die Besucherin einfach nur erwartungsvoll an.

»Ich würde gerne hereinkommen und mich kurz umsehen, mit den Kindern sprechen. Dies ist ein offizieller, jedoch unangekündigter Besuch, zu dem mich das Jugendamt ermächtigt hat, nachdem wir erneut mehrfach Hinweise erhalten haben, dass das Wohl der Zwillinge gefährdet sei. Ich weiß, das ist unangenehm, aber wir sind dazu verpflichtet, jedem Hinweis und jeder Anzeige nachzugehen.«

Angelique verschränkte die Arme. »Was denn für Hinweise und Anzeigen? Reicht es nicht bald mal mit dieser Schikane? Das muss Ihnen doch allmählich ebenfalls zu blöd werden, oder?« Schließlich zuckte sie mit den Achseln und drehte sich zu Oskar um. »Komm mal mit, Süßer. Ich bringe dich nach oben ins Schlafzimmer. Aber versuch nicht wieder, alles umzudekorieren.«

»Bring mir bitte was zum Anziehen mit«, bat Patrick rasch.

*Wirklich? Schon wieder irgendwo eingesperrt werden? Das ist ziemlich nervig, wisst ihr das? Und ich kann nicht versprechen, dass ich nicht doch ein bisschen mit der Einrichtung spiele. Allein da oben ist es ziemlich langweilig.* Mit einem ungehaltenen Schnaufen folgte Oskar Angelique nach oben und legte sich auf sein Kissen im Schlafzimmer. Angelique zog ein dunkelbraunes Flanellhemd aus dem Kleiderschrank und warf dem Hund noch einen entschuldigenden Blick zu, bevor sie die Tür hinter sich schloss. »Tut mir leid, Oskar. Es wird bestimmt nicht lange dauern.«

*Das hast du beim letzten Mal auch behauptet, und dann hat es eeeewig gedauert.*

Als Angelique wieder im Erdgeschoss ankam, saß Frau Adenbach bereits mit Patrick und den Kindern am Esstisch. Das fröhliche Geplapper der Zwillinge war einem misstrauischen Schweigen gewichen. Kein Wunder, dachte Angelique, wenn diese Frau sich immer den Anschein gab, negative Fakten über Patrick oder die Kinder sammeln zu wollen. Auch heute wirkte sie ein wenig verknöchert und musterte die Anwesenden sowie ihre Umgebung mit unangenehm neugierigen Blicken. Sobald sie Angelique sah, trat ein geradezu lauernder Ausdruck in ihre Augen. »Frau Sahrmüller, da sind Sie ja wieder. Möchten Sie mir vielleicht erzählen, wie es kommt, dass Sie bereits so früh hier zu Besuch sind?«

Patrick nahm von Angelique das Hemd entgegen und schlüpfte rasch hinein. »Ich wüsste nicht, was Sie das angeht.«

»Angelique hat hier übernachtet«, antwortete Jessica fast zeitgleich und handelte sich damit einen heftigen Ellenbogenstoß ihres Bruders ein. »Was denn? 'tschuldigung. Ist das geheim?« Fragend blickte sie Angelique an. »Durfte ich das nicht sagen? Wir haben uns doch so gefreut.«

»Ihr freut euch also, dass Angelique, äh, also Frau Sahrmüller, hier übernachtet hat?«, hakte die Besucherin sofort nach. »Bestimmt im Gästezimmer, nicht wahr? Ihr habt doch sicher eins.« Sie blickte zur Couch. »Oder habt ihr die Bettsachen schon wieder weggeräumt?«

»Klar haben wir ein Gästezimmer. Da hat Angelique neulich schon mal übernachtet.« Joel spielte mit einer Scheibe Toast herum. »Wir waren gestern zusammen auf dem Weihnachtsmarkt und haben Geschenke gekauft und so, und danach waren wir noch Pizza essen.«

»Bei Luigi«, fügte Jessica hinzu. »Da gibt es die allerleckerste Pizza überhaupt.«

»Und heute Morgen haben wir alle ...« Jessica stockte. »Darf ich das jetzt erzählen oder nicht?«

»Was habt ihr alle?« Heidelinde Adenbach hing geradezu an den Lippen des Mädchens.

Jessica errötete und blickte erneut Hilfe suchend zu Angelique, dann zu Patrick. »Gekuschelt. In Papas Bett.«

»Ah ja.« Wieder kratzten die Augenbrauen der Besucherin an ihrem Haaransatz.

»Das geht Sie nun wirklich nichts an.« Patricks Stimme verriet, dass er allmählich wütend wurde.

Angelique fasste über den Tisch nach seiner Hand und drückte sie. »Das tut es wirklich nicht. Aber da Sie ja offenbar keine Ruhe geben, bevor Sie nicht jedes Detail erfahren haben: Ich habe hier übernachtet, ja. Und nein, nicht im Gästezimmer und auch nicht auf der Couch.« Diesmal setzte sie ihr süßestes Lächeln auf, von dem sie wusste, dass es schon ganz andere Personen in Angst und Schrecken versetzt hatte. »Möchten Sie, dass ich Ihnen ein Bild davon male?«

»Diesen Ton brauchen Sie gar nicht anzuschlagen, Frau

Sahrmüller.« Heidelinde Adenbach wirkte nun ausgesprochen verschnupft. »Ich habe den Auftrag, diese Familie zu überprüfen und festzustellen, ob Joel und Jessica sich in angemessener und einer ihrem leiblichen und seelischen Wohl zuträglichen Umgebung befinden. Wenn Sie meine Fragen als impertinent empfinden, tut mir das leid. Aber ich muss nun einmal sichergehen, alle Fakten korrekt zusammenzutragen.«

»Und neugierig sind Sie dabei kein bisschen«, brummelte Patrick vergrätzt.

»Das hat mit Neugier nicht das Geringste zu tun, das versichere ich Ihnen, Herr Sternbach.« Frau Adenbach verschränkte die Hände auf dem Tisch. Dann wandte sie sich an Angelique. »Ich habe mir erlaubt, ein paar Erkundigungen über Sie einzuholen. Mir war nicht klar, dass Sie zu *den* Sahrmüllers gehören.«

Angeliques Lächeln versteinerte. »Was tut das zur Sache?«

»Was für Sahrmüllers denn? Seid ihr berühmt?«, wollte Joel sofort wissen.

Angelique schüttelte den Kopf. »Nein, nicht berühmt, bloß reich.«

»Echt, du bist reich?« Jessicas Augen waren kugelrund geworden.

»Genau genommen sind es meine Eltern. Ich besitze nur das, was ich mir selbst verdiene.«

»Bis auf Ihren nicht unbeträchtlichen Treuhandfonds, auf den Sie seit Ihrem fünfundzwanzigsten Lebensjahr zugreifen können.« Frau Adenbach maß sie mit eindringlichen Blicken.

»Was ich bisher nicht getan habe. Aber wahrscheinlich haben Sie das auch schon herausgefunden.«

»Worauf wollen Sie eigentlich hinaus, Frau Adenbach?« In Patricks Stimme schwang ein gefährlich gereizter Unterton mit. »Was hat Angeliques Vermögen – oder ungenutztes Vermögen – mit unserer Beziehung oder dem Wohl meiner Kinder zu tun?« Abrupt richtete er sich auf. »Oder wollen Sie vielleicht andeuten, ich wäre nur mit ihr zusammen, weil sie Geld hat?«

Heidelinde Adenbach strich beiläufig über die Tischdecke. »Sie sind ein ambitionierter Jungunternehmer, Herr Sternbach, da wäre es nur verständlich …«

»Nein, wäre es nicht.« Ruckartig stand er auf, sodass beinahe sein Stuhl umgekippt wäre. »Es ist einfach unerhört, was ich mir hier alles vorwerfen lassen muss. Sind Sie eigentlich noch ganz bei Trost?«

Auch Angelique erhob sich rasch und berührte Patrick beschwichtigend am Arm. »Schon gut, Patrick. Selbst wenn es wahr wäre, wäre es immer noch kein Grund, dir seitens des Jugendamtes etwas vorzuwerfen.«

»Es ist ja nicht verwerflich, bei der Wahl des Partners auch finanzielle Aspekte zu berücksichtigen«, fügte Frau Adenbach hinzu und erhob sich ebenfalls.

»Aber ich halte es für verwerflich, dass Sie mir so etwas unterstellen.« Patrick starrte die Besucherin zornig an. »Mein Liebesleben geht niemanden außer mir und der betreffenden Frau etwas an. Ganz abgesehen davon bin ich sehr wohl imstande, meine Familie auch ohne Finanzspritze von außen zu ernähren. Und mein Unternehmen braucht ebenfalls keinen Treuhandfonds, um zu bestehen.«

Angelique drückte seinen Arm, dann trat sie auf Frau Adenbach zu und lächelte wieder ihr Zuckerlächeln. »Ich lege Ihnen nahe, jetzt zu gehen, Frau Adenbach. Und den nächsten unangekündigten Besuch kündigen Sie besser vorher an, damit wir absagen können.«

Frau Adenbach hüstelte. »Ich … äh, also das ist ja wohl ein Paradoxon, das …«

»Und falls Sie noch weitere Informationen über unsere Finanzlage haben möchten, wenden Sie sich bitte schriftlich an uns. Wir werden dann Ihr Anliegen mit unseren Anwälten besprechen.« Mit leichtem Nachdruck geleitete sie die Besucherin zur Tür. »Auf Wiedersehen, Frau Adenbach.« Sie hatte die Tür noch nicht hinter der Frau geschlossen, als sie schon über die Schulter rief: »Jessica, Joel, holt den armen Oskar wieder aus seinem Gefängnis heraus!«

***

»Ist ja nicht wahr, oder?« Empört starrte Laura Angelique über den Tisch im Restaurant des Stadthotels an. Sie hatten sich bereits am Samstag zu diesem gemeinsamen Montagslunch verabredet und warteten gerade auf ihren Hauptgang. »Die taucht wirklich noch vor sieben Uhr bei euch auf und kommt euch dann auch noch derart frech? Ich hätte sie kopfüber zurück auf die Straße geworfen, wenn ich an eurer Stelle gewesen wäre.«

»Patrick war kurz davor, das kannst du mir glauben.« Angelegentlich spielte Angelique mit dem kleinen Tiegel Kräuterbutter herum, den Otto, der Oberkellner, ihnen zusammen mit dem frischen Vollkornbaguette als Vorspeise gereicht hatte. »Ich werde allerdings das Gefühl nicht los, dass sie nur darauf gewartet haben könnte. Genau wie dieser nervtötende Detektiv, der uns sogar auf dem Weihnachtsmarkt nachgestiegen ist. Mitsamt dem Anwalt.«

»Was bitte?« Nun war Laura wirklich entgeistert. »Der Anwalt der Meiningers? Dieser Dr. Wollert – oder wie er heißt – hat euch auf dem Weihnachtsmarkt aufgelauert?«

»Ganz genau. Er hat gewartet, bis Patrick und ich mit dem Karussell gefahren sind, und dann so getan, als sorge er sich darum, dass die Kinder ganz allein nach achtzehn Uhr auf dem Weihnachtsmarkt herumlaufen.«

»Moment, Moment.« Laura horchte auf. »Ihr seid Karussell gefahren?«

Angelique lächelte nun doch verhalten. »Ja. Damit hat gewissermaßen alles angefangen. Wenn man mal davon absieht, dass wir schon den gesamten Nachmittag zusammen verbracht haben. Die Kinder wollten unbedingt, dass wir mitfahren. Irgendwie haben sie sich mit diesem Klaus, dem das Karussell gehört, verbündet, und er hat ihnen zwei Freikarten für uns geschenkt.«

»Ist nicht wahr!«, wiederholte Laura, diesmal jedoch mit einem Lachen. »Die zwei scheinen es ja faustdick hinter den Ohren zu haben.«

»Ich hege schon länger den Verdacht, dass sie uns verkuppeln wollten.« Da Otto in diesem Moment die beiden großen Salatteller mit gegrillten Hähnchenstreifen brachte, sprach Angelique nicht weiter.

»Danke, Otto.« Laura lächelte dem Oberkellner herzlich zu, woraufhin er fröhlich blinzelte und sich wieder zurückzog. »Wie es aussieht, scheinen die beiden damit erfolgreich gewesen zu sein.«

Schmunzelnd griff Angelique zu ihrer Gabel. »Es hat zumindest nicht geschadet, dass sie sich solche Mühe gegeben haben.«

»Ich nehme an, du bist inzwischen in den Genuss von weiterem Sex mit Patrick gekommen.« Laura musterte sie neugierig. »Zumindest wirkst du wie die Katze, die den Kanarienvogel verspeist hat. Und deine Augen leuchten auf diese ganz bestimmte Weise, also leugne es nicht.«

»Das hatte ich gar nicht vor.« Mit einem versonnenen Lächeln spießte Angelique eine halbe Cocktailtomate auf ihre Gabel. »Und diesmal haben wir es sogar bis in sein Bett geschafft.«

»Man höre und staune.«

»Genau.«

Die beiden Frauen lachten verständnisinnig, doch Laura wurde gleich darauf wieder ernst. »Aber zurück zum Thema. Wenn dieser Anwalt und die Tussi vom Jugendamt euch derart zusetzen, sollten wir vielleicht mal einen Familienrat einberufen und uns überlegen, was wir dagegen unternehmen können. Ich würde vorschlagen, dass Patrick sich selbst einen Anwalt nimmt, der dem Jugendamt und diesem Wollert mal gehörig vor den Bug schießt. Es kann doch nicht sein, dass die sich weiß Gott was ausdenken, nur um Patrick in die Pfanne zu hauen.«

»Patrick hat einen Anwalt aus Köln, der ihm von dieser Marianne Kessler empfohlen wurde, mit der Sache beauftragt. Aber anscheinend ist der Typ nicht so gut wie erhofft. Oder überlastet, was weiß ich!«

»Marianne Kessler ist die Hamburger Anwältin, die damals Klarissa vertreten hat.« Nachdenklich aß Laura ein wenig von ihrem Salat. »Schade, dass sie so weit weg lebt und praktiziert. Sie wäre genau die Richtige für diesen Fall gewesen. Der Anwalt, den sie empfohlen hat, taugt also nichts?«

»Er meldet sich kaum auf Anfragen, schreibt Wischiwaschi-Briefe. Ich halte ihn für unfähig. Oder er ist mit anderen Dingen ausgelastet und kümmert sich deshalb so stiefmütterlich um Patricks Fall. Wenn ich einen besseren Anwalt wüsste, würde ich Patrick ja nahelegen, diesen hier zu feuern, aber in der Hinsicht kann ich auch nur im Trüben fischen. Meine Eltern beschäftigen eine ganze Reihe von Anwälten, aber deren Fachgebiet liegt nicht im Familien- und Sozialrecht. Nicht mal die Firma, bei der ich vor Jahren mal angestellt war, würde sich eignen. Die haben sich jetzt ganz auf Marken- und Urheberrecht spezialisiert und vertreten nur noch große Firmen.«

»Soll ich mal Justus fragen, ob er jemanden kennt? Mir fällt auf Anhieb auch niemand ein, aber ich habe mich ja auch jahrelang von allem, was auch nur ansatzweise mit Familie zu tun hat, ferngehalten. Anwälte für Familienrecht wären wohl das Letzte gewesen, worüber ich nachgedacht hätte.« Kurz blickte Laura versonnen in eine unbestimmte Ferne. »Was meinst du, ob ich wohl eine gute Mutter wäre?«

Fast hätte Angelique ihre Gabel fallen gelassen. »Laura! Bist du etwa …?«

»Nein.« Lächelnd schüttelte ihre Freundin den Kopf. »Aber Justus und ich haben neulich mal darüber geredet. Na ja, so andeutungsweise, und jetzt überlege ich, ob wir es nicht einfach mal versuchen sollten.«

»Einfach mal?« Angelique gluckste. »Du weißt schon, dass man so etwas nur sehr schwer wieder rückgängig machen kann, oder? Da solltest du dir dann doch schon sehr sicher sein, ob du das willst.«

»Ja.« Lauras Lächeln vertiefte sich. »Bin ich. Nur … ein bisschen nervös bin ich auch. Ich meine, ich habe so viele Jahre nur für mich selbst gelebt und niemanden an mich herangelassen …«

»Du wärst eine wunderbare Mutter.« Angelique griff über den Tisch hinweg nach der Hand ihrer Freundin. »Daran besteht überhaupt kein Zweifel.« Sie grinste breit. »Ich will die Patentante des Erstgeborenen sein, egal ob Junge oder Mädchen.«

Laura sog hörbar die Luft ein, dann lachte sie auf. »Ich schätze, das lässt sich einrichten. Also, wenn es überhaupt klappt. Man wird ja nicht einfach auf Knopfdruck schwanger, nur weil man beschlossen hat, es zu versuchen.«

»Stimmt, aber bei euch mache ich mir da überhaupt keine Sorgen.« Angelique aß ein paar Bissen, bevor sie weitersprach. »Es wäre gut, wenn du Justus mal wegen eines Anwalts fragst. Oder auch Margit und Hans. Patrick ärgert sich zwar schon länger über diesen Fissthal oder wie er heißt, aber so richtig weiter weiß er wohl auch nicht. Wie auch? Ich meine, er wurde schon mit den Zwillingen ins kalte Wasser geworfen und soll jetzt auch noch wissen, wie man sich gegen diese gruseligen Großeltern zur Wehr setzt? Die scheinen Geld wie Heu zu haben und vor rein gar nichts zurückzuschrecken. Wenn ich mir vorstelle, dass Joel und Jessica bei diesen Leuten aufwachsen müssten, wird mir ganz anders.«

»Du hast die beiden schon ins Herz geschlossen, oder?«

»Wie sollte ich auch nicht?« Angelique seufzte leise. »Die beiden sind einfach toll. Joel ist so frech und offen. Er trägt sein Herz auf der Zunge. Jessica hingegen ist Patrick in vielen Dingen sehr ähnlich. Fast könnte man sagen, zu ähnlich. Ich nenne die beiden meine zwei Austern, weil sie sich beide so schwertun, über ihre Gefühle zu reden.«

Laura schmunzelte, wurde aber gleich wieder ernst. »Aber du und Patrick, das ist jetzt schon was Ernstes geworden, oder? Ihr kennt euch zwar noch nicht sonderlich lange, aber ich habe ja selbst die Erfahrung gemacht, dass Zeit bei so etwas eine eher untergeordnete Rolle spielt.«

»Wir tasten uns allmählich an die ernsthafte Ebene heran.« Angelique hob die Schultern. »Da ist … sehr viel zwischen uns. Und nicht erst, seit ich für ihn arbeite.«

»Was meinst du damit?« Verblüfft hob Laura den Kopf. »Ihr seid euch doch vorher nur einmal begegnet, damals, als du uns mit den Möbeln meiner Eltern geholfen hast.« Als Angelique nur vielsagend nickte, ließ Laura entgeistert die Gabel auf ihren Teller sinken. »Das ist jetzt nicht wahr!«, wiederholte sie zum dritten Mal und schüttelte ungläubig den Kopf. »Ihr habt euch doch die ganze Zeit angegiftet.«

»Ich fand ihn ja auch unerträglich lästig. Das tue ich heute immer noch manchmal.« Lächelnd griff Angelique zu ihrer Apfelschorle und trank einen Schluck. »Und er mich genauso. Allerdings haben wir inzwischen herausgefunden, dass wir schon damals … nun ja.«

»Euch verliebt hattet?«

»So weit würde ich nicht gehen.« Nachdenklich kräuselte Angelique die Lippen. »Oder falls doch, dann ist es uns beiden nicht aufgefallen. Aber es war definitiv schon etwas zwischen uns. Wenn ihr nicht alle anwesend gewesen wärt, wer weiß? Vielleicht hätte die Sache damals schon auf dem Esstisch geendet.« Sie lachte auf. »Dann aber vermutlich auf deinem, denn wir befanden uns ja inmitten deiner Möbel.«

»Gott bewahre!« Nun lachte auch Laura herzlich. »Ich werde schon das Bild von euch beiden auf Patricks Esstisch nie wieder los. Wenn ihr es auf dem meiner Eltern getan hättet, müsste ich jetzt wahrscheinlich in Therapie gehen.«

Sie lachten und schwiegen dann für eine Weile. Als sich ihre Teller schließlich geleert hatten, setzte Angelique erneut an: »Ernst ist es zwischen uns, glaube ich, schon. Sehr.«

»Du glaubst?«

»Ich kann es fühlen.« Angelique schluckte. »Aber einfacher wird es damit trotzdem nicht. Ich weiß nicht genau, was Patrick tief in seinem Inneren umtreibt. Er hat sich mir schon weit mehr geöffnet, als ich gehofft hatte, aber da ist immer noch etwas … Ich weiß auch nicht, was. Irgendetwas steht zwischen uns.«

»Du hast gesagt, dass er sich schwertut, dir zu vertrauen. Solche Dinge brauchen Zeit.«

»Ich weiß. Ich bin zu ungeduldig.« Seufzend schob Angelique den Teller von sich.

»Nein, das finde ich nicht. Du hast ein Recht darauf zu erfahren, wie er zu dir steht und ob es ihm ernst ist.« Diesmal griff Laura über den Tisch und drückte Angeliques Hand. »Lass nicht locker. Ich habe ihn am Samstag beobachtet, andernfalls hätte ich dich ja nicht so energisch darauf angesprochen. Mag sein, dass Patrick es in seiner Kindheit schwer hatte, aber die Eigenart, die Zähne nicht auseinanderzukriegen, wenn es um Gefühlsdinge geht, ist wahrscheinlich angeboren. Sie wurde nur durch seine schlechten Erfahrungen noch verstärkt.« Sanft drückte sie erneut Angeliques Hand. »Bleib dran. Justus hat bei mir auch nicht aufgegeben, und ich habe es ihm weiß Gott nicht leicht gemacht. Wenn Patrick dir etwas bedeutet, musst du dranbleiben.«

Angelique lächelte, schluckte aber zugleich gegen den Kloß in ihrer Kehle und das Herzklopfen an. »Er bedeutet mir etwas, Laura. Ich fürchte sogar, er bedeutet mir alles.«

Lauras Gesichtsausdruck wurde weich. »Du befürchtest es?«

»Ja.« Wieder schluckte Angelique. »Nein, ich weiß es. Ich habe nur keine Ahnung, wie ich damit umgehen soll. Es entzieht sich meiner Kontrolle, und das ist neu für mich.«

Nun ergriff Laura auch noch ihre andere Hand. »Ich mag keine Expertin auf diesem Gebiet sein, aber ich habe gesehen, wie er dich ansieht. Vor allem dann, wenn er glaubt, niemand bemerkt es. Gib nicht auf«, wiederholte sie mit sanfter Stimme. »Ich bin mir sicher, alles wird gut.«

***

»Sag mal, Santa, das war aber nicht deine Idee, oder?« Elfe-Sieben stand vor der Videowand und kratzte sich verwundert am Kopf, sodass ihr die Mütze fast heruntergerutscht wäre. »Das mit dieser Frau vom Jugendamt, meine ich, und diesem Detektiv, der Patrick und Angelique dauernd beobachtet und nervt?«

»Was?« Stirnrunzelnd hob der Weihnachtsmann seinen Blick von den Aufzeichnungen, die er in einem seiner unzähligen Ordner aufbewahrte. »Nein, selbstverständlich nicht. Wie kommst du denn darauf?«

»Ich dachte nur. Aber ich konnte es mir auch nicht vorstellen, weil sie so erpicht darauf sind, Patrick etwas Negatives anzuhängen. Dieser Anwalt genauso. Wenn sie so weitermachen, fährt Patrick mal richtig böse aus der Haut, und das können sie ihm dann vor Gericht ankreiden. Und das würde unseren Plänen ja vollständig entgegenlaufen.«

»Ich weiß, ich weiß.« Seufzend schlug Santa Claus den Ordner zu. »Sie lassen den armen Mann einfach nicht in

Ruhe. Manche Menschen sind leider unerhört missgünstig. Aber beeinflusst habe ich sie ganz sicher nicht. Das wäre ja auch allzu gemein, wie du schon sagtest. Ich will ihm ja helfen. Ihm, Angelique und den beiden Kindern. Immerhin hat Joel mich sehr explizit darum gebeten.«

»Und du hast bereits gute Fortschritte gemacht«, erklang von der Tür her die Stimme seiner Frau. »Hier seid ihr beiden also. Das Essen ist fertig, und die Elfen sitzen alle schon am Tisch. Also kommt jetzt, sonst wird alles kalt.«

»Jaja, gleich.« Elfe-Sieben ging zu Santas Frau und fasste sie an der Hand. »Das mit dem Weihnachtsmarkt und dem Karussell, das warst du, oder? Du hast Elfe-Acht und Elf-Zwei auf die Erde geschickt und sie den Kindern diese Idee einflüstern lassen.«

Der Weihnachtsmann hüstelte. »Und ganz ohne mich vorher zu fragen!«

Seine Frau maß ihn mit vielsagenden Blicken. »Seit wann brauche ich deine Erlaubnis? Außerdem hättest du früher oder später das Gleiche getan. Nur war in diesem Falle früher einfach besser. Bis Weihnachten ist es nicht mehr allzu lange hin. Wir können uns keine Verzögerungen mehr leisten.«

»Da will ich dir gar nicht widersprechen.« Beschwichtigend hob der Weihnachtsmann die Hände. »Es ist bloß so, dass das Gefühlsradar schon wieder sehr seltsame Ausschläge zeigt, wenn es um Angelique und Patrick geht. Ich fürchte, da sind wir noch längst nicht auf der sicheren Seite, auch wenn es so aussieht, als wären die beiden jetzt glücklich zusammen.«

»Was meinst du denn?« Besorgt kam seine Frau näher und warf einen Blick auf die Anzeige des Gefühlsradars. »Du liebe Zeit, ist das ein Kuddelmuddel. Da erkennt man ja kaum, was das Radar uns mitteilen will.«

»Eben.« Santa Claus nickte sichtlich beunruhigt. »Ich fürchte, diesmal muss ich dich fragen, ob du einen Plan B in der Hinterhand hast. Das hier sieht mir nämlich doch sehr bedenklich aus.«

»Einen Plan B?« Ihre Wangen röteten sich. »Ich fürchte, so weit habe ich noch gar nicht gedacht. Es sah doch alles so wunderbar vielversprechend aus! Woher hätte ich denn wissen sollen, dass es so kompliziert wird?«

Santa Claus hüstelte amüsiert. »Dann weißt du jetzt wenigstens, wie es mir immer geht.«

»Und was sollen wir jetzt tun?«

Santa Claus hob die Schultern. »Das, was wir immer tun: Wir warten ab und überlegen uns etwas.«

»Aber uns bleibt nicht mehr viel Zeit!«, warf seine Frau erneut ein, nun sichtlich besorgt.

»Ich glaube, ich rede noch mal mit Elf-Siebzehn«, beschloss Elfe-Sieben. »Vielleicht kann er ja doch noch etwas bei Oskar erreichen.«

»Aber wie soll denn der Hund bei dieser Sache helfen?« Verständnislos blickte Santas Frau die kleine Elfe an. »Wir wissen ja nicht einmal, weshalb das Gefühlsradar so verrücktspielt.«

»Das finden wir schon noch heraus.« Santa tätschelte beruhigend den Arm seiner Frau. »Lass uns jetzt erst einmal etwas zu Mittag essen. Und danach schicke ich einen Teil der Elfenbrigade aus, damit sie Erkundigungen einholen.«

»Und ich schmiede mit Elf-Siebzehn einen Plan«, beschloss Elfe-Sieben. »Ich glaube nämlich nicht, dass Oskar wirklich immer noch weglaufen will. Dazu ist er viel zu glücklich in seiner Familie, auch wenn er das selbst noch nicht bemerkt hat. Er muss uns einfach helfen. Bestimmt wird er auch wollen, dass seine Menschen so richtig glücklich werden.«

»Gut, das wäre dann ja zumindest mal der Anfang von Plan B.« Santas Frau wandte sich zum Gehen, hielt aber inne, als ihr Blick auf den Bildschirm fiel, der die Ereignisse bei Patrick und Angelique zeigte. Die Bild-im-Bild-Funktion war eingeschaltet und zeigte plötzlich neue Szenen. »Ach herrje. Santa, schau dir das an! Ich glaube, jetzt weiß ich, warum das Gefühlsradar so durcheinandergeraten ist.«

»Was ist denn?« Der Weihnachtsmann erhob sich rasch und warf selbst einen Blick auf den Bildschirm. »Oha. Damit hatte ich nicht gerechnet.«

»Damit konnte niemand rechnen.« Elfe-Sieben drehte ein wenig an den Einstellungen, dann fasste sie sich an die Stirn. »Oje, oje, oje. Ob Oskar uns da noch wird helfen können? Das könnte richtig übel enden.«

Santas Frau tippte sich sorgenvoll mit dem Zeigefinger gegen die Lippen. »So was aber auch! Aber vielleicht … vielleicht …«

»Was meinst du?« Neugierig musterten Santa Claus und die Elfe sie.

Die Frau des Weihnachtsmannes nickte vor sich hin, dann lächelte sie mit neuer Zuversicht. »Vielleicht wird doch noch alles gut.«

»Aber da kommt eine Katastrophe auf die beiden zu«, protestierte Elfe-Sieben entsetzt.

Santas Frau nickte erneut. »Das mag sein. Aber manchmal braucht es kleine oder größere Katastrophen, damit die Menschen begreifen, was sie wollen. Und vielleicht kommt auch alles ganz anders, als es jetzt aussieht. Trotzdem sollten wir Elf-Siebzehn zurate ziehen. Ich glaube, ich weiß jetzt, wie mein Plan B aussehen muss.«

# 18. Kapitel

Die folgenden beiden Wochen vergingen nicht nur wie im Flug, sondern für Patrick auch fast wie in einem unwirklichen Rausch. Tagsüber änderte sich zwar kaum etwas an der Routine, die sich zuvor schon zwischen Angelique und ihm eingespielt hatte, doch die Abende – und nun auch Nächte – verbrachten sie fast immer gemeinsam. Es war geradezu erschreckend, wie selbstverständlich sie einen gemeinsamen Rhythmus fanden, sich die Arbeit teilten, sich verstanden. Zwar stieß er sich nach wie vor an ihrer Art, seinen Tagesablauf generalstabsmäßig durchzuplanen, aber im Großen und Ganzen funktionierte das System, sodass es immer seltener zu Reibereien kam.

Seinen Angestellten gegenüber verbarg er nicht, dass er mit Angelique nun eine intime Beziehung führte. Was hätte die Geheimnistuerei auch genützt? Allerdings sah er sich nun immer wieder gutmütigen Neckereien ausgesetzt. Auch seine Familie hielt sich in der Hinsicht nicht zurück, doch da alle Angelique gernhatten, hielt sich der Peinlichkeitsfaktor in Grenzen.

Eines machte ihm jedoch nach wie vor zu schaffen und sogar noch mehr, je intensiver er sich auf diese Beziehung einließ: Gemessen an ihren Fähigkeiten, musste Angelique sich allmählich sehr unterfordert fühlen, was ihre Stellung als seine Assistentin anging. Wie lange würde sie das noch mitmachen? Musste sie sich nicht zwangsläufig irgendwann fragen, ob es nicht besser wäre, sich einen anspruchsvolleren Job zu suchen? Einen Job, der sie dauerhaft forderte und ihrem schon fast an Genialität grenzenden Multitasking-Talent noch mehr entsprach? Und wie in aller Welt sollte er dann damit zurechtkommen?

Patrick war kein komplizierter Mann, sah man einmal davon ab, dass er sich hinter diversen Schutzmauern verbarrikadiert hatte, die genau das, was jetzt mit ihm geschah, hätten verhindern sollen. Ähnlich wie Angelique wich er normalerweise von einem einmal eingeschlagenen Weg nicht mehr ab. Schon gar nicht, wenn er sich so gut anfühlte wie das Zusammensein mit dieser erstaunlichen Frau. Wovor er sich nun fürchtete, war die Tatsache, dass er sich, wenn es so weiterging wie bisher, unwiderruflich in Angelique verlieben würde. Falls das nicht längst der Fall war. Und was dann? Wie sollte er sie wieder gehen lassen, wenn sie beschloss, dass sie anderswo besser aufgehoben war? Es gab in den umliegenden Großstädten viele Möglichkeiten für eine so talentierte Frau. Aber das würde unweigerlich ihren Fortgang von hier bedeuten, und dass eine Fernbeziehung funktionieren würde, konnte er sich nicht recht vorstellen. Vor allem die Zwillinge würden darunter ganz sicher leiden.

Oder machte er sich einfach zu viele Gedanken? Sollte er alles einfach auf sich zukommen lassen? Sosehr er sich auch bemühte, er konnte es nicht. Er war vielleicht nicht altmodisch erzogen worden, aber tief in seinem Herzen war er ein geradliniger Familienmensch, für den der nächste Schritt, wenn alles so lief wie bisher, vollkommen selbstverständlich war. Er wollte mit Angelique zusammen sein. Dauerhaft. Die Intensität dieses Wunsches ängstigte ihn und ließ ihn vollkommen verunsichert zurück, weil sie ihm klarmachte, wie gefährlich es war, ihr sein vollkommenes Vertrauen zu schenken. Er machte sich verletzlich. Und trotzdem wollte er sie.

Inzwischen war er sich ziemlich sicher, dass es damals, vor einem Jahr, tatsächlich bereits angefangen hatte. Doch da hatte er seine Gefühle noch ignorieren, sie von sich schieben und für eine Weile vergessen können. Jetzt war das nicht mehr möglich. Angelique hatte ihn aus seinem Schneckenhaus gelockt, und nun, so fürchtete er, würde er so leicht nicht mehr zurückfinden.

»Also eigentlich ist deine Bürozeit nicht dazu gedacht, Löcher in die Luft zu starren, sondern damit du dich deinen Zeichnungen und der Kundenkorrespondenz widmen kannst.« Angeliques heiterer Tonfall täuschte nicht über die Strenge hinweg, die in ihrer Stimme mitschwang. Sie stand lächelnd in der Tür, in der Hand ein Tablet, auf dem sie etwas eintippte – ihre neueste Errungenschaft, um die Arbeitsabläufe zu optimieren. »Hast du meine Notiz im Terminplan gesehen? Die Jungmöllers planen einen neuen Angriff.«

Allein Angeliques Anblick bescherte ihm Flugzeuge im Bauch. Heute trug sie hautenge graue Jeans, himmelhohe Stiefeletten und eine pinkfarbene Designerbluse mit Rüschen und Pailletten, die ihn sehr an die Sachen erinnerte, die Elena in ihrer neuesten Kollektion anbot. Angeliques Haar fiel ihr, wie fast immer, offen über die Schultern. Ein langer, seidigschwarzer, glänzender Fluss. Am liebsten hätte er die langen Strähnen unter seinen Fingerspitzen gespürt. Jetzt sofort.

Gewaltsam riss Patrick sich von diesem Wunsch und auch von seinen vorherigen trüben Gedanken los. »Ja, habe ich gesehen. Kannst du ihnen nicht sagen, sie sollen zum Teufel gehen?«

Angelique lachte. »Das könnte ich schon, aber sie haben immerhin schon eine Anzahlung geleistet. Ich fürchte, da musst du jetzt durch. Ein paar grundlegende Flausen konnte ich ihnen schon austreiben. Die Details musst du aber übernehmen. Wenn ich mit dabei sein darf, schnappe ich vielleicht noch das eine oder andere auf, was ich dann zukünftig bei anderen Kundenvorabgesprächen schon berücksichtigen könnte, damit du dich nur noch auf das Wichtigste konzentrieren musst.«

Unglaublich. Ein anderes Wort fiel ihm für diese Frau nicht ein. »Willst du vielleicht nebenher noch ein Bauingenieurstudium absolvieren, dann kann ich dir die Details irgendwann vollständig überlassen.«

»Interessantes Angebot, wenn die Firma mir das Studium bezahlen würde.« Sie schmunzelte. »Aber mit meiner Rechenschwäche würde ich da vermutlich doch schnell an meine Grenzen stoßen. Ich fürchte, für Fünftklässlermathematik ist mein Können gerade noch ausreichend, aber mehr ist nicht drin. Joel hat übrigens im letzten Test eine Drei minus geschafft.«

»Ich würde dich gerne küssen.«

Sie kam näher und setzte sich einfach auf seinen Schoß. »Dagegen ist nichts einzuwenden.«

»Patrick, kannst du nachher mal rauskommen und dir die Möbelteile ansehen, die von der Firma Sahrmüller geliefert … Oh.« Toni blieb verlegen in der Tür stehen und rupfte sich die regennasse Baseballkappe vom Kopf. »Störe ich?«

»Nein.« Patrick schüttelte den Kopf.

»Ja.« Angelique lächelte, blieb aber an Ort und Stelle sitzen. Auch sie hielt nichts von Geheimnistuerei. »Schau mal auf die Uhr und den Terminplan, den ich im Foyer an die Magnetwand geheftet habe. Um diese Zeit wird Patrick nicht in seiner Büroarbeit gestört.«

Toni hüstelte, dann grinste er. »Soso, dann weiß ich ja jetzt, was er in dieser sogenannten Bürozeit in Wirklichkeit treibt.«

»Das war reiner Zufall.« Von der Neckerei unbeeindruckt, deutete Angelique auf die Papiere auf dem Schreibtisch. »Ich habe nur einen kleinen Kontrollbesuch gemacht, um sicherzustellen, dass hier nicht getrödelt wird.«

»Getrödelt?« Gespielt empört hob Patrick den Kopf.

»Du hast herumgesessen und Maulaffen feilgehalten, wie man so schön sagt.«

»Ich habe nachgedacht.«

»Worüber?« In ihren Augen blitzte es herausfordernd, als wisse sie die Antwort bereits.

»Ich geh dann mal wieder nach draußen.« Rasch setzte Toni seine Kappe wieder auf und trollte sich.

»Ich komme später nach und sehe mir die Lieferung an«, rief Patrick ihm hinterher.

»Aber erst, wenn du hier fertig bist.« Angelique wandte sich ihm wieder zu.

»Zu Befehl, Frau Feldwebel.«

Sie kicherte. »Einer muss ja hier für Zucht und Ordnung sorgen.« Sie näherte ihre Lippen den seinen. »Okay, vielleicht nicht so sehr für Zucht, sondern nur für Ordnung.« Im nächsten Moment küsste sie ihn bereits, sanft und bestimmt zugleich. Auf diese unvergleichliche Art, die ihm jedes Mal Herzklopfen bescherte.

Unwillkürlich griff er nach ihren Hüften, zog sie näher zu sich heran. Dann hörte er die Eingangstür erneut gehen und stöhnte genervt auf.

»Hallo? Jemand da? Ich habe Post abzuliefern. Ein Einschreiben ist auch mit dabei.«

»Das ist Hubert.« Mit einem Schmunzeln und einem Schulterzucken erhob Angelique sich wieder. »Einen Moment«, rief sie in Richtung Foyer. »Ich habe sofort Zeit für meinen Lieblingsbriefträger!« Sie ging bis zur Tür und drehte sich dort noch einmal um. »Ich habe Margit versprochen, die Kinder heute von der Schule abzuholen und zum Reitunterricht zu bringen, damit sie etwas zeitiger mit deinem Vater zu dieser Hoteliersmesse fahren kann. Ärgerlich, dass es draußen beim Reiterhof keine Bushaltestelle gibt, sonst könnten die zwei einfach mit dem Bus fahren, und wir müssten sie nicht immer bringen und abholen. Ich schalte die Rufumleitung ein, damit du dich nicht ums Telefon kümmern musst, und nehme das Tablet mit. Falls etwas sein sollte, habe ich damit Zugriff auf die wichtigsten Daten hier auf dem Computer.«

»Okay.« Er sah sie schon vor sich, wie sie, das Handy am Ohr und das Tablet auf dem Schoß, im Besucherbereich der Reithalle saß und neben ihren beruflichen Pflichten auch noch seinen Kindern zusah und sie ermutigte.

»Dann kannst du dich heute Nachmittag mal wieder ein bisschen draußen austoben.« Sie zwinkerte ihm zu.

Schon seit drei Tagen hatte Patrick keine Zeit mehr gehabt, sich selbst handwerklich am Bau des aktuellen Blockhauses zu beteiligen. Offenbar kannte sie ihn jetzt schon gut genug, um zu wissen, dass ihn das unruhig – und unausgeglichen – machte. »Danke.«

»Dafür nicht.« Sie zwinkerte ihm zu. »Und falls doch: Du könntest uns heute Abend etwas Gutes kochen.«

»Das lässt sich einrichten.«

»Und jetzt arbeite!« Sie trat durch die Tür ins Foyer, streckte aber den Kopf noch einmal herein. »Wirklich arbeiten. Nicht grübeln. Und fürs Löcher-in-die Luft-Starren bezahlt dich auch niemand.«

»Schon gut, schon gut, hau ab!«

Lachend schloss sie die Tür hinter sich.

***

»Da wären wir. Raus mit euch, ihr zwei Profireiter!« Lachend, weil die Zwillinge während der kurzen Autofahrt nicht einen Moment ruhig hatten sitzen können, scheuchte Angelique die beiden nun hinaus. Dann ließ sie sich für einen Moment im Fahrersitz zurücksinken. »Puh!« Mit einem Schnüffeln schüttelte sie lächelnd den Kopf. Sie hatte ganz vergessen, wie intensiv Reiterkleidung roch, selbst wenn sie regelmäßig gewaschen wurde.

Im Kofferraum hörte sie Oskar rumoren.

*Hallo? Können wir vielleicht auch mal aussteigen? Ich rieche Pferde. Die sind zwar ziemlich groß und manchmal ein bisschen unheimlich, aber neugierig bin ich trotzdem. Und wohin gehen Joel und Jessica? Ich will mit!*

»Jaja, schon gut. Wir steigen doch gleich aus.« Angelique setzte sich auf. Dabei fiel ihr Blick in den Rückspiegel. »Das darf doch wohl nicht wahr sein!« Erbost stieß sie die Fahrertür auf und sprang aus dem Wagen. Mit großen Schritten ging sie auf den schwarzen Mercedes zu, hinter dessen Steuer sie Dr. Wollert erkannt hatte. Erst unmittelbar neben dem Wagen zügelte sie sich, atmete einmal tief durch und setzte ein Lächeln auf, das sich geradezu bösartig anfühlte. Sie stemmte die Hände in die Hüften und blickte den Anwalt abwartend an, bis dieser das Fenster an der Fahrertür herunterfahren ließ. »Sagen Sie, wie nennt man das noch gleich im Juristenjargon, wenn man auf Schritt und Tritt von jemandem verfolgt und beobachtet wird? Stalking?«

Wollert erwiderte ihren Blick beinahe ausdruckslos. Lediglich ein säuerlicher Zug um seinen Mund verriet, dass er sich ärgerte. »Mit Stalking hat unser Besuch hier nicht das Geringste zu tun, Frau Sahrmüller, das versichere ich Ihnen. Meine Mandanten wollten lediglich sehen, wo ihre Enkelkinder Reitstunden nehmen. Da mir bekannt ist, dass der Unterricht freitagnachmittags stattfindet, bot ich mich an, sie herzufahren. Sie werden dem Ehepaar Meininger doch wohl nicht die Freude vorenthalten wollen, bei dieser günstigen Gelegenheit ihre Enkelkinder zu begrüßen.«

Angeliques Blick wanderte zum Rücksitz des Mercedes, auf dem ein gut gekleidetes Ehepaar Ende fünfzig oder Anfang sechzig saß und sie aufmerksam und ein wenig befremdet ansah. Die Frau trug einen weinroten Wintermantel mit Kunstpelzkragen und ihr blondiertes Haar hochgesteckt, ihr Ehemann war grauhaarig mit kurz gehaltenem Vollbart. Auch er trug einen Wintermantel, allerdings in Dunkelgrün, unter dem ein dunkler dreiteiliger Businessanzug zu erkennen war.

Vor Verblüffung über diese unverhoffte Begegnung stolperte Angeliques Herzschlag kurz. Sie ließ sich jedoch nichts anmerken, sondern nickte dem Ehepaar höflich zu. »Guten Tag, Frau Meininger, Herr Meininger. Entschuldigen Sie bitte, dass ich Sie nicht sofort gesehen habe.« Sie wandte sich wieder an den Anwalt. »Also haben Sie jetzt Verstärkung mitgebracht. Fein. Aber um noch einmal beim Thema ›Stalking‹ zu bleiben: Woher genau wissen Sie noch mal, dass die Kinder hier freitags Reitstunden nehmen?«

Während sie sprach, öffneten sich die hinteren Beifahrertüren, und Patricks Schwiegereltern stiegen aus. Gero Meininger reckte sich ein wenig, dann trat er mit zusammengezogenen Augenbrauen auf sie zu. »Und Sie sind …?«

»Angelique Sahrmüller.« Um Höflichkeit bemüht, streckte Angelique ihm ihre rechte Hand hin. »Ich bin die Assistentin Ihres Schwiegersohns.«

»Geliebte wohl eher«, brummelte Wollert.

Angelique warf ihm einen kurzen Blick zu. »Wie rasch sich die Dinge doch herumsprechen. Ich bevorzuge das Wort ›Freundin‹, aber nennen Sie es ruhig, wie Sie wollen.« Sie blickte Gero Meininger wieder in die Augen. »Ich nehme an, Sie sind bereits über meine Herkunft, Familie und so weiter im Bilde. Immerhin werden wir nicht erst seit heute verfolgt und beobachtet.«

»Sie müssen schon entschuldigen.« Ute Meininger kam um das Auto herum, den Mund missbilligend verzogen. »Aber es bleibt uns ja nichts anderes übrig, als über Detektive Erkundigungen einzuziehen. Andernfalls würden wir ja über das Leben der Kinder rein gar nichts erfahren.«

»Haben Sie es schon mal mit Fragen versucht?« Aufmerksam musterte Angelique die etwas steif wirkende Frau, die sie bei näherem Hinsehen jetzt auf Mitte bis Ende fünfzig schätzte. »Mir ist nicht bekannt, dass Patrick nicht mit Ihnen reden will – und das gilt auch für die übrigen Familienmitglieder. Allerdings muss ich schon sagen, dass mir die Tatsache, dass Sie uns Detektive, Ihren Anwalt und zusätzlich das Jugendamt auf den Hals hetzen, sehr suspekt vorkommt. Was versprechen Sie sich davon, wenn ich fragen darf?«

»Was geht Sie das überhaupt an?« Aufgebracht starrte Ute Meininger sie an. »Sie sind also die Geliebte von Patrick Sternbach – und arbeiten für ihn. Ist Ihnen klar, welchen Eindruck das auf uns macht?«

»Nein, bitte sagen Sie es mir.« Angeliques Lächeln gefror auf ihren Lippen.

»Ich würde vermuten, dass Sie gerne am Vermögen der Sternbachs partizipieren möchten. Und womöglich auch an dem der Kinder, das ihnen durch ihre Mutter und uns zusteht.«

Verblüfft riss Angelique die Augen auf, dann lachte sie laut. »Das ist ja ein Witz. Mir werfen Sie Goldgräberei vor, während das Jugendamt der Meinung ist, Patrick sei hinter meinem Treuhandfonds her. Vielleicht sollten Sie sich mal einigen. Oder lassen Sie es einfach, denn weder das eine noch das andere ist zutreffend.«

Wollert hüstelte. »Ich hatte meinen Mandanten Ihre Vermögensverhältnisse noch nicht dargelegt.«

Spöttisch musterte sie ihn. »Hätten Sie mal besser getan. Kommen Sie sich nicht ein kleines bisschen lächerlich vor?«

»Diesen Ton verbitte ich mir!« Entrüstet kräuselte Ute Meininger die Lippen.

Mit einem Räuspern zog ihr Mann nun die Aufmerksamkeit wieder auf sich. »Sie begreifen vielleicht, dass wir sehr besorgt um unsere Enkelkinder sind. Nicht nur ist ihr Vater von sehr fragwürdiger Herkunft und bereits durch auffälliges Verhalten und Jugendstrafen vorbelastet, nun müssen wir auch noch feststellen, dass eine Person, die weder er noch wir kennen, sich offenbar um die Kinder kümmert. Nein, bestreiten Sie es nicht. Er kennt Sie nicht – oder kaum. Sie sind erst seit kurzer Zeit bei ihm angestellt, und nun erfahren wir, dass Sie beide bereits eine Affäre miteinander haben. Sie werden wohl begreifen, dass wir nicht damit einverstanden sein können, unsere Enkelkinder einer solchen lotterhaften und instabilen familiären Situation auszusetzen.«

»Wer hat denn behauptet, dass die Situation instabil ist?« Kopfschüttelnd musterte Angelique ihn. »Und lotterhaft? Finden Sie es nicht sehr anmaßend, jemanden, den sie, wie Sie selbst sagen, nicht kennen, derart vorzuverurteilen?« Ehe er etwas erwidern konnte, trat sie dicht an ihn heran. »Und was Patrick und seine sogenannte Vorbelastung aus seiner Kindheit und Jugend betrifft: Warum sträuben Sie sich eigentlich so dagegen, anzuerkennen, was er aus sich gemacht hat? Haben Sie sich überhaupt schon einmal die Mühe gemacht, ihn näher kennenzulernen? Glauben Sie, seine Eltern oder irgendjemand sonst aus seiner Familie würde zulassen, dass er sich um die Zwillinge kümmert, wenn er ein derart instabiler und gefährlicher Charakter wäre? Sie haben ihn vor seinen Kindern schlecht gemacht. Bestreiten Sie es nicht. Jessica und Joel haben es mir selbst erzählt. Halten Sie das für sinnvoll und der Entwicklung Ihrer Enkel förderlich?«

»Das ist ja wohl die Höhe!« Ute Meininger schoss auf sie zu und wirkte, als wolle sie sich auf sie stürzen. »Was gehen Sie unsere Enkel überhaupt an? Sie haben keine Ahnung, und es spricht in meinen Augen Bände, dass Sie sich so mir nichts, dir nichts auf eine Affäre mit dem Vater der Kinder eingelassen haben. Einem Mann, der schon einmal wegen Körperverletzung, Sachbeschädigung, Diebstahls und was weiß ich nicht alles vor Gericht stand und verurteilt wurde. Haben Sie eigentlich keine Angst, dass er Ihnen gegenüber mal gewalttätig werden könnte?«

»Nein.« Allmählich kochte es in Angelique, doch sie hatte gelernt, sich zu beherrschen. Zwar mehr gegenüber störrischen oder aufbrausenden Kunden und Geschäftspartnern, dennoch kam ihr die Übung nun zugute. »Ich habe keine Angst vor ihm. Die Kinder auch nicht. Dazu besteht auch nicht der geringste Anlass. Patrick ist ein wunderbarer und liebevoller Mann und Vater. Das wüssten Sie, wenn Sie sich von Ihrem hohen Ross herabbegeben würden, um ihn kennenzulernen. Aber Sie verbarrikadieren sich lieber hinter Ihren Vorurteilen aus Angst, Sie würden die Kinder verlieren. Aber wissen Sie was? Wenn Sie so weitermachen, wird Ihnen genau das passieren. Und zwar nicht, weil Patrick das Sorgerecht hat, sondern weil Sie es sich selbst bei Joel und Jessica verscherzen.«

»Also das ist ja wohl …«

»Ute …« Bevor seine Frau erneut aufbrausen konnte, hielt Gero Meininger sie am Arm fest und warf ihr einen beschwichtigenden Blick zu. Dann wandte er sich Angelique zu. »Und Sie glauben, Sie wüssten darüber so genau Bescheid?«

»Das glaube ich nicht nur. Ich kümmere mich um die Zwillinge, wenn Patrick oder seine Eltern nicht dazu kommen. Ich habe mich mit ihnen angefreundet.« Kurz hielt Angelique inne, um sich zu sammeln und die richtigen Worte zu finden. »Es sind ganz tolle Kinder, auf die Sie stolz sein können. Wir sind es jedenfalls. Aber wenn Sie nicht achtgeben, werden die beiden Ihnen entgleiten. Sowohl Joel als auch Jessica haben mich, seit ich sie kenne, schon mehrfach gefragt, warum Sie beide so gemein zu ihnen und ihrem Vater sind. Eine Antwort darauf konnte ich den beiden leider nicht geben. Wenn ich Sie wäre, würde ich mir überlegen, ob dieser Sorgerechtskrieg, den Sie angezettelt haben, es wirklich wert ist, die Liebe Ihrer Enkel aufs Spiel zu setzen.« Angelique schluckte, setzte dann aber noch mutig hinzu: »Wenn ich es recht einschätze, haben Sie die Beziehung zu Ihrer Tochter ja bereits in den Sand gesetzt. Andernfalls hätte sie nicht testamentarisch verfügt, dass nur Patrick das Sorgerecht erhalten soll.«

»Das müssen wir uns ja wohl nicht bieten lassen, Sie unverschämte …«

Ute Meininger wurde erneut von ihrem Mann zurückgehalten, diesmal energischer. »Ute, bitte beruhige dich.« Er bedachte Angelique mit unfreundlichen Blicken. »Wer ist hier jetzt anmaßend? Sie wissen rein gar nichts. Klarissa war immer … schwierig. Wir mussten uns um ihr Wohlergehen kümmern. Sie wurde mit achtzehn schwanger, noch dazu von einem Mann, der den denkbar schlechtesten Ruf besaß und ganz sicher nicht dazu geeignet war, sich um zwei Babys zu kümmern. Das hätten wir niemals zugelassen. Wir mussten die Kinder schützen – und unsere Tochter ebenso. Sie wusste nicht, was gut für sie war, und hat die Konsequenzen tragen müssen. Glauben Sie nicht, dass uns das geschmerzt hat – es noch immer tut?«

»Den Vater der Kinder in Unkenntnis zu lassen und ihn von seinen Kindern fernzuhalten war ganz sicher nicht der rechte Weg.« Angelique blickte Gero Meininger fest in die Augen. »Und auch nicht, wie Sie gehandelt haben, als Ihre Tochter so schwer krank wurde. Sie können unmöglich glücklich darüber sein, dass sie Ihnen das Sorgerecht entziehen wollte. Aber Sie begreifen offenbar immer noch nicht, warum sie das getan hat. Ich würde Ihnen ja nahelegen, sich zu schämen, aber Sie haben offenbar gar kein Gefühl dafür, wann und warum so etwas angebracht ist.« Abrupt wandte sie sich ab.

Im selben Moment kamen Joel und Jessica aus dem kleinen Gebäude neben der Reithalle, in dem sich Umkleidekabinen, Toiletten, zwei Seminarzimmer und ein kleines Reiterstübchen befanden. »Angelique, wo bleibst du denn? Die Reitstunde geht gleich los, und wir haben dir extra einen Sitzplatz ganz vorn …« Joel brach mitten im Satz ab und stoppte so abrupt in seinem Lauf, dass seine Schwester in ihn hineinrannte und beide strauchelten.

»Großmama.« Jessica riss die Augen auf. »Großpapa.« Dann wurde sie bleich, und ihre Miene verschloss sich. »Hallo.« Ihren Blick richtete sie zu Boden.

Joel trat zwar zwei Schritte näher, schien von dem Besuch jedoch auch nicht allzu begeistert zu sein. »Was macht ihr denn hier?«

»Na, also so was! Wollt ihr uns nicht richtig begrüßen?« Ute Meininger trat auf die beiden zu, erreichte damit aber nur, dass Joel die Arme verschränkte und Jessica zurückwich. »Joel? Jessica?« Ratlos blickte sie von den Kindern zu ihrem Mann.

Joel schob das Kinn ein wenig vor, dann löste er die Arme wieder und streckte seiner Großmutter die Hand hin. »Hallo.«

Ute Meininger ergriff die Hand etwas hilflos. »Kriege ich keine Umarmung?«

Joel zog seine Hand wieder zurück und stellte sich neben seine Schwester, die noch immer zu Boden starrte.

Angelique seufzte innerlich. »Na los, ihr beiden, geht schnell zu eurer Reitstunde. Ich komme sofort nach, versprochen.«

»Aber … wirklich?« Nun hob Jessica doch den Kopf, sah aber ausschließlich Angelique an.

»Ganz wirklich.« Mit so viel Wärme, wie es ihr möglich war, lächelte Angelique dem Mädchen zu. »Bis gleich, ja?«

Jessica nickte und wandte sich zum Gehen. Joel folgte ihr, blieb aber nach wenigen Schritten noch mal stehen und drehte sich um. »Ihr könnt ja auch zugucken, wenn ihr wollt. Aber nachher haben wir keine Zeit mehr, weil wir dann mit Angelique und Papa zusammen zu Hause essen. Papa kocht nämlich.« Damit verschwand auch er in der Reithalle.

Die Meiningers blickten den beiden schweigend nach.

Angelique räusperte sich vernehmlich. »Mehr ist da wohl nicht mehr hinzuzufügen. Ich wünsche Ihnen noch einen schönen Tag.« Damit ging sie zu ihrem Auto zurück, um endlich den armen Oskar herauszulassen. Ihr Handy klingelte, und nach einem Blick aufs Display verdrehte sie die Augen und nahm den Anruf an. »Wohnen in Holz, einen wunderschönen guten Tag. Sie sprechen mit Angelique; was kann ich für Sie tun?« Das Smartphone zwischen Ohr und Schulter geklemmt, öffnete sie die Heckklappe ihres Wagens.

»Ja, guten Tag«, erklang eine weibliche Stimme am anderen Ende der Leitung. »Hier spricht Erika Rading-Heuser von der Firma Kollhaas und Gebrüder. Sie hatten uns um einen Kostenvoranschlag für unsere neuen Harze und Holzlacke gebeten, und ich hatte Ihnen ein entsprechendes Schreiben zukommen lassen. Hatten Sie inzwischen Gelegenheit, sich damit zu befassen? Wenn Sie nämlich noch bis zum zwanzigsten Dezember bestellen, könnten wir Ihnen weitere zehn Prozent Rabatt über unsere Vorweihnachtsaktion garantieren, zusätzlich zum Neukundenrabatt selbstverständlich.«

»Selbstverständlich.« Rasch befestigte Angelique die Leine an Oskars Geschirr, schloss den Kofferraumdeckel wieder und holte sich ihr Tablet und ihre Umhängetasche vom Beifahrersitz. »Einen Moment, bitte.« Ein Blick über die Schulter verriet ihr, dass die Meiningers und deren Anwalt noch immer beim Mercedes standen und ihr zusahen. »Ich rufe nur rasch Ihre Mail mit dem Angebot auf.« Mit wenigen Handgriffen hatte sie das Tablet eingeschaltet und das Mailprogramm geöffnet. »Hier ist sie.« Während sie in Richtung Reithalle ging, überflog sie noch einmal das Angebot und verglich es im Geiste mit dem eines anderen Anbieters.

Am Eingang zur Reithalle blieb sie erschrocken stehen, weil Jessica ihr entgegengerannt kam. Die Wangen des Mädchens waren gerötet. Sie schob sich an Angelique vorbei nach draußen und ging mit geballten Fäusten auf ihre Großeltern zu. »Und nur damit ihr es wisst.« Ihre Stimme schwankte ein wenig. »Ich will nicht bei euch wohnen, sondern bei Papa und Angelique und Oskar. Und Joel auch.« Damit machte sie auf dem Absatz kehrt und rannte wieder in die Halle zurück.

Angelique sah ihr verblüfft nach und warf dann einen Blick zu den Meiningers, die wie zur Salzsäule erstarrt beim Mercedes standen. Dann begann Ute Meininger leise und hektisch auf ihren Mann einzureden.

»Hallo? Sind Sie noch dran?«, drang die irritierte Stimme von Angeliques Gesprächspartnerin an ihr Ohr.

»Ja, selbstverständlich. Entschuldigen Sie bitte, hier geht es im Moment ein wenig turbulent zu.« Ihren Blick nun wieder auf das Tablet gerichtet, betrat sie die Halle. »Ich hätte da noch ein paar Fragen zu der Zusammensetzung Ihrer Lacke.« Sie öffnete eine weitere Datei mit Notizen zu Inhaltsstoffen und zog sie so auf das Display, dass sie parallel zu dem Angebot angezeigt wurde. Patrick hatte ihr einiges über die Materialien erklärt, die er vorrangig benutzte und deren Umweltfreundlichkeit ihm besonders wichtig war. Daraufhin hatte sie sich noch weiter in das Thema eingelesen und sich die Datei mit den Stichpunkten angelegt. »Wir sind sehr an der Nachhaltigkeit und Umweltverträglichkeit der von uns verwendeten Farben, Holzlacke und Harze interessiert. Leider geht aus Ihrem Angebot nicht hervor, welche Inhaltsstoffe genau in den einzelnen Produkten enthalten sind, und Ihre Internetseite ist diesbezüglich ein wenig unübersichtlich …« Sie setzte sich auf den letzten noch freien Platz gleich vorn an der Abgrenzung zum Reitplatz. Joel hatte seine Jacke dort deponiert, damit niemand sonst den Platz einnehmen konnte. Während sie leise weiter telefonierte, prüfte sie routinemäßig den Mail-Account auf neue Nachrichten und winkte den Zwillingen hin und wieder zu, wenn Sie an der Abgrenzung vorbeiritten.

Sobald das Telefonat beendet war, entschuldigte sie sich leise bei den Eltern und Aufsichtspersonen, die ebenfalls der Reitstunde beiwohnten, doch die meisten störten sich nicht daran, wenn sie telefonierte. Manche taten es ebenfalls oder unterhielten sich halb laut miteinander.

Nach einer Weile blickte Angelique über die Schulter und bemerkte die Meiningers und ihren Anwalt nahe der Tür. Als sie jedoch einige Minuten später erneut dorthin sah, waren die drei wieder verschwunden.

Kurz überlegte sie, ob sie Patrick telefonisch über den Besuch seiner Schwiegereltern in Kenntnis setzen sollte, wurde dann jedoch von einem weiteren Anruf und mehreren wichtigen E-Mails abgelenkt. Da sie sich zugleich auf die Zwillinge und ihre Fortschritte in der Reitstunde konzentrierte, damit sie später mit ihnen darüber würde reden können, schob sie das unerfreuliche Zusammentreffen fürs Erste beiseite und beschloss, am Abend in Ruhe mit Patrick darüber zu reden.

# 19. Kapitel

Als Patrick seinen SUV in der Garage abstellte, schneite es bereits seit fast einer Stunde heftig. Auf Straßen, Zäunen und Dächern hatte sich eine gut fünf Zentimeter hohe Schneeschicht gebildet, die laut Wetterbericht noch mindestens um das Doppelte anwachsen würde. Angeliques Wagen war nirgends zu sehen, also war sie mit den Kindern wohl noch auf dem Reiterhof. Lange konnte es allerdings nicht mehr dauern, bis sie zurückkehrten, deshalb beeilte er sich, die Einkäufe, die er nach Verlassen der Firma noch rasch getätigt hatte, ins Haus zu tragen und mit den Vorbereitungen für das Abendessen zu beginnen. Er hatte sich entschieden, eine große Lasagne zuzubereiten und dazu einen gemischten Salat zu servieren. Glücklicherweise waren die Zwillinge, was Salat und Gemüse anging, nicht wählerisch – ganz im Gegensatz zu ihm selbst in dem Alter. Allerdings hatte er damals auch niemanden gehabt, der ihn mit kindgerechten Rezepten oder ein wenig Ermutigung dazu angeleitet hätte, solche gesunden Lebensmittel zu sich zu nehmen. Zwar hatten er und seine Schwester manchmal gar nicht gewusst, was sie als Nächstes zu essen haben würden, aber frisches Obst, Gemüse oder Salat hatten in der Regel nicht dazu gehört. Unter den Kindern und Jugendlichen auf der Straße war gesundes Essen bestenfalls verpönt gewesen.

Die Umstellung, als sie schließlich bei Margit und Hans Sternbach eingezogen waren, hatte eine Weile gedauert und war nicht ohne Ärger und Widerstand vor sich gegangen.

Es war nicht so, dass er damals nicht dankbar für sein neues Leben gewesen wäre, aber die Zeit auf der Straße und die Notwendigkeit, sich nicht nur um sich, sondern auch um seine Schwester kümmern zu müssen, hatten ihn gezeichnet und zum Rebellen werden lassen. Noch heute staunte er insgeheim, wie viel Geduld und Verständnis seine Adoptiveltern für ihn aufgebracht hatten. Sie waren die ersten Menschen gewesen, denen er, abgesehen von seiner Schwester, jemals bedingungslos vertraut hatte und die er von ganzem Herzen liebte.

Nun waren da zwei Kinder, von denen er bis vor einem Jahr nicht gewusst hatte, dass sie existierten, die sich aber so schnell und nachhaltig in seinem Herzen eingenistet hatten, dass es ihn manchmal geradezu schmerzte. Ihr Vertrauen zu ihm war deutlich schneller gewachsen als seines zu seinen Adoptiveltern, und er konnte sich inzwischen ein Leben ohne die Kinder gar nicht mehr vorstellen.

Während er die Zutaten für die Lasagne bereitstellte, das Hackfleisch anbriet und die Soße zusammenrührte, sann er darüber nach, dass auch die Beziehung zu Angelique ungewöhnlich schnell eine Tiefe gewonnen hatte, die er sich niemals hätte träumen lassen. Dabei sprachen sie kaum einmal offen und direkt über ihre Gefühle oder Erwartungen. Patrick tat sich nach wie vor schwer damit, und Angelique schien ihn nicht drängen zu wollen. Oder hatte sie andere Gründe, zu diesen Themen zu schweigen? Sie wirkte glücklich, aber ob sie es auch wirklich war und vor allen Dingen, ob sie es an seiner Seite dauerhaft bleiben würde, konnte er beim besten Willen nicht einschätzen, und das säte neue Zweifel in ihm, ob es gut war, sich immer mehr, immer tiefer auf sie einzulassen – ihr vollkommen zu vertrauen.

Der Teufelskreis, in dem er sich befand, war ihm bewusst und ärgerte ihn, sodass er mehrfach leise vor sich hin fluchte, während er abwechselnd Lasagneplatten und Fleischsoße in die extragroße Auflaufform schichtete. Er hatte gerade alles in den Ofen geschoben und Zeit und Temperatur eingestellt, als er Angeliques Wagen vorfahren sah.

Die hinteren Türen öffneten sich gleichzeitig, und Joel und Jessica stürmten auf die Wiese auf der anderen Straßenseite. Der Schnee fiel so dicht, dass er nur schemenhaft erkennen konnte, wie sie mit ausgebreiteten Armen herumtollten. Angelique ließ Oskar aus dem Kofferraum und folgte den Kindern auf die Wiese. Augenblicke später rannte auch sie fröhlich umher und bewarf Joel spielerisch mit einem Schneeball. Es dauerte nur Sekunden, bis sich eine wilde Schneeballschlacht entspann. Das Gelächter und fröhliche Hundegebell drang bis zu ihm herein, sodass er nach einem prüfenden Blick auf Ofen und Uhr seinen Mantel holte und nach draußen eilte.

»Was geht denn hier ab?«, rief er, sobald er die Wiese erreicht hatte. Als Antwort trafen ihn fast gleichzeitig drei Schneebälle an der Brust.

Die Kinder kicherten, Oskar bellte und umkreiste ihn mit wedelnder Rute.

*Hallo, Herrchen, da bist du ja! Äh, Patrick, meine ich. Ach was, Herrchen. Heute ist es so lustig, da ist mir das gerade recht. Noch schöner wäre es allerdings, wenn Angelique mein Frauchen wäre. Ob das irgendwie klappen könnte? Wuff? Ach, was soll's, erst mal rumalbern und im Schnee toben! Ich liebe Schnee! Zumindest, wenn ich hinterher ein warmes Plätzchen zum Trocknen habe. Na, was ist, Herrchen, mach mit, mach mit!*

Leicht verdutzt blickte Patrick auf die drei Schneegeschosse, die an ihm abgeprallt und zu Boden gefallen waren. Prüfend blickte er von den glucksenden Kindern zu Angelique, die ihn breit angrinste. Ganz langsam ging er auf die drei zu und bückte sich dabei in Zeitlupentempo.

Die Kinder kicherten noch lauter.

Als er mit einer blitzschnellen Bewegung zwei Hände voll Schnee aufraffte, stoben die beiden kreischend auseinander. Joel traf er an der Schulter, an Jessica flog sein zweiter Schneeball vorbei. »Na warte, dich kriege ich auch noch«, drohte er und raffte weiteren Schnee auf.

Jessica kreischte erneut auf und versteckte sich hinter ihrem Bruder. Der wiederum rannte auf Angelique zu, um sich hinter ihr in Sicherheit zu bringen.

»Jeder gegen jeden!« Angelique raffte ebenfalls Schnee auf und formte ihn zu einem Ball. Patricks nächstem Geschoss wich sie geschickt aus und landete dafür selbst einen Treffer an seinem Arm.

Patrick wiederum traf mit dem nächsten Schneeball Jessicas Bein und mit dem übernächsten Angeliques Bauch, musste aber zugleich mehrere Treffer von seinen Kindern einstecken und wäre einmal fast über Oskar gefallen, der quiekend und bellend um sie herum und zwischen ihnen hindurch rannte.

*Super, das nenne ich mal Action! Jau, das ist lustig. So macht das Leben Spaß!*

»Was ist denn, machst du etwa schon schlapp?« Angelique lachte, als ihr nächster Schneeball Patricks Ohr streifte. »Ein bisschen flinker musst du schon werden, wenn du mit uns mithalten willst.«

Ihr unbeschwertes Lächeln und das herausfordernde Funkeln in ihren Augen ließen sein Herz höherschlagen. »Ich gebe dir gleich flink«, drohte er, schnappte sich mehr Schnee und rannte frontal auf sie zu.

Verblüfft riss sie die Augen auf und vergaß ganz, ihm auszuweichen, sodass er sie im nächsten Moment schon packen und festhalten konnte. Lachend versuchte er, ihr den Schneeball in den Kragen ihres Mantels zu stecken.

Angelique quietschte und wehrte sich, rutschte dabei jedoch aus und strauchelte. »Hilfe!« Kichernd hielt sie sich an seinem Arm fest und riss ihn mit sich. Patrick versuchte noch, sich zu fangen, musste jedoch Oskar ausweichen, der ihn begeistert ansprang. Im nächsten Moment landeten er und Angelique etwas unsanft auf dem Boden und wurden gleich darauf mit Schneebällen bombardiert. Joel und Jessica kicherten haltlos und verlegten sich schließlich darauf, einfach den Schnee vom Boden in seine und Angeliques Richtung zu schaufeln.

»Ja, ist das denn die Möglichkeit!«, schimpfte er lachend und versuchte, sich so weit aufzurappeln, dass er sich gegen den Angriff wehren konnte. Er bekam Joels Arm zu fassen und zog ihn mit einem Ruck zu sich heran. Der Junge schrie begeistert auf und landete mit seinem vollen Gewicht auf ihm.

Patrick blieb für einen Moment die Luft weg. Dann stöhnte er, weil auch Jessica sich lachend auf ihn gestürzt hatte und gleichzeitig versuchte, noch mehr Schnee in seine Richtung zu schaufeln. Angelique kam ihr zu Hilfe, und bald kugelten sie alle vier bunt durcheinander. Oskar sprang wild bellend um sie herum und trampelte schließlich sogar einfach über sie hinweg, scharrte im Schnee und wirbelte dabei auch feuchte Erde auf.

»Waffenstillstand!« Japsend versuchte Patrick, sich vom Gewicht der beiden Kinder zu befreien, die erneut auf ihm gelandet waren.

»Wie denn, gibst du etwa auf?« Angelique hatte sich neben ihm grinsend auf die Seite gedreht und sah ihnen zu, den Kopf lässig auf die Hand gestützt.

Als Jessica und Joel endlich von ihm heruntergerobbt waren, schnaufte er übertrieben laut. »Du hättest mir ja mal beistehen können.«

»Hätte ich, ja.« Ihr Grinsen verbreiterte sich noch. »Aber es war zu ulkig, euch zuzuschauen.«

»Na, vielen Dank.« Erschöpft blieb er einfach auf dem Rücken liegen und blickte zum Himmel, musste aber blinzeln, weil ihm Schneeflocken ins Gesicht fielen.

»Habt ihr eigentlich schon mal Schneeengel gemacht?«, wandte Angelique sich an die Kinder, die sich jetzt ein wenig beruhigt hatten. »Dazu müsst ihr aber ein Stück weiter auf die Wiese gehen, denn hier ist der ganze Schnee schon von uns zertrampelt.«

»Au ja, das machen wir.« Joel half Jessica auf die Füße, und die beiden rannten ein paar Meter weiter über die Wiese. Dort ließen sie sich einfach auf den Rücken fallen und wedelten eifrig mit Armen und Beinen, damit im Schnee die typische Engelsform entstand.

*Nanu, was macht ihr denn jetzt?* Oskar tappte neugierig näher und schnüffelte an den Kindern.

»Nicht, Oskar, du machst unsere Schneeengel kaputt! Mach Sitz!« Jessica deutete glucksend neben sich, und prompt gehorchte der Hund.

*Also gut, wenn es sein muss. Aber neugierig bin ich trotzdem, was ihr da macht. Oder wollt ihr jetzt etwa im Schnee schlafen? Das wird aber kalt. Na gut, ein Weilchen lege ich mich dazu.*

»Ich glaube, allmählich sollten wir ins Haus gehen, bevor wir uns alle erkälten.« Angelique richtete sich halb auf, doch Patrick war schneller. Ehe sie reagieren konnte, hatte er sich gedreht und auf sie geschoben.

Lachend ließ sie sich zurück in den Schnee sinken. »Huch, was denn jetzt? Bricht der Höhlenmensch in dir durch?«

Grinsend blickte er auf ihr gerötetes Gesicht hinab. »Kann sein.« Sanft strich er ihr eine nasse Haarsträhne aus der Stirn. »Das war die wildeste Schneeballschlacht, die ich seit meiner Schulzeit erlebt habe.«

Schmunzelnd hielt sie seine Hand fest und drückte sie an ihre Wange. »Dito.« Sanft zog sie seinen Kopf zu sich herab. »Gern geschehen.«

Ihren funkelnden Augen und ihren verführerischen Lippen konnte er nicht widerstehen. Sanft küsste er sie, knabberte an ihrer Unterlippe, bis er seine Kinder erneut kichern hörte.

Angelique lächelte gegen seine Lippen. »Das sollten wir vielleicht später an einem etwas trockeneren Ort fortführen«, raunte sie.

»Nichts dagegen einzuwenden.« Er küsste sie noch einmal. Hinter ihm klappten vernehmlich zwei Autotüren und ließen ihn aufhorchen. Als er sich drehte und aufsetzte, stockte ihm für einen Moment der Atem.

»Wie lange gedenkt ihr eigentlich noch im eiskalten Schnee herumzuturnen?« Gero Meininger trat mit missbilligender Miene auf sie zu.

Seine Frau folgte ihm auf dem Fuße. »Sollen die Kinder sich hier draußen etwa den Tod holen?« Sie schoss böse Blicke auf Angelique ab. »Und dann auch noch derart schamlos vor den Kindern herummachen. Also wirklich.«

»Papa und Angelique haben sich doch nur geküsst.« Joel rappelte sich auf und half seiner Schwester, ebenfalls aufzustehen. »Das ist doch gar nicht schlimm. Ich find's gut.«

*Ja, wau. Dieses Mund-auf-Mund oder Küssen machen sie häufig. Es scheint ihnen Spaß zu machen, also warum regt ihr euch so auf? Was wollt ihr überhaupt hier? Ich kenne euch gar nicht, aber ihr wirkt so unfreundlich. Also lasst uns lieber in Ruhe. Ich habe keine Lust auf Streit und schlechte Laune.*

»Hat mich der Hund etwa gerade angeknurrt?« Empört starrte Gero Meininger Oskar an.

*Nein, nur gebrummt. Wenn ich knurre, klingt das anders. Wenn du weiterhin so unfreundlich guckst, kannst du es bald mal hören und den Unterschied feststellen.*

»Das war doch kein Knurren.« Angelique hatte sich behände erhoben und klopfte sich den Schnee von den Kleidern, so gut es ging. »Oskar brummelt manchmal vor sich hin, so als wolle er mit uns reden.«

*Allerdings. In diesem Fall würde ich euch gerne sagen, dass ich hier keinen Streit haben will. Das vertrage ich nämlich gar nicht.*

»Sehen Sie, er stimmt mir zu.« Sanft tätschelte Angelique Oskars Kopf.

»Was für ein Unsinn! Ein Hund kann weder reden noch Ihnen zustimmen.«

*Kann ich nicht? Wie kommst du denn darauf? Wuff?*

Angelique warf Gero und seiner Frau einen vielsagenden Blick zu. »Das war ganz eindeutig seine Antwort.«

Inzwischen hatte auch Patrick sich erhoben und von den meisten Schneeresten befreit. So unvermittelt seinen Schwiegereltern gegenüberzustehen, die er fast gar nicht kannte und die ihm bisher immer extrem missgünstig begegnet waren, versetzte seiner Stimmung einen gehörigen Dämpfer. »Guten Abend, Frau Meininger, Herr Meininger. Ich hatte Sie gar nicht erwartet.«

»Ach, nicht?« Gero Meininger runzelte die Stirn. »Hat Ihre … *Assistentin*«, er betonte das Wort besonders sarkastisch, »unsere Ankunft noch nicht mitgeteilt? Das wäre doch wohl das Mindeste gewesen.«

»Was meinen Sie damit?« Irritiert blickte Patrick von seinem Schwiegervater zu Angelique. »Was meint er damit? Wusstest du, dass die beiden in der Stadt sind?«

Angelique nickte. »Ja. Sie sind vorhin auf dem Reiterhof aufgetaucht, um sich die Reitstunde der Zwillinge anzusehen. Herr Dr. Wollert war auch mit dabei.«

Ein ungutes Gefühl beschlich Patrick und ließ Ärger in ihm hochwallen. Wenn die Meiningers zusammen mit ihrem Anwalt in der Stadt waren, konnte das nichts Gutes bedeuten. Schon gar nicht, nachdem sie ihn und seine Familie jetzt schon wochenlang von einem Detektiv hatten beschatten lassen. Warum hatte Angelique ihm nicht sofort Bescheid gegeben? Sie organisierte vielleicht mittlerweile einen Großteil seines Lebens, aber solche wichtigen Neuigkeiten zu verschweigen, ging dann doch zu weit. Er warf ihr einen finsteren Blick zu und wandte sich an die Besucher. »Wollen Sie vielleicht mit hereinkommen? Ich habe Lasagne im Ofen, die in«, er warf einen Blick auf seine Armbanduhr, »weniger als zehn Minuten fertig sein dürfte.«

»Sie laden uns zum Abendessen ein?« Sichtlich verblüfft musterte Gero Meininger ihn.

»Ich habe Großpapa vorhin schon gesagt, dass wir heute Abend keine Zeit haben, weil wir zusammen essen.« Joel schob sich neben Patrick. »Und nachher wollen wir vielleicht noch einen Film zusammen gucken.«

Stirnrunzelnd blickte Patrick auf seinen Sohn hinab. »Wir schicken eure Großeltern doch jetzt nicht einfach weg.« Auch wenn ihm das deutlich lieber gewesen wäre. Aber die gute Erziehung durch seine Eltern trug Früchte. »Kommen Sie herein, für zwei Personen mehr reicht es allemal. Ich mache bei Lasagne immer eine besonders große Portion.« Während er die Besucher ins Haus führte, überlegte er fieberhaft, wie er sich verhalten sollte. Er hatte noch nie einen Abend – oder überhaupt Zeit – mit Klarissas Eltern verbracht. Hauptsächlich deshalb, weil die beiden sich rigoros dagegen verwehrt hatten.

Am liebsten hätte er seine Eltern angerufen und um Hilfe gebeten, doch die beiden waren inzwischen sicherlich schon in Düsseldorf bei der Hoteliersmesse angekommen. Außerdem war es vermutlich besser, selbst mit diesem Problem zurechtzukommen. Immerhin war er erwachsen. Dennoch war er froh, dass Angelique da war, auch wenn er im Moment nicht genau wusste, was er davon halten sollte, dass sie ihm die Ankunft seiner Schwiegereltern einfach verschwiegen hatte.

»Kommen Sie, setzen Sie sich schon mal.« Mit geschäftsmäßigem Lächeln und ebensolcher Stimme dirigierte Angelique das Ehepaar ins Esszimmer, nachdem sie ihnen die Mäntel abgenommen hatte. »Joel, Jessica, geht nach oben, und zieht euch um. Und lasst nicht die schmutzigen Pferdeklamotten in euren Zimmern liegen.«

Patrick wartete, bis die Kinder eilig die Treppe hinaufrannten. »Kann ich Ihnen etwas zu trinken anbieten? Kaffee, Tee, Wasser oder etwas anderes?«

»Wenn Sie schon so fragen ...« Gero Meininger sah sich interessiert im Zimmer um. »Tee wäre, denke ich, in Ordnung. Ute?«

»Ja.« Seine Frau nickte mit verkniffener Miene. »Schwarzen Tee, wenn Sie den dahaben.«

»Meine Tante liebt schwarzen Tee, deshalb habe ich davon immer einen Vorrat im Haus.« Er wandte sich in Richtung Küche. »Bin gleich wieder da.«

»Ich helfe mit den Tassen. Entschuldigen Sie mich bitte für einen Moment.« Eilig folgte Angelique ihm in die Küche und senkte dort die Stimme zu einem Raunen. »Tut mir leid. Ich wollte dir später erzählen, dass die beiden, oder vielmehr drei, vorhin auf dem Reiterhof aufgetaucht sind. Ich wusste nicht, dass sie vorhatten, auch hier aufzuschlagen. Nicht nach ...« Sie brach ab und räusperte sich.

»Nicht nach was?« Misstrauisch musterte er sie.

»Wir hatten ein etwas unangenehmes Gespräch.«

»Ach.« Er fühlte sich überfahren. »Na toll. Meinst du nicht, das wäre meine Sache gewesen?«

In ihre Augen trat ein zugleich verletzter und verärgerter Ausdruck. »Nein. Ich dachte, das sei unsere Sache.« Abrupt wandte sie sich ab und holte Tassen und Untertassen aus dem Hängeschrank und Löffel aus der Schublade. Ohne ein weiteres Wort kehrte sie ins Esszimmer zurück.

***

»Dieses Haus haben Sie selbst entworfen und gebaut?« Mit kritischem Blick sah sich Gero Meininger erneut in Wohn- und Esszimmer um, nachdem Patrick die Lasagne und den noch eiligst zusammengeworfenen Salat serviert hatte. »Ziemlich geräumig für eine Person. Immerhin sind Sie ja Single und hatten wohl ursprünglich nicht vor, anders als allein hier zu wohnen.«

Angelique beobachtete, wie Patricks Blick ebenfalls durch den großen Wohnraum schweifte. Wenn er eines wusste, dann, dass er sich mit seiner Leistung, was dieses Haus betraf, nicht verstecken musste, und entsprechend selbstbewusst fiel seine Antwort aus. »Ich mag es gerne luftig und geräumig. Ein Blockhaus muss diesem Bedürfnis nicht entgegenstehen, auch wenn manche Leute das immer noch denken, weil die Vorstellung von kleinen Bergblockhütten in ihren Köpfen verankert ist.« Er hielt kurz inne. »Als Joel und Jessica hier ankamen, habe ich die obere Etage vollständig umgebaut, ein zweites Bad installieren lassen und so weiter.«

»Wir haben ja deshalb erst bei Oma Margit und Opa Hans gewohnt«, erklärte Joel, der sich offenbar schneller mit der Anwesenheit seiner Großeltern abgefunden hatte als seine Schwester, die schweigsam blieb. »Jetzt haben wir beide oben ein eigenes Zimmer. Die können wir euch nachher mal zeigen, oder?« Fragend blickte er zu seinem Vater.

»Sicher.« Zustimmend neigte Patrick den Kopf.

Obwohl Angelique nach Patricks harschen Worten vorhin immer noch verschnupft war, wusste sie doch, dass er ihre Unterstützung brauchte. Und noch mehr die Kinder. Sie stieß Jessica, die neben ihr saß, sanft mit dem Ellenbogen an. »Du könntest deinen Großeltern deine neuen Bilder zeigen. Vor allem die Bleistiftzeichnung, die du von deiner Mutter gemacht hast. Was meinst du?«

Jessica zog den Kopf zwischen die Schultern. »Ja, vielleicht.« Es klang eher wie *Lasst mich in Ruhe*.

»Du hast ein Bild von deiner Mutter gemalt?« Ute Meiningers Interesse war geweckt. Sie schluckte hörbar. »Das würde ich sehr gerne sehen.«

»Von mir aus.« Wie schon die ganze Zeit seit Eintreffen

ihrer Großeltern, mied Jessica deren Blick. Stattdessen starrte sie angestrengt auf ihren Teller.

Vorsichtig legte Angelique ihr eine Hand auf die Schulter. »Die Zeichnung ist sehr schön geworden. Jessica hat sie von einem ihrer gerahmten Fotos abgemalt.«

»Also interessierst du dich immer noch fürs Malen«, stellte Gero Meininger fest. An Patrick gewandt fuhr er fort: »Wir hatten in dem Internat, in dem die Kinder waren, bereits um eine besondere Förderung von Jessicas Talent gebeten.«

»Ja, dort gibt es die besten Kunstlehrer«, fügte seine Frau hinzu.

»Ich will nicht wieder ins Internat.« Jessicas Stimme klang wütend und gepresst. »Ihr wollt mich doch nur wieder da hinschicken.«

»Es ist eine ausgezeichnete Schule …«, setzte Ute Meininger an, doch Angelique warf ihr einen strafenden Blick zu und drückte die Schulter des Mädchens.

»Niemand verlangt von dir oder Joel, dass ihr wieder ins Internat geht. Immerhin habt ihr euch gerade erst so richtig hier eingelebt und Freunde gefunden.«

Patrick nickte zustimmend. »Unsere Gesamtschule hat ebenfalls einen ausgezeichneten Ruf. Es ist vielleicht keine teure Privateinrichtung, aber sie bietet eine gute Ganztagesbetreuung und viele freiwillige Zusatzaktivitäten und AGs.«

»Ich bin in der Sport-AG. Die macht Spaß«, mischte Joel sich ein. »Da sind auch Samuel und Ari und ganz viele Mädchen und Jungen aus Familien, die es nicht so gut haben wie wir. Manche von denen sind so richtige Rabauken, sagt Noah, das ist der Sozialarbeiter, der die Gruppe zusammen mit Herrn Winkmann und Herrn Bonner betreut. Die brauchen ganz viel Sport und Bewegung, um sich auszupowern, und außerdem ist Sport gut, um Teamgeist zu lernen und sich mit anderen gut zu vertragen.«

»Bemerkenswert.« Gero Meininger nickte seinem Enkel zu. »Solange sich unter diesen sozial benachteiligten Kindern keine frühkriminellen Elemente befinden.«

»Frühkrimi… was?« Verständnislos sah Joel ihn an.

»Solche wie mich, meinen Sie?« Patrick schnaubte. »Selbst wenn: Hätte ich damals einen Sozialarbeiter gekannt, der sich in dem Maße für Kinder und Jugendliche einsetzt, wie Noah Silberberg es tut, hätte ich mich glücklich geschätzt.«

Angelique sah ihm an, dass er sauer war, jedoch noch nicht so sehr, dass er sich wirklich aufregte. Rasch wechselte sie das Thema: »Hier in der Stadt gibt es auch eine ausgezeichnete Kunst- und Musikschule. Sie besteht schon seit über neunzig Jahren. Ich habe mich kürzlich ein wenig damit befasst, weil ich auch fand, dass Jessicas Talent gefördert werden sollte.« Sie lächelte dem Mädchen aufmunternd zu. »Wenn du Lust hast, können wir uns das Angebot dort mal zusammen ansehen. Allerdings habe ich auf der Homepage der Schule gesehen, dass erst im Februar neue Kurse beginnen. Das hat also noch ein paar Wochen Zeit.«

Jessicas verkniffene Miene entspannte sich wieder eine Spur. »Ja, vielleicht«, wiederholte sie, und diesmal klang es nicht mehr so ablehnend.

»Wir müssen nur aufpassen, dass das nicht mit deinem Reitunterricht kollidiert. Zu viele Nachmittagsaktivitäten arten außerdem in Stress aus.« Angelique warf der Großmutter des Mädchens einen abschätzenden Blick zu. »Vielleicht erst mal nur ein einfacher Zeichenkurs oder etwas in der Art. Wie gesagt, es gibt da sehr vielfältige Angebote.«

Mit säuerlicher Miene nickte Ute Meininger. »Eine Förderung von Jessicas Talent halte ich für sehr wichtig. Wir würden selbstverständlich für die Kosten aufkommen.«

»Das ist nicht …«, setzte Patrick an, doch Angelique schüttelte warnend den Kopf.

»Das ist sehr freundlich von Ihnen«, übernahm sie wieder

das Wort. »Wir kommen gerne darauf zurück, wenn Jessica sich für einen Kurs entschieden hat.«

Patrick schwieg und runzelte in einer Mischung aus Irritation und Verwunderung die Stirn. Offenbar war ihm jetzt erst aufgefallen, was Ute Meiningers Angebot implizierte.

»Äh, guckt mal nach draußen!«, rief Joel dazwischen, den Blick staunend auf die große Glasfensterfront gerichtet. »Da draußen wütet das Schneemonster!«

»Das was?« Verwundert drehten sich die Großeltern zu den Fenstern um.

»Du meine Güte!« Entsetzt schlug Ute Meininger eine Hand vor den Mund. Hektisch stand sie auf und ging zur Fensterfront. »Wir müssen sofort aufbrechen! Wenn es so heftig weiterschneit, schaffen wir es doch sonst nicht ins Hotel nach Köln.«

Patrick gab einen undefinierbaren Laut von sich, doch Angelique warf ihm erneut einen warnenden Blick zu. Die Frage, warum die Meiningers nicht in einem der beiden Sternbach-Hotels gebucht hatten, stellte sich nicht wirklich – wahrscheinlich einfach aus Starrsinn. Rasch erhob sie sich ebenfalls und trat neben Ute. »Setzen Sie sich bitte wieder, und lassen Sie uns in Ruhe zu Ende essen.« Sie blickte prüfend über ihre Schulter zu Patrick und fuhr dann fort: »Das ist ein ziemlich heftiger Schneesturm, da haben Sie recht. Patrick, schau doch mal übers Handy in die Wetter-App, was für heute Abend noch gemeldet ist. Soweit ich mich an die Vorhersage im Radio erinnere, sollte es gar nicht so arg werden. Zwar hatten sie schon noch mehr Schnee angesagt, aber nicht so ein Unwetter. Wenn es jetzt schon mal so ist, schlage ich vor, Sie beide bleiben heute über Nacht hier.«

Hinter ihr erklang erneut ein gepresster Laut, den Patrick jedoch gleich gekonnt in ein Räuspern umwandelte. »Ich habe oben ein Gästezimmer, da können Sie sich einrichten.«

Gero hüstelte vernehmlich. »Sie bieten uns Ihre Gastfreundschaft an? Ist das Ihr Ernst?«

Patrick hob die Schultern. »Sie müssen sie nicht annehmen, aber Sie wissen genau, dass das die vernünftigste Lösung ist.«

»Nun denn.« Etwas ungehalten trommelte Gero mit den Fingern auf der Tischplatte. »Ute, setz dich wieder, und iss zu Ende. Wie es aussieht, werden wir wohl Herrn Sternbachs Angebot annehmen müssen.«

Sehr dezent berührte Angelique Ute am Ellenbogen und wies einladend auf deren Sitzplatz. »Das Gästezimmer ist sehr bequem, und Sie können das Bad der Kinder mitbenutzen.«

Ute zögerte, knetete am linken Ärmel ihrer weißen Bluse herum. Schließlich nickte sie mit verkniffenen Lippen und setzte sich wieder. Schweigend nahm sie ihr Besteck auf und begann zu essen.

Als Angelique sich ebenfalls wieder setzte, traf ihr Blick den von Patrick, der sie mit einem undefinierbaren Ausdruck musterte. Ihr Herzschlag beschleunigte sich. War er ihr böse, dass sie seine Schwiegereltern eingeladen hatte? Er war vorhin schon verärgert gewesen, obwohl sie nun wirklich nicht hatte ahnen können, dass die Meiningers nach dem Zusammentreffen auf dem Reiterhof hierherkommen würden. Kurz fragte sie sich, wo sie wohl Dr. Wollert gelassen hatten, aber im Grunde konnten sie froh sein, diesen unangenehmen Zeitgenossen nicht auch noch beherbergen zu müssen.

Um das unangenehme Schweigen, das sich über die Runde gesenkt hatte, zu durchbrechen, wandte sie sich an Joel. »Ihr habt heute zum ersten Mal den Galopp geübt, nicht wahr?« Erklärend fügte sie für die Großeltern hinzu: »Die Kinder dürfen in einer kleinen Runde von vier Reitern immer schon gemeinsam eine Viertelstunde im Schritt hintereinanderher reiten, und danach teilen sie sich zum Einzeltraining an der Longe auf. Heute durften sie erstmals galoppieren. Sie haben das beide sehr gut gemacht. Ich hatte früher selbst Reitstunden und mich nicht so schnell an den Galopp herangetraut, auch wenn es nur an der Longe war.«

»Echt nicht? Das ist doch total einfach.« Joel reckte sich stolz. »Und macht Spaß. Irgendwann will ich mal ganz allein mit Black Star über die Wiesen galoppieren.«

»Eines Tages wirst du das ganz bestimmt können.« Angelique lächelte ihm liebevoll zu.

»Ja.« Der Junge grinste breit und wandte sich an seine Großeltern. »Black Star ist mein Lieblingspferd. Er ist ein Hengst und ein Rappe und sechs Jahre alt und sooo groß.« Seine Worte wurden von einer entsprechenden Handbewegung begleitet. »Aber Anfänger dürfen ihn nicht reiten, weil er so wild ist. Irgendwann bin ich aber kein Anfänger mehr, und dann darf ich das. Heute habe ich Angel Wings geritten, das ist ein schwarz-brauner Wallach. Der ist auch toll. Und Jessi durfte auf Katama reiten, das ist eine Fuchsstute, die total lieb und brav ist. Jessi mag sie am liebsten von allen Pferden auf dem Reiterhof. Ist doch so, Jessi?«

»Mhm.« Ohne von ihrem Teller aufzusehen, nickte Jessica und schluckte. Schluckte noch einmal. Dann schob sie geräuschvoll ihren Stuhl zurück und sprang auf. »Mir ist schlecht.« Sie rannte so schnell in Richtung Gästebad los, dass sie den Stuhl mit sich riss. Wenn Angelique ihn nicht geistesgegenwärtig festgehalten hätte, wäre er umgekippt.

Schon knallte die Tür zum Gästebad ins Schloss. Patrick sprang besorgt auf, ebenso die beiden Gäste.

»Was ist mit ihr?« Ute strebte bereits in Richtung Bad.

»Warten Sie.« Angelique überholte sie und hielt sie sanft, aber bestimmt zurück. »Lassen Sie mich nach ihr sehen. Bitte«, setzte sie rasch hinzu, als die Frau aufbrausen wollte. »Jessi vertraut mir. Sie ist durcheinander, seit Sie hier sind.«

»Wollen Sie mir deshalb einen Vorwurf machen? Meine Enkelin ist krank, und Sie wollen mich von ihr fernhalten?«

»Ja, will ich.« Entschlossen baute Angelique sich vor der Tür des Gästebads auf. »Und ja, ich würde Ihnen gerne für so einiges Vorwürfe machen. Das hilft aber weder Jessi weiter noch der verfahrenen Situation, in der wir dank Ihnen und Ihrem Mann feststecken. Also bitte, lassen Sie mich nach ihr sehen. Wenn sie möchte, dass Sie zu ihr kommen, sage ich Ihnen Bescheid.«

Ute Meininger wich sämtliche Farbe aus dem Gesicht. Sie schien etwas sagen zu wollen, verschränkte dann aber die Arme vor der Brust und nickte mit der für sie offenbar typischen verkniffenen Miene. Da Angelique ihr nun so dicht gegenüberstand, glaubte sie jedoch, in den Augen der älteren Frau Schmerz wahrzunehmen. Und Angst.

»Ich bin gleich wieder zurück.« Rasch betrat Angelique das Gästebad und schloss die Tür hinter sich. Jessica kniete vor der Toilette und atmete heftig und laut, schien sich jedoch nicht übergeben zu haben. Angelique ging neben ihr in die Knie. »Was ist denn passiert, Liebes? Alles in Ordnung?«

Jessica schüttelte nur den Kopf, würgte, erbrach sich jedoch immer noch nicht. Tränen rannen dem Mädchen übers Gesicht.

Sanft strich Angelique ihr die lockigen braunen Haare aus dem Gesicht und hielt sie ihr im Nacken zusammen. Dann griff sie in ihre Hosentasche und zog ein einfaches Haargummi hervor. Geschickt wand sie es um Jessicas Haar, damit es ihr nicht wieder ins Gesicht fallen konnte. »Hast du irgendwas gegessen, was dir nicht bekommen ist?«

Wieder schüttelte das Mädchen nur den Kopf.

»War dir vor dem Essen schon schlecht?«

Erneutes Kopfschütteln.

»Heute Nachmittag?«

»Mh, mh.« Noch immer atmete Jessica viel zu heftig. Wieder würgte sie, dann schluchzte sie auf. »Mir ist so schlecht. Mein Bauch tut weh, und mein Herz schlägt total schnell. Bin ich krank?«

Besorgt legte Angelique ihr einen Arm um die Schultern und zog sie an sich. »Ich weiß es nicht genau. Kam das jetzt ganz plötzlich und ohne Vorankündigung?«

»Mhm.«

»Ist dir schwindelig?«

»Weiß nicht. Nein.«

Prüfend strich Angelique über die Stirn des Mädchens, dann prüfte sie den Puls. »Versuch mal, ein bisschen langsamer zu atmen. Ein … aus … ein … aus.«

»Kann nicht.« Noch mehr Tränen strömten über Jessicas Wangen. Verzweifelt presste sie ihr Gesicht gegen Angeliques Schulter. »Kannst du Papa holen?«

»Na klar.« Schon wollte Angelique sich erheben, doch da hörte sie bereits Patricks Stimme und dann, wie er die Tür öffnete und hinter sich wieder schloss.

Mit zwei Schritten war er bei seiner Tochter und kniete sich auf der anderen Seite neben sie. »Hey, was ist denn hier los?« Er bemühte sich um eine heiter-ruhige Stimme, doch seiner Miene war die Besorgnis deutlich anzusehen. Sanft streichelte er Jessica übers Haar.

Hinter ihnen öffnete sich die Tür erneut leise. Angelique wollte schon protestieren, doch als sie Joel erkannte und hinter ihm seine Großeltern, die beide mit betroffenen Mienen dastanden, jedoch keine Anstalten machten, hereinzukommen, wandte sie sich wieder Jessica zu.

Das Mädchen weinte immer noch und atmete hektisch. Dann stieß sie ein erneutes würgendes Schluchzen aus und warf sich von Angeliques Armen in die ihres Vaters. »Mir ist so schlecht, Papa. Ich will nicht weg. Nicht ins Internat und nirgendwo sonst hin, auch nicht, wenn da so tolle Kunstlehrer sind. Ich will hierbleiben! Aber wenn Großmama und Großpapa jetzt hier sind, überreden sie dich bestimmt, dass wir wieder wegmüssen. Sie haben Mama auch immer zu allem überredet.« Ihre Stimme klang dumpf und gepresst, weil sie ihr Gesicht gegen seine Brust drückte und immer noch von einem Weinkrampf geschüttelt wurde. Angelique konnte spüren, dass das Mädchen nun auch noch zu zittern begann.

»Das sind die Nerven.« Sie sprach leise, nahm aber an, dass die Meiningers sie trotzdem hören konnten. »Ich glaube, sie hat so etwas wie eine …«

»Panikattacke.« Patrick nickte sorgenvoll. »Ich kenne die Symptome. Ricarda hatte als junges Mädchen oft welche.«

»Brauchen wir einen Arzt?«

»Ich will nicht zum Arzt. Ich will nur hierbleiben.« Wie eine Ertrinkende klammerte Jessica sich an Patrick.

»Du brauchst doch auch nirgendwohin zu gehen. Niemand hat gesagt, dass ihr von hier wegmüsst.« Liebevoll streichelte Angelique ihr über den Rücken und warf dabei dem Ehepaar Meininger einen beredten Blick zu.

Ute Meininger war aschfahl, ihr Mann wirkte betroffen.

»Hey, sollen wir heute noch mal *Der kleine Lord* angucken, Jessi?« Vorsichtig kam Joel näher und hockte sich halb hinter seine Schwester. Unbeholfen streichelte er ihr ebenfalls über den Rücken. »Letztes Mal hast du ja den Schluss verpennt. Oder im Fernsehen läuft heute *Der Grinch*, aber da sind dann dauernd Werbepausen. Oder wir gucken den einen Weihnachtsfilm mit Sandra Bullock, den du am liebsten magst. Der läuft im Streaming, das hab ich neulich gesehen. Ich weiß bloß nicht mehr, wo, aber wir können ja mal nachgucken.«

Jessicas Schluchzen ebbte ein wenig ab. »*Während Du schliefst*?«

»Ja, den. Der ist eigentlich ganz cool. Ich find den Nachbarn so witzig, der immer ihre Schuhe und Kleider anprobieren will.«

»Ja.« Jessica schniefte, hielt sich aber immer noch an Patrick fest, der ihr sachte übers Haar streichelte. Allmählich ging ihr Atem wieder normal. »Der ist lustig.« Vorsichtig hob sie den Kopf. »Mir ist immer noch schlecht, aber nicht mehr so doll.«

»Glaubst du, du kannst aufstehen?« Vorsichtig rückte Angelique ein wenig zur Seite.

»Weiß nicht.«

*Hey, hallo, was in aller Welt ist denn hier bloß los? Nun lasst mich endlich mal hier rein! Ich muss doch sehen, was passiert ist. Irgendwas stimmt mit Jessica nicht. Da muss ich versuchen zu helfen. Wau, verdammt noch mal.*

»Nein, nicht. Bleib hier! Haltet den Hund fest, sonst verletzt er Jessica noch!« Ute versuchte, Oskar davon abzuhalten, sich in das Gästebad zu drängen, hatte jedoch keinen Erfolg.

*Nichts da, ich geh da jetzt rein.*

»Lassen Sie Oskar doch. Er will bestimmt nur nach Jessica sehen.« Angelique machte dem Hund Platz, der sofort eifrig an Jessica schnüffelte und ihr übers Gesicht leckte. »Hunde sind sehr feinfühlige Tiere und merken sofort, wenn es einem ihrer Menschen nicht gut geht.«

*Und wie ich das merke! Hey, Jessica, was hast du denn? Hast du geweint? Du schmeckst ja ganz salzig.*

»Iiih, das kitzelt.« Jessica schniefte und stieß ein halbes Schluchzen aus, das sich mit einem unfreiwilligen Kichern mischte. Halbherzig wehrte sie die nasse Hundezunge ab.

*Oh, gut, du lachst wieder. Da bin ich aber erleichtert. Komm, steh auf und spiel was mit mir. Oder wir schmusen. Aber nicht in diesem engen Bad. Drüben im Wohnzimmer ist doch viel mehr Platz!*

Etwas mühsam rappelte Jessica sich auf. Patrick stützte sie vorsorglich, bis er sich sicher war, dass sie allein gehen konnte. Angelique nahm sie an der Hand und kehrte mit ihr in den Wohnbereich zurück. »Essen möchtest du jetzt wahrscheinlich erst mal nichts mehr, oder?«

Unschlüssig blickte Jessica zum Esstisch. »Weiß nicht. Mein Bauch tut noch ein bisschen weh. Aber Hunger hab ich trotzdem.«

»Weißt du was?« Patrick nahm eine weiche Wolldecke aus einer Holztruhe vor einem der Fenster und breitete sie auf dem Sofa aus. »Du legst dich jetzt ein bisschen hin und ruhst dich aus. Ich stelle dir deinen Teller und dein Glas auf den Couchtisch. Wenn du etwas essen willst, kannst du das tun, wenn nicht, ist es auch nicht schlimm. So hat deine Oma Margit das immer gemacht, wenn ich krank war. Und wenn wir anderen mit dem Essen fertig sind und den Tisch abgeräumt haben, gucken wir uns alle diesen Film an. Wie hieß er noch gleich?«

»*Während Du schliefst.*« Angelique zwinkerte Jessica übertrieben zu. »Das Datum musst du dir im Kalender rot anstreichen. Es wird dir nicht oft passieren, dass gleich zwei Männer sich freiwillig bereit erklären, diesen Film mit uns anzuschauen.«

Patrick verdrehte die Augen. »Ist er so schlimm? Elke und Viola gucken sich dauernd solche Schmonzetten an, aber an diesen hier kann ich mich nur noch sehr dunkel erinnern.«

»Du wirst es überleben.« Sie grinste vielsagend. »Außerdem passt er perfekt in die Vorweihnachtszeit. Da darf es ein bisschen romantisch zugehen.«

»Ist romantisch hier ein Synonym für extrem schmalzig?«

»Das musst du selbst entscheiden.« Sie drehte sich zu den Meiningers um, die sich wieder an den Tisch gesetzt hatten und auffallend still geworden waren. »Es geht Jessica schon wieder besser. Anscheinend haben ihre Nerven ein bisschen unter dem heutigen Tag gelitten.«

»War das …?« Ute schluckte. »Hatte sie wirklich eine Panikattacke? Muss sie damit nicht zu einem Arzt?«

»Nur wenn es noch schlimmer wird oder häufiger auftritt.« Patrick ließ sich ebenfalls wieder auf seinem Platz nieder. »Meine Schwester hatte damit früher auch zu kämpfen. Ich kenne mich ganz gut damit aus und weiß, was zu tun ist, wenn es richtig akut wird.«

»Richtig akut? Das war es doch eben schon!« Gero runzelte besorgt die Stirn.

»Nein, das war nur eine vergleichsweise schwache Attacke. Mehr so etwas wie ein verschleppter Weinkrampf.« Patrick griff nach seinem Weinglas und nahm einen großen Schluck, wohl um seine eigenen Nerven zu beruhigen. »Ich will das nicht herunterspielen. Panikattacken sind ernst zu nehmen. Aber wie gesagt, ich habe das bei Ricarda schon oft gesehen und weiß noch, welche Tipps uns ihr Arzt damals gegeben hat. Wenn sich die Attacken häufen sollten, werden wir auf jeden Fall zu Dr. Reinhard gehen. Er praktiziert immer noch im Ärztehaus in der Innenstadt.«

»Ich will nicht zum Arzt!«, protestierte Jessica.

»Ich glaube auch nicht, dass das jetzt schon nötig ist.« Angelique tauschte einen kurzen Blick mit Patrick. »Jessica ist ein sehr sensibles Mädchen, da können die Nerven schon mal durchgehen.«

»Bin ich überhaupt nicht.«

Angelique lachte. »Das ist doch überhaupt nichts Schlimmes, Jessi! Du nimmst dir nur manchmal alles ein bisschen zu sehr zu Herzen. Heute kam so viel zusammen … Wenn wir Glück haben, war das die erste und einzige Panikattacke, die du je hattest.«

»Also, ich kann Ihren Optimismus nicht teilen.« Gero drehte seinen Teller hin und her. »Was, wenn eine ernste psychische Krankheit dahintersteckt?«

Angelique seufzte. »Was, wenn einfach nur Jessicas Angst dahintersteckt, dass Sie sie von hier wegholen und damit entwurzeln wollen?«

»Ich will auch nicht von hier weg.« Lustlos stocherte Joel in seiner Lasagne herum.

Gero und Ute sahen einander lange an, äußerten sich jedoch nicht dazu.

»Wie wäre es, wenn wir das Abendessen einfach abbrechen?«, schlug Angelique vor. »So wie ich das sehe, hat sowieso niemand mehr Appetit. Räumen wir den Tisch ab, und dann würde ich vorschlagen, wir versuchen es stattdessen mit dem Film und Eiscreme.«

»Au ja!« Joels Augen leuchteten auf. »Ich will das Eis mit den Keksstückchen.«

Angelique stupste ihn an. »Du willst gar nichts. Du möchtest bitte.«

»Äh.« Der Junge zog den Kopf ein. »Ja. 'tschuldigung. Ich möchte bitte das mit den Keksstückchen.«

»Und ich das mit der Schokolade und den Nüssen«, kam es etwas piepsig von der Couch her.

»Also gut, dann räumen wir hier mal das Feld.« Patrick erhob sich und begann, die Teller aufeinanderzustapeln.

Ohne ein Wort zu sagen, half Ute ihm und trug schließlich auch noch die Auflaufform in die Küche.

Gero sah ihr kurz hinterher und musterte dann Angelique, die die Gläser einsammelte, um sie zum Couchtisch zu tragen. »Meine Frau leidet sehr unter der Situation.« Er sprach so leise, dass selbst Angelique Mühe hatte, ihn zu verstehen.

Sie hielt inne und erwiderte seinen Blick ernst. »Sie beide haben es in der Hand, oder etwa nicht?« Ohne auf seine Reaktion zu warten, stellte sie die Gläser auf dem Couchtisch ab und schaltete den Fernseher ein. Nach einigem Suchen auf den Streaming-Portalen fand sie den gewünschten Film. »Hier, Jessi, willst du ihn schon mal einschalten? Ich hole uns schnell das Eis.«

***

»Das warst du, oder?« Santa Claus trat mit seinem Tablet in der Hand an die riesige Kücheninsel, auf der seine Frau mehrere Kuchengitter voller frisch gebackener Plätzchen zum Abkühlen ausgebreitet hatte. Sie selbst stand an der langen Anrichte und rollte weiteren Teig aus.

»Was meinst du?« Als er ihr das Tablet mit dem Videostream unter die Nase hielt, den er von der Videowand in seinem Büro auf das handliche Gerät umgeleitet hatte, lächelte sie erfreut. »Ach, das meinst du. Ja, stimmt, ich habe kürzlich ein kleines Schwätzchen mit Petrus gehalten und ihn gebeten, ein bisschen am Wetter zu drehen. Hat doch ausgezeichnet funktioniert, oder? Als Dankeschön kriegt er bis Weihnachten regelmäßig Kostproben von meinem Gebäck.«

»Du hast Petrus bestochen?« Santa Claus riss empört die Augen auf, musste sich dann aber doch ein Lachen verkneifen. »Du bist ja noch schlimmer als das Christkind und ich zusammen!«

»Nein, netter, denn von euch hat Petrus noch nie Kuchen und Gebäck bekommen.« Sie schmunzelte. »Das Wichtigste ist aber doch, dass mein Plan B hervorragend funktioniert.«

»Bist du dir da sicher?« Der Weihnachtsmann setzte sich auf einen Küchenstuhl. »Das Gefühlsradar spinnt immer noch ganz schön herum. Ich bin mir gar nicht so sicher, dass das alles so ausgeht, wie du es dir erhoffst.«

Seine Frau lächelte. »Du unterschätzt mich. Mein Plan ist ja noch längst nicht bis zum Ende ausgeführt. Ich habe mich ein bisschen mit Patrick und Angelique befasst und alles genau durchdacht.«

»Wirklich alles?« Skeptisch blickte Santa Claus noch einmal auf das Display des Tablets. »Im Moment sieht es zwar gut aus, aber wie gesagt, das Gefühlsradar ist immer noch ganz durcheinander.«

»Wahrscheinlich, weil noch ein paar Hürden und Schwierigkeiten zwischen Patrick und Angelique und ihrem Glück liegen.« Seelenruhig begann seine Frau, sternförmige Plätzchen auszustechen.

»Und das bereitet dir gar keine Sorgen?« Ungläubig sah der Weihnachtsmann ihr zu. »Dir ist schon bewusst, dass wir nur noch zehn Tage Zeit haben, um Joels Wünsche zu erfüllen, ja?«

»Vollkommen bewusst.« Sie lächelte ihm zuversichtlich zu. »Vertrau mir, mein Lieber. Ich hatte zwar erst nicht alles genau bedacht, aber nachdem ich mich ein bisschen mehr mit den beiden befasst habe, glaube ich, dass am Ende alles gar nicht so kompliziert ist, wie es scheint.«

»Tatsächlich?«

»Ja, und wenn alles so läuft, wie ich es mit den Elfen abgesprochen habe, und wenn Oskar auch mitspielt, wird alles gut werden.«

»Das sind aber zwei ziemlich wackelige Wenn.« Santa Claus war noch immer nicht überzeugt.

»Nein, gar nicht. Ich habe das Problem nämlich jetzt gefunden und die geeigneten Maßnahmen ergriffen, um es zu lösen.« Sie wechselte vom Sternenförmchen zum Mondförmchen. »Elfe-Sieben und Elf-Siebzehn sind auch schon auf dem Weg zur Erde, um mit Oskar zu reden. Ich habe alles unter Kontrolle.«

Der Weihnachtsmann erhob sich zögernd wieder. »Wenn du das sagst …«

»Das sage ich.« Sie drehte sich lächelnd um, verzog dann aber tadelnd die Lippen. »Rudolph! Hast du dich schon wieder heimlich hereingeschlichen, um Plätzchen zu klauen?«

Das Rentier mit der leuchtend roten Nase zog verlegen den Kopf ein. »Hier riecht es eben so schrecklich lecker!«

»Du kannst warten wie alle anderen auch, bis ich euch etwas nach draußen bringe. Erst einmal fresst ihr euer Futter, vorher gibt es nichts Süßes!« Die Frau des Weihnachtsmannes stemmte die Hände in die Hüften. »Ab mit dir zurück in den Stall! Und sag Blitz und Donner auf dem Weg nach draußen, dass sie gar nicht erst versuchen sollen, sich in die Vorratskammer zu schleichen!«

Irgendwo vor der Küchentür hörte man leises Hufgetrappel, das sich eilig entfernte.

Zufrieden lächelte sie ihrem Mann zu. »Siehst du? Alles unter Kontrolle.«

***

»Jessica schläft tief und fest.« Angelique kroch zu Patrick ins Bett und drehte sich, ihm zugewandt, auf die Seite. »Joel war ja schon kurz vor Ende des Films im Land der Träume.«

»Das wäre ich beinahe auch gewesen.« Patrick hatte die Hände hinter dem Kopf verschränkt, drehte sich jetzt aber ebenfalls ein wenig zur Seite, um Angelique ansehen zu können. »Danke.« Er schluckte gegen die Enge in seiner Kehle an. »Für heute, meine ich. Für alles.«

Sie sah ihn unverwandt an. »Ich dachte wirklich nicht, dass sie herkommen würden. Hätte ich damit gerechnet … Ich wollte dir später beim Essen davon erzählen.«

»Ich weiß.« Er lächelte kläglich. »Ich war nur … Du weißt schon.«

»Ja.« Ihr Lächeln fiel grimmig aus. »Ja, ich weiß.«

»Frieden?« Er streckte seine Hand nach ihr aus, obwohl er spürte, dass sie noch immer leicht verärgert war.

Wortlos ergriff sie sie und verflocht ihre Finger mit seinen. Sie sahen einander einen langen Moment schweigend in die Augen. Schließlich zog er sie zu sich heran und nahm sie fest in die Arme. Sein Herz pochte langsam und schwer in seiner Brust und weitete sich auf seltsame Weise, als er ihren Körper an seinem spürte, ihren Geruch wahrnahm, ihre Wärme.

Angelique legte ihren Kopf an seine Schulter und schlang ihr rechtes Bein um sein linkes. »Das war ein ziemlich denkwürdiger Tag.«

»Das kannst du laut sagen.« Mit seinen Lippen streifte er ihre Schläfe, dann ihre Wange, tastete sich vor bis zu ihrem Mundwinkel.

Sie schmunzelte. »Ich würde vorschlagen, dass wir heute brav bleiben. Nicht dass deine Schwiegereltern uns hören und einen neuen Grund zur Entrüstung daraus fabrizieren.«

»Sie schlafen längst.« Sachte tastete er mit seinen Lippen über ihre.

»Sie liegen mit offenen Augen im Bett und lauschen auf jedes kleinste Geräusch.«

Er hielt inne. »Küssen macht keine Geräusche.«

»Wenn es beim Küssen bleibt.« Frech grinste sie gegen seine Lippen.

»Mal sehen.« Er senkte seinen Mund wieder auf ihren, genoss das warme Gefühl, das ihn bei der Berührung durchfloss, und die sich allmählich steigernde Erregung, die er aber im Zaum zu halten beabsichtigte. Er wollte heute keinen wilden Sex. Er wollte, nein, er brauchte Nähe. Angeliques Nähe. Auch wenn das bedeutete, dass er sich immer weiter von allem entfernte, was er sich jemals geschworen hatte.

Worte drangen an die Oberfläche, die er sich nicht auszusprechen getraute, aus Angst, sie könnten übereilt sein. Zu früh zu viel, so wie beinahe alles, was zwischen ihnen bisher geschehen war. Und doch fühlten sich diese Worte richtig an, und zum ersten Mal in seinem Leben bereitete es ihm Mühe zu schweigen. Stattdessen versuchte er, Angelique wenigstens einen Teil der Gefühle, die sein Herz erfüllten, durch zärtliche Küsse und sanfte Liebkosungen zu zeigen.

Das einzige Geräusch, das in dieser Nacht an die Ohren seiner Schwiegereltern drang, blieb Oskars gelegentliches Schnarchen.

# 20. Kapitel

»Na klar, komm einfach nachmittags vorbei. Ab Mittwoch ist hier sowieso kaum noch was los.« Angelique checkte ihre E-Mails, während sie mit ihrem Bruder telefonierte. »Patrick und zwei seiner Leute, die erst ab Montag Urlaub haben, machen noch ein paar Kleinteile für den Einbau an einem der Häuser im Ferienpark fertig, aber allmählich ereilt uns hier auch der Weihnachtsfrieden. Das ist die beste Gelegenheit für euch, über eine engere Zusammenarbeit zu reden.« Rasch machte sie sich eine Notiz in der Spalte für Mittwoch in ihrer Terminplaner-App und synchronisierte sie sofort mit dem Computer in Patricks Büro. Es war kurz vor Montagmittag; das Wochenende war insgesamt friedlich und angenehm verlaufen, sah man einmal davon ab, dass nach dem Schneesturm Tauwetter und Sturm gefolgt waren, sodass die schöne Schneepracht schon gegen Samstagabend Geschichte gewesen war.

Das Ehepaar Meininger hatte sich am Samstag nicht mehr lange bei ihnen aufgehalten, sondern sich nach einem kurzen Frühstück eilig verabschiedet.

Jessica schien es wieder gut zu gehen. In der Nacht auf Samstag hatte sie ruhig geschlafen und zeigte seither keine Symptome von Stress oder einer neuen Panikattacke mehr. Allerdings war sie nach wie vor wütend auf ihre Großeltern und hatte sich geweigert, mehr als ein paar Höflichkeitsfloskeln mit ihnen auszutauschen.

»Gut, dann sehe ich zu, dass ich morgen Abend gegen acht Uhr wieder bei dir aufschlage.« Lukas hüstelte. »Am besten legst du mir deinen Schlüssel unter die Fußmatte oder sagst

Tante Inge Bescheid. Ich nehme doch an, dass du nicht zu Hause, sondern bei Patrick sein wirst?«

»Ich kann auch mal einen Abend zu Hause verbringen.« Sie knabberte an ihrer Unterlippe. Wenn sie ehrlich war, fühlte sich Patricks Haus inzwischen weit mehr wie ihr Zuhause an als ihre Wohnung.

Lukas schien ihr Zögern wahrgenommen zu haben. »Welches Zuhause? Deins oder seins?«

Sie warf einen kurzen Blick auf die geschlossene Bürotür, hinter der Patrick heute allerdings nicht saß, da er mit Karl und Toni draußen arbeitete. »Ich weiß selbst, dass das mit uns ziemlich schnell ernst geworden ist.«

»Ziemlich schnell ist die Untertreibung des Jahres.« Lukas lachte. »Solange du dir sicher bist und weißt, was du tust, ist doch alles okay, schätze ich.«

»Ja.« Sie seufzte leise und senkte die Stimme ein wenig, obwohl sie hier niemand hören konnte. »Wenn ich denn wirklich wüsste, was ich hier tue. Es ist alles … kompliziert.«

»Klar, was sonst?«

»Lach mich nicht aus. Die Sache ist wirklich ein bisschen verworren.« Wieder warf sie der Bürotür einen Blick zu. »Ich weiß, dass Patrick etwas zurückhält und dass ich ihn zu nichts drängen darf, wozu er nicht bereit ist. Er hat Angst vor zu viel Nähe und Vertrauen und kann sich einfach nicht richtig … auf mich einlassen.«

»Immerhin musst du zugeben, dass du aus einer anderen Welt zu ihm gekommen bist«, gab ihr Bruder zu bedenken. »Du hast mir gegenüber selbst mal gesagt, dass du nicht damit gerechnet hättest, mit jemandem wie ihm etwas anzufangen.«

»Ja, schon, aber … aus einer anderen Welt?« Ihr Blick schweifte zu den Fenstern.

»Von der Großstadt und einer Weltfirma in ein Provinznest zu einer kleinen Holzbauklitsche.« Lukas hielt bedeutungsvoll inne. »Um es mal überspitzt zu formulieren.«

»Patricks Firma ist doch keine Klitsche!«

»Du weißt schon, was ich meine.«

Wieder seufzte sie. »Glaubst du, mir wird es hier irgendwann langweilig werden?«

»Es ist unwichtig, was ich glaube, Schwesterchen. Du musst wissen, was dich auf Dauer glücklich macht.«

Nachdenklich spielte Angelique mit einem Kugelschreiber herum. »Ich habe in den letzten Wochen mehrere Anfragen aus Firmen bekommen, die fähige Assistentinnen und Assistenten für ihre Führungskräfte suchen. Die Weltfirmen, wie du sie nennst, sind gut miteinander vernetzt und die Buschtrommeln ziemlich laut.«

»Sind denn Angebote dabei, die dich reizen würden?«

Ganz gegen ihre Gewohnheit knabberte sie intensiv an ihrer Unterlippe. »Darüber habe ich noch nicht nachgedacht. Natürlich sind das alles spannende und auch ziemlich gut bezahlte Jobs. Da könnte ich den ganzen Tag nach Herzenslust rotieren.«

Lukas schwieg einen langen Moment. »Du solltest meiner Meinung nach nicht zu lange damit warten, dir diese Gedanken zu machen. Wenn es ist, wie du sagst, und Patrick sich bedeckt hält, ahnt er vielleicht schon, dass du innerlich auf dem Sprung bist. Falls das der Fall sein sollte, musst du ihm reinen Wein einschenken und klarstellen, was zwischen euch geht und was nicht, ehe die Sache zu eng wird und du ihm wehtun musst. Ganz abgesehen davon könnte es ja auch sein, dass er gar nicht beziehungsfähig ist. Wenn er so vorbelastet ist, wie du sagst, und sich nicht voll auf dich einlassen kann oder will, musst du dich auch fragen, ob du in dieser Beziehung auf Dauer glücklich sein kannst.«

Diesmal seufzte Angelique innerlich. Ihr kluger, feinfühliger Bruder hatte natürlich recht. Sie musste sich darüber klar werden, was sie wirklich wollte. Bis eben hatte sie gedacht, sie wüsste es, aber nun war sie sich plötzlich unsicher. Was, wenn

Lukas recht hatte und sie mit Patrick auf Dauer in diesem Schwebezustand verharren würde? Sie spürte ja, dass er irgendetwas zurückhielt, einen Teil von sich vor ihr verschloss. Vielleicht konnte er tatsächlich nicht anders. Vielleicht war das, was sie jetzt hatten, bereits das Höchste, was er zu geben in der Lage war. Sie war durchaus bereit, ihm noch mehr Zeit zu geben, aber was, wenn das nicht reichte? Was, wenn das, was sie sich insgeheim wünschte, mit ihm einfach nicht möglich war? Was, wenn …?

»Angelique? Bist du noch da?« Lukas klang ein wenig besorgt.

Sie riss sich entschlossen von ihrer Grübelei los und erblickte im selben Moment vier Personen, die auf das Bürogebäude zusteuerten. Sie runzelte die Stirn. »Ja, entschuldige, ich bin noch da. Aber ich fürchte, ich muss jetzt auflegen. Wir bekommen Besuch.«

»Hört sich ja nicht begeistert an. Bauinspektion?« Er lachte, als wolle er sie aufheitern.

»Nein.« Die Furchen auf ihrer Stirn wurden noch tiefer, als die vier Besucher das Foyer betraten. »Schlimmer, fürchte ich. Das Jugendamt in anwaltlicher Begleitung. Ich melde mich wieder bei dir, okay?«

»Alles klar. Halt die Ohren steif, Schwesterchen!«

Obwohl sie von dem überraschenden Besuch irritiert war, schmunzelte sie kurz über den Ausdruck. »Du auch.« Sie beendete das Gespräch und schrieb Patrick mit fliegenden Fingern eine Kurznachricht: *Komm bitte sofort ins Foyer, wir haben wichtigen Besuch.* Dann stand sie auf, straffte die Schultern und setzte ihr geschäftsmäßiges Lächeln auf. »Guten Tag, Frau Adenbach, Frau Meininger, Herr Meininger.« Sie schüttelte allen nacheinander die Hand; zuletzt dem Anwalt Dr. Wollert. »Ich habe Patrick bereits Bescheid gegeben, dass Sie hier sind. Kann ich Ihnen etwas anbieten? Kaffee, Tee, Wasser …«

Die Besucher verneinten einstimmig, begaben sich aber auf Angeliques Bitte hin zu der kleinen Sofaecke, die links neben dem Eingang für Kunden bereitstand.

Ehe sie fragen konnte, was dieser geballte Überfall zu bedeuten hatte, kam Patrick bereits zur Tür herein. Er trug heute passend zu seiner Tätigkeit eine graue Arbeitshose, schweres Schuhwerk und ein grau-schwarz gemustertes Arbeitshemd aus dickem Fleecestoff, dessen Ärmel er trotz der eisigen Temperaturen hochgekrempelt hatte, sodass seine muskulösen Unterarme zur Geltung kamen. Ein paar Sägespäne hafteten an dem aufgerauten Hemdstoff.

Oskar, der es heute vorgezogen hatte, sich mit seinem Herrchen draußen in der Halle aufzuhalten, folgte ihm auf dem Fuße.

*Huch, was ist denn hier los? So viele Leute auf einmal? Da weiß ich ja gar nicht, wen ich zuerst begrüßen soll. Oh, halt, das sind ja die Großeltern der Zwillinge. Von denen weiß ich immer noch nicht, ob ich sie mag. Und die Frau da … Och nö, das ist die, die glaubt, ich sei ein gefährlicher Monsterhund. Jetzt werde ich bestimmt gleich wieder irgendwo eingesperrt. Dabei will ich doch einfach nur bei meinen Menschen sein.*

»Guten Tag zusammen.« Patrick musterte die Besucher überrascht. »Was können wir für Sie tun?«

»Würden Sie bitte den Hund irgendwo wegsperren?« Heidelinde Adenbach stand ganz stocksteif da, weil Oskar auf sie zugetappt war und an ihrem Mantel schnüffelte. »Sie wissen doch, dass ich Angst vor Hunden habe.«

»Natürlich wissen wir das, aber wir konnten ja nicht wissen, dass Sie uns heute mit Ihrem Besuch beehren würden.« Patrick kräuselte die Lippen. »Hatte Angelique Sie nicht gebeten, sich zukünftig vorher anzukündigen?« Er fasste Oskar sanft am Halsband. »Komm, Kumpel, du musst für ein Weilchen allein im Büro bleiben.« Rasch führte er den Hund in sein Arbeitszimmer und schloss die Tür.

*Hab ich es mir doch gedacht! Das ist so gemein! Gemein, hört ihr? Ich tue niemandem was, und ihr sperrt mich immer irgendwo ein, weil diese Frau glaubt, ich sei gefährlich. Jetzt bin ich bloß gefährlich traurig. Ja, genau, jetzt heule ich mal so richtig. Und, na warte, ich finde hier drinnen schon eine Beschäftigung. Hier wurde schon lange nicht mehr umdekoriert.*

»Danke.« Frau Adenbach atmete hörbar auf.

»Macht er immer so ein Theater, wenn man ihn wegsperrt?« Dr. Wollert verzog missbilligend die Lippen. »Schlecht erzogen, würde ich sagen.«

»Wie würden Sie sich fühlen, wenn man Sie immer, sobald etwas interessant wird, in einem anderen Zimmer einsperren würde?« Patrick schüttelte ungehalten den Kopf und warf Angelique einen vielsagenden Blick zu. »Hoffentlich dreht er nicht wieder durch und lässt mein Büro im Chaos versinken.«

»Tut mir leid, dass ich Ihnen diese Umstände machen muss.« Ungewöhnlich freundlich lächelte die Vertreterin des Jugendamts erst Patrick, dann Angelique an. »Die Angst vor Hunden sitzt bei mir leider sehr tief und lässt sich nicht so einfach abschalten.«

»Schon gut.« Achselzuckend winkte Patrick ab. »Ich würde jetzt gerne erfahren, weshalb Sie alle heute hierhergekommen sind. Sicher nicht, um meinen Betrieb zu besichtigen.«

»Nein, ganz sicher nicht«, brummte Dr. Wollert ungnädig.

»Obwohl das vielleicht ganz interessant sein könnte«, fügte Gero Meininger überraschend hinzu und musterte Patrick eingehend und leicht befremdet. Offenbar hatte er nicht damit gerechnet, dass der Chef des Unternehmens auch selbst Hand anlegte und sich an den Bautätigkeiten beteiligte. »Mir war nicht klar, wie groß das Gelände hier ist. Sie haben sogar ein Sägewerk dort hinten, nicht wahr?«

»Ja.« Irritiert über das plötzliche Interesse, nickte Patrick und zupfte sich ein paar der Sägespäne vom Hemd. »Das ist einfacher und auf Dauer günstiger, als alle Hölzer für den Zuschnitt zum nächsten Sägewerk drei Orte weiter zu karren.«

»Darf ich Ihnen wirklich nichts anbieten?« Noch einmal blickte Angelique fragend in die Runde, nachdem sich die Besucher gesetzt hatten.

»Wir bleiben nicht lange.« Gero sah seine Frau kurz an, die schweigend und fast unmerklich nickte. Ihre Miene war verkniffen wie immer. »Ich habe mir erlaubt, beim Jugendamt anzurufen und darum zu bitten, dass die zuständige Sachbearbeiterin uns heute hierher begleitet, um uns Bericht über die bisherigen Ergebnisse ihrer Überprüfung der Wohn- und Lebenssituation unserer beiden Enkelkinder zu erstatten.«

»Sie hätten einen offiziellen Termin ausmachen sollen, Herr Meininger.« Dr. Wollert schien alles andere als froh über das Treffen zu sein. »Ein solcher muss sowieso noch einmal anberaumt werden, um den gesetzlichen Regelungen Genüge zu tun und alle schriftlichen Vereinbarungen ordnungsgemäß zu unterzeichnen.«

»Was für schriftliche Vereinbarungen?« Argwöhnisch hob Patrick den Kopf.

»Ich muss Herrn Dr. Wollert zustimmen.« Nun wieder mit ihrer strengen, unnahbaren Miene pflichtete Heidelinde Adenbach dem Anwalt bei. »Es ist reiner Zufall, dass Sie mich heute früh im Büro erwischt haben. Vor Weihnachten drängen sich bei uns die Außentermine in besonderem Maße, und es war vereinbart, dass mein Abschlussbericht nicht vor dem siebten Januar vorliegen soll.«

»Sie können uns aber wohl schon zusammenfassen, zu welchem Eindruck Sie bisher gelangt sind.« Unbeeindruckt hielt Gero ihrem Blick stand. »Ich kann mir nicht vorstellen, dass sich daran bis in drei Wochen viel ändern wird.«

»Davon ist nicht auszugehen«, bestätigte sie kühl. »Da ich ab Freitag zehn Tage Urlaub habe, wäre am Donnerstag mein letzter Besuch bei Herrn Sternbach in dieser Angelegenheit anberaumt gewesen.« Sie wandte sich Angelique mit einem schmalen eisigen Lächeln zu. »Ich hatte übrigens vor, diesen heute im Lauf des Vormittags mit Ihnen telefonisch abzusprechen.«

Patrick atmete geräuschvoll ein und wieder aus; seine Lippen verzogen sich sarkastisch. »Na gut, dann erzählen Sie mal, für wie unfähig Sie mich als Vater halten und wie sehr meine Kinder darunter leiden, bei mir leben zu müssen.«

»Patrick!« Erschrocken griff Angelique nach seiner Hand.

Er überließ sie ihr, doch an seiner Attitüde änderte sich nichts. »Deshalb wurde sie doch auf mich angesetzt. Sie und dieser Detektiv. Wo steckt der überhaupt?«

»Herrn Sieberts Dienste werden nicht länger benötigt.« Dr. Wollert lehnte sich auf seinem Platz zurück und schlug ein Bein über das andere. »Er hat seinen Abschlussbericht bereits bei mir abgeliefert.«

»Ach.« Auf Patricks Stirn bildete sich eine steile Falte. »Da bin ich aber gespannt, was er alles zutage gefördert hat.«

»Die Ergebnisse seiner Überwachung sind streng vertraulich.«

»Patrick.« Vorsorglich drückte Angelique seine Hand noch einmal mit Nachdruck, denn wenn ihr der frostige Ton des Anwalts schon auf die Nerven ging, musste Patrick kurz vor dem Explodieren stehen.

Er blieb jedoch ganz ruhig. »Na klar, vertraulich. Es geht ja auch nur um mich und mein Leben.« Er funkelte Frau Adenbach an. »Und um meine Kinder. Also spucken Sie schon aus, was Sie zu sagen haben.«

Heidelinde Adenbach verschränkte die Hände im Schoß. »Ich wäre Ihnen sehr verbunden, wenn Sie sich diesen vorwurfsvollen Tonfall abgewöhnen würden, Herr Sternbach. Ich mache hier nur meinen Job. Auch wenn ich vollstes Verständnis für Ihre ablehnende Haltung mir gegenüber habe …«

»Ach ja?« Er runzelte die Stirn.

»… möchte ich doch um ein wenig mehr Höflichkeit bitten.« Sie blickte zum Ehepaar Meininger. »Ihnen beiden möchte ich gerne vorweg etwas sagen, was mir schon länger auf den Magen drückt. Sie haben mit dem Jugendamt eine Behörde eingeschaltet, um sich Unterstützung im Sorgerechtsstreit mit Ihrem Schwiegersohn zu sichern. Wir sind verpflichtet, jeder Anzeige von Missständen bei der Unterbringung oder Erziehung von Minderjährigen nachzugehen. Ich habe diese Aufgabe im Fall Ihrer beiden Enkelkinder Joel und Jessica übernommen, obwohl ich von Beginn an große Zweifel an der Rechtmäßigkeit der Anschuldigungen gegen Herrn Sternbach hegte. Ich bin mit seinem Fall und dem seiner Schwester vertraut, denn eine Kollegin und enge Freundin von mir hat sich seinerzeit um den Adoptionsfall der beiden gekümmert und war auch später mit Kontrollen und Aufzeichnungstätigkeiten betraut, als Herr Sternbach als Jugendlicher in diversen Fällen straffällig wurde. Sein Werdegang ist mir also weitgehend bekannt, wenn ich mich auch in den letzten Jahren kaum mehr damit befasst habe.« Sie richtete sich ein wenig auf, und ihr Blick wurde finster. »Herr und Frau Meininger, ich muss Ihnen klipp und klar sagen, dass Sie sich in Grund und Boden schämen sollten. Eigentlich steht mir das nicht zu, aber dies ist meine ganz persönliche Meinung in dieser Sache, zu der ich auch stehe.« Ihr Blick wanderte kurz zu Patrick, dann zu Angelique, dann zu Dr. Wollert und richtete sich zuletzt wieder auf die Großeltern der Zwillinge. »Zu keiner Zeit, seit ich mit der Klärung Ihrer Vorwürfe betraut wurde, konnte ich seitens Herrn Sternbach, seiner Familie oder sonstiger Personen in seinem Umfeld«, wieder traf ihr Blick kurz auf Angelique, »auch nur in Ansätzen eine Vernachlässigung der Kinder feststellen. Eine körperliche oder seelische Belastung oder gar Misshandlung erst recht nicht und auch keine sonstigen negativen Faktoren, die es rechtfertigen würden, Herrn Sternbach das Sorgerecht wieder zu entziehen. Mag sein, dass er nicht das ist, was Sie sich unter einem perfekten oder auch nur adäquaten Vater für Ihre Enkelkinder vorstellen. Sie müssen aber auch berücksichtigen, dass er erst dreißig Jahre alt ist und bis vor einem Jahr nicht einmal wusste, dass er zwei Kinder im Alter von jetzt zehn Jahren hat. Seine spontane und uneingeschränkte Bereitschaft, sich der Zwillinge nach dem Tod ihrer Mutter anzunehmen, spricht meines Erachtens sehr für seinen Charakter – und auch, dass er sein Leben ohne Wenn und Aber komplett auf den Kopf gestellt hat, um den beiden ein Zuhause und eine Familie bieten zu können. Er hat vielleicht keine Erfahrung als Vater, wie aber sollte er die auch gesammelt haben, nachdem Sie ihm die Existenz seiner Kinder so viele Jahre lang verschwiegen haben? Doch obwohl er praktisch ins kalte Wasser geworfen wurde, um es einmal salopp auszudrücken, halte ich die Beziehung, die er zu Jessica und Joel in dieser kurzen Zeit, die sie einander nun kennen, aufgebaut hat, für bemerkenswert. Wenn es mehr Menschen wie ihn gäbe, wäre mein Job vielleicht irgendwann überflüssig.« Sie atmete geräuschvoll ein und wieder aus. »Ich weiß nicht, was Sie sich dabei gedacht haben, als Sie uns Ihre Anzeige übermittelt haben, in der von unhaltbaren Zuständen und nicht akzeptablen psychischen Belastungen sowie einer Gefahr für Ihre Enkelkinder die Rede ist. Ich kann nicht einen dieser Anklagepunkte bestätigen. Im Gegenteil! Vielleicht ist Herr Sternbach hin und wieder etwas überlastet und hilflos den alltäglichen Herausforderungen der Kindererziehung ausgesetzt, aber das ist nichts, was die Zeit und wachsende Erfahrung nicht kompensieren können. Für viel wichtiger halte ich die Bindung, die er zu seinen Kindern aufgebaut hat, und deren offensichtlichen Wunsch, bei ihm bleiben zu dürfen.« Ein weiteres Mal traf ihr Blick Angelique. »Da er inzwischen beruflich und privat weitere Unterstützung erhält, sehe ich erst recht keinen Grund, an meiner Einschätzung noch etwas zu ändern.« Sie erhob sich und griff gleichzeitig nach ihrer Aktentasche. »Mehr ist von meiner Seite zu diesem Fall nicht zu sagen. Sie erhalten meinen vollständigen Bericht am siebten Januar. Nun müssen Sie mich allerdings entschuldigen, denn ich habe noch einige weitere wichtige Termine wahrzunehmen. Guten Tag.« Sie nickte kurz in die Runde und war gleich darauf auch schon zur Tür hinaus.

Für einen Moment herrschte teils verblüfftes, teils betretenes Schweigen.

Dr. Wollert fing sich als Erster und hüstelte etwas umständlich, erhob sich und nickte Patrick gleichmütig zu. »Ich entschuldige mich jetzt auch, denn ich habe ebenfalls noch wichtige Termine.« An Gero Meininger gewandt fügte er hinzu: »Wie sehen uns morgen in Hamburg und besprechen alles Weitere.« Damit verließ auch er das Foyer, fast so, als habe er sich mit Heidelinde Adenbach in Bezug auf einen abrupten Abgang abgesprochen.

Angelique atmete erleichtert auf. Zwar hatte sie mit der plötzlichen Unterstützung seitens Frau Adenbach nicht gerechnet, doch letztendlich zählte ja nur, was sie empfahl. Ein Blick in Patricks Gesicht bewies, dass er noch verblüffter war als sie. Da er kein Wort sagte, blickte sie erwartungsvoll zu Gero und Ute Meininger, die still dasaßen und einander in einem stummen Diskurs ansahen. Ute war diejenige, die zuerst den Blick senkte und unglücklich seufzte. »Also schön, Herr Sternbach, Sie haben gewonnen.«

»Ute.« Kopfschüttelnd übernahm Gero das Wort. »Wir werden die Klage zurückziehen, Herr Sternbach. Nicht, weil wir Sie als einen geeigneten Erziehungsberechtigten für unsere Enkelkinder betrachten, sondern weil uns, wie Sie wohl sehen, die Hände gebunden sind und wir anerkennen, dass Sie zumindest nicht die von uns zunächst befürchtete Gefahr für Joel und Jessica darstellen. Es mag sein, dass Sie einer der wenigen Fälle sind, in denen die Resozialisierung erfolgreich war. Sie arbeiten hart und scheinen sich in einem einigermaßen stabilen Umfeld zu bewegen. Hinzu kommt, dass die Kinder sich offensichtlich weigern, wieder zu uns zurückzukehren. Wir sind zwar der Ansicht, dass dies hauptsächlich einer gewissen Trotzphase zuzuschreiben ist und dass die Kinder in ihrem Alter noch nicht einschätzen können, was wirklich gut für sie ist und was nicht, aber wir wollen sie auch nicht zu etwas zwingen, wogegen sie sich so vehement sträuben.« Er hielt einen kurzen Moment inne. »Wir stellen allerdings die Bedingung, dass Sie uns den Kontakt zu Jessica und Joel nicht verweigern dürfen. Wir möchten uns das Recht vorbehalten, die Kinder jederzeit besuchen oder anderweitig mit ihnen Kontakt aufnehmen zu dürfen. Und darüber hinaus verlangen wir, dass sie uns in regelmäßigen Abständen besuchen kommen.«

Patrick schwieg einige Sekunden, dann atmete er hörbar auf. »Ich wäre nie auf den Gedanken gekommen, Sie von Ihren Enkeln fernzuhalten, Herr Meininger. Meine Familie ist mir sehr wichtig, und Sie und Ihre Frau gehören nun einmal dazu, ob wir uns gut verstehen oder nicht. Klarissa hatte sicherlich gute Gründe, darauf zu bestehen, dass ich das Sorgerecht erhalte. Und mit Verlaub, in vielerlei Hinsicht kann ich sie verstehen. Aber selbst sie hat nie verlangt, dass ein vollständiges Kontaktverbot ausgesprochen wird. Das war also nie ein Thema. Wenn Sie das angenommen haben, sind Sie von Anfang an von sehr falschen Voraussetzungen ausgegangen.«

»Das sei einmal dahingestellt.« Ute Meininger erhob sich etwas steif. »Ich bin trotz allem der Ansicht, dass wir deutlich besser in der Lage wären, die Kinder standesgemäß und zu ihrem Wohle zu erziehen. Aber offenbar sieht das Jugendamt es anders – und wenn selbst Herr Dr. Wollert uns empfiehlt, einen Rückzieher zu machen …«

»Frau Meininger, Sie haben doch selbst erlebt, wie sehr die Situation die Kinder belastet.« Angelique suchte den Blick der älteren Frau. »Jessica insbesondere, weil sie extrem sensibel ist. Finden Sie nicht, dass es für alle Beteiligten das Beste wäre, wenn die Kinder erst einmal zur Ruhe kommen und ohne Angst bei ihrem Vater ein dauerhaftes Zuhause finden? Selbstverständlich sollen Sie Teil der Familie sein, aber ihren Lebensmittelpunkt haben Jessica und Joel jetzt hier.«

Ute verzog die Lippen, und es wirkte, als sei sie zutiefst gekränkt. »Meiner Meinung nach ist das Theater, welches das Mädchen am Freitag veranstaltet hat, ein klares Indiz dafür, dass sie hier nicht die richtige Anleitung hat, um ihr ausuferndes Temperament in den Griff zu bekommen. Sie muss lernen, sich zu beherrschen und sich nicht über Gebühr in Befindlichkeiten hineinzusteigern. War ich entsetzt über diese Panikattacke? Selbstverständlich. Ich bin aber auch der Überzeugung, dass es nie so weit hätte kommen müssen, wenn das Kind die nötige therapeutische Betreuung und einen streng kontrollierten Tagesablauf hätte.«

»So sehen Sie das?« Ungläubig schüttelte Angelique den Kopf.

»Das ist meine Ansicht, jawohl.« Ute nickte mit Nachdruck. »Unsere Tochter, Gott hab sie selig, war auch zeit ihres Lebens ein instabiler Charakter, den man nur durch strenge disziplinarische Maßnahmen kontrollieren konnte.«

»Wie das geendet hat, wissen wir ja. Ich begreife nicht, was in Ihnen vorgeht!« Erbost wandte Angelique sich ab. »Sie scheinen aus Ihren Enkeln gefühllose Roboter machen zu wollen. Einfach unglaublich.«

»Angelique.« Diesmal war es Patrick, der sie beschwichtigend am Arm berührte, doch sie schüttelte nur den Kopf.

»Nein, es reicht. Ich werde mich dazu nicht mehr äußern. Es wird Zeit, dass ich mich wieder an meine Arbeit begebe.« Ohne einen Gruß oder die Meiningers auch nur noch eines Blickes zu würdigen, kehrte sie an ihren Schreibtisch zurück, öffnete ihr E-Mail-Programm und versuchte, sich in die zuletzt eingetroffenen Nachrichten zu vertiefen. Innerlich kochte sie. Was dachte sich diese Person eigentlich? War Ute Meininger wirklich so engstirnig und verbohrt? Litt sie nicht genauso unter der Situation wie Patrick und ihre Enkelkinder? Himmel, sie hatte Jessicas Panikattacke miterlebt, und ihre Reaktion darauf war, sie in eine Therapie zu schicken und sie irgendwo unterzubringen – vermutlich wieder in diesem ach so tollen Internat –, um sie zu disziplinieren?

Wütend tippte Angelique die Antwort auf eine Anfrage einer Kundin nach einem Gesprächstermin mit Patrick – ausgesucht freundlich und höflich. In ebensolchem Ton antwortete sie auch der Zuliefererfirma für Fenster und Türen, die mehrere Liefertermine für Januar vorgeschlagen hatte. Je wütender sie wurde, desto freundlicher und herzlicher gerieten ihre E-Mails. Eine Kompensationstechnik, die verhinderte, dass sie ihre Wut an den falschen Leuten ausließ. Dabei rauschte jedoch das Blut in ihren Ohren, und am liebsten hätte sie den Meiningers ihren Zorn ins Gesicht geschrien.

»Sie sind weg. Angelique?« Sie zuckte zusammen, als sie Patricks Stimme dicht neben sich vernahm. »Du kannst wieder Luft holen. Und aufhören, die Tastatur zu verprügeln.«

Unbeirrt tippte sie den Mailtext, an dem sie gerade schrieb, fertig und klickte auf Senden. Erst dann hob sie den Kopf und blickte geradewegs in Patricks Gesicht. Er hatte sich mit den Unterarmen auf dem Empfangstresen abgestützt und zu ihr vorgebeugt. »Sie sind weg?«

»Und sie haben nicht vor, so schnell wieder hier aufzutauchen.« Er lächelte verhalten, und jetzt sah sie ihm auch an, wie erleichtert er war – und wie verwirrt.

Langsam erhob sie sich von ihrem Schreibtischstuhl und ging um den Tresen herum. »Sie ziehen die Klage zurück.«

Er atmete tief durch. »Sieht so aus, ja.«

»Es ist also vorbei.«

Nach einem Moment des Zögerns verzog er grimmig die

Lippen. »Das glaube ich eher weniger. Mit diesen beiden wird es wohl immer ein Spießrutenlauf bleiben.«

»Diese Frau ist unfassbar …« Angelique trat auf ihn zu. »Borniert.« Sie schluckte. »Verbohrt.« Mit dem nächsten Schritt stand sie ihm direkt gegenüber. »Ich hätte sie am liebsten geohrfeigt.«

Er nickte ruhig. »Ich auch.«

Alle Anspannung fiel von ihr ab. Sie reckte sich, schlang ihre Arme um seinen Hals und presste sich an ihn. »Ich bin so froh.«

Er schlang seine Arme um sie und drückte sein Gesicht in ihre Halsbeuge. Sein warmer Atem verursachte ihr eine Gänsehaut. »Ich auch«, murmelte er leise, sodass sie ihn kaum verstehen konnte. »Ich auch.« Er schluckte hörbar. »Ich … muss dir danken.«

»So ein Quatsch!« Sie hob den Kopf und suchte seinen Blick.

»Nein, wirklich. Du hast immer zu mir … zu uns gehalten. Das ist … nicht selbstverständlich.«

»Doch, ist es.« Ihr Herzschlag beschleunigte sich. Wie gerne hätte sie ihm in diesem Moment gesagt, was sie empfand. Aber sie traute sich nicht. Oder doch? Jetzt oder nie? Sie holte tief Luft.

»Ich glaube, das könnte nicht mal ein zehnfacher Bonus jemals wettmachen.« Er küsste sie sanft auf die Lippen.

»Bonus?« Irritiert versuchte sie, seinem Gedankengang zu folgen.

Er lachte leise. »Du hast doch mal gesagt, dass ich dir einen ordentlichen Bonus schulde. Einen hast du ja bereits erhalten, aber ich fürchte, selbst die zehnfache Summe würde jetzt nicht ausreichen, um meine Dankbarkeit auszudrücken.«

Ihr Herzschlag verlangsamte sich so rasch, dass es sich fast anfühlte, als wäre ihr Herz für einen Moment stehen geblieben. »Ich habe das doch nicht für Geld getan!« Gegen die

Schärfe in ihrer Stimme tat sie nichts, auch wenn sie vielleicht unangebracht war.

Verdutzt musterte er sie. »Das war ein Scherz, Angelique. Ich weiß doch, dass es dir nicht ums Geld geht.«

»Ja, weißt du das wirklich? Warum bringst du dieses Thema dann ausgerechnet jetzt auf?«

Verständnislos sah er ihr zu, wie sie hinüber zur Bürotür ging. »Ich wollte dich nicht verärgern, Angelique. Im Gegenteil.«

Sie zog die Schultern hoch und öffnete die Tür. »Komm her, Oskar, du darfst wieder herauskommen. Oh, verdammt.«

***

»Was ist denn?« Ihr erschrockener Ausruf veranlasste Patrick, ebenfalls einen Blick in sein Büro zu werfen. »Ach du Scheiße! Oskar … Wie hast du das denn hinbekommen, ohne dass wir etwas gehört haben?«

Bis auf Nasenhöhe des Hundes waren beinahe alle Aktenordner aus den offenen Regalen gezogen, Papiere lagen wild auf dem Fußboden verstreut, und sogar der Ficus war halb umgekippt und nur durch den Schreibtischstuhl vor dem vollständigen Fallen bewahrt worden. Die Hälfte der Erde aus dem Kübel war im gesamten Raum verteilt.

*Och, das war gar nicht so schwierig. Die Sachen sind ja alle nicht tief gefallen – und wenn man so einen Ordner ganz vorsichtig aus dem Regal zieht … Oh, ähm, ich glaube, das war nur eine rhetorische Frage, oder? Herrchen sieht ziemlich böse aus. Was sperrt ihr mich aber auch immer wieder irgendwo ein?*

»So ein Mist. Das dauert ja ewig, bis ich alles wieder aufgeräumt habe. Und überall Erdflecken!« Verärgert stemmte Patrick die Hände in die Seiten. »Böser Hund!«

*Oha, er ist wirklich wütend.* Oskar zog den Kopf ein. *Das fühlt sich nicht so gut an, wie ich es mir vorgestellt hatte. Ich dachte, es wäre mir immer noch egal, was ihr von mir denkt. Ist aber offenbar doch nicht so.* Mit einem leisen Winseln legte Oskar sich hin und drehte sich auf den Rücken.

Patrick stieß einen Laut irgendwo zwischen Schnauben und Lachen aus. »Na toll, jetzt komm mir nicht so!«

»Hier, ich habe Besen und Kehrblech geholt.« Angelique war unbemerkt in die Kaffeeküche gegangen und mit Kehr- und Putzutensilien zurückgekehrt. »Zusammen schaffen wir das im Handumdrehen. Schimpfen hilft jetzt sowieso nicht mehr.«

»Ich weiß.« Kurz musterte er sie. Eben war irgendetwas zwischen ihnen passiert, was er nicht schnell genug begriffen hatte. Sein kleiner Scherz war nicht gut angekommen, so viel war ihm klar. Er hatte aber keine Ahnung, was genau los war. Rasch nahm er ihr das Kehrblech ab und legte es auf den Schreibtisch. »Hör mal, wegen eben …«

»Schon gut.« Sie winkte ab. »Ich war nur … wütend auf deine Schwiegermutter. Ist schon wieder vergessen.«

Dass dem nicht so war, konnte er ihr genau ansehen, aber da sie kein weiteres Wort darüber verlor, sondern seelenruhig begann, die Ordner einzusammeln und Papiere aufzuklauben, ließ er es zunächst dabei bewenden. Ein merkwürdiges ungutes Gefühl blieb jedoch zurück und ließ sich nicht mehr vertreiben.

Es wich auch am nächsten Tag nicht, als er sie einlud, den Abend mit ihm und den Kindern zu verbringen, sie jedoch mit dem Hinweis darauf ablehnte, dass sie ihren Bruder zu Besuch erwartete. Schon am Montagabend war sie nicht wie in letzter Zeit fast immer mit zu ihm gefahren. Sie hatte behauptet, sie müsse ihre Wohnung in Ordnung bringen und Wäsche waschen, und vielleicht stimmte das sogar, denn immerhin war sie zuletzt recht häufig bei ihm gewesen, auch über Nacht.

Vielleicht hatte er sich auch einfach viel zu rasch daran gewöhnt, sie ständig um sich zu haben. Immerhin waren sie noch nicht lange zusammen. Was genau sie waren, war nicht einmal richtig definiert. Sie hatten noch nicht darüber gesprochen und auch nicht überlegt, wie es weitergehen sollte. Patrick zögerte nach wie vor, weil er nicht mit der Tür ins Haus fallen wollte. Angeliques plötzlicher Rückzug war nicht dazu angetan, seine Besorgnis zu schmälern. Vielleicht ging ihr die Sache tatsächlich zu schnell oder zu weit. Sie hatte von Anfang an klargestellt, dass sie nur für eine Weile bei ihm arbeiten würde, bis er eine andere Bürokraft gefunden hatte. Bloß dass er bisher gar nicht nach einer gesucht hatte. Möglicherweise hatte sie inzwischen ja ein anderes Jobangebot erhalten und wusste jetzt bloß nicht, wie sie ihm sagen sollte, dass sie nicht mehr allzu lange bleiben würde.

# 21. Kapitel

Während er am folgenden Mittwoch Kanthölzer ausmaß und im Sägewerk zuschnitt, zermarterte Patrick sich das Hirn, wie er Angelique zum Bleiben bewegen könnte. Aber war das überhaupt sinnvoll und fair? Nur weil er sich nach so kurzer Zeit kein Leben mehr ohne sie vorstellen konnte, bedeutete das noch lange nicht, dass dieses intensive Gefühl auf Gegenseitigkeit beruhte. Wenn Angelique beschloss, dass sie anderswo glücklicher war, musste er das akzeptieren. Er hatte schließlich kein Anrecht auf sie.

»Hier steckst du. Meine Schwester war sich nicht sicher, wo du gerade arbeitest, und hat mich in die Werkstatthalle geschickt. Da waren aber nur Toni und Karl.«

Beim Klang der dunklen Männerstimme drehte Patrick sich überrascht um. »Lukas! Hallo.« Rasch schaltete er die Säge ab und klopfte sich Staub und Sägespäne von den Kleidern. Dann stieg er über einen Stapel bereits fertig zugeschnittener Hölzer und streckte seinem Besucher die Hand hin. »Ich habe gar nicht auf die Zeit geachtet. Ist es schon vierzehn Uhr?«

»Nein, ich bin über eine halbe Stunde zu früh.« Lachend ergriff Lukas die Hand und schüttelte sie kurz, aber kräftig. »Schön, dich wiederzusehen. Und so ganz ohne Küchenschürze.«

»Haha.« Patrick grinste schief. »Du siehst ohne Spülschaum an den Händen auch ganz anders aus, Meister Proper.«

»Hey, gib es zu, ich war der beste Spülsklave, den ihr je hattet.«

»Abgesehen von meiner Wenigkeit, meinst du?« Lachend winkte Patrick ab. »Gegen meinen Highscore kommst du so leicht nicht an.«

»Das muss erst noch erwiesen werden.« Lukas lachte ebenfalls, wurde aber gleich darauf wieder ernst. »Können wir uns irgendwo in Ruhe zusammensetzen? Ich habe mir ein paar Gedanken gemacht, was eine Zusammenarbeit unserer beider Firmen angeht.«

»Klar, komm mit.« Rasch sicherte Patrick die Sägevorrichtungen und ging dann mit Lukas hinüber zu der momentan ungenutzten zweiten Werkshalle. »Die Möbel, die du kürzlich geliefert hast, habe ich hier untergestellt.« Er öffnete per Knopfdruck das große Rolltor. »Du hast einen ganz eigenen Stil, der mir gut gefällt.«

Lukas trat vor ihm in die Halle. »Das ist meine Standardlinie, da habe ich mich nach Lust und Laune ausgetobt. Wer es mag – okay. Alle anderen können auch andere Stilrichtungen haben.«

»Ich weiß, dein Katalog ist ziemlich umfangreich.« Anerkennend betrachtete Patrick den Schaukelstuhl, der ganz vorn vor mehreren Reihen Schränken, Tischen und Sitzmöbeln stand. »Ich finde deinen Standard genau passend für die Blockhäuser im Ferienpark. Klare Linien und trotzdem ein Hauch Verspieltheit. Das spricht die weiblichen Gäste ebenso an wie die männlichen. Du produzierst zwar deutlich teurer als die Konkurrenzfirmen, die mein Vater angefragt hat, aber dafür nutzt du nachhaltige Quellen für dein Rohmaterial, und deine gesamte Firmenphilosophie passt gut zu unserer. Der Meinung ist mein Vater übrigens auch.«

»Ich hätte mich neulich gerne etwas länger mit ihm unterhalten, aber leider blieb keine Gelegenheit.« Lukas zog zwei Stühle aus den Möbelreihen hervor, und sie setzten sich einvernehmlich. »Deine Familie kann ziemlich …«

»Sprich es ruhig aus.«

»Fordernd sein.«

»Anstrengend meinst du wohl. Darin hat sie die Goldmedaille.« Lächelnd streckte Patrick die Beine aus. »Sie mochten dich alle.«

»Weil ich Angeliques Bruder bin und sie deine Freundin ist.«

Patricks Lächeln schwand. »Das ist vielleicht ein Grund von vielen.«

Erstaunt hob Lukas den Kopf. »Habe ich etwas Falsches gesagt? Stimmt zwischen dir und meiner Schwester etwas nicht?«

»Wie kommst du darauf?« Patrick hob die Schultern. »Es ist ein bisschen kompliziert, sonst nichts.«

»Genau dasselbe hat sie mir kürzlich auch gesagt.« Lukas verzog die Lippen. »Das ist einer der Gründe, weshalb ich mich von Frauen weitgehend fernhalte. Ich hasse Komplikationen.«

»Wer nicht?« Verlegen hüstelte Patrick. »Was nicht bedeutet, dass ich mich von deiner Schwester fernhalten will. Es ist nur …«

»Kompliziert, das sagtest du schon.« Lukas nickte ihm zu. »Sie hat mir vorgestern am Telefon erzählt, dass sie jede Menge Angebote großer Firmen bekommt, die händeringend nach fähigen Assistentinnen suchen.«

Patrick schluckte und spürte dieses unangenehme Gefühl, das ihn seit einigen Tagen regelmäßig heimsuchte und sich anfühlte, als sinke sein Magen langsam, aber sicher um einige Meter ab. »Davon hat sie mir bisher noch nichts erzählt.«

»Wahrscheinlich, weil sie sich noch nicht näher damit befasst hat. Zumindest hat sie mir das so gesagt.« Auch Lukas streckte die Beine aus und sah sich eingehend in der Halle um. »Ich habe ihr nahegelegt, das bald zu tun, denn solche hoch dotierten Jobs bleiben ja nie lange frei. Wenn sie im nächsten

Jahr irgendwo neu durchstarten will, sollte sie das allmählich in die Wege leiten.«

»Da hast du sicher recht.« Inzwischen schien sein Magen so tief gesunken zu sein, dass er die Hölle erreicht hatte.

»Oder habt ihr vielleicht längst andere Pläne?« Aufmerksam musterte Lukas ihn.

»Nein.« Ihm wurde unnatürlich warm. »Nein, haben wir nicht.«

»Vielleicht solltest du ihr auch mal nahelegen, sich mit den Angeboten auseinanderzusetzen. Eine Frau mit ihren Fähigkeiten sollte sich die beste Stelle schnappen, die sie nur finden kann.«

»Ja, vielleicht hast du recht«, wiederholte Patrick gepresst.

»Aber zurück zum ursprünglichen Thema.« Lukas schien von Patricks Unwohlsein nichts zu bemerken. »Du hast hier eine ziemlich große Halle, die du nur als Lager benutzt. Wie kommt das?«

Beinahe gewaltsam riss Patrick sich zusammen. »Der Schreinermeister, mit dem ich bis vor Kurzem zusammengearbeitet habe, hat Stadt und Bundesland verlassen. Bisher konnte ich noch keinen Ersatz für ihn finden. Meine Mitarbeiter haben inzwischen den größten Teil der noch ausstehenden Aufträge abgearbeitet, aber auf Dauer benötige ich wieder einen werksinternen Meister, denn der Trend geht gerade bei kleineren Blockhäusern zur Vollausstattung.«

»Ich weiß, ich habe mich ein bisschen schlaugemacht.« Noch einmal sah Lukas sich eingehend um. »Ich bin jetzt mal ganz mutig und behaupte, dass meine Möbelschreinerei in dieser Halle mehr als ausreichend Platz hätte. Allerdings würde mir dann noch eine Lagerhalle fehlen.«

Verblüfft richtete Patrick sich auf. »Du meinst …«

»Ich könnte meine Werkstatt hierher verlegen. Nicht ohne Abstriche beim Personal, denn sicherlich werden nicht alle meine Leute einfach so hierher übersiedeln. Zwei oder drei aber wahrscheinlich schon.« Auch Lukas setzte sich wieder aufrecht hin. »Meine Halle ist nur gepachtet, und die nächsten Pachtverhandlungen werden nicht gerade angenehm. Der alte Besitzer ist verstorben, und die Erben streiten sich um jeden Cent. Am liebsten würden sie alles verkaufen. Ich habe ihnen ein Angebot unterbreitet, aber darüber haben sie nur gelacht. Kunststück, denn bei uns gibt es mehrere große Autozuliefererfirmen, die das Zwei- oder Dreifache allein für den Standort zahlen würden.« Er schwieg einen Moment. »Denk darüber nach. Du musst dich nicht über Nacht entscheiden. Wir müssten sowieso erst noch überlegen, wie genau so eine Kooperation aussehen könnte. Ob ich die Halle von dir pachten würde oder ob wir die Firmen irgendwie verschmelzen. Letzteres würde ich gerne erst einmal außen vor lassen, bis wir wissen, ob wir dauerhaft miteinander auskommen.«

»Ja, klar. Man muss ja nichts übereilen.« Immer noch verblüfft fuhr Patrick sich mit gespreizten Fingern durchs Haar. »Entschuldige, aber das kommt jetzt doch ziemlich plötzlich.«

»Wenn die Idee dir nicht gefällt …«

»Nein, das ist es nicht. Im Gegenteil, die Idee ist ziemlich gut.« Er lachte. »Trotzdem muss ich wohl erst mal eine Nacht oder zwei darüber schlafen. Wie viele Angestellte hast du denn?«

»Sechs, davon eine Bürokraft. Für sie findet sich vermutlich am ehesten ein Ersatz. Zwei meiner Schreiner sind verheiratet mit Familie und frisch gebauten Häusern, die werden vermutlich nicht nachfolgen, sondern eher bei der Konkurrenz unterkommen. Da kann ich etwas aushandeln, weil ich mit den anderen Möbelschreinereien bei uns in der Gegend in guter Verbindung stehe. Dort werden immer Leute gesucht. Die anderen drei sind alleinstehend, zwei Junggesellen, einer geschieden. Natürlich muss ich erst mit ihnen reden und kann nichts garantieren, aber bei den beiden Jüngeren kann ich mir gut vorstellen, dass sie mitziehen würden.« Er runzelte die Stirn. »Wenn du aber schon so lange nach geeignetem Personal suchst, dürfte es schwer werden, die fehlenden Stellen wieder zu besetzen.«

»Die Suche nach einem erfahrenen Meister ist etwas schwierig. Gesellen findet man schon eher.« Patrick beugte sich vor und stützte die Unterarme auf den Knien ab. »Außerdem sind zwei meiner Männer ursprünglich im Möbelbau beschäftigt gewesen. Sie haben, wie gesagt, die letzten Aufträge abgearbeitet und helfen jetzt beim Hausbau mit, weil ich sonst keine andere Arbeit für sie habe. Möglicherweise werde ich kommendes Jahr auch erstmals einen oder zwei Lehrlinge einstellen. Und in der Stadt gibt es außerdem eine Lehrschreinerei, bei der wir uns nach Gesellennachwuchs umhören könnten.«

Bedächtig nickte Lukas. »Das sollten wir tatsächlich ins Auge fassen.« Lächelnd beugte auch er sich vor. »Wenn du darüber geschlafen hast. Ich will dich zu nichts überreden, was dir widerstrebt.«

»Es widerstrebt mir nicht.« Patrick lächelte. »Und keine Sorge, so leicht lasse ich mich nicht bedrängen. Wenn mir ein einmal eingeschlagener Weg gefällt, weiche ich so schnell nicht mehr davon ab.«

»Also müssen wir jetzt nur noch feststellen, ob dieser Weg dir nicht nur nicht widerstrebt, sondern tatsächlich gefällt.« Auch Lukas lächelte nun entspannt.

Patrick lachte. »Dafür stehen die Zeichen recht gut.«

»Ich habe übrigens vor, dir deine Assistentin Schrägstrich Freundin für ein paar Tage zu entführen.« Lukas erhob sich und schlenderte einmal quer durch die Halle.

Patrick folgte ihm rasch. »Du willst sie entführen?«

»Zur alljährlichen Weihnachtsfeier bei unseren Eltern. Die findet traditionell am vierten Advent statt.«

Verwundert hob Patrick den Kopf. »Ihr feiert Weihnachten vor Weihnachten?«

Lukas nickte mit halb amüsierter, halb grimmiger Miene. »Ja, schon seit ich denken kann. Die einzigen Gelegenheiten, zu denen wir tatsächlich mal pünktlich Weihnachten gefeiert haben, waren die wenigen Jahre, in denen der vierundzwanzigste auf den vierten Advent gefallen ist. Normalerweise reisen meine Eltern am ersten Weihnachtsfeiertag oder manchmal auch schon an Heiligabend nach St. Moritz, um dort ganz stilecht unter ihresgleichen die Feiertage zu begehen. Sie besitzen ein Chalet und treffen sich dort mit Freunden und zwei von Mutters Brüdern und deren Ehefrauen. Früher sind wir Kinder natürlich auch immer mit von der Partie gewesen. Angelique ist ein Ass im Skilanglauf und hat mich auch schon des Öfteren bei der einen oder anderen Abfahrt geschlagen. Nur falls mal die Sprache darauf kommen sollte. Fordere sie nicht heraus, sie macht dich sonst platt. Mit links.«

»Okay, gut zu wissen.« Patrick lächelte, obwohl ihm nicht recht danach war. »Sie fährt also mit dir mit?«

»Mit mir mit oder hinter oder vor mir her, wie auch immer. Wahrscheinlich wird sie ihr eigenes Auto nehmen wollen, um unabhängig zu sein. Sie mag es nicht, auf andere angewiesen zu sein, sondern hat lieber selbst alles unter Kontrolle.«

Patrick nickte. »Kommt mir bekannt vor.«

»Gibst du ihr bis zum Wochenende Urlaub?«

»Selbstverständlich. Familie ist wichtig.«

»Und nervig.« Lukas grinste. »Unsere zumindest. Aber Mama erwürgt mich, wenn ich Angelique dieses Jahr nicht mitbringe. Letztes Jahr hat sie sich schon erfolgreich gedrückt.«

Von alldem wusste Patrick nichts. Hatten sie sich überhaupt schon einmal über solche Dinge unterhalten? Offenbar nicht oder viel zu wenig. »Dann wünsche ich euch eine gute Zeit.«

Lukas schnaubte spöttisch. »Gut ist bei meiner Bagage relativ, aber ein kleiner Tapetenwechsel zwischendurch kann ja nicht schaden.«

Patrick schwieg nachdenklich.

# 22. Kapitel

»Pst, Oskar! Schau mal, hier bin ich.«

*Hm? Was? Wo? Wer ist da?* Erschrocken hob Oskar den Kopf und sah sich um. Er lag auf dem Treppenabsatz zum Keller, weil Patrick sich vor einer guten Stunde nach unten in sein Büro begeben hatte, um noch etwas zu arbeiten. Die Kinder saßen derweil vor dem Fernseher und schauten sich einen weihnachtlichen Zeichentrickfilm an. Von seinem Platz aus hatte der Hund sowohl die Treppe als auch die Kinder im Blick, doch woher die leise Stimme kam, wusste er erst nicht. Dann erblickte er einen der Weihnachtselfen im Durchgang zur Küche. Wie kam der denn hier herein?

*Elf-Siebzehn! Was machst du denn hier?* Verblüfft stand Oskar auf, schüttelte sich kurz und tappte gemächlich, damit die Kinder nicht aufmerksam wurden, in die Küche.

»Entschuldige, dass ich hier einfach so hereinschneie.« Der Elf lachte leise und deutete auf das gekippte Küchenfenster. »Im wahrsten Sinne des Wortes übrigens, denn es schneit schon seit einer ganzen Weile.«

*Warum bist du denn hier?*

Elf-Siebzehn warf einen kurzen Blick zu den Kindern, doch die kicherten gerade ausgelassen über den Film und beachteten nicht, was in der Küche vor sich ging. »Ich war doch vor einiger Zeit schon mal hier, um dich zu bitten, dem Weihnachtsmann dabei zu helfen, Joels Wünsche zu erfüllen. Damals hattest du aber keine Lust dazu. Ich wollte dich bitten, dir die Sache noch mal zu überlegen. Santa Claus oder vielmehr seine Frau benötigt nämlich unbedingt deine Hilfe, um ihren Plan für Patrick und Angelique umzusetzen.«

*Die Frau des Weihnachtsmanns?* Verblüfft legte Oskar den Kopf schräg. *Was hat sie damit zu tun?*

Lachend winkte Elf-Siebzehn ab. »Das ist eine lange Geschichte. Kurz gesagt: Sie will sichergehen, dass alles nach Plan verläuft, aber dazu braucht sie dich. Du bist nämlich ein essenzieller Teil dieses Plans.«

*Essen… was?*

»Wichtig«, erklärte der Elf. »Du bist sehr wichtig.«

*Wirklich?* Oskars Ohren zuckten.

»Ja. Möchtest du nicht, dass dein Herrchen glücklich wird?«

*Natürlich will ich das. Er ist seit ein paar Tagen so komisch, und Angelique ist auch schon so lange weg. Ich vermisse sie.*

»Wäre es nicht schön, wenn sie vielleicht bald dein Frauchen wäre?«

Begeistert sprang Oskar auf und schüttelte sich. *Na klar! Also, erst wollte ich ja nicht hierbleiben und so, aber inzwischen fühle ich mich hier total wohl und … zu Hause. Ich hätte nie gedacht, dass mir das mal passieren würde, aber es ist so.*

»Dann hilfst du uns also?« Der Weihnachtself lächelte hoffnungsvoll.

*Was müsste ich denn überhaupt tun?*

Verschwörerisch beugte der Elf sich vor und senkte seine Stimme. »Das ist eigentlich total einfach. Wir haben alles schon vorbereitet und ganz genau aufeinander abgestimmt. Du musst aber auf Zack sein und genau im richtigen Moment reagieren.«

*Worauf denn reagieren?* Aufmerksam hing Oskar an Elf-Siebzehns Lippen.

»Auf unser Zeichen.« Der Elf grinste breit. »Ich erkläre es dir. Hör gut zu …«

***

Es war bereits kurz nach acht Uhr am Sonntagabend, als Angelique ihren Wagen endlich auf dem Stellplatz vor dem Haus ihrer Tante abstellte. Mit einem leisen Stöhnen lehnte sie ihren Kopf gegen die Kopfstütze und rieb sich die Schläfen, hinter denen es Unheil verkündend pochte.

Die knapp viereinhalb Tage bei ihren Eltern hatten ausgereicht, um sie vollkommen auszulaugen. Es war nicht so, dass sie ihre Familie nicht liebte, aber dieses ständige Theater, das Getue, die Bestrebung aller Anwesenden – bis auf sie und Lukas –, ständig perfekt zu sein, strengten sie entsetzlich an. Mehrmals hatte sie sich dabei ertappt, sich in den Kreis von Patricks Familie zu wünschen. Dort ging es laut und turbulent zu, es wurde gelacht, diskutiert, gestritten und geliebt. Meistens alles gleichzeitig. Aber dort fühlte sie sich wohl und geborgen und nicht wie unter dem Mikroskop.

Selbstverständlich hatte sie ihren Eltern erzählen müssen, was sie in den vergangenen Monaten getan hatte, wie ihr Alltag in Patricks Firma aussah und natürlich auch von ihrer Beziehung zu ihm und den Kindern. Sie hatte sich auf das Nötigste beschränkt, dennoch waren ihre Eltern, wie zu erwarten, nicht gerade begeistert gewesen. Das waren sie allerdings nie, ganz gleich, was Angelique auch tat oder nicht tat. Dem inquisitorischen Verhör, nachdem ihr Vater sich im Internet und über seine vertraulichen Quellen weiter über Patrick informiert hatte, hatte sie sich allerdings hartnäckig verweigert.

Sie war Lukas dankbar, dass er immer wieder versucht hatte, die Aufmerksamkeit von ihr wegzulenken. Als jedoch herausgekommen war, dass er darüber nachdachte, eine enge Kooperation mit Patrick einzugehen, hatte auch er den Schwarzen Peter gezogen und nicht mehr allzu viel zu lachen gehabt.

Sie waren beide zeitgleich vom Haus ihrer Eltern aufgebrochen. Lukas hatte ihr mittlerweile eine SMS geschickt, dass er wohlbehalten bei sich zu Hause angekommen war. Sie richtete sich bei der Erinnerung daran rasch wieder auf und antwortete ihm, dass auch sie das Schneechaos wohlbehalten überstanden hatte.

Seit Stunden schneite es mal mehr, mal weniger. Stellenweise war auf der Autobahn nur Schritttempo möglich gewesen, weil die Räumfahrzeuge überlastet gewesen waren. Seufzend schrieb Angelique auch ihrer Mutter eine Kurznachricht, damit sie sich keine Sorgen machte. Dann stieg sie aus und reckte sich ein wenig. Ihr Blick wanderte an der Fassade des Mehrfamilienhauses empor. Irgendwie reizte es sie im Augenblick wenig, in ihre stille Wohnung zu gehen. Ihr erster Impuls, als sie die Stadt erreicht hatte, war sogar gewesen, zu Patricks Haus zu fahren. Sie hatte es nicht getan, weil sie nicht mehr wusste, wie sie sich ihm gegenüber verhalten sollte.

In den vergangenen Tagen hatte sie zweimal mit ihm telefoniert, und beide Male war er seltsam verschlossen und zurückhaltend gewesen. Fast so, als wären sie nur flüchtige Bekannte und nicht ... ja, was?

Sie konnte nicht einmal beschreiben, was sie füreinander oder miteinander waren. Eines war jedoch ganz sicher: Sie waren an einem Scheidepunkt angelangt. Ihr Bruder hatte recht, sie musste sich darüber klar werden, was genau sie wollte, und entsprechend handeln. Jeden Abend, wenn sie in ihrem alten Zimmer im Haus ihrer Eltern im Bett gelegen hatte, war sie auf ihrem Handy die Jobangebote durchgegangen, die man ihr hatte zukommen lassen, hatte die Firmen im Internet recherchiert und versucht, eine Entscheidung zu treffen.

Das Einzige, was ihr die Grübelei eingebracht hatte, waren schlechte Laune und Kopfschmerzen. Etwas in ihr sträubte sich beharrlich, auch nur einen Vorteil an all den gut bezahlten Arbeitsstellen in der Großstadt zu finden, und allmählich begann sie zu ahnen, weshalb das so war. Doch wie sollte sie das Patrick erklären, ohne ihn hinter seine Schutzmauer zurückzujagen?

Zeit. Sie brauchte mehr Zeit. Oder vielmehr brauchte er sie. Vielleicht … Vielleicht! Sie konnte mit diesem Wort nichts anfangen. Es war nicht kontrollierbar. Barg zu viele Risiken. Sie war kein Typ für *vielleicht*.

Rasch öffnete sie die hintere Beifahrertür ihres Autos und nahm ihren dunkelgrauen Wintermantel vom Sitz, schlüpfte hinein, schlang sich ihren roten Schal um den Hals und schloss den Wagen wieder ab. Ohne einen weiteren Blick auf das Haus zu werfen, vergrub sie die Hände tief in den Manteltaschen und machte sich auf den Weg in die Innenstadt.

Schon von Weitem war der weihnachtlich geschmückte Torbogen gut zu erkennen und die Musik zu vernehmen – eine Mischung aus deutschen, englischen und französischen Weihnachtsliedern. Der Duft von Maronen, Popcorn und Gebratenem schlug ihr entgegen, als sie den Eingang zum Weihnachtsmarkt passierte. Bunte Stimmen und Gelächter mischten sich mit dem Startbimmeln des Karussells. Rechts an einem Glühweinstand drang Judy Garlands *Have Yourself a Merry Little Christmas* an ihr Ohr, links vom Karussell her mischte sich die Melodie von *Frosty the Snowman* hinein.

Verflixt! Unentschlossen sah sie erst nach rechts, dann nach links. Schließlich ging sie einfach geradeaus weiter. *Frosty* begleitete sie jedoch, denn eine andere Version des Lieds schallte auch aus dem Lautsprecher am Stand der städtischen Sozialstation, der sich ganz in der Nähe der Bühne im Zentrum des Marktplatzes befand. Wie sollte sie sich denn bloß auf eine kluge Entscheidung besinnen, wenn dieses Lied sie ständig an Patrick und ihre anfänglichen Kabbeleien mit ihm erinnerte?

Sie blieb am Stand der Sozialstation stehen, denn dort waren neben diversen Näh- und Strickarbeiten aus der an die Station angeschlossenen Schneiderei und Kunsthandwerksschmiede auch ganz bezaubernde Holzspielzeuge, hölzerne Windspiele und Dekoartikel ausgestellt. Auch mehrere Holzschaukelpferde und hübsch gedrechselte Hocker konnte man käuflich erwerben.

Vorsichtig strich Angelique mit den Fingerspitzen über die samtige Oberfläche eines der Schaukelpferde.

»Das sind unsere letzten.« Eine sehr jung aussehende Frau mit frechem schwarzem Kurzhaarschnitt und leuchtend blauen Augen, die ganz offensichtlich schwanger war, lächelte ihr freundlich aus dem Verkaufsstand zu. Auf dem Namensschild an ihrem Mantel stand Eva Weißmüller. »Wenn Sie eins davon haben möchten, müssen Sie sich schnell entscheiden. Tim hat dieses Jahr eine ganze Wagenladung davon gebaut und zusätzlich noch die schönen Hocker und das Spielzeug, und alles wird uns hier praktisch aus den Händen gerissen.« Sie lächelte herzlich. »Mein Name ist übrigens Eva.« Sie deutete auf das Namensschild. »Wie Sie sehen.«

»Hallo.« Automatisch lächelte Angelique zurück. Die junge Frau war ausgesprochen sympathisch. Aber wirklich noch sehr jung!

»Ich kann genau sehen, was Sie denken.« Eva streichelte grinsend über ihr Babybäuchlein. »Ich bin neunundzwanzig. Manchmal ist es schon ein Kreuz, immer für gerade mal achtzehn oder neunzehn gehalten zu werden. Mein Mann lacht immer darüber und meint, er hätte großes Glück, weil ich dann wahrscheinlich mit achtzig aussehe wie andere mit vierzig und er dann überall mit mir jungem Hüpfer angeben kann, während er dann schon ganz verknittert ist.«

»Entschuldigen Sie, ich wollte Sie gar nicht anstarren.« Verlegen lächelte Angelique. »Sie arbeiten in der Sozialstation?«

»Ja, als Hauswirtschafterin. Im Grunde bin ich Mädchen für alles. Mein Mann ist dort Koch. Er kommt in«, sie blickte auf ihre Armbanduhr, »ungefähr einer halben Stunde, um mich hier zusammen mit unserem Hund Socke zu unterstützen.«

»Socke?« Angelique schmunzelte.

Eva lachte prompt. »Das ist eine lange Geschichte. Wo bleibt eigentlich Tim?« Suchend sah sie sich um. »Ich habe ihn losgeschickt, um mir etwas zu essen zu holen.«

»Tim ist der Schreiner, der die Sachen hier angefertigt hat?« Angelique nahm einen der Hocker hoch und betrachtete ihn eingehend. In der kurzen Zeit, die sie bei Patrick arbeitete, hatte sie schon viel über die verschiedenen Arten, Holz zu bearbeiten, gelernt. Der Handwerker, der die Sachen hier am Stand angefertigt hatte, war ein Künstler, das stand fest.

»Tim Hillebrand.« Noch einmal sah Eva sich suchend um. »Aha, dahinten kommt er.« Sie deutete auf einen hochgewachsenen blonden Mann, den Angelique auf drei- oder vierundzwanzig schätzte. Er wirkte sehr muskulös und besaß ein eigenwilliges und irgendwie keltisch anmutendes Gesicht mit einem energischen Kinn und ausgeprägten Wangenknochen.

»Tim ist eine der ersten Erfolgsgeschichten unserer Lehrschreinerei«, erklärte Eva. »Er hat mit fünfzehn die Schule abgebrochen und ist ins Punker- und Drogenmilieu abgerutscht. Zum Glück keine harten Drogen, aber er war kurz davor. Seine Eltern sind beide arbeitslos und vollkommen beratungsresistent, was die Jobsuche oder auch Hilfe für ihren Sohn angeht. Fast so, als hätten sie nicht nur sich selbst, sondern auch Tim einfach aufgegeben. Noah, einer unserer Sozialarbeiter, hat sich seiner angenommen und ihn dazu gebracht, erst ein Praktikum und danach eine Lehre in unserer Schreinerei zu machen. Inzwischen ist er Geselle, muss sich aber bald eine neue Stellung suchen, weil wir in der Lehrschreinerei die Gesellen immer nur maximal zwei Jahre übernehmen können, um Plätze für weitere Auszubildende frei zu machen.« Sie hielt kurz inne, als der junge Mann am Stand ankam. »Da bist du ja endlich, Tim. Ich habe unserer Kundin hier gerade ein bisschen was über dich erzählt.«

»Angelique ist mein Name.« Vorsichtig stellte Angelique den Hocker wieder zurück an seinen Platz. »Ich habe gerade Ihre Kunstwerke bewundert, Herr Hillebrand.«

»Kunstwerke?« Tim Hillebrand grinste. »Es sind Alltagsgegenstände und Spielzeuge. Die würde ich nicht als Kunst bezeichnen.«

»Doch, ganz bestimmt.« Nachdrücklich nickte Angelique. »Dieses Windspiel hier mit den geschnitzten Blumen ist so filigran gearbeitet ... Ich glaube, das nehme ich.«

»Sehr gerne.« Mit einem strahlenden Lächeln nahm Eva das Windspiel von der Stange, an der es aufgehängt war, und verpackte es sicher in Packpapier und eine Papiertüte.

Angelique bezahlte es und warf noch einmal einen Blick auf die Hocker. »Herr Hillebrand?«

»Ja? Möchten Sie sich die Hocker näher ansehen?« Er legte den Teller mit den Pfannkuchen auf dem schmalen Verkaufstresen ab, und Eva machte sich gleich über einen davon her.

»Das habe ich bereits ausgiebig getan.« Sie hielt inne. Nahm sie sich zu viel heraus? Nein. »Ich habe gerade gehört, dass Sie sich bald auf Jobsuche begeben müssen.« Sie öffnete ihre Umhängetasche und kramte darin, bis sie das Etui mit Patricks Visitenkarten gefunden hatte. Eine davon reichte sie dem jungen Mann. »Versuchen Sie es mal bei Patrick Sternbach. Ich bin seine ... Assistentin.« Sie schluckte, weil sie so gerne so viel mehr gewesen wäre. Aber das gehörte jetzt nicht hierher. »Wir sind immer auf der Suche nach begabten Schreinern.«

»Ich kenne mich aber nicht mit dem Bau von Holzhäusern aus.« Stirnrunzelnd musterte Tim die Karte. »Die Firma Wohnen in Holz ist mir natürlich bekannt, aber ...«

»Herr Sternbach kann auch immer gute Kunst- und Möbelschreiner gebrauchen.«

»Ich hatte vor, in Kürze mit der Meisterschule anzufangen.« Tim rieb sich übers Kinn.

»Noch besser!« Ermutigend lächelte Angelique ihm zu. »Sprechen Sie Herrn Sternbach an, am besten schon im Januar.«

»Hey, das ist eine tolle Gelegenheit«, ermutigte auch Eva ihn und lächelte Angelique zu. »Danke sehr!«

»Nichts zu danken. Unsere Firma braucht gute Leute.« Angelique schnappte sich die Tüte mit ihrem Windspiel. »Viel Erfolg noch hier auf dem Weihnachtsmarkt.«

Mit einem seltsam flauen Gefühl schlenderte sie weiter, blieb stehen, als auf der Bühne ein Chor zu singen begann. *Stille Nacht, heilige Nacht* – ihr Lieblingslied. Bilder stiegen vor ihrem inneren Auge auf, von gemeinsamen Abenden mit Patrick und den Kindern, vom Backnachmittag mit seiner gesamten Familie. Ihr Herz begann zu schmerzen. Sie war eine dumme Gans!

Als ihr Blick auf das Zelt der jungen Glaskünstlerin fiel, ging sie entschlossen darauf zu. Das Angebot hier hatte sich schon deutlich gelichtet, obwohl die Preise für die kleineren und größeren Glaskunstwerke nicht von schlechten Eltern waren. Zielstrebig ging sie in die Ecke, in der sie bei ihrem ersten Besuch die Fensterbilder entdeckt hatte. Sie schienen bereits alle verkauft zu sein. Enttäuscht machte sie wieder kehrt. Dabei streifte ihr Blick eine Vitrine mit Schmuck – Ketten, Armbänder und sogar Ringe. Als sie genauer hinsah, stellte sie fest, dass einige davon wohl sogar Verlobungsringe waren.

»Möchten Sie mal welche anprobieren?« Die Künstlerin war neben sie getreten und lächelte ihr zu. Heute trug sie eine Kette aus schillernden bunten Glasperlen, an der ein Anhänger – ebenfalls aus Glas – baumelte, ein aus Glas gefertigter Namenszug: Jana.

Angelique räusperte sich verlegen. »Nein, vielen Dank. Ich glaube nicht … Das sind doch Verlobungsringe, oder?«

»Ja, das ist meine Lovebird-Kollektion.«

»Ich glaube, für so etwas ist es …« Sie zögerte. »Die Zeit dafür ist noch nicht reif.« Und sie wusste nicht, ob sie es je sein würde.

»Kein Problem. Sie können auch jederzeit in mein Atelier in der Weißbaumstraße kommen.« Jana zwinkerte ihr zu. »Ich habe immer eine Auswahl an Ringen dort. Irgendwann wird die Zeit bestimmt reif sein.«

»Danke.« Angelique rang sich ein Lächeln ab. »Die Fensterbilder sind alle ausverkauft?«

»Ja, leider.« In Janas Augen lag Mitgefühl. »Sie hatten ein Auge auf die Vogelfamilie geworfen, nicht wahr?«

»Daran können Sie sich noch erinnern?«

Jana lächelte wieder. »Manche Kunstwerke ziehen uns an wie ein Magnet. Oder wir sie.« Da in diesem Moment eine weitere Kundin an die Kasse trat, hob Jana entschuldigend die Schultern. »Tut mir leid, die Pflicht ruft.«

»Ja, schon gut, danke trotzdem.« Angelique fühlte sich etwas verloren, als sie das Zelt wieder verließ. Langsam ging sie zurück bis zum Karussell. Um diese Uhrzeit ließ Klaus nur noch Runden für Pärchen fahren. Ein paar ältere Teenager hatten sich für die nächste Fahrt eingefunden, so wie einige Paare, die Angelique vom Sehen kannte. Sie war ihnen schon mal in der Stadt begegnet. Der Vorteil eines relativ kleinen Ortes war, dass man nach einer gewissen Zeit schon sehr viele Menschen kannte oder doch zumindest deren Gesichter.

»Na, heute ganz allein unterwegs?« Klaus war neben ihr aufgetaucht und sah sie mit freundlichem Interesse an. »Sie sind ein bisschen blass, will mir scheinen. Zu viel gearbeitet?«

»Nein, eine Überdosis meiner Familie.« Sie lächelte etwas kläglich.

»Und ein bisschen Herzschmerz?« Der Ausdruck auf Klaus' Gesicht wurde ganz warm und väterlich. »So was erkenne ich immer sofort. Was hat Patrick angestellt?«

Sie spürte, wie ihre Wangen sich erhitzten. »Nichts.«

»Aha.« Ein wissender Ausdruck trat in die Augen des älteren Mannes. »Der Junge ist ein bisschen schwierig, was? Geben Sie nicht auf. Ich habe da ein ziemlich gutes Gefühl bei Ihnen beiden.«

»Ach ja?« Sie verzog skeptisch die Lippen. »Ich im Moment nicht ganz so.«

»Möchten Sie ein Ründchen auf meinem Mädchen drehen? Hier, ich habe noch eine Freikarte übrig.« Er drückte ihr eine Marke in die Hand. »Lassen Sie ein bisschen die Seele baumeln und sich von meinem Schätzchen zum Träumen verführen.«

Verblüfft sah Angelique ihm nach, wie er zurück zu seinem Schaltpult ging. Unschlüssig drehte sie die Freikarte zwischen den Fingern, dann seufzte sie. Warum nicht? Es war ja nicht so, dass sie heute noch etwas anderes vorhatte. Patrick war gestern am Telefon so seltsam gewesen und hatte nicht einmal gefragt, ob sie heute noch zu ihm kommen wollte. Sie hatte es ebenfalls nicht erwähnt. Wenn er Abstand brauchte, musste sie ihm den wohl zugestehen. Auch wenn es sie unglücklich machte.

Rasch stieg sie in eine Zweiergondel ein und kuschelte sich in die Ecke. Wie hatte sie sich nur so schnell so heftig in Patrick verlieben können? Sie hatte nicht einmal geahnt, dass so etwas möglich war. Zumindest nicht für sie. Sie hatte ihr Leben stets geordnet und unter Kontrolle gehabt. Doch jetzt hatte sie ihr Herz verloren, an einen Mann und zwei bezaubernde Kinder – und einen wuschelig-flauschigen Hund – und war ins Trudeln geraten. Inge und Laura hatten ihr geraten, für ihr Glück zu kämpfen, Lukas hatte ihr nahegelegt, sich zu entscheiden. Doch wie sollte sie das anstellen, wenn der Mann, den sie liebte, sich vor Bindungen fürchtete? Wie konnte sie ihn davon überzeugen, dass er keinen Fehler beging, wenn er ihr voll und ganz vertraute? Und was in aller Welt sollte sie tun, wenn er sie nicht wollte? Nicht so wie sie ihn?

Bing Crosbys *White Christmas* begleitete die erste Runde des Karussells, und da es noch immer leicht schneite, fühlte sich dieses Lied heute ganz besonders passend an. Angelique ließ ihre Blicke über die Menschen ringsum schweifen, über die bunt dekorierten und beleuchteten Stände, die Imbissbuden und Getränkepavillons.

Zum ersten Mal in ihrem Leben fühlte sie sich an einem Ort zu Hause. Tränen stiegen ihr in die Augen, als in diesem Moment die Musik zu dem Klavierstück *Mariage d'Amour* wechselte. Es war eines ihrer Lieblingsstücke klassischer Musik von Paul de Senneville. Sie erkannte die Version von George Davidson sofort und schluckte hart. Als kleines Mädchen schon hatte sie sich immer vorgestellt, irgendwann einmal zu diesem Lied auf ihrer Hochzeit zu tanzen.

Albern. Sie benahm sich absolut albern. Sie war gerade mal seit ein paar Wochen mit Patrick zusammen, wenn man das denn überhaupt so nennen konnte. Immerhin hatten sie ihre Beziehung bisher noch nicht genau definiert, und wenn ihre Befürchtungen eintrafen, würden sie das vielleicht auch nie tun, weil einfach zu viele Probleme zwischen ihnen standen.

Ungehalten wischte sie die Tränen weg, die ihr über die Wangen liefen. Es wurde wirklich Zeit, dass sie die Kontrolle über ihr Leben – und ihre Gefühle – wiedererlangte. Im Augenblick jedoch spülten die sanften Klavierklänge nur immer mehr Emotionen in ihr hoch. Ihre Kehle schnürte sich schmerzhaft zu. Warum nur? Warum musste ausgerechnet ihr so etwas passieren?

Als das Lied endlich vorbei war, atmete sie auf, musste aber im nächsten Moment trocken lachen, als die ersten Verse von Mariah Careys *All I Want for Christmas is you* erklangen. Sie war verflucht. Ganz eindeutig.

# 23. Kapitel

»Na los, ab mit euch ins Haus!« Margit scheuchte die Zwillinge mit einer energischen Handbewegung durch die Tür. »Sonst weht uns noch mehr Schnee ins Haus. Du auch, Patrick!«

»Ich wollte eigentlich gleich … Na gut.« Eilig trat auch er durch die Tür ins Haus seiner Eltern. »Ganz schöner Schneesturm.«

»Das kannst du laut sagen.« Lachend blickte Margit durch das Flurfenster auf den Pick-up an der Straße. »Ihr habt also noch einen schönen Baum gefunden.«

»Ja, in der Baumschule Kilian.« Patrick bemühte sich, sich nicht zu sehr zu bewegen, um den Schnee, der sich auf seinem Mantel gesammelt hatte, nicht im Flur zu verteilen. »Es gab zwar keine allzu große Auswahl mehr, aber da Joel und Jessica so ein Riesending haben wollten, hatten wir Glück.«

»Bei Kilians wird man irgendwie immer fündig.« Margit wandte sich ihm wieder zu. »Wenn es so weiterschneit, musst du den Baum samt Auto nachher ausgraben.«

Mit grimmiger Miene nickte Patrick. »Ich werde den Baum auch erst mal in die Garage stellen … zum Trocknen. Und in der Zwischenzeit noch weiter arbeiten.«

»Du solltest wirklich ein paar Tage Urlaub machen.« Besorgt legte Margit ihm eine Hand auf die Schulter. »Es ist immerhin Weihnachten.«

»Ab morgen.« Er rieb sich über die Stirn. »Dieser Kostenvoranschlag muss noch fertig werden, samt der Zeichnungen für Hannah, damit sie sich im Januar darum kümmern kann.«

»Sie ist eine tolle Architektin.«

»Ja, und viel beschäftigt. Deshalb muss ich ihr die Unterlagen auch unbedingt jetzt noch zukommen lassen. Sonst hat sie nicht genügend Zeit, sich damit zu befassen.« Er seufzte. »Aufräumen und putzen muss ich auch noch. Danke, dass du dich heute noch mal um die Rabauken kümmerst.«

Wieder lachte Margit. »Ich kann wohl mit am besten nachvollziehen, wie angenehm es sein kann, das Haus mal für sich allein zu haben, um klar Schiff zu machen.« Sie wurde wieder ernst. »Wie läuft es denn mit Angelique? Ich habe sie schon eine Weile nicht mehr gesehen, und du hast sie auch nicht erwähnt.«

In Patricks Magen bildete sich ein Knoten, wie so oft in letzter Zeit. Er vermisste Angelique, aber sie war in den vorangegangenen Tagen so zurückhaltend gewesen, fast schon distanziert. Er hatte versucht, ihr Raum zu geben, denn wenn sie eine Entscheidung treffen wollte, durfte er sie nicht beeinflussen. Sich vorzustellen, dass sie vielleicht bald kündigen und weggehen würde, wagte er gar nicht, weil er nicht wusste, wie er damit umgehen sollte. Das, was er befürchtet hatte, war passiert: Er hatte sich verliebt. Unwiderruflich. Und jetzt musste er zusehen, wie er damit zurechtkam. »Sie war einige Tage bei ihren Eltern zu Besuch, um Weihnachten mit ihnen zu feiern.«

»Um was?« Verblüfft hob seine Mutter den Kopf. »Heiligabend ist doch erst morgen.«

»Offenbar feiern sie immer um den vierten Advent herum, weil ihre Eltern zu Weihnachten in ihr Chalet nach St. Moritz fahren.«

»Ach.« Margit kräuselte die Lippen. »So ist das also. Ein Chalet, ja?«

»Sie wollte gestern Abend wieder zurück sein.«

»Habt ihr euch denn nicht gleich getroffen? Ich meine …« Sie zögerte sichtlich. »Ich mische mich ja nicht gerne ein, aber ich dachte, ihr seid zusammen.«

Er schluckte hart, denn der Knoten in seiner Magengrube hatte einen Zwilling in seiner Kehle produziert. »Ehrlich gesagt, Mama … Ich weiß nicht genau, was wir sind. Wir haben noch nie darüber gesprochen.«

Sie legte den Kopf ein wenig schräg. »Und an wem liegt das wohl? Darf ich mal raten?«

»Sie hat von sich aus auch nicht damit angefangen. Wenn ihr etwas wichtig ist, schweigt sie normalerweise nicht darüber.«

Margit dachte kurz über seine Worte nach. »Zu einem Gespräch gehören immer zwei, Patrick. Wenn sie sich zu diesem, wie ich finde, sehr wichtigen Thema noch nicht geäußert hat, muss sie einen guten Grund haben. Dass du die Zähne nicht auseinanderbekommst, wundert mich wenig. Du warst noch nie gut darin, über deine Gefühle zu reden. Aber, Patrick …« Sie berührte ihn erneut an der Schulter. »Wenn sie dir etwas bedeutet, musst du irgendwann auch mal über deinen Schatten springen und den Mund aufmachen.«

Er senkte den Kopf. »Ich hätte gar nicht erst … Ich hätte sie nicht einstellen dürfen. Mir war gleich klar, dass das nicht gut gehen kann. Wenn sie jetzt wieder geht, bin ich … aufgeschmissen.« Er hatte es noch deutlich drastischer ausdrücken wollen, bemühte sich aber, sein Temperament zu zügeln. Dennoch ballte er die Hände zu Fäusten und spannte sich instinktiv an, als seine Mutter ihm den Arm um die Hüfte legte und ihn sanft an sich zog. »Ich weiß nicht, was ich tun soll«, gab er schließlich zu.

Mit einem leisen Seufzen lehnte Margit ihren Kopf gegen seine Schulter. »Du warst noch nie der Typ für halbe Sachen. Ganz oder gar nicht, das war schon immer deine Einstellung. Deshalb bist du wohl auch so schnell mit deiner Firma erfolgreich geworden. Weil du dich kompromisslos auf dein Ziel gestürzt hast. Du weichst von deinem Weg nicht ab, wenn du dich einmal entschieden hast.« Sie reckte sich und küsste ihn auf die angespannte Wange. »Wenn du Angelique liebst, wird es Zeit, dass du ihr das klipp und klar sagst.«

Er stieß einen zischenden Laut aus.

Seine Mutter lachte leise. »Jetzt habe ich dich zu Tode erschreckt.«

Erneut versuchte er, gegen die Enge in seiner Kehle anzuschlucken. »Was, wenn sie nicht auf Dauer bleiben will – oder kann? Sie ist für den Job bei mir haushoch überqualifiziert. Wenn sie wollte, könnte sie irgendwann eine eigene Marketing- oder was weiß ich für eine Firma leiten. Mit links. Und nebenher noch zehn andere beraten. Ich würde es nicht mal schaffen, zwei Dinge gleichzeitig derart effektiv zu tun. Sie macht das mit zehn Aufgaben, ohne mit der Wimper zu zucken.«

»Dafür bist du in anderen Bereichen begabt.« Margit lächelte ihm ermutigend zu. »So wie ich das sehe, und ich habe euch hin und wieder zusammen beobachtet, ist sie das Yin zu deinem Yang. Oder umgekehrt. Das hätte mir schon letztes Jahr auffallen müssen, wenn ich genauer hingesehen hätte. Ihr wart so auffällig damit beschäftigt, euch anzugiften, dass bei mir der Groschen gleich hätte fallen müssen. Aber manche Dinge brauchen eben manchmal ein wenig Zeit, um sich zu entwickeln. Sprich mit ihr, Patrick. Finde heraus, was sie wirklich will.« Sie hielt kurz inne. »Aber sei vor allen Dingen vollkommen offen und ehrlich zu ihr. Sag ihr, was du empfindest, auch wenn es dir Angst macht.«

Patrick nickte und blickte unbehaglich durch das Flurfenster nach draußen. Auf seinem Pick-up bildete sich allmählich eine immer dickere Schneeschicht. Er musste sich beeilen, wenn der Schnee nicht auch noch den Beifahrersitz okkupieren sollte. Den Beifahrersitz …

»Ach du Scheiße!« Entsetzt riss er die Haustür auf und rannte auf seinen Wagen zu. Die Beifahrertür stand ein Stückchen offen, und es hatte sich tatsächlich bereits eine nicht unbeträchtliche Schneeschicht auf dem Sitz gebildet. »Oskar!« Auf dem Bürgersteig führten bereits leicht verschneite Pfotenabdrücke vom Pick-up weg. »Scheiße, Scheiße, Scheiße!«

»Was ist denn los?« Margit war ihm erschrocken gefolgt und sah nun auch die Bescherung. »Oh, du lieber Himmel! Ist Oskar weggelaufen?«

Patrick raufte sich die Haare. »Ich bin mir sicher, dass die Tür zu war, als wir zum Haus gegangen sind. Wie ist er bloß da herausgekommen? Und wo ist er hingelaufen?« Mit zusammengekniffenen Augen suchte er den Boden nach weiteren Pfotenabdrücken ab. Die Spur führte ortsauswärts in Richtung Felder und Wald.

»Auch das noch und ausgerechnet bei dem Wetter.« Besorgt sah Margit sich um und rieb sich über die Arme, weil sie keine Jacke trug. »Er ist doch noch nie weggelaufen, oder?«

»Nein. Angelique hat gesagt, er sei dazu viel zu brav und anhänglich. Und bei ihr ist er auch immer ohne Leine problemlos mitgelaufen. Bei mir dann später auch.« Ratlos stützte Patrick sich an seinem Pick-up ab. »Was mache ich denn jetzt?«

»Ich fürchte, es bleibt dir nichts anderes übrig, als ihn zu suchen.« Bibbernd trat Margit von einem Fuß auf den anderen. »Wo könnte er denn hingelaufen sein?«

»Ich habe nicht die geringste Ahnung.« Langsam richtete er sich wieder auf. »Oskar war die letzten Tage ein bisschen bedrückt. Vielleicht weil Angelique nicht da war. Er hat sich ziemlich auf sie fixiert.«

Margits Miene hellte sich auf. »Das ist möglicherweise schon des Rätsels Lösung. Vielleicht sucht er sie und ist zu ihrer Wohnung gelaufen.«

»Die kennt er doch gar nicht. Soweit ich weiß, war er noch nie dort.«

»Könnte er sie bei dir in der Firma suchen?«, schlug seine Mutter vor.

Er hob den Kopf. »Das könnte sein.«

»Dann fang dort mit der Suche an.« Margit schüttelte sich. »Entschuldige bitte, ich muss ins Haus, mir ist eiskalt. Bitte ruf uns an, wenn du ihn gefunden hast. Und falls nicht … Ich sage deinem Vater Bescheid und rufe falls nötig auch deine Geschwister an, damit sie dir beim Suchen helfen.«

»Wen soll Papa suchen?« Joel war neugierig aus dem Haus getreten. »Was ist denn los, warum stehst du hier draußen im Schnee, Oma?« Seine Augen verengten sich, als er die betretenen Mienen der beiden Erwachsenen sah. »Ist was mit Oskar? Ist er abgehauen?«

»Komm mit rein, Schatz.« Margit schnappte sich die Hand des Jungen. »Dein Papa macht sich sofort auf die Suche nach Oskar.«

»Aber ich will mit! Und Jessica bestimmt auch.«

»Nein, lasst euren Vater allein fahren. Wenn er ihn nicht gleich findet, können wir immer noch einen Suchtrupp bilden. Bestimmt ist Oskar nur rüber zur Firma gelaufen, um zu sehen, ob Angelique dort ist.«

»Glaubst du?« Joels Stimme zitterte. »Aber er ist doch noch nie weggelaufen.«

»Ich fahre mal los.« Patrick konnte die entsetzte Stimme seines Sohnes kaum ertragen. Die Kinder hingen so sehr an Oskar. Und an Angelique. Was das anging, war er nicht allein.

Rigoros schob er das Gefühlschaos, was Angelique betraf, beiseite und klemmte sich hinter das Steuer des Pick-ups.

***

Mit zufriedener Miene hockte Elf-Siebzehn in der Linde auf der gegenüberliegenden Straßenseite und beobachtete, was sich vor dem Haus der Sternbachs tat. Dann zückte er sein Funkgerät und stellte es auf eine bestimmte Frequenz ein. »Elf-Zwei, Elfe-Acht, bitte kommen.«

»Hier Elfe-Acht. Elf-Zwei steht neben mir. Was gibt's?«

Elf-Siebzehn ließ mit zufriedener Miene und einem kleinen Lächeln die Beine baumeln. »Oskar ist unterwegs. Es läuft alles nach Plan. Haltet schon mal den Sternenstaub bereit. Over.«

»Verstanden, Elf-Siebzehn. Wir sind bereits in Position.« Elfe-Acht kicherte. »Erstaunlich, wie perfekt der Plan aufgeht, den Santas Frau sich ausgedacht hat. Ich gebe ihr gleich ein Update durch und sage ihr Bescheid, dass das mit dem Wetter auch hingehauen hat. Da hat Petrus sich selbst übertroffen. Schneesturm auf den Punkt genau.«

»Ja, stimmt, das hat er diesmal richtig gut hinbekommen. Ich komme gleich zu euch, denn ich muss unbedingt mitbekommen, wie die Sache ausgeht.« Elf-Siebzehn sprang mit einem Satz von seinem Ast herunter. »Haltet die Stellung, ich bin gleich bei euch. Over and out.«

***

Ratlos stand Patrick vor dem verschlossenen Tor zu seiner Firma. Von Oskar war weit und breit nichts zu sehen. Zwischendurch hatte Patrick immer wieder angehalten und nachgesehen, ob noch Pfotenabdrücke zu finden waren, aber der dichte Schneefall und ein kräftiger Wind, der inzwischen hinzugekommen war, hatten alle vorhandenen Spuren verwischt oder zugedeckt.

Als Nächstes fuhr er im Schritttempo zu sich nach Hause. Vielleicht war Oskar ja dorthin gelaufen. Nur wenige Autos begegneten ihm. Bei diesem Wetter blieben alle, die nicht unbedingt nach draußen mussten, lieber in ihren trockenen, warmen Wohnungen.

Doch auch zu Hause war Oskar nicht zu finden. Allmählich machte sich so etwas wie Panik in Patrick breit. Ein kurzer Anruf bei seinen Eltern setzte ihn davon in Kenntnis, dass der Hund auch dort nicht wieder aufgetaucht war und die Kinder sich mit seinem Vater zu Fuß auf die Suche gemacht hatten. Justus hielt im Stadthotel die Stellung, aber Laura und Ricarda hatten früher Feierabend gemacht und wollten sich ebenfalls an der Suche beteiligen. Viola hatte noch zwei Nachmittagstermine in ihrer Physiotherapiepraxis im Wellness-Resort, wollte sich aber später ebenfalls anschließen, falls es nötig war.

Einerseits beruhigte es ihn, dass seine Familie so kompromisslos zur Stelle war, wann immer sich kleinere oder größere Katastrophen ereigneten. Andererseits beunruhigte es ihn, wie sehr er sich wünschte, Angelique an seiner Seite zu haben. Sie würde bestimmt wissen, wie man Oskar finden konnte. Ob der Hund vielleicht doch zu ihr gelaufen war? Hieß es nicht, dass Tiere einen sechsten Sinn hatten und Dinge vollbrachten, die man sich kaum vorstellen konnte?

Rasch wählte er ihre Nummer. Hoffentlich war sie überhaupt zu Hause.

***

Rastlos streifte Angelique von einem Zimmer ihrer Wohnung ins andere. Jedes Mal, wenn sie dabei an ihrem Handy vorbeikam, das sie auf dem Couchtisch abgelegt hatte, schielte sie aufs Display, das jedoch nur die Uhrzeit anzeigte. Halb hoffte sie, Patrick würde anrufen und sie, ganz zwanglos, zum gemeinsamen Abendessen oder einem Filmabend einladen, halb schalt sie sich eine dumme Gans, weil sie nicht einfach selbst anrief und dem Spuk ein Ende setzte. Es war kurz vor fünfzehn Uhr, vermutlich arbeitete er noch an dem neuen Kostenvoranschlag und den damit verbundenen Datenblättern, die er seiner Architektin zwischen den Jahren vorlegen wollte. Davon hatte er bei ihrem letzten Telefonat gesprochen. Und davon, dass er mit den Kindern noch einen Weihnachtsbaum aussuchen wollte. Er hatte nicht gefragt, ob sie mit dabei sein wollte. Fast schien es ihr, als habe er beschlossen, dass sie doch nicht in sein Leben passte. Entweder das – oder etwas anderes stimmte nicht zwischen ihnen. Warum meldete er sich nicht mehr bei ihr? Diese Distanz, die plötzlich wieder zwischen ihnen herrschte, machte sie wahnsinnig. Er konnte es ihr doch wohl nicht übel nehmen, dass sie ihre Eltern besucht hatte. Nein, dazu war er nicht der Typ. Familie war ihm wichtig. Vielleicht hätte sie ihn bitten sollen, sie zu begleiten? Das kam ihr auch nicht ganz richtig vor, dazu waren sie nicht eindeutig genug ein Paar. Wenn sie es gewesen wären, hätte sie nicht gezögert, ihn ihren Eltern vorzustellen, ganz gleich, wie wenig begeistert die beiden davon gewesen wären. Sie hätten sich schon wieder eingekriegt.

Sie war davon ausgegangen, dass er längst noch nicht so weit war, sich voll und ganz zu ihr zu bekennen. Vielleicht würde er es sogar nie sein. Mit dieser Möglichkeit musste sie sich wohl oder übel anfreunden. Nach einer durchwachten Nacht hatte sie zumindest für sich selbst etwas Klarheit gefunden, doch das nützte ihr herzlich wenig, wenn er sich nicht meldete. Warum rief er nicht an? Die letzten beiden Telefonate waren von ihr ausgegangen. Dass von seiner Seite aus Funkstille herrschte, konnte alles Mögliche bedeuten. Die naheliegende Begründung für sein Verhalten war allerdings, dass er Abstand suchte. Und das tat weh.

Sie zuckte heftig zusammen, als bei ihrem nächsten Rundgang ihr Handy zu klingeln begann. *Frosty the Snowman*. Sie hätte den Klingelton, den sie extra für Patricks Kontaktdaten eingerichtet hatte, besser löschen sollen, dann würde ihr Herz jetzt nicht wie verrückt gegen ihre Rippen pochen. Sie musste zweimal tief durchatmen, bevor sie den Anruf annahm. »Hallo, Patrick. Hast du meine Nummer doch nicht gelöscht!« Sie verdrehte die Augen. Was redete sie denn da für einen Quatsch?

»Angelique! Ist Oskar bei dir?«

Ihr Herzschlag beruhigte sich so rasch, dass sie schlucken musste. »Oskar? Nein, wie kommst du denn darauf?«

»Schau bitte draußen nach. Er ist vor einer Stunde aus meinem Pick-up entwischt und seitdem verschwunden.«

Sie erschrak und rannte zum Fenster. Es herrschte schon seit dem Vormittag dichtes Schneetreiben, sodass alle Konturen draußen unscharf wirkten. Oskar war nicht zu sehen. »Warum denn entwischt?« Während sie sprach, eilte sie zur Garderobe, schlüpfte in ihre Winterstiefel und zog sich ihren Mantel und Schal über. Auch eine Mütze streifte sie über den Kopf.

»Keine Ahnung.« Patrick klang ein wenig außer Atem, und in seinem Ton schwang unmissverständlich Verzweiflung mit. »Ich habe nur die Kinder bei meinen Eltern abgeliefert und wollte den Weihnachtsbaum nach Hause bringen und noch ein bisschen arbeiten und aufräumen. Ich war vielleicht zehn Minuten im Haus. Plötzlich stand die Beifahrertür offen, und Oskar war weg.«

»Dann hast du sie nicht richtig geschlossen.«

»Warst du vielleicht dabei?« Nun klang er auch noch wütend. »Ich habe die Tür verschlossen.«

»Schon gut, schon gut. Selbst wenn du es nicht getan hättest – Oskar ist noch nie weggelaufen.« Nach kurzem Zögern steckte sich Angelique ihr Portemonnaie und eine kleine Powerbank in die Manteltasche, griff nach ihrem Hausschlüssel und verließ ihre Wohnung. »Das sieht ihm gar nicht ähnlich. Hast du schon bei der Firma nachgesehen? Vielleicht wollte er nur mal dort nach dem Rechten sehen.«

»Da war ich zuerst.« Die Wut verwandelte sich wieder in Verzweiflung. »Zu Hause ist er auch nicht. Ich bin gerade auf dem Weg zum Waldrand hinter meinem Haus.« Sie konnte seine Schritte im Schnee knirschen hören. »Mein Vater ist mit den Kindern ebenfalls auf der Suche.«

Inzwischen stand Angelique vor dem Haus und sah sich

nach allen Seiten um. Weit und breit keine Spur von Oskar. Das hätte sie auch gewundert. Woher sollte der Hund auch wissen, wo sie wohnte? Sie hatte ihn schließlich noch nie mit in ihre Wohnung genommen.

Als sie in etwa fünfzig Metern Entfernung eine Bewegung wahrnahm, kniff sie die Augen zusammen. »Oskar?«

Ein fröhliches Bellen antwortete ihr.

»Oskar!« Sie rannte auf den Hund zu. »Er ist hier, Patrick, ich bin gleich … Hey, warte, Oskar! Wo willst du denn hin? Komm her zu mir!« Sie versuchte, ihrer Stimme einen lockenden Ton zu verleihen.

Prompt blieb Oskar wieder stehen und bellte ihr zu.

*Hallo, Angelique. Entschuldige, dass ich nicht näher komme, ich habe einen Auftrag. Komm einfach mit mir mit!*

»Was ist los?« Patrick klang erleichtert. »Hast du ihn?«

»Oskar, bleib stehen!« Eingedenk der guten Ratschläge, die sie aus diversen Hundebüchern hatte, hielt sie im Lauf inne. »Komm! Oskar, hierher!« Sie seufzte. »Er ist zu weit weg. Jedes Mal, wenn ich auf ihn zugehe, rennt er weiter.«

»Du musst ihn irgendwie anlocken.«

»Ach ja? Darauf wäre ich ja nie gekommen.« Sie verdrehte die Augen. »Oooskaaar!«, flötete sie. »Komm her. Schau mal, was ich hier Schönes für dich habe.« Sie wünschte, sie hätte wirklich etwas für den Hund dabei.

*Würde ich ja gerne, geht aber nicht. Komm einfach mit mir mit. Wuff!*

»Immer noch nicht?« Patrick klang angespannt und ungeduldig.

Sie unterdrückte einen Fluch, als Oskar sich noch weiter von ihr entfernte. »Wie wäre es, wenn du herkommst und es selbst versuchst? Im Moment rennt er in Richtung Park und, halt, nein, er ist abgebogen.« Sie beschleunigte ihre Schritte. »Wenn er die Straße weiterläuft, kommt er irgendwann beim Resort heraus.«

»Da müsste er aber noch weit laufen.« Sie konnte hören, wie eine Autotür zuknallte. »Ich bin auf dem Weg.« Die Verbindung wurde unterbrochen.

Angelique schob ihr Handy in die Manteltasche und eilte weiter den Pfotenspuren nach, die Oskar hinterlassen hatte. Er war so weit vorausgelaufen, dass sie im Schneetreiben nur noch hin und wieder eine verwischte Bewegung wahrnahm. Zudem wurde es allmählich dunkler. Die dichten, tief hängenden Schneewolken sorgten dafür, dass das Tageslicht noch früher als sonst abnahm. Ab und zu bellte er, so als rufe er nach ihr und fordere sie auf, ihm weiter zu folgen. Doch wohin wollte er?

Sie hatten den Stadtrand erreicht, als sie hinter sich das Brummen eines Automotors vernahm. Gleich darauf tauchte der Pick-up neben ihr auf.

»Steig ein.« Patrick hatte das Fenster auf der Fahrerseite ein Stückchen heruntergefahren. »Du bist ganz eingeschneit.«

»Kunststück.« Sie schüttelte sich heftig und zog die Mütze vom Kopf, ehe sie sich auf den Beifahrersitz fallen ließ. »Da vorn läuft er.« Sie deutete auf die schemenhafte Gestalt des Hundes in ungefähr hundertfünfzig Metern Entfernung. »Warte mal, er bleibt stehen. Nein, er kommt zu uns. Vielleicht hat er dein Auto erkannt und will dich begrüßen.«

Patrick trat auf die Bremse und sprang gleich darauf aus dem Auto. »Oskar, du Verrückter. Komm her zu mir. Was machst du denn für Sachen?«

*Hallo, Wau, Herrchen! Wie schön, dich zu sehen!* Oskar kam mit fliegenden Ohren auf Patrick zugesaust, sprang an ihm hoch und bellte fröhlich. *Gut, dass du endlich auch hier bist. Dann kann es jetzt ja so richtig losgehen. Komm mit! Wuff, wuff!*

Ehe Patrick den Hund an seinem Geschirr zu fassen bekam, raste dieser schon wieder los, in Richtung Waldrand. »Mist! Oskar, bleib stehen! Wo willst du denn hin?«

*Das wirst du schon noch sehen. Ich habe genaue Instruktionen von Elf-Siebzehn. Es ist zwar ziemlich kalt, aber irgendwie macht es Spaß, so durch den Schnee zu sausen. Also los, kommt mit, alle beide!*

Fluchend stieg Patrick wieder in den Pick-up und fuhr vorsichtig wieder an. Der Wagen schlitterte ein wenig, bevor die Reifen wieder Halt gewannen. »Da vorn am Wald kommen wir nicht mehr weiter.« Er lenkte den Pick-up auf einen Wandererparkplatz. »Wir müssen zu Fuß weiter.«

»Okay, dann mal los.« Angelique zog sich die Mütze wieder über den Kopf, auch wenn sie schon feucht geworden war. »Wohin mag Oskar nur wollen? Er muss doch irgendwann mal müde werden.«

»Das hoffe ich auch.« Patrick reichte ihr eine Hand, damit sie nicht ausrutschte, als sie über eine hohe Schneewehe steigen musste. »Du hast eiskalte Hände!«

Sie schob die freie Hand in ihre Manteltasche. »Ich habe meine Handschuhe vergessen.«

Er öffnete noch einmal die Fahrertür und zog ein paar Männerhandschuhe unter dem Sitz hervor. »Hier, nimm meine.«

»Die sind viel zu groß.« Dennoch streifte sie sie rasch über. »Wohin ist der denn jetzt gelaufen?«

Hastig drehte Patrick sich um und hielt Ausschau nach dem Hund. »Dahinten.« Er deutete auf den breiten Wanderweg, der geradewegs im Wald verschwand. »Oskar! Komm her, Kumpel. Im Wald ist es ungemütlich und dunkel.«

»Hast du eine Taschenlampe dabei?«

Patrick schnaubte. »Sehe ich aus, als hätte ich eine Taschenlampe dabei? Ich war nicht darauf vorbereitet, meinem Hund stundenlang durch die Gegend nachzulaufen.«

»Zumindest haben wir ihn gefunden.« Entschlossen ging Angelique los, damit sie Oskar nicht wieder aus den Augen verloren. »Irgendwann wird es ihm zu dumm, und er bleibt stehen oder kommt zu uns zurück.«

»Glaubst du?« Patrick klang skeptisch, als er zu ihr aufschloss. »Selbst wenn, wir können ihn zukünftig nicht mehr ohne Leine laufen lassen.«

»Ich weiß nicht.« Angelique blieb stehen. »Schau mal, da kommt er wieder auf uns zu!«

*Hey, wo bleibt ihr denn? Bewegt euch mal ein bisschen, Wir haben noch ein gutes Stück Weg vor uns. Zumindest sagen das die Elfen.* Oskar bellte auffordernd, kam bis auf ein paar Schritte näher, bellte erneut und rannte dann wieder los.

»Sag mal …« Angelique suchte Patricks Blick. »Kann es sein, dass Oskar uns irgendwohin führen will?«

»Wohin denn? Im Wald gibt es doch nichts außer Bäumen.«

»Ja, aber er benimmt sich so, als wolle er uns etwas zeigen.«

»Ich kann mir nicht vorstellen, was das sein könnte.«

»Ich auch nicht, aber trotzdem wirkt es so.« Sie beschleunigte ihren Schritt ein wenig. »Vielleicht finden wir es bald heraus.«

***

Eine Weile gingen sie schweigend nebeneinanderher. Seltsamerweise konnte Patrick endlich wieder durchatmen. Der Knoten in seinem Magen hatte sich in dem Moment aufgelöst, als Angelique zu ihm in den Pick-up gestiegen war. So selbstverständlich. Sie hatte nicht eine Sekunde gezögert, ihm zu helfen. Und sie hatte nicht den Kopf verloren. Etwas, was ihm ganz sicher früher oder später passiert wäre, wenn er Oskar nicht bald gefunden hätte.

Er räusperte sich umständlich, weil er nicht recht wusste, was er sagen sollte. Sie war zuletzt so distanziert gewesen, doch jetzt wirkte sie gar nicht mehr so. »Hast du den Besuch bei deinen Eltern gut überstanden?«

»Einigermaßen.« Sie zog den Kopf ein wenig zwischen die Schultern. »Sie hassen dich.«

»Mich? Weshalb?« Verblüfft sah er sie von der Seite an.

»Das war zu erwarten.« Sie erwiderte seinen Blick nur für eine Sekunde. »Du bist mein Chef, und wir haben was miteinander. War irgendwie klar, dass das nicht so gut ankommen würde.«

»Du hast ihnen also von uns erzählt.«

Ihr Kopf hob sich ruckartig. »Hätte ich das nicht tun sollen?«

»Nein. Ich meine, doch.« Er runzelte die Stirn. »Ich weiß es nicht. Was genau hast du ihnen denn erzählt?«

Sie schnaubte. »Jedenfalls nicht, dass wir wilden Sex auf deinem Esstisch hatten.« Sie blickte starr geradeaus. »Ganz ehrlich? Ich weiß nicht mehr, wie ich es umschrieben habe, weil ich nicht wusste, was genau wir miteinander haben.« Wieder schnaubte sie. »Aber das ist auch egal, weil meine Eltern es so oder so missbilligen würden. Sie sind so. Du bist kein Millionär und auch kein Adeliger. Nicht aus ihren Kreisen. Das disqualifiziert dich grundsätzlich für jedwede Beziehung, und sei sie auch noch so nichtig oder oberflächlich.«

Abrupt blieb er stehen und hielt sie gleichzeitig am Arm fest, sodass sie ruckartig zu ihm herumgedreht wurde. »Was heißt denn hier nichtig und oberflächlich? Und egal ist es schon mal gar nicht.«

»Ihnen schon.« Sie entzog ihm ihren Arm wieder.

»Mir aber nicht.« Er suchte ihren Blick. »Was ist eigentlich los? Seit Mittwoch bist du so seltsam. Irgendwie … ich weiß auch nicht. Distanziert.«

»Ich bin distanziert?« In ihre Augen trat ein zorniges Funkeln.

»Und jetzt auch noch kratzbürstig.«

Sie trat einen Schritt auf ihn zu. Ihre Miene hatte sich gefährlich verfinstert. »Du bist doch derjenige, der seit Tagen nur noch einsilbig mit mir redet. Die beiden Telefonate am Freitag und Samstag hätten wir uns glatt sparen können. Ich kann dir jetzt nicht mal mehr sagen, worüber wir gesprochen haben, weil es so unsagbar unwichtig war. Wenn das deine Art ist, mir zu verstehen zu geben, dass du lieber wieder auf Abstand gehen willst, dann vergiss sie gleich wieder. Sag mir lieber klipp und klar, was Sache ist. Ich kann das schon verkraften. Ich bin nämlich schon erwachsen, weißt du?«

Vollkommen verblüfft starrte er sie an. »Wie kommst du denn auf so was? Ich wollte nicht … Ich dachte …« Er fasste sich an die Stirn. Hatte er sie die ganze Zeit falsch verstanden? Und in seiner Sorge, sie könnte sich von ihm abwenden, die falschen Signale ausgesendet?

Mit einem Mal war auch die Enge in seiner Kehle verschwunden. Dafür pochte sein Herz jetzt deutlich schneller in seiner Brust. Obwohl sie ihn nach wie vor zornig anstarrte, trat er mutig noch einen Schritt auf sie zu. »Ich will keinen Abstand zwischen uns. Aber ich dachte … Lukas hat mir von den ganzen Jobangeboten erzählt, die du inzwischen erhalten hast.«

Auf ihrer Stirn entstanden mehrere tiefe Furchen. »Na und? Was hat das damit zu tun?«

»Alles, würde ich sagen.«

*Na, wau, was ist denn? Geht ihr jetzt mal allmählich weiter? Wenn ihr da herumsteht und Wurzeln schlagt, kann ich meinen Auftrag nicht ausführen.* Oskar kam wieder auf etwa zehn Meter heran und bellte auffordernd.

Nachdenklich blickte Patrick den Hund an. »Ich glaube, Oskar will wirklich etwas Bestimmtes von uns.« Er nahm Angeliques Hand in seine und zog sie sanft mit sich. Prompt rannte Oskar wieder voraus.

Allmählich wurde es dunkel, doch die Waldwege waren durch den frischen Schnee glücklicherweise recht gut zu erkennen. Es schneite nur noch ganz wenig.

»Was meinst du mit ›alles‹?«, griff Angelique das Gespräch von eben wieder auf. Sie klang noch immer aufgebracht.

»Na, alles eben.« Er ärgerte sich, dass er nicht besser mit Worten umgehen konnte. »Lukas meinte, es wäre wichtig, dass du eine Entscheidung triffst. Ich wollte nur … Ich wollte dir Zeit und Raum dafür geben.« Diesmal stieg in ihm ein gewisser Ärger auf, wenn auch nicht so sehr auf sie, sondern auf sich selbst. »Denkst du, ich wäre mir nicht darüber im Klaren, dass dieses Arrangement, das wir haben … dass du für mich arbeitest, meine ich, nicht auf Dauer angelegt ist? Du bist doch in meiner Firma gnadenlos unterfordert. Ich wusste, dass du früher oder später wieder weggehen würdest. Du hast mir von diesen Jobangeboten nie etwas gesagt, und als Lukas mir davon erzählt hat, nahm ich an, dass du eher früher als später neue Herausforderungen suchst. Ich kann das verstehen, Angelique. Das ist auch einer der Gründe, weshalb ich das mit uns nie so eng werden lassen wollte. Ich wollte verhindern, dass es zu schwierig wird, wenn du in deine Welt zurückkehrst.«

»In meine Welt?« Sie sah ihn mit großen Augen an.

»Ja. Das solltest du tun, wenn du dich hier nicht mehr wohlfühlst. Du hast mir unglaublich geholfen, Angelique, und auch wenn es schwierig werden dürfte, jemanden zu finden, der nur halb so genial meine Firma im Griff hat …«

»Genial?«

Er hob die Schultern. »Du musst tun, was für dich am besten ist. Ich komme schon irgendwie zurecht.«

»Irgendwie.«

»Und was unsere Beziehung angeht …« Er schluckte, weil sein Herz jetzt in seine Kehle hinaufgeklettert zu sein schien. »Wie ich schon sagte, ich wollte es nicht so weit kommen lassen. Aber was ich mir wünsche, ist nicht wichtig. Ich komme schon klar. Ich will dir nicht im Weg stehen oder dich irgendwie einengen.«

»Mich einengen?«

»Du bist eine wundervolle, intelligente und talentierte Frau und verdienst es, dein Leben so zu führen, wie es dir entspricht. Und dass das nicht hier bei mir in der Provinz sein kann, ist mir vollkommen klar.«

»In der Provinz?«

Irritiert runzelte er die Stirn. »Warum wiederholst du ständig meine Worte?«

»Weil …« Sie schüttelte den Kopf. »Weil das der größte Quatsch ist, den ich je gehört habe.«

»Wie bitte?« Erneut blieb er stehen und starrte sie an.

»Ich habe dir von den Jobangeboten nichts erzählt, weil sie mich nicht interessiert haben.«

»Nicht interessiert?«

»Ich habe die letzten Tage ausführlich darüber nachgedacht, habe mir jedes einzelne durchgelesen, die Firmen im Internet gestalkt, immer auf der Suche nach dem einen besonderen Job, dem überspringenden Funken.«

»Funken?«

Sie lachte trocken auf. »Jetzt wiederholst du meine Worte. Ja, Funken. Bei der Jobwahl müssen nicht nur das Gehalt und der Rahmen stimmen. Der Bauch muss Ja sagen … und das Herz auch.«

»Und das war nicht der Fall?« Ein flaues Gefühl machte sich in ihm breit.

»Das konnte es gar nicht.« Sie wandte sich ihm voll zu und ergriff seine Hände. »Weil ich den perfekten Job längst gefunden habe. Außerdem waren mein Bauch und mein Herz schwer damit beschäftigt, dich zu vermissen. So wie der Rest von mir.«

Für einen Moment fehlten ihm die Worte.

Diesmal trat sie so nah an ihn heran, dass ihre Körper sich berührten. »Ich würde gerne noch einmal darauf zurückkommen, was du eben gesagt hast. Über das, was du dir wünschst. Verrätst du mir, was genau das ist?«

Einen langen Moment sah er ihr in der Dunkelheit stumm

in die Augen. »Zu viel zu früh«, antwortete er schließlich heiser. »So wie alles, was bisher zwischen uns passiert ist.«

Sie schluckte vernehmbar, hielt seinen Blick aber weiterhin gefangen. »Wer bestimmt eigentlich, was zu viel oder zu früh ist?« Ein brennendes, zehrendes Gefühl breitete sich von seiner Magengrube in Richtung seines Herzens aus, als sie ihre Lippen den seinen annäherte. »Vielleicht solltest du deine Agenda erst einmal mit meiner abgleichen, bevor du voreilig entscheidest, dass mir etwas zu schnell gehen könnte.«

Über ihre Wortwahl musste er fast schmunzeln. »Wir hatten immerhin nach neun Tagen zum ersten Mal Sex.«

Auf ihren Lippen erschien ein schalkhaftes Lächeln. »Na und? Wenn wir das Jahr hinzurechnen, das wir darauf gewartet haben, würde ich behaupten, dass wir uns damit ganz schön viel Zeit gelassen haben.« Sie schlang ihre Arme um seinen Hals. »Um es mal mit einfachen Worten auszudrücken, die auch schon deine Kinder benutzt haben: Ich will hier nicht weg.« Im nächsten Moment berührten ihre Lippen die seinen, kühl von der winterlichen Luft, weich und nachgiebig.

Das zehrende Gefühl vereinnahmte sein Herz nun völlig, machte ihn schwindelig. Zärtlich und zugleich hungrig nach ihrer Nähe, nach ihr, erwiderte er den Kuss, schlang seine Arme um ihren Körper, wollte sie am liebsten nicht wieder loslassen. Ihre Lippen teilten sich einladend, ihre Zunge suchte tastend nach seiner. Die erste Berührung ihrer Zungenspitzen glich dem Schließen eines Stromkreises, der bisher unterbrochen gewesen zu sein schien.

Ein raues, kehliges Schnurren drang aus Angeliques Kehle, bevor sie ihre Lippen von seinen löste, jedoch nur ein winziges Stückchen. »Ich war nicht distanziert. Oder falls doch, dann nur, weil ich dachte, du brauchst mehr Zeit. Ich wusste nicht, wie ich damit umgehen sollte. Ich gehe nicht gerne

Kompromisse ein, wenn es um mein Leben geht. Nenn mich einen Kontrollfreak, das ist vollkommen in Ordnung. Ich wollte einfach nicht mehr warten, hatte aber das Gefühl, du wärst noch nicht so weit … Vielleicht niemals.«

»Wie weit?« Da er sein Glück noch nicht ganz fassen konnte, tastete er ihre Miene mit Blicken ab, so gut es in der Dunkelheit ging.

»So weit, mir zu vertrauen.« Sie nahm erneut seine Hand und zog ihn mit sich. »Schau mal, Oskar hat auf uns gewartet.« Sie deutete auf den Hund, der geduldig einige Meter entfernt im Schnee saß. »Und was ist das?« Sie streckte die Hand aus, so als wolle sie die fallenden Schneeflocken auffangen. »Was glitzert denn da so seltsam?«

»Ich weiß es nicht.« Auch er streckte die Hand aus. Einige Flocken landeten auf seiner Handfläche und glitzerten tatsächlich im Dunkeln. Ein eigenartiger Schauer durchrieselte ihn.

*Das ist Sternenstaub. Da oben in der Tanne sitzen die Elfen und streuen ihn über euch aus. Wozu das gut sein soll, weiß ich zwar nicht, aber es sieht wirklich schön aus. Allerdings wird mir allmählich der Hintern kalt. Auch wenn Elf-Siebzehn gerade hier war und mir signalisiert hat, dass alles nach Plan läuft, würde ich jetzt doch gerne allmählich mal an unserem Ziel ankommen.* Als seine Menschen sich erneut auf ihn zubewegten, sprang er auf, schüttelte sich und trabte mit einem auffordernden Bellen erneut los.

»Ich bin mir nicht ganz sicher, aber ich glaube, ich ahne, wohin er will.« Patrick beschleunigte seinen Schritt ein wenig. »Angelique?« Als sie ihn ansah, blieb er wieder stehen und nahm all seinen Mut zusammen. »Ich vertraue dir. Das war schon vom ersten Moment an so. Das hat mir Angst gemacht. Ich dachte, wenn ich das zulasse und du wieder weggehst, kann ich danach vielleicht nie wieder jemandem vertrauen. Ich war als Kind lange Zeit auf mich allein gestellt und habe gelernt, dass Vertrauen gefährlich sein kann. Margit und Hans Sternbach waren, mal abgesehen von Ricarda, die ersten Menschen, die zu mir durchgedrungen sind und zu denen ich angstfrei Vertrauen fassen konnte. Justus und Viola wurden zu meinen Geschwistern. Das hat seine Zeit gebraucht. Bei dir hat es nur wenige Minuten, vielleicht sogar nur Sekunden gedauert.« Er hielt inne, musste noch einmal Mut schöpfen. »In dem Moment, als ich dich vergangenes Jahr zum ersten Mal gesehen habe, war mein Herz vergeben. Das ist mir nur nicht klar gewesen, dazu hast du mich zu sehr auf die Palme gebracht. Als du dann im November plötzlich in meiner Firma aufgetaucht bist … Ich wusste nicht, ob ich dem Schicksal danken oder es verfluchen sollte. Der einzige Gedanke, der seither in meinem Kopf kreist und sich selbst mit Gewalt nicht mehr vertreiben lässt, ist …« Er nahm ihr Gesicht sanft in seine Hände, »… ist die Angst, dich wieder zu verlieren. Ich liebe dich.«

***

Angeliques Herz machte einen wilden Satz. Heiße und kalte Schauer durchrieselten sie gleichzeitig. Für einen langen Moment verharrten sie einfach so, bis sie vor Glück kaum noch wusste, wohin mit sich. Sie legte ihre Hände in den viel zu großen Männerhandschuhen über seine. »Ich liebe dich auch, Patrick. Und das Verrückte ist, dass es mir damals vor einem Jahr ganz genauso ging wie dir. Ich fand dich einfach unerträglich, aber wenn ich genauer auf mein Herz gehört hätte …« Sie schüttelte den Kopf. »Nein, es musste jetzt geschehen, nicht damals.« Wieder trat sie neben ihn und zog ihn an der Hand mit sich, Oskar hinterher, der inzwischen immer wieder auf sie zu und von ihnen weglief, diesmal aber nicht mehr so weit wie zu Anfang. »Alles musste irgendwie zusammenpassen. Meine Kündigung bei Callas, dein Chaos hier, die

Kinder.« Sie lächelte leicht. »In die beiden habe ich mich genauso schnell verliebt wie in dich. Und in Oskar.«

*Oh, vielen Dank, das freut mich sehr. Ich hab dich auch sehr, sehr gern. Wuff!*

Patrick lachte. »Er scheint ganz deiner Meinung zu sein.«

*Bin ich, absolut!*

Mit einem glücklichen Lächeln atmete sie tief durch. »Ich fühle mich übrigens in der Firma nicht unterfordert.«

»Bist du dir sicher?« Ein skeptischer Unterton schlich sich in Patricks Stimme. »Du hast bis vor Kurzem auf einem völlig anderen Niveau gearbeitet, das deine Fähigkeiten viel mehr fordert, als das bei mir je möglich sein wird, selbst wenn wir irgendwann expandieren und mit Lukas zusammenarbeiten.«

»Das mag sein, aber du gehst von völlig falschen Voraussetzungen aus.« Sie drückte seine Hand. »Dieses Multitasking-Talent liegt in meiner Familie. Ich hab doch schon mal erzählt, dass meine Oma genauso war, und mein Vater ist ebenfalls damit gesegnet. Mit etwas Glück werde ich dieses Gen an mindestens eines meiner Kinder vererben.« Sie wagte es, kurz Patrick anzusehen. Schon wieder zu viel zu früh? Es war ihr gleich. »Ich kann gegen diese Fähigkeit nichts tun. Aber das bedeutet nicht, dass ich nur glücklich bin, wenn ich im Dauerstress lebe. Ich habe das einige Jahre getan, ja, und ich wurde dafür gut bezahlt. Aber es ist nichts, was ich haben muss, um glücklich zu sein. Mir wird nicht langweilig, wenn ich nicht ständig Vollgas gebe. Es gibt so viele Dinge, für die ich während der letzten Jahre keine Zeit mehr hatte, weil ich rund um die Uhr geackert habe. Ich könnte wieder reiten gehen oder mich in der Schule engagieren. Oder in der Sozialstation. Ich habe gestern auf dem Weihnachtsmarkt eine nette Frau kennengelernt. Eva Weißmüller. Sie ist Hauswirtschafterin in der Sozialstation. Die Arbeit dort interessiert mich sehr. Oder ich frage deine Mutter mal nach einem Posten in diesem Martinsball-Festkomitee. Es gibt so viele Möglichkeiten, mich irgendwo einzubringen, die tausendmal sinnvoller und darüber hinaus auch noch schöner sind, als exzentrischen Managern nachts um zwei ihren Lieblingstee zu organisieren oder dreiundzwanzig Mails gleichzeitig zu bearbeiten, während nebenher noch ein Kunde mit Schnappatmung betüdelt werden muss, weil seine Zehn-Millionen-Euro-Werbekampagne bei den Verbrauchern nicht gut ankommt. Gelegentliche Konfrontationen mit Breisnig oder den Jungmöllers reichen mir voll und ganz, um meine sadistische Ader auszuleben.« Sie grinste schelmisch. »Und wenn ich mich zanken will, muss ich mir nur eine neue Ordnerstruktur für deinen Aktenschrank einfallen lassen.«

»Untersteh dich!« Scherzhaft drohte er ihr mit dem Zeigefinger. Dann lächelte er sie so liebevoll an, dass ihr ganz warm wurde. »Und du bist dir ganz sicher?«

»So sicher, wie man sich nur sein kann. Ich kenne mich schließlich jetzt schon seit über siebenundzwanzig Jahren. Da sollte ich doch allmählich herausgefunden haben, wie ich ticke. Ich bin eigentlich ziemlich einfach gestrickt.« Sie lachte leise. »Wie ich schon mal sagte: Einen einmal eingeschlagenen Weg verlasse ich nicht mehr, wenn er mir gefällt. Und der Weg zu dir hat mir bisher mehr als nur gut gefallen. So gut, dass ich ihn gerne zukünftig mit dir gemeinsam gehen würde.«

Diesmal drückte er ihre Hand. »Das lässt sich bestimmt einrichten. Weißt du, im Grunde ticke ich nämlich ziemlich ähnlich.«

»Ist das so?«

»Mhm.« Erneut blieb er stehen. »Dachte ich es mir doch.«

»Was dachtest du dir?« Überrascht blickte sie auf das Waldhaus, das sie vor einiger Zeit gemeinsam weihnachtlich geschmückt hatten. Durch die Zeitschaltuhr an den Lichterketten war es innen und außen festlich beleuchtet. »Oh, hier sind wir also. Darauf wäre ich nie gekommen. Die Waldwege sehen für mich im Dunkeln alle gleich aus.« Sie sah sich um.

»Und was jetzt? Es fängt wieder richtig heftig an zu schneien.« Wieder streckte sie die Hand aus und fing ein paar Schneeflocken ein. »Schau mal, die glitzern wieder so schön. Wie das wohl kommt?«

»Vielleicht ist das Sternenstaub«, scherzte er. »Laura hat mal behauptet, der sähe so aus.«

»Sternenstaub?« Angelique lächelte. »Ja, das könnte sein.«

»Ich würde sagen, wir gehen hinein. Ich habe einen Schlüssel für das Haus.« Zum Beweis zückte Patrick seinen Schlüsselbund. »Ich frage mich nur, weshalb Oskar uns hierhergeführt hat.« Er ging zur Haustür, vor der Oskar seelenruhig saß und auf sie wartete. Als Patrick ihm über den Kopf streichelte, leckte er ihm fröhlich über die Hand.

*Keine Ahnung, was genau wir hier sollen. Elf-Siebzehn hat davon geredet, dass der Weg das Ziel sei, was auch immer das bedeuten soll. Aber gut, dass du jetzt aufschließt. Drin ist es nämlich bestimmt trocken und warm, und ich bin jetzt ziemlich müde. Wenn ihr mir irgendwo einen Wassernapf hinstellt und eine Decke auf den Boden legt, wäre ich euch sehr dankbar.*

Im Haus war es kuschelig warm, und es duftete nach Tanne, Zimt und Vanille, weil auf dem großen Esstisch im Zentrum des Wohnraumes ein großes weihnachtliches Duftpotpourri stand. Daneben stand eine Schale mit Keksen und Konfekt.

Kaum hatte Patrick die Tür hinter ihnen geschlossen, als eine heftige Windbö das Häuschen erfasste. Eine Mischung aus Schnee und Graupel prasselte knisternd von allen Seiten gegen die Fenster.

»Puh, da sind wir ja gerade noch rechtzeitig hier angekommen.« Angelique trat ans Fenster und schauderte ein wenig, als sie das dichte Schneetreiben sah und die Büsche und Bäume ringsum, die vom aufkommenden Sturm durchgeschüttelt wurden. »Joel würde jetzt sagen, da draußen wütet das Schneemonster.«

»Wo er recht hat, hat er recht.« Patrick trat hinter sie und schlang seine Arme um ihren Körper. »Ich sollte wohl mal zu Hause anrufen und Entwarnung geben.«

»Nicht nötig.« Angelique grinste. »Ich hab vorhin schon eine Kurznachricht an deine Mutter geschickt, dass wir Oskar gefunden haben und dass es ihm gut geht.«

Verblüfft drehte er sie zu sich herum. »Vorhin? Wann denn? Davon habe ich ja gar nichts bemerkt.«

»Als wir das Auto auf dem Parkplatz abgestellt haben.« Sie lächelte. »Multitasking, du weißt schon.«

»Sie wissen aber nicht, dass wir jetzt hier festsitzen. Jemand muss uns abholen kommen.«

»Mhm.« Sie trat nah an ihn heran und schlang ihre Arme um seine Hüften. »Oder wir schreiben ihnen nur, dass sie heute nicht mehr mit uns zu rechnen brauchen, und bleiben einfach über Nacht hier.«

»Über Nacht?« Interesse leuchtete in seinen Augen auf.

»Warum nicht? Oben gibt es doch gleich zwei fertig eingerichtete Schlafzimmer, von denen wir uns eins aussuchen können, und soweit ich mich erinnere, sind auch ein paar Lebensmittel im Kühlschrank. Ich habe ihn selbst bestückt, damit immer etwas für Kunden da ist, die sich hier umsehen wollen. Wir können also nicht verhungern, fließendes Wasser und ein funktionierendes Bad sind auch vorhanden – und außerdem …«

»Außerdem?« Erwartungsvoll musterte er sie.

Sie reckte sich ein wenig und küsste ihn. »Außerdem habe ich dich vermisst!«

# 24. Kapitel

»Hab ich's nicht gesagt?« Mit stolzer Miene beobachtete die Frau des Weihnachtsmannes im Livestream, was sich auf der Erde tat. »Alles unter Kontrolle. Mein Plan B hat vorzüglich funktioniert.«

»Das hat er in der Tat.« Lächelnd legte Santa Claus seiner Frau einen Arm um die Schultern. »Das mit dem Sternenstaub war übrigens eine sehr schöne Idee. Ausgesprochen romantisch.«

»Ich weiß. Sternenstaub kann ja im Grunde nichts, außer schön glitzern, aber das hat in dem Fall der ganzen Sache noch den letzten Schliff gegeben.«

Der Weihnachtsmann grinste. »Vielleicht sollte ich dich zukünftig in mein Wunscherfüllungsteam aufnehmen.«

»Ach herrje, lieber nicht.« Sie lachte herzlich. »Diese nervenaufreibende Arbeit überlasse ich lieber weiterhin dir und den Elfen. Außerdem muss ich ja auch zusehen, dass hier alles rundläuft. Wer sollte das wohl sonst tun, wenn ich auch noch mit dem Erfüllen von Wünschen beschäftigt wäre?«

»Stimmt.« Santa Claus rieb sich übers Kinn. »Dann müsste ich womöglich auch auf deine leckeren Plätzchen und Lebkuchen verzichten.«

»Aber um Rat fragen darfst du mich auf jeden Fall weiterhin.« Sie küsste ihn auf die Wange. »Jetzt solltest du dich aber allmählich fertig machen. Elf-Vierzehn hat schon den Schlitten angespannt, die Säcke mit den Geschenken sind auch schon festgezurrt. Somit kann deine alljährliche Reise rund um die Welt gleich losgehen.«

»Du hast recht.« Rasch griff der Weihnachtsmann nach seinem roten Mantel und warf ihn sich über, dann setzte er seine Mütze auf und eilte nach draußen.

Die Rentiere scharrten bereits eifrig mit den Hufen, als er sich auf den Schlitten schwang. Er winkte seiner Frau und den Elfen noch einmal fröhlich zu, dann nahm er die Zügel auf und schnalzte vernehmlich. »Los geht's, liebe Freunde!«

Unter dem Jubel der Elfen schwangen sich die Rentiere samt Schlitten in die Lüfte und zogen einen kleinen Bogen am Himmelszelt. Ehe sie hinter dem Horizont verschwanden, hörte man von fern noch ein deutliches »Hohoho!«

***

»Boah, der Baum ist sooo toll geworden!« Voller Stolz betrachtete Joel den riesigen Weihnachtsbaum, der im Wohnzimmer von Margit und Hans stand und sich unter den Lichterketten, Kugeln, Zapfen und Strohsternen fast schon bog. »Den haben wir toll hingekriegt.«

Jessica kicherte. »Ja, man sieht gar nicht mehr, dass er mal zwei Spitzen hatte …«

»Die eine hat Papa ja auch einfach abgeknipst.«

»… und dass er ein bisschen schief gewachsen ist«, fügte Angelique lachend hinzu.

»Hey, das konnte ich in der Baumschule so nicht sehen«, verteidigte Hans sich. »Wenn man ihn so dreht wie jetzt, sieht er gerade aus.«

»Ja, man darf ihn nur nicht von der Seite betrachten, dann wird man seekrank.« Glucksend wich Viola, die neben ihrem Vater stand, seiner Hand aus, als er spielerisch nach ihr schlug.

»Er ist ein seltenes Kunstwerk, einigen wir uns doch darauf«, schlug Elke lachend vor und stellte ein Tablett voller Punsch- und Kakaotassen auf dem Couchtisch ab. »Ich hoffe, ihr habt nach der Völlerei eben mit Margits wunderbarem Kartoffelsalat und den Würstchen noch Platz für meinen

Rund-ums-Jahr-Weihnachtspunsch im Magen. Und die Kinder für einen extrasüßen Weihnachtskakao mit Sahnehaube.«

»Für Kakao ist immer Platz«, erklärte Joel mit leuchtenden Augen.

»Für Punsch auch.« Justus nahm sich eine der Tassen und reichte Laura eine weitere. »Auf uns alle!« Er hob seine Tasse und wartete, bis alle anderen es ihm gleichtaten. »Auf die Familie, die dieses Jahr um ein weiteres Mitglied angewachsen ist.« Er lächelte Angelique zu. »Willkommen im Sternbachschen Tollhaus.«

Ringsum wurde gelacht und der Willkommensgruß wiederholt. Angelique bedankte sich gerührt. Dass sie von nun an wirklich dazugehören würde, war für sie das schönste Weihnachtsgeschenk.

Patrick und sie hatten die vergangene Nacht tatsächlich in dem Musterhaus verbracht. Eine denkwürdige Nacht, wie sie fand, und eine der schönsten, die sie je erlebt hatte. Diesmal hatte Patrick mit nichts – wirklich gar nichts – hinterm Berg gehalten, sondern sich vertrauensvoll fallen lassen. Noch jetzt glaubte sie, ein paar Zentimeter über dem Boden zu schweben, wenn sie sich daran erinnerte, was zwischen ihnen geschehen war.

Am Morgen hatte Justus sie mit einem vom Förster geliehenen Jeep abgeholt, denn die Waldwege waren für normale Autos viel zu verschneit gewesen. Sie hatten den Pick-up regelrecht ausgraben müssen und ebenso den Weihnachtsbaum, der nach wie vor auf der Ladefläche festgezurrt gewesen war.

Mit den Kindern hatten sie ihn schließlich, nachdem er in der Garage abgetrocknet war, gemeinsam geschmückt, und danach waren sie zum Haus von Patricks Eltern gefahren, um dort den traditionellen Sternbachschen Heiligabend zu feiern. Dazu traf sich die gesamte Familie, schmückte gemeinsam den Baum, aß zu Abend, und nun stand noch die Bescherung an.

Beide Kinder waren schon seit dem Nachmittag ganz aufgeregt gewesen und hatten keine fünf Minuten still sitzen können. Angelique konnte es ihnen nachfühlen. Auch sie fühlte ein andauerndes angenehmes Kribbeln in der Magengrube, das sich jedes Mal verstärkte, wenn ihr Blick auf den von Patrick traf.

»Sagt mal, wer hat eigentlich den Fernseher wieder eingeschaltet?« Margit war mit einer großen Platte voller Weihnachtsgebäck aus der Küche gekommen, die sie ebenfalls noch auf den Couchtisch quetschte. »Schaltet die Kiste bitte wieder aus. Joel, Jessica, ihr kommt mal mit in die Küche. Ihr habt euren Sklavendienst noch nicht verrichtet. Das Geschirr muss in die Spülmaschine geräumt werden.« Während sie sprach, warf sie Patrick und Hans vielsagende Blicke zu. Die beiden Männer erhoben sich unauffällig und verließen den Raum.

Die Zwillinge maulten ein bisschen, trollten sich aber in die Küche. Margit bedeutete Elke, sich ihnen anzuschließen, um die Kinder im Auge zu behalten. Als die Tür sich hinter den dreien geschlossen hatte, nickte sie Justus zu. »Rück mal den Couchtisch ein bisschen zur Seite, damit die Geschenke alle vor dem Baum Platz haben.«

Ein allgemeines Hin- und Herrücken der Sitzmöbel und des Tisches begann, gleichzeitig kamen Patrick und Hans mit mehreren großen Kartons voller liebevoll verpackter Geschenke herein, die kunterbunt unter und vor dem Baum aufgebaut wurden. Margit achtete darauf, dass die Namensschildchen gut lesbar nach vorn zeigten.

»Wer geht eigentlich nachher noch mit uns in die Mitternachtsmette?« Justus sammelte die leeren Kartons ein und stapelte sie ineinander.

»Lass die Kartons mal hier an der Seite stehen.« Hans deutete neben den Baum. »Darin können wir das Geschenkpapier sammeln.«

»Also ich würde schon gerne mitgehen.« Iris sah ihren Mann fragend an. »Was meinst du, Theo?«

»Nichts dagegen einzuwenden.«

»Ich gehe diesmal auch mit.« Elke war wieder aus der Küche gekommen. »Margit, die Spülmaschinentabs sind alle.«

»Ach herrje!« Lachend erhob sich Margit vom Boden. »Ich habe noch ein neues Paket im Vorratsraum. Moment, ich schau mal nach, wo ich es hingestellt habe.« Schon war sie in der Küche verschwunden.

Mit anerkennendem Nicken begutachtete Elke den Geschenkeberg. »Jedes Jahr mehr, nicht wahr?«

»Das kommt dir nur so vor.« Theo lachte. »Erinnere dich nur mal daran, wie es hier aussah, als Justus, Patrick, Ricarda und Viola noch gemeinsam hier gewütet haben.«

»Stimmt.« Iris schlug erheitert die Hand vor den Mund. »Das war vielleicht immer ein Happening! Danach ist man bis zur Halskrause in Geschenkpapier gewatet.«

»Otto kommt übrigens auch mit in die Mette.« Beiläufig strich Elke das Zierdeckchen mit den lachenden Rentieren auf dem Couchtisch glatt.

»Tatsächlich.« Theo hob interessiert die Augenbrauen. »Warum servierst du uns diese Information so gewollt beiläufig?«

Elke errötete. »Das tue ich doch gar nicht.«

»Kam mir aber so vor.«

»Ist doch wunderbar.« Iris tätschelte die Hand ihrer Tochter. »Otto ist ein sehr liebenswerter Mann.«

»Ähm, ja.« Elkes Gesichtsfarbe wechselte von Hellrot zu Dunkelrot. »Also, nicht dass ihr das jetzt missversteht.«

»Bestimmt nicht.« Theo schnaubte halb amüsiert, halb spöttisch.

»Wir sind bloß sehr gute Freunde. Also … ähm.«

»Sehr gute Freunde, also ähm.« Nun schüttelte Theo irritiert den Kopf. »Meine Tochter stottert neuerdings. Wo gibt's denn so was?«

»Lass sie doch.« Iris griff erneut nach der Hand ihrer Tochter, die sich daraufhin auf die Sessellehne neben ihrer Mutter sinken ließ. »Wenn sie sagt, sie und Otto sind gute Freunde, dann sind sie das. Deshalb ist er trotzdem ein liebenswerter Mann.«

»Ja, das ist er.« Verlegen biss Elke sich auf die Unterlippe. »Er … nun ja, er …«

»Er wäre gerne mehr?«, half Laura mit sanfter Stimme nach.

Elke nickte und wirkte wie ein verliebter Teenager.

»Und wo liegt das Problem?«, hakte Theo ein wenig ruppig nach, doch man sah ihm an, dass er es nicht so grob meinte, wie es klang. »Lass ihn nicht so lange zappeln.«

»Sie traut sich noch nicht so ganz.« Iris warf ihrem Mann einen strafenden Blick zu. »Das ist doch offensichtlich.« Sanft lächelnd wandte sie sich an ihre Tochter. »Nimm dir alle Zeit, die du brauchst.« Sie warf Patrick einen wissenden Blick zu. »Obwohl ein Kopfsprung ins kalte Wasser manchmal auch nicht schlecht ist.«

»Sind wir jetzt mit den Geschenken so weit fertig?« Hans beäugte noch einmal das Gesamtkunstwerk. »Sehr gut. Ricarda, nun schalt endlich den Fernseher ab. Deine Mutter hat sich vor dem Essen schon darüber aufgeregt.«

»Ich will doch nur noch die letzten fünf Minuten ansehen«, protestierte Ricarda.

Hans verdrehte die Augen. »Das ist eine DVD, du lieber Himmel. Drück auf Pause, und schau sie dir nachher zu Ende an!«

Justus lachte. »Jedes Jahr das Gleiche.«

»Na gut, wenn es unbedingt sein muss.« Mit einem übertriebenen Seufzen schaltete Ricarda den DVD-Player aus.

Mit einem zufriedenen Nicken nahm Hans ein kleines Glöckchen vom Tisch und klingelte damit ausgiebig, bis die Kinder in der Küchentür erschienen. Mit glühenden Wangen stürmten sie zu den Geschenken, blieben dann aber stehen, weil Hans sich vernehmlich geräuspert hatte.

*Huch, was ist denn jetzt los? Glöckchengeklingel? Hab ich was verpasst?* Mit einem ausgiebigen Gähnen erhob Oskar sich von seinem Platz neben Lizzy auf dem Hundekissen und streckte sich. *Ah, so ein Nickerchen nach dem Essen ist einfach perfekt. Aber jetzt ist hier gleich irgendwas los.* Neugierig tappte er in Richtung Tisch.

Lizzy war ebenfalls erwacht und hüpfte hell bellend auf die Kinder zu.

Margit kam in diesem Augenblick ebenfalls wieder herein. »Die Spülmaschine läuft. Hier, Theo, die hast du auf dem Küchentisch liegen lassen.« Sie reichte ihrem Schwiegervater eine Mundharmonika.

Wie auf Kommando setzten sich alle erwartungsvoll auf. Angelique hob verwundert den Kopf, als Patrick sich neben sie setzte und ihr einen Arm um die Schultern legte.

»Kann jemand ein Gedicht?«, fragte Hans in die Runde. »Natürlich nicht, wie immer.«

Ringsum wurde gelacht.

»Kannst du singen?« Patrick nahm eines der Textheftchen entgegen, die Margit nun verteilte.

Verblüfft blickte Angelique auf das Heft. »Ja, warum?«

»Möchtest du uns vielleicht etwas vorsingen?« Theo sah sie erwartungsvoll an.

Angelique starrte ihn verblüfft an. »Vorsingen?«

»Hör nicht auf ihn. Das hat er schon bei uns allen versucht.« Margit stieß ihren Schwiegervater lachend an. »Erschreck das Mädchen doch nicht so. Wir singen gemeinsam.« Sie schlug das Textheft auf. »*Alle Jahre wieder.*«

Theo zuckte mit den Achseln, zwinkerte Angelique gutmütig zu und begann auf der Mundharmonika zu spielen. Kurz darauf fielen alle in das Weihnachtslied ein.

Laura beugte sich kurz zu Angelique herüber. »Ich war

letztes Jahr genauso verblüfft wie du. Aber ich finde die Tradition wunderschön.«

»Nicht quatschen, singen! Wer nicht mitmacht, kriegt keine Geschenke«, schalt Theo und spielte sofort weiter.

Angelique stimmte nach kurzem Zögern in den gemischten Chor ein. Sie hatte, soweit sie sich erinnern konnte, noch nie außerhalb der Kirche Weihnachtslieder gesungen.

»*O du fröhliche*«, sagte Margit an, nachdem das erste Lied beendet war. Danach sangen sie noch eine gute halbe Stunde weiter, immer wieder mal durchmischt mit fröhlichem Hundegebell. Ganz zuletzt kam *Stille Nacht, heilige Nacht* an die Reihe. Angelique bekam eine Gänsehaut, als sie mitsang und gleichzeitig Patricks Finger spürte, die sanft ihren Nacken streichelten. Beinahe wären ihr die Tränen gekommen, so sehr rührte sie die Situation an. Das hier war Familie, so wie sie sie sich immer gewünscht hatte.

Wenig später legte Theo seine Mundharmonika beiseite, und die Bescherung begann. Unter Juchzen und mit Feuereifer machten die Zwillinge sich über den Geschenkeberg her. Das Geraschel und Gewusel lockte erneut die Hunde an, die sich freudig ins Getümmel stürzten und immer wieder mit Papierfetzen durchs Zimmer sausten.

Oskar bellte begeistert. *Wau, das ist mal richtig tolle Action. Warum haben wir das bis jetzt noch nie gespielt? Ich habe zwar keine Ahnung, warum jetzt in allen Häusern Bäume herumstehen, an denen lauter buntes Zeug hängt, aber das hier ist genial. Alle haben Spaß, niemand schimpft, wenn ich das Papier herumtrage und hier neu dekoriere. Und wenn ich flink genug bin, kann ich sogar ein Plätzchen von der Platte auf dem Tisch stibitzen. So gefällt mir dieses Weihnachten. Könnten wir meinetwegen jeden Tag feiern.*

Angelique kuschelte sich gemütlich in Patricks Arm und beobachtete gerührt ein Familienmitglied nach dem anderen. Kurz blieb ihr Blick auch an dem Lebkuchendorf hängen, für das Hans extra einen kleinen Tisch neben der Terrassentür aufgestellt hatte. Eine Lichterkette setzte die Häuschen stimmungsvoll in Szene, und jemand hatte alles mit Puderzucker in eine Schneelandschaft verwandelt.

Sie konnte sich nicht erinnern, jemals einen so wunderschönen Heiligen Abend erlebt zu haben. Natürlich hatte es in ihrer Kindheit frohe Feste mit vielen Geschenken gegeben, aber ihre Familie war einfach anders als alles, was sie bei den Sternbachs kennengelernt hatte. Hier spürte sie die Liebe und Herzlichkeit auch ganz ohne die Geschenke.

»Hier, das ist für dich, Papa. Da steht dein Name drauf.« Joel reichte Patrick ein Päckchen. »Und das hier ist für Angelique.«

»Und hier steht Laura und Justus drauf.« Jessica drückte Justus ein Paket in die Hand.

»Vorsicht, das ist zerbrechlich!«, warnte Angelique und hüstelte, als sich alle Blicke auf sie richteten. »Hat mit eine Weihnachtselfe geflüstert.«

Gutmütiges Gelächter war die Antwort. Rund um den Tisch wurde mit Papier geraschelt, und es erklangen Rufe des Entzückens und der Freude.

»Das sind ja ganz neue Reithosen und Stiefel!« Jessica strahlte übers ganze Gesicht.

Margit nickte ihr zu. »Jetzt kannst du ganz stilecht in den Reitunterricht gehen.«

»Neue Spiele für die Spielekonsole.« Begeistert hielt Joel seiner Schwester die Hüllen der Spiele unter die Nase. »Das hier und das hier machst du bestimmt auch mit, oder?«

»Mal sehen. Erst muss ich meine neuen Bücher lesen.« Mit leuchtenden Augen strich das Mädchen über die Cover der beiden Pferderomane. »Und meine neuen Filme gucken.«

Viola griff nach dem Stapel neuer DVDs und betrachtete sie neugierig. »Wow, die sind richtig gut, da gucke ich mit. Du auch, Ricarda?«

»Herz-Schmerz-Schmalzfilme? Nein danke.« Ricarda schüttelte sich übertrieben.

Jessica zog eine offene Schachtel unter dem Baum hervor. »Ich hab für jeden was gezeichnet. Die Namen stehen drauf.« Sie reichte die Schachtel im Kreis herum, und jeder nahm sich seine Zeichnung. Patrick nahm die letzte aus der Schachtel. »Da stehen meiner und Angeliques Namen drauf.«

»Äh, ja.« Das Mädchen errötete. »Ich hab erst einzelne Bilder für euch gehabt, aber dann dachte ich gestern, na ja … Wenn es euch nicht gefällt, male ich doch für jeden einzeln noch mal was.«

»Lass uns doch erst mal sehen.« Angelique nahm Patrick die Zeichnung ab, entfernte die Bastkordel, mit der sie verschnürt war, und entrollte sie. Ihr Herz machte einen kleinen Satz, und in ihrer Kehle bildete sich ein Kloß.

Jessica hatte sie und Patrick Hand in Hand gemalt und dabei sowohl Proportionen als auch Gesichtszüge erstaunlich gut getroffen. Sie standen unter etwas, was wie ein berankter Torbogen aussah, in dem Lichter leuchteten.

Patrick neben ihr war ganz still geworden. Sie warf ihm einen kurzen Blick zu und erschauerte, als sie seine Miene sah. Fragend hob sie den Kopf. »Ist das der Torbogen vom Weihnachtsmarkt? Das Bild ist wunderschön geworden, Jessi.«

»Ähm, nee, eigentlich soll das ein Frühlingsblumenbogen sein. Ich wusste nicht, welche Blumen du am liebsten hast, deshalb hab ich keine bestimmten dazugemalt. Kann ich aber noch machen.«

»Das ist nicht nötig, es ist wunderschön so, wie es ist.« Auf dem Bild trug sie ein langes fließendes Kleid und Patrick einen Anzug.

»Darf ich mal sehen?« Margit nahm ihr die Zeichnung ab, stutzte kurz, dann breitete sich ein gerührtes Lächeln auf ihren Lippen aus. »Hans, schau mal, was unsere kleine Künstlerin hier erschaffen hat. Ist das nicht wundervoll?«

Hans nickte mit einem kleinen Lächeln. »Allerhand, das muss ich schon sagen.« Er warf Patrick einen prüfenden Blick zu. »Unseren Sohn hat, glaube ich, gerade der Schlag getroffen.«

»Nein, überhaupt nicht.« Patrick rang sich ein Lächeln ab. »Mir scheint nur, dass meine Tochter mir ein kleines bisschen zuvorgekommen ist.«

Im Zimmer wurde es still.

Mit einem Hüsteln blickte Patrick zu Angelique, dann in die Runde. »Können wir dieses Thema ein Weilchen verschieben, bis ich …« Wieder warf er Angelique einen kurzen Blick zu.

»Aber natürlich. Wir wollen ja nicht gleich mit der Tür ins Haus fallen.« Theo schmunzelte schalkhaft. »Bis Silvester solltest du das aber doch wohl geschafft haben, oder?«

Heiteres Gelächter mischte sich mit dem Kichern der Kinder. Die beiden sahen einander an wie zwei Verschwörer und tauchten im nächsten Moment wieder in den Geschenkewust hinab, in dem irgendwo auch Lizzy und Oskar steckten und mit dem Papier raschelten.

»Boah, geil, ist der auch für mich?« Joels Stimme überschlug sich fast, als er den leuchtend orangefarbenen Lenkbob aus einem riesigen Laken auswickelte.

»Der ist für euch beide«, erklärte Patrick rasch. »Es war übrigens ganz komisch damit. Ich hab von dem Ding eines Nachts geträumt, und als ich morgens aufgewacht bin, wusste ich, dass ihr euch einen wünscht, noch bevor du angefangen hast, mir davon zu erzählen, Joel.«

»Echt?« Joel grinste breit. »Cool.«

Angeliques Herz pochte wild in ihrer Brust, und ihre Hände zitterten, als sie nun endlich das Päckchen mit ihrem Namen darauf zu sich heranzog. Neben ihr riss Patrick das Papier von der flachen Schachtel, die sie schon vor einigen Wochen sorgfältig verpackt hatte. Obwohl sie nicht hinsah, spürte sie seine Reaktion, als er den Deckel der Schachtel anhob. Er erstarrte kurz, entspannte sich gleich darauf wieder, dann atmete er geräuschvoll ein und wieder aus. »Wow«, murmelte er. »Das ist toll.« Lächelnd reichte er das gerahmte Foto von sich und den Zwillingen herum.

Angelique hatte den Schnappschuss rein zufällig während des Backnachmittags gemacht und erst später festgestellt, wie perfekt er geworden war. Die drei standen an der Kücheninsel, Patrick in der Mitte, und waren dabei, Plätzchen zu verzieren. Dabei alberten sie herum und hatten gerade in dem Moment, als Angelique auf den Auslöser geklickt hatte, alle drei das gleiche breite Grinsen im Gesicht gehabt.

»Danke«, raunte Patrick nah an ihrem Ohr. »Das Foto bekommt einen Ehrenplatz im Wohnzimmer.« Er küsste sie neben dem Ohr und knabberte dann kurz an ihrem Ohrläppchen, bis sie erschauerte. »Auf dem nächsten Foto bist du auch mit drauf.«

»Und mir vorwerfen, ich würde meine Frau ständig auffressen wollen!« Lachend bewarf Justus Patrick mit einem Stück zerknülltem Geschenkpapier.

»Hey, ich habe ein ganzes Jahr nachzuholen!« Patrick warf das Papier zielsicher wieder zurück.

Justus wehrte es ab, blickte seinen Bruder dabei aber erstaunt an. »Warum denn ein ganzes Jahr?«

Laura stieß ihn mit dem Ellenbogen an. »Du stellst vielleicht Fragen. Überleg doch mal!«

»Versuche ich ja.« Stirnrunzelnd versuchte Justus, sich einen Reim darauf zu machen. Dann hustete er überrascht. »Du meine Güte. Darauf wäre ich im Traum nicht gekommen.«

»Wir auch nicht.« Patrick küsste Angelique erneut aufs Ohr. »Wahrscheinlich war es auch gut so, wie es jetzt gelaufen ist. Aber man kann ja trotzdem ein bisschen was nachholen.«

»Stimmt, das kann nie schaden.« Justus nickte ihm grinsend zu, dann wurde er wieder ernst. »Sag mal, kann es sein, dass deine Noch-nicht-Verlobte weint?«

»Was?« Erschrocken wandte sich Patrick Angelique zu.

Sie hatte tatsächlich einen Kloß im Hals, denn während die beiden Brüder miteinander gefrotzelt hatten, war es ihr gelungen, das Geschenkpapier und die Schachtel zu öffnen, die sich darunter verbarg. Jetzt tropften salzige Tränen auf das gläserne Fensterbild mit der Vogelfamilie. »Danke.« Ihre Stimme klang ganz belegt. »Du hast bemerkt, dass ich mich in das Bild verliebt hatte.«

Sanft wischte er ihr die Tränen mit dem Daumen fort. »Das war nicht schwer zu erkennen.«

Sehr vorsichtig legte sie das Fensterbild zurück in die Schachtel und verschloss sie. »Es würde sich wunderbar an dem Fenster in deinem Esszimmer machen.«

Patrick zog sie in seine Arme und küsste sie sanft. »In unserem Esszimmer.«

Seufzend kuschelte sie sich in seine Arme und sah den anderen dabei zu, wie sie weitere Geschenke öffneten, versuchten, den Hunden das Papier abzujagen, und miteinander scherzten und lachten. »Ja, in unserem Esszimmer.«

# 25. Kapitel
# Erster Weihnachtsfeiertag

»Sag mal, was ist das eigentlich für ein riesiges Paket da vorn neben der Garage?« Angelique trat, eine Tasse Kaffee in der Hand, ans Küchenfenster. Es wurde gerade erst hell, die Kinder schliefen noch, und sie und Patrick hatten die Gunst der Stunde genutzt, um sich ein wenig auf die Couch zu kuscheln und die Stille des Weihnachtsmorgens zu genießen. Oskar lag in seinem Körbchen auf dem Rücken, alle viere von sich gestreckt, und schnarchte leise.

»Was meinst du?« Patrick trat hinter sie und legte ihr das Kinn auf die Schulter. »Ach das.« Er richtete sich wieder auf, nahm ihr die Tasse aus der Hand und trank einen Schluck. »Das sind Langlaufskier für die Kinder. Die müssen gestern Nachmittag noch vom Paketdienst geliefert worden sein, nachdem wir schon weg waren. Die armen Paketboten, die Heiligabend noch so lange arbeiten müssen.«

»Langlaufskier?« Überrascht drehte Angelique sich zu Patrick um. »Hast du die extra gekauft?«

»Nicht ich, die Meiningers.«

»Was?« Nun war Angelique richtiggehend entgeistert.

»Sie haben noch eine Menge mehr Geschenke geschickt, wie du weißt.«

»Ja, aber die sind alle schon vor zwei Wochen hier angekommen.« Ungläubig blickte Angelique erneut zu dem Paket an der Garagenwand. »Warum schicken sie jetzt auch noch Skier?«

»Weil ich sie darum gebeten habe.« Patrick lehnte sich grimmig lächelnd gegen die Anrichte. »Erinnerst du dich noch, dass ich gestern erzählt habe, ich hätte von diesem Lenkbob geträumt?«

»Ja.« Skeptisch kräuselte sie die Lippen. »Von den Skiern etwa auch?«

»Lach ruhig, wenn du willst.« Er zuckte mit den Achseln. »Als ich aufgewacht bin, hatte ich das dringende Bedürfnis, meinen Kindern den Bob zu Weihnachten zu schenken. Vielleicht hat mir das ja eine Weihnachtselfe eingeflüstert.«

»Ja, klar, ganz bestimmt.« Sie schmunzelte.

»Und außerdem kam mir die Idee, den Kindern Skier zu schenken. Vielleicht, weil Lukas erwähnt hat, dass du gut im Langlauf bist. Du könntest es ihnen beibringen. Als ich gesehen habe, wie teuer die Dinger sind, habe ich eine Mail an Gero Meininger geschickt und ihm dargelegt, wie überaus sinnvoll Skier für die Entwicklung seiner Enkelkinder sind. Und voilà – da sind sie.«

»Wenn die Meiningers sie gekauft haben, sind es bestimmt die teuersten, die es überhaupt gibt.« Angelique lachte. »Du kannst ganz schön hinterhältig sein.«

»Ich hatte eine gute Lehrerin.« Er küsste sie sanft auf die Lippen und zog sie dann ganz fest in seine Arme. »Wegen gestern …«

»Was gestern?« Sie legte den Kopf in den Nacken und sah ihn neugierig an.

»Wegen Jessicas Zeichnung.«

»Ja?« In ihren silbervioletten Augen flackerte es.

»Sie ist mir da tatsächlich ein paar Schritte zuvorgekommen.«

»Ist sie das?«

Er spürte kurz dem schnellen Pochen seines Herzens nach und dem warmen, zehrenden Gefühl in seinem Herzen, das in Angeliques Gegenwart gar nicht mehr nachlassen wollte. »Ja, ist sie. Aber wenn sie uns schon vor aller Augen ein solches Bild schenkt … Ein Blumentorbogen hört sich für mich gut an. Frühlingsblumen auch. Was hältst du von Mai?«

»Mai?«

Er konnte sehen, wie schnell und heftig ihre Halsschlagader pochte, und lächelte leicht. »Zu früh zu viel?«

Angelique schlang die Arme um seinen Hals. »Nein. Genau richtig!« Dann küsste sie ihn.

***

Mit klopfendem Herzen und einem unsagbaren Glücksgefühl im Bauch schlich Joel die Treppe ins Obergeschoss hinauf und kuschelte sich wieder in sein Bett. Er hatte Stimmen gehört und nur mal nachsehen wollen, was Papa und Angelique so früh schon unten machten. Obwohl – ganz so früh war es gar nicht mehr. Es wurde ja schon hell. Sie hatten aber abgemacht, dass sie heute ausschlafen würden, weil sie gestern noch alle zusammen in der Christmette gewesen waren. Um Mitternacht! Joel konnte sich nicht erinnern, schon mal so lange aufgeblieben zu sein, außer natürlich an Silvester. Und dann auch noch in die Kirche zu gehen!

Er war auch immer noch müde und würde bestimmt gleich wieder einschlafen. Hoffentlich träumte er etwas Schönes. Aber das musste er ja geradezu, wenn er bedachte, dass tatsächlich alle seine Wünsche erfüllt worden waren. Jeder einzelne, den er dem Weihnachtsmann geschrieben hatte. Wenn er Jessica davon erzählte, musste sie doch wohl zugeben, dass es den Weihnachtsmann wirklich gab. Ihm war es egal, dass alle Welt sagte, mit zehn dürfe man nicht mehr an Santa Claus glauben. Bis auf Angelique, die hatte ihn nicht für verrückt erklärt. Und Papa und die ganze Familie taten das auch nicht. Also würde er dabei bleiben. Immerhin hatte er jetzt einen schlagenden Beweis. Und eine neue Mutter. Ob das mit weiteren Geschwistern wohl auch noch klappen würde? Aber das war ja eigentlich erst mal egal. Hauptsache, sein Papa war endlich so richtig glücklich und hatte weniger Stress und wieder mehr Zeit. Jetzt würde ganz sicher alles so richtig schön werden.

Mit diesem Gedanken schlief Joel schließlich wieder ein.

***

*Herrchen und Frauchen sind eingeschlafen. Auf der Couch. Ganz eng aneinandergekuschelt. Sieht richtig gemütlich aus. Ob ich mich da obendrauf legen und mitkuscheln soll? Ach nein, ich glaube, ich lasse sie lieber in Ruhe schlafen. Kuscheln können wir auch später noch.*

*Das ist überhaupt eine meiner Lieblingsbeschäftigungen geworden, seit ich beschlossen habe, für immer hier bei meiner neuen Familie zu bleiben. Nirgendwo auf Wanderschaft würde ich so viele Streicheleinheiten bekommen wie hier. Und außerdem ist es doch viel schöner, ein richtiges festes Rudel zu haben, und meine Freundin Lizzy und überhaupt. Deshalb habe ich den Elfen auch geholfen, als sie mich darum gebeten haben. Ich weiß zwar immer noch nicht, was das mit dem Weglaufen überhaupt sollte, aber ich glaube, das war, damit Herrchen und Frauchen mal ungestört miteinander reden konnten. Deshalb hat Elf-Siebzehn auch gesagt, der Weg sei das Ziel. Das hab ich erst nicht kapiert, aber jetzt ist es mir aufgegangen.*

*Was die Frau des Weihnachtsmannes sonst noch alles im Hintergrund in die Wege geleitet hat, weiß ich nicht genau. Ich glaube, sie hat auch am Wetter gedreht. Elf-Siebzehn hat so was angedeutet. Ist aber letztlich auch egal, Hauptsache, es hat funktioniert, und meine beiden Lieblingsmenschen sind jetzt glücklich miteinander. Bestimmt hätten sie das alles irgendwann auch ohne mich geschafft, aber mit meiner Hilfe und der der Elfen hat es noch zu Weihnachten geklappt. Das war dem Weihnachtsmann und seiner Frau ja wirklich wichtig, weil Joel es sich gewünscht hat. Elf-Siebzehn hat mir verraten, dass der Weihnachtsmann ein Motto hat: Ein Wunsch ist ein Wunsch ist ein Wunsch und muss deshalb erfüllt werden. Wenn irgend möglich zu Weihnachten. Das hat ja nun funktioniert, deshalb bin ich auch sehr stolz darauf, dass ich meine Aufgabe so gut gemeistert habe.*

*Vielleicht krabbele ich doch noch zu ihnen auf die Couch. Frauchen sagt immer, ich wäre so wunderbar flauschig, also kuschelt sie doch bestimmt auch jetzt gerne mit mir.*

*Es schneit schon wieder. Wenn das so weitergeht, ist es draußen bald auch ganz flauschig. Oder zumindest sieht es so aus. Wer weiß, vielleicht singen Herrchen und Frauchen und Jessica und Joel dann heute Abend wieder, aber diesmal* Stille Nacht, flauschige Nacht. *Das wär doch mal was, oder? In diesem Sinne … Frohe Weihnachten. Wuff!*

Informationen zu unserem Verlagsprogramm, Anmeldung zum Newsletter und vieles mehr finden Sie unter:

*www.harpercollins.de*